THE WRITER AND THE WORLD

我们的
普世文明

〔英〕V.S. 奈保尔 著   马维达 翟鹏霄 译

南海出版公司

新经典文化股份有限公司
www.readinglife.com
出 品

目　录

序 / 1

印度
中途 / 5
从贾姆希德到吉米 / 11
第二次访问 / 19
阿杰梅尔市的选举 / 40

非洲与大流散
爸爸与权力之集 / 81
六千海上难民 / 93
最后的殖民地 / 106
拥挤不堪的奴隶营 / 118
权力？ / 149
迈克尔·X与特立尼达黑权运动谋杀案：安宁与权力 / 157
刚果新王：蒙博托与非洲虚无主义 / 226
亚穆苏克罗的鳄鱼 / 252

美洲记事

哥伦布与鲁滨孙 / 329

雅克·苏斯戴尔与西方的衰落 / 334

诺曼·梅勒登台的纽约 / 345

斯坦贝克在蒙特雷 / 366

阿根廷与伊娃·庇隆的幽灵 / 381

空调气泡：达拉斯的共和党人 / 478

紧急状态下的格林纳达 / 503

一把尘土：切迪·贾根与圭亚那革命 / 527

后记：我们的普世文明 / 546

序

这本文集里的文章,是我一生历程的重要组成部分,其中收录了多篇旅行随笔,或者采用更为恰切的说法,它们记叙了一些我不知道的地方。所以也可以说,是它们让我的旅行经验得以完满——为了写就我称之为"我的求索之书"的作品,我进行过一些更大的旅行,这些文章为之做出了补充。在那些日子里,我常常接受委托,为了写作踏上旅途,我必须记述形形色色的地方,这对于我的能力而言,也许既是一种挑战,也是一种扩展。

就此而言,关于人类其他活动的一句谚语也同样适用:收获总是与付出成正比。这些文章于我非常重要,它们哺育了我,因为我在其中付出了很多。要写就这些关于"异域"的文章,既可以采用理想的方式,也可以采用轻松的方式。轻松的方式(编辑们偏爱这种方式,因为那也是他们所熟知的)是:你前往遥远的目的地,与当地的英文报纸取得联系,然后就能获得你所需要的全部新闻。如果你富有这方面的才华,两天之内你就能交出睿智而又迷人的稿子。但我想象不出,你从中获得了怎样的经验和知识。

那时的我既无人指导,也没有榜样;我只能尽自己最大的努力去写。可以说,我尽力深入所到之处。我详尽地阅读当地的各家报纸,连分类广告也不忽略。我思考自己想要追踪的主题、想要找到的人,让一个问题从另一个问题当中发展出来。这是一种费时颇多的方式;报社并不喜欢；但我所获得的经验留存下来，成了我的个人财富，可能会为我后来的书、甚至虚构作品提供素材。这样的研究，且不论报社并不愿资助，对作家而言已经非常艰难。在完成一本书之后的疲倦之中，这样的研究可能会让人头痛欲裂，让作家瘫倒在地，最终的作品也可能并非总是他的最佳之作。但对于一个年轻人而言，这样的工作常常令人兴奋。我通常会在一本书接近完成之际向报社提议为他们提供这种类型的新闻稿，在那样的时刻，创作一本书的种种约束行将消失，这种更理想的新闻报道（还有旅行和新的景致，以及与陌生人打交道的机会）显得美妙而自由。但接下来，我的年龄成了一个问题，自由的新闻理想也开始显得像是一种幻觉。我不得不放弃；在创作一本书的劳作之后，我没有精力再去追逐新闻理想。这样的放弃适得其时，伦敦的报纸在这时发生了变化，他们决定不再采用外稿，我这个作家作为自由记者的收入也全都没有了。这是一段美妙的经历，而本书的读者可以把它当作那个时代的纪念物来加以端详。

（马维达 译）

印度

中途
1962

　　我来自特立尼达，一个比印度的果阿邦还小的岛，所以广袤的空间总是让我迷醉。踏上旅途，坐上二十四小时的火车，去看大河高山，这种愉悦只有外面的世界才能提供。但此刻，在印度待了六个月之后，我的迷醉染上了不安的色彩。因为，这里的广阔超乎想象，天空如此宽广深邃，日落景象不可能一瞥就尽收眼底，必须一点一点地加以欣赏。这里的景致因为广阔而变得单调乏味，又因为极度的单一和特殊的贫瘠而令人恐慌：弯弯曲曲的小块田地里，奄奄一息的庄稼，身材矮小的人民，营养不良的牲畜，还有正在崩溃的村庄，以及即使仍在建设、也散发着衰败气息的城镇。黎明到来，夜晚降临；一个又一个的火车站，彼此无法分辨，站牌狡猾地隐没，旅客们到达又离去，拥挤的人群与嘈杂的声音交织在一起骤然而至，让人茫然不知所措；旅程还得继续，直到这种广阔失去意义，让人无法再忍受下去——我想要逃离的，正是这无穷无尽的贫瘠与衰败的重复。

　　这里所说的，不过是显而易见的事情。但在印度，显而易见的事情能够让人无法忍受；在过去的六个月里，我常常处于近乎歇斯底里的状态。在那样的时刻，我希望忘记印度，我逃到一等候车室或卧铺车厢里，与其说是为了私密或舒适，不如说是为了寻求保护，躲避那些卧倒在月台上的羸弱身躯、舔食残羹冷炙的饿狗，以及被玩笑般虐打的犬只的哀号。到达印度那一天，我在孟买体验过这样的时刻；那时的我觉得，印度只是一种对感官的折磨。五个月后，我在查漠又一次体验到了，这个国家单一而又令人恐慌的地理环境在此地向我显现：北方，是群山，攀升而上，连绵不断；南方，越过寺庙的塔尖，是广阔的平原，我已见识过这番广阔，而今它激起的只有不安。

然而，在这些不断重现的时刻之间，还有许多不同时刻：恐惧与急躁被热忱和愉悦取代，走下火车，走进城镇，会发现贫瘠的气息只是表面现象，印度比我访问过的其他任何一个国家都更加欣欣向荣。在旁遮普小城，我听到铁锤撞击金属的声音，在海得拉巴①的化工厂，我看到厂里的许多设备都由印度设计和制造——这样的见闻让人意识到，她正身处一场工业革命之中；也许是因为各种误导，我从未真正信任过这样的革命。遍布印度各地的新居民区揭示出，除了谈论古印度文化（遇到这样的人，我总想拿铁杖打他），印度的审美意识已经复苏，有能力用国际化的材料创造出本质上属于印度的东西。（古印度文化招摇过市，让新德里的阿育王酒店成了最荒谬的建筑之一，其可笑程度只有巴基斯坦高级专员公署——一座招摇地宣示其信仰的建筑——能与之相比。）

我去过一些不知名的村庄，有半发达的，也有不发达的。从前，在这样的村庄里，我能感觉到的只有绝望，现在我发现绝望更多属于我这个观察者，而不是村民。我学会了越过污垢和躺卧在绷线床上的人去看问题，去寻找进步和希望的迹象，无论它们多么微弱：道路用砖石铺成，尽管路上也许覆有污秽；稻子成行排列，而不是散乱种植；村民面对官员或游客时，脸上挂着轻松的表情。我学会了寻找这些微小的征兆：数月之间，我的视力得到了校正。

但显而易见的事情总在淹没一切。我是一个旅行者，当一个特定的地方变得熟悉，不再那么让人害怕，就又到了继续前行的时刻——穿过永远不会变得熟悉的广阔土地，并为此感到悲伤不已；逃离的愿望又会重回我心里。

就很多方面而言，这个国家的广阔只有地理上的意义。也许正因

---

① 印度安得拉邦首府，位于德干高原中部。——本书中若无特殊说明，注释均为编译者注

为太广阔，印度人似乎才感觉有需要进行细分和区隔，把土地分割至方便管理的比例。

"你是哪里人？"这是一个印度式的问题，对于按照村庄、地区、社群和种姓来思考的印度人而言，我回答说我是特立尼达人，这只会让他们困惑。

"但你看起来像印度人。"

"嗯，我是印度人。但我家几代人都生活在特立尼达。"

"但你看起来像印度人。"

这样的对话一天要发生三四次。现在我常常不再解释。"我是墨西哥人，真的。"

"哦。"对方很满意。停顿。"你是做什么的？"

"我写作。"

"写新闻还是写书？"

"写书。"

"西部小说、犯罪小说还是浪漫小说？你一年要写几本书？你能挣多少钱？"

于是我开始编造："我是老师。"

"你是什么学历？"

"本科。"

"只是本科学历？你教什么？"

"化学，还教一点历史。"

"真有意思！"在从帕坦科特①到斯利那加②的巴士上，一个男人这样说，"我也是化学老师。"

他就坐在对过，而我们还要一起度过余下几个小时的旅程。

在印度这片广阔的土地上，你必须说清自己是谁，定义自己在宇宙中的作用和地位。这是一件非常困难的事情。

---

① 印度旁遮普邦城市。
② 位于印度河支流杰赫勒姆河畔，印控克什米尔首府。

如果我按照种族或社群来思考问题，在印度的经验肯定会驱散我的思考。我是一个印度人，但以前我走在街上，周围不会全都是印度人，我也不会像这样悄然融入人群。这样的经验以一种奇怪的方式让我感到气馁，因为在我的生活当中，我总巴望别人会注意到我的不同；只有在印度我才发现，这种刺激对我是多么重要，而特立尼达的多种族社会和我在英格兰的局外人生活，又在多大程度上塑造了我。成为少数族裔的一员总是让我感到富有吸引力，成为四亿三千九百万印度人当中的一员，则是一件让人恐慌的事情。

我在双重意义上是一个殖民地人：生长在大英帝国的殖民地之中，又被排除在英格兰和印度的大都市之外。我到印度来，希望找到大都市人的风范。我曾经想象，这片土地的广阔也许会在印度人的态度之中有所反映。但如我所说，我遇到的却是牢房与蜂巢心理。印度和小小的特立尼达之间的相似之处也让我惊讶，在这两个地方我都有这样的感觉：大都市在别处，在欧洲或美国。我期望遇见大度、归属与自信，找到的却是种种自我怀疑的殖民地心态。

"外国让我喜欢得发疯。"一位异常成功的承包商的妻子说。这种疯狂的对象从外国食品延伸到德国洁具，再延伸到为儿子找一个欧洲妻子。她的儿子为了进一步证明自己的身份，在餐桌上这样宣称："哦，顺便问一下，我有没有告诉过你，我们一个月要花三千卢比？"

"你只是游客，你不懂。"斯利那加巴士上的化学老师说，"这是一个糟糕的国家。要是有机会，我明天就离开这里。"

而印度的某个特定阶层，通常是更为富足的那些人，特别热衷于向外国游客辩解：不能把他们看作贫穷、肮脏的印度的一部分，他们有着更高的价值水准和行为准则，这个养育他们的国家总是让他们恼怒。在他们看来，二流的外国货色，无论是人还是商品，都比印度的要好。他们暗示说，他们看待印度的态度和欧洲"技术人员"一样：这只是一个可供暂时剥削的国家。在自由的印度发现这种征服者的态度，这种掠夺的态度——一种疯狂的态度，就好像机会随时可能被拿走——是多么奇怪的事情，难道不正是这些人民、这个发展中的社会给予了他们如此多的机会?

这种掠夺的态度属于由移民构成的殖民社会。和在特立尼达一样,这种态度在那些"假洋鬼子"(renonçant,一个精准的法语单词,用于描绘那些抛弃本土文化、一心想去法国的人)当中孕育了一种可悲的实利主义。而在印度,这种实利主义混合了东方和西方的庸俗——可悲的舞场,可悲的"西式"夜总会,收听锡兰电台节目的半导体收音机,穿着皮夹克或方格粗呢夹克的唐璜们——尤其令人恐惧。这种实利主义带有一种魅力,就像有些印度人带有的魅力,他们在国外住了两三年,宣称自己既不是东方人,也不是西方人。

必须坦承,我这个观察者很少看见他们的困境。那位急于展示其西方性的承包商妻子,不但定期去找占星家算命,而且每天都去庙里祈求好运。那位教师抱怨印度人不讲文明、言行粗鲁,但我们的巴士刚到斯利那加汽车站,他就开始当众换衣服。

特立尼达人,无论是什么种族,都是真正的殖民地人。而印度人,无论其如何声称,都植根于印度。但作为殖民地居民,特立尼达人正在努力成为大都市人,而与我交谈的印度人却并非如此:这是一个独特的国度,过去以及近十年取得了许多成就,印度人因此而成为大都市人,但现在,他们正在努力成为殖民地人。

在这里,一个人期望遇见自豪的态度,碰到的却是掠夺的心态;期望遇见大都市人,碰到的却是殖民地人;期望遇见慷慨大度,碰到的却是心胸狭窄。果阿邦刚刚解放,就已成为邦与邦之间争吵的对象。独立十五年之后,作为国家领导人的政客似乎已经被作为乡村头领的政客取代(我曾经以为后者是特立尼达的印度殖民社群所特有的现象,对他们而言,政治只是一种游戏,所关涉的东西并不比公共工程处的合同要多多少)。对这些乡村头领而言,印度只是由乡村组成的复合体。于是,把印度视为一个伟大的国家,似乎只是外界强加的看法,而这个国家的广阔原来也只是一种奇特的欺骗。

关于印度还有一种观点——是什么?它是一种比城市中产阶级、政客、工业家和相互分隔的乡村更大的东西。我们被频繁告知,"真正的"印度非此非彼。现在,我开始真正明白,人们为什么会用这个词!也许印度只是一个词,一个神秘的观念,足以容纳火车经过的所有广阔的平原和河流,所有睡在孟买的月台和步道上的无名氏,所有贫瘠的田野和发育不良的动物,所有被耗尽、被掠夺的土地。但也许,永远没有人会理解的,是这样一种广阔:印度是一种疼痛,是一个我会怀着巨大的柔情想起、但最终又总是想要逃离的地方。

(马维达 译)

从贾姆希德到吉米
1963

"你现在来加尔各答不是时候,"出版商说,"这座可爱的古老城市恐怕正在滑入布尔乔亚式的体面之中,几乎没有抵抗。"

"他们前几天不是还烧了一辆有轨电车吗?"我问道。

"没错。但那是五年来烧的第一辆电车。"

的确,我本来希望在加尔各答看到更多:尼赫鲁先生的"噩梦经验",一位近乎歇斯底里的美国作家最近称它为"疫兽";这座城市的设计规模是容纳两百万人,而今天在它的人行道和地下室里,就容纳了超过六百万人,这些人的处境让世界银行一九六〇项目的人手严重不足,并促使其写下了"令人惊骇的人类档案"(孟买《经济周刊》语)。

和每一个爱读报的人一样,我所知道的加尔各答是电车纵火者的城市,学生经常与警察发生"冲突"。一九五四年《泰晤士报》刊登的一则短讯提到这里的劳工问题,让人难以忘记:一些心怀怨恨的工人把他们的经理扔进了熔炉。我在印度逗留期间,一直在关注国大党控股公司的作为,这家机构在二十年代是进步民族主义者的大本营,现在却腐化变质了,在一些印度事务研究者看来,它已经是印度大批腐败的公共机构中腐败最为露骨的一家:公司拥有的五百五十辆车,有一半已经坏掉,许多可售卖的零部件已被拆走,维修工遭到拦阻,连续四年负债,邦政府、新德里和绝望的福特基金会的"干预"一再遭遇阻碍。

我发现,加尔各答在各个方面都享有美妙的名声。孟加拉人①的傲慢让人无法忍受("如果你不说孟加拉语,卖锅的人就不会正眼看你");孟加拉人很懒;人行道被槟榔汁染红了,中央公园散落着用过的卫生巾("很不讲卫生的人",这是南印度小说家的评语);即使在孟买这个流行肠胃炎的地方,人们也会带着惊恐的神情谈到,加尔各答的自来水既不干净又很匮乏(百分之五十九的公共自来水供应处的管井是坏的)。

　　我因而在心理上做足了准备,豪拉火车站也的确没让我失望。铁路员工昏昏欲睡,比平常更加漫不经心;卖烟的人看也不看我;在车站餐厅,一个服务员笑着让我看一只掉了些毛发的老鼠在地板砖上无精打采地游荡。但我怎么也没有想到,如果忽略人群、畜栏、人力车夫和蹲下小便的人,河对岸那座红砖砌成的城市看上去不像是热带或东方的城市,更像是伯明翰的中心城区。我同样也没有想到,黄昏时分的麦丹广场绿树点缀,沉浸在一片薄雾之中,让人想起了海德公园,而乔林基大街就像是更为明亮的牛津街。我也没有想到,我会在麦丹广场看到卡里阿帕将军②身着黑色西装,像英国人一样挺立,面对着一小群闲适的人发表演讲,用带有桑赫斯特口音的印度斯坦语讨论中印争议;而那些有轨电车像战舰一样发灰,头部呈楔形,总是以每小时八英里的速度穿行在街道上——这远近驰名的加尔各答电车,笨重又脆弱,在车站吞吐着身着白衣的职员;而在麦丹广场外面,霓虹灯在薄雾中闪烁,邀请人们去咖啡厅、夜总会,或是乘飞机去旅行。在这里,我第一次意外地发现,我正置身于印度的大城市之中,一个一眼就能认出的大都市,有着与熙攘的人群似乎并不相称的街道名——埃尔金、艾伦比、帕克、林赛——雾气渐浓,在去往郊区的途中,我看到工厂的烟囱在棕榈树间喷吐烟雾,心里的不协调感愈加深重。

　　在光鲜的市中心,除了那些随地小便的人,别人跟我说的成堆垃圾在哪里?那些卫生巾又在哪里?事实上,正如出版商所说,我现在

---

① 加尔各答位于印度孟加拉邦,曾在英国殖民时期成为孟加拉管辖区首府,居民多为孟加拉族,主要说孟加拉语。
② 印度摆脱英国近两百年殖民统治后的第一任陆军参谋长。

来加尔各答并不是时候。新上任的孟加拉总理组织"志愿者"对这个城市进行了一次迅捷的疯狂大扫除，期望借此提高公司职员的"工作热情"。他们发动了"公牛行动"，意图赶走加尔各答市中心的公牛。这些公牛是虔诚的印度教徒放出来为圣母牛服务的。他们本来以为母牛会跟着公牛离开，结果母牛留了下来，公牛却跑了回去。加尔各答没有哪个居民会怀疑，随着志愿者撤走，印度又有那么多事务因为紧急状态而悬而未决——政府正在用拖延和禁令取代行动——垃圾将重新回到大街上。但现在大街上仍然保持着前所未有的光彩。

印度的四个主要城市都是英国人建造的，加尔各答的英国痕迹最为浓重。鲁琴斯①建造的新德里是一场灾难，是对帝国建筑的可笑模仿，既非英国式，也非印度式，是一座为了游行而不是居住而建造的城市；今天，在长长的大街上，在无穷无尽的小巷里，机动小三轮喧闹地疾驰，让这个城市显得格外庞杂。马德拉斯②的圣乔治堡是不列颠之外最精美的十八世纪英式建筑群，除此而外只是一个懒散的殖民地。孟买人有进取心，富有公民精神，在文化上充满雄心，这在很大程度上要感谢其帕西人社群；据说歇斯底里的美国人已经把孟买的建筑称为"硬纸盒风格"。的确，这个印度最好的城市，只在没有个性的意义上可以被称作大都市。只有加尔各答是仿造英格兰的建筑风格建造起来的，不同寻常的是，英国人在这里陷入了同法国人和葡萄牙人一样的帝国主义行径之中。加尔各答成了一座宏伟的城市，比新德里更有根基。他们称加尔各答为"宫殿之城"。这里的宫殿，无论是印度式的还是英国式的，其风格的最佳称谓是"加尔各答科林斯柱式"：加尔各答长久以来一直是英属印度的首都，是大英帝国的第二大城市。

在印度，东西方之间的冲突在加尔各答表现得最为激烈，有两座现在被认为有纪念意义的建筑见证了这种冲突的激烈程度：穆里克宫和维多利亚纪念馆。穆里克宫现在已经衰败，仆人在大理石走廊里做

---

① Sir Edwin Landseer Lutyens，二十世纪英国建筑师，曾任皇家艺术研究院院长，在新德里的建设中起到极大的作用。
② Madras，印度东南部城市金奈（Chennai）的旧称。

饭，但这里看起来仍然像是电影里的场景。高高的科林斯式圆柱支撑着宫殿；庭院里，意大利式喷泉在歌唱；大理石房间里悬挂着过于硕大的枝形吊灯，上百家十九世纪欧洲古董店杂乱地拥塞在这些房间里，一座希腊宁芙石膏模型积满灰尘，遮住了一幅平淡无奇的褪色画作，上面画了身着红衣的士兵正在击退土著的进攻。庭院里有四座大理石像，象征着四个主要大陆；在更低的楼层有一座硕大的青年维多利亚女王像，让一间宽敞的房间也显得狭小。穆里克宫这些积满灰尘的宝藏，也许除了收藏者的一幅肖像，没有一件属于印度风格：以前的孟加拉巴布①急于向目空一切的欧洲人证明，他们也有能力欣赏欧洲文化。维多利亚纪念馆矗立在麦丹广场上，是寇松勋爵②对泰姬陵的回应；像穆里克宫一样，这座纪念馆也是刻意仿造的，有些地方让人想起泰姬陵，有些地方又让人想起安康圣母教堂。"穿过女王纪念馆的门厅，就到了位于圆形屋顶之下的纪念馆大厅。"默里的《手册》如是说。这本书给予这座"皇家泰姬陵"的篇幅，是艾罗拉的凯拉萨神庙的两倍，这也是这本书的典型做法。

> 我看到了维多利亚女王的高贵雕像，其年纪仿若她登基之时（皇家艺术学院成员托马斯·布鲁克爵士的作品）；这座雕像为整座宏伟建筑定下了基调。

但经由这样的冲突，在印度出现了一种新兴文化，以爆炸性的方式把东方与西方融汇在一起；尽管加尔各答以外的孟加拉人蔑称其为"暴发户"和"随军仆从"，这种独特的文化让印度产生了众多民族先知和英雄。孟加拉人会告诉你，英国官员迫切地想把南印度人当作奴隶，把旁遮普人当作朋友，把孟加拉人当作敌人。但孟加拉人对你说这些，是当作过去的光荣在讲述，因为在今天，随着印度独立和印巴分治（在

---

① 印度语中"先生""绅士"的叫法。
② George Curzon，曾任印度总督。

加尔各答两者是同一个意思），加尔各答已经不再是中心。这是一个没有腹地的城市，一个垂死的城市。就连胡格利河也在淤塞，而所有人都认为，无论加尔各答的面积如何扩大，其经济已经停止增长。在萨丹·库马尔·高希教授的文学批评中，穆里克宫式心态仍存有讨人喜欢的痕迹（在《新政治家》周刊上，马尔科姆·马格里奇怀着同情谈到这位教授的批评），但加尔各答已经衰竭，加尔各答人越来越与外界隔绝。这座城市拥有电影导演萨蒂亚吉特·雷伊、世界闻名的摄影家苏尼尔·詹纳，还有也许是印度最好的孟加拉字体工艺，这种字体带着一种神经质的优雅。但无论是泰戈尔、班吉姆·钱德拉·查特吉①、恐怖分子，还是苏巴斯·钱德拉·鲍斯②，光荣已成往事（对于鲍斯家族的传奇名声而言，一九六二年是一个不错的年头：该家族的一位成员控告一名英国女性诽谤，而另一位成员，据报道在喜马拉雅山上被人发现，成了一位苦行僧）。

　　无论是在高速增长时期，在富有创造性的混乱时期，还是在平静的日子里，加尔各答始终如一。尽管受到孟买的强烈挑战，这座城市仍然是印度最重要的商业之都。如果说有什么是加尔各答文化的决定性要素，最富有代表性的当属达尔豪西广场的商业建筑，还有乔林基大街上低矮的帝国烟草公司与金属盒公司的商业用房。在空调办公室里，能找到年轻的印度籍经理、箱贩、新印度精英。上一代印度人，无论谁都不会接受这样的职位，他也几乎肯定不会被雇用。但印度人妥协的才能并不输给英国人。加尔各答的箱贩文化格外丰富多彩，印度作家还没描绘他们的生活，是因为这些作家太忙于剽窃他人，或创作一些肤浅的故事，年轻女孩们要么为了支付家人的医疗费用而逐渐沦为娼妓，要么出身贫穷或长得漂亮，然后莫名地死去。箱贩文化属于加尔各答，但并不一定属于孟加拉人。商业被英国人控制，独立以后又日益被马尔瓦尔人控制——孟加拉人几乎会用骄傲的口吻告诉

---

① Bankim Chandra Chatterjee，印度孟加拉语作家。
② Subhas Chandra Bose，印度激进独立运动家。

你，没有哪个孟加拉商人是名副其实的。马尔瓦尔人是印度人，但在印度到处被认为是比英国人还要疏远的异族：在加尔各答，当地人对他们的反感强烈到恨不得动刀子。有点身份的人都不愿意被马尔瓦尔人直接雇用，他们提供的工作待遇没有值得信赖的英国人提供的那么好；在公众心目中，马尔瓦尔商人总是和黑市或投机活动联系在一起。因此，为马尔瓦尔人工作的人不能名正言顺地被当作箱贩——真正的箱贩只为最好的英国公司工作。（"告诉我，"有人在帝国烟草公司问他们，"女王的巨幅画像是为了女王的来访专门挂上去的吗？""不是，"箱贩回答说，"一直就在那儿。"）

在加尔各答，没有谁确切地知道"box-wallah"这个词的来源。有人说，这个词源自街头小贩的箱子；但在加尔各答，这个词的含义太宏大、太特有所指，我觉得它更有可能源自英裔印度人的办公箱（office-box），吉卜林在《谈谈我自己》中曾经充满感情地谈到过它。也许办公箱和遮阳帽（solar topee，那些无望升迁的帝国公务员仍然怀着沮丧而又轻蔑的心情佩戴这种帽子）一样，是权威的象征；象征已经改变，权威却传递并保留下来。

加尔各答的箱贩出身于良好的家庭、帝国公务员、军队或大商人家庭，甚至有可能是王族。他在印度或英国公立学校以及两所英国大学中的一所受过教育，尽管被印度各种口音包围，他仍然固执地保持着自己的口音。一旦进入公司，他就会改掉自己的名字。例如，印度名字阿南德（Anand）可能会改成安迪（Andy），丹德华（Dhandeva）改成丹尼（Danny），贾姆希德（Jamshed）改成吉米（Jimmy）。如果原来的印度名字不好改成英文名字，他通常就会叫邦迪（Bunty）。他的聘用条件里面有一项是会打高尔夫球；在每一堂高尔夫球课上你都能看到，他和同样不高兴的安迪在一起，两个人都在忍受伦敦开出的生意加享乐的混合处方。

邦迪肯定会娶一个不错的太太，而且他知道，如果和他通婚的是异族女性，那也算是他的成就。比如，作为旁遮普印度教徒的他娶一个孟加拉穆斯林或者孟买的帕西人。邦迪和他的太太将居住在公司的豪华公寓里；他们的两个小孩说英语，叫他们爹地妈咪。他们家中的陈设融合了东方与西方的风格（印度的瓷器刚刚送到）。他们的食物（午餐是印度风味，晚餐是西式的）、书籍、唱片（晦涩难懂的印度古典音乐、欧洲室内乐）、藏画（北印度细密画、甘尼美模仿凡·高的作品）也是如此。

邦迪和他的太太不再信守种姓制度，但他们会采纳另外一套行为准则。如果他的办公室用的是纺织面料的陈设，他就要和安迪保持距离，因为安迪的陈设是硬质材料的；安迪和弗雷迪共用同一个空调办公室，而邦迪有自己的办公室，如果他让安迪去家里玩，就是犯了一个愚蠢的错误。邦迪的新种姓制度要求他按照种种仪轨行事。每周五，他要在位于乔林基大街的菲尔波餐厅吃午餐，整个下午的欢宴标志着一周工作的结束。在英国人统治时期，周五在菲尔波餐厅举行这样的午餐会，是为了庆祝邮轮离开港口，前往英格兰。现在邦迪发往英格兰的信件都是空运过去，但他很有传统意识。

只要落笔写下邦迪的事情，就不可能不让他显得荒谬可笑。但在他那群人当中，邦迪是最爱诋毁别人的一个；在印度这个地方，他是一个特别值得钦佩的人，关于这一点，我们已经说得够多了。在这里，锻炼被认为是败坏的事情，一身肥肉被认为是富足的象征，然而邦迪会去打高尔夫球，或是去游泳。要在这里赢得选举，需要借重社群的力量，而邦迪与他的社群之外的人结了婚。邦迪聪明，阅读广泛；和大多数受过教育的印度人一样，他能说会道；尽管他放弃了印度式大家族的社会责任，他仍是一个慷慨好客的人；他还支持艺术活动。他的洗手间里一尘不染，这只是他的重要美德之一。在他身上，东西方文化不费力气就融合在一起。对他这样一个在独立后的印度长大的人而言，西化再也不像他的父辈所处时代那样成为一个问题。他心无怨尤，不觉得有必要和外来者谈论古印度文化。

有些时候，只在极少数的时候，邦迪的平静会被打破。"这些该死的英国人！"他喊道，"他们什么时候才明白，一九四七年[①]真的存在过？"他的话语像是穆里克宫的回音。但邦迪的情绪正在平复，他很快就要外出，和安迪一起去上高尔夫课。他们俩现在都喜欢打高尔夫。

（马维达 译）

[①] 这一年的八月十四日，印度宣布独立。

第二次访问
1967

1 悲剧：缺失的意识

在宫殿最里面一间黑暗而狭窄的屋子里，大公①斜倚在一盏破损的台灯下面。这间屋子所在的第三座庭院是这座宫殿唯一完好的部分。大公的扶手椅属于一套长长的"组合沙发"的一部分，是一九三〇年英国郊区的风格，沿屋子较长的一侧放置着，品红色的饰面上布满了灰尘。碎呢地毯完全覆盖了地面，它是从一块更大的地毯上裁剪下来的，不合适的地方就被折叠起来。艳丽的黄绿色图案掩藏了成千上万只在这块破布上嗡嗡作响、飞进飞出的苍蝇。大公父亲的照片悬挂在墙上；贴墙挂着的是全家照和嵌在土气相框里的狩猎图，最高处有一排欧洲风景画，景色迷蒙，泛着不成功的仿制过程带来的黄颜色。

大公坐在画对面。他身着宽松的白袍，年轻、圆胖、冷静，面无表情地倾听着他最后的侍臣讲话。侍臣坐在大公脚边的碎呢地毯上，手里拿着一本用打字机打成的卷边记录本，又一次地在概括家族间为争夺剩余产业而起的讼争，其情势非常复杂。侍臣身材瘦削，骨骼突

---

① 印度次大陆自古以来长期存在一定数量在主权上半独立、实行世袭制度的邦国，在英属印度时期约有五百八十四个；印度独立后，大多数土邦逐渐被说服或强制纳入印度领土，部分统治者或统治家族仍维持着在当地的财产和影响力。土邦统治者被统称为王公，亦可根据等级分为公、大公等。

出的脸部比主人的更加精致，衣着更加脏污。他是一位文学学士，他仍然清晰地记得当年取得的成就。五十年前他开始为大公的家族服务，现在，他的儿子已经死了，他别无去处。

访客们的午餐送上来了。大公的弟弟身材清瘦、举止优雅。他是一位迷人的羽毛球运动员。他提议带我们去观光。这座宫殿的勒克瑙风格没有什么特点，并不古老。我们所看到的大部分建筑是在二十年代建造的，花费了五十万英镑。其时家族的收入为六万英镑。前院有一座椭圆形的花园，生长着过于茂盛的植物。高高的雕刻木门购自一九一一年的地方展销会（当时英国殖民统治正值鼎盛时期，在首都加尔各答至少有两本社交杂志）。在钟楼庭院的拱廊里装饰着粗糙的圆盘：一对英国夫妇置身于印度教徒和穆斯林中间，男的穿着大翻领夹克，戴着太阳帽，女的穿着二十年代风格的宽松衣服。远处有套房和小型宫殿，属于先大公的妻子们，这也是进行中的诉讼的缘由。

大公的弟弟说这里总共有六百个房间。他的话让人感到不安。这肯定是夸大之词，夸大不属于悲剧；它破坏悲剧感。然而就在二十五或三十年前，有五百名仆从在照料二十五位家族成员。这当然又只是约数。但这座宫殿当时有自己的发电房、马厩和象厩，有自己的动物园和水库。在钟楼上可以看到这一切，破损的英式机械，破损的灰泥墙面。但在钟楼上看不到其他值得一提的建筑，只有宫门外那些奇怪的居民区的草顶，还有烧焦的平地。

大公弟弟的急切是在否认悲伤的存在。然而这里不可能有悲伤，因为这里没有真正的宏伟。这里只有过度和夸大，在想要废除大型产业的立法者笔下苟延残喘。宫殿矗立在这尘土之中；它表达的就是这些尘土，仅此而已；它正在回归尘土；这样的循环徒劳无益（组合沙发，印制的风景画）。农夫一度变成了奢华的人，现在重又变回农夫，第三座庭院里的厨房就是证明。这里不是真空，诉讼完全占据了主人平静的头脑。这里没有悲剧，所有的只是了无生气——也许从来就是如此。在这片普通的景致里，财富自身只是另一种简朴，一件和衰败类似的事情。

这就是印度的骗局。我们过度地把这个国家和自己联系在一起。我们前往印度，带着悲剧和紧迫的感觉，带着作为人、去对人进行思考的习惯，带着关于行动的种种观念。我们发现，自己的想法其实没有根据。

比哈尔发生了饥荒。情况是渐渐恶化的，德里的聪明人在此期间称其为"灾害"。现在饥荒真的来了：三千万人在挨饿，尸横遍野，严重腐烂。但没有人谈论饥荒，国外报纸对此的报道比印度的更多，印度报纸一如既往地只关心选举后的政局和政客的讲演。电影协会拍摄了一部关于饥荒的影片，在孟买和德里被当作一部电影、一部突破性的纪录片加以讨论。这场饥荒就像是国外的事情，如同越南战争。饥荒变成了你去观赏的事情，变成了对艺术家原创性的考验。

加尔各答的公务员说："饥荒？这是新闻吗？"德里的编辑说："饥荒？我怎么可能每天都把这当成新闻去报道？"

这就是印度人谈话的模式。一度的狂热过后，是对各种灾难和危机的理性分类：中国、巴基斯坦、腐败、缺少领袖、货币贬值、缺钱、缺食品，然后狂热耗尽了自身，有人声称饥荒其实没有关系，饥荒不是新闻。这是我在德里遇到的年轻诗人在一首耗时数月写成的英文长诗里说的。这首诗是历史的印度与灵性的印度的对话，主题是印度"形而上的无时间性"。这些荒谬的语汇是有意义的。诗人、公务员和编辑一道在说，这里没有灾难、没有新闻，印度无限地古老，并将继续前行。没有目标，所以也没有失败。这里只有各种事件。这里没有悲剧。

这正是玛哈瑞诗·玛哈士大师在灵性复兴运动的开幕大会上、以其独有的风格所说的话。在印度公共管理学院旁边，红黑相间的横幅悬挂在德里的环线上；百叶窗让会场里的光线十分昏暗；玛哈士身材矮小、肤色黝黑、蓄有胡须、身着米色丝袍，他的四周有鲜花与花环；他盘腿坐在讲台上的麦克风前，身后的椅子上坐着他来自美国、加拿大以及其他国家的白人弟子，男人身着黑色西装，女人和女孩身着丝质纱丽：可以说，印度也服下了一剂来自西方的药剂。

玛哈士指责那些虔诚的印度中产阶级信徒，说他们追逐"主义"，没有与流动不居的万象之下的无限保持和谐。这个国家一团糟一点也不奇怪。讲台上那些重要人物一个接一个透过麦克风重复玛哈士的指责，他们此刻站了起来，见证印度式静心的力量——静心是通往无限的钥匙。玛哈士说，有一个年轻的灰发加拿大人为了钻研真理放弃了钻探石油。加拿大人还出来做了见证，又对印度表示感谢，显然代表的是整个世界。最后一切都安然无恙。每个人都只是说说而已，不存在什么问题，一切都一如既往。

无限的、形而上的无时间性：事情总是如此。无论他们一开始的观点是什么——玛哈士甚至提到了比哈尔，并简短地抨击了把土地给予无知农民的蠢行，就好像这样做就能解决食品问题——最后总是如此：印度人，行政官员、记者、诗人和圣人都会像鳗鱼一样滑进抽象的泥泞之中。他们放弃智识、观察和理性，变成了"神秘主义者"。

正是在这样的领域，印度不再能理解自身的缺陷所在。看见了神秘之域，就可以原谅或忽视智识的失败，那其实是掉进了印度的陷阱，以为印度土地的贫瘠必然意味着印度心灵的清贫，于是就沉溺于《孟加拉枪骑兵》的浪漫或《印度之旅》的离奇不经。那其实只是在表达一种简单的惊叹。

印度的简单失望，也终将让人厌倦。在那种离奇不经的故事里，存在着一种闹剧。印度教野蛮的宗教仪式又剩下野蛮，它们属于古代世界。圣牛荒谬可笑，正如尼拉德·乔都里[①]在《喀耳刻大陆》中所提示，圣牛是古代雅利安人的一种无知而败坏的偶像崇拜。种姓标记和特本头巾属于这样一个民族，他们无力把人当作人思考，不知道怎样以其他方式定义自身。印度只存在于表层。一旦知道了他们的基本教义，就可以揣摩出一切，确定谈话的内容，判断理解力的限度。我甚至可以预先就知道灵性复兴运动开幕大会上的大部分谈话。没有智识的运作，就不会有让人惊讶的事物。

---

① Nirad Chaudhuri，出生于孟加拉的印度作家。

美国、澳大利亚和其他国家的垮掉派现在把印度当作他们的地盘。他们的直觉是正确的。五年前，金斯堡离开美国，开始了最初的探索。他发觉印度本地人待人友好；被一个如此有名而又现代的人关注，让印度人颇受恭维；这是西方献给东方的又一赞词。现在垮掉派到处都是，他们内向，并不快乐，有时候一家人会一起流浪：垮掉派爸爸、垮掉派妈妈和垮掉派宝贝，男人蓄有胡须，穿着牛仔裤，苗条的年轻女人穿得更少，脚上穿着凉鞋，骨骼突出的脸上有柔和的皱纹，苍白的皮肤晒成了棕褐色，脸上和脚上沾满了尘土。他们是庙里的常客（锡克教徒供养每一个人），在高速公路上竖起拇指拦车，搭乘火车三等车厢旅行；他们有时在城里与乞丐争抢食物，在圣人的修行地附近流连。我在海得拉巴就听说过一个圣人，能耍从嘴里拔出刺来的大把戏（我一直没有弄明白刺是从哪里来的）。在印度，他们重又发现了中世纪徒步旅行的生活方式。

两者当然有区别。一种畸形的交换正在发生，当新德里与华盛顿正在就武器与食品达成耻辱性的交易时，西方正把神秘和否定还给东方：这就像是一个残忍的笑话，富有、多变的西方用它报复贫穷的东方，而东方拥有的只是神秘。但印度并没有领会到这个玩笑。三月的时候，浮华的《印度酒店经营者与旅行者》杂志开始刊登"印度的先知"系列文章：

> 印度的先知和智者可以为外面的世界做出贡献。有一些来自世界的遥远角落的人，他们物质丰富，心理病态，缺乏灵性的教导，对于这样的外国人，印度的圣人和苦行僧具有难以抗拒的吸引力。印度是灵性的高峰，其独特的一面可以教导外面的世界，并赢得关注和尊敬。

印度的荒谬可以如此彻底，就像是在奚落对它的分析。它让我这个旁观者超越了愤怒与绝望，走向中立。

我们离干旱和饥荒地区很遥远。但即便是这里也有一阵子没有下雨了，在行政长官驻地那些光秃秃的树上，春天锐利的阳光让九重葛像血滴一样生长。在二十英里之外，冰雹打坏了一个村庄的庄稼。村民们苦中作乐，找到了出门的由头，成群结队地前来报告。我们前去查看，时而也会突然停在半路上。

我们先是在一所小学停了下来。小小的校舍坐落在一棵菩提树旁，有三个砖砌的房间。两个管事的婆罗门身着一尘不染的白袍，已经沐浴完毕、抹了膏油，留着标志种姓和身份的发型。他们每人每月能"收入"九十卢比。二十五个孩子坐在破损的砖地上，拿着书写板、苇管笔和小水罐。两个婆罗门说，学校有二百五十个孩子。行政长官说：

"但这里只有二十五个。"

"我们有一百二十五个学生到校。"

"但这里只有二十五个。"

"你能怎么办，大人？"

在公路的另一边，一些没有上学的小孩在尘土飞扬的地上打滚。即便只有二十五个小孩，两间教室也已经坐满了。第三个房间晒不到太阳，还上了锁，里面存放着教师的自行车，像它们的主人一样上了油，备受呵护。

沿着公路向前几英里，就到了另一所学校，老师在树荫下打瞌睡。他是一个小个子，睡在小小的讲台上，脚靠在椅背上保持平衡，看起来就像被催眠了一样。他的学生坐在一排排杂乱的垫子上，垫子陷在泥地里，变成了泥土的颜色。老师睡得如此香甜，我们的吉普车停在离他的讲台八英尺的地方时，他也没有立刻醒来。醒过来后——孩子们一看见我们，就开始以印度特有的方式朗读课本——他说自己身体不大舒服。他的眼睛的确是红的，不是生病就是睡觉造成的。但他一清醒过来，眼睛里的红色就消失了。他说学校有三百六十个学生；我们只看到六十个。

"教师的职责是什么？"

"教书。"

"但为什么而教？"

"培养更好的公民。"

他的学生们衣衫褴褛,除了鼻涕,衣服就没沾过什么水,头发因为阳光和营养不良而发红,又因为尘土而发硬、发黄。

"一家只生两三个。"计划生育中心墙上的口号显得郑重其事,但中心内部空空荡荡,只有图表、更多的口号、一张桌子、椅子和日历,过了好一会儿,负责的官员才出来。他是一个英俊的年轻人,身着白衣,胡子整洁,戴着印度产的手表。他说自己每个月有十二天用于推进计划生育工作。他和人们谈话并"动员"大家去做输精管结扎术。行政长官问:

"你上个月动员了多少人?"

"三个。"

"你的指标是一百个。"

"这里的人,大人,他们笑话我。"

"你上个月进行了多少次谈话?"

"一次。"

"有多少人在场?"

"四个。"

"我们来的时候你在做什么?"

"我在吃饭,休息一会儿。"

"你今天早晨做了什么?"

"没做什么。"

"让我看看你的工作日志。"

他的日志里零碎地记录着差旅开支。日志有两个月没有记了。年轻人担任这个职务已有两年,每个月的收入是一百八十卢比。

"试试动员我,"行政长官说,"说吧。告诉我,为什么我要计划生育。"

"为了提高生活水平。"

"计划生育怎么能提高生活水平?"

这个问题不公平,因为太具体,也因为他先前没有遇到过这样的问题。他没有回答，关于生活水平，他只有抽象的概念。

这里有生育控制，离这儿不远就有个人工授精中心。一个农夫坐在一座废弃花圃的水泥管道上，手里的绳子牵着他的白牛。在花园另一端的牛棚里，有一头黑色的瘤牛。避孕、授精：无论目的是什么，自然在这个地区自行其道。接下来要发生的事情显然不是出自人为：男性村民在聚拢围观。中心设备精良，拥有一个冰箱；人工授精所需的器具这里都有。但中心的官员说，公牛对人工刺激已经失去感觉。这并不让人惊奇。公牛日渐衰弱，官方为它制定了一定的授精配额，但一直没有完成。去年有七十次自然受精，可没有人知道成功率是多少，尽管文件柜里放着账目，墙上挂着各种颜色的图表。跟进随访的官员没有意识到他必须跟进考察。

"人工授精的目的是什么？"

"让一头牛为许多母牛配种。"

这让一切都得到了解释。他忘记了更高的目标——逐步改善本地区牲畜的品质。一个人的头脑如果不能通过抽象进行思考，他就会出于困惑而抓住表面和就近的东西。

那么就到"抽象"里去吧：去社区学院，去看看人文学科，看看文学教授。他是一个小个子，穿着白衬衣和堂而皇之的黄裤子，腰带松垮，微圆的小肚子显示出完全的饱足。他此刻看上去很害怕，我们的访问不是时候。他的嘴张着，露出上面凸出的短小牙齿，一颗一颗整齐地排在一起，形成了完美的象牙弧形。他说自己教的都是平常的东西。"我们一开始教莎士比亚。还有……"然后他就腼腆地不说了。

"浪漫派？"院长提示道，他是在用这样的询问对教授表示支持。

"对，对，还有浪漫派，雪莱。"

"没有现代派？"行政长官问，"像埃兹拉·庞德那样的。"

教授咕哝起来。他的肩膀靠着院长的桌子，挺着小肚子向前倾斜身体，嘴唇耷拉着，眼里透出害怕的神情。但他也熟悉现代写作。"对，对，我读了很多萨默塞特·毛姆的作品。"

"教授，在我们这样一个国家里，你认为教文学有什么意义？"

"提高自己的文化。"他以前被问到过这个问题,"正如亚里士多德所说,即使存在着尘土与污秽,有文化的心灵也能将其涤除。这种所谓的'净化',有助于人在文化上自我提高。即使是在尘土与污秽中,有文化的心灵也能获得较低的心灵不能获得的教育。"

"《查特莱夫人的情人》?"院长打断了他,他以一种神秘的方式理解了教授的意思。

教授感激地瞥了一眼院长,如释重负道:"这就是文学的价值。"

可怜的教授,可怜的印度。但又并不可怜——那不过是一个旁观者的看法。教授和我们遇到的其他官员一样,都认为自己很成功。在这缺少保障的年代,他们还能领到自己的卢比。工资很少,却可以按时领取,这些钱让人与人变得不同。有保障的印度人就是在这种脆弱的互相保护的基础上组织起来的;己所不欲,勿施于人,所以没有人会去惩处别人。生存——定期收到的卢比——才是第一位的。财富、营养、舒适,各方面的水平都很低,于是印度人的成就自然也很低。一个人要快乐和免于劳苦,所需其实甚少。职责无关紧要;要想生活有保障,就不要问"为什么"。教授的一位同事说,社区的老师面临两个问题:"地位与报酬"[Estatus and emolument,他喜欢头韵,他说自己的学生是"农夫与暴徒"(rustics and ruffians)]。

新德里是危险的行政中心,是所有的话语和建筑之所在;那里到处是喋喋不休的人,曲解着世界的运作方式;那里的分析家们从来没有想过,他们在真空里分析,把印度的问题缩减成政客们每日的权谋;而报纸从来没有分析过自己的功用,长篇累牍地报道这些权谋,竟然认为他们对一个五亿人的国家尽到了职责——于是新德里的种种抽象理念仍然保持抽象,这些理念和善良意图越往下也就越显得虚弱无力。保障的缺乏与印度智识的失败相汇合,变成了缺乏活力的印度的一部分。

缺乏活力的身体,回应着缺乏活力的心灵:这让印度处于匮乏之中。仅仅用贫穷并不能解释这种现象。贫穷不能解释新德里五星级的阿育王酒店里破损的地毯，无人服务的大堂里肮脏的扶手椅，身着土黄色衣服的杂役打扫完通风设备的栅格就把长扫帚随意弃置。贫穷也不能解释价钱昂贵、员工过多的酒店里普遍的糟糕状况，火车一等车厢里的灰尘以及棚户区水平的恐怖食物。贫穷不能解释树木的稀疏，即使是纳依陶度假地附近的喜马拉雅山脚，树木也被砍伐殆尽，变成了一片褐色的、热气腾腾的沙漠。贫穷不能解释在加尔各答郊区，新中产阶级居住的湖畔花园那些散发着臭气的、敞着口的下水道。这些人的生活有保障，能够定期支取薪水，但他们的居住区是如此景象。它们所讲述的，不仅仅是对感官享受的禁欲主义拒绝，也不仅仅是从正在入侵的沙漠吹来的沙尘。它们所讲述的，是更为普遍的感知力的退化，是一个民族正在越来越野蛮、冷漠和自我伤害，这个民族，因为对世界的肤浅感知，丧失了悲剧感。

这就是印度让人惊骇之处。宫殿倾覆，变成乡间尘土。但王子从来都是农夫，并没有什么损失。宫殿也许会再度矗立，但如果没有一场心灵的革命，那将不会是印度的重生。

2 魔法与依赖

大约一年前，印度一位圣人宣称他实现了一个古老的梦想，终于能在水上行走了。孟买一家进步的流行周刊征得圣人同意，安排了一场表演。票价并不便宜，属于国内最高档次。表演那天有几组摄影团队到场。观众当中的知名人士和怀疑者对水箱进行了检查。他们没有发现隐藏的装置。按照预定的时间，圣人踏上水面，沉了下去。

这不仅仅是尴尬与否的问题，也是一种损失。印度人需要魔法，它让世界简化，变成安全的地方。它弥补了印度人对世界的肤浅感知以及智识的失败——与其说是个体智识的失败，不如说它是一个被仪式和神话所主宰的封闭文明的缺陷。

在马德拉斯邦，议会在选举中下台。达罗毗荼人党红黑相间的旗帜在外面到处飘扬，一开始让人感觉像是置身于一个正在庆祝独立的殖民地。但只有按照印度的方式才能完全理解这样的胜利。这是南方对北方、达罗毗荼人对雅利安人、非婆罗门对婆罗门的报复。他们和印度教的史诗终于扯平了，这些经文讲述的是雅利安人的胜利：达罗毗荼人一度威胁要重写史诗，现在不需要了。

一所学院的学生开会，向一位刚刚当选的部长"道贺"——这是印度人爱用的英语词汇。"凉爽的傍晚，微风吹拂着我们。"一个学生在他的欢迎辞中这样说。听众向他起哄，因为这个傍晚很是炎热。但我们本来就已经脱离了现实：这个学生邀请当选部长用"如蜜的演讲"淹没听众。当选部长以各种建议来做出回应：一个狡猾的人从来不笑，与此同时，如果有谁总是在笑，那也是不对的；有人永远也忘不了自己丢过一个小硬币，也有人在海上失去六艘大商船，还可以完全保持平静。现实已被摧毁，我们置身于古老的童话世界深处：民间智慧、甜言蜜语，这就是让人满足的替代品——即使是那些热衷政治的学生也同样如此——人们用这种替代品取代了观察、对经验的分析，还有探寻。

一家全国性报纸不仅报道了这次欢迎会，还刊登了一段宗教演说：

对神的冥想是唯一的救赎之道
马德拉斯，三月九日

在命运的驱使下，即使是格外睿智和敏锐的人也可能会彷徨、放纵或是实施自杀性的行为。一个人注定要为前世犯下的错误而受苦……

这样的报道在南印度仍然被视为新闻。而在当地刚刚举行了一次选举，一场属于二十世纪的活动。下面是另外一家报纸在重要新闻版刊出的头条新闻：

民主要想取得成功，必须启蒙大众。

——兰加教授

> 现在的问题要由过去所犯的错误负责。
> ——阿乔伊·穆克吉

> 议会倒台被归咎于缺乏远见。

这是一个无休无止地沉溺于陈腐之见的国家：印度人一旦尝试分析事情，多半会给人以这样的印象。这一刻他们只讲述过去的世界，讲述神话和魔法；下一刻他们就会用过去的法则来诠释新的世界。

一八九九年，辨喜① 发表了一篇题为《现代印度》的论文，把我们带到了令人困惑而又十分简单的印度近旁。辨喜来自孟加拉，印度节奏最快的一个地区。他为自己国家的从属地位以及他自己因为种族歧视所受到的屈辱而感到痛苦。他也为印度教的种姓制度而感到痛苦，这种制度是高等种姓对低下种姓——雅利安人所蔑称的"行尸走肉"——的神圣藐视。辨喜本人属于卡亚斯塔种姓，其社会地位仍有争议。辨喜后来在宗教中得到了足够的心理补偿：他把《吠陀》输出到西方，颇受一些人赞誉。《现代印度》可被视为辨喜的政治苦闷与他提出的宗教解决方案之间的链条。这篇论文用印度教的天启论语汇对印度的历史加以诠释，而其后掩藏不住的是从西方舶来的种种观念。

辨喜以格言的形式指出，每个国家都由祭师、武士、商人和首陀罗（平民）这四个种姓轮流统治。印度的高等种姓已经衰落。他们未能在宗教事务中尽到职责，还让自己与权力的源泉、也就是首陀罗分隔开来。印度因而处在一种"首陀罗"时期，完全能够容纳吠舍、也就是英国商人力量的统治。但首陀罗的统治也将在西方出现；无论印度还是西方，都存在着"首陀罗阶级与其首陀罗性一同崛起"的可能性。句中的强调是辨喜所加；他从一种奇特的立场出发，似乎在欢迎这种

---

① Swami Vivekananda，印度哲学家，社会活动家，印度教改革家。

前景，但同时又说，印度可以拒绝首陀罗性，就像"欧洲一度是被罗马奴役的首陀罗之地，而现在充满了刹帝利（武士）的气概"。

于是，出于对西方历史探索的模仿，出于借来的观念和个人的痛苦，辨喜把印度的境况加以缩减，变成了简单的——尽管也是轻度失真的——印度教式的宗教沉思的主题。失败是宗教性的，要加以救赎，只有冀望于宗教，冀望于各个种姓对其美德和职责的再度发现，与此同时，寄望于所有印度人对同胞之情的体认。

印度的民族主义文献虽然少人问津，却一直在重印，《现代印度》就是其中一篇。这并不是一篇容易理解的论文。它游移不定，常常让人困惑，充斥着各种形而上学的印度教术语。这篇论文永远也无法变得容易理解。但对于像辨喜这样的圣人，只要发出声音就够了，其中的意义并不重要。一个沉溺于陈腐之见的国家：如果人们相信新生不是来自对思想的接受——无论这种思想有多不完美——而是来自魔法，来自对强人（圣人或智者）的敬奉，事情就只能如此。这个人本身就是魔法。

中央政府设立了一整个部门编撰《圣雄甘地全集》；在德里的电话簿里，这个名词专门有一个条目。但马德拉斯的《印度人报》在三月报道说，有一个社区百分之九十的高中学生对甘地几乎一无所知，顶多知道他是一个为独立而战的好人。在一座南方城市，我遇到一个二十岁的达罗毗荼族学生。他在独立后出生，来自特权阶层，我们是在一次航空表演（二十世纪的诸多新鲜事物之一）上认识的。此人连印度的贾巴尔普尔镇和英国的杰拉德十字镇都分不清楚，却想要在我这个访客面前树立自己的形象，急不可待地陈述着自己的种种偏见。而这个学生看待社会的态度全都是反甘地的。这个说法对他而言是一件新鲜事。他尊敬甘地这个名字。幸存下来的，只不过是这个名字，这个魔咒。

头脑不被允许思考印度的种种问题，这是印度令人沮丧的事情之一。

然而现在的印度有了谬误感。他们开始像西班牙人一样，感到自己是一个有所欠缺的民族；也和西班牙人一样，他们觉得自己的欠缺只是因为他们拥有独特的天赋。印度人最喜欢用"聪明"来描述自己，这种浪漫观点的影响越来越大，以至于他们也许已经聪明到精神失常的程度。在印度，自我审视总是半途而废，只能结束于狂热的态度，或是关于印度"德行"的种种空泛之词。

人文学科是舶来品，总是会把关于饥荒和破产的讨论转变成大学教程。这里不可能存在有效的写作。印度的生活成规扼杀想象，并且取而代之，印度的长篇小说——长篇小说也是一种外来的体裁——对印度的诠释永远处在一成不变的低水平上。"我期待的并不是另一部长篇小说。"格雷厄姆·格林这样评价他所钦佩的那些印度作家；他期待的是与另一个陌生人的相遇，"一扇通往另一种人生的门"。德里的长篇小说家鲁丝·普罗厄·贾布瓦拉已经远离她初事写作时关注的纯粹印度主题，她感到她积累的素材已经不能再支撑她的写作。

在这样一种处境之中，长篇小说几乎变成了自传文学的组成部分，而印度盛产自传。这些作品——只有尼拉德·乔都里的作品总是例外——凸显的是印度的缺陷。甘地写十九世纪八十年代的伦敦时，没有用一个描绘性的词，即便是尼赫鲁先生也无法告诉我们，一九一四年之前的哈罗，生活到底是怎样的。在这些书里，世界被缩减成一系列的刺激，生物体对其做出反应，向我们报告愉悦与疼痛的编码。这种自我中心的表述如此富有排他性，以至于世界再也不是等待探索的对象，在这类书中有时甚至无法感受到世界的存在；作家们自己似乎也成了残疾人，不完整的人。印度所有的自传似乎都是由同一个不完整的人写成的。

于是那种谬误感仍然悬而未决。但现在我这个访客有了提出问题的可能，有时还能套取更多的东西，尤其是从三十五岁以下的人那里。在德里的一次晚宴上，我遇到一个曾在美国求学的年轻商人，他觉得自己处在不利的位置。他说："我觉得在智力上，"身为"印度的骄傲！""其他人远远低于我。但与此同时，我也能看到他们有我所没有的东西。该怎样说呢，我觉得他们拥有某种在我身上已被切除的东西。你可以说，那是一种驱动力。"

这个术语含混不清，但我感觉到，尽管他拥有商人勇于冒险的气质，但实际上他和我在数百英里之外遇到的农夫是相似的。那是一个临近傍晚的下午，灰尘弥漫，到处都是甘蔗渣，金色的阳光映照在芒果树间。农夫们正在把甜甘蔗浆煮成棕糖。阉牛拉动磨子；一口黑锅在火坑上冒着热气。一个光着后背、身材健硕的年轻男人从与地面平齐的浅砖槽里刮出糖来，压成一个个圆球。他的父亲咀嚼着蒌叶，在一旁看着。他告诉我，儿子早上要去考试，肯定会不及格。六个月前，他的另一个儿子考试也没有及格。在他看来，也许他儿子也有同样的看法，考试不及格和田间劳作之间没有关系。这些农夫属于库米种姓，自称是拉其普特人①的后裔。英国人编撰的十九世纪地名词典对库米人赞不绝口，称赞他们是勤劳、适应力很强的耕种者，今天的印度官员也用完全相同的方式称赞过他们。但他们仍然是库米人，所求的只是人们承认他们是拉其普特人的后裔。

从库米人身上切除的东西在那位商人身上也被切除了："驱动力"，对因果关系的深刻理解，而这正是魔法终结、新世界诞生的地方。

因果：这是两千五百年前，佛陀在比哈尔的苦痛之地的思考主题。这是罗姆莫罕·罗易大公在一百五十年前的思考主题，他是第一位受英国人激发、对印度进行改革的人。这也是今天的印度必须面对的主题。这种周而复始的改革和倒退让人压抑。改革没有改变印度，只能让印度一度复兴。无论其结构有多新，仪式和魔法永远支配着这个世界。

在我们这个时代，我们可以根据维诺巴·巴韦的工作来跟踪印度的退步。巴韦是来自比哈尔的甘地式土地改革家，十五年前曾经登上《时代》周刊杂志封面。"我来，"《时代》周刊称他曾这样说，"我是要用爱掠夺你们。"他的计划十分简单：请求地主把土地送给没有土地的

---

① 印度北部刹帝利族之一部，属于种姓制度中的武士阶级。

人。这是印度的灵性之道。"我们是信神的民族，不会把自己交给理性的诡辩。我们相信圣人们的教导。我的感觉是，今天的饥荒和其他灾祸都是我们种种罪孽的报应。"他因此完全不会从实际出发去思考粮食问题，或是思考怎样划分土地、创建经济单位。"火只是燃烧而已；它不担心是否会有人放一口锅在上面，加上水和米，煮出饭来。它燃烧，这就是它的职责所在。其他的事情要由别人来做。"

他的教育观念也由此引申而来。"人生如树，离开土地就无法存活……因此，每个人都需要培土的机会……"农活也能降低出生率，因为它让头脑不再流连性事。为学校选择授课内容时要留心，比如教打鱼就不行，因为"我必须（向孩子们）展示怎样欺骗鱼"；鸡鸭养殖要好一些。文学也不应被忽视。"西方的教育体系中有一个错误，是对背诵经典的强调过少。"但最好的教育是神话－宗教人物黑天神所接受的教育。"黑天神放牛，挤奶，清洁牛棚，劈柴……后来，他不仅作为阿周那的战车御者驾驭他的马群，还负责照顾它们。"

问题不仅在于这些说法大部分都很荒谬，或是巴韦直到最近还在被严肃对待。问题还在于，巴韦的甜言蜜语汇集在一起，微妙而又严重地扭曲了圣雄的教导。在巴韦那里，关于行动和责任的斯多葛式呼吁变成了一种自我完善的修习，一种自我放任和虔诚的傲慢。到最后，他无法看清自己的职责；火的责任只是燃烧而已。他以圣雄从未采用过的一种方式，把私人的宗教行为与其社会目的分离开来。圣雄希望通过体力劳动来使所有的劳动变得高贵，包括"不可接触者"的劳动，巴韦却误用了这一教条。他声称，"不可接触者"所做的工作"损害了人类尊严"，他们必须成为农夫和地主。他其实是把他们扔在了原地。他在粮食问题上也毫无作为，在印度，这个问题与对土地耕作的无知有关。

巴韦一次又一次回到各种经文文本上，对它们的重新发现变成了一种目的。于是，以改革、圣雄以及善的名义，巴韦滑向了反动的道路。旧世界吞噬了它自己。

印度人为他们历经劫难却幸存下来的古老文明感到骄傲。事实上，他们却是这种文明的牺牲品。

这一次的改革将更加粗暴。中国在崛起；巴基斯坦发出威胁；不结盟运动已然瓦解，而美国也在变本加厉。印度无法拒绝新世界，但印度无法进行持久的改革，也无法正确地理解新世界，在一种深刻的意义上，她是一个极其不独立的国家。她依赖于其他国家来提出问题和回答问题；外国记者在印度比在其他任何国家都更重要。印度也是四分五裂的，这是她依赖性的一部分。这不是地区、宗教或种姓的四分五裂，这是一个国家的四分五裂。让这个国家聚集在一起的，不是智识的流动，不是总在发展的、属于其自身的内在生活。这个四分五裂的国家甚至不知道，一个社会是可以既分阶层又相互关联的。

印度没有真正的贵族，没有哪个群体能够保存这个国家的风华，并在失败的时刻表达自己的骄傲。这里有过的只是寄生的土地主、包税人，有过的只是统治者。他们代表残忍的当局，将种种不公强加给偏远的农村。除了少数例外，一旦面临困境，他们就会声称鞭长莫及。他们被恰切地称为"土邦王公"，尽管他们不时重申自己在金钱和影响力上的残暴权威，但他们已经消失于无形。在海得拉巴，你不会知道尼扎姆刚刚去世，一个比普拉西还要古老的王朝已经寿终正寝。① 无论王公还是农夫，每一个印度人都是村民。人人相互隔绝，在感知力退化的意义上，人人又都是平等的。

在德里有承包商和公务员，那里的"社交界女士"通常是承包商的妻子。加尔各答有经理人，这些仍然拥有英国头衔的人与外界隔绝，正在老去。孟买有制造商、广告商和电影人，他们要表达特殊的赞许时，会用"世故""老练""享有声望"等语汇。但他们的组织只是行会，不能构成真正的社会。在行会里缺少一种元素，一种所有人为之奉献并借以相互关联的元素。只有在这种元素存在的前提下，公共标准才

---

① 海得拉巴在印度独立时是最大、最繁荣的土邦，其世袭统治者被称为"尼扎姆"(Nizam)。普拉西可能指曾统治孟加拉、最终兵败普拉西战役而灭亡的纳瓦布王朝。

能得以建立，而一种不断变化的感知力才能定义自身。行会都是孤立的。政府因为观念匮乏而日渐虚弱，即使是政客们也在新德里式的矜持中失去了生机，每一个行业，除了娱乐业，都是舶来品。

这里的每一种学科、技能以及所谓的现代印度政体的理想都是复制品，人们知道原版存在于别处。内阁政府的研究者把目光投向威斯敏斯特，将其视为写在书背面的答案。抗议性的刊物则把目光投向《新政治家》，甚至连排版式样也亦步亦趋。于是，包括圣人在内的印度人一直在把目光投向印度以外，寻求外部的赞许。分裂与依赖已然完成。自己的判断没有价值。就好像，如果没有外国人递过来的便条，印度人甚至不能确定自己的现实。

印度，尽管不足以成为一个国家，却有其独特之处。舶来的理念不再能回答她的问题，这导致了普遍的狂热。不断有人创办刊物进行反抗，它们由私人投资，几乎不需要读者，也不对任何人负责。几周之内它们就会变得精疲力竭，无关紧要，变成它们所反抗的事物的一部分。世风日下。每个印度人希望成为同类人中唯一被外国人承认的那位：比如尼赫鲁先生，在那些伟大的日子里，来访的作家们最喜欢把他描述成一位孤独的印度贵族——他自己用过这个词，却从未加以解释——管理着他的国家里那些有缺陷却十分虔诚的农民。每个印度人反省自身，发现不足，却会把不足归咎于其他每一个印度人；而他常常又是对的。"骗子"是印度人骂人时最爱用的词。这种自我中伤的恶意如此之深，让我这个访客感到震惊和沮丧。"同一阶级的人相互之间的仇恨——首陀罗的共同特征。"辨喜这句话描绘出了一个极具依赖性的民族。

今天，印度人通过坐飞机旅行，为这种发狂的依赖找到了表达方式。他们飞向英格兰、加拿大，飞向任何允许印度人进入的地方。这不仅仅是淘金之旅：他们飞向二等公民权所提供的让人熟悉的保障，寻求种种抱怨的机会。也就是说，他们寻求庇护，责任是其他人的，观念也是其他人的。

这当然已经有人描写过。这是独立运动的代价。

独立运动在甘地的领导下，发展成为富有变革性的宗教运动，它所从属的印度传统可以一直回溯到佛陀时代。甘地把宗教对自我完善的强调与政治对自尊的断言融合在一起。这是依靠直觉取得的非凡成就，同时也极具破坏性。它并不关心各种理念，而是把印度交给了一种神圣的庸俗主义，直到今天，仍旧如此。

罗姆莫罕·罗易在十九世纪初曾说过，只要与英国接触四十年，印度文明就会复兴。他说这番话的时候，帝国主义者和种族主义者还未肆虐；两种文明之间的技术差距也不像后来那么大；对于一心进取的印度而言，西方与其说是新技术的来源，不如说是一种新的学习方式的来源。但后来差距扩大了，印度人的情感也发生了变化。独立运动拒绝了像罗易那样的人——它必须如此。它把目光投向印度的过去，并不评价它，而是一味强调光荣的历史。与此同时，以想象的方式对西方进行的探究也被抛弃，再也未能恢复。人们不再在意事实。今天的西方远比一八〇〇年时更值得模仿，印度可以疯狂地抄袭各种制度与技术；西方的赞许也非常宝贵。但从政治－宗教－庸俗的立场出发，仍然有许多人坚持拒绝西方。西方"物质丰富，精神病态"，西方只是赝品。没有哪个印度人能说出个中道理。但他不需要说出道理，战斗已经胜利，独立就是证明。

德里的一位学者提醒我，麦考利[①]曾经说过，印度的所有知识都比不过欧洲图书馆的一个书架。我们当时在谈论原住民的非洲，而他之所以提到麦考利，是想指出某种了无新意的评论中的短视。后来我才第一次发现，印度的革命并没有证明麦考利是错的，他只是被忽略了。今天，我们可以通过更激烈的方式重申他的观点。印度与西方的差距不仅仅是在财富、技术和知识上日渐增大的差距，而是在感知力和智慧上更为惊人的差距。西方充满警觉、特征众多、千变万化，面

---

① Thomas Babington Macaulay，英国历史学家、政治家，一八三四年至一八三八年间在印度担任要职，将英国教育体系引入印度。

对复杂的现象，他们的作家和哲学家通过不断改变和扩展感知力来加以应对，在西方没有一成不变的艺术和态度。印度拥有的只是未经审视的往昔及其可悲的灵性。释经是印度哲学家的专长，圣人期望发现的，只是已经被发现过的事物。一九六七年的文学界和一九六二年一样，他们像学校老师一样，争论的不是写作，而是翻译古印度语典籍时应该遵循的种种规范。印度一直是简单的印度，西方却越来越睿智。

革命没有让印度获得在二十世纪独立的能力。当独立来临时，它存在于一种依赖将会持续下去的设想：他们将活在一个包容的世界，这个世界里拥有魔法，印度的词语拥有印度人赋予它们的力量。大话总会被揭穿，灾难注定要到来。

印度必须一个接一个地把关于自身以及世界的观念蜕去。即使有辨喜、甘地、尼赫鲁、巴韦那样的人，也不可能再通过魔法般的手段消除印度的痛苦与困惑。巴韦在十五年前说过，他的目标或多或少就是让政府消亡。他称其为"神的分治之术"，然而就连那些虔信的人，也说他在白日做梦。政府现在已经衰弱，却并非神圣使然，原因是政客们——新德里出产的村民——再也没有共同的理念。魔法再也不能简化世界，让它变得安全。印度现在能做的只是对种种事件加以回应；而因为头脑不被允许进行思考，每一起糟糕的事件——同中国的争议、与巴基斯坦的战争、通货膨胀、饥荒以及与美国达成的屈辱交易——都变成了一次现实的教训。接连不断的入侵促使印度产生反应，造就了其特殊的依赖心理，似乎正是这些入侵保全了一个数世纪前就应该任其衰亡的古老世界。而现在，独立之后，那个古老的世界终于开始解体了。

印度的危机并非政治危机，这只是德里方面的观点。独裁或军政府什么也不会改变。这也并非只是一场经济危机。它们只是一场更大的危机的种种侧面：这是一个衰落文明的危机，唯一的希望只是更加迅捷地衰落。印度目前的狂热不能被简单地解释成稳定局面的退化。这个有着稳定局面的国家被魔法、口号、姿态和强人的名字所统治。这个有着稳定局面的文明存在缺陷，以为自己已经与世界达成和解，再也无须做任何事情。印度目前的拒斥心态包含着种种危险，但它一力维持住了生活的可能性。这种拒斥并非来自宗教，即便其目标据称是要保护宗教。它并非是要通过自我完善来进行改革。这是一种新的模式，属于一个新的世界。

我也许太过夸张；我也许忘记了，圣人可以把手放入嘴中，拔出一根刺来，赢得一片喝彩；我忘记了在饥荒时期，那些虔诚的人把数百加仑的牛奶倾倒在硕大的神像上时，空军的直升机正在空中撒下鲜花。但魔法只有看上去奏效，才能继续存在下去。而我们已经证明了，即使在印度，人也再不能在水上行走。

（马维达 译）

阿杰梅尔市的选举
1971

投票给谁？悬挂在新德里街头的英文海报这样问道。二月中旬，我南下来到拉贾斯坦的阿杰梅尔市，此时离国会选举投票日只剩两周，然而在这里，来自城市、乡村和沙漠的五十万选民似乎遇上了麻烦。国大党为印度赢得了自由，二十多年来，通过在四次选举中的连续获胜，它一直是执政党。而现在国大党分裂了，正是分裂引发了这次中期选举。分裂的双方都在沿用国大党的名字。Kangrace ko wote do，双方的海报上都写着：投票给国大党。针锋相对的吉普宣传车上都飘扬着同样的藏红花白绿旗：吉普是竞选团最爱用的交通工具，它们驶过阿杰梅尔尘土飞扬的街道，穿梭在两轮马车、破旧的巴士、成百上千的自行车、手推车和牛车之间，营造出一种权威而紧张的气氛。

双方本来都想采用为老国大党赢得选举的徽标：两头套着轭的牛。但法庭已经做出裁决：决不允许使用。于是双方都为自己设计了复杂的自然主义徽标。一头母牛舔舐着吃奶的牛犊：这是以总理甘地夫人①为首的国大党的徽标。一个乳房丰满的女人坐在纺车旁（丰满的乳房总是很引人注目，即便是在蜡版油印的宣传单上）：这是走向对立面的老国大党（或组织派国大党）的徽标。在印度，这两个徽标的分量不相上下。纺车象征着甘地主义，母牛则意味着神圣。双方的徽标都在

---

① 英迪拉·甘地，印度独立后首任总理尼赫鲁的女儿，担任过两届印度总理。

向世人宣告，已方继承了国大党正统。

如此说来，这次选举在某些方面就像是一家人在吵架。事有凑巧，争夺阿杰梅尔议席的两位国大党候选人恰好是亲戚。候选人共有五位，其中三位是独立候选人，不会引起太大反响。"他们参选只是出于业余爱好，"选举司的一名工作人员说，"他们会交上五百卢比的保证金，得到几千张选票，然后赔掉保证金，安安静静地坐在那儿，仅此而已。这只是他们的业余爱好。"

两位重要的候选人是穆库特·巴瓦佳先生和毕希西瓦·巴瓦佳先生。穆库特先生代表的是老国大党及其所有在野同盟，他是毕希西瓦先生的叔叔，而后者正在为英迪拉派国大党争取议席。于是，阿杰梅尔人最关心的问题出现了（这也是这场关于合法性的举国之争在当地的缩影）：谁在道德方面有问题？是跟侄子作对的叔叔，还是跟叔叔作对的侄子？

穆库特先生，也就是那位叔叔，今年六十八岁，是一位双目失明的律师。他那非凡的记忆力和处理土地事务的娴熟技巧让他在拉贾斯坦享有盛名。据说，他的收费标准高达每天一千卢比，大约合五十英镑；他的年收入估计有二十万卢比，约合一万英镑。他也因为替农民无偿服务而声名远播，至今仍有农民到阿杰梅尔来寻访这位"没有眼睛的律师"。穆库特先生是老国大党员，自由战士，曾于一九四二年入狱。印度独立以来，他的政治生涯并不辉煌，但一直四平八稳，没有瑕疵：他最广为人知的政绩，也许是普及了将黄油和花生做的黄油替代品轻松地区分开来的方法。他在一九五二、一九五七和一九六二年三次为国大党赢得了阿杰梅尔的议席。一九六七年，六十四岁的他已经退休了，便把阿杰梅尔的议席交给了侄子和门生——三十六岁的毕希西瓦·巴瓦佳先生。但现在国大党分裂了，穆库特先生想要回他的席位，为了夺回它，他跟自己所有的政治宿敌结成了同盟。穆库特先生这样做对吗？毕希西瓦先生拒不交还席位，他错了吗？

压倒性的回答是：毕希西瓦先生错了。他应该退出竞选，不应该跟叔叔作对，叔叔对他恩重如山。穆库特先生的儿子兼竞选执行官如此说道；毕希西瓦先生的竞选执行官也持相同看法。穆库特先生本人谈起这场竞争时，也总是流露出受伤的情绪。"当权派国大党选择了最卑鄙的武器，"他说，"让我的亲侄子来对抗我。他们知道我看重家庭感情，他们希望我能退选。"乌代浦的大公支持穆库特先生，他在一次竞选集会上说："英迪拉派国大党正在分裂我们的国家，他们不仅在意识形态上搞分裂，还弄得我们的家庭四分五裂。"拉其普特村的村长忠于自己的大公，赞同大公的看法："一个侄子如果不爱自己的家人，怎么可能爱公众？"

叔叔想把侄子拉下马，难道就没有错吗？"我不想让父亲参加这次竞选，"穆库特先生的儿子说，"我说：'父亲，你现在年纪大了，而且还有残疾。'然而他的回答征服了我，让我的眼泪夺眶而出。他说：'牺牲的时候到了。'"

牺牲：毕希西瓦先生无法高扬这样的旗帜，而且在竞选过程中，大多数时候他都显得心烦意乱，没有底气，有时候还被人穷追猛打。他不像他叔叔，穆库特先生总是谈吐自如，甚至还妙语连珠，而他却寡言少语，他的气质也让人提不起谈话的兴致。他的目光穿过镜片，茫然地盯着外面，仿佛时刻都在警惕着，生怕自己说了什么给别人落下口实。有一次，他说："我不明白叔叔怎么能违背那些原则，还是他灌输给我的原则。"这是我从他嘴里听到的唯一一次对他叔叔的评论，他说得很快，就像是事先准备好了的。

毕希西瓦先生不怎么受欢迎。跟他叔叔比起来，他在各个方面都处于劣势。穆库特先生瘦小精干，皮肤黝黑，是苦行僧式的老派政治家，而且有过一段牢狱经历。毕希西瓦先生却身材高大，体形圆胖，像个电影明星。他是印度独立后成长起来的政客，是隶属于体制的人。跟他同属一个党派的人谈起他时会这样说："政治是他的职业。""如果不让他从政，他一天连两顿饱饭也吃不上。""他叔叔为他干掉了好几百名党内工作者。"但这话不是在指责他叔叔，而是在指责毕希西瓦先生。

"我在这里工作不是为了毕希西瓦先生，"他的助选队员说，"我是为了英迪拉。"甚至到了投票当日，当他们在自己党派那五彩缤纷的帐篷里等着选民前来投票时，他们仍然在说："这些选票不是投给毕希西瓦的，是投给英迪拉的。"

正如大家所说，英迪拉才是这次选举的核心：英迪拉，甘地夫人，新德里那位令人生畏的女人成了国会中的戴高乐，她接管国会，废止了国会旧有的政治共识。她向特权宣战，寻求穷人、贱民和少数派的支持。她将银行国有化，不再承认诸王公的身份；为了切断他们的私人财源，她还打算修改宪法。

没规矩，跟老穆库特先生立场一致的人这样说，他们为那些堕落的老党员感到悲哀。Indira Hatao，反对派的海报上写着：赶走英迪拉。另一派的海报上则写着：Garibi Hatao，赶走贫困。富人和穷人：令人惊奇的是，在印度，这种基本划分用了那么久才形成了相应的政治格局。社会主义者和共产主义者都没有做到这一点，他们只提供了理论。参选的各党派都发表了各自的宣言，这在阿杰梅尔的选举史上还是第一次。

富有与贫困。但阿杰梅尔有着地域上的复杂性。拉贾斯坦是诸王公之地，但位于拉贾斯坦中央的阿杰梅尔不是土邦，那里没有大公。然而阿杰梅尔选区幅员辽阔，从阿杰梅尔到查尔集市之间的两百英里土地上，主要是沙漠、岩石和起伏的褐色山丘，开吉普都要走上六个多小时。它的两个行政区在过去属于原来的乌代浦邦，乌代浦的大公在上次选举中支持了毕希西瓦先生，但这一次，他宣布支持穆库特先生。政府"不再承认"拉贾斯坦的王公，他们的私人财源受到了威胁，于是他们各显神通，想尽办法激烈地反对政府。身为王公，他们也可以把这件事情提交给人民审议，举行一次听证会。

但对于穆库特先生其他的支持者来说，事情并不那么容易。老议员考尔先生跟穆库特先生年龄相仿，现在是印度国会上院议员。他一天只吃一顿饭，他说，这是他一九三二年坐牢时养成的习惯。而现在，他已经脱离了监狱的污秽，独立后的权力、荣耀和政治活动让他变得温和起来。考尔先生认为应该禁止个人的拉票行为。

"我们已经公布了自己的宣言，为什么还要亲自走到民众中间？拉票会变成贿选的通途。我们的人民很穷，他们不理解我们在为什么而奋斗。他们的无知被利用了。英迪拉派国大党用了几千万卢比去笼络他们，笼络农民、村民、没受过教育的人和劳工阶层，给他们口号，各种各样的口号。这就是我们的国民性。"

我问他，印度的国民性是什么。

"我们的人民不会首先想到国家。"

"他们会想到什么？"

"什么也不想。"他笑了，"你没注意到吗？他们对什么都无动于衷。"

到了阿杰梅尔的第一个投票日，选举却显得离大家很遥远。双轮马车载着阿波罗马戏团的广告在镇子上到处走；大街小巷的墙上刷满了用印地语写的计划生育口号。那天是星期二，是哈努曼神庙每周做圣事的日子，庙里的猴子窜到附近的圆屋山上，在树上跳来跳去。登上山顶，会看到一片明澈的湖水，俯瞰山下，依湖而建的就是阿杰梅尔市。穿过尘土飞扬的街道，明澈的湖水带给人一阵惊喜。湖边的黑色岩石上，几十个洗衣工正在使劲敲打穷人的棉布衣服，他们划着圈儿抡起拧紧的一捆捆湿衣服，每抡一下，嘴里就不甘示弱地咕噜一声。

太阳升得更高了，褐色的雾霭升腾起来，越过了褐色的山顶。洗衣工把那些白色的、彩色的棉布衣服摊开后走开了。鹰在湖面上空盘旋；湖边，蚊虫聚集而成的云团就像风中的香烟烟雾，时而汇成螺旋，时而变得稀薄，然后又重新成形。此时，山下平顶房密布的赭白相间的镇子里传来了扩音器的声音：电影院在招徕顾客。下午晚些时候，镇子上还听得到音乐：来自一场婚礼的仪仗队伍。

阿杰梅尔的日程排得满满的。梅奥学院的第八十九届颁奖典礼将在星期六举行。梅奥学院是印度一所举足轻重的英式公学，先前是为了教育王公子弟而设立的。再过三天就是印度的湿婆神节和阿杰梅尔花展开幕的日子。于是，在混乱的主干道后面，在混杂的交通、母牛、瓦砾、尘土、没有遮挡的食品摊后面，阿杰梅尔很快显露出它过度有序的一面。这是一个铁路重镇，有巨大的火车头车间，还有严格按照等级划分的住宅。这里有中世纪修建的镇子，狭窄的街道簇拥着一座著名的穆斯林圣墓，那是穆斯林的朝圣之地。这里也有比较新的居住区，有集市（它是混乱的主干道的延伸），还有占地几英亩、井然有序的梅奥学院——在那里，只有在用人区才会有人谈论印度。

褐色山丘的另一边，是更小的城镇和上千个村庄，它们一起构成了整个选区。每个村庄都像阿杰梅尔那样，既四分五裂又井然有序：每个人都安守着自己的种姓、社群和家族；人们聚居的区域不是严格按照种族或社群来划分的；这里的情况更像英国的村庄，人们看上去比较相像，说着同样的语言，信仰同样的宗教，但每个人都清楚地记得自己是丹麦人、撒克逊人或朱特人，跟自己的同宗保持着紧密的交往。奶牛和牛犊，纺车；穷人和富人，左和右：这些划分如何应用于现实？

晚上，我去了蜜露咖啡馆，阿杰梅尔这座拥有三十万人口的城市勉强支撑起三家还算像样的咖啡馆，蜜露是其中一家。咖啡馆里开着空调，光线幽暗，服务生穿着白衣服。我遇到一个年轻人，他告诉我，蜜露是阿杰梅尔的年轻人和"摩登人士"常来的地方。他说"摩登人士"的时候带着挖苦的口吻，但他也想让我知道，他本人就是摩登人士。"我父亲是个半文盲，他一九二〇年开始在铁路上工作，干了三十七年退休，然后就去世了。他临终的时候，一个月拿三百卢比。在他看来，这一切都是他的运气，都是他的果报，他上辈子种下的东西，这辈子来收。我和他想的不一样。我每个月只挣四百卢比，但我喜欢让大家看到我西装革履地坐在蜜露咖啡馆里消磨时间，让大家以为我有钱。"

一杯蜜露咖啡大约三便士。你可以向服务生要一支香烟，他会把一包开了封的香烟放在你的桌子上，你抽几支，就付几支的钱。奢侈在印度是很少见的，一些小小的姿态就足以构成不敬之举。前所未有的穷困时期，你打着领带，在蜜露喝咖啡：这种举动已经不仅仅是铺张浪费，而是在否认果报，从根本上挑衅父辈的信仰。

那天晚上，德赛先生在纳雅集市上的演讲主题就是"不敬"。德赛先生以前在甘地夫人的内阁担任副总理，现在他是反对派的一员，支持穆库特先生。在纳雅集市的通道两侧，一家家狭窄的店铺搭在平台上，挂着闪烁的灯泡吸引顾客。在集市的开阔地带，越过攒动的人头，越过街道上空悬挂的彩旗、彩带和海报，在两排小荧光柱的尽头，矗立着另一座平台，台上格外洁净和明亮——穆库特先生、考尔先生和其他人显然跪坐在那里——德赛先生看上去完全不像七十四岁，正在台上谈论着"英迪拉的精神紊乱"、国有化和宪法面临的危险。

乍听上去，用印度人的话来说，他的演讲"很老到"。然而作为一场竞选演说，在那样一条街上，面对着那样的人群，整篇讲话对近在眼前的痛苦居然没有一点分析，对未来也没有丝毫的允诺！一场竞选演说，一场关于经济和法律的演说，居然是从个人诉苦的角度出发的！谈到国有化时，他关注的不再是经济问题，而是一种不敬行为，它威胁到秩序和戒律，它亵渎、动摇着这个世界。为了反对不敬，他让大家以他为榜样：他的甘地帽，家纺长衫，朴素的棕色背心；他的闻名遐迩的禁欲主义；还有他的甘地式爱好——纺线：他的个人美德都是经由长年累月的服役塑造出来的。宗教、戒律和印度的"正道"在这里被赋予了一种政治性表达，听众觉得他的演讲声声入耳。他们毕恭毕敬地听着，甚至报以轻轻的掌声。

Garibi Hatao，赶走贫困，现在我们能够理解，这么简单的政治口号，为什么在甘地夫人之前从来没有人提出过。也能理解为什么有人说，在阿杰梅尔，"赶走贫困；赶走英迪拉"这样的竞选论题太抽象、太遥远了。人们说，如果是邦议会选举，大家会更感兴趣，因为那时，政客们会讨论更直接的种姓和社群问题，会给出一些看得见、摸得着的允诺：有关柏油马路、水箱和通电，等等。

然而那天晚上，就在离纳雅集市不到二十英里的斋浦尔公路上，四十六岁的吉申格尔大公——反对派的支持者，邦议会议员——被刺杀了。

吉申格尔隶属于阿杰梅尔旁边的选区。拉贾斯坦的面积有六百五十平方英里，跟一九四七年的状况一样。在遍地王公的拉贾斯坦，吉申格尔是一个不太显赫的姓氏，但这位死去的大公是一些显赫家族的血亲，他在阿杰梅尔知名度很高，常在阿杰梅尔俱乐部打羽毛球，在梅奥学院的球场打网球。

那天晚上，他原本要和大公夫人一起去参加一场婚礼，正要离开时，电话铃响了，吉申格尔本人接了电话。然后他对大公夫人说，他出去一下，十分钟后就回来。他自己开着一辆印度产的菲亚特离开了府邸，身上带着左轮手枪和很多子弹，还有大约一千五百卢比。在距离府邸几英里外的斋浦尔－阿杰梅尔公路笔直路段上，车子停了下来，也可能是被拦住了，子弹从吉申格尔的右耳射了进去。他的左轮手枪被拿走了，钱却分文未动。

这是第二天早晨的爆炸性新闻。十一点钟，在沙漠的强光里，印楝和仙人掌侧立路边，周围褐色的低洼地上零零星星地分布着金合欢，眼前这辆小小的"香槟绿"菲亚特显得有些怪异，它既没有君王之气，也没有悲剧色彩，车身没有一点凹痕，车窗玻璃一块也没有碎，只有驾驶座旁边的车门上留着一抹血痕，车子停在沙子漫过的路肩上，前面的保险杠撞进了一丛高高的灌木，这种灌木叫"柯"，开红色的花，人们可以根据花的情况预言季风强度。车牌是红底白字的王公专用车牌，上面印着：吉申格尔 No.11。几块石头摆成一条线，标记出了车子驶离公路的轨迹。公路的另一边停着几辆行政区警署的吉普车，还有一群缠着腰布、裹着头巾的农民。

当地的一些政客也来到了现场，其中有默格拉纳先生，他身材矮小而肥胖，脸色阴沉，穿着一条灰扑扑的长裤，一件破旧的绿色套头衫，头上裹着雪白的穆斯林头巾，头巾的大小和形状都像是小轮摩托的轮胎。"我是马尔瓦尔人，"他说，"每逢令人悲伤的葬丧场合，我们马尔瓦尔人都要裹上这样的头巾，白色和卡其色的都可以。"默格拉纳先生是邦议会议员，也是死去的大公所属党派的干将。"此前大公一直在为我们带来良好的影响，这次谋杀是某个大人物主使的。"默格拉纳先生曾经拥有两千五百英亩土地。"扎吉尔制度①废除后，我的土地都没了。"在扎吉尔制度下，他的佃户要把三分之一或一半的产出交给他。"我们用这笔钱来管理封地。我现在做的是大理石生意。如果只靠政治过活，我根本就活不下去。我的生活来源是大理石，政治只是业余爱好。"他从我身边走开，继续沿着马路在那些一动不动的农民面前走来走去，圆胖的脸又阴沉又烦躁，雪白的头巾顶在头上，非常醒目地悼念着死去的党派成员。

阿杰梅尔的行政长官和两位警局的高级官员一起坐着黑色的大轿车来到现场，车上飘着警局的蓝色三角旗，行政长官穿着西装，两位警局官员穿着卡其色衣服。农民们看着他们，默格拉纳先生也停下脚步，看着他们。斋浦尔警犬队派来了一名副调查员，他头戴贝雷帽，面带微笑，到现场后就向警局报到。接着，印度上院议员考尔先生出场了。他轻快地钻出汽车——腿上的紧身裤带着时尚的褶皱，上身穿着一袭棕色长袍——迅速地穿过马路，走向那些官员，就像一个习惯于处处受到欢迎的人；然后，他神情庄重地开始检查那辆菲亚特，仿佛那不是汽车，而是尸体。

考尔先生不是那种戴白头巾、按乡村礼仪致哀的人，他的做派属于新德里风格。他很快就发表了一番讲话，讲的是英语："……卑劣的谋杀行径……法制匮乏、暴力横生的整体氛围……执政党领导人，自总理而下……使用如此不堪的词来诋毁他们所谓的资本家、实业家和封建秩序……煽动大众的情感和情绪，尤其是社会底层的年轻人……"

吉申格尔的商店都关门了，街上却挤满了从腹地赶来的农民。这些发育不良、细胳膊细腿儿的农民，早晨起来一听到这个惊人的消息，就动身赶往大公府邸，有的是走路来的，有的是骑自行车来的。这是一座破旧不堪的印度乡镇，新盖的混凝土楼房上面都有阳台和栏杆，但一楼都是肮脏破烂的房子，每家每户都紧贴着房子外墙搭出了一个

---

① 莫卧儿帝国实行的军事采邑性质的封建土地所有制。皇帝为全国土地所有者，他将土地封赐给封建主，受封人终身享有征收田赋权，但没有所有权。

简陋的棚屋,屋顶盖着帆布或茅草。柏油公路就像一条在尘土和粪便中蜿蜒的黑色小径,两侧的人行道没铺地砖,到处都是一堆堆碎石和遗留下来的沙砾。再往前走,一片湖泊出其不意地出现在眼前,湖心有一座老旧的石头建筑,也许是夏日的凉亭;在湖畔公路的尽头,矗立着吉申格尔要塞的高墙和老城。

老城里,火葬的场地已经准备好,添加了檀香木和其他香料的柴堆静静地候着,仪式已经开始了。马路和城墙周围都挤满了人,拉贾斯坦的农民把这里变成了红色的火海:鲜红、橘红和藏红。载着遗体的敞篷吉普从宫门驶出,大公的亲属身着清一色的白衣服,在这里,白色是可怕的哀悼的颜色。

下午,菲亚特仍然原封不动地停在路边,车头顶着柯丛。那些做记号用的石头已经有些散乱。围观的人群已经散去,远处,两三个农民坐在一棵金合欢的阴凉里。褐色的山丘在强光下有些泛白。个人的悲剧结束了。穆库特先生和考尔先生都在追悼会上发过言了。

吉申格尔事件扰乱了毕希西瓦先生的时间表,我到他家时,只有他妻子在。他家的房子坐落在一条土路尽头的开阔地带,穆库特先生的律师事务所也在那里。指代不明的国会旗子有气无力地挂在小花园里,一些花和灌木长在光秃秃的地上。

有人告诉过我,毕希西瓦先生过着简朴的生活。我一开始坐在花篱环绕的游廊里,那里摆着粗制滥造的家具和一排肮脏的垫子,散发着黯淡无光的家居气息。楼上的平台更不讲究,地面是光光的水泥地,仆人遵照吩咐拿出了几把藤椅,是那种五个卢比一把的本地货。一个仆人蹲在楼梯旁的小房间里刷盘子。这就是印度内地的农村:也许除了电话,没有任何东西能够表明这是一个正在拉贾斯坦冉冉升起的政治家族,毕希西瓦先生的父亲曾是名噪一时的政治家,当年他跟考尔先生的派别斗争得非常激烈,尼赫鲁先生不得不亲自出面干预。

毕希西瓦夫人很漂亮,三十三岁,面色苍白,略显憔悴,头上得体地戴着暗红色的纱丽。一开始,她只说印地语。她说她讲不好英语;

但后来她对我网开一面，结果她那一口英语无可挑剔。她在她父亲创办的教牧学院接受过教育，学的是印度古典音乐，还学会了纺线。后来，她获得了音乐、英语和印度文学学士学位。她现在仍然纺线。"我相信甘地的教导。"但她放弃了文学，"我不喜欢现代文学，看不懂。我也不喜欢印度的现代文学。我喜欢莎士比亚、勃朗宁和雪莱。"

她不喜欢政治生活。"我丈夫不是政客，他是劳动者。"这是甘地的话：善事的践行者。"我也坚信应该改善被压迫者的生活，但我希望能默默地改善，不想成为公众人物。不过我希望我丈夫更有知名度。人们应该认识到他的才干。如果他是个诚挚而勤勉的人，就应该让大家知道。"

毕希西瓦先生回来了，他高大、圆胖，穿着长裤和一件褐色运动衫。他看上去心烦意乱，气喘吁吁，显然是被吉申格尔事件弄得精神紧张。他还错过了撒拉达纳村的会议，我们马上就要去那个村子。也许是今天这个不幸的日子里的一件幸事，也许是出于神意：陪同我们前往的是一位苦行僧。他身材矮小，精力旺盛，从头到脚都裹着藏红色的衣服。他看上去冷得要发抖，但其实是他的藏红色头饰造成的效果，那块头饰是用一整块棉布缠出来的，缠得非常巧妙，形状介于主教冠冕和小丑帽之间，左右两条遮耳盖垂在耳朵上。

在拉贾斯坦这个地区的村子里，房屋总喜欢挤作一堆：广袤的空间突然变得局促起来，一种人工建造的固态物质出现在眼前。撒拉达纳村就是这样。我们在两个茶棚旁边停了下来，黑暗的棚屋里闪着火光。没有人出来招呼我们，我们朝村子的另一头走去。毕希西瓦先生甩开大步走在村子里，脚下尘土飞扬。穿着橡胶凉鞋的苦行僧一路小跑地跟着，两条遮耳盖支棱了起来。我们像赛跑一样快步疾走，走过一棵棵剥了皮的树，迈过一堆堆碎石，路过一间间破旧的院子，跨过一条条污秽的排水沟。狭窄的巷子弯弯曲曲，时而转弯，时而突然把我们带进一块小小的空地。我们经过了一群抽烟的人，他们安安静静地坐在厚厚的、温暖的土地上，围着一个黄铜盘子，上面摆着烟具。然后，我们出了村子，又来到那两个茶棚旁边。

有些人来到毕希西瓦先生身边，低声跟他说话。一致同意，一致同意：在各种印地语中，这个英语单词的意思都十分明了。离我们不远的地方，一个男人蹲在地上，把一口很小的黑锅架在用草秆燃起的熊熊大火上面，在炒一堆乱七八糟的东西。

毕希西瓦先生说："他们自己开过会了。全村都决定支持我。"

"一致同意。"一个头戴黑帽的村民一边说，一边摇着头。

再好不过了。就这样，我们的任务出人意料地完成了。

开车回阿杰梅尔的路上，我突然意识到，作为参选国会议员的政客，毕希西瓦先生这身裤子加运动衫的装扮并不合乎常规。我问："这么说，你不穿家纺的衣服①？"

他以为我在指责他。他扯着他的褐色运动衫袖子说："这是家纺的。有时候，我是为了方便才穿长裤的。但我经常围腰布，我喜欢腰布。"

就是说，今天他只是没穿惯常的衣服。他不是我以为的那种跟甘地夫人的新型竞选相配的新型政客。他是国大党人，渴望遵循旧有的风格；像他自己说的那样，他的原则都是从他叔叔那里吸收来的。当国大党分裂，以甘地夫人为首的政府变成了少数派政府时，国大党的邦一级首脑曾经为站在哪一边而犹豫不决，毕希西瓦先生承认，他当时也跟着他们一起犹豫。当邦一级国大党宣布支持甘地夫人时，他就跟着他们站了过去。新型政治属于甘地夫人，而且只属于甘地夫人。在拉贾斯坦，国大党的组织和整个权力结构都一如既往。似乎是甘地夫人凭着一人之力，把独立以来一直在执政的党变成了抗争的党。

但对于毕希西瓦先生来说，竞选的输赢仍然是一场赌博。一九六七年，他获得了十四万五千张选票；他的主要竞争者，来自印度人民同盟党的候选人，得到了十万零八千张选票。但那一年，毕希西瓦先生还有穆库特先生和乌代浦大公的支持。现在乌代浦和人民同盟都在支持穆库特先生。乌代浦大公会让毕希西瓦先生失去拉其普特人的选票；

---

① 甘地鼓励印度人民学习手工纺织，摆脱对英国纺织业的依赖，其甘地帽搭配腰布的穿着风格和自制服饰的习惯延续下来，成为印度爱国者的象征。

吉申格尔事件也可能产生同样的影响。

那天晚上，毕希西瓦先生要动身前往农村开展为期两天的活动。他的竞选指挥部设在一栋别墅的一楼：一间光秃秃的中厅，壁炉空空如也，高高的蓝色墙壁上开着椭圆形的窗，窗户紧挨着天花板，开裂的水泥地上铺着破旧的地毯，旁边的小厢房用栅栏和铁丝网封了起来。助选的工作人员有些是花钱雇来的（一个月四十卢比，也就是两英镑，每天工作两小时），有些是小政客，来此行使自己的权利。工作人员乡里乡气的举止让新德里运来的海报上的革命允诺变得像是空话。一些光着脚的男孩坐在地上，往纸箱上贴海报：投票支持毕希西瓦先生。站在竞选指挥部，站在这样一群人中间，毕希西瓦先生看上去确实心烦意乱。

然而，穆库特先生也有棘手的问题。按照正式的说法，他是反对派或组织派国大党推举的候选人。但组织派国大党在阿杰梅尔根本没有组织。穆库特先生只好依赖人民同盟的组织，而他和人民同盟不久前还是敌人。各个反对党派的核心领导人之间已经结成了联盟，就议席的划分达成了一致意见，阿杰梅尔的议席分配给了组织派国大党和穆库特先生。

阿杰梅尔的人民同盟党人一直想推举自己的候选人，现在却不得不支持穆库特先生。人民同盟在阿杰梅尔的党主席夏尔达先生曾经在一九六七年竞争过这个席位，他不喜欢现在这种安排。他说："这是人民同盟的席位，应该由人民同盟的人出面竞选。我比他们选的那个人更合适。你们见过他吗？一个六十八岁的老头子，瞎子，看不见东西。我们的人总是来问我：人民同盟为什么不出来竞选，我为什么在帮那个瞎老头？"

这是一种不寻常的联盟。自一九五一年创建以来，人民同盟已经越来越壮大，夏尔达先生说，这是因为国大党的腐败；而这段时期基本上是穆库特先生在阿杰梅尔主持国大党事务的时期。然而，人民同盟并不仅仅以反对国大党的腐败而著称。国大党不主张宗教对立；穆库特先生在维护穆斯林权利方面有着很好的口碑。而在北印度，人民同盟作为好战的右翼印度党派而崛起，号召印度人对抗穆斯林；在印度人内部，人民同盟又号召北方说印地语的雅利安人对抗南方的达罗毗荼人。他们主张对少数民族施行怀柔政策，他们的口号是"印度化"。最近，人民同盟嗅到了国会权力的味道，便弱化了他们的雅利安共同体路线，把自己的敌人设定为共产主义；但他们在共同体方面的声誉仍然是他们的力量源泉。

"我们不想从苏联或柯西金那里吸取思想。"夏尔达先生说，"我们有自己的遗产，自己的文化。我们有《吠陀》，这是人类写的第一本书。在《吠陀》的光芒下，其他民族发展出了自己的文化。因此，当我们拥有这样一笔古老的遗产时，我们相信我们的种族是伟大的、高贵的。我的祖父哈比拉斯·夏尔达写了一本书，名叫《印度至上》。那是二十世纪三十年代，他在书里列举了各种各样的事实和数据，用来说明印度人为什么比其他种族都优越。"

夏尔达先生五十多岁，身材矮小，体格结实，穿着一件棕色的条纹西装。他戴着茶色眼镜，总是愤愤不平地说起那个"瞎老头"，但他自己的眼睛也不太好。其实，恰恰是视力问题让他不得不放弃律师行业，做起了经销水泥和布料的生意。他住在圆屋山下一座新盖的水泥平房里，房子对面是一堵石墙，用牛粪涂过的墙面正在风干。他的客厅里有个玻璃橱，里面有些小摆设；小小的葡萄苗从两只威士忌酒瓶里长了出来，一只瓶子是棕色的，另一只是绿色的。白色的墙上挂着一幅肖像画，仿佛一幅染了色的照片，画中人是哈比拉斯·夏尔达先生，《印度至上》的作者，一位上了年纪的、和蔼的婆罗门，蓄着下垂的胡须，他在英国殖民时期当选过中央立法会的成员，获得了"大臣阁下"的称号（仅次于"骑士"封号），他因为起草《禁止童婚法案》而闻名于世，这个法案从一九三〇年起禁止儿童婚姻，至今仍被称为《夏尔达法案》。

"我们家族是最早起来反抗这个国家的社会丑行的。"夏尔达先生说。但现在，他的党派在全力支持印度建设核军事力量的同时，也在全力支持保卫神圣母牛的运动，两者并行不悖。人民同盟和任何地方的极右翼党派一样，善于运用愤怒和简化的学说，但他们最重要的武器是矫情。他们喜欢谈论危险和痛苦，"我们的文明到了危险关头"，夏尔达先生说——他们能够从当前的苦弱中，魔法般地召唤出一个富强的未来，未来的印度会再次像她神秘的过去那般纯净，那是非常遥远的过去，远在英国征服之前，远在穆斯林入侵之前。

"我们需要原子弹来保卫国家安全，但这是一项关系到印度全局的政策，我不会跟村民过多地谈论这个。"但母牛就不同了。"我们认为，作为一个农业国家，母牛对我们国家很重要，所以不应该宰杀母牛。德里有一位候选人拉姆·高佩尔·谢尔瓦拉先生，他把保护母牛当作他唯一的奋斗目标。政府应该保护母牛，而且应该提供健壮的公牛，这样就可以繁殖出更好的品种。也应该妥善安排饲料，因为这一带经常有饥荒，成千上万头牲口会死于饥荒。"

他认为穆斯林不会反对这项提议。"住在村子里的穆斯林是农民，他们喜欢像印度人那样生活。只有那些受过教育的狂热分子出于自私的目的，才会想方设法在印度人和穆斯林之间制造鸿沟。"但后来，当我们谈起四万张穆斯林选票的投向时，夏达尔先生用他那直截了当、心无芥蒂的口吻说："这些选票会分化。但一般来说，大部分穆斯林不会把选票投给人民同盟。"

我正要离开时，一个打着赤脚、裹着破腰布的仆人送来了一份报纸，内地版的《祖国》，这是人民同盟刚刚在德里发行的英语日报。关于吉申格尔的报道和对政治谋杀的指控仍然醒目地占据着头版。

穆斯林的选票不会投给人民同盟。但穆库特先生认为，凭他为穆斯林做过的事情，他们会投票给他本人。这是兴高采烈的一天，他做了一晚上的演讲，收到了很好的效果，他似乎认为，跟昔日的敌人联手之后，留给对手的选票已经寥寥可数了。

我们坐在一辆助选吉普上，从阿杰梅尔前往军事城镇纳西拉巴德，汽车外面是被连续八年的干旱洗劫一空、几乎变成了荒漠的乡间土地。

穆库特先生在司机和我之间坐着，或者说斜躺着。他瘦小、脆弱，动不动就东摇西晃。他围着腰布，罩着黑色马甲，优雅的头颅向后仰着，失明的眼睛闭了起来，一双精致的手不时地握住空气。他说话时，那张宽大的、富有表现力的嘴有时会在两个句子之间不出声地一张一合，仿佛喘不过气来。他那柔和的态度和脆弱的情态，让每一个靠近他的人都变得柔和起来。我侧着身子，努力倾听他兴致勃勃的谈话，不时会觉得自己像是在送一个爱饶舌的伤残人员奔赴医院，而不是在追随拉贾斯坦的政治大师经历一整天的竞选苦战。

阿杰梅尔街头出现了一种宣传单，号召人民同盟的支持者抵制穆库特先生。穆库特先生说，这是毕希西瓦先生那一派耍的又一个花招；然而人民同盟的工作人员表现出来的忠诚连他都感到震惊。穆库特先生说话的语气不太像一个看清了其所属国大党的错误的人，而像一个终于能够开口抨击国大党过失的局外人。人民同盟说，国大党腐败了。说得没错，穆库特先生说。"权力腐蚀了我们，我们的政客变成了徒有虚名的甘地主义者。"但他本人对此无能为力，他从未担任过部长。现在他跟人民同盟结盟了，他看不出这在道德上或政治上有什么复杂性。他的立场很简单：他在以一个甘地主义者的身份对抗英迪拉派国大党，英迪拉派国大党是非法的、激进的、西化的。

"甘地的意识形态跟西方的政治意识形态差别很大。他的政治策略的基础是手段应该跟目的一样正当。"他认为甘地夫人的做法不符合这一原则。他也很担心国有化。"国有化会毁了这个国家。我们的国有企业都经营得一团糟。"他对私有企业的支持拉近了他和人民同盟的距离，人民同盟跟共产主义誓不两立。但穆库特先生似乎既不关心效率，也不关心资本主义，而一种甘地式的怀疑——对机器的怀疑，压倒了所有这些问题，构成了他反对国有化的缘由。穆库特先生听说，机器已经把西方毁了；机器也将毁掉印度。"甘地让我格外钦佩的地方，是他在一九三一年围着腰布去了白金汉宫。"

我问他，这种举动为什么值得钦佩。

"因为他把贫穷的印度景象展现在了世界面前。"

"尼赫鲁先生说过，在像印度这样贫穷的国家，其危险在于贫穷可能会被神圣化。"

"他说过这样的话？"穆库特先生停顿了一下。这种思想很新鲜，很"西方"，也许令他在智力上难以处理。"我从没听他说过。"他无声地把嘴张开，又合上；他的头又向后仰了过去，眼睛闭着，像个呼吸困难的病号。

我们经过一座新修的湿婆神庙，竹子搭的脚手架还没有撤掉，这座庙是农民为庆祝八年干旱结束而修的。白色的庙宇矗立在一片刚长出的荆棘丛中，显得有些凄凉，这里以前是一片林地，干旱快结束时闹了饥荒，树木都被砍去烧成木炭了。再往前，就到了军事区：光秃秃的地面上搭着新旧不一的营房，士兵们扛着来复枪，三三两两地在沥青路上跑步。

纳西拉巴德的主干道上摆着水果和蔬菜摊，亮闪闪的。我们在这里停下，一双双毕恭毕敬的手搀扶着穆库特先生钻出吉普，领着他，一肩高一肩低地走过蔬菜摊，穿过窄窄的人行道，向一间光线昏暗的小办公室走去。办公室外面的门楣上挂着落满尘埃的镜框，里面镶着勒克瑙大学颁发的文凭；办公室里，门的上方漆着色彩鲜艳的印度宗教图案。这是一家律师事务所，玻璃橱占据了一整面墙，里面摆满了印度的法律书籍，清一色的棕色封面，玻璃橱的边框漆成了黄色，隔板上不太整齐地贴着红色的标签。

穆库特先生说："他是我的弟子。"

律师是个中年人，穿着一件巧克力色与紫色相间的运动衫。他说："我的一切学识皆受教于穆库特先生。"他说话声音很大，仿佛在对整条街讲话。

他们让穆库特先生坐在一张藤椅上，为他端来了一大块苍蝇爬过的cachoree，这是当地的一种油炸美食。

那位律师说："穆库特先生造就了我。他无偿地为这里的很多人服务，纳西拉巴德人还记得这些。"

穆库特先生向后倚着，细长的腿从椅子上垂下来。他摸索着去找

cachoree，为了让他吃起来方便，他们已经把它弄成了小块。他的嘴张开又合上，像是准备叹气。

律师也指出了穆库特先生竞选的劣势。在这间办公室里，有些人是出于利益关系才跟穆库特先生联系在一起的，而其余的都是人民同盟的人，他们大多是小店主，即便是那位身穿奶油色西装、脚登尖头黑皮鞋、涂着眼影粉的冷峻的年轻人，也出身于小店主家庭，他本人是一位教师。人民同盟是活跃在城市的政党，没有乡村组织，只有国大党有乡村组织。抓住乡村组织才是竞选的关键；而穆库特先生唯一拥有的武器是他的影响力。毕希西瓦先生的优势在于他属于执政党，执政党有办法给各方施加压力。

"我告诉你他们是如何赢得上次邦议会的递补选举的。"律师说，"当时这个地区在闹饥荒，农村人没有工作，政府机构在有些地方开展赈灾活动。他们教给赈灾人员一个口号：你们如果投票给另一边，赈灾工作就一概停止。"执政党现在又故技重演，这一回他们的目标是"不可接触者"（也叫贱民），执政党使出各种手段贿赂他们，尤其是通过国有化的银行给他们贷款。

阿杰梅尔一位很有地位的基督徒曾经向我抱怨：贱民在政治上获得这么多关注，越来越不好管束了。他们被"提升"得太快，根本"立足"未稳；贱民举行了几次罢工。"对有些贱民，我不得不严词以对了。"那位基督徒说。我以为眼前这位律师想表达同样的意思，只是用了曲折的非基督徒方式。于是我问他："就是说，那些低种姓的人现在的表现很差？"

"很差？"律师不明白我的问题。他是印度教徒，他的社会感不同于基督徒，不会像基督徒那样感到愤愤不平。种姓不是阶级。一个人无论取得了什么样的成就，都不会否认自己的种姓，也不会试图摆脱自己的种姓，无论他的种姓有多低。没有人试图"僭越"种姓；任何人在种姓上拥有的安全感都不会受到其他种姓的威胁。因此我的问题让律师摸不着头脑。"没有，"他最后说，"他们表现得不差。他们只是被愚弄了。"

但穆库特先生能给大家提供什么呢？他拿什么来对抗对手对民众的吸引力？他的竞选诉求是什么，母牛保护吗？穆库特先生对我居然会问这样的问题感到非常惊讶。每一个阿杰梅尔人都知道他的过往表现。在国会任职期间，他不仅呼吁禁止宰杀母牛，惩罚宰牛者，还提倡允许母牛在任何地方自由地吃草。

"我们太以西方为导向了。"穆库特先生说。他现在坐直了，瘦瘦小小、干干净净地盘腿坐在藤椅里。"你去村子里看看。现在那里的人都想穿夹克，打领带。看看我们印度自己的草医学，我们努力了那么久，人民才慢慢接受了，这些草药比现代药物便宜多了。还有那些水管。"

我说："水管，穆库特先生？"

"村子里都通上水管了。在村子里通水管，这太过头了。城市里通水管没问题。但在农村，从井里打上来的健康水已经够好了。但现在他们把水管通到很多村子里去了。对我们的女人来说，去井边打水是让她们保持身体健康的一种方式。现在，他们并没为女人找到其他的运动方式。同样，我们有自己的chakki（一种磨），可以在地上碾谷子。现在它们被电磨坊或者燃油机磨坊取代了，全村人都把谷子送去这种磨坊，结果女人又丧失了一项运动。以前即便是在城里，小户人家也是自己用chakki磨稻子的。现在一切都西化了。这属于道德败坏，因为它对女人的健康和习惯产生了不良影响。除非为她们找到新的活儿干，否则这些东西自然会让她们变懒。"

在一个闹饥荒的地区！出自一位候选人之口！但穆库特先生仍然可以深入乡村，争取选票，因为他是个甘地主义者，而且自知德高望重。他通过服役和牺牲赢得了声望。为服役而服役，为牺牲而牺牲。"自从考特先生和我离开了国大党，"穆库特先生说，"国大党就再也没有一个服过刑的人了。考特先生蹲过监狱，我蹲过监狱。"民主制度、法律实践和权利意识，这一整套价值都被吸收进了另一套价值观，都被吸收进了一个概念：戒律——印度的正道；由此而产生的歪曲有时候令人瞠目结舌。

吉申格尔星期二晚上遇刺，星期五晚上，全印度的广播都在宣布：警方已经"破"案，而且逮捕了一名学生。星期六，被逮捕人的详细"口供"传遍了阿杰梅尔，下午，街头出现了用印地语写的小传单。

爱情故事：一场政治歌剧

布希姆·贾特，谋杀吉申格尔大公的凶手，已经供认不讳，整个案情水落石出了。大公在离吉申格尔几英里的地方拥有一座农场。布希姆·贾特和他美丽的姐姐在农场里为大公干活儿。大公利用姑娘的穷困，长期跟她保持着不正当的关系。布希姆·贾特，这位十九岁的少年无法忍受大公对姐姐尊严的践踏，决定靠自己来伸张正义，于是用他的土制手枪射杀了大公。

但政治斗争总是歪曲事实，贩卖谎言。某些政客立即召开追悼会，极力展现他们的悲恸，号召选民通过击败英迪拉派国大党来为大公报仇。

你会把选票投给一个把你的女儿或姐妹的尊严当成儿戏的政党吗？面对这些王公贵族的死，我们应该额手相庆，而不是潸然泪下，这些王公唯一的贵族习气就是深谙如何占贫苦姑娘的便宜。站起来，彻底粉碎这些荒淫无耻之徒吧，让他们再也不要嘴上念着甘地的名字，向你们索要选票……

穆库特先生还有羞耻心吗？居然坐上了他的仇敌人民同盟的膝盖。竞选应该是政策的角逐。穆库特先生不应该为了个人私利而误导选民。穆库特先生在焚烧大公尸体的柴堆上翻炒了自己的选票大餐。

这个故事的其他版本同样辛酸：布希姆·贾特的姐姐离开了自己的丈夫，做了吉申格尔的情妇。布希姆·贾特被自己的种姓驱逐，因为他卑躬屈膝，让大家蒙羞。吉申格尔把农场上的一栋房子送给了布希姆，出钱让他接受教育，还答应把整个农场送给他。但后来，农场里有一口井喷水了。在沙漠里，水就是金钱；而吉申格尔正在担心政府要"取缔"自己的王公身份,可能让他失去私产,所以就不想兑现他对布希姆·贾特的允诺了。

吉申格尔是十八世纪一个画派的名字,但它现在跟一位农妇、一座农场和一口井联系了起来:一出农民的戏剧。这跟那天下午在梅奥学院举办的颁奖盛典所反映的王公气派相去甚远。校长在演讲的讣告部分追思了吉申格尔,回忆起当年那个杰出的、受人欢迎的大男孩,就像死去的斋浦尔大公,"他去英国玩马球——他最喜欢的运动——的时候,客死在英国"。

男生们穿着白色紧腿裤,黑色长外套,头上裹着长长的拉其普特粉色头巾,仪态非常优雅。他们坐在莫卧儿风格的比卡内尔亭台的台阶上,对面看得见棒球场、空白记分板和学院的草场,远处是阳光照耀下的褐色阿杰梅尔群山。荣誉嘉宾是加拿大高级专员。亭台较低的台阶上坐着其他嘉宾,其中格外引人注目的是拉贾斯坦的几位王公:哥塔大公、来自焦特布尔家族的一对夫妇和乌代浦大公。一百年前(几乎就是一百年前的今天),乌代浦大公的先人最先响应总督梅奥勋爵的倡议,捐出十万卢比(在当时值一万英镑),集资兴建了王公私立学院。

亭台下方的开阔地带坐着学生家长,很多人是箱贩和商业高级经理,有些人甚至是从遥远的加尔各答赶来的。整整一个星期,他们在阿杰梅尔相聚。他们是印度谦卑的中产阶级,这个新兴工业社会的产儿,但他们没有共同的传统,也没有多少根基,他们拥有的只是每个贫穷国家中产阶级所共有的脆弱。在贫困的印度,他们的抱负很远大,期望却很少,很容易安抚。印度总是威胁着要压垮他们——看看那些站在棒球场边上的仆人吧——就像沙漠、农民和新政治已经压垮了吉申格尔和他的古老姓氏一样。

但乌代浦大公此行的目的并不只是参加颁奖仪式。他一直在奋力抵制甘地夫人和她的党派,他以王公的风范、自由职业者的风格忙碌着,哪里需要他,他就出现在哪里。他来阿杰梅尔为了助穆库特先生一臂之力。他坐着一辆一九三六年版的墨绿色敞篷劳斯莱斯,带着他的司机、竞选秘书和两位保镖。他几乎立刻证明了自己的价值。当天晚上，当男生们在梅奥学院演出《仲夏夜之梦》的时候，乌代浦大公在集市上对着一群会众发表了讲话。他的名字像是具有魔力，一下子就吸引了一万五千人前来倾听。

第二天是星期天，是关键的一天。乌代浦大公将跟穆库特先生和夏尔达先生一起走访阿杰梅尔选区内的几个曾经属于乌代浦的地区。这个小使团的出发地是位于八号公路的爱德华七世迎宾馆，那是一座红砖砌成的建筑，离它不远处有一座仿莫卧儿风格的钟塔，是当年为庆祝维多利亚女王在位五十周年而建的。

这是一个看似不可能的组合。夏尔达先生身着西装，散发着"西方"与商人的气质，但他心中怀着一个人民同盟党人对一个未经染指的印度的牧歌式梦想；他坐在一辆吉普车里，车上载着卧具和其他补给。穆库特先生，这位甘地主义者和老一辈国大党员，如今却郑重其事地穿起了白色紧腿裤和奶油色长外套，他坐在一辆灰色的大轿车里。乌代浦大公坐着他的劳斯莱斯敞篷车，他四十多岁，中等个子，体形适中，戴着黑色贝雷帽和墨镜，身穿深蓝色尼龙防风夹克。三十六岁的选举秘书个头很高，挺着肚腩，蓄着卷曲的络腮胡子，一缕缕的黑发闪闪发亮。他穿着一袭宽松的白色棉布衫，看上去像个圣人。两位保镖身穿卡其色制服，头裹橙色头巾，挎着来复枪，高高地坐在劳斯莱斯尾部；仿佛在大声地向世人宣告拉贾斯坦的王公们此时面临的危险。

乌代浦是整个使团的明星，这是公认的。在纳西拉巴德村，我们的第一站，穆库特先生的讲话极其简短，我的吉普拐错了弯，当我赶到会场时，他的发言已经结束了，他盘腿坐在临时搭起的讲坛上，闭着眼睛，祥和、安静、耐心地坐在乌代浦穿着小羊皮鞋的脚边，像一个安于自己无足轻重地位的人。乌代浦却没有忘记他。"人们问我，'穆库特先生不是个盲人吗？'我说，'他看不见外在的世界，内心却洞明烛照。当你走进神庙、清真寺或者教堂的时候，你会闭上眼睛祈祷。你的眼睛看不见，你的内心却没有失明。'"

穆库特先生坐在那里，岿然不动，就像在神庙中静心的人。但今天还有很多安排，突然——夏尔达先生没有发表讲话——集会结束了，静心和安详的状态一扫而空。乌代浦和穆库特先生敏捷地爬下讲坛，无比迅速地上了车，结果我很快又把他们跟丢了，直到三十英里之外的比瓦尔才赶上他们。

　　比瓦尔之后是荒漠，布希姆之后又是荒漠。没有水渠灌溉的绿洲，没有树木，也没有骑自行车的农民，只有岩石、时隐时现的仙人掌和空空如也的道路。有时会看到一只骆驼，有时会看到一个衣衫褴褛的农民，穿着补过的皮凉鞋，背着自制的土枪：这里是盗匪出没的乡间。但在这片荒野中，经常会有一小群拉其普特人跑到公路上来，拦住使团，争睹他们从未见过的大公风采（乌代浦的一位大公上次到这里来是一九三八年）。乌代浦在劳斯莱斯里站了起来，人们击鼓欢呼，有时候居然会冒出喇叭的声音。

　　人们给他戴上花环，把沉香木灰涂在他的额头上，往他身上洒红色和紫色的水（他的深蓝色尼龙外套就是为这个准备的）。他们的仪式极其隆重，仿佛他是庙里的一尊神（他的墨镜恰好让他显得高深莫测）。他们用火围着他的脸划圈，火是熠熠闪光的樟脑灯，火焰在铜盘中燃烧。有一次，一个女人用手拿着东西喂他吃。乌代浦在这里已经不只是一位大公，他还是 Hinduon ka suraj，印度太阳，这是古代拉其普特骑士的称号，已经与他们的宗教融为一体。在某一站，一个男人高喊："你是我们的神！"乌代浦迅速而正确地回答："神灵普照你和我。"

　　穆库特先生没有被遗忘。劳斯莱斯开动后，拉其普特人就转过身来围住灰色的大轿车。每到这种时候，夏尔达先生总是不耐烦地冲我招手，催我上路，所以我不知道沙漠里的人有没有为他们对大公的忠诚从穆库特先生处索取回报。

　　刚过中午，我们来到了城墙环绕的代奥格尔。主城门处一片混乱，拥挤的人群中，一匹披着白布的白马在等候乌代浦的到来。我们使团的播音员激动万分："你们的大公来了。一千四百年来，你们心怀大公，而现在他来了，印度太阳。你们盼云彩、盼雨水一样地盼望着他，现在，你们的大公来了。"就像是电影里的壮观场面,城墙内的人早已倾城而出,裹着鲜艳头巾和纱丽的男男女女也早已急急忙忙地越过沙漠,来到卡尼·戴维神庙,卡尼·戴维是这座城镇的女神,乌代浦要在她的神庙里演讲。

我觉得,夏尔达先生跟他的两位政治宿敌在一起时有些失语。他低声对我说:"人民同盟,这些人全是人民同盟组织的。"

没多久,乌代浦开始向来自沙漠的听众讲话了——黄沙、城墙、关隘和雾霭笼罩的起伏山脉,映衬着听众鲜艳的头巾和微笑的脸庞。乌代浦谈论着甘地夫人如何威胁到民主和宪法,穆库特先生盘腿坐在有顶棚的讲坛上,两位保镖站在金合欢的阴凉里,扫去劳斯莱斯上的尘土。

乌代浦脱掉了贝雷帽,换上了拉其普特头巾。一个人,却有着众多角色。但乌代浦是个很棒的演说家,因为他欣然接受了他的每一个角色——神,拉其普特人和民主人士——并让它们和谐地结合在了一起。"我不是神,我只是神的某种代表。我们都供奉湿婆,Ek Ling Nath①。"他不是政客;他不想要任何人的选票。"我不是人民同盟的支持者,我支持自由。"拉其普特人鼓起掌来。"我们这里没有警察,我们不需要警察。我们不像英迪拉派国大党,我们之间有爱,因为我们是一体的。"听众因为他的政治妙语而大笑,为他阐述的拉其普特人的忠诚基石而鼓掌。

接下来,我们把穆库特先生留给了选民,其余的人来到乌代浦属臣的府邸吃午饭。这是一座光秃秃的破败宫殿,选举在这里似乎已经被人遗忘。属臣和他的幼子穿着光彩闪耀的拉其普特朝服等在那里,布满尘土的院子里铺了一块红地毯,鼓乐奏响,面带微笑的门房接过了客人的佩剑,内室里,女人唱起了歌。一位目光炯炯有神的老家臣走上前来,背诵了一段讲述君王职责的古老诗文。然后,另外一些面带微笑的人也走了上来——每个人都面带微笑——行屈膝礼,献上象

---

① 湿婆的一种变身。

征性的贡金：有人给了一个卢比，也有人给了五个卢比。

"你瞧，"乌代浦用英语说，他的脸上仍然是红一块紫一块的，"我们是多么不受欢迎。"

报纸对甘地夫人的前景感到悲观，乌代浦的成功之旅让毕希西瓦先生这边的很多人灰心丧气。他们没有能够与之匹敌的魅力人物。甘地夫人麾下最能干的部长查万先生的来访是一次失败之旅；而甘地夫人本人不会到这里来。毕希西瓦先生这边的人能指望的只有拉贾斯坦的首席部长，他是毕希西瓦先生的政治后台，星期二要到阿杰梅尔来，但他几乎没有任何魅力可言。他是地方上无可置疑的党魁，他此行的主要目的不是来演讲，而是解决一些党内纷争，它们已经威胁到了毕希西瓦先生的竞选。

阿杰梅尔的国大党以派系斗争著称。一九五四年，当毕希西瓦先生的父亲活跃于政坛时，阿杰梅尔的行政班子几乎瘫痪了。关于当地的国大党，尼赫鲁写了一段长长的、不耐烦的"批示"："……一直让我们头疼……当地政府不是有效的政府……我们的社区项目在阿杰梅尔实施得最糟。事实上，在很长一段时间里，那里一项工作也没有做成。"这就是阿杰梅尔的传统。而且随着执政日深，当地的党组织内部聚集了大批心怀不满的人，都想借在这次大选中消极怠工来发泄不满。毕希西瓦先生希望独立，通过"建立"自己的队伍来跟各种旧有的纠葛脱钩，却让局面更糟了。一个满腹委屈的人对我说："毕希西瓦先生的处境就像一个糊涂的男人，不再信任诚实妻子的忠诚，反而去相信放荡女人的赌咒发誓。"

现在我听说，甘地夫人之所以不来阿杰梅尔，是因为对毕希西瓦先生感到不满。她还记得国大党分裂时，他曾经怎样地犹豫不决，现在她想让他吃些苦头。那些还记得毕希西瓦先生父亲的人说，毕希西瓦先生根本无心参选，他是被妻子逼的。大家一致认为穆库特先生的助选人员更加无私，不轻易为物质利益所动，蓄意来搞破坏的人也比较少。这里流传着很多关于蓄意破坏的说法。一个在国大党内身居高位的人告诉我,毕希西瓦先生所有的助选人员,无偿工作和有偿工作的人都计算在内,有百分之三十的人是来搞破坏的。

直到那个时候我才听说了拉瓦特人的事情。拉瓦特最开始是兽皮匠中的一个种姓,后来他们进入了地位较高的行业:农业、军队和警察机构,他们的上升已经有一段时间了。二十五年前,焦特布尔的大公颁布法令,承认他们属于拉其普特种姓。但在阿杰梅尔,拉瓦特仍然被视作很低的种姓,几乎等同于贱民。因此他们本来应该是英迪拉派国大党和毕希西瓦先生的坚决支持者。但当时发生了一场危机。几周前,纳西拉巴德的一个拉瓦特人的年轻妻子被一个皈依了基督教的拉瓦特人诱拐了。整个族群遭到了双倍的羞辱:通奸的丑事(在印度,通奸者将受到监禁的重罚),再加上诱拐者是一个基督徒。他们向警察求助,警察没有采取任何行动。有些拉瓦特人认为,毕希西瓦先生和支持他的基督徒默许了警察的不作为。有人在拉瓦特人的聚居区散发传单:

拉瓦特们,兄弟们!毕希西瓦·纳斯·巴瓦佳先生
视我们妻女的荣誉为草芥。认清他!

拉瓦特人有五万张选票。吉申格尔、乌代浦、拉其普特、拉瓦特人和捣乱分子:那个星期一,毕希西瓦先生似乎已经身陷重围。这也是《印度时报》对阿杰梅尔局势的非常粗略的判断。一两天后,一张穆库特先生"富有人情味"的大幅照片——一位双目失明的候选人——登上了新德里《印度斯坦时报》的头版。

拉瓦特人的事情是库戴尔先生告诉我的。库戴尔先生年届五十,是国大党人,他有一个小小的抱负:成为毕希西瓦先生的选举执行官。任命将于星期二首席部长来访时举行。然而当我星期一晚上见到库戴尔先生时,他还没有接到任何通知。他有些紧张,对我说:"我担心知识阶层正在被巧妙地从全印度的政治领域清除出去。"

库戴尔先生是一名律师。他住在八号公路旁一条污秽的巷子里，房子是拉贾斯坦风格，高大的三层楼，回廊围着中央庭院，庭院顶上装着铁栅栏，用来防范不速之客。我们沿着狭窄封闭的水泥楼梯，经过他的律师事务所和仆人的房间，来到了平坦的屋顶和他的起居室，起居室的色调是粉色和红色。包布椅子沿着三面墙排开，房间里面有一个玻璃橱，里面放着贝壳做的装饰品、塑料做的印度神像和其他小摆设。房间里那么多椅子显得像个等候室，但库戴尔先生确实有那么多客人。他跟选民保持着接触，为担任竞选执行官做好了准备。

　　拉瓦特人让他担心，但他不怎么担心乌代浦的巡游。"这种公共会面只是娱乐节目，净凑热闹。无足轻重。"赢得选举靠的是选票，赢得选票靠的是做工作。"我说的'工作'指的是直接接触选民。把他们从屋里领出来，送他们去投票间。我以一位热忱的工作人员的身份告诉你，一切都取决于我们在最后两三天所做的工作。"这既是库戴尔先生做出的允诺，也是他发出的威胁。

　　他说："我足不出户就可以影响到某些行政区的选举，这需要一周时间。但如果我出去巡游，两三天就足够了。"

　　我问他是如何做到的。

　　"我是群众领袖。"他在这方面下过功夫。他是婆罗门，是城里人。他说，在想到为穷人服务之前，他在桥牌和象棋上浪费了很多时间。后来他走了出去，"深入到社会最底层，走到贱民和舞蛇者中间"。很少有人这样做。在阿杰梅尔，大家都知道库戴尔先生在一些底层群体中很有影响力。"这就是为什么有些人一听说库戴尔要参加战斗，就开始担心了。"

　　因此，在这最后的夜晚，库戴尔先生在预演着他的角色。他的态度有些孤注一掷：尽管他很愿意为毕希西瓦先生出力，但也完全可以袖手旁观，让毕希西瓦先生自作自受；如果首席部长和毕希西瓦先生想让他效力，如果他们还在乎舞蛇者的选票，明天就一定会来找他。库戴尔先生已经拿定主意，明天决不采取任何行动。明天是湿婆神节，他是湿婆的信徒。对他来说，那一天是神庙、祈祷和静心的日子。

一大早,毕希西瓦先生就赶到圆屋来找首席部长,他来得太早了。他看上去比我记忆中的他更加心烦意乱。他是跟一群乡下人一起来的,那些人都围着灰扑扑的腰布,罩着棕色背心,戴着甘地帽。他们在毕希西瓦先生慌张地带领下,像一群没头苍蝇,在宽敞的休息厅里忽而扑向前,忽而奔向后。当毕希西瓦先生站住不动时,他们就都往地毯上一坐,就像圆屋里的仆人以为四下无人时会做的那样。这些人在慌里慌张、七嘴八舌地把同一件事情说了一遍又一遍之后,断定首席部长不在圆屋,可能去了别的地方。于是他们又一窝蜂地涌了出去。

但首席部长确实来了。他一定度过了相当繁重的一天,那天晚上七点半,他本来应该赶到市区,在柯萨纳吉的一个集会上发表讲话,但他还待在圆屋里。不过一点也不要紧:湿婆神节、哈努曼庙每周的典礼、花展和吉安王的湖畔花园彩灯吸引了节日的人群;柯萨纳吉的会场只来了三四百人:政府官员、穆斯林和证明了他们的忠心的人。整整一个小时,音乐、歌曲和竞选歌差不多已经把我们的耳朵震聋了。听众越来越多。当首席部长终于带着他的全部党内要员来到会场时,我高兴地看到,库戴尔先生已经被请出隐修室,跟众人走在了一起。

首席部长跟人做了一整天的个性斗争之后,现在可以只谈原则了:赶走贫困。他只字未提拉其普特人和拉瓦特人,对穆库特先生没有丝毫贬抑之词,几乎没有提到毕希西瓦先生。毕希西瓦先生没有发言。他就像某些印度雕塑中的妻子形象,在主人脚边显得非常卑微,他安静而谦卑地坐在首席部长脚边,就像穆库特先生坐在乌代浦脚边那样。他身体向后,倚着自己的胳膊,挺起的大肚子显得优势在握;我觉得我从没见他这么放松过。

"他完全有理由放松下来。"第二天下午,当我跟库戴尔先生和他的工作人员一起开车去纳西拉巴德的时候,库戴尔先生对我说:"昨天上午九点半,他见过首席部长之后就到我家里来,向我屈服。他带着妻子和妹妹一起来,他妻子眼中含着泪水。我对他说:'然而你,毕希西瓦先生，你必须明白，我一直都在帮你，这是因为我相信甘地夫人的纲领，而不是因为我对你有什么情谊。'"就这样，库戴尔先生间接地宣布了他的竞选执行官身份。他又加了一句："冲锋的时刻到了。"

但我们先在新建的湿婆神庙前面停了下来。库戴尔先生是湿婆的信徒，对湿婆的恩泽感念不忘，他对着湿婆的象征林迦做了一番敬拜。林迦立在水泥莲花台的中央，莲花台的边缘雕刻着排列成锯齿形的花瓣。裹着塑像的黄布上面沾了一些甜甜的东西，一堆黑黢黢的苍蝇不知餍足、如醉如痴地趴在上面。

"到纳西拉巴德后，"我们再次上路时，库戴尔先生对我说，"我会把你分别介绍给穆库特先生和毕希西瓦先生最忠实的支持者。他们跟我都是最要好的朋友，都会请你喝茶。有时候，我参与竞选就像娱乐。"

"就像业余爱好。"坐在吉普后面的一个工作人员说。

到了纳西拉巴德，我们得到的消息是，情况和库戴尔先生想象的一样糟。身材圆胖的杰恩先生是个小珠宝商（商号是"高级军用精品与金饰"），也是国大党阿杰梅尔乡村行政区委员会的财务主管。他让我们在门廊里倚着靠垫坐下，从陈列橱到门墙之间的这个温馨的小空间既是他的办公室，也是他的日榻，他给我们端上茶和cachoree，告诉我们这里的局面：毕希西瓦先生如果能在镇上得到百分之三十五的选票，在村子里得到百分之五十的选票，就算他走运了。"他们忽视了资历深的工作人员。他们引入的新手在这里喝酒、住宾馆、辱骂对手，以为这样就能赢得选票。"

穆库特先生麾下的那位律师——他的办公室就在马路对面——给出了同样的数字。"噢，是的。"律师用低沉而有力的声音说，"事情正在向着有利于穆库特先生的方向发展，因为某个人在起作用，你可以说那个人就是我。再加上人民同盟和穆库特先生本人——他是一项重要的资产——还有竞争对手可怜的个性，所有这些因素合在一起。"

我们离开纳西拉巴德，向沙漠驶去。

"泄气？"库戴尔先生说，"我是个永不言败的武士。"

吉普车上的一位工作人员说："库戴尔先生可以反败为胜。"

"我是群众领袖。"库戴尔先生说,"我要带你去一个很少有人会去的村子。那里的贱民建了一座湿婆神庙来纪念我。我在那里工作时,他们是一群嗜酒如命的人。我让他们起誓戒酒。这件事很不容易,花了我几个月的时间。"

一片沙漠落日的景象:赭石色的天空映衬着楝树和澳大利亚山茱萸的黑色轮廓。接着,在一片隆起的高地上,出现了一个围墙围着的村庄,然后是一座高大的门洞,一条土路,一座神庙,一群人出现了,围着我们的吉普车欢呼雀跃:"Indira Gandhi ki jai! 英迪拉·甘地万岁!"库戴尔先生说得没错,他在这里很有声望。人们把婴儿抱过来给他看,把以前认识的孩子叫过来;男孩子们念神庙大门上的铭文给他听,让他知道他们已经认识不少字了。库戴尔先生身材高大,秃顶,一条腿比另一条腿短,他迈着笨拙的步伐走在贱民中间,眼睛在镜片后面快速地眨着。他是一个充满献身精神的人,不需要借助甘地的任何行头;当时的场面非常感人。

我们在黑暗中继续前行,来到了一个村庄,库戴尔先生说他想在这里做一些"暗中侦察工作"。我认出这里是撒拉达纳,我跟毕希西瓦先生来过,这里的人向他保证"全体一致"支持他。但库戴尔认为,他能不能获得百分之四十的选票都成问题。撒拉达纳是贾特人的村子;贾特人刚刚组建了一个政党,他们敌视甘地夫人;头天晚上,穆库特先生跟这个政党的一些领导人在撒拉达纳刚刚开过会。

"暗中侦察,暗中侦察。"我们的车一停下来,库戴尔先生就对他的工作人员说。他们去了茶棚,我们一声不响地坐在吉普车里。但我们的到来不可能完全保密,有人给我们端来了几杯茶。一个村民走过来,低声告诉我们,只有百分之七十五的村民支持毕希西瓦先生。"他只是为了安慰我。"库戴尔先生用印地语说。但又有一个村民走过来,低声说毕希西瓦先生的得票率不会超过百分之九十。从茶棚回来的工作人员带回来的数字是百分之八十。

就是说,种姓牌在撒拉达纳好像没有发挥作用。我开始思索,甘地夫人是不是已经让库戴尔先生的工作变得很轻省了?她是不是已经让这次中期选举远远超出了库戴尔先生所理解（并且乐在其中）的地方政治？在阿杰梅尔，这次选举是不是意味着：在有些地区是甘地夫人对人民同盟，在有些地区是甘地夫人对乌代浦，在其他所有地区则是甘地夫人对可怜的老穆库特先生？

接下来，一路都很平静，库戴尔先生一行没有引起轰动。但当我们回到阿杰梅尔时，我们发现有人在散发传单，说库戴尔先生在搞破坏。

库戴尔先生说过，星期五将是繁忙的一天。但等工作人员都到齐，等我们从集市上买好吃的，已经是十一点半了。我们来到第一个村子时，已经到了午饭时间。我们坐在简陋的小政务厅里，身边围着几百万只狂躁的苍蝇。工作人员把饭放在报纸上，库戴尔先生和我把饭放在干燥的菩提叶上；当地的富农和拉票人员已经等了我们一上午，现在继续等着我们把饭吃完。他们一副认错的表情，库戴尔先生暗示说，他是来训斥他们的。我们吃过午饭后，库戴尔先生私下训斥了他们。

午饭很油腻，新修的饥荒之路——饥荒时期修建的公路网的一部分——非常平坦，库戴尔先生在车上睡着了。我们开过了一个村子。库戴尔先生醒过来后，对错过的那个村子感到抱歉，他说晚上会派一些工作人员乘巴士去一趟。我们来到另一个村庄。沙地上一条新挖的水渠挡住了我们的去路，库戴尔先生决定把这个村子也交给他的夜班工作人员。

"好了，"我们又往前走了一会儿后，他说，"现在你看到的是纳西拉巴德行政区。你已经听到了两边对局势的估计。所以公布结果的时候，你就会知道，选举结果完全是这次……"他挥手指着公路和无垠的沙漠，"这次行动的成果，这次冲锋的成果。"

我们来到下一个村庄，这里更像一座小镇。一对低种姓人正在举行婚礼，仪仗队行进在尘土飞扬的主干道上，铜管乐队的制服破得触目惊心。我们坐在一个布料商的店铺里喝小豆蔻茶，库戴尔先生跟村子里的穆斯林首领谈了一会儿。不需要再做什么了，库戴尔先生说；傍晚，每个人都会知道库戴尔出来帮助英迪拉和毕希西瓦先生竞选了。

"他们知道,选举之后,他们还得有求于我。"这话让他自己不安起来,过了一会儿,他说,"我帮过这些人,我为他们免费处理过案子。"

到下一个村庄时,我们没下车。人们看到我们来了,只有一个人向我们走过来,他是一个采石场场主,穿着夹克和套头衫。他用英语对库戴尔先生说:"人民需要指引。"

"他不支持我们。"库戴尔先生后来说,"他雇了很多劳工,他会让我们损失百分之三十的选票。但我不会在离选举只剩三天的时候跟人争执。"

阿杰梅尔的公共集会都要在星期六下午五点之前结束。但游说和私下举行的集会还可以继续进行。我从穆库特先生的儿子(也是他的竞选执行官)那里听说,穆库特先生和毕希西瓦先生当天晚上要在比瓦尔的扶轮社门前辩论。比瓦尔不像一个会有扶轮社的地方,但它不仅有扶轮社,还有一个共产主义小组。而且我现在才知道,印度一位非常有名的占星家B. C. 梅塔教授也在比瓦尔。梅塔教授是商业占星家,擅长预测市场波动。他的电报挂号是MEHTA(梅塔)。

这些都是梅塔教授的儿子告诉我的,就在那天下午,我们在穆库特先生的竞选总部等候穆库特先生那会儿。梅塔教授的儿子是个律师,今年三十岁。梅塔教授只是商业占星家,所以对阿杰梅尔的选举没有发表过任何看法。但年轻的梅塔先生对穆库特先生的胜利充满信心,竞选总部显然也很欢迎他。"他父亲是个占星家。"穆库特先生的儿子向我介绍他的时候这样说。因此我觉得,穆库特先生在星相上应该没有什么失败的征兆。当穆库特先生穿着洁白的一尘不染的腰布和古尔达、套着黑色的羊毛马甲出现在我们眼前时,他就像是一个带着神圣荣光的人。他为每一个靠近他的人赋予了温和的气质,也让人对他充满了敬畏。

开车去比瓦尔要花很长时间。我们傍晚赶到那里时,发现没有一个人知道扶轮社有什么辩论。有人说,毕希西瓦先生怯场了,但我们总归是被戏弄了,只好在当地宾馆的前厅坐下,喝起了咖啡。我打听起了梅塔教授。年轻的宾馆主人说,教授不仅是他的导师,还是他的朋友。他出去打了个电话，回来后告诉我们，教授吃过晚饭就过来。

"我从一开始就相信占星术。"穆库特先生说，"我每年过生日时都会请占星家给我看看当年的运势。今年一月三十日，我的生命进入了第六十九个年头，我当时请人为我看了星相。"

他不肯说星图向他允诺了什么。我问他，梅塔教授是不是他的星相师，他咧开长长的弯曲的嘴唇，给了我一个微笑，没有作答。

他进入了思索状态。"选举会经历三个阶段。先是竞争的兴奋；然后是紧张的对峙；最后是做出反应，无论结果如何。"

"你准备迎接什么样的结果？"

他睁开失明的眼睛。"任何结果。"

但接下来，他变得有些烦躁，他想走了，人们领着他出去上了车。

梅塔教授是一个六十岁的矮胖老头，胡子剃得干干净净，身穿长裤和衬衫。他有一种置身事外的气质，像一位见多识广、工作过度的医生。他不怎么爱说话。当他明白我想了解的事情之后，飞快地在一张大开纸上写下：英迪拉夫人会在自己的选区以五万多票的差额获胜，但她不会在中央赢得绝对多数……

我感觉，在经历了竞选总部的忙碌和乘车的兴奋之后，在比瓦尔宾馆那个闷热的小房间里，当穆库特先生因为那个遭到戏弄的夜晚而脸色阴沉时，他这边的人心境发生了变化。

星期天早上，穆库特先生的一些支持者有了失败的预感。他们把我当成是中立的见证者，过来告诉我，毕希西瓦先生的人正在市区的两个行政区里派发烈性酒；他们还说，明天街上将会流传以穆库特先生的名义发表的小传单，声明自己退出竞选，并一直都支持甘地夫人。

失败的预感。上午，败绩昭然。在通往纳西拉巴德的路上，沿途的每个投票间外面都有一个装饰得漂漂亮亮的英迪拉派国大党的帐篷，年轻人拿着选民花名册坐在那里，等着接待选民。十点半，早已是烈日当头，穆库特先生这边的帐篷才刚刚搭起，而有些地方根本没有帐篷，有的甚至连桌子都没有。穆库特先生的儿子一脸败象，说是对方在捣鬼。在一个投票间外面,穆库特先生的两个工作人员孤零零地站着,离人群远远的,其中一个工作人员耸了耸肩说:"贱民区。"

在纳西拉巴德,一个年轻人快要哭了。从他记事起,国大党就一直统治着拉贾斯坦,国大党堕落又腐败,眼看就要寿终正寝了,甘地夫人却挽救了它。"你们赢了,你们赢了。"他对库戴尔先生说。库戴尔先生对这位年轻人的痛苦感到同情,眼睛飞快地眨着。

国大党没有寿终正寝。它的组织毫发无损,构成了甘地夫人和毕希西瓦先生的后盾。国大党没有真的分裂,只是出现了一些背叛,背叛的强烈程度足以引发阵阵欢呼,引来群众的围观(披着选区里五十万选民的外衣),引起库戴尔先生说的 tamashas——热闹。在阿杰梅尔,穆库特先生代表的反对派国大党(也叫组织派国大党)只是一个幻影。

但穆库特先生还有人民同盟的支持。人民同盟在阿杰梅尔市区的势力很强大,让人喜出望外的是,民意测验的结果通常显示人民同盟的支持率很高:在城市高达百分之七十,在乡村也能达到百分之五十。根据乐观的民意测验,人民同盟在城市占有明显优势,穆库特先生也许仍然有望一搏。然而在市区,越是在人民同盟的地盘,穆库特先生的颓势就越明显。在纳雅集市——小商贩聚居的地方,人民同盟的堡垒——下午一点钟的统计结果是得票率低于百分之四十;穆库特先生的选举帐篷里没有桌子,也没有桌子带来的正式感,只有一条长凳,小孩子在帐篷里跑来跑去,整个帐篷像是已经没人照管。

人民同盟的选民都在弃权,这是穆库特先生始料未及的。人民同盟跟其他党派结盟,支持宿敌穆库特先生,缓和了原来的印度"种族-共同体"立场——这些行为让它丧失了右翼的纯洁性。在支持者看来,人民同盟已经不再是一场征战的首领,它已经变成了"搞政治"、耍手腕的政党,跟其他政党没有什么区别。下午晚些时候,到处都流传着穆库特先生败局已定的消息,一些原本打算弃权的人民同盟的人现在也准备出去投票了,投票反对穆库特先生。

四点半,离投票站关闭还差半个小时,穆库特先生的竞选总部里有三个人：一个枯瘦干瘪的老秘书坐在桌子旁边，守着已经清静下来的电话机；一个戴着黑色帽子、围着腰布的瘦削会计垂着双腿，坐在一把直背椅上；还有一个男孩。有人拿着一张账单走进来，戴黑帽的会计没有变换坐姿，拿过账单想了一下，把它穿在了一根钉子上。我朝钉子伸出手，想拿过来看一下。会计一言不发，迅速地把钉子划过我面前，递给了那个男孩，男孩把它放在落满了纸屑的地板角落。

在毕希西瓦先生的竞选总部，在那栋别墅的开放式水泥回廊下面，毕希西瓦先生坐在藤椅里，身边围着工作人员。他处在笑得合不拢嘴的异常兴奋状态，正在电话里大呼小叫。他的大部分工作人员都穿着长裤、衬衫和套头衫，毕希西瓦先生则穿着他的政客制服：家纺的腰布和古尔达。这套白色的盛装代表着甘地的美德，此时也代表着它的政治回报——身为国会议员可以享受的一切：新德里的公寓，两部免费电话，召开议会期间每天五十一卢比的津贴，全印度的免费头等列车座位（而且享有优先订座权），还有每个月五百卢比的工资。

过了一会儿，我才看到毕希西瓦夫人也在场，她安静而羞赧地站在回廊里，就像站在舞台上。她拖曳着墨绿色的纱丽，在这么多男人面前，她低着头，谦恭地把头遮起，就像一位忧伤的古典人物——饱受践踏的印度女性的象征。

十天后，等边远地区的选民也投完票，计票开始了。天气已经变了，暑气已经来临。第二天就是春天节①，八号公路上，来来往往的手推车上堆着一卷一卷的绿粉和红粉，那是为节日的欢乐准备的。计票在税务局院子里的凉棚下面进行，毕希西瓦先生和穆库特先生都不在场。"最高指挥官不必亲临前线。"一个计票员说。

穆库特先生正在自己的公寓里度过他政治生涯中最漫长的一天。他的得票情况将比我们之前料想得还糟。在阿杰梅尔市区——票数是按照行政区分别统计的——他只得到了一万九千张选票，而毕希西瓦

---

① 印度的胡里节，又称色彩节。人们用缤纷的颜色喜迎春天，送别冬天。

先生得到了四万三千张。

我对穆库特先生的儿子说："这么说，梅塔教授给了你们错误的提示？"

"他没有给我们错误的提示，他推算错了。"

毕希西瓦先生在他的竞选总部。他现在已经习惯了自己的胜利，很平静，但有些疲惫。整个选举让他很紧张，他不能像库戴尔先生那样愉快地享受选举中"娱乐"的一面。他经历过眼看着关键人物要倒戈的痛苦时刻；拉瓦特人的事情也一度让他心惊胆战，他对那份诋毁他名誉的传单仍然耿耿于怀。"我要起诉，要让他们赔礼道歉什么的，我可以要求一二十万卢比的赔偿。"

但他最大的痛苦来自穆库特先生，他在穆库特先生的阴影下生活了那么久。我问他是否觉得他们会从此决裂？"我不知道。我昨天去看他了，他不跟我说话。"毕希西瓦先生非常急于让人知道，他虽然年轻，但他对人民也有付出，也做出了牺牲。他没有像穆库特先生那样坐过牢，但他因为社会工作太忙，直到三十二岁才结婚。"我从一开始就对服务公众感兴趣。在政府学院，我是童子军团长。不知道为什么，穷苦阶层总是很吸引我。从一九五二年起，我就在全身心地为农民工作。"

他把这些说得像是他的业余爱好。他照着叔叔的模子塑造自己；他也是半个甘地主义者加半个政客，也认为自己有权染指政治权力，因为他已经赢得了宗教上的美德。但毕希西瓦先生本来完全有可能倒向另一边：反对甘地夫人。"这是考验我的时刻，"说起国大党的分裂时，他说，"要在原则和人格之间做出选择。"最后，他设法将两者结合了起来：甘地主义的原则和甘地夫人的人格。

整个下午，他的领先优势在不断地扩大，票数最后高达六万六千张。穆库特先生在巅峰时期也没有达到过这样的多数。种姓因素在任何选区都没产生影响，吉申格尔事件没有产生影响，拉瓦特人的诱拐事件也没有任何影响。只有乌代浦的巡游起到了一些效果。在那个偏远的行政区，他就是神，他让毕希西瓦先生在那里只领先了三千多票。各地选民出于他们共同的困境和需要，都把选票投给了甘地夫人和赶走贫困。

大约三点半，毕希西瓦先生和妻子一起来到税务局。他们都穿着家纺的衣服，他一身白色，她一身蓝色。他无力地微笑着，而她面带羞涩，仪态优雅。当他们向凉棚中央走来时，我们这些坐在行政区长桌子旁边的人全都站了起来。有人跑来献上了一个金银锡箔做的花环，这是给库戴尔先生的：获胜方的选举执行官。献给毕希西瓦先生的是第二个花环，用万寿菊和白色的金银花做的。

税务局的院子外面，人越聚越多。快要公布结果的时候，毕希西瓦先生和妻子沿着来时的路往外走，那些还没来得及向他们致意的计票员纷纷站起来，双手合十，表达了他们的问候和敬意。等候在外面的铜管乐队奏响了《布基上校进行曲》；一群白色的母牛和牛犊在四处游荡；一些人挤在一辆吉普车里，向人群挥撒彩色的粉末：春天节提前一天到来了。《拉贾斯坦祖国报》的单张"号外"正在四处分发：

毕希西瓦先生以绝对多数获胜
侄子击败了叔叔

我觉得我应该去看看穆库特先生。

"我跟你一起去。"库戴尔先生说。当我们坐在车里时，他说："我必须跟你一起去。多可怜，二十年了，这个人掌控着整个行政区的命运，现在却输给了自己的侄子，自己一手培养起来的侄子。"

在顶楼的公寓里，前厅拉着窗帘。窗帘扯得平平的，没有一丝褶痕。穆库特先生盘腿坐在他的窄榻上，一动也不动，闭着眼睛，头扭向一边。他穿着洁白的棉布衣服，在这一刻，白色让人觉得非常触目，就像是死亡和哀痛的颜色。水磨石地板上铺着一块席子，有六个人默默地坐在那里，其中有那个戴黑色帽子的会计。库戴尔先生没有说话，走过去跟其他人一起坐在地板上。

穆库特先生的儿子走出来，为我搬了把椅子。他俯身对父亲说："父亲。"然后说了库戴尔先生和我的名字。起先，穆库特先生没有动。接着，他突然把头转过来，面朝着房间，神情非常痛苦，摊开一只手，用手背使劲敲打着床榻。

没有人说话。

穆库特先生的儿子把茶端了出来。他把窗帘拉开了一点，缝隙中透出装着铁丝网的窗户、照在阳台白墙上的阳光和褐色的山丘。他把一件褐色的背心披在父亲的肩上，白色触目的效果缓和了一些。

"他们都在为英迪拉拉票，"穆库特先生说，"而不是那位候选人，竞选画面里根本没有他的位置。"他还没有接受自己的失败，还在诉诸人格政治的规则。我问，他和毕希西瓦先生会不会重新做朋友。他说："我不知道。他昨天来过了，但一句话也没说。"他打开收音机，德里的六点钟英语新闻正在播报甘地夫人在全国排山倒海的胜利，播报各地老国大党人的失败，他们都和穆库特先生一样，错估了形势。

"道德已经荡然无存，"穆库特先生说，"欧洲的马基雅维利主义政治已经污染了我们的政治，我们就要没落了。"

库戴尔先生站起身来。

"身为竞选执行官，我必须在游行中露面。"我们出来后，库戴尔先生说，"否则，我的缺席会被人误解。"

我们在集市上赶上了游行的队伍。有人坐在卡车的车斗里，往大家身上扔彩色的小粉球。"等我七分钟，"库戴尔说着，消失在了人群中。当他心满意足地回来时，他的衣服、头发和脸上都沾着红色。红色，春天、凯旋和牺牲的颜色。

（翟鹏霄 译）

非洲与大流散

爸爸与权力之集
1969

罗伯特·布拉德肖来自圣基茨岛，是加勒比的黑人掌权者之一——他的追随者称他为"爸爸"——成为民众领袖二十多年之后，他遇上了麻烦。两年前，他成为圣基茨-尼维斯-安圭拉三岛之国的第一任总理。当时这个国家的总面积为一百五十三平方英里，人口有五万七千。现在它变小了。安圭拉独立了，带领着它统辖的几座小岛——斯科拉布岛、狗岛和安圭丽塔岛——一去不返：随之一起带走的是三十五平方英里的领土和六千人民。在五十平方英里大小的尼维斯岛上，不满情绪也在蔓延。而在布拉德肖爸爸的大本营圣基茨岛上，也存在着一股危险的反对力量。

反对他的工会叫WAM，反对他的政党叫PAM。[①] WAM与PAM，这是黑人政治冷酷的漫画式幽默。它们所代表的仍然只是一种争夺王位的政治，这种政治运作方式下仍然不存在权力交替的规则。只有当布拉德肖爸爸这样的领袖遇上麻烦，当他们被人威胁并进行反击之际，岛屿外的世界才会知道他们；对他们的王权构成反讽的是，他们随即会被描绘成一群危险的小丑。布拉德肖爸爸的黄色劳斯莱斯一度被看作王权和勇气的标志，是黑人救赎的象征。以前外面几乎没

[①] WAM，全称为"码头、机场与体力劳动工会"（Waterfront, Airport and Manual Workers Union）；PAM，全称为"人民行动运动"（People's Action Movement）。

有人知道劳斯莱斯的事情，而现在，这辆车闻名遐迩，多少成了笑料。

这位受到挑战的民众领袖不能输。输了就会丧失身份，成为滑稽可笑的人。

"布拉德肖爸爸是事业的发起人"，一位支持者说，"只要他还活着，就必须坚持下去。"

布拉德肖准备坚持下去。反对他的人不能使用广播；反对派的支持者说，他们难以找到工作。警方在从加勒比的其他岛屿招募人手。圣基茨岛的军队被称为自卫队，据说已经扩大到了一百二十人；布拉德肖爸爸自己当自卫队的上校。有报道称，一架直升机准备好了要维持这个六十八平方英里岛屿的治安。

这场民众领袖的戏剧也在别的国家上演过：领袖统治了他曾经满怀信心发起运动的地方，却发现权力带来了危机。圣基茨岛的这场戏剧规模很小，布景简单，让整个局势显得像是编排出来的。

设想一个加勒比岛屿，形状略似椭圆。海岸线凹凸不定：这里是一片片海滩，那里是一座座悬崖。中央山脉的顶峰高四千英尺，陡峭而裸露，山脚下有一座森林。绿色的土地向下倾斜，其间装点着甘蔗，还有一些整齐的房屋和小块农田，一直延伸到海边。一条狭长的海岸公路环绕整个岛屿，在这里迷路是不可能的。种植园工人住在路边，挤在甘蔗与大海之间。他们的木屋大概是全世界最迷你的小屋。

圣基茨岛的全部历史就在这条路上。路的那边，有一些房屋立在低矮的木桩上，满是尘土的坝子一路穿过交错的绿地，通向海边。一六二三年，托马斯·华纳爵士正是在这里登陆，创立了英国在西印度群岛[①]的第一个殖民地。在路的这一边，在甘蔗田间最为裸露的空地上，有两座以粗糙的手法雕刻而成的加勒比原住民石像，就是在那里的血河边，原住民被英国人和法国人合力灭绝。现在的血河已经成了路上的凹

[①] 西印度群岛是指南北美洲之间海域中的一连串岛群，总岛屿数达七千个左右，因哥伦布登陆时误以为是印度而得此名，法国、英国、西班牙、荷兰、丹麦等国均在此区域有过殖民经历。奈保尔生于其中的特立尼达岛，曾为西班牙及英国殖民地。

陷地。托马斯·华纳爵士被埋葬在那片墓园里。宾斯通山上那些十八世纪的大型工事就在不远处，那些工事曾一度守卫着盛产蔗糖的奴隶岛，以及在平静的水上集结、等待驶往英格兰的船队。加农炮群仍然指向前方，这片遗址已经重建。

在东南方，平缓的海岸变得宽阔起来，形成一块小小的平原。在这里，机场跑道和首都巴斯特尔被包围在平坦而翠绿的甘蔗地中。这片平原上只有一样东西是垂直的：岛上唯一的炼糖厂那高高的白色烟囱。

这里的整洁与秩序仍然像是昔日的样子，这显示出布拉德肖爸爸的失败，他改变的东西并不多。他早年就已成名，那时他是糖工的组织者；他在一九四八年组织的那场为期十三周的罢工成了岛上传说的一部分。但在今天的年轻人看来，布拉德肖领导种植工人取得的胜利并没有那么大的意义。他们不想在种植园工作，他们寻求的是自己岛上的"发展"，也就是旅游业。当"太阳号"和"狂欢号"喷气式飞机飞过时，安提瓜岛①上空的空气也随之震颤。圣基茨岛拥有的只是旅游小册子和种种计划，机场只能起降子爵型涡桨式客机。景观未被破坏，观光客却不来。年轻人觉得，布拉德肖爸爸把这里出卖给了炼糖利益集团，而且他不想改变现状。

布拉德肖的胜利仅仅属于圣基茨岛，对尼维斯岛的农夫而言意义甚小，对七十英里之外的安圭拉岛上的农夫和渔夫而言更是无关紧要。尼维斯人和安圭拉人从未把选票投给布拉德肖。他也不需要他们的选票，但他为此感到恼怒。他说，他要在尼维斯人的汤里撒胡椒，在他们的米饭里放骨头；他要把安圭拉变成沙漠，让安圭拉人去舔盐。这事发生在十一年前。

"感谢布拉德肖爸爸所做的一切，愿神保佑他。"在圣基茨岛的黑人种植工里，现在只有老人和忠诚于布拉德肖的人还会说这样的话。他们还记得 ola（垃圾房），记得残忍的契约制度，记得赤脚的儿童和

---

① 距离圣基茨岛约八十公里的小岛。

疾病。布拉德肖自己年轻时曾在巴斯特尔糖厂工作,他受过损伤的手成了那段经历的标志。和许多民众领袖一样,他从来没有远离自己最初的信念。同样真实的是,和许多民众领袖一样,他曾经唤起追随者的希望与躁动,而现在,五十一岁的他又否定了这些希望与躁动。

饱经风霜的巴斯特尔小镇也拥有一种舞台布景式的简朴。在主街的尽头有一座教堂。PAM 把自制的布告牌挂在一座摇摇晃晃的小房子的走廊上。正对面是一座同样摇摇晃晃却更大的建筑,被称作"群众宫",是布拉德肖工会的总部。局势紧张时,主街的这片区域被称作"加沙地带"。

群众宫有一家印刷厂,每天印制一千两百份叫作《劳工发言人》的粗糙小报。即使用上了大字标题,也并非总有那么多新闻来填满首页;有时必须加上题为"幽默"的笑话。体育新闻能够占满一页、两页或三页版面。像索伯斯[①]那样的板球运动员能让本地的体育评论员充满野心。"一九五四年,这位十七岁的羞涩少年在西印度群岛对英格兰的比赛中初次登场,那时他的脸上还能看出他母亲的模样。现在他如日中天,很可能已经成为中世纪以及我们时代最伟大的板球运动员。如果 W. G. 格雷斯[②]因为这条评论而在坟墓里辗转难安,他一定是要转过身来点头称是。"

从群众宫再走过几道门,就是政府总部所在地,一座三层楼高的现代派建筑。灰色的空调突出在墙面上;透过玻璃墙,可以看到天井里的水池。酒店在对面,是一座改建过的旧式木屋。经理是一位温和的黎巴嫩二代,他的大家族、未经培训而又容易激动的下属、有时十分专横的黑人旅游团以及目前的政治局势,这些烦琐的人和事已经把他的神经锻造得十分纤细。"你见过我们总理吗,先生?"他是布拉德肖的支持者,但是不想与人争论;他已经知道,他永远也不会见到贝鲁特。

[①] 指 Garry Sobers,出生于西印度群岛的巴巴多斯,板球史上最伟大的全能球员之一。
[②] W. G. Grace,英国著名板球选手,现代板球运动的开创者之一。

有一条短短的小街通往蓓尔美尔广场，那里有教堂、殖民-乔治王时期的木质结构公共图书馆、法院和圣基茨俱乐部，还有一些私人楼房，较低的楼层铺有砖石，较高的楼层铺有易碎的白色卵石，屋顶有四个面，十分陡峭。此处花园芜杂，环绕维多利亚中央喷泉的铁丝栅栏被踩倒在地，生锈的灯柱里面没有灯泡，但树木、花朵还有群山的背景仍然蔚为大观。蓓尔美尔广场是 PAM 举行公共集会的地方。所有的圣基茨人都知道，正是在这里，在树木、花朵和这样的建筑中间，从非洲运来的"新"黑人被展示和拍卖。拍卖前，他们被关在奴隶贩子的临时禁闭所里休息和吃饭。禁闭所就在海滩上，离现在的油库不远。

这座小岛上到处都是昔日的踪迹，就像那些甘蔗一样。越来越激烈的抗议总是可能的。

每天早上，政府总部外面的卫兵会在十点左右换岗。头戴贝雷帽的军官喊着口号，踢着正步；两个被换下的士兵迅速地来回打量一下街道，然后钻进已发动的路虎后座，被载往自卫队总部；那是一座敞开的木屋，坐落在 ZIZ（只有一个播音室的广播站）附近的高地上。

巴斯特尔郊外浅绿色的小山，明亮的蓝色大海，被白云覆盖的尼维斯之巅——一个黑人面对着这一切，懒洋洋地坐着。他身着洗得褪了色的伞兵制服，身材瘦削，膝部向外弯曲，仪容严整，就像一个软和的玩具。

我也许只是在耸人听闻，但是木屋里面有弹痕。一九六七年六月，安圭拉危机爆发之初，一些无名武装分子袭击了巴斯特尔，这些弹痕被展示出来，就是要当作那次袭击的证据。警察局也遭到了袭击。枪击频频，但无人被杀；袭击者销声匿迹。袭击发生后的次日早晨，布拉德肖身着上校军服，携带步枪、子弹带和望远镜，从政府总部步行至群众宫，这一举动为他的传奇故事又增添了光彩。

那次袭击至今仍是不解之谜。有人认为是布拉德肖安排的，但现在有安圭拉人自称对袭击负责，目的是绑架布拉德肖，保卫安圭拉岛的独立。袭击之所以失败，是因为糟糕的组织——没有人考虑到进入巴斯特尔后的交通工具问题，也因为有一个安圭拉商人向布拉德肖告密。

袭击发生数日后，PAM 和 WAM 的多位领导人被捕，并在四个月之后受审。辩护律师遭到骚扰；在全部被告被判无罪之后，布拉德肖的支持者进行了示威游行。自那以后，圣基茨岛的法治开始显得岌岌可危。权力的定义变简单了。

> 我看见了他们：
> 这些勇敢的人；这些稀有的人——
> 比其他所有人更辛劳的人——
> 这些生活在真实中的人；受苦的人：
> 这些警察。我们热爱他们！

这首诗发表在《劳工发言人》上。安圭拉人也许不再构成威胁，但警察和军队到了圣基茨就不会再离开。

我第一次看见圣基茨岛是八年前，那是在夜晚的巴斯特尔港口，我坐在一艘破旧的移民船上。我们没有上岸，移民们坐在大敞口船里，已经在海湾里摇晃了一阵子。船上的灯光在这一切之上摇曳：被汗浸透的衬衫和衣服，向上张望的油腻脸庞上发红的眼睛，纸箱和行李箱上写有主人的名字和在英格兰的详尽地址。

早晨，在公海上，噩梦结束了。那些外套、领带和行李箱都不见了。我在移民中间四处走动，发觉他们在政治上都颇有见识。到处都能看到《劳工发言人》。许多来自安圭拉的移民——那里最近遭受了飓风的袭击——一直在向神祈祷。

这些移民有一个领袖。他是一个身材修长的年轻黑白混血儿，到英格兰去学法律。他在移民中间走动，就像一个受人信任的鼓动者，习惯于保护别人。他是一个有点背景的人，他的政治关切在这样的情形下显得非同寻常。他对我的种种询问有所疑虑，认为我是英国间谍，让那些移民不要和我说话。他们变得不友好起来；有传言说我管其中一个人叫"黑鬼"。后来是一位年轻的浸礼会传教士把我从险境中救了出来。

我当时没有打听到船上这位领袖的名字。现在，在圣基茨和加勒比，他已经名闻遐迩。他所做的不仅仅是学习法律，回到圣基茨后，他开始向布拉德肖发起挑战，发起并成立了PAM。他坐牢、受审，又被无罪释放；他只有三十一岁。他就是威廉姆·赫伯特博士。在圣基茨，他展现出的魔力，他挑战敌手的力量，有很大一部分来自他的博士头衔——他的法律论文通过了答辩——他那时前往伦敦，就是为了获得这个头衔。

有一天早晨，他走进巴斯特尔酒店的餐厅。有人为我们互相做了介绍，他提醒我说，我们见过一面。他说那是一艘西班牙船，管理不善，当时他还很年轻。他精力旺盛、行动敏捷、有着西印度人特有的英俊相貌，和我记忆中的样子别无二致，五个月的牢狱生活并没有在他身上留下痕迹。

"我不想吓你，"那天晚些时候他来看我时对我说，"但你得小心。作家有失踪的可能。今晚会有两个士兵守卫酒店。"

我们开车前往一家破旧的海滨酒吧，那是一座不成功的旅游配套设施，很是荒凉。

"你见到布拉德肖了吗？"

我告诉他，政府总部的人觉得我可能是英国间谍。布拉德肖先生不愿接受我的访问，但有一天早晨，他去酒店对我表示了欢迎。

"他是一个有趣的人。关于非洲艺术和法术等诸如此类的事情，他懂得很多。这也许能够解释他为何能握有权柄。"

我们一起去游览弗莱格特湾，那是一片无人居住的地方，到处都有灌木丛和咸水池塘；这片区域像是圣基茨岛椭圆主体的尾巴一样。政府最近颁布了一项开发计划，将在弗莱格特湾投入两千九百万英镑。几天前，一些乘坐豪华游轮途经此地的游客被带到这里考察，《劳工发言人》发文宣布，旅游季就此开始了。

"开发！"赫伯特朝这片荒凉之地挥了挥手说："你要是晚上来这儿，会被枪杀的。这里是军事区。他们说我们想要搞破坏。"

回去时，我们绕道穿过巴斯特尔的贫民窟。赫伯特朝女人和小孩挥手致意："你们还好吗，还好吗？"许多人也向他挥手。他说这是他的竞选方法，把注意力集中在女人和小孩身上，他们会让男人也加入进来。

赫伯特是圣基茨岛第一个、也是唯一一个博士。和他相比，布拉德肖就是老古董，是让人民从绝望中走出的领袖，这个人民之子掌握了权力，创造出一种个人风格，于是所有的人都觉得自己分有同样的风格。据说，他会在宴会上拿出金酒棒来搅拌香槟，有一把用来梳理胡须的金梳；他爱穿英式正装，出席一些仪式时穿的是长丝袜和扣带鞋；他拥有一辆复古黄的劳斯莱斯——现在，在圣基茨和西印度群岛，这些做派让他成了一个传奇人物。本地人都知道他了解古董和非洲艺术，喜爱阅读。据说他是若干读书俱乐部的会员。他广泛阅读温斯顿·丘吉尔的作品；他的公关主任告诉我，他最喜欢的书是《大地》；他最喜欢的连载漫画是《亚比纳奇遇记》。

这是一个迷人的传奇故事，我却发现他的着装和谈吐都很低调。他不想和我多说，我对此感到遗憾；他说作家让他受了很多罪。我可以理解。我看着他的胡子，想起了那把金梳。他体格健美，看上去比五十一岁的实际年龄显得年轻；他就是那种不上相的人。我们站着交谈，他说话的方式非常严密，和英国人非常像，带着一点圣基茨口音。他站在那儿，身体向我倾斜，戴着墨镜。我们走下酒店的台阶，走向他的路虎，车身印有他们党派的口号："工人引领我们"。他告诉我，对于像圣基茨这样的小国的未来，他十分悲观。他努力工作，但心里充满了悲观情绪。他支持过西印度联盟，但联盟失败了。而就在布拉德肖任职西印度联盟政府部长期间——联盟政府的总部设在特立尼达——他其实已经开始失去对圣基茨的掌控。

这位黑人民众领袖是一位农民领袖。圣基茨就像是黑人的英国乡村，远离美与时尚的源头。一位脱颖而出的民众领袖会被他的天赋异禀所驱动，融入上流社会之中，乡村与之相比就像是微不足道的阴影。但对布拉德肖这样的领袖而言，并不存在这样的上流社会。他们一生一世与粗野之人联系在一起，这些粗野之人是他们力量最初的源泉。他们命中注定无法变得伟大；他们必须创造出自己的风格。海地皇帝克里斯托弗造就了一个黑人贵族阶层，以各种可笑的头衔加以命名。这位皇帝正是来自圣基茨岛，曾在这里做过奴隶和裁缝。他在海地建造的堡垒，灵感来自宾斯通山上的那些海滨工事。

赫伯特和布拉德肖的区别，就是赫伯特的博士头衔和布拉德肖的"爸爸"称谓之间的区别。他们的行为举止似乎都与自己的头衔相矛盾。赫伯特丝毫不具有布拉德肖的实用风格。他在法庭外穿着随意，开的是老爷车，在巴斯特尔郊外修建的房子是普通的圣基茨小楼房。他讲话比布拉德肖更加口语化，本地口音更重。他的行为举止既是中产阶级式的，又受到大众欢迎，两种方式互相包容。他从不紧张，走动时，带着对自己的阶层和外表的自信。博士头衔只是他为这一切增添的点缀。

"告诉我，"布拉德肖的公关主任是一个黑人，他带着一点苦涩问道，"谁受的教育更好？赫伯特还是布拉德肖？"

对于这个刚刚受了一点教育的年轻人而言，这个问题太复杂了。他去听过赫伯特早先在蓓尔美尔广场做的关于经济学、法律和政治理论的讲座。

"自学胜于教育。"布拉德肖这样安慰那些从甘蔗地里出来的不识字的老年人。这成了他的警句之一。

但赫伯特作为文化人的抗议领袖，势力日渐壮大。每一件事情都与他的事业有关。政府颁布了新的电费标准：用电大户的单位费用变少了。这是其他国家的通行做法，但赫伯特和 PAM 认为新的资费标准对圣基茨的穷人不公平。穷人们也表示同意。

布拉德肖和他的一个部长成了法学学生，他当时快五十岁了。蓓尔美尔广场的门廊里，仍然展示着褪了色的入学通知，他们是在伦敦一家旅馆里收到的。据说两个人当时在伦敦出差,正在吃晚饭。安圭拉独立了;PAM 和 WAM 像它们的名字一样麻烦;外国媒体充满敌意。赫伯特入狱、受审、无罪释放,成了加勒比的名人。布拉德肖遭到孤立,似乎将要失势。但他随即招募了一位年轻的圣基茨律师-演讲家做自己的公关主任。

这人拯救了布拉德肖,数月之间,他让圣基茨的政治局势有了新的变化。布拉德肖的战术发生了变化。他不再是处处防卫的在位领袖,而是开始吸引新鲜的力量。他再一次成为抗议者的领袖。他现在通过抗议来与赫伯特的抗议竞争。年轻的公关主任为他提供演讲词和知识储备。有些无礼的人称这位主任为布拉德肖的"族群关系主任",其宗旨是"黑权运动"。

布拉德肖宣称其目标是消解岛上地缘环境勾勒出的那种秩序。公关主任有时会使用"革命"这个词。这个词已经传到福特兰和高尔夫俱乐部郊外的白人聚居区,英国移民的小团体在那里被称为"耳语者"。

有人这样解释:"布拉德肖现在想做的是和这个岛以及人民一起,重新开始。"

对于我这个在圣基茨寻找原则和地区差异的访客而言,圣基茨今天的政治局势显得晦暗难解。但只要我们意识到,这里的两个党都是抗议之党,都处在独立的真空之中,它们所抗议的都是过去,是奴隶制,事情就会变得清楚起来。处在危险之中的是王权,这个问题最近已经得到了简化。"黑权运动"发出的费解讯息——按照公关主任的定义,就是身份、经济参与、团结——已经在传递过程中纠缠在了一起。现在已经有人在说,尽管布拉德肖在过去有着种种英国式的想望,他其实是一个纯种的非洲阿善堤人,而赫伯特从外表上就能看出是黑白混血儿。

在布拉德肖领导的著名的十三周大罢工期间,赫伯特的父亲是炼糖业的劳工关系负责人。对赫伯特的家庭而言,那是一段困难的时期。罢工者威胁他们,辱骂他们。在圣基茨流传着一个故事:有一天,还只是一个小男孩的赫伯特在街上遇到布拉德肖,发誓说要找回公平。

赫伯特说，也许有这么一回事，但他不记得了。

我问他，为了圣基茨的权力，他所付出的时间和精力，还有他所遭遇的种种危险是否值得。

"人在海中，"赫伯特说，"必须游泳。"

在圣基茨仍然有总督府，那是一座低调的、阳台宽阔的木屋，坐落在云雾缭绕的山上。男管家身着白衣；客厅里挂着一幅印制的本地风景画，是女王的赠礼；还有一张爱丁堡公爵的签名照。总督是来自另一座岛的黑人骑士，也是深受尊敬的律师和学者。他与本地的王权政治相隔绝，在其中没有位置——在这场律师与律师的斗争中，法治可能将不复存在。他大多数时候都待在总督府里，研究西印度群岛最近的制宪进程。他的书叫《走向权力之路》。

布拉德肖所倚重的公关主任，那个接受了他让出的部分权力的律师-演讲家，名叫李·摩尔，是一个瘦小、蓄有胡须、出生在农村的黑人，三十岁左右。摩尔说，他从伦敦回到圣基茨之后，不再认为圣基茨需要一个黑人贵族阶层。但"黑权运动"在政治上的功用只是偶然间被发现的，当时他刚做完一次关于这个主题的讲演，还处在兴奋之中。

和赫伯特一样，现在的摩尔开着车在圣基茨的环岛公路上绕圈，把律师生意和竞选融合在一起，向群众挥手，把沉重与诚挚融合在一起。他的车上有一张贴纸，是从汽油广告上剪下来的：加入权力之集。

有一天，快傍晚时，我和他一起去观光。夜幕降临后不久，我们的车胎被扎破了。他不愿用千斤顶，说不知道该顶在哪里。他蹲伏下来仔细查看，困惑不解。有一些路过的车并没有停下来。我开始担心他的衣服和体面。有两个骑自行车的人路过，他们叫喊着回来帮忙。其中一个说："我们还以为是哪个杂种呢。"又有一辆面包车停了下来。他们没有用千斤顶。车被抬了起来，轮胎换好了。

我们再次上路，摩尔处在兴奋之中，过了一小会儿我明白了，这是一个重要的胜利。

"我总是这样换轮胎的。你有没有听到那些骑车的男孩喊什么？'那是李·摩尔的车！'"

权力，头脑简单的人和拥护的人自愿提供的服务：另一个人民领袖正在形成，另一个黑人正在行动。

过了一会儿，他反思道："我敢说，如果是赫伯特，他一定还在原地打转。"

但赫伯特也许会用上千斤顶。[①]

(马维达 译)

[①] 李·摩尔于一九七九年成为总理，但在次年的大选中落败，后一直担任反对党领袖，直到一九八九年。赫伯特在PAM于一九八四年赢得大选后，出任圣基茨－尼维斯驻联合国特命全权大使，后涉嫌为贩毒集团洗钱，于一九九四年调查期间失踪。

六千海上难民
1969

加勒比群岛青翠多山，安圭拉置身其间，就像是一个错误，一个玩笑。长十七英里，宽两英里，这个岛屿如此平坦，以致安圭拉人在给你指路时，不会说向左向右，而是会说向东向西。岛上岩石众多，干旱少水。这里不生长棕榈树，也不生长大树。海滩上的红树林非常茂盛，看上去也许和哥伦布登陆时别无二致。当年的森林早已被砍伐殆尽；安圭拉人喜欢烧炭和造船，他们是一切可以长大的绿色事物的天敌。

岛上有些地方一度生长过甘蔗，但即使是在奴隶制时代，这也不是一个适合种植的岛屿。一八二五年，就是大英帝国废除奴隶制之前九年，岛上大约有三百名白人，三百名有色混血自由民。这两类人蓄有三千黑奴。黑奴是一种负担。在加勒比的其他岛屿上，黑奴可以在周六去做自己的事情。然而在安圭拉，他们一周有一半的时间可以出去自由觅食。

今天的安圭拉只有约一万两千人，其中半数在海外生活或工作：在附近的美属维尔京群岛，在哈莱姆，或是在白金汉郡的斯劳镇，本地人称那里为"斯劳白金"。但他们中的大多数人在岛上仍然有房子和小块土地；这座荒凉的岛屿早就被瓜分掉了。

去年十二月中旬，我在安圭拉，岛上挤满了过圣诞节的人。自从安圭拉一九六七年发生动乱，脱离了刚刚独立的、由圣基茨－尼维斯－安圭拉三岛组成的英联邦成员国，LIAT（利维群岛航空公司，"海盗能到的地方，我们就能飞到"）的子爵型飞机就不再飞往这里。但安圭拉人（在赶走了一个美国人以及他的 DC-3 客机之后）自行成立了三个小型航空公司——安圭拉航空、安圭拉航线和山谷航空服务，相互之间竞争激烈。每个公司都有自己的制服，自己的五座派珀阿兹特克型飞机，定时往返圣马丁岛，用时五分钟，只需花费五美元。

与加勒比的其他社群相比，安圭拉人家园意识更强。这片土地自何时归属于他们已经说不清了，这里也没有屈辱的回忆。这里没有圣基茨的豪门，甚至连废墟也没有。

安圭拉人的历史是从一次传奇的海难事故开始的。弗莱明家族、霍奇家族、理查德森家族、韦伯斯特家族，这些家族现在已经肤色不一，而他们的祖先是白人拓荒者，即那次海难的幸存者。关于黑人的到来，人们莫衷一是。许多人认为他们是被贩运至此的奴隶。但有一位年轻人确信，他们在海难之前就来到了这里。另一位认为他们是在海难过后一两年来的。他不知道他们是怎么来的，又为何而来。"这些我忘了。"过往无关紧要。在过于漫长的时间里，安圭拉人生活着，就像一个在海上失事的社群。

他们没有接受过良好教育，但他们拥有各种技能，比如造船和举行宗教仪式，后者持续地激励着这里的人。几乎没有哪个安圭拉人不是在神的指引之下行事。从一九六〇年开始，大批安圭拉人逃往斯劳白金，这得到了神的认可；脱离圣基茨以及安圭拉人最近的许多大胆之举，同样得到了神的首肯。

安圭拉人非常虔诚，但他们并不狂热。他们像黑人一样，对各种新的信仰有着开放的态度。八年前，韦伯斯特先生——他曾经担任总统，现在已被免职——重新考虑了自己的立场，在三十四岁之际脱离英国圣公会，加入了基督复临安息日会。他希望在岛上看到更多不同形式的传教活动。"只要'耶和华见证人'或是其他教派让一个或十个人改宗，他们就是在做善事，就是在为社群服务。因为我们的计划就是要让安圭拉人尽可能地保持虔诚，把偏激和不道德的思想排除出去。"

这个岛屿拥有自己的先知——冈布斯法官。当他在本地的一本新周刊上发表传道文章时，称自己为"乔治·冈布斯兄弟（先知）"。他并非无名之辈，上流人士和底层民众都会向他求教。被圣灵感动时，他会随着横笛与鼓的伴奏转圈，"戴着帽子的小个黑人"（这是一个安圭拉人的描述），他传播福音，有时也发出警告。据说如果一个特定的地方、一片田野、一段道路让他有发狂的感觉，过几天就准会有灾难发生。十二月的时候，就在韦伯斯特先生宣布安圭拉要脱离英联邦之后三四天，冈布斯法官又出去布道了。我没有看见他，但别人告诉我，他没有新消息要发布，只是让大家祈祷。冈布斯法官没有新消息就是好消息。

还有一些德高望重的人也留了下来，为了把整个社群凝聚在一起：在危机爆发之际，出现了一些果断敢行的家族。这些德高望重的人遵循着古老的仪轨，其起源已被遗忘。肤色只是偶然的事情，让安圭拉人最为愤怒的，是七十英里之外的圣基茨人宣称：安圭拉人的反叛只是一个奴隶岛的反叛，而黑人只是在忠诚地追随白人和棕色人种。那些德高望重的人本来就是安圭拉人，而安圭拉人都称自己为黑人。韦伯斯特先生看起来可能属于地中海和印度之间的任何种族，也自称黑人。的确如此，安圭拉人不仅失去了历史意识，还失去了种族意识。这并非容易传达的事情，尤其是要传达给圣基茨人——后者现在正在摆弄"黑权运动"的概念。

安圭拉人从来都不喜欢与圣基茨人有行政关系，他们也讨厌圣基茨总理罗伯特·布拉德肖。由于对安圭拉人的冷漠感到愤怒，布拉德肖扬言要把安圭拉岛变成沙漠，让安圭拉人去舔盐。由布拉德肖来统治独立的圣基茨-尼维斯-安圭拉三岛，这样一个设想让安圭拉人感到害怕；一九六七年二月发生了一场骚乱，当时作为独立庆祝活动的一部分，圣基茨人派出一些选美皇后到安圭拉高中去表演。警察使用了催泪瓦斯，却没有多大效果。催泪瓦斯袭击了选美皇后和忠诚的观众，却没有波及外面愤怒的安圭拉人。第二天，一百名警察从圣基茨飞来增援。他们搜查房屋，把安圭拉人的领袖抓到了丛林里。

这是一场全体叛乱的信号。监狱长的住所被纵火；监狱长逃跑了。接下来的三个月，警察局不时在夜里遭到枪击。代理监狱长所住的酒店也被纵火，他也跑了。第二天，银行行长被人袭击。两天后，几百名安圭拉人冲击了警察局。十七名警察没有还击，他们被带上飞机，送回了圣基茨；安圭拉人设立了自己的五人警察力量。

十天后，出于对外部干预的恐惧（牙买加差点派出了军队），并被宗教热忱所引领，安圭拉人袭击了圣基茨，枪击了警察局和自卫队总部。袭击者共有十二个人，他们的袭击计划是公开的。下午，人们去往港口，朝着离港前往圣基茨的五十英尺快艇挥手。只过了五个半小时，快艇就停靠在了圣基茨的主码头。安圭拉人本来打算绑架布拉德肖，随后发现他们早先没有想到要安排汽车做交通工具，现在也只能吓吓他就算了。

后来有人报告称，有三十五个圣基茨人入侵安圭拉；临时总统乘坐阿兹特克型飞机飞越所谓的登陆区，扔下传单，敦促入侵者投降。但其实并没有入侵者。战斗结束了。接下来的只是言辞之争而已；分裂已成事实。安圭拉成了全世界最小的共和国。

这个共和国的国际地位很含混。它仍然认为自己是英联邦成员，希望伦敦帮助其制宪，并批准其脱离圣基茨。伦敦无所适从。其实两百年来，没有谁真的想要安圭拉，也没有谁知道该拿它怎么办。这个地方是一个错误。

这里也会讲求种种形式。走下派珀阿兹特克型飞机，你会穿过安圭拉移民局和海关；机场的建筑有两个房间，这两个机构共用其中的一个房间。移民局的人身着黄卡其布制服，佩戴安圭拉徽章，使用的是安圭拉橡皮图章。如果你需要安圭拉驾照，需要付一美元，缴费的地方是在位于狭长低矮的行政楼中的警察局里。五个警察已经足够了，犯罪很少发生。有个女人在吵架时用四个字母的词骂人，警察过来进行"警告"，很大程度上只是例行公事。岛上有一座监狱，关了一个犯人。他是因涉嫌谋杀而入狱的圣基茨人，已经坐了一年的牢。没有地方法官，无法审判他，韦伯斯特先生希望在独立问题解决之后，马上把他遣送回去。

在邮局你可以买到安圭拉邮票，由一家英国公司设计和印制，并销售给海外收藏者，他们从中收取百分之十五的佣金。邮件照常到来；在半是法国人、半是荷兰人居住的圣马丁岛上，安圭拉设置了两套邮箱号码，打破了圣基茨的禁邮令。在邮局旁边的财政部里贴着一张关于新增百分之二所得税的告示。为了促进消费，提高收入，酒税和汽油税已经降低，并且取得了成效。人们告诉我，安圭拉的汽车之多前所未有。

政府节俭而高效，并继承了行政大楼。十五人议会经选举产生，负责治理。这样的政府结构就像一个成熟的社群，长期以来是围绕着德高望重的人组织起来的。这个岛屿自理事务，并且富有成效。只过了半天，我这个访客就必须提醒自己这个岛屿的规模及其古怪之处。它就在那里，在几个美国人设计的新国旗中：白色的背景上，三只橙色的海豚围成圆圈，下面是一条绿松石色的色带。它也在充满幻想情绪的、由一个本地"组织"创作的国歌里：

……一个金色玉米在风中起伏的岛屿！
一个充满阳光、自然和谐的岛屿。

我听人说，海滩每晚都有人看守，以防圣基茨人入侵。每隔十四天，就会举行秘密军事演习；在独立之际，安圭拉人拥有四挺机关枪、五十五支步枪、十五支猎枪和两盒炸药，现在他们的武器已经不止这些。有人在谈论再次袭击圣基茨；有人甚至暗示要召来一架战斗机。圣基茨仍然宣称拥有安圭拉，并在旅游小册子上印制广告。（"迷人的岛屿……适合想要远离全世界的度假者。"）但安圭拉人的处境很安全。他们知道圣基茨有自己的政治纷争，那里许多人站在安圭拉人一边，况且一百二十人的圣基茨军队处理岛内事务就够忙了。安圭拉人并不经常谈论布拉德肖和圣基茨,更多地谈论自己的纷争和政治。

海难和被孤立的遭遇,使得这个社群紧密地团结在一起。独立让他们迅速地开始成熟,他们领会到这是一座奇异的岛,它是声名在外的度假胜地,旧日的种种规则和虔敬早已开始消失。几个月前,在那条奇怪的简易跑道上,一架派珀阿兹特克型飞机的引擎被人在夜里用榔头砸坏了。据说是因为家族纠纷。

在安圭拉,只有一家叫"汇聚"的酒店有电力供应。这家酒店就像是简陋的汽车旅馆,九点钟就熄灯。酒店的主人是先知冈布斯法官同父异母的兄弟杰里迈亚·冈布斯,负责经营的则是杰里迈亚的妹妹,她曾在美国待过很多年,说话时带着美国口音;这里美国黑人的氛围很浓。

我知道杰里迈亚·冈布斯。别人向我描述他时,称他为"那个聪明的安圭拉人",他是唯一一个在美国取得成功的人。他在本地做了很多善事,是安圭拉与外面世界的联系人。他曾接受美国多家报纸的采访;在联合国陈述安圭拉的情况;并带领安圭拉代表团前往美洲国家组织大楼(结果发现大楼已经关闭)。

他就在那里,审视着周围,令人畏惧(在圣基茨时有人告诉我,千万不要嘲笑安圭拉人),他妹妹带着我四处参观。

"小伙子,你可以把电动剃须刀插在这里。你早晨可没有刮胡子。"

她个头很大,大家叫她 B 女士。我认定她是一个"人物"。各种人物像铅一样压在我心上;我决定住在汇聚酒店期间不刮胡子。

吃午餐的时候,杰里迈亚吭着鱼说起话来,低沉的声音传遍了餐厅,一开始就像是在自言自语。

"他们把那叫作叛乱。"他也有美国口音,"全世界最和平的叛乱。叛乱?这是一场因为长年被漠视而产生的叛乱,就是这样。国家小有什么错?小国就不能有尊严?小国就不能自豪?小国……"

我试图打断他的高谈阔论:"冈布斯是一座古老岛屿的名字。"

"有一个人,"他说,"有一个人给了这座岛一座图书馆。有一个人在医院设立了 X 光部门。这个人做了所有这些事情。布拉德肖又做了什么？带来警察、塑胶炸弹、催泪瓦斯，这些我们以前从未见过的东西。现在他说我是大恶棍，是叛乱者的头头。"

我没听到有人这样讲过。

"有这么一个人。他是乔·路易斯和玛丽安·安德森①般的存在。你在一代人里只会看到一个这样的人。这个人就是我，我做这些事情，是因为我在乎这里。我记得在我小时候，安圭拉岛上接连发生了四次干旱。我知道贫穷的滋味。我还记得大萧条的时候，我在纽约，连地铁也坐不起，必须走过一百个街区去学校。那时候我连一个苹果都吃不起。"

困境并未让他消沉。他是一个志向远大的人。他五十五岁，尖鼻子，留着胡子，头发灰白稀少，就像是从三十年前的《洗冤记》和《草原上的哈莱姆》走出来的西部黑人。他给人这样的感觉，是因为他吃饭、走路和谈话的方式；是因为外面的岩石和灰尘。他是开辟疆域的人。

"你是来写东西的，对吗？"

我带着刺骨的羞愧说，是的。

"你去写吧。他们络绎不绝到这里来，坐在海滩上，整天写作。"他的声音开始以美国人的方式作响，"大自然就希望你们这样。"

我决定永不涉足他的海滩。

那天下午，我们在尘埃弥漫的路上相遇。他开着他那辆高高的吉普，一辆适于开辟疆域的车，我开着从他那里租来的车，一辆低矮的敞篷迷你吉普。

"你还好吗？"

路上的灰尘让我窒息，我已经迷了两次路（按安圭拉的指南针寻路的结果），却没有告诉他：他先前卖过一张地图给我。

"你写下来告诉他们。你告诉他们这群叛乱的野蛮人的故事。"

---

① 分别为拳击手和歌唱家，均为伟大的黑人偶像。

独立后很短的一段时间里，安圭拉人悬挂的是旧金山的旗帜，由一个编辑捐赠，他是一个在岛上被称为"旧金山团体"的组织中的成员。一九六七年八月，这个团体在《纽约时报》上为他们所写的《安圭拉白皮书》打了整版广告。

《白皮书》称，不能因为安圭拉人没有电话，就说他们很落后。"你知不知道，当一个安圭拉人想给另一个安圭拉人打电话时，他会怎么做？他沿着路走过去和他说话。"但缺少电话是反对圣基茨的原因之一；而且如果没有吉普，很难在岛上四处行动。有些住在岛西面的人（主要是黑皮肤的人，偶尔也有金发碧眼的变种）从来没有去过东面（许多浅色皮肤的人住在那里）。

安圭拉人"甚至不想要一家希尔顿式的酒店"，因为那会把他们变成"巴士售票员、服务员和仆役的国家"。他们不想一次迎接超过三十位"客人"；客人如果不和总统共进午餐就离开，那是不礼貌的。他们不想接待"观光客"。

《白皮书》——此文向外国人承诺，只要花一百美元就能获得荣誉公民身份——为安圭拉赚了两万五千美元。有些安圭拉人觉得《白皮书》让他们显得很荒谬。但以总裁身份签署《白皮书》的韦伯斯特先生告诉我，他支持这份文件。而杰里迈亚·冈布斯仍在扩建他的酒店；其他人也按照不同的标准成立了自己的企业（粗野的酒吧、纪念品摊、冰激凌售卖点、非常私人化的企业，未来这里的旅游业很可能就是这样的）；韦伯斯特先生自己说，他希望看到安圭拉成为旅游度假地。

这就是安圭拉人的困惑之一。有太多的人想要提供帮助，他们在安圭拉找到了一种轻松的事业，一部小小的黑色喜剧。安圭拉人从未看穿这个笑话，总是认真倾听，越来越恐惧和执拗。

波多黎各大学的利奥波德·科尔教授是"旧金山团体"的成员，六十六岁，奥地利人，一九三八年前往美国定居。长期以来，科尔一直在倡导幸福小社会的理论。他的《众国的崩溃》一书于一九五七年在伦敦出版（现在已经脱印）。一九五八年，科尔对威尔士国民党发表讲话，该党希望威尔士从英格兰分裂出去；他现在在斯旺西大学休一年的假。科尔觉得小社群"在经济上优于更大的国家",认为安圭拉是"理想的试验地"。独立之后,安圭拉领导人迅即向周边诸岛寻求支持。他们与科尔及"旧金山团体"在波多黎各会面。"我的团队,"科尔说,"在二十四小时内就被接纳了。"

有传言称,亚里士多德·奥纳西斯[1]愿意以每年一百万美元为代价,换取把安圭拉用作船队基地的权利,这样的传言似乎很早就证明了安圭拉在经济上能够站得住脚。直到今天,这个传言仍在西印度流传,而科尔似乎也仍然深信不疑。但在圣基茨和安圭拉,人们说那只是杰里迈亚·冈布斯编造的故事。韦伯斯特以总裁的名义给奥纳西斯写了两封信,却没有回音。确实有一些美国人愿意在商业上提供帮助,但用科尔的话说,那"都是来自不明不白的利益集团"。

有一个星期六,我在机场遇见一个本地人——那天就像赶场一样,从阿兹特克飞机上卸下许多纸箱、篮子和包裹,女人们等待着领取她们的男人从美属维尔京岛寄来的信件、便条和汇款——那个本地人冲我耳语,说起黑手党和他们在当地的密探(根据最近的新闻报道判断,我觉得他已经向许多游客耳语过)。我问韦伯斯特先生,这是怎么回事。他的说法令人困惑,他说散布黑手党传言是安圭拉的官方政策,是为了让黑手党离远一点。他还让我不要过多关注白人"配角"。到了这时,我才开始觉得,我正在陷入古老的、安圭拉固有的阴谋诡计之中。

有一些人尽管也不想和圣基茨重新统一,对于未来却不如韦伯斯特先生或科尔教授那么乐观。在独立后这混乱的一年里,他们没有看到什么"发展",也害怕一旦安圭拉正式宣布脱离英联邦,会有可怕的后果。安圭拉会像罗得西亚一样,被视为不法之地,引来一些不法之徒。

新周刊《灯塔》(有打印的和胶印的,设备由一家波士顿公司捐赠)发布过一篇社论,反对单方面宣布独立。社论在岛上引发了一些疑虑,让独立显得更为困难。

"如果现在把我们的种种权利出卖给美国商人,"在一家酒吧里,

---

[1] Aristotle Onassis,希腊船王,曾拥有世界上最大的私人商船队。

年轻的电气工兼编辑对我说,"我们会成为加勒比甚至全世界的笑料。不要误会,"我一边记录,他一边慢慢补充道,"如果英国无所作为,我觉得我们应该自行其是。"

"我要把他的卵蛋放进绞干机。"在机场跑道上,一个年轻人拿着《灯塔》愤怒地对韦伯斯特先生说。这样的语言暴力曾经只属于圣基茨的布拉德肖。韦伯斯特先生藏起他的不悦——那天是星期天,他的安息日——让年轻人平静了下来。

感到害怕的人、胆大妄为的人、"配角"和"黑手党":这就是我这个访客到达时,这个岛上阵营的粗略划分,我穿过错综复杂的剧情向前探寻,感到这些剧情似乎并未按照种族或肤色的区分来展开。责任、被激起的欲望与恐惧现在抵销着旧日的信念,带来了种种纷争,瓦解了自成一体的意识,而这种意识本是独立的意义所在。

有一个加拿大人想办广播站,出于某种原因他想启用几片海滩。杰里迈亚·冈布斯则计划成立安圭拉银行(事实上他已经开始建楼了),让很多人感到恐慌。他还计划修建"医疗中心"。"问题在于,我怎样才能让我的人民理解?他们会像反对美国医疗协会一样反对我的计划吗?"我永远也不会明白他在说什么;我听说他想聘用一个能用魔法进行治疗的美国人,这让我想起了杰里迈亚同父异母的兄弟冈布斯法官。

安圭拉人曾经相信杰里迈亚·冈布斯能够带领他们引进美国的大型投资,但这些项目动摇了人们的信心,他也失去了议会顾问的职务。我在安圭拉的时候,感觉他已经名声扫地,他常常待在汇聚酒店生闷气。他对安圭拉人的态度只要一顿饭的工夫就会改变。有时候他是一个爱国者。"如果圣基茨袭击我们,他们会后悔的。我猜,等我们和他们的事情了结之后,英国政府只能用饼干和糖浆来救济他们。"有时他又对安圭拉感到绝望。"他们不知道他们不知道",他本可以粉饰一下这句话,"问题在于,"他在一次氛围阴沉的饭间说,"殖民主义把安圭拉人变成了空壳。"

有一个美国人带来了一个方案，议会在考察之后否决了。杰里迈亚·冈布斯的情绪也随着事情的进展发生着变化。这个美国人想要的是"特许经营权"：土地许可，另外据我所知，还有二十五年的采石和街区建设专有开发权。议会和从特立尼达飞来的议会律师对他的考察持续了八个小时；晚餐时他出现在杰里迈亚·冈布斯的餐桌前，这是一个肚腹柔软的年轻人，穿着骇人的舍伍德绿长裤，看起来像是受了打击。我后来听说，考察快结束时，他的眼泪都要快掉下来了。

抑郁的杰里迈亚·冈布斯穿着拖鞋在餐厅里轻轻地走来走去，倒水、递面包，像一个仍要向他的农场工人尽到责任的人。饭后他带着我穿过铁丝缠绕的门，走到露天阳台上。沙蝇和蚊子在伺机袭击我们。他平静地用他的大手拍打着，杀死它们，然后又拍一拍手。

"这个律师是谁？他是宪法律师，公司律师还是刑事律师？他懂不懂经济？你告诉韦伯斯特，他必须拟定一个开发计划，否则会吓跑很多人。投资者可没有那么多，没有那么多。"

早晨，伤心的美国人走了，绿色的方格夹克和他的裤子很配。

杰里迈亚·冈布斯仍在遭受折磨。"他本来打算投很多钱，四年内都不能盈利。然后你们又让别人进来投资？这些人不懂经济。如果韦伯斯特还知道担心，他就会担心的。他打算修建那条公路，开放整片区域，让人们的房地产增值，在沿途建起房子。但这些人并不懂行。看看我，是我建起了这个地方，是我让安圭拉广为人知。现在其他人毁掉了他们小小的居所。观光客来到机场，出租车司机们冲向他，带着他到这儿到那儿。是我让这里广为人知。"他的声音高扬起来，"生活不该是这样的。我不知道。我觉得还应该有别的生活方式。"

我说，我觉得他为安圭拉做的事情已经够多了。

他说，在完成更多的事情之前，他还不会休息。"我爱这个国家，我爱这里的人民。我知道贫穷的滋味，我知道干旱的滋味。我在乎这里。我记得小时候……"

在我的账单上，有一笔支出是用于购买安圭拉国旗的。我告诉B女士，我没有买过国旗。

"你想要一面吗,年轻人?"她挥舞着一面国旗,交到我手上,并且用夸饰的方式模仿一个鼓手队长说,"安圭拉,我来了。"

我把旗帜放到口袋里。安圭拉,杰里迈亚·冈布斯不愿开放的地方。

作为一种平稳治理的方式,独立取得了成功。作为保存一个古老社群的手段,独立也有其意义。然而作为"开发"和通过旅游业牟利的捷径,按照"旧金山团体"的天真设想,独立则是自寻失败。安圭拉还会让更多的支持者失望。刚刚独立,安圭拉政府就已经需要对反抗者实施镇压。

镇压来了,既严厉又荒唐。但这只是我这个局外人的看法,我想在这里寻找的是喜剧,是可以持续发展的事业。安圭拉的问题仍在延续:一个迷失方向的小殖民地;一个帝国丢弃在海上的部分货物;一个近乎原始的民族突然间重返自由国度;他们还要遭受花样翻新的或是由来已久的剥削。

我离开安圭拉时,杰里迈亚·冈布斯正在向一些男工(还有一个行动迟缓、爱沉思的筛沙女工)发布指令,他们要为酒店增建一座兵营似的建筑。前几天,在很偶然的情况下,我在联合国的代表厅看见了他。他身着黑色西装,宽大的左手小手指上戴了一枚戒指。四个英国记者正在记下他郑重的话语。

两天后英国将会入侵。杰里迈亚——他是美国公民,在美国新泽西州的爱迪生镇拥有冈布斯燃油炉服务公司——那天是安圭拉的请愿代表,负责向殖民主义委员会陈情。他言词清晰,毫无夸饰;他的语调流露出一种我所熟悉的哀切;但他就英国的入侵计划所说的每一点都是事实。

他现在是安圭拉的官方发言人。在安圭拉他重又受到欢迎。而当我在报上看到,穿绿裤子的美国人又回到了安圭拉,一点也不感到意外。他是以律师的身份回去的。他没有法学学位,却拥有一座"包罗万象的法学图书馆";他得到了执业许可。他做了更多的事情。他为安圭拉新宪法的制定提供建议(之前的宪法非常简短,是一位哈佛教授起草的，他不知何故在安圭拉失去了重要性）。《国家观察家》为新宪法做了一些准备工作。安圭拉政府不得没收外国或本地企业的财产；外国政府不得提起针对安圭拉企业的税务诉讼。安圭拉最高法院的法官不一定要是安圭拉人，也不一定要是律师；他需要的只是安圭拉的律师执业资格，且年龄须在三十五岁以上。《国家观察家》还刊登了美国人在十二月申请的特许权的一些详细情况，这些权利是为开设基建材料工厂而申请的：免税二十五年，安圭拉政府每年将得到五百美元作为回报。

在英国人入侵后，这个美国人被带上一架塞斯纳飞机，带离了这座小岛。

"在对联合国已经失去信心的人看来，这似乎是一件奇怪的事情，"杰里迈亚·冈布斯在一周后对一些记者说，"尽管联合国有种种不完美，在这座小岛上，我们仍然将其视为小国以及世界各地善良人民的伟大希望。"

《纽约时报》在那一天引用了这段话。《纽约时报》还以新闻的形式刊出了两岁大的安圭拉国歌的部分歌词。安圭拉——作为一项事业，一个喜剧——似乎已准备好重新向前。

（马维达 译）

最后的殖民地
1969

英属洪都拉斯是英国在美洲大陆上的最后一块领土，现任总督应该也是最后一任总督，但事情尚未尘埃落定。在总理和几位部长实行了五年的内部自治之后，洪都拉斯完全的独立仍然是个难题。问题在于由谁来继承。危地马拉宣称英属洪都拉斯归她所有，应归还于她。美国的调停已经失败。在英属洪都拉斯内部，反对派势力日渐壮大，指控政府准备把这里出卖给危地马拉。政府声称事实并非如此，却无可作为。只有独立后才能证实政府的说法，而独立又只能在政府的说法被证实后才能实现。

现任总督名叫约翰·保罗，他深居简出，只等移交。出任这里的总督之前，他曾在西非的塞拉利昂和冈比亚任职。出任英属洪都拉斯总督是他最后一次在殖民地任职。他五十三岁，自己的未来也不明朗。他已经不再是有资格领取退休津贴的官员，英格兰又没有什么职位在等着他。在英属洪都拉斯，他没有多少事情可做。他以女王的名义批准一些法案；他是公务员首脑；他处理对外事务。由他直接负责的事情只有防务——这里有一座小小的英国兵营——以及公共秩序，他和相关对口的部长一起领导警察部门。

"安全与稳定。非常重要，但也相当无趣。总督并不是一份真正的全职工作，这个职位有点与世隔绝，置身事外。这样才对嘛：这个国家在自行运转。总督不想碍事。"

总督的圆通老练就像一种敏感的知觉，是一种自然的冷静与忧郁的表达。他是个高个子，身体厚重，但仍然像运动员一样敏捷。上班时身穿白衬衫，打领带，不穿外套：这样的着装刚好表达了这份工作介于正式与非正式之间的模糊性质。

"只要这里还是一块属地，有总督就没什么奇怪的。但总督能做的事情少之又少。如果你是大总督，事情会更加糟糕。可做的事情甚至会更少。我在冈比亚有一年就是那样的。我发现，要摆脱那样的局面，唯一的办法就是去起草一部共和国宪法。于是我就去了。我们把它送去给选民批准，结果被否决了。"

白色的滑雪橇和鱼竿倚靠在总督办公室的墙上，轻快而明亮。一把半开的伞挂在灰色的保险柜上。墙上有一幅地图：不列颠的这片领土几乎空无一物——九千平方英里的土地上只有十万人口——与拉美的其他国家极不协调：工业巨人墨西哥雄踞北方，西面和南面是危地马拉，那里有高山峻岭，有政治暗杀，有温带的花卉与果实，还有西班牙和玛雅的古老建筑。透过总督办公室装着铁丝网的窗户朝外望，可以看到总督府植物稀疏的花园和两棵高大的王棕。花园的墙外就是加勒比海，海在这里不是蓝色的，海里涌动着无数的鲶鱼，无休无止地清理着这座建在沼泽地上的城市排出的污水。

大英帝国在这里从来没有宏大的气象。起初在十七世纪，它是通过入侵西班牙美洲帝国的海岸线而成形的。其领土面积在上个世纪翻了一番。但大英帝国的行为被认定是入侵，从未达成和解；这里也从未变成一片遍布种植园的土地。第一批闯入者带着他们的黑奴，来砍伐洋苏木；他们的后继者向着内陆进发，去砍伐桃花心木。桃花心木森林已经被砍伐殆尽。而灌木丛还在，一些小规模的族群散布其间：玛雅印第安人，他们在自己文明的庞大废墟间迁徙，就像任何衰落的移民群落那样；从西印度的圣文森特岛迁移来的加勒比黑人，一般的黑人认为他们格外黑，格外丑，而且体味难闻；来自尤卡坦①的西班牙人和混血难民；还有最近十年出现的数千名门诺派教徒，这是一个颂念《圣经》的德裔美国人教派，他们以每英亩十五先令的价格买下了几平方英里的热带丛林，把那里变成了美国拓荒者的开垦地。黑人伐木工的后代现在占到人口总数的三分之二，他们已经坚定地爱上了城市生活，居住在拥挤不堪的沿海首都伯利兹城。

从空中鸟瞰，伯利兹城是一团不规则的白色，挤在一片湿地林边，林中的水面偶尔反射出太阳的光影，像一个苍白的圆盘。海岸线参差不齐，遍布暗礁，仿佛乌云投下的暗影。一九六一年飓风来袭时，一座美国"独占"的小岛连同岛上的三个农舍一起沉没了，这座小岛曾在当地惹起过怨恨。瓦楞铁皮搭起的公共厕所悬在缓缓流过城市的宽阔运河上；一家夜总会里，店家在招揽游客们喂鲶鱼。

在这座城市，死后若能埋在"一个整洁而干燥的墓穴"里是件走运的事情。临近傍晚，身穿外套、打着领带的黑人——他们对疾病的免疫力在中美洲素有名声——跟在灵车后面，一路挥动着白手帕向墓地走去，墓地就在城外。下葬后，他们悠闲地站在比他们更高的墓碑中间，仿佛一种象征。他们一边聊天，一边在暮色中舞动着手帕，仿佛在阴阳界上举行一种奇异的告别仪式，但其实他们只是在驱赶蚊子和沙蝇。

在伯利兹城，英国国旗是黑人为抗议危地马拉的主权要求而举起的旗帜。英属洪都拉斯的黑人不是种植园的奴隶，他们是林业人员。尽管直到最近，伯利兹城的一些私人宅院还会向世人展示从前用来惩罚奴隶的牢房和当年的镣铐，但黑人们总是充满自豪地回忆起那段日子：他们确凿无疑地相信自己属于英国，曾经跟自己的主人并肩战斗，抗击西班牙人。

"如果你在这里提起奴隶制，"反对派的黑人领袖说，"人们就会诧异地盯着你，不明白你在说什么。"

危地马拉人开玩笑说：危地马拉应该收回洪都拉斯，英国应该收

---

① 位于中美洲北部，墨西哥东南部的半岛。

回她的黑人。墨西哥人也在讲类似的玩笑：让洪都拉斯归墨西哥，让小黑佬们归危地马拉。

危地马拉副总统是他们国家的精英知识分子之一，他不觉得这个玩笑有趣。他不想要那些黑人，他也惧怕墨西哥。墨西哥也对英属洪都拉斯虎视眈眈，声称自己拥有大半个英属洪都拉斯的主权。但除非危地马拉有所行动，否则墨西哥不会轻举妄动。危地马拉副总统陷入了绝望。他是印第安人，也是个爱国者；他认为危地马拉已经失去了英属洪都拉斯——她的第二十三个区。那片土地被英国人肆无忌惮地糟蹋，让那里住满了黑人，而现在他们既不需要那片土地，也不需要那些黑人。

"我们不存在黑人问题。黑人只要抻一抻肩膀，就会令十个印第安人四处逃散。我们是个弱小的种族。英国人把黑人从刚果、安格拉和苏丹运到了这里。他们可以在酷暑中工作，我们印第安人做不到。黑人不容易生病，疟疾奈何他们不得。黑人跟印第安人交媾后生下的是混血人种（sambo），这个人种退化得很快。"

但副总统会换人。危地马拉的主权要求随时都可能演变为危地马拉人的圣战。但只要英属洪都拉斯一直属于英国，任何事情就都不会发生；只要英国总督还在，只要英国国旗还在总督府飘扬，黑人的归属问题就只有理论意义。在人们心目中，英国国旗代表的不是抗议，而是秩序的持续。

总督府是一栋白色的两层木质结构房屋，看上去像一栋庞大的私人宅第，里面只有三间卧室，但是极其宽敞。整栋建筑的平淡风格掩盖了它的年代。它始建于一八一五年，不同于帝国后来的总督府。它经常无人照管，还经历了很多次飓风的袭击。上一次飓风是在一九六一年，挟裹的汹涌浪涛淹没了底楼，令中央的桃花心木楼梯面目全非，那原本是整栋建筑中唯一一处可圈可点的设施。

"冈比亚的总督府要宏伟得多。东非的几位总督以前也驻扎在那里。他们对总督应该受到什么样的照料有着非常明确的看法，而我认为他们的看法非常正确。那里的总督府还有一个非常漂亮的花园。当然了,现在这栋房子跟这个国家的资源很相配。"

总督府每年要花掉英属洪都拉斯政府一万一千英镑。这笔钱涵盖了所有的开销:装饰着纽花字母图案的瓷器和银器都是通过伦敦的英联邦采办处买来的;三位管家:劳埃德、加尼特和乔治;厨师莱昂内,洗衣工阿德拉;总督对外办公室的两位秘书;总督本人。总督的副官是当地志愿卫队的助理。

"他是兼职的,现在这份工作已经不需要特别正式。我们每天六点半降旗,由警察局的哨兵来做。在冈比亚,降旗有专门的仪式,乐队奏响——叫什么来着——《撤退》。我们在这里试过一次,我得说,气氛欢快,令人振奋。我们佩戴了徽章,那次来了三百五十到四百位客人。国旗在《撤退》的鼓点中缓缓降下。但这个仪式对我们来说太劳民伤财了,从那以后再也没举行过。

"照常规我们差不多每个月都会举办一次招待会。总督府是一个各色人等可以欢聚一堂的地方。我没有在批评什么,但这里的人往往只喜欢跟自己人聚在一起。招待会都是我妻子操办的。我们没有女管家,所以只有我一个人的时候,这项娱乐活动就不能举办了。

"我们原先有一辆不错的新车,但最近被撞坏了。那是一辆崭新的奥斯汀公主,可能要报废了,真让人恼火。我们已经把它送回英格兰维修了。所以现在我们只好先凑合着用一九六二年版的路虎。"

总督的路虎是巡视用的。他的巡视属于正式的官方行为,但他总是很低调,像是微服私访,因为英属洪都拉斯的总理已经明白无误地表示:他不想跟总督有公开、正式的"冲突"。

"他很明智。只会讲些虚情假意的话。"

总督只去过一次议会,只见过一次当地人设计的议会执杖者法袍,具体的样子已经记不清了,只记得黑色的上衣、白色的花边袖口、白色的硬领和红色的长炮。执杖者以前是个装卸工,他抱怨着身上的打扮。议会一再休会,总督从来没有机会做皇家施政报告。

"这并不让我心烦。"总督说。

总督重新捡起了画笔。"它让我远离是非。"他在冈比亚画的水彩画，画风精确、细腻而清澈，挂在总督府灰色的墙壁上，点缀在陈旧的官方照片之间。墙上还挂着一幅失去了光泽的油画，画的是伯克希尔丘陵，另外还有一幅泰晤士河的风景画。

"总督，"总理说，"就像施洗约翰，日渐式微。总督府已经不再是总督府。现在的总督府是总理办公室和议会。"

总督府旁边就是总理的官邸，一座毫无优雅可言的木质结构平房，白色的外墙配着蓝色的装饰，这是总理所属党派的颜色，屋顶盖着红色的马口铁。

餐厅里挂着一幅美化总理形象的肖像，是当地一位画家照着总理的照片画的。画中是一个五十多岁的人，朝气勃勃，透着顽皮的神情，戴着眼镜，身穿一件敞领衬衫。顽皮的神情来自眼睛和嘴；画上的嘴唇有些裂口，像是瘀肿和皱裂。画家画嘴的时候费了一番周折，最后终于凭着从收音机里听总理的声音，才把嘴给画对了。每天早晨，收音机的《起身劳作》节目里就会传来总理的声音。总理是多种族混血：玛雅印第安人、欧洲人，还掺杂了一些非洲人的血统。他看上去是白人，这幅画却把他的皮肤画成了黑色。

总理乔治·普赖斯阁下并不住在他的官邸里，而是住在自己家的旧屋，在伯利兹城破败的市中心。那座房子建在一些高高的桩子上，没有粉刷，在风吹雨打中变成了黑色。房子毫无特色，在一道高高的篱笆后面紧闭着，门前也没有台阶。

总理每天回家很早。他没有结婚，由一位邻居帮他做饭。他很少在家中接待访客，也很少把工作文书带回家。他读小说，最喜欢托马斯·曼的作品，也读神学著作。他上床睡觉之前总要祷告。他每天五点起床，五点半做弥撒。他从不会因为作政治决策而焦虑不安，经过晚上的祈祷和休息，决策会自动进入他的脑海。他八点钟准时上班。他没有白头发。

乔治·普赖斯青年时代的学习是为了成为神职人员——那张让人不

安的嘴是一位固执神父的嘴——连他的反对者都说,岁月和权力都没有改变他。他对金钱不感兴趣,并且以乐善好施著称,他的外间办公室总是挤满了恳求救济的人。他的公务车是一辆路虎,他马不停蹄地在空旷的乡间巡视,问候众人,检查工作。然后,一天的公众生活戛然而止,天天如此。

"普赖斯先生跟其他人不一样。"反对党领袖说,"我们都有妻子和家人,消遣和娱乐。普赖斯先生只有一个心思:赶走英国人。但我们相信,他很乐意让危地马拉人来取而代之。"

"这件事情很微妙。"总理的副手说,"微妙的是,如果危地马拉来接管洪都拉斯,普赖斯先生的损失会比较小。普赖斯先生的肤色和他化的种族妆为这种看法提供了一些依据。"

"以宗教信徒的身份去巡游,"反对派的二把手说,"这通常是一种有效的做法。但普赖斯想戏弄谁?他一直梦想着一个辉煌的拉丁天主教的中美洲帝国。"

"虽然看上去不像,"危地马拉副总统说,"但普赖斯确实是黑人。如果他像有些人说的那样,是玛雅印第安人,而且是个爱国者,他就不会跟那些黑人搅在一起。"

当乔治·普赖斯还只是英属洪都拉斯的第一个民族主义煽动者的时候,危地马拉对洪都拉斯的主权要求对普赖斯是有用的。而现在他身为总理,这种主权要求令他深陷泥淖,削弱了他的力量。

"我认为,任何人都没有料到,那种生活那么快就走到了尽头。加纳[①]之后,没有谁能做什么,也没有谁想做什么。"

一九三四到一九三五年间,总督在特立尼达旅行,那是他第一次目睹殖民地的景象。那次旅行让他开始考虑到殖民地部门供职。"我喜欢那种氛围,喜欢人们的友善。别忘了,在当时,对于我这种接受过公学教育——现在这差不多是个贬义词——的人,在工商业领域工作的机会要

[①] 加纳是非洲第一个宣布独立的英属殖民地。

比现在少得多。"总督以前生活在多塞特的韦茅斯[①]，"在很久很久以前"。

"我在战争开始前向殖民地部门提交了工作申请。我当时在剑桥，一九三九年六月离开了英国。我认为我也会得到常规的任命，得到恰当的安排，而不是没有固定职位，随意被差遣。战争的大部分时间里我都是战俘。我在皇家装甲军团服役，一九四〇年在加来[②]被俘。战争结束后，我被临时指派为塞拉利昂的副官。离开军队后，我加入了殖民地部门，当上了行政区专员。我费了很大的劲儿才摆脱掉常规军的任命。不是因为军队特别需要我——这一点我完全肯定——而是按照原则……

"副官的工作是你能得到的最美妙的工作之一。那时候，你几乎完全要靠你自己。你会对那里的人产生深深的依恋。我们都有一种参与感。人们现在开始谈论殖民主义……人们倾向于在最近这五十年或一百年的背景下看待帝国。但我认为这样讲才公平：如果没有长达几个世纪的帝国统治，就不可能有知识的传播。我想非洲是最富有争议的例子。我觉得事情一定有其积极的一面。这不是对当地人的批评，他们是他们所处环境的囚徒……

"那是我一生中收获最多的一段时光。你对自己有非常清晰的了解，清楚地知道自己要做什么。不会被我们以前常说的'秘书处'过分地蒙骗。我们大多数时间都在独处。夜晚来得很早，当时没有电灯。我们的孩子都还很小，所以我们十分忙碌。那时候我们读很多书。我们花很多时间去巡视。当然，那时候我们都是步行，到处看看周围在发生什么。"

伴随着八点的钟声，一辆路虎驶过短短的门前车道，停在了总督府的廊柱前。身材修长的总理身着尤卡坦风格的敞领麻花边衬衫，紧随着自己的助理，从车里一跃而出。

[①] 多塞特为英格兰西南部的郡，韦茅斯位于多塞特南面约十三公里。
[②] 法国北部海滨城市，是法国本土距离英国最近的城市之一。

"早上好，阁下！"

总理喜欢称呼别人的头衔，而且说的时候总像是给它们加上了引号。

这一天是总理每周固定的巡视日，来访作家会与他同行。总督身穿白衬衫，系着领带，问候了总理。礼节性的会面简短而仓促。助理跑过来关上路虎的车门，我们很快就上路了。

"草（早）上好[①]，维吉尼亚小姐。"

总理向路人挥手时就会转移注意力，弃我们的谈话于不顾；他挥手的动作像是在给人赐福。

主干道上站着九个人，围着一小块正在修补的路面。公共工程处的车又抛锚了，总理做了记录。后来，我们路过了公共工程处挖的一些土堆。

"恰治·普赖斯，把路弄干净啊！"路上有人喊话。

我们经常停车。

"草上好，草上好。"

总理穿着飘逸的衬衫、宽松的棕色长裤和黑色的大头鞋，大跨步地走在前面。他的助手一路跑着，保护着他，抵挡着冲上来的恶狗。肌肉结实的年轻黑人司机站在汽车旁边，嚼着口香糖，他身材高大，穿着靴子、牛仔裤和羊毛衫，戴着墨镜。

"草上好。我是恰治·普赖斯，我是总理。让我看看你们的厨房，看看你们今天草上做了什么吃的。"

他揭开锅盖，查看了盛早餐的盘子，他给他们赐福。然后我们直奔路虎。

乔治·普赖斯离开神学院后，出于经济上的原因，在当地一位靠木材生意白手起家的百万富翁那里找了一份工作。他在他身边待了

[①] 前文的"早上好"是总理对总督说的，此处和后文的"草上好"是总理对当地人说的。原文分别对应正式的 Morning 和非正式的 Marnin。后文的"恰治"也是"乔治"的非正式发音。

十四年，给他当秘书和旅伴。

"我们周游了世界。我记得有一天，在芝加哥的一家酒店里，我估算了一下我们餐桌上的人的身价。我算出来的是三亿美元。如果你总是跟这样的人待在一起，你就不会觉得特别忌妒。我很早以前就有'荣华富贵皆为过眼云烟'的感觉。特顿很有钱，但他是个卑琐的人……

"以前，我每次走进银行都会觉得：你正在进入资本家的神庙。我想，我有时候会把这样的想法说出来。特顿并不总是喜欢我说的话。一天，我从一九三一年的教皇通谕中引述了一段话给他听，我记得是《第四十年》，谈论的是雇主和工人之间的关系，提到了最低生活工资，等等。他用心在听，我以为我让他心动了。最后，他说：'恰治，教皇对做生意狗屁不通。'

"是特顿让我从政的。他说：'你要从政。'他让我参加一九四四年的伯利兹市议会竞选，我落选了。但现在，即便有医生劝我放弃政治，我也不会放弃。"

但政治不是一成不变的。这位殖民地的政治家，既是这里的第一位领袖和教育者，也是用最快的速度让自己过时的人。政治作为这位失意神父的事业，就像一片无人居住的教区：不再有回应。危地马拉的主权要求让英属洪都拉斯的政治变得流于表面，陷入停滞。发展也像独立运动一样，开始退潮。总理以前到村子里去的次数太多了，他已经不再是一个能带来新闻的人。

"他们好像并不想要一位弥赛亚，"总理的副手说，"他们想要的似乎是参与，或者是集体领导。我认为总理已经感觉到了乡村的这种变化。他最近扩大了内阁。"

"我老了，"总理说，"不再是当年那个斗士了。"

"一个人职业生涯的变化跟他所设想的完全不一样。"总督说，"具有讽刺意味的是，大多数情况下，一个人不断工作就是为了让自己脱离那份工作。我极其幸运。在老殖民地部门工作的人已经所剩无几，很多人都离开了。剩下的确实只是极少数人。"

外部世界在入侵。老一辈人有总理的赐福就心满意足了,但他们的儿子从海外求学归来,对两个党派都心怀不满。他们谈论越南,谈论黑权运动。他们瓦解了黑人对旧时代奴隶制的忠诚。

"白人把土地都买完了。英国的殖民主义试图控制黑人的思想,让他们不愿意使用土地。英国殖民者串通起来,让他们的黑人奴隶永远充当伐木工人。对黑人来说,做伐木工已经成了一种生殖器的象征。"

英属洪都拉斯的政治始终潜藏着"种族－宗教"的暗流:黑人－新教徒在城镇;罗马天主教徒在乡村。现在,种族问题有可能让原来的政治问题变得愈加无关紧要。这位出于政治虚荣而刻意维持着深色皮肤的白皮肤总理,此时的地位更加岌岌可危。

总督得到了一份"黑权运动"最近一次集会的报告。

"他们昨天晚上吸引了一百五十个人。我必须承认,他们说的话让我摸不着头脑。"

我们围坐在总督府跟前新修的小池塘边上喝东西。海风轻柔而湿润。

"你认为他会跟我共进午餐吗?"美国领事问。他很关心这件事情:"黑权运动"在当地的发言人才二十一岁,他依靠美国政府提供的奖学金在美国读大学。"但愿有人给我一万两千美元,让我的儿子去上大学。"

领事友善而聪慧。他对过渡状态的英属殖民地有一些经验。他去过英属圭亚那,当贾根政府被黑人的种族骚乱和美国支持的罢工推翻时,他去"关注"过事态进展。

美国在这里有利可图:这是帝国更替的实质性问题。

急于再度活跃的总督也在考虑自己的未来。

"政府没有义务为我再找一份工作。我不知道未来会怎样。但我们一直很幸运。我面临的重要问题是女儿的教育,而现在我们多少已经快熬出来了。"

总督将离开殖民地部门,怀着对他工作过的国家的依恋之情,但他不会特别伤感。他会继续关注旅游业给这些落后国家带来的不良影响，关注这些国家不得不采取的一切举措。

"就拿冈比亚来说，在有些地区，你无法让人们去上学。这是最糟糕的人力浪费。那些人，就在此时此刻，仍生活在毫无希望的地狱里，而他们大概要活上六七十年。"

总督也会带着对冈比亚的午夜移交仪式的记忆离开：英国国旗徐徐降下，灯光熄灭，又重新亮起，新冈比亚国旗取代了英国国旗，冈比亚人跟他握手，他们兴高采烈，但在那一刻，他们也设法表达了他们自己对总督的关心。

那天午夜降下的国旗此刻正悬挂在总督一家在汉普郡的农舍，它挂在窗外，庆祝总督的女儿通过了大学预科考试。

总理打算在凉爽的山松岭地区为自己修建一座隐居地。

"普赖斯先生懂得生存之道。"总理的副手说，"他是天生的政治家，我看普赖斯先生的政治生涯不会结束。"

但无论是总理脸上的那种神职人员的恶作剧神情（有时像是一种傲慢），还是他每天的巡视，都已经明显地流露出了撤退的痕迹。他会战斗到最后，但他也对他的支持者说："我时日将尽，我即将离开。"

他从不在意世俗的一切。但生命的大部分时间里，他都浸润在世俗事务之中，他经常反思自己职业生涯中的奇特之处。

"总是梦见我在教堂里，有人在做弥撒——那是特顿，我的老雇主，也可能是平克斯，特顿的一位经理——我感到奇怪，为什么我这个很想站在那儿的人没有站在那儿，而那个老罪人却在。"

（翟鹏霄 译）

拥挤不堪的奴隶营
1972

六位木匠即将离开印度洋上的岛国毛里求斯，前往南非的斯威士兰工作一年，这则消息刊登在毛里求斯第一大报《快报》的头版。可以少养活六张嘴了，六个家庭得救了，至少一年内不用担心了。还有二十五名护士被选中，有男有女，要去英格兰的医院工作。英格兰将吞噬他们，但此时此刻，他们是家乡岛屿上的名人，名字出现在《毛里求斯时报》的头版头条。也许有一万个人在申请这二十五个职位，这是公认的比例。

"陛下，"毛里求斯的一个年轻人给一家苏格兰医院的护士长写信，"您能帮我找个职位吗？"把这个笑话传回毛里求斯的记者也是毛里求斯人，他是那些远走高飞的幸运儿之一。他说，这位年轻人的阿谀奉承起不到任何作用。但他并非没有同情心。他说他知道毛里求斯的年轻人是多么痴迷于逃离岛国这个想法，"无时无刻不感到心力交瘁"；但只有"掌握了最新知识，（真正）拥有优秀品格，并且热爱护理工作的人"才能胜出。

但符合条件的人太多了。在海外，唯一接受毛里求斯人的职业是护理，所以每个毛里求斯人都热爱护理工作。这是一个护士之国。在首都路易港，人们徘徊在部长门前，等待着部长召唤他们去服务。毛里求斯的部长们很有权势；不通过部长，什么事情都做不了。但部长们又能做什么？有一次，吗哪①从天而降——外交部部长这么说——德国请毛里求斯输送五百名护士。但不会每天都有吗哪从天上掉下来；法国每年需要五千个护士小组也仍然只是人们心中的希望。

有一位部长专门负责对外移民事务，他是黑白混血，身体圆胖，喜欢轻轻地笑，以前当过汽修工。但他无法告诉我这个国家的海外移民数字，他说他没有把这些数字统统装在自己脑袋里，而且他现在正忙于当地的选举。"我们的全部精力都集中在居尔皮普②的这次递补选举上。我们认为要解决毛里求斯的问题，必须先有一个良好的政治氛围。"

部长给不出数据，也是因为根本没有多少数据。于是年轻人在外面游荡，等待着职业生涯的开始，有时候一晃就是几年。他们凑在狭小的俱乐部里，除了聊天，没有其他事情可做。这些俱乐部有些有水泥墙，有些是用瓦楞铁皮搭起来的，墙上装饰着英国信息服务部的海报，还有一些从外国杂志上剪下来的图片。有些年轻人得了阵发性眩晕症，只好待在家里。很多人患了头疼症，这种可怕的毛里求斯头疼症会让失业的劳工发疯；让公务员的职业生涯中止；让受过教育的年轻人变得神志不清。

毛里求斯曾经是渡渡鸟忘记了怎样飞翔的地方，因为它们在这里没有敌人：这片七百二十平方英里的岛屿曾经荒无人烟。而现在这里已经人满为患，平均每平方英里就有一千多名居民。

十七世纪，荷兰人想征服毛里求斯。他们砍伐了乌檀木森林，引入了甘蔗。荷兰人走后——据说是被老鼠赶走的——法国人来了。这些法国人主要是来自布列塔尼③的农民，他们在岛上待了下来，十九世纪早期毛里求斯被英国人征服后，他们仍然繁荣昌盛。他们种植甘蔗，一开始依靠从马达加斯加和非洲大陆贩运来的奴隶，奴隶制被废除后，就开始依靠来自印度的契约劳工。

---

① 一种食物，见《旧约·出埃及记》，摩西带领以色列人出埃及，耶和华从天上降下吗哪给以色列人吃，让他们不至于饿死。
② 毛里求斯的第二大城，仅次于首都路易港。
③ 法国西部的一个地区。

整个十九世纪，岛上的劳动力都处于短缺状态。印度移民不断地到来，一直持续到一九一七年，所以现在印度人占了人口总数的三分之二。当时尽管有移民涌入，人口数量却一直比较平稳。一九三一年的人口总数还不到四十万，跟一九〇一年相差无几。然后，灾难爆发了。一九四九年，疟疾终于全面绝迹，人口数量激增。现在岛上大约有八十二万人，每五个人里面就有三个不满二十一岁。没有谁知道到底有多少人失业或闲居在家——统计数字从五万到八万不等——而且全岛人口还在以每年一万两千人的速度增长。

毛里求斯的经济和社会结构停留在农业殖民地的状态，仍然是帝国的一个极小组成部分：岛国独立才刚刚三年。规模庞大的不动产、大型代理机构和蔗糖加工厂都属于白人（尽管这里也有很多印度地主，也存在着一个类似于印度贵族的阶层）；乡村劳工都是印度人；黑白混血是公务员；黑人是工匠、码头搬运工和渔夫；中国人做生意。

甘蔗仍然是最主要的作物，基本上是唯一的出口商品。甘蔗几乎覆盖了半个海岛。因此，从高空俯瞰这座灾难缠身的海岛，只会看到一片空旷和葱翠，石头堆成的梯形金字塔点缀其间，仿佛一种消失了的文明的遗迹。这些石头是从甘蔗地里拣出来的："清理石头"是一项旷日持久的工作，而且那些鹅卵石都硕大无比。这项工作以前靠的是人力，现在改用推土机了。榨糖向来都是一种高效率的产业，它的高效在毛里求斯展露无遗。杂花生树的繁盛景象不见了，秩序来到了这片热带的土地。沿着主干道游览的游客看到的海岛是一片保养得整整齐齐的草坪，只有一些起起伏伏的小火山，仿佛缩微版的马特洪峰①，点缀着单调的风景。

一个近乎椭圆的七百二十平方英里的小岛，孤悬于印度洋上，变成了殖民地，只为蔗糖而存在。它和世界另一端的西印度群岛一样，是近代帝国庞大的人类工程的一部分：把失去了首领的被征服民族运到这里，运到那里。在那些瞄准了毛里求斯的游记作家眼中，毛里求

---

① 阿尔卑斯山脉中最著名的山峰，是一个有四个面的锥体。

斯就是"失落的天堂",正在"成为一个田园牧歌般的地方",是游客带着"一颗安宁的心"离去的海岛。但对于走不掉的毛里求斯人来说,这里就是地狱,甘蔗林连绵不绝,一直延伸到海边,生病的椰子树在独角仙的蚕食中枯萎。

去年有两万名游客来到毛里求斯。"失落的天堂"已经有了赌场,赌博公司顺应低纬度地区的度假趣味,让岛上一流的酒店也装上了老虎机。游客们偏爱老虎机。在居尔皮普的花园酒店里,肥胖的女人和她们更加肥胖的女儿吃过早餐就开始玩老虎机。将近傍晚,当电视机也开始哑哑作响的时候,在这座仿十八世纪建筑里的休息厅根本无法好好聊天。

赌场的主顾主要是当地的中国人,在暗红色的大厅里,他们面无表情地坐在亮闪闪的桌子前面,就像是坐在村子里的店铺柜台后面,只是把卡其布的短裤和衬衣换成了西装。在毛里求斯,中国人游离于其他族群之外,令人费解。毛里求斯流传的故事说,中国人的钱是靠着铁杵磨成针的耐心。据说,中国店主每天都会花上一点时间,从每个火柴盒里抽出一两根火柴,把二十盒火柴变成二十一盒,靠这种方法多抽走四分之一便士的纯利润。但他们居然会拿这么辛苦挣来的钱在赌场上挥霍,让人不由得对这个族群产生了一丝敬畏。

赌场抽走的可不止四分之一便士,但赌场的成功和现代气息让很多毛里求斯人感到心情舒畅。我看不出赌场的投资对这里的财政和旅游业有什么促进作用,但对此刨根问底只会戳破当地人的某种天真。然而每个人都知道,赌场解决了部分就业问题。赌场荷官都是白人姑娘和混血姑娘,她们穿着闪亮的缎子做的传统晚装,名字的首字母别在衣服上,在赌桌上主持牌局。几个月前她们还失业在家,无所事事,然而一转眼,就掌握了这种高难度的现代技能:这种"适应能力"——毛里求斯人念念不忘的词——让人们看到了未来的希望。在毛里求斯,一切最终都要归结到一点:工作,就业,派得上用场,有点事做。

毛里求斯的游客来自附近的法属留尼旺岛(其实是法国的一个行

政区）、马达加斯加、英格兰、印度和南非。毛里求斯跟南非的关系很密切。南非出高价收购毛里求斯出产的每一斤淡而无味的茶叶；如果你想知道南非语的"南非制造"怎么写，只要在自己的酒店房间里把烟灰缸翻过来看看就知道了。反种族隔离人士在毛里求斯没有立足之地。很多法裔毛里求斯人在南非有亲戚，或者跟南非有生意上的往来。毛里求斯准备独立时，岛上的法国人"反应过度"（"我们这里的人总喜欢反应过度"）——他们把忠于自己的黑人集结了起来（反种族隔离人士真的应该对毛里求斯敬而远之），而且有传言说南非的法国人突击队要来接管毛里求斯——那段时期，很多法国人移居去了南非。

来自南非的游客很受欢迎，但他们并不全是白人。"南非黑人无须抱怨"，这是《毛里求斯时报》头版头条的标题，内容是记者对一位印度裔南非游客的问答式访谈，这位游客是阿哈姆德·卡杰·罕先生。

问：罕先生，印度人在南非的情况怎么样？
答：在经济上跟当局整合得相当好……有些印度人有数百万身家。
问：这种强势地位是怎么来的？
答：这个由来已久……
问：你会不会认为，我们听到的关于南非的很多负面说法是不正确的？
答：……我在毛里求斯听到有人说，南非天路航空公司的飞机上有黑人专用的厕所，我很吃惊。没有这回事儿……
问：但肯定有一些不容商量的场合吧？
答：每个国家都有自己的内部问题。
问：罕先生，有一种思想学派认为，南非的政治斗争一败涂地。你同意这种看法吗？
答：一点也不……
问：南非当局的统治令你满意，我感到不解。我是不是可以认为，这是因为你没有感觉到黑人的切肤之痛？

答：不！没有人有切肤之痛。每个人都有工作……当然，我们要考虑到那些总爱发牢骚的人。

今年年初，黑权运动的口号出现在众多村镇的大街小巷，是用法语和本地的法语方言写的：以黑为荣，以黑为美，黑人权力在握。这是外交部部长加埃唐·杜瓦尔的主意。杜瓦尔自己并不是黑人。他四十多岁，棕色皮肤，梳着一头直发，像流行歌星一样英俊，也有着流行歌星的着装品位。他是黑权运动的一分子，他穿着黑色的皮革衣服，戴着各种配饰，骑着一匹名叫"黑美人"的黑马在公共场合亮相。有很多年，杜瓦尔被视为岛上黑人的领袖。但两年前，他渐渐淡忘了独立之前的纷争，带着他的党派进入了一个多党联合政府；从那之后，随着政府支持率的不断下降，杜瓦尔的威望也大不如前了。

黑权运动是杜瓦尔的反攻。照我的理解，这项运动的目的是为了吓跑那些想来挖选票的政客，而不是让普通的白人担惊受怕。杜瓦尔很支持毛里求斯跟南非的贸易往来，他希望看到更多的南非游客，还希望看到南非人在旅游特区购买房产。一天，他在跟我一起吃午饭的时候告诉我，统计数据显示，一个旅馆房间只能提供两个仆人的就业岗位。而一座房子所能提供的就业岗位是四个。

政府已经意识到了失业问题。一份白皮书说，一九八〇年之前，整个社会必须创造出十三万个新的工作岗位。但政府没有意识到人口过剩问题，还在阻挠对人口过剩效应的调查。政府批评电视里那些"残忍的"计划生育节目。毛里求斯是一个至今仍然盛行丈夫打妻子的保守社会，政府不想得罪任何人。

这种态度背后也有充分的政治理由。我到毛里求斯的第二天，在一个关于失业问题的研讨会上，工党（执政联盟的主要党派）发言人说："我们断然拒绝了关于失业问题的那些肤浅而简单的解释，即失业是因为人口过剩、缺乏资本与投资机会造成的。……事实上，失业的根源显然在于把持着经济命脉的人，他们要么因为担心自己的利益得不到充分的保障，要么和以前一样，出于一种深思熟虑的政治战略考虑，坚决不肯参与到必要的政治程序中来……于是，毛里求斯的局势呈现出这样一幅景象：掌握着政治权力的人跟把持着经济命脉的人之间，隔着一条宽阔得几乎无法逾越的鸿沟。"

就这样，政府通过强调失业问题、淡化人口过剩问题，来捍卫自己的地位，希望自己仍然像殖民时代那样，充当抗议的工具。他们去抗议富人——往往都是白人——但富人的才智和资本现在仍然为社会所需要；他们去抗议甘蔗——奴隶时代的作物，然而它虽然让人憎恶，却又不可或缺。

政府不受民众欢迎。如果明天举行一场大选，政府就会被推翻。但推翻它的不是它昔日的敌人——这些人大部分已经被政府以各种方式吸纳了——而是年轻人，人口爆炸那些年里长大的年轻人。

在这个印度人占大多数的岛国，总理是个印度人，已经七十岁了。那个突然赢得了民众支持、动摇着政府地位的政党是年轻人的政党，创立于一九六八年，创始人是毛里求斯的一名法裔学生，他当时只有二十三岁，带着巴黎学生运动的新鲜气息。总理来自农村的印度人族群，出身贫寒。他通过正规教育和自学，获得了去英国的机会；二十世纪二十年代，他在伦敦度过了漫长的几年，一开始是读书，后来当了医生；他一回到毛里求斯，就开始从事工会工作，然后踏进政界：这是一段漫长而艰苦的跋涉，跟几乎就是"裁判员"的反对派对抗，取得了相当令人瞩目的成就。在过去的十二年里，他在毛里求斯建起了一个福利国家的雏形。社会服务的覆盖范围很广；这里有一套针对失业者的"救济"体系（每周有四天可以领取四个卢比，相当于三十便士）；一个家庭里如果有三个不足十四岁的孩子，每月就可以领取十个卢比的补贴，大约是七十五便士。

这个初具形态的福利国家让整个社会免于崩溃，受益者是年轻人。他们比他们的父母享受到了更好的教育，吃得也更好。出色的电视节目让他们思想敏锐，见多识广。他们的期望变高了，再也不是以前农奴社会中那群从无怨言的人。整个体系的缺陷在于，在仍然以蔗糖为王的停滞的殖民地经济中，这个福利国家的建立也许是以牺牲发展为代价的。在毛里求斯工作并不需要很高的技能。然而出国去工作，只有那些具有真正的优秀品格、真正热爱护理工作的人才需要去申请。

"他们总是责怪政府。他们手上一旦握有资格证书，就指望政府给安排一份工作，其他的一概不想。农业领域有一些合作社，但这群人一心只想着坐在办公桌后面，整天在纸上涂涂写写。""政府把毛里求斯人变成了乞丐。我们在这里都有很多亲戚，都有自己的大家庭，本来可以充分利用这一点，但政府的救济弱化了亲族间的纽带。""我们的人没有冒险精神。""大家对事故变得敏感起来，人们开始装病。我的诊所总是被装病的人骚扰，他们希望政府为他们的'事故'支付补偿金。"

中产阶级对毛里求斯的福利制度也有些看法，他们的观点甚至得到了白皮书的支持。白皮书上说，太多人生活在"救济"水平线上；太多人在做着"没有产出"的以工代赈工作（有些以工代赈人员被派去清扫海滩）；结果，"当那些有工作的人看到少干活儿或者不干活儿也可以过日子的时候，他们的工作意愿就受到了影响。"

这里的状况很容易让游客感到恼怒。每到下午，那些身强力壮、衣着得体的年轻人就会在拥挤的乡间小巷里闲逛：他们的体格锻炼得太好，太乐得袖手旁观，成排地坐在俱乐部里面，动不动就抱怨。"如果你想要一份工作，他们就会派出镇压骚乱小分队来对付你，这种事情每个月会发生三次。""你每天都可以看到有人去敲议员的门，想找一份工作，因为每个人都相信，'议员会给我儿子安排一份工作，议员会给我女儿安排一份工作'。""要想见到部长，你只能行贿。我们只在照片上见过部长。"

于是他们坐在那儿，抱怨着，威胁着。"改换政府，让社会主义政党取而代之。现在的政府容忍资本主义。"社会主义政党是年轻人的政党。而这个党会做些什么？它又怎样取代资本主义？大家都没有明确的看法。但政府必须遭到惩罚。政府就是政府，如果它真的想干什么，就一定能干成。"政府的失败并不是因为执政者的愚蠢或恶劣，而是因为他们的自私。"

在乡村的巷子里游手好闲，玩多米诺骨牌，在俱乐部里没完没了地讨论政治，他们的生活真的就只有这些吗？难道没有其他活动，其他乐趣，其他节目吗？"没有钱就没有乐趣，先生。"一小口朗姆酒要五十五毛里求斯分币，还不到四便士，但对他们来说已经非常昂贵，堪称玉液琼浆。他们只喝得起当地人用香蕉酿的一种酒，两个半便士就可以买上一品脱。看电影也很贵，三等座要一个卢比（七个半便士），一等座要两卢比二十五分。"我有十年没去电影院了。""我有三年没去了。""即便是排灯节（印度的花灯节），我们也没有乐趣可言。我们没钱给孩子买礼物，也没法给他们置办新衣服。"

但那个靠"救济"过活的、咧着嘴的胖小伙却是一副快活的样子，他刚刚结了婚，而且显然是这群人中的小丑。那个相貌英俊、穿着入时的男孩来自一夫多妻的穆斯林家庭，是家中十七个孩子中的一个。而那个挺着肚腩、面色阴郁的男人今年三十五岁，他在领救济金的六年间添了六个孩子。

但游客的恼怒对毛里求斯人并不公平。甘蔗地，榨糖工人和家属居住的拥挤不堪的村庄，小小的集镇：访客目之所及就是毛里求斯拥有的一切了。这里几乎没有多少冒险的空间，除了上层阶级：法国人（他们总是拥有庞大的家族）、中国人和富裕的印度人。而底层的生活一直都很严酷，视野也愈加狭窄，整个社群只有一种无助感和对自己的厌恶感。

那个以工代赈的工人——六个孩子的父亲——知道自己的工作毫无意义，他不去上班，只去签字和领钱。甘蔗地里的除草工知道自己是除草剂的替代品，一种更低效、更昂贵的替代品。每个人都一门心思地认为，只要政府是好的，一切都会好转；而现在，因为某些原因——政府和反对派都说是政治原因——局面每况愈下。

报纸上充斥着当地的政治话题，根本没有版面来发国外新闻。所以人们整天在乡村俱乐部里谈论政治，政治吸收了他们心中所有的狂暴。言论自由，选举也自由；实实在在的权力却遥不可及；政治是人民的鸦片。

一个多雨的星期天下午，天空虽然乌云密布，却闪着片片电光，倾盆大雨的间隙，空气潮湿而黏腻。在这座新"城"① 用砾石铺成的后街上，有一片手工艺人的居住区：一座座混凝土墙、瓦楞铁皮屋顶的小房子就建在居尔皮普镇外，一次选举集会正在这里预热。这只是一次市政递补选举，但在毛里求斯，选举就是选举，而且这次选举已经被营造成了对几方力量的一次考验：外交部部长加埃唐·杜瓦尔的政党、黑权运动和毛里求斯民主联盟党（UDM, the Mauritius Democratic Union）。杜瓦尔说 UDM 是黑白混血联盟党（Union des Mulâtres）的缩写，这是他用来打击对方的口号。也许还有其他论题，但我这个外来人读遍了所有的报纸，也没能找到。

这是 UDM 召开的集会。听众还没到，房间里只有几个黑人男孩，也可能是黑白混血，有些孩子穿着不合身的外套，那是他们爸爸或哥哥的衣服。房间里还有些没带武器的警察，他们戴着尖尖的帽子，穿着暗灰蓝色的雨衣，三五成群地聚在一起，警察里面有很多是印度人。卡车上的扩音器在播放着一曲塞卡，那是毛里求斯的卡里普索②，用当地种植园的土语演唱。

> 吸烟的女人我不喜欢
> 她让发霉的烟草淌入你的口中

跑进跑出的小男孩越来越多。一个穿着哥哥外套的十三岁男孩（他有三个兄弟、七个姐妹，爸爸没工作，妈妈是厨娘）反对 UDM，而另一个混血男孩（他有四个兄弟、四个姐妹，没有爸爸，也没有妈妈）喜欢 UDM，"因为他们在匡扶国家"③。这里的情景恰好是 UDM 口号的现实版：选举就像其他地方的圣诞节，少了孩子就不成其为选举。

---

① 原文为法文。
② 特立尼达的一种即兴曲。
③ 原文为法文。

马路上到处晃动着小小的、骨瘦如柴的腿，就像课间休息时的操场。("现在我随便走到哪里，"杜瓦尔后来告诉我，"就像格利弗走进小人国。小孩子们想把我抬起来。")UDM仍然在播放塞卡。路边湿透了的洼地上，一场足球赛开始了。

一辆轿车在辅道上摇摇晃晃地开过来，停在了卡车旁边。石块飞了过来。刹那间，满腔怒火的混血儿和黑人围着轿车和卡车扭打起来，叫嚷和谩骂响成一片。足球比赛中断了，孩子们四散着跑开，宽大的夹克在火柴棍儿似的腿上方摇晃了一阵子，然后停下来，驻足观望。扩音器里的塞卡还在继续。温和的警察上前温和地干预，把愤怒的人往不同的方向疏散，被拉开的人一边走，一边回头叫嚷。

雨水，灌木，简陋的房子，破旧的衣服，种族混居和撑着伞跑出来围观的人群：这歇斯底里的一幕看上去如此熟悉。大人在小孩面前大打出手，拥挤不堪的奴隶营浑浊污秽：这就是无权者的政治。

骚乱平息后，轿车开走了，塞卡也停了下来。卡车上的男人对着扩音器咳嗽，集会开始了。

"杜瓦尔先生白天代表黑权运动，到了晚上就变白了。"

"黑权运动？"一个身穿粉色上衣的黑人姑娘说，"在我看来是个笑话。"

"M. Duval na pas content créole petit chevé. 杜瓦尔先生不喜欢克里奥尔人的小脑袋。'Quand mo' alle côte z' aut' donne-moi manze macaroni et boire rhum blanc. Moi content manze un pé c'est qui bon.' 听听他的话：'当我走访其他人时，我让他们用通心粉和白朗姆酒来款待我。我喜欢吃点好的。'"

在这个黑人姑娘看来，UDM也是个笑话。"我不在乎这些政客。我来这里是为了打发时间，很多人跟我一样。这里有百分之七十五的姑娘和小伙子不上班。独立之后，大家变得更穷了，'工作得更少了'[①]。"

她今年二十一岁，身材瘦小，窄窄的肩膀有棱有角，眼窝深陷。

---

① 原文为法文。

一九六〇年，她以第五级的水平离开了学校。"一九六〇年以后，我什么也没干。我有打字资格证书，但一直没有工作。"但她和毛里求斯的每一个年轻人一样，也有一个与工作失之交臂的故事。"广告上说有个加油站要招一名员工。我和一个穆斯林姑娘一起去了，那个穆斯林姑娘被录用了。为什么？我不好说。我比她先打的电话。"她现在已经心平气和了，不再埋怨任何人；但她当时非常生气。"我回到家，对我母亲说：'看看，这是什么事儿啊，我没得到那份工作。'我已经登记五年了，那个穆斯林姑娘才登记了五个月。我猜加油站的那个男人是穆斯林，但实际情况我也不知道。我不知道。"这段记忆仍然清晰如昨，但那已经是三年前的事了，她当时十八岁。生气也徒劳无益；她不再生气，也不再指责任何人。

她父亲是个漆工，母亲没有工作。她有四个姐妹和三个兄弟。"我年龄最大。我以前想做老师，我去见了加埃唐·杜瓦尔好多次，但他只是一味地承诺又承诺。"她父亲有活干的时候，一周能挣二十到三十卢比，合一点五到二点二五英镑。他们在城里的房租是每月二十五点五卢比，电费再花掉九个卢比。"我们把米饭跟咖喱和咸鱼做在一起吃。有时候也把米饭跟油和炸洋葱做在一起。现在咸鱼很贵了，一小块就要五分钱（大约三分之一便士）。这种生活对八个孩子来说实在太艰苦了。我可以不吃东西，但那些小一点的孩子们不行。"

娱乐活动？电影院？"我已经五年没去过电影院了。'无人问津，无人问津。我已心灰意冷'[①]。"她待在家里读诗歌；她有一本《长诗选集》，是教科书。"在毛里求斯，没有男朋友这一说。"她指的是男女不可以随意相会。她必须在监护下，才能参加有男有女的聚会。如果要跟小伙子外出，那个小伙子必须给她父母写信，获得他们的允许。但不会有小伙子出现的，因为她家太穷了，不可能邀请任何人到家里来。"我有个有钱的朋友，学生时代认识的。她父亲是警察。她邀请我去参加派对，但我不能去，因为我母亲不肯让我一个人去。将来有一天我

[①] 原文为法文。

也许会结婚，这要看运气。"

　　这条街上不远处住着另一个姑娘，她的前景要光明一些。她有一份工作，在小学当老师。她是混血儿——毛里求斯"常见人口"的一分子，这个称谓有些怪异——长得极其漂亮，她有轮廓优美的诱人嘴唇，头发几乎是直的，唯一美中不足是长了一点点粉刺。一件绿色的套头衫紧紧地裹着她小小的胸脯，配着一条方格裙，外面套着一件浅棕色的短风衣，风衣恰到好处地缝着衬里（之所以有衬里，是因为毛里求斯刚好位于温带之外，是一个有冬天的海岛）。这个生气勃勃的姑娘靠着每月五十卢比（将近四英镑）的工资支撑着她全套的时尚装扮。当然，她去参加派对；当然，某个小伙子已经向她父母发起了"书面请求"，而且遭到了拒绝。

　　阳光冲破云层，竞选演说还在继续。每户人家都集体出动，站在自家小房子外面的马路上，有点像是在赶集。有一群人在吃花生（当地产的花生：一种新兴的、有利可图的作物，种在大种植园的一排排甘蔗之间，也是"多样化"的一种尝试），他们有十个人，一边剥着花生，一边嘲笑着演讲，随手把花生壳扔在湿漉漉的路边。这十个人住在那道小篱笆后面的小房子里，高个子的男人没有工作。篱笆后面，花园小径尽头的那个人是父亲，一开始，我无法相信，无法相信我看到的景象：一个男人坐在门槛上，家人把他从屋子里搬出来看热闹，他没有胳膊，臀部以下的双腿也被切掉了。破伤风的后果。

　　这些是抑郁症的症状：眩晕，头脑昏沉，无法集中注意力。

　　这个做公务员的混血男子已经不再年轻，对自己的种族地位也不再像以前那样有把握，他开始为自己的工作、自己的将来和孩子们的将来感到焦虑。他想摆脱这一切，想要离开。然而，为他在毛里求斯赢得了一席之地的才能，在澳大利亚或加拿大并无用武之地；他几乎没有资产；他如果既要逃离这里，生活上又要有保障，就必须拿到政府的养老金。除非生病，否则他不可能现在就离开工作岗位，并且拿到养老金。于是，抑郁症真真正正地让他丧失了工作能力。他适时地出现在医学委员会的评审会上；他现在可以"出去生活"了，离开公共服务部门，离开毛里求斯。

那个没有工作的年轻印度劳工，也是劳工的儿子，眼睁睁地看着自己二十多岁的时光正在白白地浪费，于是转向求学，在没有多少文化基础的情况下，努力想要获得剑桥中学文凭——英国寄来的证书，英国寄来的成绩单，总是能成为报纸的头条新闻——为一份不存在的工作做准备。"我二十九岁，还没结婚。我在一九六五年获得了中学文凭，成绩达到了三级。我申请了几个职位，一个也没得到。我现在还在申请。一九六八年，我二十六岁的时候又获得了中学文凭，成绩也是三级。我现在是救济工作监督员，这份工作没什么前途，跟我的文凭很不相称。我申请了教师培训学院的职位，已经申请了六次。我很喜欢那份工作。"他的状况还好，但有些人已经崩溃了，向头疼症屈服，放弃了不可企及的剑桥中学文凭，陷入了无所事事的可怕状态，有些人在家里，有些人在医院。

前来报道逍遥自在的岛国习俗的游记作家会告诉你，你只要带上一瓶朗姆酒就可以获准参加一次塞卡派对。当地医生会告诉你，酗酒问题在毛里求斯很严重，而且正愈演愈烈。一瓶朗姆酒要八个卢比，合六十便士，非常昂贵，几乎是旅游奢侈品。大家平时喝的是当地的香蕉酒，九便士一瓶。前几年，被送往医院的十个病人里面有一个酒鬼，而现在七个里面就有一个。这些数字都是未经验证的；政府不允许人们做这方面的调查，政府也许是对的。

然而人们都知道，很多精神错乱是由营养不良或严重的贫血引起的，这已经不是什么秘密。就像来到计划生育门诊的这个极度消瘦的年轻姑娘，她显然在挨饿，而且非常孤僻。现在，无论什么样的生育计划都解决不了她的问题。她今天的早餐是茶，昨天的晚饭是一种类似于汤的东西：茶水泡米饭。她有气无力地坐在木制长椅上，骷髅般、已经显出呆相的脸上，嵌着一双黯淡无光的眼睛。她披着一件绿色纱丽，骨瘦如柴的手里攥着一块小手帕，脸上有一丝敷粉的痕迹。毛里求斯不是印度，这里没有关于命运和果报的说法来帮助人们忍受困厄。

每个人都要对自己负责,每个人都是有教养的文明人。

三年前,一个三十五岁的女人决定饿死自己的一个孩子,以此来保住其他孩子。她真的这样做了,然后就得了抑郁症。

十年来,越来越多的经济学家来到毛里求斯,写下预警报告,对人口和失业情况进行"预测"。灾难似乎总是存在于将来,这等于是说此时此刻人们总归还过得下去。一位毛里求斯记者告诉我,一般人都有自己的小窍门,一天靠着二十五分钱(合两便士)就能过下去。这不是真的。然而你又怎么能去责怪这位记者和所有这些不得不住在毛里求斯的人,责怪他们居然看不到灾难其实已经发生了。

毛里求斯的经济,政府的一份白皮书上写道:"在技术上并不落后。"蔗糖庄园已经充分实现了高效,他们还致力于进一步的研发,比小农场主要高效得多。任何想要把庄园分解成小种植单元的计划都要冒着降低效率的风险,而且这样做能否创造出更多的工作岗位也是未知数。

但这样的分割也许会提高社会的满意度。年轻人的政党"毛里求斯战斗党"在他们的新左派宣言中说:"On ne fait bien sûr pas d'omelette sans casser d'oeufs."(不打碎鸡蛋,就做不了煎蛋饼。)新左派的煎蛋饼又来了;但战斗党的分析跟政府的分析没有多大差别。他们都承认经济要有效率,承认它的严酷性。他们都主张农业必须多样化,对工业化要抱审慎的态度。他们都想把榨糖厂从蔗糖庄园中分割出来,就是说,把管理和资金跟土地分割开来。他们似乎都认识到,绕了一圈之后,他们要面对的还是那个起点:这是帝国在一片荒岛上建立起来的农业殖民地,一直是一张更大的版图的一部分,如今却被赋予了一种叫"独立"的东西,在汪洋大海上飘零,这个被帝国抛弃的奴隶营没有能力实现经济和文化的自主。

战斗党和政府都在谈论毛里求斯民族,他们必须把毛里求斯当成一个民族来谈论。仿佛外来移民要想结合成一个新民族靠的是语言和规劝,而不是这个海岛所能提供的可能性。还没有人为这些独立的奴隶岛构建出一套政治哲学,也没有人尝试过;它们的问题也许根本无法解决。法国人凭着他们奇异的语言帝国梦想，把附近的留尼旺岛变成了法国的一个行政区。而毛里求斯又会变成哪个国家的行政区呢？

战斗党谈到了"全球化的解决方案"。面对毛里求斯的问题，即便是战斗党的新左派创始人也不得不做出妥协。旅游业是腐朽的，战斗党在宣言里说；在旁征博引的两页纸上，他们罗列了加勒比某些岛屿遭逢的灾难。但宣言最后得出结论，毛里求斯已经到了穷途末路，必须发展旅游业，但当然是"un tourisme visant non la classe très riche des pays étrangers, mais la classe moyenne de ces pays"（面向外国中产阶级、而不是富豪阶级的旅游业）。战斗党希望每年能看到三十万游客，是现在的十五倍；这也是政府明确指出的目标。

在这种局面下，各派提出的具体实施计划往往都带有鲁滨孙·鲁滨孙式的童子军色彩。让失业人员去河堤上植树，创立国家青年服务社（去做什么？资金又从何而来？）：这些都是工党在失业问题研讨会上提出的想法。

杜瓦尔先生，黑权运动领导者，提出了他的养猪计划。他把小猪崽分给有潜力做饲养员的人，希望通过这种途径创造出整个养猪产业。人们告诉我，这是个好主意，有出口前景，而且也取得了一些成功。但猪肉碰巧是非洲人的最爱，中国人也百吃不厌。在这个居住着饥饿的黑人和喜好美食的中国人的海岛上，派发猪崽计划当然有一定的风险。我找不到具体数字，但似乎相当一部分派发下去的猪崽被吃掉了，因为养猪计划在有些人心中已经变成了蠢猪计划。

一片出租屋建在首都路易港一座大宅院的旧址上。宅院高大结实的外墙还在，墙里，院子前面堆着瓦砾，石块和坍塌的泥瓦间夹杂着褪了色的香烟盒、灰扑扑的玻璃包装纸和干枯的树叶。角落里，几个男孩和小伙子靠着墙，坐在纸箱上，在炎热的上午打扑克。瓦砾堆后面，两棵老树底下是两排出租棚屋的起点，棚屋是用瓦楞铁和木板搭起来的，修修补补的痕迹随处可见，两排棚屋经过公用的水龙头，经过许许多多挨着它们搭起来的、更小的棚子，一直延伸到公用厕所那里。路面上有很多石头，露出来的泥土又湿又黑。

右边第一间屋子里铺着红色地砖，房顶是一张光秃秃的瓦楞铁皮，房里光线很暗。有一张床，两张桌子，一些箱子，一根晾衣绳。一张《花花公子》的剪贴画钉在床上方，床上放着一个小包裹：里面裹着一个红褐色皮肤的小婴儿，出生才十天。妈妈早上去儿童福利中心，想领点牛奶，却被打发回来了，因为她拿错了票证。那些"票证"因为拿来拿去而破碎不堪，此刻正放在桌子上，装在一个塑料信封里。她明天得再去一趟。这是她的第四个孩子，这个房间现在要睡六个人了。

她丈夫是个电工，已经有十个月没活儿干了。他以前在消防队工作，他的消防员腰带挂在晾衣绳上，是整间房里唯一的非必需品。他早上去码头了，希望能挣上五毛钱，合三个半便士，昨天连五毛钱也没挣到。她今天早上向邻居借了两毛五，让一个姑娘去买些吃的回来。但两毛五买不来一顿饭，于是姑娘花一毛一买了一条面包和一些酸辣酱——就是那条面包——把剩下的钱带了回来，一毛四，就在桌子上。钱旁边放着一个妮维雅面霜的锡盒、一把断了齿的梳子、一个破旧的粉扑、半瓶至尊古龙香水（医院里的护士送给小宝宝的礼物）、一个橡皮头和一支铅笔。这是他们全部的财产。

她以前一直采取避孕措施，但有一回跟丈夫吵架，丈夫把药片统统给扔掉了，而她再也没去计划生育门诊。每当家里揭不开锅，丈夫就会大发雷霆，他打她，她就跑出去。但没多久她又想：这可怜的男人又有什么办法呢？于是她就在外面待上一会儿，哭上一会儿，然后再回来。她现在打算把孩子送去托儿所，看看自己能不能找份工作。她是泰米尔人，按照他们的习俗，生了孩子后，四十天内不能出门。但她已经破了规矩，她需要钱。所以现在她要出去。她要家家户户地去问，看看谁家有衣服要补，有盘子要洗。她有可能让家里每周多上三四个卢比，合二十到三十便士。

隔壁这间屋子要大一些、亮一些、明快一些：墙壁是浅赭石色的，地上铺着漆布。厨房不在前屋，在隔壁，这是一间套房。一位印度姑娘住在这儿，她是比哈里人。她面色苍白，但容貌姣好。一个黑人姑娘跟她住在一起，可能是她的朋友，现在已经充当起了女仆的角色。她们都很年轻，十八岁左右，个子都很矮小。黑人姑娘看上去瘦小干瘪，身量不足。透明的女式上衣透出她的乳罩和骨瘦如柴的简单线条。这身打扮并不是为了撩拨人，她身上有一种让人惊奇的无邪。她是个女仆，靠着她的年轻女主人过活。那位比哈里姑娘长得极其匀称，身材比例恰到好处，她坐在床边时，大腿甚至显得有些丰满。她经常不安地把两只膝盖磕在一起，这是印度人特有的动作。女主人显然和女仆一样贫血，她的健康状况也许更差；她有一双歇斯底里症患者特有的眼窝深陷的、过于明亮的眼睛。

一个水手的大幅照片挂在墙上。比哈里姑娘说，他是瑞典人。

"这就是为什么她租了两个房间，"黑人姑娘用英语说，"她在另一个房间做饭。她整天都待在这儿。"

比哈里姑娘用方言说："我妈妈住在小河镇的家里。我爸爸失踪后，她就一个人过。我爸爸疯了。"她轻描淡写地说着，"五年前，我爸爸不再工作，他以前是砍甘蔗的工人。他开始头疼，去了医院，后来就失踪了。当时我十四岁。我妈妈干一些洗洗涮涮的工作，挣点钱。那年十二月，我来到路易港。我告诉妈妈，我要去路易港。但那是我自己的主意。我有时候去看妈妈，她不到这里来。我有两个弟弟在上学，一个弟弟在'商店'①里干零活。现在我整天在这里坐着，看书，聊天。"

"她没告诉你，"黑人姑娘说，"她没有工作。这个人"——墙上那个男人——"每个月都给她钱。五六十个卢比吧，我不清楚。她给这个水手生了孩子，孩子死了。已经有两年了。"

玻璃橱的门上还贴着其他男人的照片，都是欧洲人。

"没有毛里求斯人！"比哈里姑娘用英语说，切换语言的时候仿佛在尖叫，"男人在这里没活儿干。"

铺着油布的桌子上放着一个邮局的存折。

"没了，"她说，"没了。都花完了。"

---

① 原文为法文。

她从一九六七年开始攒钱。一年后攒下了二十个卢比，十八个月后还剩十五个卢比。然后开始按月存钱——十个、二十个、二十五个，甚至达到了三十个卢比——直到她怀孕后期，她流产了。连续六个月，那个账户一直在流血，那之后过了一年，账户像是死掉了。一九七一年二月，一次奇迹般的输血出现了：六百卢比，合四十五英镑，来自一位英国小伙子。为了纪念这笔钱，玻璃橱里多了一张彩色快照：一张家庭快照，显然是来自英国。现在账户里只剩下四十卢比了。她还清了债务，买了半导体收音机，还买了药。她感到疲乏，就买了健脑药来治神经衰弱，买了宠物用糖浆来补血。这些药都摆在桌子上，跟存折放在一起。房间的门楣上悬挂着一颗圣心，在保佑着这个印度姑娘和她的女仆。

她们现在是自由的，独立的。但皮条客和路易港的黑帮正在窥伺着她们，还有中国人在金沙角新开的妓院。几天后，就在那种地方，我看到了这两个姑娘：那个女仆正在非常谦恭地照看着她的女主人。

一位律师说："我看到很多人去卖淫，只是为了给自己的哥哥或弟弟谋得一线生机。上了这条船的姑娘都来自这块殖民地最好的学校。"

黑帮是四五年前出现的。起初他们是一起找活儿、一起干活儿的街头兄弟，然后变成了皮条帮，再后来就变成了受雇的打手。他们最近一次干的活儿是把硫酸泼在了一个经理的脸上，因为他解雇了一个工人。费用是六十五卢比，合五英镑。

在这个乡村法庭上，端详一下这伙因为企图破坏他人财产而受审的黑帮：三个黑人男孩，他们是亲兄弟，另外还有一个身体严重伤残红皮肤的年轻混血儿。想象一下这些衣衫褴褛的、机灵的小男孩因为一起最微不足道的盗窃案而受审的过程。整个场面几乎有种家庭气氛。毛里求斯大部分官方建筑物的大小都跟普通人家的种植园宅子差不多，这间用木材盖起来的小法庭就像一间客厅那样小。治安官背靠里墙坐着，椅子的左右两边各有一扇窗户，窗户外面种着果树。

法律终归是法律，就像在毛里求斯，一份工作终归是一份工作。

但这位治安官的职责让他感到沮丧。他说:"这里是岛上最穷的行政区之一。收了庄稼,他们就无事可做。他们只能钓钓鱼,采采阿拉伯树胶种,一磅种子才换一毛二(合一个新便士)。所以他们的日子很不好过。要采很多树胶种子才能够一磅。"

一位穆斯林律师说:"这里在一九六二年的时候要比现在安定,我们希望现在只是过渡状态。但每个人都在说:'这种状况不会持续下去的,不会一直这样的。'而现在这个新冒出来的战斗党更加让人绝望。资金在退出,价格在上涨,税收也在涨。现在我们差不多每个月都要说一次:'这只是过渡状态。'"

一位混血医生说:"在一个比较富有的社会,男孩有可能会进入另一个圈子,一个混合了不同社会阶层的社交圈。但在这里,因为抑郁和沮丧,男孩会倒向他旧有的社会阶层,并且接受自己的地位。正是这种听天由命、接受现状的氛围挽救了毛里求斯,这是印度人散发出来的态度,感染了其他人。我们被两个神话统治着:政府;甘蔗庄园,阴险的白神。白人已经变成了一个神话,如果他们不存在了,我们毛里求斯人就必须创造出一种类似的人出来。"

一个巨大的卐字涂在小镇特里奥莱的主干道上,这是印度人的镇子,一条主干道从镇上穿过。卐字是印度雅利安人寓意吉祥的标志,也是印度人家里的一种装饰,但在这里,它被赋予了政治含义,是一个叫"人民同盟"的新政党的标志,目的在于提醒印度人保持他们的种族忠诚。卐字饰和杜瓦尔先生的黑权运动都是对提倡跨种族合作的新左政党战斗党的反击。幻想反击着幻想:战斗党正是在特里奥莱赢得了他们在选举中的第一次胜利,然而选举才过去几周,战斗党的思想在这家俱乐部里好像已经消失得无影无踪。

俱乐部里充斥着司空见惯的故事:毛里求斯疲劳症;取得了中学文凭却找不到工作的人,只能"整天待在家里,追求学业,对生活感到恶心,感到厌倦";有三四十个人去了英国当护士,"但大多数人都轮不上,这取决于部长,有时候他不让我们去。他们都把好处留给自己家里人。"一个小伙子刚好从外面的马路上经过,他们便说起了他的故事,他把自己祖传的一小块地给"喝掉了",跟大家一样了。"他现在陷入了危机。"

毛里求斯有很多关于丢掉工作的传奇故事,这里就有一个版本。故事说的是一个小伙子,两年前因为一个员工的诡计而丢掉了一份政府里的差事。那份工作是信差,每天能挣五个半卢比,合四十便士。俱乐部里每个人都知道这个故事,而且都有自己的版本。当那个丢了工作的信差出现时,你看到的是一个相貌英俊、精力充沛的小伙子,显然是个充满魅力的人。他的邻居得到了那份工作。"我不生他的气。我把这件事情交给神去处置。"但他身上却穿了一件淡紫色的战斗党衬衫,表达他对政府的蔑视。

有人说:"一个人如果出了什么事故,这里的人都会伸出援手,一旦涉及工作就不一样了。家庭之间互相忌妒,喝醉了酒就会暴露出彼此的怨恨。"

他们感到了一种强烈的不公平。他们没有觉得他们的安全也受到了威胁吗?他们对自己的权利、选票和观点的力量充满自信。他们认为他们的独立是稳固的、永久的,看不到它的脆弱。内部政变,外部力量武装占领,这两者在这里都不难想象:他们从未想过这些吗?

俱乐部里的年轻人说:"政府会处理这些事情的。"

然而当下午渐渐黯淡,街上的人流变得稀疏,当收音机纷纷调到印度的音乐节目,当谈话变得缓慢、和缓,事情就变得一清二楚了:这些年轻人已经对危险无动于衷。他们在内心深处把自己视为受害者,敌人在很久很久以前就赢了。

"毛里求斯出现了一种可以把椰子树毁掉的'独脚仙'。这种甲虫是有人为了卖他们的药,专门带到毛里求斯的,我们的祖辈从没见过这种甲虫。所以他们赚两道钱。毁掉我们的椰子,还想卖药给我们。我们认为这不可能是农业部的人干的,有可能是一些外来人干的。"

"他们铲掉我们的橘子树,好让我们买南非的橘子。我们猜是这样的。他们来到我们这儿,说我们的橘子树上有一种霉菌。"

"现在每天都会听到,我们的人被我们以前没有的病打倒了。"

"疟疾。"

正是因为根除了疟疾,才引发了人口爆炸。

"不对,疟疾以前在这里很常见。"

"霍乱。比如说霍乱,以前在这里不怎么看得到。现在还出现了其他疾病,我叫不出名字,但确实有人得了。我们觉得毛里求斯肯定发生了什么事情。"

"梅毒。"

他说对了。"梅毒。这种病在扩散,尤其是在路易港。政府正在逐步让卖淫合法化,现在他们给那些姑娘发执照了。"

把执照体系介绍进来的是日本人,他们的拖船就停在港口里。

"政府一面打击卖淫,一面又在鼓励它。"

"她们这么做是对的,去当妓女。她们穷得太苦了,她们应该这样。就像我知道的——"

"如果我女儿去干那行儿,我就杀了她。"

"但卖淫对她们有好处,如果能挣到钱的话。很多学生都当了妓女,尤其是在路易港。"

"这里在建一座新酒店,到时候政府会允许姑娘们在那里当妓女。"

谈话进行得温和、缓慢,没有怒火。外面,马路上的卐字仍然在象征着威胁和权力,墙上层层叠叠地乱涂着针锋相对的政治口号和各个党派的首字母缩写。

但有些人很幸运,可以离开这里,比如这个身材非常矮小的二十岁小伙子。在路易港,我在离政府办公楼不远的地方遇到了他,他正小心翼翼地拿着他的"文件":一些大开纸的复印件,上面有宝贵的部长签字和部门印章。他要去英格兰了,一家医院接受了他。他的身材矮小干枯,他的瘦弱是六岁时的一场疾病造成的。他一九六八年就获得了中学文凭,当时他十七岁,最近这三年他什么也没做,只等着这一天的到来。他神情庄严,带着一丝挑衅的姿态,仿佛不敢表达自己的喜悦，但又随时准备捍卫自己的成功。他显然拥有优秀品格，但他真的热爱护理工作吗？他说，当他还是个孩子时便矢志于此，从未想过其他，他甚至还加入了圣约翰救护队。

他父亲在一家糖厂工作，一个月挣一百五十卢比，合十一镑多一点。他有四个姐妹和两个兄弟。他们的固定早餐是面包、黄油和香蕉。在赋闲的几年里，他早上帮忙做些家务，之后去英国文化教育协会的图书馆读书，中午回家吃饭，午饭是米饭和蔬菜咖喱。他有时候会生病，吃不下东西。有时候他只是因为太难过了，不想吃东西。他跟朋友一起出去散步，在"河边洗上一个畅快的澡"。他的头疼症随时会发作，尤其是当他独自一人的时候。睡不着的时候，他就会待在路边跟朋友聊天，一直聊到午夜。他经常去见朋友，他们会告诉彼此，不出一年，他们就会"有保障了"，就会有工作了，他们就这样"给彼此打气，保持信心"。

但他还面临着一些问题：他要筹措五十英镑的保证金和一千六百四十卢比去伦敦的路费，这两笔钱加起来相当于他父亲十四个月的工资。但银行会帮助他，他从英国医院挣到的钱让他有能力每周还八到九英镑。英国的种族问题没有引起他的任何顾虑；人们会对他说些什么，会怎样说他，全都无关紧要；如果再也见不到毛里求斯，他也不在乎。他和他的朋友对当地的政治已经不抱任何希望。现在，政治帮不了毛里求斯的任何人。"战斗党也一样。最好还是靠自己。"

如果在一个领土更广大、更富有的国家，外交部部长加埃唐·杜瓦尔也许会成为一名演员或流行歌星。他具有一种令人心绪不宁的魅力（尽管已经四十岁了，容华开始消退，他也开始为自己日益松弛的腰线而担忧），他有着演员的发型和穿着，也有着演员的心理需求。他的敌人说，政治让他"周期性地享受乌合之众的目光浴"；而他说——就像一个演员会说的——他从政是因为"爱"。"你让人们爱上你，你也感觉到对他们的爱。"我见到他时，他正在为自己的"黑即是美"运动感到分外高兴。"只用了短短几个星期，我就在这个国家所有黑人的头脑里掀起了一场心理革命。"

但他也提倡跟南非之间的贸易往来，这种主张怎样才能跟黑权运动联系在一起呢？

"没有联系！这恰恰是要点。"他大笑着吼了起来，身体倒向椅子的靠背，带有蕾丝边的黑衬衫领口敞开着，露出他浅褐色的胸膛。他唤道："贝尔夫人！贝尔夫人！"那位接待员兼秘书从外面的办公室走了进来，她是白人，已经进入中年。他让她把两周前的一篇称赞他的讲话稿找来，那是法兰西作家协会在巴黎为他颁发旅游业金星奖时的讲话。

秘书把讲话稿拿了进来，是一张大开纸，杜瓦尔读了起来（其实根本没有必要，因为这篇稿子将会出现在早晨的报纸上）："Monsieur le Ministre, laissez-moi d'abord saluer le Ministre des Affaires Etrangères, l'Homme d'Etat, l'Ecrivain, le Penseur, l'Homme d'Action. Vous êtes le symbole de tout ce que nous aimons en l'Ile Maurice（部长，首先我向您——外交部部长、政治家、作家、思想家和行动者——致敬。您象征着毛里求斯一切为我们所爱的事物）……就是这种话会让法裔毛里求斯人发疯。一个黑人居然成了法国文化的象征，而我就是那个不断提醒他们这一点的人。"

杜瓦尔说，就在不久前，法国人还以为毛里求斯只有一万人讲法语，就是那些法裔毛里求斯人。现在他们知道，整个岛上有三分之一的人在讲法语，这意味着很多黑人也在讲法语。"法国人对我一掷千金，给了我四百万卢比，这个星期还会再给我一百万。我们已经向法国输送了五十三名工人。我要凭借着我的外交政策来赢得这场选举。"但南非人行动缓慢。"他们比原来的布尔人还慢。"他请他们为他的养猪计划提供三年的补贴价饲料，但他们到现在什么也没干。

有人走进办公室。

"认识一下弗朗索瓦，"杜瓦尔说，"打杂的，也是朋友。"我们一起去居尔皮普吃午饭。离开院子时，杜瓦尔冲着一个人喊："好消息，德国又要了三十六个。汉莎航空公司，在法兰克福。"三十六名工人。

"不算那一百个？"

"是的。我今天会在集会上宣布。"当我们驱车行驶在风景如画的高速公路上时（公路两边的灌木花丛和环岛花园都是以工代赈的工人打理的），他对我说："在德国的时候，我告诉他们，如果他们想给我点什么，最好赶在选举之前，要不然就给到别的什么人了……我们会不会丢掉这个市政议席根本无关紧要，因为我们已经是明显多数了。但我故意营造出这种紧张的气氛，我必须生活在这种氛围中。我之所以干得来这些事情，是因为每个人都觉得我有点疯狂，不完全凭理智行事……你觉得这些怎么样？"他从一个装得满满的箱子里拿出最新的宣传照片给我看，都是专门为这次选举拍摄的：身穿黑色皮外套的他骑在"黑美人"背上；跨在一辆摩托车上；双腿交叉着站在跑车前面。"这些是为女人们准备的。我穿着一身印第安人的行头上了法国的电视节目，现在还会收到观众来信。你知道法国的报纸怎么形容我吗？一位英俊的黑色神明。"

我们在居尔皮普吃午饭，一两杯红酒下肚后，我告诉他，很难想象他是个政客。他说他可以远离政治，他是个农夫。我说，听说他分下去的一些猪崽被吃掉了。他立刻严肃起来，觉得自己被冒犯了，但他马上又说，也许有些被吃掉了，但他听到的情况不是这样。

弗朗索瓦，那位打杂的朋友，用方言说了些什么。

最后，杜瓦尔说："我刚刚听到了一个可悲的故事，那些小猪崽的爸爸死了。黑权运动。"

服务生走进来说："杜瓦尔先生，您的电话。"

"哪里打来的？"

"非洲领事馆[①]。"

"南非。"杜瓦尔说。

他回来时告诉我："领事刚刚接到南非打来的电话，他们要送给我们五十头母猪、两头公猪，还有喂养这些猪一年的免费饲料。我对他说，让比勒陀利亚发一封电报给我。"毫无疑问，这是为了拿到会上去展览。

---

① 原文为法文。

我说:"我记得你让他们提供三年的猪饲料。"

"那是按补贴价提供,而这个是全免费的。他们给吓坏了。"

餐馆的一间包房里,法国领事馆正在举办一场婚宴。一个年轻的法国女人走了出来,她一见到杜瓦尔便欣喜若狂,径直上来拥抱他,跟他说话,完全无视我们的存在。然后,一位身穿蓝色西装的男人走出来说:"Gaëtan, ils te demandent de venir les bénir."(加埃唐,他们希望你能来为他们祝福。)

"Je n'ai pas mon collier de maire."(我没戴我的市长绶带。)

但他还是站起身,走了进去。好几分钟后他才回来,眼中洋溢着香槟酒的光泽,笑容满面。"我刚刚听到一些很好玩的话。那位结婚的姑娘,你瞧,有一半比利时血统、一半波兰血统,是典型的法国人。她哥哥陪着他。我对他们说:'如果你们是波兰人,那你们为什么没有更漂亮一点?'她哥哥说:'Parce que nous sommes habillés.'(因为我们穿着衣服呢。)"

后来,在拥挤的市政厅,杜瓦尔让他的支持者为我唱了一首他的竞选歌。

> 黑美人!黑美人!
> 黑色多么美丽!
> 美丽,美丽
> 是黑色。

"这将是我们的制服。"杜瓦尔说着,让我看一些衣料,"黑色和红色。红裤子配黑腰带,黑衬衫。全用光滑面料。"

第二天,我去外交部找杜瓦尔,核对我们的午餐谈话笔记。在他的外间办公室,杜瓦尔把一个黑人小男孩介绍给我,他为杜瓦尔的竞选塞卡作曲。男孩在贝尔夫人的桌子上敲着节奏,唱起来:

> Mo' dire 'ous: la frapper.

> Laisse-mo' trappe-li,
> Laisse-mo' batte-li.
> Mo' alle condamné,
> Jamais mo' va laisser mulâtre
> Faire mari de mon endroit.
>
> （我告诉你们，揍他们。让我抓住他们，让我痛打他们。我宁可入狱，也不让混血男人对我颐指气使。）

"这里的政治思想水平低得不可思议。"保罗·贝朗热说。这位二十六岁的法裔毛里求斯人正是战斗党的创始人。几天前，就在杜瓦尔的人为我唱《黑美人》的居尔皮普市政厅里，有人向他开了枪。现在——在路易港这家新开张的有空调的地下餐馆，在午饭过后几乎空空荡荡的大厅里——贝朗热带着保镖，那是一个黑色的巨人，名叫马特，他的体形有点开始发胖，但仍然是当地有名的拳击手。贝朗热有他自己的风格，和杜瓦尔一样风度翩翩，在毛里求斯显得有些异国情调。他瘦小精悍，谈吐温和，戴着茶色的无框眼镜，蓄着薄薄的八字胡，披着一件黑色的皮夹克，他像欧洲人，他属于欧洲。他的措辞和口音没有一点毛里求斯痕迹，他看上去完全如其所是：那个来自一九六八年的巴黎街垒的人。"精彩的一年，如果我可以这样说的话。"

他说："政府当然只会谈失业，这个词容易让人觉得这只是个经济问题，滤除了人和政治的因素……一九六八年之前，毛里求斯人不需要考虑、也不需提出严肃的经济或政治规划，他们能打的只有种族牌。过去，上层人在不同种族之间挑起争斗，让他们互相残杀，以减缓整个局势的压力，现在如果还有条件这样做，他们马上会故技重演……这个国家的历史就是抗争连着抗争、斗争连着斗争的历史。这就是这个地方的戏剧。这里的第一次抗争是奴隶的抗争。一个造反奴隶的脑袋在我们路易港的博物馆里放了好多年，他是马达加斯加的一位酋长。然后是有色人种（黑白混血儿）的崛起。一九一一年，路易港爆发了有色人种和白人之间的冲突。然后是印度人。有色人种追随白人的榜样，敌视印度人，后来克里奥尔人（黑人）也加入了他们，这种转变的重要催化剂是杜瓦尔。这就是杜瓦尔的重要性，有害的重要性：把黑人拉到白人这边。杜瓦尔是个神话。他是被创造出来的人物，克里奥尔人之王，他是新闻媒体的创造物。这是一个已经死去的神话，但他不想死。"

贝朗热打了个响指，黑人保镖拿出一个纸袋，里面装的好像是糖果。贝朗热吃了一块，保镖也吃了一块。贝朗热说："哈克止咳药片。"

贝朗热来自一个古老的法裔毛里求斯家庭，父亲是公务员，不是种植园主，也不是地主；有些毛里求斯人说，这种家庭背景构成了贝朗热本人的反叛核心。一九六三年，十八岁的贝朗热做了一段时间的水手，然后离开毛里求斯去上大学（北威尔士大学）。"战斗党创立于一九六八年毛里求斯的一个节假日。这听上去很随意，而实际情况并非如此。政府当时给我们送了一份大礼。我们原计划在亚历山德拉公主来访的时候举行和平示威，但政府把我们的十八个人关进了监狱。为什么是亚历山德拉公主？嗯，亚历山德拉的丈夫是奥格尔维，他是伦敦-罗德西亚矿业与地产公司的人，而该公司在这里极有势力——经营宾馆、糖厂和进出口贸易。此外，我们也在抗议这次接待活动的铺张浪费。从那以后，我进了四次监狱……目前的局势很糟糕。人们觉得随时都有爆发的可能。我怀疑今年年内政府就会垮台，或者会有一场暴动，也可能会举行普选。"

我告诉他，在特里奥莱我一点也看不到战斗党思想的痕迹。他的党派所宣讲的社会主义似乎已经被吸收进当地人编织的关于敌人的迫害性妄想神话里了。

他没有直接回应我。他说："神话背后总有一些东西。"然后，他开始试探着从外围谈论"制造神话"这个主题，就像是在出声地思考。"在毛里求斯人的头脑里，事情可以变得不可思议地漫无边际。我想，这也许跟这个海岛的领土面积有关……他们绝对有一种把每件事情都变得耸人听闻的倾向。比如在路易港，人们说我有一根电动警棍，我不知道他们指的是什么，而居尔皮普的版本是带链子的警棍。我穿的黑色皮夹克被认为是防弹的。我猜，如果我路过居尔皮普市政办公室的时候有人向我开枪，而当时恰好有一位部长在场——据说他是黑人的保护人——穿着黑色的皮夹克，骑着一匹黑马，那么这幅情景就会衍生出各种各样的神话。

"有些东西就在你的生活中，但你并没有把它们拼在一起。比如我们的一位部长——直到此时此刻，在我说这些的时候，我才意识到神话的影响有多广——这位部长在选举那天穿着伞兵制服。拉姆古兰（毛里求斯的总理）也曾经是个神话，他是印度人的查查（大叔）。他非常活跃，也很有权势，但不知为何又能超越这一切之上。有一本拉姆古兰的传记，是我们本地作家写的。那是一部没有日期的传记，充满了迷人的神话、诗意和事迹……我相信，如果你考察一下我们的教育体系，你就会感到真正的沮丧。还有语言方面的问题，我们都在使用的语言遭到了鄙视。"（战斗党对当地的土语抱有浪漫的看法，视它为"民族"文化的重要组成部分。）"法裔毛里求斯人也有他们的神话。我回到毛里求斯时，他们之间流传的神话是：我把戴高乐给赶下台了。你会发现这种神话至今犹存。'如果保罗把戴高乐都赶下台了，那可怜的老拉姆古兰又能有几分胜算呢？'他们都耽于幻想，这种倾向的根源在于殖民地的处境。"

他让这两个小时过得飞快。当他和保镖一起离开时，他笑着说："现在我必须得走了，我要为今天下午的论坛找几个'壮汉'。"

但那些壮汉没派上用场。那天下午，没有人试图破坏战斗党在罗斯山镇召开的集会。几百名学生把大厅挤得水泄不通。各种族济济一堂的听众，各种族登台发言的讲坛，人们像听新闻那样倾听着思想：这是我在毛里求斯见过的最欣快的一次集会。它的存在本身就是对遭到反对的自由主义政府的致敬——但这也许只是我这个访客的看法。

"这是一种模仿，"总理西沃萨古尔·拉姆古兰爵士说，"他们想模仿毛泽东，模仿菲德尔·卡斯特罗。幻想？他们并没有耽于幻想，他们认为他们的思想会在这里生根。这里确实很穷。但我们正在努力通过社会服务来控制穷困的不良后果。在援助方面，我们每年大约要花三千万卢比。人们为此而批评我们，因为我们为家庭提供津贴之类的援助。我的回答是：'小孩生出来了，我不能让他们在营养不良的状况下长大。如果他们吃得好，受到良好的教育，就不会成为社会的负担。否则他们会落后，在智力上落后。'"

说着一套不同的语汇，怀着不同的关切：这是一种完全不同的人生。总理几乎跟这个世纪一样老，贝朗热提到的那部诗化的传记，正是要为这个堪称传奇的人物找回一份公正（尽管他的传奇没有那么宏大，他的舞台也很有限）：一个降生在饱受压迫、没有领袖的社群里的男人，在殖民主义最黑暗的时期，在一个农业殖民地中崛起，获取了权力。各个殖民地的领袖中，很少有人表现出拉姆古兰那样的勇气和执着，也很少有人在获取了权力之后，如此热切地去平复旧时的敌意，去施行人道的治理。然而这个新生的政权，就在她还像以往一样羽翼未丰的时候，已然受到了来自不止一个方面的威胁。

贝朗热说："人们围在部长办公室外面，请求安排工作，这种行为受到了部长们的鼓励。每个部长都想成为拉姆古兰的继任者，每个人都在试着打他的牌。"

总理说："我们现在已经有了专门的公共服务委员会。守在部长门口的做法是不对的，是殖民时期残留下来的习惯。"

是宿敌，也是新仇："殖民主义是一种具有破坏性的社会建制。它培养了寄生虫和游手好闲的人。我们当中仍然有这样的人——所有种族里面那些因为驻留在这个国家的外国势力而获利的人。我不知道他们是否已经完全接受了独立以后的变化。我认为这个新运动，战斗党，就是那些妄图复兴的人采取的阴险手段。我认为他们尤其想要报复我，还有我的党。"

总理一只眼睛失明了，是小时候被牛角弄残的。他在路易港的新房子是在他的老房子旧址上建起来的，客厅里摆满了他漫长的政治生涯的纪念品：签了名的肖像，机场接见的照片，各种民族风格的乏味的官方礼品。他常常待在这些纪念品中间，自娱自乐。他喜欢非正式的晚餐派对，喜欢谈话和闲聊。他愿意退休，成为他的传奇，成为"至尊"。

然而安宁正在褪去。奴隶营拥挤不堪，逃离的道路已经关闭。人们心怀不满，而且对自己的险境浑然不觉。[1]

（翟鹏霄 译）

---

[1] 保罗·贝朗热长期担任战斗党领袖，并于二〇〇三至二〇〇五年短暂出任政府总理。

权力？
1970

　　特立尼达的狂欢节素有盛名。离圣灰星期三①还有两天，岛上的一百多万居民——黑人、白人、定居岛上稍晚的葡萄牙移民、印度人和中国人——就已经穿上了绚丽的服装，排成"纵队"，沿着炎热的街道游行，随着钢鼓乐队的节奏起舞。但今年这里发生了一起风波。黑权运动在狂欢节后引起了一阵骚乱，假面舞会和音乐甫一停歇，愤怒和恐怖便接踵而至。

　　从某一方面来讲，事态的发展也有它的内在逻辑。狂欢节和黑权运动并不像表面上看起来的那么截然对立。热衷于狂欢节的游客并不真正明白自己在观赏什么；而岛上的居民也用了漫长的时光去忘记过去，终于将狂欢节的黑暗源头彻底地遗忘。纵队、彩旗和盛装其实跟四旬节没有多大关系，而是跟奴隶制有着久远的渊源。

　　当年，特立尼达的奴隶们在白天工作，在夜晚生活。当白人的种植园世界在夜色中消退，一个更安全的隐秘幻想世界便浮现了出来：黑人的王国、军团和纵队的世界。这些人白天是奴隶，晚上视自己为国王、王后、王子和公主。他们有漂亮的制服、旗帜和上了漆的木剑。每个加入军团的人都会获得一个头衔。黑人在夜晚扮演人，模仿上界的仪轨。国王造访臣民，与民同乐。集会时，书记官也坐在一旁运笔如飞。

---

① 又名圣灰礼仪日、圣灰日、灰日，是基督教教会年历的大斋期（四旬节）起始日。

一八〇五年十二月的一天，他们的幻想溢出了夜晚，涌入了白天。奴隶们进行了认真的讨论，打算割下几个白人种植园主的脑袋，然后喝圣水、吃猪肉、跳舞。他们的计划暴露了；当局当机立断，圣诞节前夕，西班牙港①的广场上接二连三地执行着绞刑、斩首、烙刑和鞭刑。

这是特立尼达第一次、也是最后一次奴隶"起义"。黑人的夜晚王国粉碎了，但幻想还在继续。他们不得不幻想，如果不借助这一点点的痴狂，黑人就会陷入彻底的绝望，含垢忍辱，慢慢死去；特立尼达的很多奴隶都是这样死的。游客慕名前来观赏的狂欢节正是当年奴隶赖以生存的痴狂的一种变体。它是黑人对权力、风度和美丽的最初梦想，而且它的原材料总是每个人对真实世界的秘密愿景。

战争期间，黑人对苏联的崇拜——他们崇拜的其实是跟"风度"相关的东西，比如斯大林的髭须，苏联将军铁木辛哥、罗科索夫斯基，等等这些具有异国风味的名字——体现在一个名叫"红军"的乐队上。对亨弗莱·鲍嘉②的崇拜则催生了另一个乐队："卡萨布兰卡"，它跟"红军"不相上下。这一切都是在演戏，但黑人很当真，而且它们也发生了演变。他们自己也许都没有意识到，就在这种表演下面并不太深的地方，一直隐藏着黑人的千年复国梦：梦想着黑人世界重归完整与统一，也梦想着复仇。

狂欢节的痴狂里隐含着某种东西，触动着这里的每一个小岛，这些岛上的居民过去是奴隶，现在是无人理会的殖民地居民，他们觉得自己生活在真实世界的彼岸，空洞而徒劳。圣基茨岛上有三万六千名居民，为了缓解大家的绝望，总理布拉德肖爸爸努力唤起人们对海地皇帝克里斯托弗③的回忆，后者建造了拉费里埃尔堡，但他出生时也只是海地岛上的一名奴隶。在安圭拉，岛上的六千居民在实现自我解放之前，真的以为只要有了佛罗里达的某个人为他们起草的宪法，安

---

① 特立尼达和多巴哥共和国的首都。
② 美国知名男演员，出演过电影《卡萨布兰卡》。
③ 一八〇四年，海地黑人成功地推翻了法国的统治，成立了世界上第一个黑人共和国。克里斯托弗是起义的主要领导人之一，一八〇七年当选为海地总统，一八一一年称帝。

圭拉就可以成为一个独立的国家，按部就班地运转起来。

在牙买加，拉斯塔法里教徒相信自己是阿比西尼亚人，海尔·塞拉西皇帝[①]是神。这是在阿比西尼亚战争[②]期间，意大利人的战时宣传导致的一个意想不到的结果。当时意大利人造舆论说，有一个秘密的黑人社团叫"尼亚宾亥"（意思是"白人去死"），拥有数百万团员。这种宣传令一些牙买加人欢喜鼓舞，他们组建了自己过家家版的"尼亚宾亥"。塞拉西皇帝最近访问了牙买加。拉斯塔法里教徒期待的是黑色雄狮般的男人，结果却看到了一个印度人模样的人：仪容温和，棕色皮肤，身材矮小。众人大失所望，但不知为何，这种教派仍然幸存了下来。

这些岛上的居民心绪不宁。他们已经有了黑人政府、黑人权力，但他们还想要更多。他们想要的不只是政治。他们就像中世纪欧洲的那些无依无靠的农民，在等待着十字军东征和弥赛亚。现在，他们有了黑权运动。但这里的黑权运动不像美国的黑权运动。后者是处于弱势的少数群体的抗争：那些人终于意识到，美国那些丰富的东西是触手可及的，阻挡他们的只是自轻自贱和种族歧视。然而在这些小岛上，美国传来的消息走了样。

媒体可以逼真地呈现美国黑人的反抗场面，却无法把他们在社会生活中的不利处境带到观众面前。那些著名的城市仿佛在燃烧；年轻的黑人持枪走出大楼；凯旋的运动员低垂着头，仿佛宗教仪式一样举起戴着黑手套的手[③]；在终于发现了黑色之美的摄像机前，英俊的抗议活动发言人发出威胁。这就是权力。在海岛居民眼中，这一切就像是黑人的千年复国图景。它不需要政治方案。

在这些海岛上，黑权运动在理论上的模糊构成了其力量的一部分。黑权运动发言人对黑人的降格进行一番尖锐的分析之后，往往就切换

---

① 埃塞俄比亚最后一位皇帝，号称"雄狮之主"。
② 阿比西尼亚为埃塞俄比亚旧称。十九世纪末叶，意大利殖民势力侵占红海沿岸地区，建立了殖民地，单方面宣布阿比西尼亚受其"保护"。一八九五年至一八九六年，阿比西尼亚进行反意战争。
③ 指一九六八年墨西哥奥运会上，获得奖牌的美国非裔运动员汤米·史密斯和约翰·卡洛斯在颁奖仪式上举起戴着黑手套的手，拳头紧握表达黑人权力运动的主张。

到神秘而模糊的威胁性话语。在美国，这种话语适合它抗议的目标，适合它所抗议的白人听众。然而在群岛上，与它相应和的是黑人群众古老的末世情绪。而任何更实在、更像方案的东西都有可能变成单纯的地方政治，退化为这里的黑人已经拥有的黑人权力。

  黑权运动作为怒火、戏剧和风度，作为一套革命行话，给每个人都带来了点什么：失业者、理想主义者、离经叛道者、共产主义者、政治失意者、无政府主义者、在海外受辱归来的愤怒学生、种族主义者，还有数年来一直在街角宣告"以色列之后就是非洲"的老派黑人布道者。黑权运动意味着古巴和中国，也意味着把中国人、犹太人和游客统统赶出牙买加。它强调独一无二，又把各种东西糅合起来。它就是喝圣水、吃猪肉、跳舞；它就是回到阿比西尼亚。法国大革命以来，加勒比地区还从未发生过这样的运动。

  于是在牙买加，大约十八个月之前，学生加入了拉斯塔法里教徒的游行，以黑权运动的名义抗议黑人政府。校园式的理想主义，校园式的抗议；然而这个地方的过去就像诡谲的沙洞。一个谣言开始在中产阶级中间流传，仿佛来自奴隶时代：黑人要杀死一个白人游客，只是用来献祭，不会折磨他。

  与此同时，在圣基茨岛，执政多年的布拉德肖爸爸也开始利用黑权运动来瓦解反对派的力量，他运用的只是黑权运动的语言。在这个一贫如洗的小岛上，贴着诡秘的宣传单的汽车在唯一的环岛公路上转了一圈又一圈，宣传单是从加油站的广告上裁下来的：加入权力之集。

  在遥远的中美洲大陆，在黑人占半数的英属洪都拉斯，黑权运动虽是风潮初起，但已经开始瓦解着当地政府和反对派的多种族属性。传染载体是一位从美国回来的二十一岁的学生，不消说，他在美国学习靠的是美国政府提供的奖学金。

  他带回了关于农民尊严和土地革命的新消息。我认为，这是来自另一类国家的消息，是另一群人的革命，并不适用于这里的黑人。这里的黑人主要是城市居民，他们心怀着城市居民的简单抱负。（在我逗留期间，报纸的头版新闻是当地一位男子成功地完成了美国的监狱管理函授课程。）

但这无关紧要，关键是消息已经传来。"白人买光了所有的土地。""黑人需要的是面包。""黑人当伐木工已经成了一种生殖器象征。"这些运动的行话让人一听就觉得既有科学性，又有千年复国梦的预言味道。它超越了当地政治中那些乏味的抗议活动，抑制了所有的争论。运动越来越高涨。

兴奋！也许这种兴奋是岛上的人唯一可能获得的解放。在这些黑人居住的海岛上，黑权运动就是抗议。但这里没有敌人。敌人是过去：奴隶制、被忽略的殖民地、从上到下未接受教育的群体；敌人是海岛的狭小和资源的匮乏。机会主义和借来的行话也许可以定义那些虚无缥缈的敌人：少数人种、"精英"和"白人的黑鬼"。但到头来，仍然要面对同样的问题：岛上居民的尊严和身份。

在美国，黑权运动也许会取得胜利，但那是美国的胜利。加勒比那些小小的海岛仍然是海岛，一贫如洗，缺乏技能，被一条防疫封锁线紧紧围住，世界上任何地方都不需要岛上的居民。经过这样一场运动，他们的政客也许会更清廉、更尽责，但穷困无助的人数并不会减少。岛上的黑人还会继续依赖别人的书、别人的电影和商品过活；借助这种重要的通道，他们仍然是一群依赖他人的半成品社群，是第三世界中的第三世界。永远消耗，从不创造。他们没有物质资源，永远也发展不出更高的技能。身份最终要靠成就来确立，但在这里能取得的成就注定是很小的。抗议领袖会一再出现，千年复国梦会一次又一次近在眼前。

五十年前，西班牙眼看着就要分崩离析，奥特加·伊·加塞特写道：完全不同的民族汇聚到一起，只是为了"明天能够一起做些什么"。对未来的这种确信是这些海岛所没有的。千年复国梦的兴奋不会令他们万众一心，即便他们都是黑人；况且在有些岛上，比如特立尼达、圭亚那和英属洪都拉斯，黑人只占半数。对黑人身份和黑人苦难社群的追寻是一条死胡同，只有一群看不到自己明天要做什么的人在为了狂怒而狂怒，在自我折磨。

教师学院出版社去年出版了《我们希望被仰视》一书，作者维拉·鲁宾和马里萨·扎瓦洛尼在书中发布了他们一九五七和一九六一年在特立尼达的高中生中间做的一项调查，那是在独立之前，岛上弥漫着期待救世主的乐观憧憬。（一九五六年，埃里克·威廉姆斯突然以势不可挡的力量上台了。）在调查中，他们让学生详细写下自己"对未来的期待、计划和希望"。

> 黑人：我想成为一个了不起的人，不仅要在音乐领域取得成就，还要在社会学和经济学领域有所建树。我想在美国娶一个非常富有的漂亮女演员。我希望在海外扬名，成为举世闻名的百万富翁。

> 黑人：在政治上，我希望能起来对抗赫鲁晓夫这类人，他们是自由的敌人。我希望我能把他们驳斥得哑口无言，无地自容。

> 黑人：我期望成为举世闻名的人，以政治天才赢得人民的拥戴，跟人民生活在一片祥和之中。

> 黑人：我想当一名西印度群岛的外交官。我希望成为一个对男人有魅力、对女人更加有魅力的人。我必须非常聪明和机智：我必须至少能够流利地讲七种语言。我必须足智多谋，必须随机应变，在正确的场合说正确的话。凭着这些品质，凭着无与伦比的远见和其他我尚未预见到的必要才能，我能为我的国家创造奇迹，从而为世界创造奇迹。

> 东印度人：我要写一本书，名字叫《音乐与文学的罗曼司》。我会让这部作品像莎士比亚的戏剧一样伟大；然后我会回印度，发奋成为电影行业的天才。

> 东印度人：我希望发展自己的探险精神，我要去漂洋过海，翻山越岭，环游地球。我要在相互敌视的人群中间缔造和平。

东印度人：我经常会从自己的白日梦中醒来，我把自己当成了另一个人，一个伟大的科学工程师，但我很快会清醒过来，然后又是我自己了。

有色人种（黑白混血）：我希望中年之后进入政界，为改善和振兴我们这个年轻的联邦尽绵薄之力。

有色人种：成为政治家这个想法让我着迷，我指的是一流的政治家，而不是纯粹的煽动者，后者只会冲动行事，徒劳无果。

白人：我会去一家注册会计师事务所当学徒，弄懂这个行业。等我想离开的时候，我就去一家大公司，努力晋升到高管的位置。

白人：我希望过平凡的生活，挣一份平常的工资，缓慢但又稳扎稳打地在律师事务所晋升，但我不想成为联邦大法官之类的人……看看周围，其他男生一定都在写名扬四海的雄心壮志。他们的希望全部都会落空，因为希望是虚无缥缈的东西。

白人：到那时，我父亲也许可以成为公司的股东，我接管生意，我会让它扩张，并努力遵循我父亲建立起来的传统。

如果没有白人学生的冷静回答，你可能会觉得这些学生所在的地方是个偏远落后、人人耽于幻想的社会。但白人学生并没有生活在一个与其他种族截然分开的世界里。特立尼达很小，只有两家报纸和两个广播电台，所有的学校都没有实行种族隔离。种族间的渗透比社会学研究者所认为的更加常见；有相当数量的黑人和东印度人是中产阶级，在职业人士中占主导地位。明白了这一点，黑人和东印度人那漫无边际的幻想——外交、政治、维护和平——就显得并非只是天真。这是一个生气勃勃、见多识广的社群，感觉到自己是伟大世界的一部分，但同时又明白，因为地理、历史和种族的原因，他们又跟那个世界相隔绝。他们的幻想是狂欢节痴狂的一部分。

鲁宾和扎瓦洛尼那部著作的副标题是"发展中国家青年抱负之研究"。但这里的委婉语会产生误导。这个国家需要一种更精确的定义。

巴西在发展中，印度在发展中。而特立尼达既不是未发展的，也不是发展中的。它完完全全是西方先进的消费社会的一部分，知道什么是高水准的物质生活。但它比外省还不如：这里没有可以让乡下人或小城镇的人施展才华的大都市。特立尼达除了小还是小，它依赖外界，出生在这里的人——黑人、东印度人和白人——觉得自己被判了刑（并不一定是作为个人，而是作为一个群体），被遣送到这个在技能和成就上都低人一等的地方。在殖民时期，种族剥削可以说是一个重要的问题；到了今天，它显然还是社会运动的主要驱动力，但它已经不再是故事的全部了。

在这些海岛上，黑人的身份问题其实是一个多愁善感的陷阱，模糊了真正的问题。这些岛国真正需要的是进入一个在各方面都更加广阔的社会，人们可以在其中成长。对有些区域来说，这个更大的社会可以是拉丁美洲。当初，加勒比的殖民统治者不顾地理关系，人为地制造出不自然的行政单元，也是造成今天这些问题的一部分原因。比如，特立尼达被硬生生地与委内瑞拉分开。这种地理上的荒谬也许有一天会被重新审视。

（翟鹏霄 译）

迈克尔·X 与特立尼达黑权运动谋杀案：安宁与权力
1979

1

角锉是一种三面锉刀，断面呈三角形，特立尼达人用它来磨短刀。一九七一年十二月三十一日，史蒂夫·耶茨在距离西班牙港大约十八英里的阿里玛镇买了一把这样的锉刀，长六英寸。耶茨是个黑人，三十三岁，他是英国皇家空军前士兵，也是迈克尔·德·弗雷塔斯的保镖和同伴。迈克尔也叫迈克尔·X 或迈克尔·阿卜杜尔·马利克。锉刀是在库布拉五金店买的，花了一个特立尼达元，相当于二十便士，记在"阿里玛的阿卜杜尔·马利克先生"名下，耶茨在账单上的签名是"穆罕默德·阿克巴"，这是他的"穆斯林"名字。在阿里玛的马利克营地——他们的"公社""组织"——耶茨是伊斯兰果实组织的最高统帅，马利克麾下的黑人解放军中校，或许也是这支军队唯一的成员。

马利克的"公社"是一栋住宅，位于城郊住宅区克里斯蒂娜花园。他从英国回来后一直住在那儿，已经租了十一个月。房子坐落在一块一英亩半大小的土地上，有一片成熟的花园和果树，马利克和他的社员就在这块土地上"务农"。或者说，这是马利克告诉他远在英国和其他地区的旧盟友的版本：他们在务农。

马利克在英国生活了十四年。一九五七年，二十四岁的他来到英国，那时他还是迈克尔·德·弗雷塔斯，来自特立尼达的海员。他在诺丁山安顿下来，当上了皮条客、毒贩和赌场荷官，还给沃奇曼当过打手。沃奇曼是个房产诈骗犯，专门经营贫民窟的房产，把房子高价租给西印度群岛来的人。后来，迈克尔·德·弗雷塔斯经历了一次宗教和政治的"皈依"，给自己取名"迈克尔·X"，立刻在媒体和地下群体中间大获成功，摇身一变，成了黑权运动的"领袖"、地下黑人"诗人"和"作家"。一九六七年，正当他在报纸上的声望达到顶峰时，他在雷丁发表的反白人言论触犯了《种族关系法案》，被判入狱一年。一九六九年，马利克在一位富有的白人赞助下建立了自己的第一个公社"黑人之家"：位于伊斯灵顿的"城市村庄"。公社以失败告终，他也惹上了更多的官司。一九七一年一月，迈克尔·X——现在有了一个黑人穆斯林名字"迈克尔·阿卜杜尔·马利克"——逃到了特立尼达。

克里斯蒂娜花园的农业公社并不是马利克在特立尼达仅有的"项目"。他同时还在开办"人民商店"。商店的信纸已经印好，宣传册的文稿也已准备就绪："空荡荡的货架昭示出有产者对无产者是多么缺乏慷凯〔原文为Genorosity，应为Generosity（慷慨）〕……荣誉墙上写着我们的英雄和赞助者的名字……所有的赞美归于安拉，所有的过失归于我们。"唯一没有到位的是商店；但马利克在计划书上记了一条："公共关系是制胜的法宝。"马利克在英国学到了一些东西，尤其是练就了一身遣词造句的本领。在特立尼达，他并不是一个单纯在逃避英国犯罪指控的人，而是一个来自"巴比伦"的黑人穆斯林避难者，反抗"工业化复合体"的斗士。而特立尼达又是如此偏远，所以马利克可以在这里的镇上，在一栋租来的郊区房子的成熟花园里，向世界宣告他正在带领着他的新公社务农。

一九七二年一月一日那天，公社的两位访客也可以算作公社成员，他们住在马路对面租来的房子里。其中一位是来自波士顿的黑人，他年近四十，戴着一只金耳环，给自己取了个穆斯林名字：哈齐姆·贾马尔。另一位是盖尔·安·本森，一个二十七岁的、离了婚的英国中产阶级女人，她跟贾马尔在一起差不多一年了。

贾马尔是美国黑权运动成员。几个月前，盖尔·本森带着他在伦敦走动时，他向《卫报》这样形容自己："英俊到无可救药，有着诱人的古铜色皮肤，极度能言善辩。"这就是他的风格。他在特立尼达写信给一个白人盟友时说："钱是白人在乎的，是他们想保住的东西，也是他们不得不承受的最沉重的负担。"于是贾马尔急于为白人减轻负担：他满脑子都是需要用白人的钱来实现的黑人援助计划，其中的一个计划让他来到了西印度群岛。他在某些方面跟马利克很像。但马利克致力于黑人农业和黑人公社，贾马尔致力于黑人学校和黑人出版；两者并不冲突。马利克宣称自己是世界上最著名的黑人，贾马尔似乎赞同这一点。贾马尔向世人传达的消息是：他自己是神。盖尔·本森比他们两个都厉害：她相信贾马尔是神。

这就是本森在公社中的独特之处：她独自一人信奉贾马尔教。她的独特之处不在于她是白人；公社也有其他白人出入，因为对于马利克这样的人来说，如果没有白人偶尔来见证一下他的愤怒，他的黑人身份和愤怒就没有意义了。本森穿着非洲风格的衣服，她给自己取名"哈尔·齐姆盖"（Halé Kimga）。这既不是穆斯林名字，也不是非洲名字，而是"盖尔"（Gale）和"哈齐姆"（Hakim）的字母组合，这个名字暴露了她：她的疯狂中始终包含着中产阶级的游戏元素。

几周后，马利克的妻子对特立尼达《晚报》记者说，本森是"一个非常神秘的人"。她一定是在说反话，因为她接着说："她有几分像冒牌货……她会取一个虚假的名字，守着一个虚假的位置。"一个三十岁的中学黑人女教师这样评价本森："她长相漂亮，与众不同，风格简单。她的衣服散发着金钱的味道。"一个生活安逸的白人，却以她的中产阶级方式比所有的人都更像黑人：本森不可能对自己制造出来的效果毫无感觉。荒谬的崇拜，荒谬的名字，荒谬的衣着——人们在特立尼达记住的关于本森的一切，无不显示出这个离经叛道的中产阶级女人身上未经教化的巨大虚荣。

然而，作为一群冒牌货中的冒牌货，在公社的戏剧化氛围中，本森的处境是危险的。她与众不同，不可捉摸。有人觉得她是间谍，有传言说，英国情报机关已经成立了一个特别秘密的部门，叫"军情○

处"。一九七二年一月二日,她的处决来得迅速而突然。有人勒住了她的脖子,捅了她一刀又一刀。在那一刻,所有的癫狂和游戏都从她身上退去,她明白了自己是谁,她想活下去。谋杀的全部动机也许只是想获得这种出其不意的效果:让一个安全的生命终结于一个延长了的恐怖瞬间。她奋力反击;手上和胳膊上的伤口表明她的反击是何等顽强。她不得不挨了九刀,脖根处那一道特别深的伤口让她再也不能动了;然后,她穿着那身非洲风格的衣服被埋掉了。她当时还没有彻底断气,但墓穴中的泥土会进入她的内脏,结束她的生命。

当时,年轻的印度算命先生拉尔辛·哈里本斯正在凭着他诡异而大胆的公开预言在特立尼达引起轰动。当地,颇为畅销的周刊《炸弹》刊登过一篇写他的文章;马利克为《炸弹》写过稿子,他从编辑那里打听到了哈里本斯的住处。

哈里本斯住在海岛南部的油田镇法扎巴德,从西班牙港开车过去,要沿着蜿蜒的公路开上两个小时。马利克带着几个社员分两辆车动身了,这是他在特立尼达的出行风格(他的"惯例"):租用美国大轿车,配有司机。跟他们一起去的还有罗尔·马克西敏,他是马利克经常光顾的那家租车行的合伙人,也是马利克儿时的朋友。他们抵达时已经是晚上,却被告知哈里本斯在家,但不见任何人。拒不见客是先知的特权,于是他们决定等着。

罗尔·马克西敏说,他们坐在车里,一直等到了早晨。"正当我开始嘀咕'他们难道真的连咖啡也不给我们拿一杯?'时,哈里本斯派了一个女人出来,给我们端来了咖啡。迈克尔终于见到了哈里本斯。哈里本斯对他说:'你不会留在特立尼达,你要去牙买加。然后你会成为美国黑人的统治者。'临走,他又对迈克尔说:'我想再次见到你。'然而迈克尔再也没有见过哈里本斯。"

事实上,哈里本斯很快就加入了人才外流的队伍,去了美国。一个美国女人跟他结了婚;特立尼达有传言说,他在一所美国大学协助超感知方面的研究。

关于马利克拜访哈里本斯，《炸弹》的编辑帕特里克·乔可林哥补充了一个细节。"马利克向哈里本斯直截了当地问到了绞刑，这是哈里本斯的表弟告诉我的。马利克不惜一切代价想知道自己会不会被绞死。哈里本斯的回答是：他不会被绞死。"

一起事件发生之后，往往会有很多故事冒出来。但我们也许可以说，这次预言——他将免于处罚，并在未来取得辉煌成就——可以在一定程度上解释后面发生的事情。

一九七二年二月十三日，特立尼达《卫报》内页的版面上登了一条简短而怪异的报道：打捞员没找到尸体。史蒂夫·耶茨——穆罕默德·阿克巴，伊斯兰果实组织的最高统帅，马利克的黑人解放军中校，马利克公社的工头，马利克的保镖和亲信——淹死了。

他是三天前在无忧湾淹死的。去海滩玩的特立尼达人都知道，在巉岩林立的东北海岸线上，无忧湾是最危险的海湾之一。那里有一块小小的中央暗礁，它上方的水面相对平静，但四周的激流围绕着它，在海床上旋出了一个又一个深坑。只要离开岸边几英尺远，人在刚到腰际的水中都站不稳；每一个进溅的浪头打来，都会把游泳的人卷起来，抛向西边，抛向乱石，抛向长长的暗礁和翻腾的巨浪。在无忧湾很难打捞尸体。当地渔夫说，人一旦被卷过暗礁，就会被巨大的石斑鱼吃掉。无忧湾前面有更安全的海湾：巴兰卓和米申。但马利克一行十一人偏偏在无忧湾停下去游泳。两个姑娘很快就遇上了麻烦。耶茨救起了一个，当他去救另一个时，自己却消失在浪涛中。后来一只渔船开出去，救起了另一个姑娘，却没找到耶茨的尸体。

《卫报》那则报道的怪异之处在于它采用的是马利克在事发两天后的陈述。《炸弹》的编辑帕特里克·乔可林哥不喜欢这则报道。"我认为这很滑稽——这种报道方式——因为在我看来，任何跟马利克有牵连的人都是新闻，这起溺水事件应该引起更多的重视。我给一些人打了电话，也给警察局打了电话。确实有一位警察向我提起，他们怀疑是马利克让耶茨淹死的——但他很像是随口说说。所以你可以想象，当马利克第二天到我办公室让我为史蒂夫·耶茨写一篇报道时，我有多惊讶。他要我把耶茨写成英雄：搭救印度姑娘的英雄。这又是马利克的典型作风，任何事情都要挤出一点种族题材。我脱口而出：'可是马利克，警察说是你杀了他。'他说：'我不在乎警察怎么说。'"

那天是二月十五日，星期二。星期六晚上十一点二十五，阿里玛消防局听说马利克在阿里玛的房子着火了。那栋房子只有一层，地面和墙壁都是混凝土的，屋顶是瓦楞铁皮，因此火势之猛烈让人意外。但房子的附属建筑却毫发无损，它建在房子后面，一个水泥天井把它跟主屋隔开，里面存放的每一样东西都完好无损：马利克从英国带回来的一件非洲艺术品，马利克说它价值六万英镑，还有一架价值四百英镑的钢琴，据说是约翰·列侬送的礼物。这是一场神秘的大火：公社成员都不在场，马利克一家在那天早些时候飞到圭亚那去了。

那是一次有点派头的旅行。陪伴马利克一家的是一个叫麦克戴维森的圭亚那黑人，他身体肥胖，皮肤光滑，衣着十分考究，是被那个地区的新政治突然推上高位的一群平庸野心家中的一个。麦克戴维森的妻子在特立尼达政府中担任副部长，侄子在圭亚那政府的青年事务部担任次长。麦克戴维森的机票钱是马利克付的；麦克戴维森已经跟圭亚那政府的首相办公室通了电话；马利克一行抵达圭亚那后受到了青年事务部次长的欢迎，乘着两辆轿车离开了机场。这样的接待无疑引发了相关报道：受圭亚那政府之邀，马利克已经前往圭亚那，参加"合作共和国"成立两周年庆典；星期六晚上，他跟圭亚那总理伯纳姆先生的其他客人一道参加了晚宴。但这些报道很快遭到了否认。真实情况是：星期天，马利克向青年社会主义运动的部分成员发表了讲话，这一组织是以伯纳姆先生为首的政党的"年轻力量"。

在阿里玛，通往那栋被烧毁的房子的道路用轻质铝杆拦了起来，黑人警察和印度警察带着自动步枪在巡逻（在特立尼达，自动步枪是新鲜玩意，因为枪筒上打着孔，所以被称作"透明枪"）。消防委员会怀疑是有人纵火，警察则担心房子里藏匿着武器。

星期二下午三点，特立尼达警察在翻检马利克及其社员务农的土地时，在一片刚刚种好的莴笋下面发现了一个六英尺深的墓穴，墓穴挖在一棵凤凰木的婆娑树荫下，旁边是木槿围成的篱笆，木槿开着粉红色的花。墓穴大约是七到十天之前挖的。死者身上套着蓝色的牛仔裤和绿色的毛线衫，四肢摊开躺在墓穴底部，尸体腐烂得十分严重，无论是警察还是专门请来的职业掘墓者都不能一眼判断出死者性别，死者的脸已经变形，皮肉沿着裸露的牙齿化掉了一半，牙齿里面有一颗镶了金的假牙。褪下牛仔裤，露出白色的内裤。不是女人，是男人，是黑人或黑人混血，身高五英尺九英寸，头差不多从身子上割了下来。

这不是史蒂夫·耶茨的尸体，马利克一周前刚刚告诉媒体，耶茨在海里淹死了。耶茨的假牙没有镶金，他父亲跟警察一起来到西班牙港的停尸间时告诉警察的。耶茨的头发也不一样，所以他父亲根本用不着在尸体背上寻找那块很大的伤疤，那是史蒂夫在英国跟人打架时留下的。这不是史蒂夫·耶茨。第二天，一个不肯透露姓名的女人打电话告诉《炸弹》周刊：死者是"组织"里的另一个"兄弟"。"这人是上个星期一晚上死的，整件事是个意外。他们本来不打算杀他，只想打他一顿……他不遵守组织的规矩，死得很不值。"

这个女人说的情况跟实情相去不远。又过了一天，死者被确认为约瑟夫·斯凯里特，一个二十五岁的西班牙港人，犯过强奸罪（跟史蒂夫·耶茨一样），其他方面都没有特别之处：是个还算体面的中下层家庭的落魄者，这座城市中成千上万受了半吊子教育的年轻人中的一个，没有工作，没有用场，在游手好闲中虚掷二字头的光阴，在街头闲逛，打量着街上乱涂乱画的空洞口号：黑是时尚，黑是根本。人们最后一次看到乔·斯凯里特[①]是在两周前，那天是二月七日，马利克带着随从来到西班牙港，造访了斯凯里特家，然后把乔带到了阿里玛。

马利克的房子是位于小路西侧的独栋房子。房子北边，越过幼嫩的椰子树和高高的铁丝网形成的边界，有一片延伸出大约两百英尺的荒地，荒地尽头是一条窄窄的水沟，沟很浅，水流缓慢，在树荫的遮蔽下散发着不新鲜的气味。就在乔·斯凯里特的尸体被发现两天后，

---

① 即上文的约瑟夫·斯凯里特。

人们在这条水沟的南岸发现了第二个墓穴。这个墓穴要浅一些，大约四英尺，刚挖了一会儿就气味冲天。蓝色的印花裙子，红色的内裤，扭曲的腐尸：是盖尔·本森。

她是一月二日被捅死的，已经在这条水沟边上躺了七个多星期，没有谁想起她，就连两个当时正在探访公社的英国人也没有。但他们心里肯定装着别的事情，其中一个人是西蒙兹，她是个营养充足的女人，两颗门牙之间有一道宽宽的裂缝，她告诉《炸弹》周刊，她在公社逗留了六个星期，在这段时间里，她和史蒂夫·耶茨"情投意合"。史蒂夫·耶茨，也就是穆罕默德·阿克巴，伊斯兰果实组织的最高统帅，曾在十二月三十一日那天（一月一日公众假期的前一天）去库布拉五金店买了一把六英寸长的角锉。

而贾马尔，本森的主宰，哈齐姆·贾马尔又做了些什么呢？西蒙兹回忆说，一月的某个早上，贾马尔告诉大家，他和本森吵了一架，本森走了，事情就是如此。西蒙兹还记得，头天傍晚本森还跟大家在一起吃饭。十八天后，贾马尔离开了马利克公社，回美国了。他并不是一个人走的，跟他一起回去的是他的"同事"，这个人是去年十二月中旬被贾马尔从美国召来的。这个人仍然隐没在背景中，大家都不太记得他，他是个美国黑人，公社里的人只知道他叫"基德豪果"或"基多果"，听上去像非洲名字。

此时，特立尼达已经开始风传公社里的各种新发现，有一种传言说，那里发现了一个罐头盒，里面乱塞着好几个阴茎。但土地已经供出了它埋藏的所有死者。六个人因为两起谋杀案被起诉：五个特立尼达人，一个美国人。但那个美国人不是贾马尔，是他的同事基多果。五个人被控谋杀了本森，基多果是其中之一，他在美国躲了起来。贾马尔接受了采访，现在他变得像大家一样头脑清醒，急于脱身。他谈到公社中的"暴力氛围"；他说自己能活到现在已经很幸运；他说，他希望见到马利克，亲口问问他本森的事。

于是，在清醒和自我开脱的氛围中，马利克的公社解散了。土地已经翻遍，房屋已经烧毁。只剩下马利克两条迷惑不解的狗，它们从不吠叫，从不鸣咽，只是不安地在土地里、在马路上奔走蹦跳，为每一辆停下的车兴奋不已。但再也没有哪辆车能把它们期待的人带回来。

马利克在圭亚那开始逃亡。麦克戴维森——就是陪马利克一家从特立尼达来到圭亚那、并以青年事务部次长叔叔的身份安排了接待工作的麦克戴维森——剃掉了马利克为黑权运动刻意蓄起来的络腮胡，还帮他修剪了头发。有人为他拿来了几套新衣服和一双新鞋。马利克穿着这身新行头，化名——也许是"T. 汤普森先生"——住进了另外一家宾馆。迈克尔·德·弗雷塔斯、迈克尔·X、迈克尔·阿卜杜尔·马利克，还有现在的汤普森先生、林赛先生、约瑟夫·乔治……这么多名字，这么多人格，这么多呈现自己的方式：这是他杰出的天赋，即便这样，此时的他也已经到了穷途末路，快崩溃了。

他在宾馆待了三天，一直拉着窗帘。他告诉打扫房间的印度女佣，他得了疟疾，怕见阳光。他从不在宾馆的餐吧或厨房点餐，总是让女佣到街上帮他买三明治和软饮料，还有纸和圆珠笔。他有些重要的消息要传递给不同的人。他只是个"中间人"，他曾这样告诉过麦克戴维森；那个真正重要的人很快就会带着他的"宏伟计划"从美国来圭亚那跟他会合。宾馆女佣按照他的要求给他送来冰水时，瞥见他正在"写信"。但他不喜欢用圆珠笔，他更想要一个录音机。在光线昏暗的酒店房间里，需要录音机这个想法纠缠着他，他差点给妻子打电话，让她带一个过来。"当时我想，"他后来说，"我要把发生在我身上的事情全部录在磁带上。我想把它们录下来。"语言对他来说很重要，他靠语言过活。语言可以为事件赋予形态，对他来说，语言在此时此刻比以往任何时候都更重要。

在英国的时候，有人告诉他，他是个作家，甚至还是个诗人；有时，在大麻的烟雾中（"我很嗨，我喜欢"），他尝试着当一名作家。他写下一两页迷醉的状态，然后就停下。在这些文字中，事实与虚构常常流淌在一起。通过文字，他重新构造了自己的过去；语言也为他勾画了未来的模式。非常奇特的是，他以前写过的一段冒险故事跟他此时在圭亚那的历险非常相似。

叙述者（也许就是马利克自己）在逃亡。他口袋里只有二十英镑，一个名叫弗兰克的人接纳了他，并且说，他可以在这里待六个月。那天晚上，叙述者睡着了，没有做噩梦。然后门开了。"我的朋友、我的救星弗兰克端着［字迹模糊］早餐和一份报纸，笑容满面地站在门口。你今天上报纸了，他说。我又恐慌起来，他们发现我了。我想得更［字迹模糊］了。让我看看！我说。我在这儿，不算太坏，有一张照片和一段简短的报道。特立尼达最著名的儿子之一回到了故乡，来完成他的长篇小说。在一次独家专访中——报道如此这般地往下写，我笑了，感到一阵轻松，这里的记者有着跟别处的记者一样的想象力……"片段到这里就结束了。

然而在圭亚那，噩梦并没有结束。他每天都在宾馆里读圭亚那的报纸，报道越来越糟。盖尔·本森的尸体被发现的两天后，他离开宾馆，乘出租车南下，来到铝土矿镇麦肯齐（现在已经改叫"林登"，以圭亚那总理伯纳姆先生的名字命名）。然后，他穿着新置办的蓝色长袖衬衫和红格子短裤，拎着飞机上发的袋子，里面装着他在宾馆里写的部分手稿（有些手稿留在房间里了）、一些十元面额的圭亚那钞票、饼干、牛奶、沙丁鱼、其他罐头食品和一把短刀，沿着由南向西的铁路朝腹地走去。

两百英里之外，越过森林和布满巨大蚁丘的光秃秃的褐色平原就是巴西边境。他好像是奔着边境去的，但后来他说："我认识一个住在腹地的人，一个善良而睿智的人，我可以去请教他。我以为我能找到他……我总是喜欢向预言家请教。你们特立尼达就有一个这样的人，叫哈里本斯，我去过他那儿。我喜欢这些人。我以为我可以找到那个人，向他请教，弄清楚正在发生什么，因为现在发生的事我已经无法理解了。"

他沿着铁轨走了三天，已经开始打赤脚了。在首都买来的新鞋不合脚，把脚磨得很疼。第三天下午四五点，他看到两辆路虎，政府部门的路虎：一个勘察队在这里搭了个营地。他等了两三个小时。大约七点半时，他朝营地的人走过去。他说："晚上好，先生们。"他说自己是记者。他们给了他一杯咖啡。他说——他说得很含混——他想"沿着铁轨往前走";半小时后,他跟两个人一起坐着路虎离开了营地,其中一个人叫恺撒。

马利克向恺撒打听去巴西的路,还问起他的宗教信仰。恺撒相貌英俊,身材魁梧,肤色黝黑,他说自己隶属于当地的一个非洲民族主义小组,类似于黑权运动小组。马利克——现在他又是 X 了——说,全世界的警察都在追捕他。然后,他一定察觉到了会被出卖的征兆,他的头脑飞快地转动着。他说,他想让恺撒把两条消息带回首都乔治敦。一条消息给马利克太太:恺撒要告诉她,马利克安然无恙。另一条消息给恺撒的黑权运动小组领导人:恺撒要告诉他,小组内有警察的眼线。

路虎驶出五六英里后,已经坐卧不安的马利克被安顿在一个叫"毕肖普营地"的地方。毕肖普是个上了年纪、身材矮小的黑人,独自住在他的灌木"农场"里;他的"营地"是两个茅草棚,有一个没有墙。他给马利克端来一些炖菜和米饭,还有"甜金雀花"泡的香草茶。成千上万的警察在追捕他,马利克说;毕肖普说(在出人意料的森林场景中,真实生活的冒险呼应着马利克逃亡小说的片断),马利克可以在他的营地一直待到年底。

马利克已经疲惫不堪,在他最后一个自由之夜,他开始语无伦次。他不停地打听巴西的情况,打听他在这里是否安全;他说他不信任恺撒。他回忆起特立尼达的公社,幻想中的"务农"变成了事实。他说要教毕肖普"如何种植绿色蔬菜"。他说他想找份工作,他懂得"种植"。毕肖普应该把芥菜和芹菜种在盒子里,三周后再把它们种到外面的土地里,每棵菜苗相隔十八英寸。他问毕肖普,这里离河远不远。毕肖普说,不远;但马利克说,他要教毕肖普"如何不用去河边就能用上河水"。他回忆起英格兰,尤其是沃奇曼,那个贫民窟的地主,他刚到伦敦时为他工作过。但他的叙述让毕肖普摸不着头脑,毕肖普觉得马利克好像在说:他在伦敦有一座很大的、提供膳食的公寓,有一个大花园,养着一条大狗,还有一把左轮手枪,租客付不起房租时,他就把他们赶出去，但他对圭亚那人一直很好。

毕肖普在那个没有墙的茅草棚里给马利克搭了个地铺。马利克躺下来，似乎在呻吟。他说脚冷；毕肖普给了他一片麻袋盖在脚上。马利克很快就睡着了，但毕肖普没睡，他害怕马利克的"那把短刀"。他整晚都在盯着马利克。

大约五点半，天还没亮，营地里的狗开始吠叫，毕肖普看到了警察，恺撒跟他们在一起。他们包围了棚子，守在那里。天很快就亮了，"一个躺在地铺或西式铺上的浅肤色男人的身形"在警长的眼中变得清晰。六点差五分，他们开始收缩包围圈。毕肖普仍然保持着警惕，向他们指了指马利克的航空公司袋子和短刀。六点，破晓时分，警长拍了拍马利克，叫醒了他。

马利克后来说，看到警察时，他松了口气。他的脚很疼，不知道还能不能走路。他被带到乔治敦；第二天，他被圭亚那宣布为不受欢迎的入境者，被送回了特立尼达。

虽然盖尔·本森的尸体被发现是轰动一时的耸人听闻事件，但调查是从约瑟夫·斯凯里特的谋杀案开始的，他的尸体被埋在一片莴苣菜畦下面。四个月后，马利克和其他三个公社社员因为斯凯里特谋杀案而接受了审讯。当墓穴刚刚被发现，死者的身份尚未确定时，就有一个匿名女子打电话告诉《炸弹》周刊，死者是一个"不遵守组织规则的兄弟"。调查结果表明，斯凯里特被杀确实带有处决性质。

马利克没受过教育，但他在英国遇到的人告诉他，他是个作家，于是他就竭尽全力去写作。也有人告诉他——这个皮条客、骗子——他是个领袖（尽管只能领导黑人），于是他就去读有关领导力的书，甚至还就这个主题写了一篇论文，借用了大量读来的东西。"我不需要玩弄满足自我的游戏，"他写道，开始解释自己的地位，"因为我是整个['西方白人世界'被删掉了]国家最著名的黑人。"领袖是工作者、行动者，也是能找到工具的人（"无论是钱、锤子，还是锯子"）："大众"离开自己的轨道向这样的领袖走来。然而，当领袖并不总是令人愉快。

"领袖让人惧怕,哪怕是他最亲密的人……其他人则会忌妒他……在这里,他需要铁腕,因为他可能会忍不住,想用礼物来安抚那些怀疑他的权威的人,而怀疑者真正需要的礼物是沉默。"毋庸置疑,这些几乎都是借来的话语,但马利克正是由话语塑造的。而约瑟夫·斯凯里特正是一个怀疑者。

一年前,当斯凯里特因为强奸罪而被起诉时,他向马利克求助。马利克说服了那个姑娘不再追究。但从那以后,斯凯里特觉得跟马利克在一起很不自在,便开始躲着他;就连斯凯里特太太都觉得自己的儿子不懂得知恩图报。最后,二月七日那天,马利克带着公社里的几个人到西班牙港的斯凯里特家,把乔带走了,带去阿里玛"住几天"。

那天,斯凯里特先是在花园里懒懒散散地干了些零活儿,晚上,他跟三个社员一起坐上了一辆租来的车出去兜风。当汽车在阿里玛-西班牙港高速公路上行驶时,开车的艾博特说,他们要去偷袭警察局,抢些武器。斯凯里特说他一点也不想掺和这种事情;艾博特立即调转车头,把车开回了克里斯蒂娜花园。马利克说:"乔,孩子,你说你已经准备好,可以工作了,现在我派你出去干活儿,你却不肯?"他看着斯凯里特,摇了摇头,让人带斯凯里特去他睡觉的地方,还嘱咐那个人找本《圣经》什么的让乔读一读。

杀死斯凯里特像是一个突然的决定,但根据审判获得的证据,接下来的事情都是计划好的。早晨,史蒂夫·耶茨开车把马利克太太和她的孩子送到西班牙港,这算不上异常举动。马利克宣布,今天公社要建一个"渗漏坑",这个决定也不出人意料。院子很容易积水,渗漏坑有助于排涝,马利克已经就挖坑问题请教过一个有经验的人。坑必须挖到土质开始起变化的地方;然后要在底层铺一层石头,表层铺一层土。

整个上午,有几个男人在挖坑,另外两个人用吉普车往回拉石头,"书房"里的马利克不时中断他的"写作",出来指挥。乔·斯凯里特穿着他的"旧衣服"——牛仔裤和绿色毛线衫——推着独轮车在帮忙,把吉普车上卸下来的石头运到花园远处的西北角。大约一点,坑差不多够深了。马利克让吉普车上的两个人到大家都知道的一个农场去"凉快一下",然后拉一车肥料回来。

他们离开后,花园里只剩下马利克、三个男社员和乔·斯凯里特。三个社员中有一个从坑边走开了。马利克的肩枪套里别着一把左轮手枪,他手里拿着一把短刀跳进坑里,对艾博特说:"我准备好了,带他过来。"艾博特用胳膊勒住斯凯里特的脖子,跟他一起跳进坑里。马利克左手抓住斯凯里特的非洲式长发,举刀砍向他的脖子,然后还是用左手,把他往旁边一甩。那种"轻蔑"的姿态让艾博特不寒而栗。斯凯里特大喊着"噢,上帝!噢,上帝!"拼命地往坑外爬。马利克此时已经站在坑外,双手举起一块填坑用的大石头往斯凯里特的脑袋砸去,垂死的斯凯里特像个孩子似的哭喊:"我要去告发!我要去告发!"马利克用力朝着斯凯里特又砸下三四块石头,斯凯里特安静了。然后,四个人——第四个人这时候被叫过来帮忙——开始填坑,石头垫在下面,土盖在上面。

当另外两个男人从农场运回一吉普车的肥料时,他们发现石头已经不见了。渗漏坑填了一半,他们帮忙把坑填满。没多久,马利克的家人从西班牙港回来了,公社又恢复了原样。至于斯凯里特,那个头一天来的"奇怪的年轻人",刚刚走掉了。那个傻孩子去了加拿大或美国,但他会发现"外面的"日子不好过:这是斯凯里特太太听到的版本。这也是马利克在审判席上讲的故事:乔·斯凯里特就这样消失了。

艾博特,那个跟斯凯里特一起跳进坑里的人,被判了二十年有期徒刑。马利克被判了绞刑。有些人仍然站在马利克这边,其中一个是罗尔·马克西敏,马利克儿时的伙伴,现在是一家车行的老板,马利克经常去他那里租车。马克西敏去西班牙港的皇家监狱探望过马利克。几个月后的一天,马利克正在等待他的上诉裁决,他对马克西敏说:"我去见哈里本斯那天,你跟我在一起的。你还记得他说了什么吗?""他并没有忘记,"马克西敏说,"他只是想从我嘴里再听一遍。于是我对他说:'哈里本斯告诉你,你将离开特立尼达去牙买加,然后你会成为美国黑人的统治者。'他说:'不错,不错。'然后开始在小牢房里走来走去。"

成为黑人的统治者:因此,对于马利克和他的海外祝福者(主要是白人,他们一直在给他寄钱)来说,黑人的存在归根结底只是为了马利克有朝一日能够领导他们。马利克认为自己一直在崛起:最初只是西班牙港千千万万受过半吊子教育的游荡者中的一个,然后成了海员,成了诺丁山的皮条客和黑帮成员,然后是伦敦的X,三十七岁时,成了"整个白人世界最著名的黑人"。一九七一年一月回到特立尼达时,他的身份是伦敦的成功人士。"我来这里不是为了出人头地,"他对特立尼达《快报》的记者说,"我已经出人头地了。"但他相信他可以"帮一帮"这里。"我对竞选之类的事情不感兴趣。我唯一理解的政治是革命的政治——改变的政治,创造一个全新体制的政治。"

革命、改变、体制:伦敦的话语,伦敦的抽象理论。已经纠集起自己的团伙、拥有自己的"公社"的马利克可以用这些话语支撑起他想为之赋予的任何含义。在伦敦,有人盼望着马利克——他们自己的黑人,纯粹的黑人——在特立尼达建立一个新政府。他们开过一次会,还做了记录。新政府将资助世界上第一所"国际另类大学",这将成为"反主流另类文化的基地"。话语,更多的话语:"我不能透露细节,"马利克说,"但可以公开的是,这所新大学将成为一种全新的健康生活方式的试验室。"但是——X发出了他永远的警告,永远让人激动、永远让白人受用的警告——来到马利克的特立尼达的每一个白人(空中客车航空公司的服务保证所有的国际化都市都跟达特立尼达相连通)都必须记住,每个黑人心中都有"对白人的正当仇恨";这些白人还必须设法克服这一事实:他们"所属的种族是压迫者"。

这位领袖,这位独一无二的黑人发言人是危险的,因为他怀着对白人的正当仇恨;但是审判他的时候,观众们心情愉快,甚至表现得有些欢快。没有人嘲笑他,他是一位殉道者,为了一项不存在的事业。只有西蒙兹——那个在六周的逗留期间"跟史蒂夫·耶茨情投意合"的白种女人——只有她从英格兰飞来特立尼达,握紧拳头给了摄影师一个示威的镜头;但她兜里装着一张回程机票。对特立尼达大众来说,马利克成了一个"角色",一个狂欢节人物,那个在耶稣受难节被沿街喊打的笨头笨脑的犹大。这才是他在伦敦的角色,即便是当他以 X 的身份在报纸上声名远播时,他也仍然只是一个以军人自居的小丑,没有追随者的领袖,既没有权力,也不是黑人的黑权运动人士。他甚至不是黑人,他是一个"浅肤色男人",是半个白人。用特立尼达人的话来说,这是整个玩笑中最叫人欢快的部分。

2

马利克是到了伦敦才变成黑人的。也许只有当一个人知道自己不是真正的黑人时——他很清楚,只要时机一到,他就可以轻松脱身,玩起另一套游戏——才会这么乐此不疲、兴高采烈地经营这个角色。他浅薄无能,毫无创见;但他感觉到,在英国这样一个褊狭、富足而且安逸的地方,无论对于左派还是右派,种族都是个带有娱乐性的话题。于是,他就当上了娱乐明星。

他是 X,是好战分子,是那个威胁说下次就要开火的人;他也是毒贩和皮条客。他是属于每个人的黑人,但又不是典型的黑人。他只有两个想法是原创的。一个想法是,西印度群岛驻伦敦特派使团对西印度国民的关注太少。第二个想法更古怪:特立尼达警察的制服应该换一换了;但这个更像是他的偏执,算不上想法。此外,其他所有东西——他的每一种态度、每一种立场——都是借来的:从采用"X"的名号[①]到皈依伊斯兰教,从批评白人自由主义者("他们在毁掉黑人"),到指责黑人中产阶级("他们不了解贫民窟的人")。以伦敦为舞台,他完完全全是个六十年代风格的黑人;他缺乏创见,具有可塑性,有能力把自己打造成符合人们口味的黑人,这些特点恰好

[①] 马利克给自己取名"X"是因袭美国黑权运动代表人物之一马尔科姆·X,后者同为伊斯兰教徒。

让他成了记者乐于接受的人。

"迈克尔·X告诉过我,"理查德·内维尔在《游戏权力》中写道,"白人里面,肯听黑人说话的只有嬉皮士。"马利克总喜欢以黑人的身份出场。一九六五年年底,他动笔写自传(这本自传后来改由一个英国人代写,一九六八年出版,书名是《从迈克尔·德·弗雷塔斯到迈克尔·X》),他把手稿寄给一位英语辅导老师,对方寄回了一份长长的备忘录。"……在这风云际会的时刻,你可以观察一下全世界范围内黑人和白人的关系。广泛采用南非、罗得西亚、英国、葡萄牙和美国的例子来诉说白人社会的冷漠。运用奴隶制以及不久前发生在奥斯维辛和贝尔森的犹太人大屠杀等素材……第十五章,你应该强硬地或是带有威慑力地结束于'这是我的信念'。在这个特定的历史背景下,一个流离失所的黑人的真实陈述……"

就这样,除了陈词滥调,还是陈词滥调。马利克通过"反主流文化"习得的一套关于种族问题的陈词滥调,有时不可避免地带有前革命时代的色彩。他写过一篇寓言,投稿目标无疑是地下媒体,讲的是盎格鲁-撒克逊人哈罗德、犹太人杰克和一个黑人(马利克自己)的故事。"我们的共同点仅仅是我们都有两只手、两只脚和一个头。我必须承认,我的身体看起来更漂亮,他们绝对无法媲美,因为他们的身体覆盖着一层惨白的病态皮肤,就连他们自己也不得不承认。哈罗德在我们过往的谈话中表达了他的渴望:他想找个地方晒晒太阳,改变一下自己。我看出了他的意图,因为当他这样说时,他的目光在爱抚般地掠过我那泛着黄金光泽的美丽的棕色皮肤,我从我的非洲[插入:和葡萄牙]祖先那里继承来的皮肤。"

"像我们三个这样来自不同种族的人是很难沟通的。"但他们是好朋友,愿意袒露自己"最隐秘的欲望"。盎格鲁-撒克逊人哈罗德想要寻找真理。"杰克的欲望没那么简单":犹太人杰克想要"为人创造些什么,跟他最亲近的当然是犹太人,犹太人能创造出他们需要的任何东西、金钱、衣服、工厂"。而马利克,那个黑人,看到"我们三个不同种族的人之间存在着巨大的隔阂,因为我要寻求的是幸福,为自己创造欢乐,让别人听到我的欢笑,我要去给予……这种差异令我们陷入了奇怪的矛盾境地:当我拿出一件小礼物送给寻求真理的人时,他会用探寻的目光在我微小的动作中寻找更深的动机;而当杰克做好一件衣服,我说'真好,我能不能有一件?'时,他会告诉我:X英镑"。

马利克请人代笔的那本自传销量惨淡,大部分被一个白人赞助者买下了。书的基调是义无反顾的欢快,充斥着对性和派对的描写——那位影子写手轻而易举地把受压迫的黑人变成了放纵的幽灵,你在有些章节中能察觉到,把《迈克尔·X》编成音乐剧的念头让这位写手冲动不已。但整本书的可读性比较差。

这本书没有讲述主人公的生活经历,也没有呈现他的人格发展历程。自述者一出场就是伦敦的X,昔日的黑人皮条客已经洗心革面,变成了今天的黑人领袖,他假定读者对他的往事已经了如指掌,现在他所关心的只是如何尽情地向读者呈现他的各种黑人角色。围绕着他的各种事件混乱地堆积在一起;他没有一个核心人格,有的只是一连串杂乱无章的角色。第一百一十六页,当自述者跟一位身份不明的年轻地产富翁见面时——富翁对艺术感兴趣——读者突然发现,自述者是一位画家("我画的抽象主义和超现实主义肖像画"),他用了十七行文字支撑起这个角色。他的其他角色——黑人诗人、黑人作家,甚至还是一所号称"伦敦自由学校"的"基础英语"教师——也同样突然,同样成功,也几乎同样的简短。

自传中唯一值得关注的另一个角色是马利克的母亲,她跟马利克一样令人费解。她一开始表现为一个残暴的老派黑种女人,注重外表,总是宣扬白人的美。她不喜欢儿子跟黑人小孩一起玩耍,也不喜欢他把手弄脏;她是个势利眼;在西班牙港的市场上,她不肯跟小贩讲当地的法语土话,而且坚持让自己的儿子讲英语;她送儿子到"高级"学校上学。这些叙述虽然很夸张,但里面包含着一定的逻辑。然而翻过二十页后,这位母亲突然变成了一个酒鬼,她歇斯底里,喜欢吵架,穿着黑人妇女那种让人厌恶的衣服。一天,儿子发现她睡在关家禽的笼子里,她说她已经把笼子改造过了。突然,她又变成了一个精明的骗子；突然，她来到了伦敦，摇身一变，成了一个生意红火、性格欢快的妓院女老板。

这位领袖的童年无法解释他为什么会变成一个热爱黑人的叛逆者，自述者强调的重点错位了。然而跟他母亲有关的事实对他来说又太重要了，没有办法略去不谈。但这些事实散落在那些离经叛道的猎奇题材中间，掩盖了一种比说出来的状况更深的痛苦。把这些事实拼凑完整之后，我们发现这位领袖的童年完全可以有另外一种解读。

马利克的父亲是葡萄牙人，是一个店主，他后来离开特立尼达，去圣基茨岛做生意了。他母亲是个没有受过教育的黑种女人，来自巴巴多斯①。在特立尼达，她是个外乡人，尤其是在西班牙港的贝尔蒙社区，这里是中底层黑人的聚居区，大家爱抱团，很排外。她的举止和口音跟当地人都不一样，如果她不讲当地的法语土话，那是因为她不会讲。她是一个带着"红皮肤私生子"的外乡人，跟她同居的黑人出租车司机从不允许她忘记这一点。（他常常对她说，她从葡萄牙人那里得到的一切，就是一个大敞的阴户和一个红皮肤的私生子。自传里没提到这一点，这是马利克在受审时说的。）

母亲因为儿子而丢脸；儿子在西班牙港长大，上了圣玛丽学院（一所专科学校，但不是什么"高级"学校：一个学期的学费只要三英镑多一点），所有人都知道他的家庭生活，母亲令他丢脸。她没受过教育，酗酒，恶毒；母子二人相互折磨。只要一有机会，他就从她身边逃走，跟朋友一起去山里。有一次，他把她所有的衣服堆在一起，一把火烧掉了。但无论他走到哪里，她总是如影随形地跟着他，在公共场合大出洋相，即便在他被学院开除之后，即便在他长大成人之后。为了摆脱她，他只好去当船员，离开特立尼达。他想过去圭亚那定居，最后还是去了英格兰；而她居然尾随他来到英格兰，穿着一身红色浴袍，在滑铁卢车站从一列水陆联运的火车上走了下来。

一九六五年，当他在伦敦声誉鹊起，当他在自己眼中已经出人头

---

① 位于加勒比海和大西洋边界上、西印度群岛最东端的独立岛屿国家。

地的时候，他拿起笔给母亲写了一封信。

         一九六五年四月一日，伦敦
 亲爱的妈妈：
  我的手在颤抖，我的头好疼，我想告诉你一些事情，因为我已经不再害怕。我是个黑人，你告诉我，我不是黑人，这不是真的，我试过不做黑人。让我曾经感到羞耻的，不是因为我是黑人，而是因为你。首先，我想告诉你，我为什么会写这封信，那是去年的事。我在家里，史蒂夫打电话给我，问我知不知道你的事，好吧，你被逮捕了，六十多岁了因为经营妓院而被捕。我本来可以试着去理解你，我可以去怪罪任何人——白人、我父亲、我——来为你开脱，但是，当你说你为了保护自己的名字不受污损，而把你的名字说成"德·弗雷塔斯"时，一切都结束了。那天的事，已经过去了不知道多少个月，直到现在，我才从打击中恢复了一点，可以就这件事情说点什么。我不恨你，我不可能恨你，我愿意这样想：你那样做是无心的。但我得说，你干的另外那些可怕的事情也是无心的，你曾经动不动就羞辱我。你干一件事情之前，通常会想很多很多。你还记得吗，在特立尼达，当你还跟你的丈夫住在一起时，他躺在床上，你把开水浇在他身上，这件事情你是处心积虑的，是不是？你一定出去……

  她跟那个男人上了床，等他睡着了，就起身出去，她事先烧好了水。这起事故没有写进自传，其他所有的都写了。然而在添油加醋的传奇叙述中，激烈的情感和痛楚都消失了，一切都被简化，经过了根本的变形，呈现给读者的是对这位领袖童年时代的更为平缓的陈述。

  这封信是马利克写过的最真实的文字，也是最感人的。它解释了很多：改名（从德·弗雷塔斯到 X）；多重人格；急于取悦他人。在这个种族娱乐明星的小丑举动下面，隐藏着真正的折磨。黑权运动为马利克的生活赋予了秩序和逻辑，为他提供了一整套体系。事实上，他没有能力写一本书，但自传前言里的说法对他更有利：这本书之所以要请人代笔，是因为黑人英语跟白人英语不一样。

一位伦敦记者在塑造马利克的过程中发挥过一些作用，他说："迈克尔搭媒体的车，媒体也搭他的车。这个过程中，一个怪物长成了。"怪物已经存在；但这种批判里面隐含着一些东西。马利克是英国的产物。英国给了他朋友，教给他什么是优雅，让他在报纸上出名（似乎是好名声），还给他钱。英国总是给他钱；没有谁像他这么需要钱，因为他要完成那么多为黑人谋福利的事业。比如说一九六六年年底，当他妻子因为拖欠按揭款而收到律师函时，他突然想到，西印度群岛人在法庭上需要有过硬的辩护律师。他让人们对这项事业产生了兴趣。一九六七年二月出版的《伦敦奥兹》①宣布，西印度群岛人需要法律援助，文章顶端用粗体字印着解决方法："'辩护'需要钱。钱款汇往：迈克尔·阿卜杜尔·马利克，利斯公馆，格兰提利路，W9。"

英国让马利克的很多事情变得轻而易举，但英国最终又废黜了他。马利克夸大了他在报纸上的名声的重要性，高估了那些给了他一席之地的边缘人群的重要性。他是娱乐明星，是戏剧演员，但不是唯一一个。他没能理解他的某些中产阶级受众：他们只确定这一切都很安全，他们没有观点，只有本能的反应和零星的冲动，有时候沉溺于游戏；中产阶级革命者们追赶"革命"的脚步就像追赶剧院的潮流，他们奔赴风起云涌的革命中心，但兜里都揣着返程机票；对他们而言，马利克风格的黑权运动就像一座既富有异国情调、又没有危险的妓院。马利克自以为享受着跟他的支持者同等的安全保障。一天，他半涂鸦（"没钱"）、半记备忘录（"律师来函"）似的写道："伦敦就是我继承的遗产，整个伦敦。"

他的名声没有持续很久：始于一九六五年，终结于一九六七年，

---

① *London Oz*，二十世纪六七十年代的一本地下嬉皮士杂志。

他因触犯《种族关系法案》（一九六五年颁布）而入狱的那一刻。这一切的开端是一九六五年七月，科林·麦克拉什在《观察家》的一篇主打文章中说，英国存在着一个好战的黑人组织：种族调整行动社（RAAS），它拥有四万五千多名成员，是由迈克尔·德·弗雷塔斯"在近乎秘密的状态下"创建的。"有些外来移民，"麦克拉什报道，"已经开始称他为'迈克尔·X'。"这是一篇很好的故事："……革命的狂热……几乎遍及全国的组织……令人生畏的专业性……地下行动的组织技巧……基层系统……活动经费来自捐赠和德·弗雷塔斯本人……组织者都遵循最优秀的革命传统，只拿微薄的报酬……一个腼腆、有教养、极度聪慧的人……让黑人的苦难发出了最真实的声音……一个朋友说：'迈克尔这样的人之所以会出现，是因为存在着对人性的犯罪……'"

这是一篇很好的故事，如果说其中包含着一连串新闻报道式的陈词滥调，那完全是因为马利克呈现给麦克拉什的正是一连串新闻报道式的陈词滥调——和所有好故事一样。根据马利克三年后出版的自传来看，麦克拉什发表这篇文章时，马利克的心思更多地放在了一个美丽的白人寡妇身上，他叫她卡门。卡门三十岁，"体态婀娜多姿"，而且很富有。有一次，她打开手袋，给了马利克"一叠十英镑面额的钞票"；还有一次，她填了一张五百英镑的支票给他。她给的一切，他照单全收——"我确信，那天晚上，贫民窟在黑人身上生成的皮条客成分在我身上起了作用。"——但全是为了事业：种族调整行动社。然而，他仍然很痛苦："我的演讲越来越尖刻。"他身边还有南希，另一个白种女人，她成了他固定的女朋友。卡门不得不离开。"卡门一走，RAAS就不再有收入了。"在四页的篇幅中（其中包含卡门的故事），RAAS的成员数从六万五千名"在册"人员跌至两千名"中坚分子"。

马利克迷恋他的公众影响力。他把英国报纸上所有关于他的报道都剪了下来，进行归档：无论报道是微不足道，还是至关重要（《每日电讯》一定是他曾经最喜欢的报纸）。麦克拉什的那篇文章他保存了两份。他制作的RAAS宣传册，其实就是迈克尔·X的宣传册，塞满了媒体报道（宣传册里除了迈克尔·X，谁的名字也没提到），从麦克拉什的文章中摘录了两段话，跟《每日镜报》《每日电讯》《星期日泰晤士报》《和平新闻》《纽约时报》的引文放在一起（"学生、知识分子、温和派以及激进分子都是他要争取的对象，有些人已经被他征服"）。

RAAS当然是个玩笑。这个首字母缩写在牙买加是脏话（但在特立尼达不是），也是"屁股"的变体。这是一个粗鲁的玩笑，马利克在自传里对它的词义做了更加荒诞的扩充："首先，在西印度群岛的语言中，RAAS指的是吸经血的布。它有某些象征意义，象征着黑人的生命之血长期以来是如何被耗尽的。其次，它类似于非洲语言中的ras（来自阿拉伯语的ra's——头），意思是统治者或领袖。"这是一个"颇带挖苦意味的"玩笑；只有当一个人觉得时机一到就可以从自己的黑人角色中脱身时，他才开得起这样的玩笑。

马利克的黑人身份其实非常荒诞：他既不是美国黑人，也不是西印度群岛黑人，而是来自特立尼达的红皮肤男人，他装扮成漫画版的美国黑人，表演给英国观众看。西印度群岛黑人不同于美国黑人。美国黑人是遭到排挤的少数。而在西印度群岛，黑人占大多数，而且掌握政权，形成了自己的政治传统。特立尼达的黑人舞蹈家博斯科·霍尔德当时在伦敦，他说："听说X这个家伙时，我想：'这是一个从我们那里来的骗子。'我希望他一切顺利，因为他在英国，也因为他们告诉我，他是特立尼达人。"这就是西印度群岛人的态度：他们认出了小丑，并且把他当成小丑来接纳，但是除此以外就跟他保持距离。马利克的公众影响力偶尔也会让个别的学者、作家或政客激动。一九六五年，麦克拉什的文章发表后，特立尼达的反对派领袖——主要是印度人的政党——就曾想过邀请马利克回特立尼达助选。

但马利克从未掌控过这些人，在伦敦，他也并不真正需要他们。马利克刚刚认识了一个西印度群岛人——他最后成了马利克的政治代表——他是来自特立尼达的年轻人斯坦利·艾博特。他和马利克一样，是个专科学校的辍学生，也和马利克一样有着西班牙或葡萄牙祖先传给他的红皮肤（艾博特有时管自己叫"德·皮瓦"）。一九五六年，十九岁的艾博特来到英国，很快就开始在伦敦游荡，一个迷失的灵魂在警察局留下了一项又一项记录：一九五六年，蓄意破坏罪；一九五八年，强行入室；一九五八至一九六二年期间，在教养院接受监管；一九六四年，人身侵犯。

当时跟马利克关系最密切的西印度群岛人是史蒂夫·耶茨，除了是真正的黑人，他跟马利克在各个方面都很像：他们都来自西班牙港的贝尔蒙，都是那里的边缘人。史蒂夫·耶茨（很快会有一个黑人穆斯林名字：穆罕默德·阿克巴）：他被圣玛丽学院（马利克的母校）开除了，原因是他让卡梅尔派改革学校的一个十四岁女孩怀孕了；他又去了另一所学院，十六岁时，他跟另外九个人一起被指控轮奸了贝尔蒙女子辅导站里的一个女孩；他被判无罪，但已经名誉扫地，家里人把他送到了英格兰；他加入了英国皇家空军，但很快就惹上麻烦，没请假就离队了；他的背部在一次斗殴中受了重伤，留下一道伤疤。

没有负责任的西印度群岛人的支持，原本会给马利克减分。但马利克把它变成了自己的优势；美国的黑权运动为他提供了一个完备的体系。如果受过良好教育的西印度群岛人不愿意跟马利克有瓜葛，那只是因为这些黑人布尔乔亚和知识分子——"这些少数中的极少数"——切断了自己跟"贫民窟里的人"的联系。在马利克的话语体系中，凡是没有离经叛道，凡是受过良好教育、拥有技能或职业的黑人，都不是百分之百的黑人；他不需要任何人来跟他达成一致。真正的黑人是更质朴的。他住在一个叫"贫民窟"的地方，那里极其糟糕，却有着令人忌妒的欢乐；而且在贫民窟，黑人生活在犯罪的边缘。他是皮条客，是毒贩；他行乞，也行窃；他就是那个魅力十足的黑人；而如今，这个黑人已经出离愤怒。结果，真正的黑人就是像马利克这样的人，而且只有马利克才是他的代言人。

马利克打造的黑人革命者形象在很多方面都像我们所熟悉的铤而走险的怪胎。但这个形象是为一个孤陋寡闻的市场打造的，马利克凭借着灵敏的直觉，本能地把握住了英国报纸想要什么样的黑人，愿意容忍什么样的黑人。一九七一年八月九日的《卫报》，吉尔·特威迪让英国人的容忍底线一目了然。

那天，特威迪在她的版面上报道了两位黑人。一个是安妮·P.

巴登，华盛顿一所黑人专属小学的"辅导员"。特威迪对她百般刁难。安妮·巴登想谈谈她的工作，而特威迪想听的是种族问题、毒品问题和黑人的斗争情绪。他们给学生播放一些关于毒品的影片，安妮·巴登说；他们"谈论过"奴隶制、黑人在南方的社会地位之类的问题；她不觉得她的学生有任何斗争情绪（有些学生只有四岁，年龄最大的也不过十三岁）。但你们讨论过马尔科姆·X或马丁·路德·金吗？安妮·巴登，你本人是如何意识到种族偏见的？情况真的有所改善吗？有多少美国人把黑人当人对待？大多数还是一半？你的学生有一星半点的工作机会吗？各类职业也许没有对黑人紧闭大门，但黑人找工作是不是更困难？特威迪的提问已经由暗示引导升级为固执己见，当她流露出"你是黑人，因此你的教学工作纯属浪费时间"的意思时，安妮·巴登只好请她的采访者喝点茶。"她显然觉得很尴尬，"特威迪评论道，"整场提问让她很尴尬。"

而对另一个黑人，一个男人，特威迪的采访时间要长得多，也给了他更大的版面。他是美国的黑人穆斯林，到英国来"推广"他的自传。我们不清楚他靠什么谋生。他在加利福尼亚开办了一所马尔科姆·X蒙台梭利学校，但他不在那里教书，因为他恨白人。"即便是纳粹党卫军在'犹太佬'这个词中包含的轻蔑也无法跟他对白人的轻蔑相提并论。"特威迪评论道，但他不想把自己的仇恨发泄到两岁大的孩子身上。"如果你要杀人，一定要有意义。你可以因为一个人邪恶而杀他，但不能因为他是白人……他们管叫我黑鬼，但我创造出了自己的黑鬼。我的黑鬼就是我，英俊到不可救药，撩人的古铜色皮肤，极度能言善辩。"特威迪被他迷住了："这个黑人是个英俊的男人，一个戴着一只金耳环的强盗……高大，精干，醉心于暴力，他的暴力有时是赤裸裸的，有时裹上了一层甜言蜜语的糖衣：就像肾脏被猛击一下那种甜蜜。对待女人时，他的暴力戴上了面具，转变为性爱的话语……"

"在我看来，"特威迪总结道，"巴登小姐的消极比哈齐姆·贾马尔先生的愤怒更让我沮丧，感到未来没有希望。"哈齐姆·贾马尔，这就是那个戴着金耳环的强盗的名字。他到英国来兜售的那本自传，内容老套，为六十年代层出不穷的黑人自传增添了最新的一笔：贫穷，自怨自艾，毒品，伊斯兰，改革，名流，性，仇恨。他声称自己是神，这为他在电台节目《世界大同》中赢得了一次以"异类亮点"身份亮相的机会。但他似乎没有告诉特威迪，他是神。他也没有告诉她，他没有在马尔科姆·X蒙台梭利学校教书，那是因为那所学校只坚持了一年，只有一个老师，而且十五个月前已经关门了，如今，那所学校只存在于他随身携带的小册子里。至于安妮·巴登，无疑已经回到了华盛顿那所小学，辅导着上千名学生。

六十年代后期（特威迪的文章发表于一九七一年），马利克对英国人需要什么样的黑人有很准的直觉。但他这个角色是消耗性的。这个叛逆的黑人不能有工作，即便他想有也不行；他不能被人看出他陷入了"消极状态"；他只要稍微安顿下来就会名誉扫地。虽然没有人指望他去实践他发出的威胁，但这个可怜的黑人必须永不间断地表演下去。

一九六七年七月，马利克去雷丁演讲，为当时更具国际声望的斯托克利·卡迈克尔[①]补缺。听众来自不同的种族，大约有七十人。"只要看到白种男人伤害你们的黑种女人，你就立刻杀了他。"这番话没有什么危害，只是他一贯的余兴节目。但根据《种族关系法案》，马利克被起诉了。审讯时，马利克让记录员坐下来，"放轻松"；他先把《古兰经》用温水抹了一下，然后把手放在上面起誓；他还获准在作证之前举行伊斯兰的"告解"仪式。他被判入狱一年。有人把报纸上关于他的审讯的报道统统剪了下来，帮他归档。但狂欢节在那一刻骤然而止。

一九六五年四月，他声名初起时，曾经写信对母亲说："我不再害怕。"早年生活的各种痛苦都淹没在这个种族喜剧演员的角色中。而现在需要他亮出底牌了。他的黑权运动在英国毫无势力，他在报纸上的名声也保护不了他。他找人代笔的自传《从迈克尔·德·弗雷塔斯到迈克尔·X》在他服刑期间出版，评价很糟。他的公众影响力减退了。

[①] Stokely Carmichael,美国民权运动、黑权运动领导人之一,曾任学生非暴力协调委员会主席。

八个月后他出狱时，电视上提了一下，但根本算不上什么事件。狂欢节的元素却依然顽强地活着：监狱门口站着一个迎接他出狱的黑人，这个人在 X 的事业上越走越精，已经给自己取名"弗雷迪·Y"。但马利克已经变了。

他计划写第二本自传，一开始想到的书名是《我的 RAAS 岁月》，这还是以前的那个马利克，还是以前的那个笑话。但随着他的想法逐渐黯淡，他把书名改为《幻影安魂曲》。"幻影"指的是什么？是英格兰，还是他自以为的他在英格兰的地位，抑或是他的 X 生涯？

后来，他开始写一部关于自己的小说，在这篇又长（至少有五十页）又粗糙的作品中，字里行间开始明显地流露出怨怼，怨怼很快积淀成憎恨，他憎恨的对象不是白人，也不是英国人，而是他所了解的英国中产阶级：他们拥有金钱和社会关系，他们对他的"恩赐"饱含着这个词的双重含义；他们安全无忧，无所不能，他们轻视黑人，却为他着迷。在这部小说里，他孩子气地把幻想嫁接到事实上（他就是他自己，用了自己的名字），他把英国中产阶级对他的迷恋转变成了敬畏，甚至变成了爱，然后，出人意料地变成了恐慌。故事的背景不是伦敦，而是圭亚那。马利克让自己在那个国家成了一名英雄，一位伟大的演说家，街上有人高喊着要拥立他为国王。

马利克很难按照计划行事，他总是从一个事件跳到另一个事件。但这次出狱后，他似乎开始把注意力转向真正的权力。一九六八年，他加入了黑鹰党，那是一个黑人的幻想组织，他们的目标是成为诺丁山版的黑豹党[①]。马尔科姆·X，迈克尔·X；黑豹党，黑鹰党。黑鹰党的"总理"是特立尼达的一个前钢鼓乐队成员，他给自己取名达克斯·阿旺苏。马利克成了他的"不管部部长"，还乘坐包机飞到蒙特利尔，出席了黑人作家大会。部长，作家；他发现自己在芝加哥和多伦多的黑人中间享有特殊的声誉；他是唯一一个在英国因《种族关系法

---

① 黑豹党，美国黑人社会主义革命组织，活跃于二十世纪六十至八十年代，是黑权运动的一支重要力量。

案》而入狱的人。"是旅行第一次让我发现自己是个英雄":这句话出自他为《幻影安魂曲》写的笔记,笔记中还写了他对自己早年"皮条客·X"的职业生涯的看法。"英雄形象到了国外更高大。"他不知怎么成了举世公认的英雄:他开始认为自己是"世界上最著名的黑人"。

第二年出现了更进一步的证据。地产富翁的儿子奈杰尔·萨缪尔给伊斯灵顿的"黑人之家"项目捐了款。他们租下了几间商店和办公室,租期为二十一年,准备把那里变成黑人的"城市乡村"。这是一场翻身仗,展现了黑人革命运动中"黑豹"般创造性的一面。但马利克毫无才干。相信黑人之家就是相信魔法,就是在认可马利克半信半疑的信念(这个骗子的半疯状态让他显得很有说服力):是话语和宣传让所宣传之物变得真实。不到一年,黑人之家就摇摇欲坠;就像哈齐姆·贾马尔的马尔科姆·X学校,就像RAAS,就像"黑鹰党",就像很多黑人发起的事业——他们行动并不是出于使命感,而是任凭自己堕入表演的陷阱:在外国人面前表演黑人——黑人之家也只存在于它的宣传册和信头里。

"黑豹组织这类美国原型出现了,它有自己的基地,需要复制品,但这个民族却在鼓励独一性。"这段话出自他为《安魂曲》写的笔记,读起来像是试图把黑人之家的失败合理化,暗示失败本来就在他的计划之中。不过,马利克在那一年尝试了很多事情,他开始放眼英格兰之外。他和奈杰尔·萨缪尔一起乘坐包机去了廷巴克图①,然后去了几内亚跟斯托克利·卡迈克尔会面。他派了一个半文盲使节拜访了位于亚的斯亚贝巴的非洲统一组织。他还跟史蒂夫·耶茨一起去了特立尼达,奈杰尔·萨缪尔也在这次旅行中留下了匆匆的身影。王位需要在一个黑人的国家中实现,每一件事情都在指向通往特立尼达的最终回归。

一九六九年的特立尼达正在走向一场革命。埃里克·威廉姆斯的

---

① Timbuktu,现名通布图(Tombouctou),西非马里共和国城市,北非阿拉伯人、柏柏尔人文明和黑非洲黑人文明的交汇点,历史上的交通要道和文化中心。

黑人政府自一九五六年上台以来一直在掌权；当年把威廉姆斯送上台的种族狂热，现在差不多要把他赶下台去。在这个刚刚独立的岛国，政治生活是一潭死水；知识分子觉得自己被新人的新政治排除在外；美国的黑权运动南下来到特立尼达，在普遍的不满情绪中激起了新的波澜。美国的黑权运动是装备不良的少数群体发起的抗议。然而在特立尼达，黑人占百分之五十五，亚裔和其他少数种族被排除在政府权力之外，在这里，黑权运动变成了另外一种东西，某些非常古老的元素被置于理性抗议之上：一种神秘的种族感，和千年来对救赎即将到来的期待。

没有规划、没有首领的革命本来是马利克可以利用的局面。但他没能制造出一个良好的政治开端。他跟罢工的巴士司机一起在街头"游行"，但当他发表演讲时，司机们感到很困惑，马利克没有讲他们的事业，而是大谈自己的狂想：特立尼达的警察需要换一套制服。

他也谈到了"公社"。西印度群岛种族政治的过于简化和愤世嫉俗让特立尼达的左翼记者兼学者伦道夫·罗林斯感到厌倦，于是在一个星期天，他去了海边那栋房子，马利克的公社准备建在那里，马利克也暂住在那里。马利克播放了斯托克利·卡迈克尔的演讲录音，在场的有史蒂夫·耶茨和一批年轻的"随从"。"他们完全是一副卑躬屈膝的样子，"罗林斯说，"对指令不假思索地做出反应。马利克的女儿病了，马利克对其中一个人说：'去，找医生来。'那人说不知道去哪里找。马利克说：'去，找医生来。'我厌倦了坐在那里看着这个人摆出一副阴森的面孔，满口胡言。我退出房间，朝海边走去"。

无论如何，马利克在特立尼达已经有了一批"随从"。马利克在奈杰尔·萨缪尔之后偕家人返回了英格兰，史蒂夫·耶茨留了下来。在英格兰生活了十三年之后，耶茨回到家乡，再也没有离开。一九六九年，马利克频频来信，说他在伦敦忙于黑人之家，在非洲跟奈杰尔·萨缪尔一起奔波。十月，马利克向"全体弟兄"发来问候，并向大家允诺，萨缪尔还会再来看望他们；十一月，他在信中宣布自己很快就会回来，一行十三人。结果什么也没发生，但史蒂夫·耶茨仍然在等他。

一天，耶茨的父亲问起他跟马利克的关系，他说："说来话长，爸爸。"说来话长：史蒂夫·耶茨，黑人，健美，有着"柔软的头发，那柔软、卷曲的头发让你忍不住想去抚摸"，而现在的他背着一道来自英格兰的疤痕，有一个黑人穆斯林名字"穆罕默德·阿克巴"，顶着伊斯兰果实组织最高统帅的头衔，还是马利克的黑人解放军中校。

他曾是"每个贝尔蒙少女心中的恋人"，一个当年与他相识的黑种女人再次爱上了他。

> 他说他再也不想回英格兰。他一直不肯多说他在伦敦的生活和他在空军的那段经历。他常常告诉我，如果我在伦敦认识他，根本不会跟他说话。史蒂夫以前有很多朋友，但他从伦敦回来后就变成了一个孤僻的人。他不喜欢派对，也不喜欢人多的地方。他散步，每天晚上都散步。只要在西班牙港，他就会绕着萨凡纳散步，有时候停下来喝点椰子汁。如果我跟他在一起，他有时候会在一把长椅上坐下来，跟我聊天。他不工作，但手上总是有钱。他告诉我，他是飞机机械师。我问他，为什么不在航空公司找份工作？他说，他不想受约束。他从来不跟我说他的想法，但他读了很多书。卡斯特罗、切·格瓦拉。一时间，你会觉得他属于黑人的舞台，但接着他就会告诉你，他跟那个白种女人生活在一起，还跟她生了两个孩子。你搞不清楚他从哪里来，要到哪里去。他觉得有些无聊。他有时候在等电话，然后那个约好了暗号的电话就会打过来。他绝对是在等着迈克尔。我们一九七〇年分手了，说分就分了。我最后一次见到他是狂欢节的时候。

那年狂欢节，一直在走向成熟的黑权革命来到了特立尼达。西班牙港每天都有反政府游行；革命宣传册随处可见，甚至在学校里都看得到；军团中的几个分队宣布支持游行的人。革命风潮甚至感染了亚洲人居住的农村。一种无政府状态自动爆发了：一个人道主义的社会按照它对秩序的期望和对救赎的不同理解而四分五裂。然而警察手段强硬,不需要委内瑞拉和美国前来增援。暴乱渐渐平息了。

史蒂夫·耶茨没有参与这些事情。事后,马利克对革命也说了些尖刻的话。"我不理解,这些人怎么会死心塌地地听信那些政治上的胡言乱语。"特立尼达的《快报》报道了他的评论,"他们想要获得权力或者权力带来的种种好处,但这需要付出艰苦的努力。"

这现在成了他的套话,或许也是他的幻觉:他在英格兰的时光是艰苦努力的时光,他通过艰苦的努力成为世界上最著名的黑人,而现在有很多虚假的黑人在妄想着不劳而获。有人批评他的黑人之家开支不当时,他也摆出这种姿态来反击。他还用这种姿态告诉人们,尽管他错过了特立尼达的革命,但他才是这场革命真正的领袖。黑人存在的意义只在于被马利克领导:生活还没有追上艺术的脚步,但表演已经不再是表演:通过杂耍与欺诈,失望与自欺,马利克终于到达了每个追逐权力的种族主义者占据着的位置。一九七〇年三月,特立尼达革命刚刚结束,马利克就马上着手他规模最大的筹款活动,准备在返回特立尼达之前聚敛大笔款项——他采取这一举动绝不是巧合。

他发布了"黑人之家建设项目筹款呼吁书"。他请伦敦主教为"即将加入黑人之家的成千上万的人"就他们的"灵性需要""提出睿智的建议"。他向查尔斯·克罗尔[①]发出了更直接的呼吁:"……一种精彩绝伦、举世闻名的现实……独一无二的项目……让我们告诉世界,英国没打算退出这场文化与进步的伟大竞争……"

同时,马利克咨询了 PEA 国际公关公司的帕特丽夏·伊斯特,伊斯特曾经负责过小萨米·戴维斯[②]在英格兰的公关工作。伊斯特提出,她将"亲自"打理这位客户的事务。她说,黑人之家应该马上注册成一家慈善机构。她认为,他们应该在全国开办一系列黑人之家。她概述了一套宣传攻略,其中一项是"为了社群的总体利益,应该把迈克

---

① Charles Clore,英国慈善家。
② Sammy Davis Jr.,美国著名娱乐明星。

尔·X变成家喻户晓的名字"。她还提出了一些后续计划。服务费用方面，PEA第一年将收取三千五百英镑（不包含对外的开销），每个季度初预付。这也许不是马利克想听到的，于是，根据伊斯特现在的说法：PEA跟马利克"失去了联系"。

马利克决定依靠自己。他炮制出一封以"和平与爱"为主题的标准劝募信："……文化差异不应该妨碍人们和平共处。有文化的人是平等的真正使者。"一封商业气息更浓厚的信寄到了加拿大人寿保险公司，遭到了回绝。英国特许联合公司回绝了两次。查尔斯·克罗尔没有回复，马利克去信提醒，克罗尔的秘书回绝了他。

到了这一步，马利克一定开始感觉到，他的"形象"有点不对劲。"弗朗西斯兄弟（计划与发展部部长）"向柯林斯教士[1]发出了邀请，邀请他再次访问黑人之家，"至少可以来共进午餐"。马利克开始写信给各位"亲爱的兄弟"，收信人是剑桥、牛津、雷丁、斯旺西、卡迪夫、爱丁堡、格拉斯哥等地的大学联盟主席，他请他们邀请自己去大学做关于黑权运动或另类社区的演讲。他声称，"大约三年前"，自己曾在以上大多数大学里做过演讲；他诙谐地谈到入狱的事情；搬弄"会谈""关涉"之类的字眼；在写给爱丁堡大学联盟主席的信中，他提到了亚历克斯·特罗基、罗尼·莱恩和吉姆·海恩思[2]，称他们为自己的"朋友，因为你可能只知道我叫迈克尔·X"。

同时，作为一名穆斯林、"劳作者和生产者"、清真寺的建造者、异教徒的规劝者、年轻人的培训者（"我们可以直接培训五百多人，间接影响到的人不计其数"），他开始对科威特埃米尔的国库展开了攻势。他写信给科威特学联，请他们邀请自己去科威特："作为我们种族的代言人，英格兰所有重要的大学都向我发出了邀请。"他在写手代笔的那本自传上签了名，寄给了科威特大使馆。无疑是为了追求戏剧效果，他要求大使馆的工作人员亲自看着它打包，并由外交信使将它连同一

---

[1] Canon Collins，英国圣公会教士，参与过反对南非种族隔离制度等多项政治运动。
[2] 分别是Alex Trocchi，苏格兰作家；Ronnie Laing，苏格兰著名精神病专家；Jim Haynes，六十年代英国"地下"文化和反主流文化的代表人物之一。

封信一起交给埃米尔。他给科威特大使写了两封信，一封信请求大使"接见，哪怕只有五分钟"，信中还请求大使注意另一封信，那封信装在一个标着"X"的信封里。X开宗明义："正如您所知，这个国家最大的产业主是犹太人，我们的地主是犹太人。必须把他们从我们背上赶下去……我们要求获得直接的财务援助，请您把它当作第一要务。谈到钱的数目，十万英镑是非常实际的，能够满足我们的急迫之需……致以伊斯兰的诚挚，迈克尔·阿卜杜尔·马利克。"

他认识一些美国的黑人穆斯林，他们是另外一类穆斯林：住在纽约的黑人区哈莱姆，非常虔诚。他给他们写信，报告自己取得的成功（"城市中的村庄……优美的栖息地"），坦承自己对犹太人的恐惧。他在这里使用的筹款策略跟对科威特的策略相反：先提出强硬的要求，然后说甜言蜜语。"我们迫切需要大量资金的注入……当我宣讲信师 [原文为Messanger，正确写法应为Messenger（信使）] 的话语时，我经常觉得自己已经被抛弃，孤立无援。当我们迫切地需要援助而又走投无路时，一个从未跟神圣史徒 [原文为Aposle，正确写法应为Apostle（使徒）] 说过话的兄弟往往会对我说：'你为什么不对他讲心里话，他一定会帮忙。'但我心中总有一个地方——也许是因为我有幸能够跟他坐在一起，看着他的眼睛——让我觉得我有义务走出去，在巴比伦的荒野上寻求援助。"

后来，马利克在接受审判时对这个时期做出了这样的概括："我回到英国，开始了结我的事务，变现我的家人多年来在欧洲获得的资产。"

他引导身边的人相信他正在成功地"变现"：有钱或者假装有钱可以为他赢得他想"招募"的人。但他做得过火了。他像是被自己的劝募信所描绘的幻影打动了，开始说着幻想中的数字，落入了自己的陷阱。他声称奈杰尔·萨缪尔为黑人之家提供了二十五万英镑的赞助，还有人相信了。（据一九七二年三月十二日《星期日泰晤士报》的《洞察》栏目估计，真实数字不超过一万五千英镑。）但黑人之家的情况看不出二十五万英镑的痕迹；一九七〇年二月，黑人之家付给伦敦电业局的二百三十七英镑的支票被退回；有人开始觉得，马利克这一年的筹款可能都是为了筹够一笔相当于一百万特立尼达元的财富逃回特立尼达。

"……内部发现威胁将变成现实——例如遭到枪击——黑人和白人在组织上的问题。"马利克为《幻影安魂曲》写的笔记非常隐晦。和他的自传一样,马利克经常把一个故事拆散,塞进很多故事里,让原来的故事面目全非。然而他的笔记却能够为我们提供还原故事的线索。"跟外界的关系——我拥有巨额财产的神话——财产是怎么来的。"马利克觉察到他在伦敦的处境越来越危险了。哪怕后来在特立尼达,他的恐惧也没有消散——也许有人恐吓过他——他总是担心他的孩子会被绑架。

马利克又惹上了官司。那一年早些时候,马利克和他的七个追随者因勒索一位伦敦商人而被起诉。"本地的一个犹太商人",马利克在给一个美国黑人穆斯林的信中写道。整个故事错综复杂,涉及一个职业介绍所、一个美国黑人、一份工作和一枚抵押的戒指。涉案金额很小,只有五英镑。但那个商人被套上了狗项圈,绕着黑人之家走了一圈,于是案子引发了关注。不知基于什么考虑,马利克给新华社写了信,请他们关注这个案子;整件事像一场"闹剧",但是到了十一月,当马利克和他的五个手下在老贝利[①]受审时,事情变得严肃起来。

逃往特立尼达刻不容缓。黑权运动为马利克提供了一整套思想体系,即便在这种关头,他还是可以自圆其说。他接受采访,上电视,他此时的言论与黑豹成员如出一辙。他准备放弃黑权运动,他说,从今以后,他将全身心地投入建设性的工作。他把黑人之家交给斯坦利·艾博特管理。艾博特来自特立尼达,史蒂夫·耶茨不在伦敦的这一年,马利克跟艾博特的关系格外密切。艾博特面色发白,恍惚的眼睛有些浮肿,身高五英尺六英寸,虎背熊腰,线条干练有力,胳膊上的肌肉极其发达。他三十三岁,十五年前离开了家乡,如今已经把自己的生活糟蹋得不成样子,过去两年又因为窝藏大麻、盗窃和斗殴被判了几次刑。艾博特相信奈杰尔·萨缪尔赞助了二十五万英镑,认为马利克很有钱,他对马利克忠心耿耿。

[①] 英格兰与威尔士中央刑事法庭,因位于伦敦的老贝利街而得名。

现在，飞往特立尼达的一切条件都具备了。而且有史蒂夫·耶茨在那里等他，可以给他当保镖。但此时，马利克想起了黑权运动革命在特立尼达的失败，想起了他播放过的斯托克利·卡迈克尔的录音，想起了跟他一起游行的罢工工人，他开始担心自己在特立尼达是否受欢迎。一天，他播放着唱片，"安抚"自己的情绪，"因为这座城市充满了——与恶意，而我追求洁净，想说真话"，他拿起笔给特立尼达总理埃里克·威廉姆斯写信。他写着写着就变得歇斯底里，进入了大麻引起的恍惚状态，"附言"部分洋洋洒洒地写了十七页。

他写下这些文字——和他写下的很多文字一样——是为了解释自己。早年生活的混乱被他成功地转化为对自己的敬畏，他可以为那些混乱的经历赋予很多种模式。现在，他开始重提童年时代的贫困，说起他的名字德·弗雷塔斯（"这个名字沾满了污秽"），说起他在诺丁山的成功（"在英格兰，从来没有一个黑人像我这样把赌场和妓院经营得那么成功"），说起他的伟大名声（"我知道我的名字家喻户晓"：公关经理帕特丽夏·伊斯提出的"把迈克尔·X变成家喻户晓的名字"显然给他留下了深刻印象）。

写着写着，他对自己变得愈发敬畏。他看到自己"身临险境，生活在真正的前线"，通过这个军事化的隐喻，他把自己在英格兰的生活编织成了一个神话：

> 我们在这里走钢丝，此时的我们就像敢死队员，你无法从军事上援助我们，但我们可以在这里援助你们。他们不会为了抓住我们而轰炸伦敦、伯明翰、利物浦等城市，必须是一对一，男人对男人，我们严阵以待。德国驻扎着五万两千名英国士兵，但是补给不足，爱尔兰冲突潜藏着极大的危险，很可能让英国从德国抽走九千人，他们的装备很差。我不知道我们还能坚持多久。几周前，他们在谈论英国国会的煤气炉，但我们士气高涨。

在英格兰的最后一年，马利克扮演着形形色色的人格，发出了各种各样的声音,真实的人早已消失得无影无踪。但他只要一路鼓吹自己的黑人角色,就会"无往不胜"。

黑人之家在斯坦利·艾博特手里运转了三个星期之后以混乱收场,基本上被洗劫一空。黑人之家的垮掉意味着马利克伦敦生涯的结束。艾博特在马利克离开伦敦的头天晚上见到了他,马利克从一堆五英镑的钞票中拿出两百镑给了艾博特。这是他"变现"的资产:艾博特瞥见了货真价实的财产的冰山一角。后来,马利克从特立尼达给他寄来一封信,上面只写着一个字:"来。"艾博特收到信后,立即搭乘下一趟航班,离开了英格兰。

3

十四年的伦敦生涯以逃亡告终,有人也许会觉得他将从此一蹶不振,但马利克以自由人的身份在特立尼达经营得风生水起,并且持续了一年之久。

一九七一年的特立尼达是马利克最理想的舞台。石油经济令特立尼达相当富庶,在南美,特立尼达的生活水准只有委内瑞拉和阿根廷可以与之媲美。各种舒适的消费品触手可及,很快,马利克就愉快地在城郊的阿里玛镇安顿下来,住在一栋透着新气、带大花园的房子里。但因为特立尼达位置偏僻,伦敦、芝加哥和多伦多的筹款中心很容易把它想象成一个贫困的岛屿,一位反对"工业复合体"的黑人领袖为了躲避迫害流亡到此,在"公社"里跟绝望的黑人一起从事建设性的工作,而那些黑人正缺这样一位领袖,另外他们还需要一点金钱的馈赠来启动黑人农业和黑人水果种植业。后来,他们也想发展发展黑人渔业:买一艘拖船(可以通过"与特拉弗明德[①]的施利希廷造船厂的合同"购得)需要一万八千英镑,但"初步的可行性研究表明,项目利

[①] 德国城市。

润……可达每月三万多英镑"。偏远的特立尼达向被迷住的岛上黑人允诺着这类可能性，这里万事俱备，只欠领袖。

在特立尼达，马利克让自己显得像是一位伦敦成功人士。他回到特立尼达不久，就找到《特立尼达快报》的拉乌尔·潘廷。"他想让我采访他，提问和回答都让我准备，而且要保证访谈听起来像模像样。他这是在出钱买技能。被我拒绝时，他这么说：'如果我在英国找不到人替我干这种事情，你以为我是怎么出名的？'"马利克还给一些人看过一封信，据说是英国的律师写来的。信中声称，马利克在英格兰不会得到公正的审判。马利克还是很多名人的朋友。有些名人的名字在特立尼达从来没人听说过，而且还会被弄混：费利克斯·托波尔斯基①变成了赛庞斯基或托帕娄斯基，还被误认为女王的画师，亚历克斯·特罗基变成了托洛茨基。有些人觉得马利克只是在吹嘘。然而一九七一年四月，约翰·列侬成了马利克的座上宾，整个来访被大肆宣扬，扫清了人们的一切疑虑。

现在的马利克功成名就，腰缠万贯，风度翩翩。马利克经常光顾罗尔·马克西敏与别人合伙开的租车行。马克西敏身材魁梧，相貌英俊，有一半印度血统，一半委内瑞拉血统。他没有种族身份引起的焦虑，对种族问题也不感兴趣。然而他在商业上的成功（也许超出了他的期望）让他觉得自己受教育的水平不够高，而他记忆中的马利克从未让他觉得自己低人一等。

重回特立尼达的迈克尔让我感到惊奇。他的一举一动总是很大气。同样一瓶橙汁，如果一个酒吧卖一元，另一个酒吧卖两元，他就会去买两元的。如果你跟他一起去超市，你会看到他把两个手推车都堆得满满的，一个手推车里全是肉。你只听到一片片的肉饼像铁块一样掉进篮子的声音。你知道，那些肉都冻得梆梆硬。他买的肉根本吃不完，你知道有一部分肯定会

---

① Feliks Topolski，英国画家，曾创作壁画《伊丽莎白二世加冕礼》，但并非女王的画师。

烂掉。但他就是想做给周围的人看。还有，他从来不跟你讨价还价。我们虽然是朋友，但他从来没有说过："把那辆车借给我。"他总是说："租那辆车要多少钱？"他自己有车，但他喜欢租我的车，用来摆排场。他喜欢前呼后拥。"我是领袖。"我很喜欢他。他从不让我觉得自己低人一等，而且他总在给予。我现在还留着他送的一双黑袜子。

风度和财富，一位黑人女教师也提到了这两点，她去过马利克在阿里玛的住宅。当时有传言说，她可能会给马利克的孩子当家庭教师，因为马利克害怕孩子被绑架，不让他们去上学。

如果你的烟抽完了，他不会给你一包，而是一整条。软饮料也是整箱整箱地送。迈克尔告诉我，他为这个花了多少钱，为那个花了多少钱；他还谈到他的狗，它们是从伦敦带来的。那座房子的装饰风格也让人惊艳。你会觉得每样东西都散发着金钱的味道。无论走进哪个房间，都会发现里面装饰得很有格调。房子很干净，每样东西都是精挑细选的，摆放得恰到好处。

那个在贝尔蒙土生土长的男孩，那个一身洗衣妇打扮的普通黑女人的儿子，如今已经出人头地了。随着他的显达，他的举止也发生了变化。《炸弹》的编辑帕特里克·乔可林哥一九六五年在伦敦见过马利克，那时他刚刚开始有些名气。"他告诉我，白人是恶魔。我说：'但你生活在一个白人国家，而且你也有部分白人血统。'他说：'也许吧，但我的心是黑的，是他们让它变黑的。'我确实被他吸引了，他让我感到兴奋。"一九七一年一月，马利克回到了特立尼达，没过多久，乔可林哥就去查可班纳宾馆拜访了他。

他住在一个带露台的房间里，史蒂夫·耶茨跟他在一起。我发现他努力地想在我面前表现自己——我们在伦敦见面时，他还不是这样。他在向我兜售迈克尔，他整个人的举止都变了。当年在伦敦的大理石拱公寓里，他看上去有点野，有点狂热，让人兴奋，举手投足间带着神经质的颤抖。而在特立尼达，他交叉着双腿坐在一把躺椅里，他的声音变了，变得非常轻柔、非常有说服力。我一下子感到十分惊讶：跟我说话的完全是另一个人。

前所未有的轻柔嗓音，轻松自然的举止：其他人也注意到了这些变化。马利克是由语言塑造的——他的语言和别人的语言。他总是需要一个榜样来模仿，一九六八年出版的那本写手代笔的自传也许能提供一点线索，告诉我们他这种新的举止来自何处。马利克没怎么提到沃奇曼，此人是伦敦的房产骗子，马利克给他当过打手。但他对沃奇曼的描述带着令人诧异的赞赏。在他的自传中，沃奇曼非常酷，极有风度，几乎是个好莱坞人物。"一个相貌英俊的男人，有着一张坚毅的面孔。"他在书中以好莱坞的风格出场，坐在一张书桌后面，身边围着几只阿尔萨斯牧羊犬和两个保镖，一个保镖坐着，另一个在读报纸。"他的穿着十分讲究，十分整洁。他讲话非常轻柔，我从未听他抬高过嗓音。简而言之，他散发着宁静的魅力。"住在诺丁山的沃奇曼就像住在自己的"封地"里。而住在特立尼达的马利克也许幻想着，他也住在自己的"封地"里。

乔可林哥想请马利克为《炸弹》撰稿，结果发现他"还没推，门就开了"。马利克写了一系列关于妓院的文章。"他说，他要让妓院从特立尼达彻底消失，否则他不会满意。他不明白外国人怎么能到这里来，毁了那么多特立尼达姑娘。他把矛头特别指向那些在西班牙港经营妓院的中国人。有两个妓院老板被告发，其中一个在牢里上吊自杀了。"但后来警察找到乔可林哥，告诉他那其实是一场敲诈：马利克从两个妓院老板那里弄到了一万特立尼达元，相当于两千英镑。特立尼达很富有，但多年的种族政治让人沮丧，而且一九七〇年的黑权运动骚乱刚刚过去，气氛仍有些紧张，这一切让马利克的敲诈成为可能。

马利克安顿下来后，便开始筹划一个五万英镑的"基金"，要用他妻子的名字命名。他开始在当地寻找潜在的赞助人，列了一个名单。

他也没有忽略"农业"。乔可林哥说：

> 一九七一年的某个时候，他去了多伦多和芝加哥。一天，我接到了迈克尔从多伦多打来的电话。他说："你还记得那些虫子吗，那种把高速公路边上自耕农的卷心菜都咬坏了的虫子？"虫子？卷心菜？我旋即意识到，他是说给电话那一头的人听的，于是我说："噢，是的，是的。"他说："好的，我联系上了……大学的人"——大学的名字我不记得了——"他们准备调查一下，请你抓些虫子放在一个瓶子里，寄到这个地址。"第二次电话是从芝加哥打来的。我这次学聪明了。"我们讨论的农民和东海岸酸性土壤的项目——我已经找到了一些人，他们准备把奥里诺科盆地①里的淤泥挖出来，运到那个区域。你可以把这个消息告诉给那些农民了。"他回来后就大肆挥霍，买了一辆亨伯超级狙击和一辆吉普。

特立尼达的"公社"在壮大。没有哪个农业公社发展得这么迅速，也没有哪个基布兹②的果树成熟得这么快。几个月里，马利克在他的郊区花园里不断给美国人写信，报告公社持续扩张的需求："更多的搬运设备——再增加一辆拖拉机和一辆推土机，"同时宣称，"椰子、酸橙、橙子、葡萄、芒果、牛奶、火贺花〔原文为 Anthorium lilies，应为 Anthurium lilies（火鹤花）〕、奶牛和马粪，现在都已经显着〔原文为 a impressive surplus，应使用冠词 an〕过剩。"

那年年底，他可以行使对阿里玛那栋房子的选择权：买或是不买。他以前付的一千英镑其实是一年的租金，但人们都以为房子已经是他

---

① 位于哥伦比亚和委内瑞拉境内，从安第斯山脉延伸到大西洋。
② 对以色列集体农场的称呼。

的了。一天，他对一位访客——那位黑人女教师——说，他也买下了后面那栋法国风格的大房子，准备重新装修一下。林戈·斯塔尔是即将到来的下一位披头士，他将住在那里。马利克去看过瓜纳波的一块售价四千英镑的地皮，位于北边的山区。他没买，但他后来把它"整合"进了公社，作为"额外购置的土地……可以容纳来自美国的六十名男女青年，他们是再开发建设项目的首批成员"。

卡里那基是西班牙港西边的贫民窟，靠近海边，马利克在那里租了一套房子，每月三十五英镑，房东奥斯瓦德·切斯特菲尔德·麦克戴维森是个黑人企业家，来自圭亚那，从事选美之类的业务，他妻子在特立尼达政府担任部长。这套房子就是"人民商店"，它的"受托人"是史蒂夫·耶茨和斯坦利·艾博特，商店专营公社出产的"农产品"。信纸已经印好，宣传册的材料也准备好了。根据材料上的说法，商店的利润会按月划拨给另一项黑人事业。

阿里玛有一个养马场，专门饲养赛马的种马，场主是葡萄牙人，也是马利克少年时代在贝尔蒙的另一个朋友。马利克现在跟他建立了一种关系，这个养马场也被"整合"进了马利克的公社：这里的牛奶和马粪构成了公社"显着过剩"的产品的一部分。

马利克公社的每样东西都存在，但没有一样属于他。一切仿佛周而复始，以成年人的形态回到了马利克在贝尔蒙的童年时代：当年他偷了一辆自行车，然后被逮捕了。他偷的不是普通的自行车，而是一辆引人注目的赛车，属于著名的自行车赛手圣路易斯。马利克告诉别人那辆车是他自己的，是叔叔送的礼物。他骑车跑遍了整个贝尔蒙——圣路易斯就住在那儿。

特立尼达就是马利克的封地。特立尼达的人口刚过一百万，大部分居民住在岛上的西北部，在北兰奇山和平坦的甘蔗带中间，聚集成一座城市和一片蔓延的城乡结合区域：从距离西班牙港以西五英里的地方开始，杂乱无章，忽而密集、忽而疏松地延伸到城市以东大约十六英里的地方结束。耕地被一点点地蚕食；房子和违章搭建的棚屋在山坡上越爬越高，山上的植被逐年减少，露出大面积的褐色泥土；

城里城外的空地已经被填满。成熟的街区人满为患,汽车拥堵在主干道上,铁路系统被弃置。腐臭的黑鸦尸体守护着西班牙港的入口;在城市东端,曾经青翠的小山由于来自其他岛屿的非法移民的不断掏挖,已经变成了遍地是红土和破屋的集镇,弥漫着这座城市的新垃圾场的恶臭,而此刻,那些垃圾正在朱鹭曾经藏身的红树林中焚烧着。

这是"消费者"带来的污浊之气。特立尼达的经济支柱既非农业,也非工业。这里的农业已经衰败,虽然有工业,但刚起步,在政策的保护下膨胀而臃肿。游客很少看得到特立尼达的经济支柱:钻井在北面和东南面的海上钻取石油,岛屿南部还有一片储备森林,深藏内地,仿佛国中之国。

特立尼达城市化的西北区域寄生着一个庞大的郊区,货币在其中魔法般地循环着。这里的大多数人是多余的,他们自己心知肚明。这里失业率很高,劳动力却永远短缺。物理空间的污浊让人觉得所有人都在掠夺,而非建设这片土地,这种感觉滋生出紧张的氛围。愤世嫉俗的态度像一种疾病在蔓延。种族问题本无关紧要,但氛围很适合歇斯底里的人,于是这里成了种族政治的容身之所。种族政治鼓动人们相信自己深受压迫,宣扬轻而易举的救赎之道,提供理论上的敌人:白人、棕色人、黄种人、黑人,把这个社区推向了崩溃的边缘。

马利克,这位一向活跃在种族事业中的经营者,在特立尼达找到了最合适的伪装。他没有创造任何东西,却把种族问题变成了金钱(不管那是谁的钱)和成功,而这是很多人梦寐以求的。甚至在马利克覆灭之后,一名年轻的"黑豹"成员——他跟一个占地九十英亩的农业合作社有联系,那个合作社高度依赖补贴,没有多少产出,因为根本没有人上工——仍然满怀崇敬地说起马利克:"他是他自己和他的小群体的总理,他本人就像一个小小的国家。"在特立尼达的一年,马利克从很多角度向这个社会渗透。他是什么样的人,大家都心照不宣,但在特立尼达愤世嫉俗的新兴寄生者眼中,这样的人是可钦可佩的。

他本来可以攀升得更高。但那年将近年底的时候,他的生活起了新的波澜。哈齐姆·贾马尔和盖尔·本森从圭亚那来到了特立尼达。

本森，这个二十七岁的英国离婚女人活在自己一手炮制的角色里：黑人主子贾马尔的白人女奴。贾马尔自己基本上靠一个德国人的赞助过活，财源问题和他那些招摇撞骗的项目让他忧心忡忡。贾马尔的托词是为黑人儿童办学和出版黑人书籍。他抛弃了加利福尼亚的家人，跟本森在一起差不多一年了。这一对巡回行骗的搭档开着一辆大众迷你巴士在美国四处游荡。他们刚刚去了英格兰，在那里兜售贾马尔的自传，然后为自己安排了圭亚那之旅，准备在那里搞点黑人出版。贾马尔本来希望圭亚那政府跟他合伙，然而一个月后，圭亚那政府就请他离境。

贾马尔是个地道的美国人，随身带着他的骗子行头：他真人大小的照片、子虚乌有的马尔科姆·X蒙台梭利学校的宣传册，还有他的自传。在罗尔·马克西敏的车库，他拿出那本书来介绍自己。他送给马克西敏一本自传，马克西敏告诉他，迈克尔·X在特立尼达。"他就像是听到那边的椅子底下放着一百万美元。"后来，马克西敏开车把贾马尔从西班牙港送到了阿里玛。"他问我，那本书已经看到哪里了。我说还没怎么看。他就拿起那本书，我一边开车，他一边朗读起来。他一开口，就再也不打算停下。那天晚上，他跟迈克尔待在一起。早晨，我去希尔顿酒店接盖尔，把她送到了阿里玛。"

我们无法知道，一九七一年的十一二月这段时期，这三个人之间的关系如何。贾马尔经常宣称自己是神，他知道这样的话会让某些白人兴奋，所以特别喜欢在这样的白人面前扮演神；作为神，他是本森的主人。然而在阿里玛的马利克公社，贾马尔发现了一身更加有利可图的装扮，并且看到其中的巨大潜力；他几乎立即下定决心，拥戴马利克为他的主人。他马上租了斜对面的房子住进去。没过多久，他就以居高临下的口吻给加利福尼亚的一个白人朋友写了一封半诀别信，说他跟白人的关系走到了尽头，有生以来第一次，他生活在朋友们中间。

贾马尔的经济状况已经捉襟见肘——十一月底，他在西班牙港的一家加拿大银行存了五百特立尼达元，合一百〇四英镑，一个月后，账户里的存款降至九十四特立尼达元，合十九英镑——但各种创意纷至沓来。贾马尔的黑人学校和黑人出版跟马利克的黑人农业合并为一项宏伟的黑人事业。十二月十日，马利克写信给一个美国记者："我们正在创作一部鸿篇巨制。"他们把作品发给公社成员看，其中大部分内容是贾马尔用打字机打出来的。马利克不是作家，但在美国人贾马尔笔下，推销员文案可以一蹴而就。贾马尔需要一个港湾，马利克需要别人的创意。这两人的才能和角色是互补的，没有冲突。

这样一来，盖尔·本森可能变得更像一个局外人。她穿着非洲风格的衣服，即便在特立尼达也显得有些夸张。她给自己取的名字"哈尔·齐姆盖"是"盖尔"和"哈齐姆"的重新组合，她替主人出去跑腿，到处要钱。但她的宗教只供奉贾马尔一个人，她并不打算为公共事业效力，而且总是一副拒人千里之外的态度。罗尔·马克西敏觉得她"很严肃"，他曾经提议带她去夜总会看看当地的舞蹈表演，她说："我到这儿来可不是为了这个。"当她见到葡萄牙人洛伦索时——洛伦索是种马场场主，马利克把他的马场"整合"进了自己的公社——她对他说起了西班牙语，洛伦索显然并不喜欢这样。

这时候，美国发生了一些不愉快的事情。贾马尔因为忙于为马利克和公社服务，怠慢了一些老朋友，但那些人都责怪本森，认为是她一人独占了他。十二月，在本森被杀三周前，一个美国人在写给圭亚那的几个朋友的信中批评了本森（这封信后来转到了住在特立尼达的贾马尔手中），写信人对献身者哈尔·齐姆盖和"秘书盖尔·安"做了区别。那封信还提到一点：本森虽然穿着非洲风格的衣服，但仍然英国气十足，她的中产阶级举止跟她的奴隶角色不相配。"她是个冒牌货。"这是马利克妻子后来的说法。

贾马尔为马利克服务。但他也有可能取代马利克，并且让马利克对自己在特立尼达的角色产生新的想法。贾马尔擅长利用美国的种族激情，他对白人无法释怀。他弄不懂特立尼达这样的地方，弄不懂马利克在这个黑人占多数的独立国家中的地位——他是"他自己和他的小群体的总理"。贾马尔套用美国的背景去看马利克，认为这是一个"黑鬼"的胜利。于是洋洋洒洒地写了一篇八页纸的文章来颂扬他（这篇文章成了公社文学的一部分），是写给小读者看的——毕竟，黑人蒙台梭利学校是贾马尔的初恋。

　　他总是在给予。想到居然有人误解他，你会觉得很不是滋味。他不仅授以言辞，更示以行动。他种果园们［原文误用复数］。在他的前院，树上垂下累累果园，缀满了精心呵护的娇美花朵，它们正在［"产出并"几个字被划掉了］盛开。他种的蔬菜摆上了自己的饭桌，也与饥饿的路人分享……他的养鸡场为成千上万特立尼达人提供鸡肉。他的奶牛为婴儿产出牛奶，也保证我们的健康。这里还有马厩，养的都是纯种马。他一边带你参观，一边给你上课，这是真正的课程，因为当他谈起一匹马，那里就有一匹马，当他跟你谈起挤奶，你就站在农场里，看着人们挤奶……哪怕只是听他说话、看着他、跟他交谈，你都会觉得荣幸。正是这样一个人，英国人试图毁掉他，因为他们明白：这个奴隶，这个被他们俘获的非洲人，不知为何拥有如此强大的理解力，而最糟糕的是，他理解奴隶，他爱奴隶，而且，迈克尔·阿卜杜尔·马利克兄弟有胆色、有魄力去做一个黑人。尽管他可以成为他想成为的任何人——富有、知名、时尚、安全——但我们的马利克兄弟似乎根本没有时间成为其他人，因为他正忙于做一个快乐的黑鬼。

　　这是一幅漫画中的漫画。在安全的特立尼达，贾马尔把马利克凭空变成了一个有着美国式感染力的马利克，带着美国式的种族狂热，马利克在此之前的种种表现只是对这种狂热的拙劣模仿。贾马尔正在制造一个恶魔。一个带着种族报复意味的成功的"黑鬼"：这是马利克自传体小说的主题之一。马利克用铅笔和圆珠笔在四开大小的廉价横格写字簿上写着自己的小说，每张纸都写得满满的，不分段落，字迹非常小，很少有划掉的地方，每张纸的顶端都标着这一页的字数。他至少写了五十页，经历了那么多他在小说中神奇地预言过的劫难之后，有些手稿居然保留了下来。

小说的背景是圭亚那。马利克为自己精心指定的那座房子，在小说中是这样描绘的：英格兰进口的现代家具，色调和谐的地毯，收音电唱机，唱片，庞大的书架上摆着"莎克比亚［原文如此］、萧伯纳、马克思、列宁、托洛茨基、孔子、雨果"。叙述者从书架上拿起"福楼拜的杰作《萨朗波》"，发现它一尘不染。"我发现他不仅拥有这些书，还把它们全都读过了，而且都理解了。我完完全全地震惊了。我坐下来，凝视着眼前的奇迹：迈克。"

叙述者是一个三十岁的英国女人，莉娜·博伊德－理查森。她在圭亚那已经生活了四年，在克拉克森公司挂着一个虚衔，是她父亲的朋友哈罗德爵士安排的。她"确实认为，当地人都很懒，得过且过，胸无大志"。她的房子离马利克的房子不远，她经常看到"马利克斜靠着椰子树站着，仿佛立在基座上的一尊雕像，仿佛一位神灵，而他那些小小的臣民，或者说小小的人民，在向他致敬"。他习惯用洋泾浜英语向她打招呼："今天好像要下雨了，夫人。"但他们从未正式相互引见过，直到有一天，因为某个原因（前面几页丢了），她去了他家。"最让我目瞪口呆的，是他居然带一点考可尼口音①。"他用留声机给她放了几首爵士乐，又放了"塞科斯基［原文为 Thihikosky，应为 Tchaikovsky（柴可夫斯基）］的《1812 序曲》"。然后，"向这个不可思议的人告别的时间到了，我答应他还会再来。"第一章到这里结束了。

第二章的标题是"命运交叉"。莉娜没有再次造访，但她每天都会开车路过迈克的家，她开始注意到"他的眼睛有时在嘲讽，有时在笑"。她注意到他那浅亮的肤色。他的闲散、他的破旧衣衫和他那"奇怪的双重生活"都让她感到非常好奇。"然后，我又一次发现我在晚上反锁了所有的门……真相让我［'害怕'被划掉了］恐惧。这个人，这个迈克，这个冲你咧嘴笑的大猩猩，让人感到万分害怕，但我又忍不住喜欢他，他身

---

① 指伦敦工人阶层的口音。

上有一种力量把你拉过去。我好奇地想，他如果没有络腮胡子会是什么样子。"

"命运交叉"的事件到来了。一天，莉娜在镇上开车，险些轧到一个小姑娘。小姑娘叫珍妮，是迈克的长女，莉娜说要开车送她回家。珍妮有些心神不安，"很害怕，不知道爸爸知道了会干些什么"；但她还是让莉娜把自己送回了家。"迈克像往常一样斜倚着树干，身边围着一小群随从。"恐怖。"迈克用低沉而有力的声音说：'珍妮，过来。'"珍妮尖叫起来，一动也不动。她"浑身发抖，语无伦次"。"是害怕吗？"莉娜觉得很奇怪，"如果是，害怕什么呢？"迈克的妻子正怀有身孕，她"挺着大肚子以不可思议的速度跑了上来"。迈克仍然倚着那棵椰子树，"他的随从散开了一点，但仍然站在听力所及的范围内"。珍妮被妹妹领到迈克跟前。莉娜——出人意料地选择在这个关头发表了一点感慨：珍妮和他爸爸之间"有着多么紧密的纽带"——向迈克解释说，什么也没发生。迈克吻了吻珍妮，珍妮呜咽着说："他们没有碰到我，爸爸。"迈克朝屋子走去，但小姑娘还在呜咽。

"一分钟后，我明白了那个孩子为什么一直在说'他们没有碰到我'。一分钟后，我明白了她为什么那样害怕，害怕什么。她爸爸从正门走出来，像往常一样平静，腋下挟着一杆猎枪，口袋里塞满了弹壳。"迈克的妻子快要晕倒了，莉娜扶住了她；然而当迈克来到她身边时，"最不可思议的转变发生了，她恢复了泰然自若的神态，对丈夫说：'当心点，亲爱的，万事三思而后行。'不知道以前发生过什么的人永远也想象不出这个人准备干什么。他脸上有一种了断的表情"。珍妮向他哀求；莉娜——"我呆若木鸡"——默不作声；妻子晕倒了。迈克沿着马路走向街角。

就这样，莉娜跟这个家庭扯上了关系。中间有几页纸不见了，然后我们读到莉娜和迈克的妻子在一起回忆英格兰，莉娜听到了迈克向妻子求爱的故事。似乎什么事情也没发生，前面的紧张气氛是刻意营造出来的，只是为了证明迈克的某个特点。那一幕——孩子尖叫，妻子晕倒——最合乎逻辑的方面在于，它强调迈克是个重视家庭的男人；贾马尔为小读者写的文章也以浓郁的美国色彩描绘了马利克对家庭的关心。又有几页纸不见了，但很显然，莉娜和迈克之间发生了某种关系。

然后，不寻常的事情发生了。叙事发生了紊乱：作者自己没有意识到，叙述者莉娜突然不见了。在短短的几行文字中，叙事从第一人称跳到了第三人称，然后又跳回第一人称。但此时的叙述者已经是哈罗德爵士——莉娜父亲的朋友，他出现在圭亚那，变成了小说叙述者。

哈罗德爵士碰巧看到迈克操着洋泾浜英语站在街角对着一群人讲话。叙述者详细记录了他的讲话，讲话内容自相矛盾，错漏百出。人们必须工作；懒惰也无可指责；迈克自己就很懒惰，大家可以看到他每天都悠闲地站在树荫底下；他不喜欢工作；但他从十四岁起就一直在努力工作，他在英格兰工作过；在英国，看病不花钱，什么都是免费的，但税很高。听众是非洲人和亚洲人，全都听得入了迷。这时候，迈克从洋泾浜英语转向纯正的英语，对着哈罗德爵士说："你来晚了，哈罗德爵士。我妻子在旁边等我的时候，我总是不能达到最佳状态。"

消失了几页的莉娜又出现了。"'你怎么看这个人？'她问。我在英格兰跟他见过一面，我说，但现在我说不上来，他好像变得不一样了。我们注意到，房子一侧的灌木丛在晃动。'别管那个，'她说，'可能是他的随从，他所到之处总有些随从在周围跟着。'我感到一阵冷风穿过，于是打算进屋了。"迈克和他妻子准备离开。"我不在家，珍妮就不肯睡觉。"迈克说。哈罗德爵士继续写道："我站在门口，目送他们沿着马路走下去，三十秒钟后，我看到六个黑影慢慢跟上了他们。'在英国的时候绝不像这样。'我自言自语着转身走进屋子。"

接下来的几页是一些断断续续的碎片："我们无法硬生生地让自己从这个人身边走开"——"他在这个国家有着不可思议的号召力"——迈克的疟疾发作了，那是他小时候在非洲染上的（"在他家周围逡巡的人从来不下四十个，每个人都面露忧色"：这个句子像是从哪里抄来的）——哈罗德爵士要在克拉克森公司给他安排一个职位——有人在大街上喊："我们去给他加冕吧。"

自传可以是歪曲的，事实也可以重新编排。但小说从不说谎：它完完全全地暴露出作者是怎样一个人。马利克笔下粗糙的小说就像一个模板，指引着接下来的事件。迈克家里那无缘无故的紧张一幕——女儿、妻子和随从——在乔·斯凯里特被杀前的那个周日真的发生了，刚好被当时到访的黑种女人看到："我形容不出来。我在那座房子里只待了十分钟，迈克尔在街上放风筝，詹妮弗想喝可乐，她妈妈说，你得去问爸爸。"然后，她看到了让莉娜·博伊德－理查森"呆若木鸡"的那种"了断的表情"。根据斯坦利·艾博特的说法，杀斯凯里特那天，当马利克手执短刀，对艾博特下达命令"我准备好了，把他带过来"时，脸上闪过了"恶魔般的表情"。在圭亚那的政治演讲：斯凯里特被杀十二天后，这个情节也真的发生了。疟疾：当马利克在圭亚那逃亡，整整三天躲在窗帘紧闭的宾馆房间里时，疟疾刚好是他给出的借口。只有莉娜·博伊德－理查森这个人物仍然保持着神秘：她既想排斥迈克，又为他着迷，卷入了他的生活，作为叙述者又突然消失了。

就这样，一九七一年的十一月和十二月，哈齐姆·贾马尔和迈克尔·阿卜杜尔·马利克在公社安稳的环境中生产着他们的文学：贾马尔用打字机勾勒出一个成功的"黑鬼"幻影，马利克则神色严厉地用圆珠笔和软铅笔写着自己的小说，逐字逐句地数着，唤醒了旧日的烦扰，逐渐获得了对自己的新定义。

这个没受过教育的贝尔蒙男孩已经变成了一个有文化的人。伦敦的X回到家乡，成了一位政治英雄。这个带着一群沉默随从的人，一九六五年对《观察家》的科林·麦克拉什说过这样的话："说起来有些耸人听闻，但确实有人愿意为我而死。"他的成功需要见证人，来自英国的见证人——莉娜·博伊德－理查森这样的人，还有那位感到冷风拂面的哈罗德爵士。"在英国的时候绝不像这样"：当马利克在廉价的写字簿上写着自己的小说时，他发现，他跟他的保镖兼伙伴史蒂夫·耶茨一样，带着一道来自英格兰的伤疤。

十二月，盖尔·本森被派往圭亚那乞求赞助。英格兰的斯坦利·艾博特则收到了来自马利克的一字信："来。""兄弟们"经常在书信的落款签上"谨致安宁与挚爱"。而十二月十日四点半，斯坦利·艾博特发给马利克的电报却是这样写的：

11日周六晚10：55自纽约乘537航班抵达
谨致挚爱安宁与力量斯坦利

这时候，贾马尔向他在美国的黑人"同事"基多果发出了召唤。四个月前，贾马尔在伦敦对《卫报》记者吉尔·特威迪说："如果你要杀人，一定要有意义。你可以因为一个人邪恶而杀他，但不能因为他是白人而杀他。""他（贾马尔）告诉我，他想把一个同事叫过来。"马利克后来在他的陈述中说，"差不多同一时间，我从艾博特的来信中得知，他也要来特立尼达了。"

就这样，一九七一年十二月，四面八方的人陆续来到阿里玛公社的两栋房子里。一个叫西蒙兹的白种女人从英格兰来到这里，声称认识马利克已经有十年了，她后来还告诉《炸弹》杂志，她跟史蒂夫·耶茨"情投意合"，他是"一个很棒的情人……有同情心……善解人意……幽默……一个美妙的人"。基多果来了，他没有跟他认识的贾马尔住在一起，而是住到了马利克那边，马利克说他想跟基多果谈谈美国。艾博特住到了街对面，跟贾马尔待在一起。十二月的第三周，本森没有完成使命，两手空空地从圭亚那回来了。

十二月三十一日，史蒂夫·耶茨用他的黑人穆斯林名字穆罕默德·阿克巴在库布拉五金店赊账买了一把六英寸长的角锉，记在"阿里玛的阿卜杜尔·马利克先生"名下。在特立尼达，人们用这种角锉来磨短刀。晚上，公社举行了一个派对，那天是西蒙兹的三十岁生日。她仍然记得当时吃的东西。"我们买了一头牛犊，"她告诉《炸弹》，"开了个很不错的生日派对，大家都饱餐了一顿。"但在贾马尔的记忆中却是另外一回事。他记得公社里弥漫着"暴力氛围"，尤其记得附近的农场在圣诞节期间宰了一头母牛。他告诉《每日邮报》驻波士顿的记者，他认为马利克喝了牛血。"他们把杯子递给我，但我是不会喝血的。"

一九七二年一月二日，盖尔·本森被捅了九刀，一刀刚好穿过脖根。她被埋在马利克房子以北两百英尺远的一条水沟边上，他们挖了一个四英尺深的坑，她被埋掉的时候还没有死。没有人想念她。西蒙兹在公社住到一月中旬才离开。一月二十日，贾马尔和基多果离开公社，去了美国。直到二月二十四日，本森的尸体才被发现。五个男人被控以谋杀本森的罪名：对马利克充满依恋的印度小伙子帕玛萨、来自富有家庭的印度小伙子查迪（他从十二月开始跟公社搅在一起）、马利克、斯坦利·艾博特，还有那个至今仍然不知去向的基多果。

一九七二这一年，特立尼达雨水充沛，河道泛滥，灌木疯长，所有的植物都郁郁葱葱。而一九七三年开年就迎来了一场干旱。山上每天都有几十处火苗在燃烧，升起阵阵浓烟；竹林也被点着了；强烈的阳光下，火焰失去了颜色，噼噼啪啪地吞噬着路边的灌木。一年前，盖尔·本森的墓穴还是新的，泥土湿润，一排低矮的灌木把它跟马路隔开。而今年，水沟的岸上只剩下光秃秃的褐黄色土层，墓穴变成了一个干燥的浅坑，坑壁的泥土在光线和热气的冲刷下层层剥落。在公社的鼎盛时期，贾马尔"从玻璃门向外眺望，只见到白云萦绕的翠绿幽蓝的群山"，他在一封给美国白人记者的信中欣然写道："这里是热带，气候十分炎热，但充满了宁静，这既是我需要的，也是我渴求的。"本森被谋杀十六个月后，贾马尔自己也倒下了，一九七三年五月二日，波士顿的一个黑人四人团伙开枪杀死了他。

公社迅速土崩瓦解，贾马尔只比公社多活了一年。一九七二年二月七日，本森死去五周后，约瑟夫·斯凯里特背负着叛徒的罪名从贝尔蒙的母亲家里被带到公社。第二天上午，墓穴为他准备好了，正午刚过，他脖子上就挨了刀。几个人就着他摔倒的姿势直接把他给埋了：四肢摊开躺在坑里，两腿微微翘起。

两天后，公社的人去无忧湾远足，史蒂夫·耶茨在海里淹死了。当时，有几个人用绳子系住一根长竹竿抛给他，但他没有去抓。他往下沉的时候，脸上现出的是一副扭曲的痛苦表情，还是咧开嘴，露出一丝苦笑？斯坦利·艾博特说："史蒂夫献出了生命。"这就是他的结局，在英格兰度过了十三年，在特立尼达守候了两年，孤独的他在西班牙港萨凡纳区的女王公园孤独地散步,接听领袖从伦敦发来的加密消息……然而在这一切之后,这就是他的结局。在公社成立一年零一天之后,在发生了两起谋杀案之后,穆罕默德·阿克巴,伊斯兰果实组织的最高统帅,黑人解放军中校被大海卷走了。九天后,二月十九日,马利克偕家人飞往圭亚那。当天晚上,空无一人的公社房子被烧毁。

房子的租约二月九日到期。马利克不愿意行使他的购买权,也可能是没有能力买。经过跟房东长时间的争执之后,马利克收到了驱逐通知。斯坦利·艾博特说,马利克接到消息后气得发疯。而对艾博特来说,在发生了两起谋杀和一起溺水身亡事故之后,这栋房子不属于马利克,马利克一无所有的消息让他大吃一惊。他感到"无地自容",而且"深受伤害"。他曾经送给马利克一本关于领导力的书;在他们一起讨论了房东的驱逐令,讨论了他们的"需要"之后,艾博特发现马利克正在读那本书,他当时觉得自己真想"出去找把刀",杀了马利克。但他转念想到了马利克的孩子和他有孕在身的妻子。

艾博特告诉马利克,他累了,需要休息一下。马利克给了他一百元钱,合二十英镑。在马利克和家人去圭亚那之前的两天,艾博特动身去了多巴哥。他待在亲戚家里,没打算东躲西藏。他听到房子被烧毁的消息后,度过了四个不眠之夜。二月二十四日——盖尔·本森的尸体已经挖了出来,马利克正藏身在圭亚那一个昏暗的宾馆房间里——艾博特飞回了特立尼达。他从机场出来,乘出租车前往西班牙港,他让司机开慢点。他跟司机说着话,说起了公社的事情。在离警察局还有一点距离的地方,出租车停了下来,司机跟艾博特伸手握别。艾博特走到那栋维多利亚哥特式建筑的正门,在台阶顶上跟警局门卫说了几句话,然后走了进去。当时是午夜,差几分钟十二点。

一年后,马利克的房子仍然保持着火灾过后的样子。花园里枝蔓丛生,凌乱的草地一片枯黄。干旱抽干了每一株开花植物的鲜亮色彩,紫色和粉红色的九重葛爬满了铁丝网。花园西北侧,粉色木槿搭成的篱笆旁边,埋葬乔·斯凯里特的土坑已经清理干净,又浅又干,跟水沟边上的那个土坑一样平淡无奇。化粪池的盖子被挪开了,一只死青蛙浮在上面。一股混合着渣滓的液体垃圾已经凝结,从房子后门流出来,漫延到烧黑的主屋和完好无损的用人房之间的水泥天井里。固化的垃圾里面有好多本马利克的自传,还有报纸和杂志,它们先是被火烧,然后又被水浇,现在已经风干成了碳化的块垒。厨房焦黑一片,这里是火势最猛烈的地方。天花板全都烧光了,露出光秃秃的瓦楞铁皮屋顶,客厅里,一块铁皮垂直地挂下来。所有的木料都结焦了。然而,一条无拘无束的绿色葡萄藤——只此一条长长的绿色葡萄藤——已经从枝蔓丛生的花园钻进客厅,跑到了坚硬的水磨石地面上。

凶手可以变成颂扬的对象,让凶手免于一死也可以成为某些人为之奋斗的事业。而被谋杀的那个人却可以被遗忘。乔·斯凯里特无足轻重,只有在贝尔蒙的母亲家里,他才作为一个人被怀念。小小的客厅里,他的大肖像钉在墙上,那是一幅铅笔画,没有镶镜框。墙上还挂着比他"更有出息的"兄弟姐妹的照片,都镶着镜框:哥哥安东尼(穿着童子海军制服的那个)如今在加拿大;姐姐在英国当护士已经好多年了;玻璃橱里摆着一个运动比赛的奖杯,那是乔另一个兄弟迈克尔赢回来的。他们家里破破烂烂,斯凯里特太太给学生做饭,但收入不多。她要照管自己的母亲,后者已经老态龙钟、形容枯槁,一头稀疏的灰发紧紧地束起,贴在脑壳上,就像一块潦草地系起来的手绢。斯凯里特太太不停地回忆起马利克来找她儿子时的情景:他叫她"丹蒂",她抬起头,看到了"那个红皮肤的人"。

贝尔蒙街头仍然有许许多多的乔·斯凯里特在游荡,墙上仍然乱涂着黑权运动信口开河的威胁和信口开河的允诺。街上仍然充斥着"骗子"和"乞丐",到处是花言巧语,仿佛在为乞丐和小偷颁发特许状。也许另一个马利克正在成长。在他事业的每个阶段,马利克都能够找到支持自己的口号,把自己的行为说成是为了某种革命理想。

马利克的职业生涯证明,黑权运动在远离了它的美国源头之后,在多大程度上变成了空洞的口号,变成了一场多愁善感的骗局。在特立尼达这样的地方,无论是对黑人还是对其他人而言,种族救赎问题根本无关紧要。聚焦于这个问题只会让真正的问题变得模糊不清：这是一个独立的小国，经济发展极不平衡；这是一个只有"消费者"的社会，人们缺乏技术训练，也没有足够的理解力来理解这个社会自身的缺陷。这里永远只有消极的政治、殖民地的抗议政治。归根结底，这是一种极度败坏的意识：妄想获得特许，免于经受发展的痛苦；再加上宗教信仰般不容置疑的信念：遭受过的压迫可以转变为资产，种族苦难可以转变为金钱。只要救赎的梦还在继续，黑人的存在就只是为了等待一位领袖出现。要救赎就必须要有救世主；然而在这样的环境下，救世主难免不落得跟琼斯皇帝①一样的结局：他轻贱自己的追随者，但也受人轻贱，只能寻求虚幻的个人解放。在特立尼达，就像在每一个黑人占主导地位的西印度岛国，被压迫的感觉和关于敌人的理论过于轻易地被唤醒，一齐通向海地的荒凉结局。

　　马利克、贾马尔、斯凯里特、史蒂夫·耶茨、斯坦利·艾博特和本森，这些人显得是百分之百的当代人，但他们演出的却是一场古老的悲剧。如果说乔·斯凯里特、史蒂夫·耶茨和斯坦利·艾博特的悲剧已经包含在奥尼尔创作于一九二〇年的伪救世主戏剧里，盖尔·本森的悲剧则早就存在于康拉德写于一八九七年的非洲故事《进步前哨》中，它对本森的故事构成了奇特的补充。小说描绘殖民者和殖民地原住民之间的相互败坏，也可以把它视为一则寓言——讲述了那些头脑简单地以为自己可以离群索居的人的故事。本森跟她那个时代许多脱离主流社会的中产阶级一样，肤浅、虚荣，是一个寄生者；她变得像她的主人一样败坏；这个团体的败坏毁灭了她，而她本人正是这种败坏的一部分。马利克的妻子说得没错，本森是冒牌货，比马利克和贾马尔隐藏得更深的冒牌货。她离开家乡，漂洋过海，无论她是否承认，但她之所以能够这样，不仅因为她一直在仰仗着她所属的阶级、种族和富有的祖国，更因为她把自己的最终安全视为当然的，她有恃无恐。

---

① 美国剧作家尤金·奥尼尔的作品《琼斯皇帝》的主人公。琼斯是一个美国黑人，杀人后逃到加勒比海小岛上，自立为皇帝，后遭到臣民的反叛，最终被射杀。

康拉德小说中的一段话可以用来充当她的墓志铭。这段评语适用于所有对马利克的生成起到推波助澜作用的人，所有仍然在简化着世界、把他人（不仅是黑人）削减为一项事业的人，所有用教条取代知识、用怒火取代关怀的人，所有揣着返程机票前往革命中心的革命者，所有嬉皮士，所有来自强势社群并把自己强加给更脆弱的社群的人——所有这些人，归根结底无非是在尽情地享受他们自己的安全感。

> 他们（康拉德写道）两个是彻头彻尾的平庸、无能之辈，他们的生存完全依赖于文明群体的高度组织。很少有人意识到，他们的生活、最根本的性格、才能和胆量，仅仅表明他们深深地相信周围环境的安全性。他们的勇气、镇定和自信，他们的情感和原则，从最了不起的思想到最微不足道的看法，没有什么是属于个人的，全都属于群体：属于那个盲目地相信习俗与道德之不可抗拒、盲目地相信警察与观念之强大的群体。

本森收到的最后几封信中，有一封是她父亲寄来的。伦纳德·普拉奇上尉住在加利福尼亚，但信头仍然写着自己在贝格维亚①的地址。他在信中附了一段自己翻译的拉马丁的诗——译好的诗稿打印在贝格维亚信纸上，寄来的是复印件：

> 在这洁白的纸上，铺展我的诗行，
> 愿它常如信物，偶尔唤起你心中的回想。
> 你的生命亦如我眼中洁白的纸张，
> 我多想只用一词，幸福，写满所有的篇章。
> 然而生命之书是无比庄严的卷册，
> 我们无法随心所欲地将它打开、合上，
> 在相爱的篇章，我们希望长久地徜徉，

---

① 位于伦敦市中心的上流社会住宅区。

而那死亡的篇章，多想让它在我们的手指下面，深深掩藏。

一九七三年三月至七月

4 后记

艾博特因谋杀乔·斯凯里特被判二十年监禁，马利克被判绞刑。两人都上诉了，上诉被驳回后——也是上面的文字写完之后——盖尔·本森的谋杀案才开庭审理。

被指控的有五个人，但受审的只有两个：再次受审的艾博特，汽车销售员查迪。查迪是印度人，他本来想卖十二辆车给马利克，结果跟马利克这伙人搅在了一起。另外三个被指控的人无法出庭：史蒂夫·耶茨在无忧湾淹死了，尸体一直没找到；贾马尔的美国"同事"基多果在美国，杳无踪迹；马利克已经被判了死刑。因此马利克一直没有因为谋杀本森而受审，只有艾博特不得不经受两起谋杀案的审讯煎熬。

杀本森的决定是马利克和贾马尔共同做出的。那时候，这两个人正在相互塑造、相互为对方激动，联手创作他们的"鸿篇巨制"。贾马尔为马利克写着不着边际的"黑鬼"赞歌，他对马利克的权势的幻想说服了马利克本人，马利克在他的新小说里再也不像以前那样四处逃亡，而是开始跟中产阶级清算：把哈罗德爵士和莉娜·博伊德-理查森对他的迷恋变成了对他的恐惧。

也许可以说，这是文学引导的一起谋杀。写作把这两个人带到了那里：两人都很聪明，但都没受过教育，他们驾轻就熟地打着黑人事业的幌子，总是在皈依者和半皈依者中间兴风作浪，在他们的"事业"中，写作早就成了他们的公关手段，成了为他们召来欢呼的谎言和幻想。在阿里玛，对权势的幻想让这两人不约而同地开始从各自的不同角度考虑起谋杀。贾马尔终于意识到，特立尼达不是美国，在这个黑人占大多数的岛屿上,一个白种女人跟在身边只会让他显得"不光彩"。而本森这个人——英国人、中产阶级——刚好是马利克所需要的受害者:他的小说开始变成现实。

马利克从伦敦召来了艾博特。艾博特一收到马利克寄来的一字信"来",就立刻搭乘最早的航班飞到纽约,然后飞往特立尼达。马利克和史蒂夫·耶茨在机场接到他,开车带他去往几英里外的阿里玛,到马利克在克里斯蒂娜花园的房子。马利克的妻子在屋子里,孩子们在睡觉。艾博特在这里第一次见到了贾马尔。后来,他们把他带到马路对面贾马尔和本森租的房子里,安排他住在那里。艾博特没有见到本森,她当时正在圭亚那帮贾马尔筹钱,过几天就会回来。(我们无法确切地知道本森在这段时间的行踪,被杀那天,她的全部证件都被销毁了。)

这四个人——艾博特、马利克、史蒂夫·耶茨和贾马尔——谈了一个通宵。谈着谈着,艾博特问起了人民商店,那是马利克在特立尼达的第一个黑权运动"公社"项目,那年早些时候,艾博特在那里工作过一个月,帮着一起粉刷、打蜡。艾博特说他想看看那里怎么样了,于是四个人开车跑了二十多英里,去了商店所在地:卡里那基。

在车上,在星期天黎明的黑暗中,马利克说,他们现在拥有了全宇宙最好的工作团队,他们是被神选中的人,前程远大。艾博特以为马利克说这些是给贾马尔听的。"只要跟贾马尔在一起,"艾博特说,"他就总是在讲这些让人神志不清的胡话。"卡里那基的房子让艾博特大失所望,几个月前,他、耶茨和其他人在这里辛辛苦苦地劳动过。"我见到了那座房子,和住在那里的三个人,三个黑人。我说,房子很脏,而且这些人好像是给晾在这里了,无人过问。好像马利克把这些人往这儿一放就不管了。"他们开车回到阿里玛的克里斯蒂娜花园,这时候天已经亮了。似乎是为了安抚艾博特的失望情绪,马利克领着艾博特参观了他对这栋房子和院子进行的修缮。

卡里那基房子里的人被晾在了一边,很快,艾博特自己也有了被晾在一边的感觉。马利克戏剧化地把他紧急召到特立尼达,但好像并没有特别重要的事情给他做。他被派到院子里干杂活：割竹叶草，喂马利克的羊，跑到很远的地方去找木槿，因为马利克说他的羊要吃木槿；他在院子里剪草坪、洗轿车、洗吉普；马利克还派他到农场里义务劳动，那个农场每天给马利克的家人和公社供应一加仑牛奶。艾博特说他想离开这里，回去跟母亲住，被马利克拒绝了。

马利克养成了习惯，每天早晨七点叫艾博特起床。一天早晨——离圣诞节还有两天，艾博特到特立尼达还不到两个星期——艾博特看到马利克的嘴巴和胡子上有血。"我告诉他，他的嘴流血了，发生了什么事情？他说他们早晨在洛伦索农场杀了一头牛犊，他喝了牛血。我觉得既恐怖又恶心。"不久，公社里又有了让他感到恐怖的新事。"圣诞节前的某一天，我听到马利克在跟哈齐姆·贾马尔说话，他让贾马尔从美国叫一个信得过的人过来。我听到这里就走开了，因为他们没有跟我说话。两天后，那个叫基多果的美国人来了。我再次恳求马利克让我回家，因为他现在有新帮手了。他告诉我，基多果到这儿来不是干体力活的。他说，基多果是个雇佣杀手。他特别详细地告诉我，基多果在美国波士顿杀过警察和各种各样的人；至于我，再也不准提离开的事。"

基多果是美国人，来这里不需要签证。他整日在克里斯蒂娜花园闲逛，穿行在本地人中间，俨然一副波士顿派头。他拿着傻瓜相机四处拍照，既不帮忙做家务，也不干粗活，显然是为了特殊使命而来。他买了把弯刀在院子里耍弄，游手好闲之际，在弯刀的木柄上刻了个字母"K"。

艾博特害怕基多果，因为他以为基多果是个职业杀手；但公社里有些人就像艾博特害怕基多果一样害怕艾博特。一天，艾博特在冲洗吉普车的时候，马利克对汽车销售员查迪说："那人是个疯子。"查迪从此不再信任艾博特。马利克就这样在公社内部挑起恐慌，让他的随从们人人自危。

本森从圭亚那回来了，圣诞节那天，公社里住满了人。艾博特想去探望母亲，没有获得允许，只好跟其他人待在一起。他后来讲起克里斯蒂娜花园的圣诞聚会时，很奇怪地带着一种郑重其事的语气，对那两栋房子里住着的女人也流露出奇怪的敬意。"我们一起过圣诞节，包括迈克尔夫人和她的孩子，还有贾马尔带着的那位女士哈尔，她是英国人，我是在迈克尔的房子里遇到她的。"另外还有两位英国客人：一个叫格兰杰的男人和那个叫西蒙兹的女人，当时西蒙兹正跟史蒂夫·耶茨"情投意合"。

十二月三十一日，西蒙兹"出色的情人"抽时间去买了一把六英寸长的角锉。那天或者是第二天，艾博特看到基多果在用锉刀磨那把刀柄上刻着"K"字的短刀，基多果用的锉刀想必就是耶茨买的角锉。基多果的短刀是一把"基尔平"，基尔平的刀锋在靠近尖端的部分变宽，然后向后弯，形成锋利的刀尖，仿佛一轮弯月。艾博特看到基多果想把刀上的"基尔平部分"磨掉，就问他为什么要这样做。基多果——这个杀手虽然职业，但对短刀似乎并不在行——说，这把刀"不对称"。

那天晚上有个派对,那天是新年前一天,也是西蒙兹的三十岁生日。他们吃的是八天前杀掉的牛犊，西蒙兹很享受这场"盛宴"。

马利克邀请了汽车销售员查迪来参加这个派对。查迪三十多岁，来自家境优越的印度家庭，但他自己的资产并不多，除了销售汽车，他还兼营收债业务。他以为马利克非常富有。几个月前，他们第一次见面时，马利克说他想买十二辆新车，所以查迪盼望着跟马利克做成一笔大生意。马利克则认为查迪有些可资利用的人脉关系，而且有可能成为公社社员，因此他开始让查迪参加公社的社交活动。在牛犊宴之前的两三周，马利克带查迪参加过公社的一次海滨月下野餐。

元旦正午刚过，查迪就又到克里斯蒂娜花园来了。他先去拜访了贾马尔和本森。一个多月前，马利克介绍他们认识，当时马利克就告诉他，贾马尔其实不喜欢本森，贾马尔还觉得，在特立尼达，身边跟着个白种女人"有损"自己形象。查迪过来祝他们两人新年快乐，本森显然跟查迪没有多少话要讲，很快走开了，让两个男人继续坐在屋外的廊下。贾马尔仍然醉心于写作，他朗读了几段他的自传，在热带午后的暑气中,他兴致勃勃地向查迪说起了他正在写的那本关于马利克的书。

接下来,查迪穿过马路来到马利克家,祝马利克新年快乐。他见到了艾博特。艾博特当天获准去探望母亲,他问查迪,能不能开车送他回家(马利克的轿车从不外借)。查迪答应了。他和艾博特打算带上帕玛萨一起去,帕玛萨是个印度小伙子,他被马利克的魅力迷住了,成了马利克团体中的一员。他们开车去了蒙特罗斯村,艾博特的母亲住在那里。艾博特的母亲是个退休教师,七十一岁了。艾博特以她为荣,查迪觉得她"令人愉快、有魅力,谈吐清晰,善于辞令"。她为三人端上蛋糕和姜汁汽水。他们七点钟动身离开,回到克里斯蒂娜花园时大约七点半。马利克让查迪把车子开进院子。查迪照做后,院门就关上了。马利克让查迪跟小伙子们在一起待会儿,查迪便待在那里。

九点差一刻——从这个时刻开始,一切都显得像是在按照事先排好的时间表上演——马利克跟在场的人说,他想到房子后面的用人房跟他们几个私下谈谈。马利克的一个女儿刚好在用人房跟一个黑人姑娘一起听唱片,那个姑娘为马利克做些零星的秘书工作。马利克让两个姑娘去别的地方玩。地板上有一些坐垫,马利克让大家坐下。他自己坐了把椅子,史蒂夫·耶茨坐在他右边的坐垫上,基多果坐在左边,帕玛萨、查迪和艾博特坐在对面的坐垫上。贾马尔不在场。

马利克说,贾马尔现在精神紧张,痛苦不堪,本森是导致他精神紧张的原因,必须除掉她。艾博特说,马利克可以给她买张机票,打发她从哪儿来回哪儿去。听到这话,耶茨——这个身上背着英格兰伤疤的人——跳了起来,说他想要个"彻底的了结"。"马利克坐在那儿,捋着自己的胡子,"艾博特说,"他说他想见到流血。"血是唯一能让他们团结起来的东西。

基多果一言不发,只是看着艾博特。艾博特在基多果、耶茨和马利克的眼睛中看到了杀气。他没有看帕玛萨,也没看查迪。查迪因为恐惧而想呕吐,马利克告诉过他,艾博特是个疯子,现在他相信了。他不相信艾博特真的希望马利克"给本森买张机票",他觉得艾博特的话是个陷阱，只是为了引诱他说一些会引起众人反对的话。所以查迪一言不发。马利克说出了自己的计划。

第二天一早，他们要挖一个埋本森的坑，地点就在门前这条路的尽头，粪肥堆旁边。他们挖坑的时候，史蒂夫·耶茨会带本森去农场取牛奶，让她在那里看一会儿奶牛。而马利克一大早就带贾马尔开车到别的地方兜风。他们要在四十五分钟内迅速地把坑挖好。马利克当时只交待了这些：挖坑的目的、地点和时间。史蒂夫会把本森带到坑边，但怎么杀她、谁来杀，一点也没交待，也没有人问。至于查迪，他不能回家，他和另一个印度人——小伙子帕玛萨——今晚就睡在这里，睡在这些坐垫上。马利克说，大家都应该早睡，明天天亮之前就得起床。十点，会议结束。

艾博特离开用人房，回马路对面贾马尔的房子，他住在那里。马利克提醒艾博特离开院子时把院门锁上。查迪觉得这项指令是针对他的，这是马利克直接向他发出的威胁，马利克在进一步命令他老老实实地待着。吩咐完这些，马利克起身，向主屋走去。查迪无计可施，年轻的帕玛萨就在身边，史蒂夫·耶茨睡在用人房的另一间卧室里，基多果的卧室在主屋靠后的部分，隔着天井跟用人房相望。查迪在帕玛萨身边躺下。他"心乱如麻"，有生以来第一次听到"这样的对话"。他向上帝祈祷，希望等到明天早晨起来时，整个计划都被大家忘在脑后。然后，他的大脑一片空白，沉入了梦乡。

在马路对面贾马尔和本森的房子里，艾博特无法入睡。他和衣躺下，左思右想。他想到他母亲，想到马利克会对她干些什么。马利克、基多果和史蒂夫先前望着他的眼神又浮现在他的脑海里。

清晨六点，马利克叫醒了帕玛萨，帕玛萨叫醒睡在身边坐垫上的查迪。然后，马利克让帕玛萨去马路对面叫艾博特，告诉他该起来给本森挖坑了。帕玛萨用不着叫醒艾博特，他根本没睡，连衣服也没脱。

所有的人都起床了。查迪看到史蒂夫·耶茨和基多果从基多果的房间里走出来。耶茨把查迪叫到院子里，查迪背朝主屋的厨房坐着。基多果和帕玛萨再次出现了，他们去"后面"拿工具：一把铁锹、一把叉子、两把铲子、一把短刀和一把角锉。他们让查迪过去帮忙。查迪拿了两把铲子，帕玛萨拿了叉子和铁锹，基多果拿了短刀和角锉。艾博特在门外等着。他们先把工具递给他，然后从门上爬了出去，几个人沿着马路走到尽头，来到距离房子两百英尺远的地方，站在水沟岸边的荒地上。

没过多久，马利克倒开着他的亨伯车来到四个人——艾博特、基多果、帕玛萨和查迪——站着的地方，告诉他们在哪里挖坑。他指定的地点在一个粪肥堆旁边，查迪看到"粪肥旁边有很多竹竿"。马利克问基多果几点了，基多果说是六点二十分。马利克再次告诉他们，他们有四十五分钟来挖坑。他们干这些事情的时候，马利克不会在场，他头天晚上已经说过，他要带贾马尔出去兜风，不让贾马尔干预这件事情。他坐在车里，直到这个时候，他才开始下达他的最终指令。但这项指令不是向着所有人的，他只针对艾博特。他把艾博特叫到车子跟前。

艾博特走上去说："噢，上帝，迈克尔，你没有必要这样，饶了那个女人吧。"马利克说，他再也不想听"昨晚那些老调"。"他坐在方向盘后面，扯着自己的胡子，望着我。他告诉我，史蒂夫·耶茨会开着吉普把那个女人带出来，她看到坑之后如果起了疑心，我就告诉她，这是将来的化粪池，或者诸如此类的话。他告诉我，我的任务是抓着那个女人，把她弄到坑里。当我制住她时，我要告诉她这个坑是干什么用的，我要告诉她这都是为了贾马尔。"至于杀她的任务，基多果会完成。"他告诉我，他已经对基多果下达了命令。他说，如果我不听从命令，干出任何危及坑边上的那几个男人、危及他家人和他本人安全的事情，我都必死无疑。他其实在告诉我，不光我活不过那天早晨，我母亲也会死，因为他和贾马尔开车前往的地方，就是我母亲家。"艾博特打算遵守命令。"我走开时，他还让我提醒基多果，心脏在左边，他想要他直刺心脏。"

马利克开车走了，艾博特传达了指令：基多果负责杀人，他一定要记住，心脏在左胸靠下。四个人开始疯狂地挖坑。基多果全盘负责，他让大家全力以赴轮流挖，每个人以最快的速度挖到干不动了，就换下一个。销售员查迪苦不堪言，艾博特就出来帮他。其实大部分活儿都是艾博特一个人以他特有的疯狂干完的。他们挖了一会儿，史蒂夫·耶茨开着吉普出现了，他要接本森去农场。他想借块手表，查迪借给了他，史蒂夫·耶茨离开之前跟基多果对了表。

他们挖的坑有四英尺见方，挖到四英尺深的时候，基多果说够了，开始休息。他把短刀递给小伙子帕玛萨，让他替自己磨刀。帕玛萨把短刀磨好之后，还给了基多果。

七点一刻，吉普沿着马路倒开过来。开车的是史蒂夫·耶茨，本森跟他在一起。吉普停下来，耶茨下了车，他让本森也下来看看小伙子们干活儿干得多卖力。本森走下吉普，她穿着一件浅色的非洲风格长袍，小伙子帕玛萨记得是短袖。她说："早上好。"站在坑边的男人们说："早上好。"

艾博特说："过来看看我们干的活儿。"她走近土坑，问："这是做什么用的？"艾博特说："把新鲜东西放进去让它腐烂。过来看看吧，喜欢吗？"她说："喜欢。但为什么要这样做呢？"艾博特没说："这是为了贾马尔。"他给忘了。他只是说："这是给你准备的。"接着用右手捂住她的嘴，用左手把她的左手拧到她身后，跟她一起跳进了那个浅坑。基多果立刻拿着磨尖的短刀跳了下去，开始捅她，短刀刺穿了她那件非洲长袍，直奔心脏。她拼命反抗，蹬腿乱踢。她冲着史蒂夫·耶茨喊："史蒂夫，史蒂夫，我干了什么，你们要这样对我？"史蒂夫只是斜倚着吉普，观望着。

基多果说到底并不知道怎样用短刀杀人。他一味地用刀划，用刀捅，只造成了一些比较浅的创口，而本森在不断地问艾博特"为什么"，在艾博特听来，本森仿佛在跟他"密语"，他竭力按住这个发疯似的挣扎的女人，思绪飘到了遥远的地方。他在想他母亲：马利克和贾马尔来到蒙特罗斯，找到她住的地方，她会请他们进屋，他们只要告诉她，艾博特病了，她就会坐上马利克的轿车，跟他们来阿里玛。基多果仍然在用短刀对本森乱捅。艾博特快要疯了，他们三个人挤在这个小小的坑里，他突然觉得自己也有可能被杀死。惊恐和慌乱之下，他愚蠢地大喊起来："谁来救救我们！谁来帮把手！"查迪望过来，只见本森举起胳膊抵挡基多果的短刀，结果左肘深深挨了一刀。这是她受的第一处重伤。

史蒂夫·耶茨仍然站在吉普旁边，他看看查迪，又看看帕玛萨，然后朝坑穴走去。他从基多果手里拿过短刀，现在坑里有四个人，但耶茨不需要多大地方。他左手握刀，用磨利的刀尖抵住本森喉咙下方，右手猛击刀柄。整个动作干净利落，沉着冷静，自打艾博特抓着本森跳进坑里，这是最沉着的一个动作；但在场的所有人中，只有耶茨心中有着最纯粹的仇恨。宽宽的刀刃扎进去六英寸，本森"咕噜"了一声，倒了下去，开始在坑里"乱踢"。耶茨、基多果和艾博特从坑里出来。当时大约七点半。

基多果下令："埋！"本森的脚还在乱踢。查迪把粪肥从肥堆上拖下来，扔进土坑。一直很沉着的耶茨阻止了他：如果把肥堆弄乱了，看上去会显得异常，最好去农场重新弄一堆粪肥过来。查迪和耶茨上了吉普。他们回来后，发现本森已经给埋在坑里了，他们只好把新弄来的粪肥堆在一边。

然后他们一起回到马利克的房子。查迪去厨房喝了一杯水，耶茨停好了吉普，基多果把短刀洗干净了，帕玛萨和艾博特并排坐在厨房的台阶上。

厨房里的电话响了。铃声没有惊醒马利克的妻子和孩子，查迪拿起了话筒。是马利克从艾博特母亲家里打来的。事情都好吗？马利克问。查迪说，是的。耶茨这时候才从外面走进来，问查迪在电话上说什么，查迪告诉了他，他"吹了声口哨"——那是他松了一口气的标志。当时是八点。

八点半，马利克跟贾马尔一起回来了。马利克说："树种好了吗？"农业、公社、劳动生活：马利克总能编出一套自己的暗语。艾博特不记得有没有人应声。马利克问，坑挖了多深，每个人说的都不一样。他说，他们应该在上面堆两车粪肥。

贾马尔可以说那天早晨他坐车去了艾博特母亲家里，跟老太太喝了杯咖啡，回来时听到了几句纯粹跟农活有关的对话。因为马利克显然已经下定决心，不让贾马尔染指这件事。贾马尔必须什么也没看见，什么也没听见，到头来他只能说：本森带着自己的东西走了。所以还有一件事没有做：处理掉本森的东西。这件事也不能让贾马尔看见。公社的两位英国客人也不应该看见，也不能让他们起疑心，还要瞒住马利克的妻子和两个女儿，还有那天上午来工作的文书助理。在每个人眼中，这一天应该只是公社里又一个忙碌的日子。

一切都是精心计划过的，公社里的七个男子（不算那位英国客人）在那天上午和下午的活动事先已经安排好了。马利克跟大家聊过农活之后，宣布今天公社有一项施工任务：去帕玛萨妈妈家，帮助这位穷苦的老太太改建厨房。帕玛萨妈妈的住处离这里不远。马利克让艾博特、基多果、查迪、耶茨和帕玛萨开吉普先走，他和贾马尔随后就到。他们推倒了老厨房，为新厨房画了草图。但他们没带水泥和沙子。马利克让查迪和基多果开吉普回克里斯蒂娜花园，去他的院子里拉一袋水泥和一些沙子。他们一整天就这样忙个不停：来来回回，虚张声势。

一回到马利克的院子，基多果就不见了，留下查迪一个人装水泥和沙子。查迪把东西装好就去找基多果，但怎么也找不着。马利克的一个女儿告诉他，基多果在马路对面贾马尔的房子里。查迪跑过去——不到二十四小时之前，查迪还在这里祝本森新年快乐——发现基多果刚好在贾马尔和本森的卧室里。

基多果正在执行任务：打包本森的衣服和证件。他已经打好了一个包，里面塞着本森的衣服；他当时正在打第二个包。他让查迪把吉普开过去。查迪去马利克的院子里开车时，遇到了一点麻烦。马利克的文书助理想搭车去阿里玛的出租车站。查迪说车上有沙子和水泥，但他会让史蒂夫来接她，姑娘答应了。他开车绕到贾马尔的房子跟前，基多果把装着本森衣物的包裹扔上了车。

马利克在帕玛萨妈妈的家里等他们。查迪倒开着吉普进了院子，马利克和基多果把包裹拿出来，放进马利克自己车子的后备厢里。他们把沙子和水泥卸下来，把盖新厨房用的混凝土和好了。帕玛萨的妈妈和几个姐姐为干活儿的人准备好了午餐。但查迪没吃东西，只喝了一点果汁。午饭后，他走出房子，看到已经有人把一些干柴放到了吉普车上。接着，马利克和耶茨把本森的东西从马利克的车里了拿出来，又放回到吉普车上。

马利克让查迪、艾博特、基多果跟耶茨一起上吉普车。车开出去后，耶茨说他们要"沿河而上"，去把本森的衣服烧掉。他们在阿里玛的一个加油站停下，买了些煤油。开了八英里，来到瓜纳波河畔的瓜纳波高地。耶茨开车走了，把木柴、煤油和包裹留给其余三个人。他临走时传达了马利克的指示：让火一直烧着，因为一小时后，马利克会带他的孩子一起来河里洗澡。

艾博特和基多果在河边用木柴和煤油生起了火，查迪在周围望风。他们把本森的衣服和证件拿出来一件件烧掉，烧不掉的就由查迪拿到不远的地方去埋掉。查迪挖了一个两英尺深的坑，现在不像早晨那么匆忙，挖坑的任务对他而言没那么难了。基多果和艾博特离开了一会儿，查迪遵照他们的指示，又去找了些柴火，让火继续烧着。基多果和艾博特带着一些水果回来了，水果装在那个原来塞着本森衣物的口袋里：一个格外周全的细节。

没过多久，史蒂夫·耶茨严格按照约定的时间，开着吉普出现了，车上载着全班人马：马利克、马利克的两个女儿、贾马尔和在公社做客的英国小伙子。大家都在河里洗了澡，然后围着火堆取暖。没有人问起火堆。马利克没向艾博特、基多果和查迪提任何问题。

早晨的血，下午的火。对于没打算寻找特殊线索的观察者来说，公社局外人看到的只是轿车和吉普来来往往，忙忙碌碌地搬运沙子和水泥，这只是公社里美好的一天：一上午的劳动之后，在热带树林中沐浴欢聚。

沐浴，在燃烧着篝火的河畔欢聚一堂：此时，错综复杂的一天达到了登峰造极的高潮。这一幕就像激烈紧张的小说中的一段情节，具有很多作用，包含着多重意义。这一切的导演是一个正在写一部关于自己的长篇小说的人，他在廉价的写字簿上跟世界清算，密密麻麻地写了一页又一页，一边写一边数着宝贵的单词，心中充满了对世界声望的渴望（包括文学声望）。此人先是接受了别人灌输给他的"他是谁"的观念，被这些观念引向了疯狂；如今在贾马尔的影响下，这个阿里玛的流亡者又开始沉醉于大权在握的幻想。马利克没有小说家的技巧，也没有丝毫的语言才能。他太沉溺于自我，因此无法以理性的方式处理自己的经验，甚至不能形成连贯的叙述。然而，当他把他的幻想转化为真实生活时，他的手笔反而很像他想成为的那种小说家。

整个过程策划得如此精心，充满了象征意味！圣诞时节有牛犊的血，新年时节有本森的血。然后，在这个献祭之日的尾声，他们来到涤除污垢的河边，河边燃起的篝火替代了焚化本森的火堆。还有很多其他细节：那么多事情必须按部就班地发生。整整一天下来，无论是查迪还是艾博特，一定不能让他们独自一人待得太久，因为这两个人心里格外焦虑。他们始终处在基多果或者史蒂夫·耶茨的视线范围内。而贾马尔跟这件事情始终处于隔绝状态。当本森被杀、被埋时，贾马尔在艾博特母亲家里；当基多果在本森和贾马尔的卧室里清理衣服和证件时，他正在帕玛萨母亲家里帮忙盖厨房。

马利克处心积虑地筹划了好几个星期，终于大功告成。本森跟大家一直很疏远，她消失了也没有人想念她。接下来的两个多星期，克里斯蒂娜花园两栋房子里的人待在一起。两位英国客人没有走，那个叫西蒙兹的女人仍然跟史蒂夫·耶茨"情投意合"，后来，她和耶茨甚至谈到一起开餐馆。

查迪没回家住。在杀死本森的那天傍晚，马利克告诉他，他和帕玛萨——这伙人里的两个印度人——已经成了公社的"终生成员"。那天夜里，查迪先跟史蒂夫·耶茨一起回家拿了衣服，然后像头天一样睡在马利克用人房的卧室里。后来，他们把贾马尔房子里的一间卧室分配给了他，他开始在院子里干些修剪草坪之类的活儿。

然而，公社的圣诞聚会到了曲终人散的时刻。两位英国客人离开了。谋杀发生八天后，贾马尔和基多果回波士顿了。贾马尔承认了马利克的主宰地位，马利克也认为自己是主宰。但马利克没有意识到自己多么需要贾马尔。没有了贾马尔的疯狂，没有了他的颂歌、他的辞藻以及他对主宰的想象，马利克对权力的幻想变得越来越紊乱，越来越漫无边际，渐渐丧失了艺术性，退化为一个恶棍的狂怒。他想去绑架一位银行经理的妻子，还命令艾博特制订一份"清算"一个家庭的计划。然后，他杀了约瑟夫·斯凯里特，嗜血是他唯一的动机，因为他已经习惯了用短刀杀人这种想法。

斯凯里特的死终于让史蒂夫·耶茨——"穆罕默德·阿克巴"，伊斯兰果实组织的最高统帅——陷入了精神错乱。种族仇恨是耶茨的行动支柱，他的仇恨非常纯粹，他无法理解为什么要杀斯凯里特。每次向窗外望去，他都会看到斯凯里特的坟墓。杀了斯凯里特后，马利克命令大家斋戒，但斋戒丝毫没让耶茨的心境得到改善。四天的斋戒结束后，大家都有些虚弱，去危险的无忧湾远足时，也许每个人都点头晕。当耶茨在激流中遇险时，大家焦急地想要救他，但有那么一刻，他像是下定决心，不再听从大家的呼喊，不再挣扎，向大海屈服。艾博特觉得，耶茨是有意让自己淹死的；他觉得，耶茨沉下去的时候，诀别似的挥动了一下左手。

这是公社末日的开端。血并没有将他们长久地联系在一起。艾博特帮查迪和帕玛萨逃走了，他自己去了多巴哥。马利克去了圭亚那，克里斯蒂娜花园的房子被烧毁了。

本森被杀五十五天后，查迪带着一个巡警来到瓜纳波高地，给他看他埋在那里的本森的东西——那些烧不掉的东西。这是警察的清单，上面有查迪的签字：

> 一件褐色无袖皮夹克，一只褐色皮革嬉皮包，一双粉色女式摩登靴，三只银手镯，一只小空瓶，一管雅芳玫瑰薄荷霜，一管丹祺面霜，一面小圆镜子，一定数量的黑色毛线，两个嬉皮坠饰，一个装甲硝唑药片的锡盒，一把小剪刀，一把塑料尺，一个三角形钥匙扣，一只立马可薄荷油空瓶，一把褐色小调羹，

一枚铸着"1967.7.6"的解放耶路撒冷勋章，一条配心形扣的褐色腰带，一个坏掉的灰色手提箱，一把大剪刀，一支蓝色圆珠笔，一个坏掉的褐色手提箱，一枚刻着大卫星的银戒指，一枚镶着两颗宝石的金戒指。

面对死刑的判决，马利克上诉了很多次，依据是刑罚过于残酷，其中的逻辑是：在拖延了那么久之后，执行死刑是一种很残酷的行为。直到"量刑是否适度"问题已经不再有回旋余地时，上诉的要点才转移到"马利克精神不正常"上来。如果一开始就诉诸这一点，也许能让马利克免于一死。然而在伦敦和其他地方，有太多人把马利克视为集"邪恶的黑人男人与美好的黑人事业"于一身的人物。诉诸"精神失常"的辩护会让整个戏剧流派变成一场闹剧；马利克的国外支持者中，仍然有人相信他被判谋杀罪是种族迫害和政治迫害的结果。于是马利克把人们赋予他的角色一直演到了尽头。

一九七五年五月，马利克在西班牙港市中心的皇家监狱被绞死，当时距离本森被杀已经三年零四个月。他妻子坐在附近的广场上，一小群人静静地跟她坐在一起，等待着八点钟，绞架下面的活动门板响起的时刻。被绞死的人的尸体装在棺材里，运往金果园监狱，那里离阿里玛不远。囚犯们光着上身，穿着短裤，把棺材运往监狱里的墓穴。

查迪先是被判了死刑，后来减为无期徒刑。艾博特先是因为谋杀斯凯里特被判了二十年徒刑，然后因为参与谋杀本森被判死刑。他遭受的刑罚最为痛苦：他在死囚室里耗了将近六年，到了一九七九年四月仍未免于绞死的命运。这个身材矮小的男子肌肉健壮，脊梁笔直，他有着军人的仪度、非常浅的肤色和一双因睡眠不足而饱受煎熬的眼睛，特立尼达之外，没有人知道他。他不是 X，他没有成为任何人的事业，等他被绞死的时候，大篷车队早已走远。

（翟鹏霄 译）

刚果新王：蒙博托与非洲虚无主义
1975

刚果，曾经的比利时殖民地，如今是一个叫"扎伊尔"①的非洲王国。有些扎伊尔人会告诉你，这个听起来毫无意义的单词来自十六世纪，是当地语言中"河流"一词的葡萄牙语变体。刚果河现在改叫"扎伊尔河"，扎伊尔也是当地货币的名字，这种货币几乎一文不值。

这片土地上现在有三个扎伊尔：国家、河流和货币。在这里称王的那人以前叫约瑟夫·蒙博托，他的父亲是个厨子。但约瑟夫·蒙博托受过教育，在比利时殖民统治时期还做过一段时间的记者。这个国家一九六〇年独立的时候，三十岁的蒙博托在当地共和军担任中士。共和军后来变成了刚果国民军，蒙博托当上了上校和指挥官，经历了独立后那几年的哗变、叛乱和分裂之后，一支伞兵旅始终对他忠心耿耿。一九六五年，身为将军的蒙博托掌握了政权，随着他在军队和国家中逐步建立起秩序，他的举止风格也发生了改变，变得越来越非洲化。他抛弃了"约瑟夫"这个名字，改叫"蒙博托·塞塞·塞科·库库·恩关杜·瓦·扎·邦加"。

当将军的时候，蒙博托喜欢穿军服拍照。今天的蒙博托·塞塞·塞科则喜欢穿他自创的衣服。通过他的表率作用，这种服装已经成了扎伊尔的宫廷服装。他的服装是标准两件套的精致版。上衣有高高立起的宽

---

① 刚果民主共和国于一九七一年改名为扎伊尔共和国，一九九七年恢复国名至今。

阔翻领，纽扣从上面一直扣到下面，袖子可长可短。领带基本被禁止，用图案夸张的领巾取代，胸部的口袋里还要放一条跟领巾匹配的手绢。在非正式场合——置身于人民中间的时候——蒙博托喜欢穿印着花朵图案的衬衫。在公开场合，他总是头戴一顶豹皮帽，手执一根精心雕刻的手杖。

帽子和手杖象征着他的非洲酋长地位。只有酋长可以杀死豹子，手杖上则刻着富有象征意义的图案：两只鸟、一只蛇形动物和一个肚皮鼓胀的人。我遇到的扎伊尔人没有一个能说清这些象征的含义，一位老师干脆假装不知道手杖上刻着什么。他说："我们都喜欢那样的手杖。"但在当地的一些纹饰中，人像的肚子之所以胀鼓鼓，是因为其中包含着物神崇拜。扎伊尔人都承认，蒙博托的手杖就是酋长的权杖。当酋长让手杖离地时，他身边的人可以发言；当酋长把手杖放在地上时，大家都应该安静下来，由酋长宣布他的决定。

官方新发行的手册《扎伊尔指要》售价不等，街上的书贩开价四扎伊尔（八美元），最低两扎伊尔能买下来。手册在解释宪法和总统那几乎不受制约的权力时，引用了孟德斯鸠关于政权功能的论述。官方日报《埃利马报》则表达了关于政府的另一种观点，一种非洲观点。"在扎伊尔，我们从祖先那里继承了对他人的自由的深深尊重。这就是为什么我们的祖先非常重视调节，人们习惯于磋商，也就是习惯于讨论，讨论是人人拥有的权利。"

就这样，孟德斯鸠和祖先被调节到了一起。而且祖先的做法其实很先进，问题只在于找到正确的措辞。"磋商"说到底是一种"对话"，酋长奉行的法则就是通过对话来实行统治。然而当酋长开口，当酋长让他的雕花手杖落地时，现代的对话便停止了，祖先的非洲便开始接管一切。酋长的话无可置疑，《埃利马报》不时地用各种方式提醒"反革命"分子记住这一点。

据说，蒙博托的非洲名字的后五个词指的是非洲酋长必须具备的勇猛的男性生殖力：他是一只不会放过任何母鸡的公鸡。但这些词也许只具有象征意义。因为身为酋长的蒙博托已经跟他的人民"结了婚"——《塞塞（蒙博托）的婚姻》是一首革命歌曲——而且就像祖先经历过的美好时代一样，酋长总是心系子民。酋长和人民的婚姻也可以有另外一种更具法律意义的解释：酋长跟他的人民有一纸"契约"。他通过现代的国家机关来履行契约，但部长和委员只是酋长的"协作者"，是"连接权力和人民的脐带"。

酋长、与人民缔结婚姻的领主、掌权者，蒙博托的角色越来越多。他还是"纯正扎伊尔革命"的领导人、国父，以及全国唯一政党——人民革命运动党——的创始人和主席。因此他的自我命名就像他自创的服装一样，把古老的非洲跟进步的、新鲜的元素结合在一起。就像多美男装（在金沙萨的商店里卖一百六十扎伊尔，合三百二十美元）搭上一条领巾和配套的手绢就可以变成纯正的扎伊尔国服，蒙博托的非洲酋长地位也可以用一堆舶来的花哨理念进行包装。

他是公民、酋长、国王、革命家；他是非洲的自由斗士；他受到祖先魂灵的庇佑；他还像某位伟人一样，就自己的思想出版了一本书（蒙博托的书是绿皮的）。他占据了意识形态的各个位置，其王权基础不容置疑。他统治着国民，荣耀无比，他就像中世纪的国王，让人既爱又怕。他控制着他一手建立起来的军队。在金沙萨，他仍然睡在军用帐篷里。刚果自由邦时期①，比利时国王利奥波德二世拥有整个刚果，当时的很多专制法规经由比利时的殖民行政体系传递给了现政权——一八八八年规定矿藏全部归领主所有，一八九〇年规定所有的空地归领主所有，一八九一年规定地上产出的所有果实归领主所有——这些法规如今都被当成古非洲的社会主义传统继承了下来。因此，今天的蒙博托就像当年的利奥波德二世一样，拥有整个扎伊尔。

去年十一月，穆罕默德·阿里在金沙萨对阵乔治·福尔曼，阿里赢了。但在扎伊尔，这场比赛的胜利者是蒙博托。现在，体育场外面仍然挂

---

① 一八八五年，利奥波德二世将现扎伊尔所在区域据为私人领地，名为刚果自由邦。在当地人的反抗和国际舆论压力下，一九〇八年该地交由比利时政府接管，改为比属刚果。

着巨幅的广告牌，法语下面的英语写着："两个黑人在黑人的国家、黑人自己组织的赛事中搏击，全（世界）都在观看，这是蒙博托主义的胜利。"这场盛事及其声势无论在当时是多么令人欢欣鼓舞，等到一月中旬我抵达扎伊尔时，都已经烟消云散了。我到的不是时候。酋长做派的蒙博托又抛出了惊人之举。两周前，蒙博托跟他的协作者磋商了两天后，决定发动一场"激烈的革命"。每个人都紧张起来。

一九七三年十一月，蒙博托把外国人（主要是希腊人、葡萄牙人和印度人）拥有的企业和工厂全部收归国有，然后把它们交给扎伊尔人民。一年过去了，很多企业已经被洗劫一空，濒临破产，现在蒙博托决定把所有企业再收回来，托管给国家。然而什么是国家？谁是国家？没有人说得清楚。而"新人民、更忠诚的人民"指的又是什么？蒙博托操持着纯粹的革命语言，似乎在向每个人发出威胁。他说，以前统治刚果的三百个比利时家族，如今已经被三百个扎伊尔家族取代；全国进口的奔驰车比拖拉机还要多；整个国家三分之一的外汇收入被用来进口国内可以出产的食物。

面对新兴的扎伊尔资产阶级——酋长本人一手制造出来的资产阶级——酋长向他们正式宣战："我给他们的选择一清二楚：凡是热爱人民的，都应该把每一样东西上交国家，都应该来追随我。"在这种新情绪中，酋长威胁着要采取更多措施。他威胁说要关闭电影院和八家夜总会，他还威胁说要禁止任何人晚上六点之前在公共场所饮酒。

金沙萨有一个比利时人规划出来的原住民城区，那里的街道很宽，没铺柏油，路面坑坑洼洼，街上隆起的垃圾堆有时比那些涂着地中海颜色的小房子还要高，在奔放艳丽的芒果和鸡蛋花的绿荫中，到处可以看到学校里的孩子在游行，支持他们的酋长。《埃利马报》每天都会报道其他地方的声援游行。还没离开的外国人提心吊胆，国家抢走了他们的企业，有人仍然怀着一线希望，希望能得到一点补偿，还有人在等着拿加拿大的签证。那些发了财、身穿国服的扎伊尔人也提心吊胆，他们表情严峻，面对访客非常紧张，动不动就冒火，一心只想证明自己的忠诚，身上"纯正的非洲性"不输给任何人。

然而，作为大权在握的酋长，他就应该让人捉摸不定。酋长声色俱厉，人民便诚惶诚恐；酋长发发慈悲，人民便称赞他宽宏大量。几天过去了，人们在白天继续喝酒，甚至早晨也喝；很多非洲人仍然在两眼发红、头脑空白的状态中度过整个白天（这种状态往往令初来乍到的访客迷惑不解）。夜总会和电影院也没有关门。妓女们仍然在默林酒店周围忙着做生意。看来在公共道德问题上，酋长总算发慈悲，放过了普通人。

但绷紧神经仍然有必要。没过几天，斧子就落到了酋长的很多"协作者"身上。酋长洗了一次牌，围绕着他的权力圈子缩小了。掌管金沙萨的几个扎伊尔人突然被解职，被打发到偏远的丛林地区去传播革命真理。《埃利马报》催促着他们离开的脚步。

政治委员会委员再也不会像体制改革之前那样了。就是说，再也不会是一个高高在上的公民，脱离人民的日常生活，开着奔驰车在金沙萨走街串巷，对丛林里农民的生活一无所知。新的政治委员将生活在人民群众中间。他们将深入实地，他们的身份不再是主宰，而是农民。他们会跟工人一起工作，跟他们同甘共苦。只有这样他们才能更好地理解人民的心声，再次成为人民真正的孩子。

这是让人心惊肉跳的语言。因为对于很多人来说，这是最令他们提心吊胆的事情，他们有的靠官方的掠夺一夜暴富，有的是这个新国家的新人，以"非洲化、非洲尊严"的名义占据着他们不能胜任的岗位，而且经常是什么工作也不做，干领着一份薪水。无论他们怎样喋喋不休地念叨自己纯正的非洲性，念叨祖先的旧制，他们无不心怀恐惧：害怕自己被赶回去，从金沙萨甜蜜的朽烂回到过去的丛林的朽烂，回到非洲。

然而丛林近在咫尺，城市外面就是丛林，无穷无尽的丛林。从金沙萨到基桑加尼①的飞机要飞越八百多英里的森林,那些森林看上去仍然像是处女地。

让我们来看看赤道省的地区长官最近在博蒙戈镇定居点的考察吧。博蒙戈位于吉里河畔,向南一百英里就是重镇姆班达卡,姆班达卡以前叫"科基拉城",是原来的"赤道站",几乎刚好建在赤道线上,位于刚果河(或者说扎伊尔河)从金沙萨到斯坦利瀑布河段的中点。长官一行从姆班达卡出发,乘汽船沿主河道上行来到鲁本哥。他们在那里改乘独木舟,驶过二十英里长的鲁本哥"运河",进入吉里河。但那条运河的大部分河段只有六英尺宽,两岸枝杈拦路,河道在有些地方只有十二英寸深,他们只好把独木船外侧的发动机收起来,改用手划桨。河上还有很多蚊子。

> 一到运河入口(《埃利马报》的官方文章写道),就有成千上万只蚊子把你从头到脚团团裹住,逼得你不停地活动……我们在鲁本哥运河(毋宁说是鲁本哥"水沟")度过了一个不眠之夜,我们经常下船进到水里,以超人的力量帮助桨手把独木舟从淤泥或树杈里拖出来。我们头天夜里九点半进入运河,第二天早晨九点才驶出运河,最后终于在十二点半到达博蒙戈,我们当时的惨相,最铁石心肠的人看了也会心软。我们在这里不厌其详地描写鲁本哥运河,并不是想让人们打消取道运河前往博蒙戈的念头,而是为了强调博蒙戈长期与外界隔绝、很少有人到访的一个重要原因。

长官不辞劳苦,立即开始工作。他向各种团体谈到党政一体化,谈到遵守时间、精通业务和保持革命热忱的必要性。第二天上午,他拜访了埃贝卡区的一家炼油厂,这家炼油厂于一九七一年被废弃,如

---

① 扎伊尔第三大城市,也是扎伊尔境内位于热带丛林中最大的城市。

今在一位外国顾问的帮助下重新开工了。下午，长官发表了反对酗酒的讲话，并敦促人们提高产量。第二天，他拜访了一家咖啡种植园。扎伊尔的咖啡种植园以前主要是希腊人在经营，博蒙戈的这家种植园在一九七三年实行了国有化，交给了一个扎伊尔人。这份分配下去的资产经营得并不好：劳工已经五个月没有拿到工钱。劳工在抱怨，长官在倾听；但长官说了什么、做了什么，没有记录下来。长官每到一处都会敦促大家为了自己的自由和福利，不折不扣地践行蒙博托主义的原则，每到一处都会敦促大家提高警惕。然后，长官把鲁本哥、博蒙戈、埃贝卡留给了成千上万只蚊子，返回了自己的指挥部。《埃利马报》认为，这十五天考察的英勇之举值得用半个版面来报道。

博蒙戈虽然与外界交通中断，但它距离刚果河（或扎伊尔河）的干流其实只有二十英里。整个国家的公路网因为缺乏养护而瘫痪，扎伊尔航空公司的国内航班很不稳定，到了一九七五年，刚果河仍然是这个国家的高速公路。然而汽船在这条河上通航已经将近一百年了。一八九〇年，还没有成为作家的约瑟夫·康拉德乘着以木柴为燃料的比利时"国王号"汽船逆流而上，航行的速度是三小时八英里，而且汽船每晚都会停驶，让食人者伐木工上岸睡觉。船上的康拉德也许在想：此时，他正在慢慢进入未经触摸的黑暗之心。然而康拉德的研究者诺曼·谢里在查证了大量记录之后，在《康拉德的西方世界》中指出，早在康拉德旅行的时代，刚果河上游就已经有十一艘汽船在通航。

现在河面上跑的仍然是汽船，只是比利时人的 Otraco 公司已经被扎伊尔人的 Onatra 公司所取代。水路已经勘察清楚：白色标志钉在岸边的树上，有人定期清理河道两旁的树枝。在康拉德的时代，逆流而行的航程需要一个月，如今缩短到七天，顺流的航程也从两周缩短到五天。当年的汽船码头今天都变成了镇子，但它们的角色一如既往：贸易的前哨站。而且一九七五年的汽船航程仍然像是一次穿越蛮荒之地的旅行：一千多英里的水路，目之所及，只有青翠、平坦、近乎一成不变的国土。这片广袤的国土很少被外界触碰，在这里，非洲生活依然完好无损，依然是如此简单、如此千篇一律，只有船上的旅客从中间匆匆穿过。

汽船在比利时人手里时，非洲人需要凭优等公民证才能坐头等舱，持三等票的非洲乘客只能坐在驳船里，由汽船拖着跟在后面，跟汽船保持一定距离。现在，驳船直接跟汽船船头捆在一起。驳船有两层三等舱，船身已经很久没有刷油漆，到处锈迹斑斑，十分破旧，船舱里填塞着忙乱的院落生活：捆好的山羊和装笼的鸡跟乘客挤在一起。汽船上的一等舱乘客在他们的舱门外面睡觉、吃饭，四周弥漫着浓郁的、热烘烘的烤鱼和烤猴子的味道。

豪华舱的价格是头等舱的两倍，已经被船上那个汗流浃背的服务员当成了储藏室，里面放着他的扫帚、水桶和抹布，他总是很警惕地向这里张望，因为这里也是他用来藏食物的地方。比方说，他会在这里藏上半磅蔗糖，他把糖倒在河水煮的一锅茶里面，然后把茶水藏在衣橱里，到晚上才拿出来。他跑到客舱外面挨个敲打、刮擦舱门，直到里面的乘客放他进去。

客舱的窗帘没有窗帘环，窗帘掉了下来。"情况不妙。"服务员说。很多灯泡都不见了，而且永远也不会补上，但墙上空的灯泡座可以用来挂东西。卫生间的水龙头流出来的是变质的河水，像是未经过滤；污渍斑斑而且漏水的洗手盆被从墙上拽了出来；镀铬的毛巾架永远空着，人们已经忘了它们是干什么的；地板上的洞都补过了，就像补独木船上的洞一样，他们用的材料是像淤泥一样的东西。马桶的水箱在不停地流水。"情况不妙。"服务员说，仿佛在说着生活中一个不可挽回的事实；然而在一个天色阴沉的下午，当气温达到一百华氏度，当豪华舱的窗户被密封起来，空调系统也坏掉的时候，他连这句话也不说了。

酒吧的柜子空空如也，只放了三瓶烈性酒。啤酒的状态永远是"售罄"，但整条船上到处都是醉眼惺忪的非洲人，船上那位管家更是从一大早开始就醉醺醺的。船上当然有啤酒，但任何服务都要给服务员一点"甜头"才能得到。这是非洲人的汽船，一切都得按照非洲人的规矩来。汽船的经营方式已经做过调整,这样才能适应非洲人的需要。头等舱的甲板上放着两艘救生艇,乘客人数已经远远超过了救生艇的载荷。然而汽船并不只是运载乘客的渡船,它还是一个流动的市场,对于很多河畔居民来说,汽船仍然是他们所知道的唯一来自外部世界的东西。

这艘汽船从基桑加尼(以前叫"斯坦利城")顺流而下,驶往金沙萨,中间只停靠本巴、利萨拉和姆班达卡,但它一路都在为两岸的丛林提供服务。一离开基桑加尼,便进入了丛林的世界。城镇消失了,破败的瀑布旅馆、海关棚屋、锚在一起的三四艘生锈的驳船依次淡出了人们的视野,罗马天主教堂也消失了,然后是一大片废墟、几栋河边别墅,绿色在眼前铺开:竹子和厚厚的野草探出河堤,土壤现出红色,光滑的水面映着绿草红土的倒影,天空经常布满暴风雨的阴云,释放着电光和隆隆雷声,仿佛远处传来的炮声,天地间泛着银色的光。风雨袭来,绿色的堤岸变得模糊,水面泛起波纹,倒影消失,河水泛起了泥沙。丛林显得生机勃勃,但这些灌木永远不会长高,永远不会长成森林。

不久,定居点进入了视野:拔光了草的土褐色院子里搭着低矮的棚屋,茅屋顶和棚壁的颜色跟泥土一样,地上的草被拔光是因为害怕里面藏着蛇和兵蚁。男孩子向汽船游过来,享受他们一周两次的兴奋时光。和往常一样,做买卖的独木船应声而出,划船的人娴熟地把船撑到行进的汽船边上,把独木船跟汽船捆在一起,顺流而下数英里,卸下船上的货物(都是丛林出品):藤椅,用树干挖成的研钵,还有装在硕大搪瓷盆里的菠萝。也许是因为战争,也许是其他原因,这里很少看到男人,划船的和做买卖的都是女人,或者是女孩子。

她们卖完东西,就开始买东西。汽船前部,不断有水从二等舱厕所的钢地板上溢出来,厕所过去一点就是船舱旁边的狭窄过道,有小孩儿在那里随地大小便,负责洗衣、做饭、吸尘等杂活的姑娘们在小心地互相抓着身上的虱子,空气中弥漫着咸鱼、粪便、油烟和铁锈混合在一起的潮湿气味,留声机在播放音乐,船上的货摊就浸淫在这一片拥挤和嘈杂中间:这里卖剃须刀片、电池、药片、胶囊、肥皂、皮下注射器、香烟、铅笔、写字本和布匹。这些都是丛林所需要的外面世界的东西，她们费那么大劲儿，就是为了弄到这些。做完买卖，独木船从汽船上解开，在黑暗中逆流而上，划过几英里长的、没有灯光的水路。

事故时有发生（就在这次航行中，跟汽船捆在一起的一艘载客独木船翻掉了，一些从丛林返回金沙萨的学生失踪了）；晚上，汽船的探照灯不断地扫射着两岸。蛾子在灯光下颜色惨白，河面上的水葫芦也呈现出白花花的颜色：这种水生植物一九五六年在刚果河上游出现，随即蔓延而下，一发不可收，它那肥厚的绿叶形状像百合，灰粉色的花朵宛若野生的风信子，呈现出妖冶的美丽。它的繁衍速度非常快，可以在水中形成一座浮岛，让其他植物在上面生长，它会缠住汽船的螺旋桨。即便汽船照行不误，即便再也没有战争，水葫芦也会把河畔居民囚禁在丛林的远古生活中。

早晨，又一批独木船出现了，船上载着新鲜的货物：一盆盆埋在湿润的黑土里的鼻涕虫、新鲜的鱼，还有猴子。有熏好的猴子，也有炭烤的小猴脑，还有刚刚杀好的猴子，有灰猴，也有红猴，它们的尾巴尖被撕开，撕开的尾巴翻上来，缠住它们的脖子，系牢，它们就这样被捆着，被人抓着尾巴从独木船上拎出来，独木船上载着成箱成笼的死猴子。众人无比兴奋，猴子是非洲人的美味，在金沙萨卖六扎伊尔（合十二美元）的猴子在河上三扎伊尔就能买到。

在颤动的钢铁甲板上，那些猴子有时候看起来像是活的，仿佛还在呼吸。风吹拂着它们的毛发，红猴的脸有的倒向这边，有的歪向那边，像是心满意足地沉入了深深的梦乡，它们的前爪松松地握着，有的向前伸着。汽船的尾部，较低一层的甲板上生起了一堆篝火，烧烤开始了：死猴子脸部朝下，冲着篝火，皮毛被烧得无影无踪。在船头，山羊和母鸡中间有一只湿漉漉的幼猴。它被拴得牢牢的，它可能是某个人的宠物，也可能是他的晚餐（第二天，救生船上出现了一只猴子的颅骨，骨头被剔得白白净净——有人开了一个非洲玩笑）。

就这样，日复一日，汽船运载的市场一路前行，只在本巴、利萨拉和姆班达卡稍作停留。在几个经停码头上，可以看到两层楼的比利时殖民建筑：赭石色的混凝土墙，白色的拱门，红色或绿色的瓦楞铁皮屋顶。岸边，竹子渐渐让位于棕榈，长在低处的棕色棕榈叶子拂动着泛黄的河水。岸上没有真正的森林，高大的树木都死了，白色的树干和光秃秃的枝条兀立在低矮的绿色灌木上方。更低矮的植被有时零星出现，有时铺展开来，在你眼前涌出一片绿草丛生的热带草原，在午后湿热的空气中显得奄奄一息，非常诡异。

河道变宽，河中开始出现小岛。然而这片非洲腹地并非荒无人迹，这里总能看到土褐色的、拔光了草的院子，院子里搭着土褐色的栖身之所，棚屋周围散布着小块田地，种着玉米、香蕉或甘蔗；而且船上的人一喊，总有做买卖的独木舟应声而出，来到船边。将近日暮时分，太阳在热腾腾的雾霭中显现为一轮橙色的圆球，倒映在河中，河水夹带着红色的矾土，在阳光下变成了一条橙色的水带。只有当汽船和驳船驶过时，这宁静的橙色倒影才在船头激起的涟漪中溃散。太阳落下的时刻，河水有时会在紫罗兰色的天空下变为紫罗兰色。

这是一片有人居住的荒野。非洲人用非洲的方式使用着这片流域的土地：焚烧、养护，然后将其抛弃。它看似荒芜，但人们都知道它物产丰饶；它野性难驯，就像一只猴子。灌木和枯树一直到金沙萨的外围才消失。泥土和矾土蔓延九百英里后才让位于火成岩，大地才开始出现丘陵，出现一些突兀的断层，而地表却变得平滑，光秃秃的，只有低洼的地方长着植物，给地表带来幽深的色彩。

"今天种，明天收"：基桑加尼人这样形容这个地方。但这片能养活整个大洲的广袤的绿色大地，却几乎连自己也喂不饱。在金沙萨，肉和蔬菜都需要从别的国家进口。尽管政府已经严令禁止，鸡蛋和橙汁还是从南非来到了金沙萨；奶粉和瓶装奶则来自欧洲。丛林是一种生活方式，在一个丛林密布的地方，组织化的农业根本无从谈起。

比利时人在其殖民统治的最后二十年，一度想发展非洲的农业，却一败涂地。汽船上有个姑娘是老师，她还记得那段不明智的、徒劳无功的尝试。一天，一位作家在《埃利马报》上说，农业必须"工业化",但采取的方法不能像"以前的殖民者及其追随者所宣扬的那样"。比利时人之所以会失败,是因为他们太照搬理论,太脱离农民,他们把农民一概视为"无知的""愚昧的"。这位作家认为,扎伊尔就像中国,只有以传统的方法为基础,才能建设健康的农业。机械不是必需的,它们不一定全都跟土壤相适合,比方说,拖拉机经常导致土壤贫瘠。

两天后,《埃利马报》刊登了另一篇文章。作者说,这个国家的农业人员开垦的土地面积很少,产出也"微不足道",这不是什么秘密。必须采用现代机械,朝鲜的专家马上就要来这里向我们传授经验。文章配着一张大幅的拖拉机照片,向读者允诺着未来。

关于农业的问题,就像关于许多事情,甚至是关于政府的原则问题一样,让人感到困惑。每个人都能感觉到身后那片广袤的丛林。但丛林仍然是丛林,有着一整套按照它的逻辑建立起来的生活。在远离矿区、衰败城镇的地方,比利时人离开的时候,大地仍然像他们到来时一样,直到今天依然如此。

APERIRE TERRAM GENTIBUS:向诸国敞开。在金沙萨的火车站,纪念碑已经面目全非,花岗岩上的浮雕口号却留了下来。这条铁路从大西洋一路铺到金沙萨,运载着奔走于激流之外的另一种蒸汽交通工具,刚果就是这样被打开的。纪念碑竖立于一九四八年,以纪念铁路通车五十周年。

但这条铁路现在主要用于货运。这座带有城郊风格的小车站仍然竖着"金沙萨东"的站牌,但现在,很少有旅客会乘火车抵达这里,走出站台,步入码头后面沿着刚果河南岸修建的双向林荫大道,步入昔日帝国的辉煌。车站外面的环岛里面,国王阿尔贝一世[①]的雕像已经被搬走。通过仍在销售的旧明信片可以知道,雕像中的国王穿着制服,佩戴着遮阳头盔和宝剑;雕像基座侧面的铜制铭牌也被敲掉了,只剩下铭牌上方的一点装饰,看上去像是香蕉叶子;泛光灯也已经被

---

① 利奥波德二世的继任者,曾在刚果考察,提出改善人权待遇、修建铁路等要求。

砸烂,电线装置被扯了出来,已经生锈;整座纪念物只剩下两根高高的砖砌立柱,如同立在被遗弃的刚果版亚壁古道[①]尽头。

站厅里,时间表的框子已经变形,里面空空如也,金属框里面的玻璃也不见了。然而,在车站的院子里,走过一扇扇无人看管的敞开的门,一件真正的残骸出现在眼前:第一个运行在刚果铁路上的火车头,生产于一八九三年。它立在一片光洁的砂石上面,周围种着巴豆,旁边有两棵旅人蕉。火车头小巧玲珑,是为窄轨铁路设计的,车身装着低矮轻巧的锅炉和高高的烟囱,车厢是敞开的,显得古香古色;整个火车头看上去依然完整。车头上标着"第1号",旋涡花饰上镌刻着十九世纪比利时工业扩张时期赫赫有名的字号:约翰·科克里尔-瑟兰有限公司。

在金沙萨,知道这个火车头的人并不多。它之所以能幸存下来,也许是因为和很多比利时遗物一样,已经是个废物了——就像弃置在库房平台上那台半塌的叉车;就像火车站院子里另一台被洗劫得更彻底的叉车,生锈的叉齿像是要烂掉了,栽倒在尘土里,像两颗金属做的长牙;就像那台独轮割草机,被扔在火车站外面的公园里,公园早已荒芜,有些地方被踩磨得露出了泥土,其余的部分长满了杂草。这台割草机现在成了一个小男孩的财产,他注意到有个陌生人在窥伺,就上来主张他对这台机器的权利,他娴熟地驾着割草机飞跑,扬起一路尘土,生锈的刀片呼呼作响。

现在的来访者都是从恩吉利机场来到金沙萨的,机场在市区东边几英里远的地方。扎伊尔不是一个适合游客休闲观光的地方——官方和非官方的干扰太多了——到这里来的一般都是做生意的,而如果他是个穿着民族服装的黑人,那么他一定是前来参加会议的某个代表团的成员,现在有很多会议在扎伊尔举办。一条公路从机场延伸出去,一路经过用法语和英语写着蒙博托语录的黄黄绿绿的巨幅广告牌,经过刚果河(土著城的贫民窟就在南岸),经过比利时人建在绿茵花园中

[①] 古罗马时期的战略要道。

的别墅，来到市区和洲际酒店。另一个方向则是一条安静的六车道高速路，大约有二三十英里，通往位于纳西尔镇的"总统领地"。

纳西尔像一个度假胜地，装饰得十分浮华，但已经隐隐透露出衰败的痕迹。身份显要的访客在这里下榻、开会，相当数量的党员也得以在此一尝奢侈的滋味。穆罕默德·阿里去年在这里受训。今年一月，朝鲜的杂技演员和联合国的人曾在这里下榻。这里有安装着空调的平房、极其宽敞的会议室、奢华的休息室和游泳池。这里还有一个中国人管理的示范农场。纳西尔带着新总统的风格，是官方众多奢华建筑中的一座。那些奢华建筑都是酋长的庭院，最近几年在日益凋敝的首都冒了出来，一举确立了总统的权势和非洲的卓越。为接待国家首脑而新修的宫殿里，浴缸是镀金的——向我透露内部信息的人来自另一个非洲国家，他在里面住过。

就这样，比利时的遗迹正在慢慢消退，就像那座面目全非的纪念碑一样破败不堪。《埃利马报》用了半个版面报道赤道省的地区长官在博蒙戈的为期十五天的访问；然而斯坦利①，这位在马塔迪港和金沙萨之间筑起公路的刚果公路先驱，却被推下了荣誉的王座。博物馆里，比利时馆长保留着一个巨大的铁制车轮，那是当年在那条公路上奔跑的马车的轮子，它诉说着多少岁月的艰辛！但如今，斯坦利山已经改叫纳加利马山，变成了总统公园。俯瞰激流的斯坦利雕像也被手执长矛、身材高大的土著无名氏雕像所取代。在基桑加尼的瀑布旅馆，这座镇子以前的名字"斯坦利城"还残留在一些瓶瓶罐罐上。残破的咖啡杯现在被用来装蔗糖和奶粉，等到这些杯子被抛弃的时候，这个名字也将一起消失。

比利时人的遗迹正在被擦除，正如阿拉伯人的遗迹已经被擦得干干净净一样。阿拉伯人曾经是比利时人在刚果东部的竞争对手，斯坦利瀑布行政区的历任总督中还曾有过一个阿拉伯人的身影。但现在还

---

① 指亨利·莫顿·斯坦利爵士（Henry Morton Stanley），威尔士探险家，曾经带领劳工沿着刚果河建成刚果境内的第一条现代公路。

有谁会把刚果跟十九世纪的阿拉伯帝国联系在一起呢？一个巴提特拉族小伙子还记得，他的祖辈为阿拉伯人抓过奴隶，后来比利时人来了，招他们入伍，他们便站到了比利时人这边。但那是很久以前的事了，这个小伙子现在是大学生，主攻心理学，他和扎伊尔的很多年轻人一样，密切关注着获得国外奖学金的机会。他的女朋友属于另一个部落，以前，那个部落的人是贩奴者猎取的对象，而现在，贩卖奴隶的故事让她觉得很好笑。

丛林迅速生长，漫过了大事和骚乱的发生地。丛林已经掩埋了阿拉伯人规划过的城镇、种植过的果园，就像独立后的几年动荡岁月中，斯坦利城乔波瀑布附近的时尚东郊也被掩埋。比利时人抛弃了自己的别墅，非洲人来了，先是住在里面，然后开始把东西拆走，别墅里的五金件、电线、木料、浴缸和洗手盆（这两样东西都可以用来腌木薯）被洗劫一空，只剩下砌地板的砖石。到了一九七五年，一部分残垣断壁还留在那里，已经显得相当古老，就像杂草丛生的庞贝古城出现在热带，珍玩与装饰都不见了，只有威尼斯城堡夜总会的遗迹可以让人隐约想见当年那些居民的文化生活场景。

令人惊讶的是，就在时隔不久的今天，比利时在人们记忆中的痕迹已经所剩无几。一个在美国生活过几年的四十多岁男子告诉我，他父亲生于一九〇〇年，还记得比利时人征收的橡胶税，以及砍手的酷刑。一个女人说，她祖父把白人传教士带到村里，让他保护村民免遭酷吏的虐待。然而具有讽刺意味的是，讲述这种故事的人可以被描述为"进步人士"。有很多三十岁以下的人，他们挣脱了丛林，来到金沙萨，当上了教师或行政人员，他们说，他们从未从自己的父辈或祖辈那里听到过关于比利时人的事情。

一位在大学任职的男老师说："比利时人给了我们一个政权。比利时人到来之前，我们没有政权。"另一个人说，他从他爷爷那里只听说过班图人的起源：他们从乍得湖向南漫游，穿过刚果河来到一片"无人的"田野，只有俾格米人住在这儿，他们是一群"原始人"，都被赶到深山老林里去了。对很多人来说，过去是一片空白，他们个人记忆开始的地方就是历史的起点。很多人记得村庄里的孩童时代、学校，然后就是——独立带来的动荡。比如这个来自班顿杜省的男子，他是"农民"的儿子，是他们村子里第一个接受教育的人，对他来说，新世界是在一九六〇年突然降临的，当时，刚果分裂武装力量的士兵开进了他们的村子。"那是我有生以来第一次看见士兵，我害怕极了。那些人里面没有军官，他们虐待女人，杀了一些男人。他们在找白人。"

一位校长告诉我，在殖民时代，学校里教的刚果历史是从十五世纪末葡萄牙航海者的到来开始的，然后就跳到了十九世纪，讲传教士、阿拉伯人和比利时人。而现在的非洲史正如其所写的那样，把非洲人还给了非洲，然而这部历史也同样模糊不清：只是列出了一长串部落的名字，外加几个伟大的王国。扎伊尔去年出版的《黑非洲史导论》就属于这种情况。官方发行的《扎伊尔指要》也是如此：完全略过了葡萄牙人、传教士和阿拉伯人，简单提到了几个大多无时间可考的非洲王国之后，直接跳到了刚果自由邦的建立。叙述的语调平平淡淡，中规中矩，提到国王利奥波德二世的绝对权力时的语调，跟说起古非洲国王的权力时别无二致。只有论及独立运动时，文字中才注入了激情。

过去消失了。书中罗列的事实并不足以让人们获得历史感。在一个少有变化、丛林与河流压倒一切的地方，另一种过去变得触手可及，它能够更好地回应非洲人的迷惘和非洲人的宗教信念，它就是"我们祖先生活过的美好时光"。

在纳加利马山（以前的斯坦利山）的总统公园，卫兵穿着装饰性的制服，大门上装饰着铜质的牌匾（这些牌匾是现代非洲拙劣的艺术品：它们脱离了原来的宗教或法术目的，变成了刻意追求异域情调的表象派美术，它们矫揉造作、意义空洞，是一种双重的模仿：非洲艺术在模仿自己，同时也在模仿那些从非洲艺术中汲取了灵感的西方艺术）；在这座山上，有一处修建于十九世纪九十年代的殖民者墓地。

墓地依山而建，坟墓排列成整整齐齐的梯田，柏树和凤凰木是它们的屏障。这些先驱者俯瞰着激流,肃穆地安歇着:山下黄褐色的河水看上去异样地纹丝不动,遇到岩石便泛起白色的浪花,白色的浪峰却永不移动,发出永恒不变的水声。普通的职业再次出现在人们的视野中:传教士、代理商、锅炉制造商、汽船船长、教士、警官。只有伯纳德夫人没有任何职业。这里埋葬的并不全是比利时人,有些是挪威人,还有一位传教士是英国人。

在某种帝国主义的叙述中,这些人都带有英雄色彩。然而在一八九〇年,这片墓地即将启用之际,正在穿越刚果的约瑟夫·康拉德却不这样看他们。在康拉德的眼中,作为进步前哨站的守军,这些人头脑过于简单,在家乡,他们只是群体的一部分,他们依赖群体,他们在非洲拥有的力量就像当年的罗马人在不列颠拥有的力量,他们的"崛起只是对手太弱小而带来的意外斩获",而他们"对国土的征服"也因为一种理念而万劫不复,"那不是矫揉造作的姿态,而是出自一种理念,以及对这种理念不带私心的信奉"。

"不出一百年,"在《进步前哨》(1897)里,康拉德让这些头脑简单的人中的一个这样说,"这里也许就会出现一个城镇。这里会有码头、仓库、兵营,还有——还有——台球室。文明,我的孩子,美德——所有的东西,应有尽有。"而这种文明,这种定义得如此精确的文明真的来了;然后又消失了,就像消失的斯坦利城别墅,就像消失的威尼斯城堡夜总会。"产业、衣服、漂亮的地毯——那种用力一抖就会展开的地毯":这是《黑暗的心》(1902)的叙述者的话。"不;你想要的是具体而周详的信念。"

今天到这里来的人——他们往往是坐飞机来的——跟当时那些人别无二致。他们带来了货物、交易、技术和同样易朽的文明,除此之外,别无其他。他们不是先锋,知道自己不可能待下来。他们在夜总会出没(夜总会现在都起了非洲名字),引得妓女们围着默林酒店团团转(妓女现在都穿着非洲服装,因为非洲女人穿外国服装是违法的)。就这样,非洲再度变成了危险之地,在驱逐与没收的威胁中,深入非洲的文明前哨站又运转了起来:晚餐时分,两个老头子在和平咖啡馆炫耀他们叫来的年轻妓女,那些姑娘只有十四五岁。老头子们,这是他们品尝年轻血液的最后机会：金沙萨的大门也许明天就会向他们关闭。

"每个人到这里来都是为了钱。"人们从不掩饰自己的愤世嫉俗，而且焦虑的情绪让它变本加厉了。在独立的扎伊尔，愤世嫉俗的非洲人像是外国人的同谋。他们也想要"产业、衣服、漂亮的地毯"：开着梅赛德斯，挽着体态丰满的妓女，穿着笔挺的西装，配着得体的手绢和领结，端着镶金边的杯子，桌上摆着镀金的笔架，一只手上戴着硕大的金表，另一只手上戴着金手镯，在到处都是瘦小男人的土地上挺起意味着财富的大肚腩。然而，这些非洲人在合谋和模仿的同时，还带着另外一种情绪：对模仿对象——他们现在被称为"遗老遗少"——的怨恨。

西蒙所在的公司规模很大，已经被国有化了，西蒙现在是经理。（外国侨民仍然在公司工作，但那只是出于实际考虑，西蒙并不介意。）西蒙来自丛林，他这么年轻，这么成功，为什么要对以前的经理耿耿于怀，将他斥为遗老呢？这么说吧，有一天，那位经理浏览着工资单说："西蒙的税没有缴够。"

西蒙（他还有一个正式的非洲名字）这种人的心思很难捉摸，即便是会讲非洲话的比利时人也这样说。西蒙只在回答问题的时候才开口，他没有能力主动发起任何一种谈话；由于他的自尊，由于他对自己产生的新感觉，整个世界再次向他关闭了；他像是在闪避。他对前任经理的怨恨，一定有着比他说出来的原因更深的原因。慢慢地，实情浮出了水面。通过他对其他问题的回答，对"本真性"的信奉，对外国人看待非洲艺术的态度的反感（对他而言，非洲艺术是活生生的，他觉得金沙萨博物馆非常荒谬），还有他私底下对自己家居生活的非洲式安排（他开着汽车返回自己的家居生活），真实情况渐渐浮出水面：在这个不真实的模仿的世界中，西蒙感到漂泊不定，精神紧张。

外来访客跟西蒙这样的人——受过教育，赚钱不少——在一起时，会感到眼前这人既脆弱又迟钝，而且非常危险。因为他们心中充满了怨恨，这种怨恨跟他们的雄心壮志似乎是矛盾的，而且他们永远也无法为这种怨恨找到令自己满意的解释，它每时每刻都有可能转变为扫除一切、摧毁一切的渴望,这是一种非洲的虚无主义,这是当原始人清醒过来,发现自己被愚弄、被冒犯之后,爆发出来的狂怒。

刚果独立后爆发过一次这样的叛乱。叛乱的领导者是前教育部长皮埃尔·穆里勒,他带领部队长途跋涉,穿过整个国家,在斯坦利城驻扎下来,建立起恐怖政权。每个能读会写的人都被揪出来,带到小公园里枪毙;每个系领带的人也难逃一劫。一九六六年,叛乱平息已经将近两年后,邻国乌干达开始流传关于穆里勒的故事(乌干达当时已经到了分崩离析的边缘,属于该国的虚无主义领袖浮出了水面:那就是带领着一小股军队捣毁卡巴卡政权的阿明①)。据说有九千人在穆里勒的叛乱中丧命。穆里勒想要什么?他杀人的目的是什么?那位在美国待过、四十多岁的非洲人笑了,他说:"没有人知道。他反对每一样东西。他想从头来过。"关于穆里勒的反叛,《扎伊尔指要》中只有含糊其辞的一行字。但穆里勒的待遇和卢蒙巴②不一样,《指要》上印了一张穆里勒的照片,而且是大幅的。照片上是一个面带微笑的非洲人,牙齿中间有道裂缝。他穿着夹克,系着领带。

对约瑟夫·康拉德而言,斯坦利城——一八九〇年时,它还只是斯坦利瀑布码头——就是黑暗的心脏。在康拉德的小说中,这里就是库尔茨统治的地方。那个象牙贸易代表在荒蛮、孤独和权力的包围下,从理想主义堕入野蛮,回到人类最早的年代,他的房子周围全是人头,钉在柱子上。七十年后,跟康拉德虚构的故事相似的事件掠过了这道河湾。然而在这次事件中,那个"有着神秘莫测的灵魂,不懂得约束为何物,没有信仰,也没有恐惧"的人是黑人,不是白人;他已经丧失神志,但不是因为接触了荒蛮与原始,而是因为接触了文明——那些如今长眠在纳加利马山上、俯瞰着金沙萨激流的先驱者们创建的文明。

---

① Idi Amin,乌干达第三任总统,发动军事政变上台后实行军事独裁,统治期间进行了大规模的政治迫害及种族屠杀,一九七九年被推翻,流亡国外。
② Patrice Lumumba,刚果独立运动领袖,共和国的缔造者之一,一九六〇年刚果独立后担任首任总理,不久后遭到解职和杀害。卢蒙巴被害背后有蒙博托的策划,也促使卢蒙巴的手下穆里勒计划了一系列报复行动。

蒙博托身上体现了非洲的所有矛盾，而且他似乎想通过王权的辉煌让这些矛盾显得高贵。无论他的非洲风格多么考究，他仍然是个严重的非洲虚无主义者，只是他采取的手段并非流血。他是那个"年轻、但又闪耀着智慧与活力的"人——引自扎伊尔大学的出版物——在分裂与叛乱的黑暗日子中，"洞悉了问题的核心"，获得了他特有的彻悟：对"本真性"的需要，"我拥有的不再是借来的良心、借来的灵魂，我不再说借来的语言。"他将让祖先的道路与尊严再度发扬光大，他将会再造那个纯洁而合理的世界。

"我们宗教的基础是对造物神的信仰和对祖先的崇拜。"这是某一天一位部长对老师们的讲话，"我们死去的父母还活着，是他们在庇护我们，替我们说情。"现在不需要基督教的圣徒，也不再需要基督教了。耶稣是犹太人的先知，而且他已经死了。蒙博托就是非洲人的先知。"这位先知让我们从浑浑噩噩中苏醒过来，把我们的心智从异化的境地中拯救出来，他教会我们彼此相爱。"在公共场所，所有的耶稣受难像都应该被这位弥赛亚的肖像取代，就像在中国，到处都恭恭敬敬地挂着毛泽东的肖像。蒙博托的光荣母亲亚姆妈妈也应该受到尊崇，就像圣母玛利亚受到尊崇一样。

于是，蒙博托主义成了非洲的出路。非洲的很多舞蹈和歌曲都有其宗教起源，如今却被正式称作"活跃气氛的成分"，开始为这种新教派服务；舞者穿的衣服都印着蒙博托像。旧的仪轨被吸收到新的仪轨中来，但它的舞台不再是乡村，而是电视台的演播室、宫殿和会议厅，仿佛被赋予了焕然一新的尊严。非洲觉醒了！蒙博托在任何事情上都把自己当作非洲的替代者。一月底，蒙博托在金沙萨举办的"非美大会"（福特与卡内基基金会赞助）上说："卡尔·马克思是一位伟大的思想家，我尊重他。"但马克思并不总是对的，比如，他在"殖民主义的积极方面"这个问题上就是错的。"卡尔·马克思的教导是面向他所在的社会，而蒙博托的教导是面向扎伊尔人民。"

在非洲做这样的比较，一定得寡廉鲜耻。非洲人过着极度匮乏的生活，而蒙博托主义却深深地包裹在蒙博托王权的辉煌中：新建的宫殿群（基桑加尼那座印度王公风格的宫殿是从老印度居民纳赛尔先生手里没收上来的），纳加利马山的总统公园（星期天，非洲人在那里跟外国人一起散步，看到猴子便假装觉得它们很好玩），纳西尔的总统领地（只对忠诚的党员开放，当汽船和驳船经过那里时，船上的乘客竞相观望），出国访问，数不清的照片，蒙博托为这个国家带来的和平奇迹，镇子里几乎没有警察——蒙博托的王权是如此辉煌，国王的话语是如此精彩（他声称自己是穷人的朋友、厨师的儿子、芸芸众生中的一员），以至于非洲的一切矛盾似乎已经解决，都被转化为某种力量。

但矛盾依然存在，有时还会升级。扎伊尔的报纸会刊登一些跟科学和医药有关的文章。但一位医生现在觉得他可以告诉人们，"当神和祖先愿意的时候"，他就能给人治好病，他对一家报纸的记者说，不育症要么是遗传，要么是被下了咒语。另一家报纸则报道了一个治病的术士，革命让他有了自信,他说他有一个治疗痔疮百试不爽的药方，是祖先"密授"给他的。农业必须现代化，人民的饮食水平必须提高；然而一位医生以"非洲本真性"的名义警告人们，千万不能用进口食品喂小孩，毛毛虫和绿色叶子这类传统食物是最好的。西方的工业化世界正在衰败、崩溃；扎伊尔必须摆脱消费社会的瘟疫，摆脱随着工业文明一起涌入的自我中心主义和个人主义。而《埃利马报》的一位高校撰稿人则宣称：到了二〇〇〇年，扎伊尔将成为一个繁荣的国家，拥有大型城市，居民数量"也许会"达到七千一百九十三万三千八百五十一人，拥有庞大无比的生产能力。到那时，西欧将进入"后工业"的衰败阶段；苏联、东欧和印度次大陆将会结成一个集团；阿拉伯的原油会枯竭；扎伊尔（和非洲）将迎来她的时代，吸引发达国家（显然是那些还没有衰败的国家）的资金，引进全套的企业。

就这样，这些借来的理念——"殖民主义""异化""消费社会""西方的衰落"——成了为非洲的"本真性"崇拜服务的工具；一边梦想着回归祖先的过去，一边梦想着这个国家在未来奇迹般的强盛，这两种梦想已经结成了同盟。这种混合并不新鲜，也并不只发生在扎伊尔。

这类幻想曾经激发了西印度群岛的奴隶反抗运动；在今天，牙买加的大学里也有人认为，只有通过复归非洲传统，黑人才可能获得救赎和力量。已故的海地前总统杜瓦利埃因为他的非洲性而受到黑人崇拜；一位作家说，黑人需要一段贫困时期来"净化自己"，他没有意识到其中的讽刺（他的观点无意中与杜瓦利埃的话形成了呼应："受苦是海地人民的命运"）；还有一些离乌干达的屠杀足够远的人，认为阿明的非洲虚无主义是非洲力量的明证。

这是精神错乱，是绝望。《青年非洲》——金沙萨居然有卖，真是一个奇迹——二月七日这一期上发表了非裔法国作家施度·拉明的文章，他分析了非洲幻想的自相矛盾，谈到了"以过去为借口"。他问，所谓的非洲性是否只是今天的非洲"君主"为了加强自己的地位而制造的"神话"？"在很多人看来，'本真性'和'黑人性'这些词只代表着非洲人的绝望与无力——面对自己那令人沮丧的、无边无际的落后所感觉到的绝望与无力。"

考虑到普遍存在的腐败，那么多的失职行为，以及金沙萨市政系统的崩溃：垃圾没有清理，运河没有清污（尽管政府定期征收一扎伊尔的清污税），公共电视设备和电话亭被捣毁……就连《埃利马报》有时候也觉得，很难将这些自私自利的表现归咎于过去的殖民统治。"如果只是从经济层面来理解'落后'这个词，我们就错了。我们必须明白，有一种落后源自人们的习惯，源自他们对生活和社会的态度。"

《埃利马报》提出，蒙博托主义将与这种"精神瘟疫"做斗争。但谁都知道，尽管蒙博托主义口口声声在说"人"，扎伊尔轻快的国歌就叫《扎伊尔人》（"和平、正义与劳动"），但蒙博托主义推崇的只有一个人：酋长、国王。只有他一人应该受到敬畏和爱戴。离开了对蒙博托的崇拜，对生活和社会的新态度从何谈起？最近，有很多人因为某种原因被逮捕，被关进了马卡拉监狱。监狱是一道白墙围起来的、一排排没有厕所的混凝土房，靠近大门的墙上写着：纪律第一。牢房难以装下所有被捕的人，他们就用了一辆路虎来关门。第二天早晨才发现，有很多人被挤死或闷死了。

惨剧发生的根源不是残酷，而是漠然：外来访客必须学会适应扎伊尔。纳西尔的总统领地（穆罕默德·阿里曾在那里训练）是一种巨大的浪费，既铺张奢靡，又趣味拙劣：带空调的平房里布置了过多的家具，会议厅巨大无比，VIP休息室里铺着地毯，缀满了繁琐的腈纶流苏，非洲艺术品在这里沦为装饰家具。但你也可以从另一个角度看待纳西尔：它诉说着非洲人对非洲风格和奢华的渴望，诉说着非洲的巨大创伤。这种创伤可以解释外国定居者遭到的骚扰，解释国有化行为。然而国有化行为既可怜又虚伪，最后往往表明，它只不过是一种掠夺，是毫无创造力的计划的一部分；就像表面上看起来那样，是一种短视、自戕与虚无主义，它只是在拆除比利时人创造的国家的遗物。于是，来访者的情绪在不停摇摆，从一种情绪摆向另一种情绪；刚产生一种反应，便有另一种反应与之相抵消。

金沙萨有那么多人在尸位素餐，有那么多职位是徒有政治意义的摆设，是形同虚设的行政体系的一部分，在这种局面下，责任感、社群感和国家感从何谈起？这座拥有两百万人口的城市几乎没有交通系统，也没有工业（除了那些装配厂，和很多"发展中"国家一样，这些装配厂都坐落在从机场到首都的道路两边），而且跟这个国家的其他地区相隔绝。它之所以存在，仅仅是因为比利时人建造了它，到了今天，它几乎没有存在的意义。它没有必要运转，任其自生自灭就可以。夜晚，更有生命力的丛林生活似乎已经卷土重来，侵入到金沙萨的中心地带；此时，看守们（他们也在尸位素餐，因为他们不看守任何东西）打开他们地盘的围栏，人们抓起各种趁手的工业垃圾，在路面破损的人行道上生火，烹饪各种杂碎，然后睡觉。天气一热，阴沟就会发臭；一下雨，街上就会发大水。杂乱无章的城市蔓延着：污水在没铺柏油的巷子里汇成一道道蜿蜒的黑色小溪，大马路旁边隆起了粪堆，小孩满街跑，废弃的汽车轮胎乱扔，小货摊比比皆是，凡是有空地的地方都种上了甘蔗和玉米：这是城市里的自给农业，是丛林生活的遗迹。

然而在一条大马路尽头，坐落着一所大学。据说这所大学已经没落了，但那里的学生既聪明又友善。他们来自丛林，但是已经能够谈论司汤达，谈论法农 ①；他们满怀热情，因为对他们来说，每一样东西都是新的；他们也感觉到，随着西方经济的崩溃（报纸上每天都这样讲），世界的大潮正在涌向非洲。这样的热情应该有一个更完善的国家来与之相配。当你看着这些觉醒的学生，他们有理念、有历史感、认识到不公、有自尊，你会觉得，当他们发现自己得不到其所属社会的支持时，觉醒只会给他们带来痛苦。然而事情并非如此。他们当中大多数人会在政府部门找到一份工作，而且他们现在已经是把自己奉献给一个人的蒙博托主义者。非洲前进的道路已经一清二楚；一切探询都被严令禁止；而且蒙博托也发出了警告，在扎伊尔，最离心离德的就是知识分子。

蒙博托主义就这样简化着世界，简化着责任和国家的概念，简化着人民。扎伊尔通往强大与荣耀的道路似乎一马平川。洗劫比利时政权的遗产，没收，国有化，大肆安排形同虚设的职位，一切都轻而易举。现在，创造力也开始显得像是一种可以被掠夺的东西，会按照法令的要求出现。

扎伊尔有她自己的音乐和舞蹈。为了实现全面辉煌，她还要有文学；其他非洲国家都有自己的文学。《埃利马报》用整版刊登了一篇周日文章，文章说：问题在于，有太多根本没写过一行字、有时候连话也说不对的人在四处出没，混充扎伊尔作家，让国家丢脸。这种现象必须停止，那些伪装的文学"圈子"必须由官方举办的文学"沙龙"取代；这项工作刻不容缓。还有两个月，总统就要去巴黎了。整个世界都在看着我们，这两个月里，完成并出版一部扎伊尔文学作品是一件至关重要的大事。为了迎接拉戈斯黑人艺术节，还有一些著作要在年底之前完成。从文章的语气来看，这很像是蒙博托在讲话。

蒙博托无时无刻不在发表讲话。他不再说法语，而是说林格拉语，那是夹杂了多种语言的当地话，半导体收音机把他的讲话带到了丛林

---

① 指弗朗茨·法农（Frantz Fanon），著名作家，在后殖民研究领域颇有影响。

深处。他以酋长的身份讲话，人们倾听着，不时地发出笑声，不时地鼓掌。蒙博托的精彩举措在于，他把扎伊尔人长年渴求但又不曾得到的东西给了他们：一位非洲国王。国王体现了他的子民的全部尊严；拥有一位国王就分享了国王的尊严。个人的责任由此而减轻了——在境遇惨淡的非洲，个人责任很可能成为一个人的绝望之源——现在你要做的只是服从，而服从总是很简单的。

蒙博托总是颂扬他那简朴的出身。他和每个人一样，是一个公民。而蒙博托夫人妈妈——蒙博托的妻子——热爱穷苦人。她管理着一个面向贫困姑娘的救助中心，姑娘们在那里全身心地从事农业生产，还担任着制造国王勋章饰品的工作，忠诚的子民都会佩戴这种饰品：在扎伊尔，蒙博托的肖像永远供不应求。国王每一个小小的慷慨之举让都会让不适应慷慨的人民倍感珍惜。很多扎伊尔人会告诉你，现在有一艘医疗船在为河岸上的村庄服务。然而最令蒙博托的子民满意的，是他那些最奢靡的作风。国王的母亲受到了尊崇，她是个朴素的非洲女人。跟国王的人生经历有关的地方都已经被宣布为朝圣之地，遭到漠视的非洲丛林重新变得神圣了。

报纸上充斥着稀释过的法农的话语，每天都在谈论革命和革命的彻底性。然而革命的核心只有一个：王权。在扎伊尔，蒙博托就是新闻：他的讲话，他受到的欢迎，支持他的游行，以及他的新安排：宫廷新闻。真正的事件都无足轻重。金沙萨一家俗丽的家具店被国有化了，这是报纸上的重大新闻；另一条要闻是，人们发现一家酿酒厂的董事会里面没有非洲人。"警觉的"人民发现的反革命行为往往是这类事情：市场小贩的骗人伎俩；官员在晚上用政府的车拉客；一些人在违章建房；党的青年队成员喝醉了酒，在基桑加尼的大众汽车派对上捣乱。扎伊尔没有什么新闻，因为实在没有多少新的活动。铜矿开采在持续，因加的大水坝仍然在施工。到处都在扩建或新建飞机场，但这并不表明扎伊尔航空公司一派繁荣：建机场只是为了更好地管制整个国家。

这一切在一开始就显而易见，后来被似是而非的话语搞得模糊不清，最终还是被证明确有其事。蒙博托王权服务的目标就是它本身。

扎伊尔从比利时手中继承下来的现代政权体系解体了，但政权体系是否正常运转已经变得无关紧要。对于这个国家的真实生活而言，行政体系和现在的宫廷都是强加给它的，跟它没有真正的联系。责任、政权、创造力，这些都是访客带来的理念；这套话语不过是鹦鹉学舌，并没有回应非洲人内心的渴望。

蒙博托实现了和平，建立了王权，这是他的巨大成就。但他的王权是荒芜的，对国王的个人崇拜窒息了这个民族在智识上刚刚获得的一点进步。"本真性"问题引发的智识混乱让人们产生了对强盛的严重幻觉，再度关闭了通向世界的大门，将人们引向未来更深的绝望。蒙博托的权力必将烟消云散；但现在人们只能在蒙博托主义的指引下向前。蒙博托已经为他的后继者建立起了模式，到那时他们会发现，非洲对外部世界的依赖比起今天丝毫没有减轻，而且也像今天一样需要虚无主义的支撑。

当你开始感觉到，这是一个落入了陷阱的国家，始终停滞不前，永远处于风雨飘摇之中，你就开始体会到非洲人感觉到的空无。这是跌落的开始，非洲人以他们自己的方式跌回关于过去的迷梦——森林夹峙的空旷河面，土褐色院子里的茅屋，还有独木舟——那时，祖先的亡灵在守望和保护着他们，而敌人只不过是人而已。

（翟鹏霄 译）

亚穆苏克罗的鳄鱼
1982—1983

1

亚穆苏克罗位于科特迪瓦水汽充沛的森林深处，是黑非洲的一个奇迹。它过去是个小村庄，也许曾像西非丛林里的其他村庄一样，遍布着住上两年就会烂掉的茅草屋。但亚穆苏克罗也是这个地区的部落酋长驻地，在法国长达半个多世纪的直接统治之下，酋长的权威——道德、灵性与法术的权威——并未被人遗忘。

那位年迈的老人现在仍然是酋长，他接受过法国教育，成了法国人所说的"殖民地"医生，虽然不是百分之百的法国出品，但终归算得上医生。后来，他成了一位政治家、一位抗争领袖。随着一九六〇年的独立，改换了面貌的丛林重新回到了它的人民手中，酋长也从此成为科特迪瓦的统治者，一直到今天。

他把国家治理得不错。他任用法国的技术人员、顾问和管理者，在天然矿产资源匮乏的情况下，仅仅凭着热带雨林和土地资源，就缔造出了一个富裕之邦。科特迪瓦已经富裕得需要从周边的非洲国家引进劳动力，那些国家要么经济落后，要么秩序混乱。外来劳动人口的增长跟当地人口的自然增长水平相当，整个国家的居民总数已经从一九六〇年的三百万增长到今天的九百万。首都阿比让①，当年那个在咸水湖淤积的、臭烘烘的黑淤泥上悄然兴起的码头，如今已是西非名列前茅的大港。深入内地一百五十英里，在一条不会让法国人丢脸的公路尽头，总统的故乡——亚穆苏克罗——也已经改变了面貌。

总统的故居其实已经从公众的视野中消失了。整个村庄——茅屋（如果还有的话）、公地以及近乎神圣的仲裁树——都被圈进了新修的总统宫，掩藏在绵延几英里的高高的宫墙后面。

宫殿侧畔有一片人工湖，湖中放养着乌龟和食人鳄，这些具有图腾和象征意味的生灵都是属于总统的。亚穆苏克罗以前没有鳄鱼，谁也说不清这些鳄鱼到底有什么含义。但鳄鱼会让所有的非洲人立即想到危险，想到集总统与酋长职位于一身的领袖对他的权柄那深信不疑、神秘莫测的把握，那权柄超出了人类的属性，仿佛是从大地中散发出来的。

酋长的权力和智慧已经让亚穆苏克罗周围的森林消失了。曾经的非洲田野、未经开垦的公地和杂乱的林木，如今已经是整整齐齐的机械化种植园。芒果、鳄梨和菠萝的种植区动辄几平方英里，所有的果树都排成整齐的直线。非洲人平常看到的大自然都是杂乱不驯的丛林，因此直线在他们眼中充满了美感。据说，在非洲的这个地区，耕地归使用者所有，丛林则不属于任何人。几年前，亚穆苏克罗周围的种植园被赠给了国家，在那之前，它们都是总统的私产。

总统的构想一向很宏伟，而他对亚穆苏克罗的规划格外宏伟。他希望它跻身于非洲乃至全世界的大都市行列。这里的土地都平整过了，环绕着未来都市的大道也已经修好，路面像机场跑道一样宽阔。夸张、奢侈的现代楼群拔地而起（其中不乏设计得很出色的建筑），矗立在荒郊野外一片铲光了植被的土地上，等待着被充分利用。

为了吸引游客，这里修建了一个风景宜人的高尔夫球场。球场迄今为止维护得很好，顽强地抵挡住了长势迅猛的丛林的侵蚀。修

---

① 作者写作本文时首都为阿比让，一九八三年，科特迪瓦首都迁往亚穆苏克罗。

建高尔夫球场是总统的主意，尽管他自己并不打高尔夫。高尔夫球进入他的脑海时，他已经很老了，他便以慈祥的领袖风范，号召他的全体子民——科特迪瓦六十多个部落的每一个人——打高尔夫球。为了接待来访的客人，这里修建了一座十二层高的总统酒店，是法国索菲特的连锁酒店。酒店宣传册是在法国印制的，银灰色的封面透着王者气派。"追踪总统乌弗埃－博瓦尼的故园踪迹，"宣传册上写着，"发现明日非洲的超级现代构想。"

两种思想并行不悖：超级的现代梦想也可以为古老的非洲服务。这其中依然有着法老遗风，透出一抹远古世界的色彩。只要远离高尔夫球场和高尔夫俱乐部，远离总统酒店的游泳池，远离这些令人瞠目结舌的现代浮华，矗立着人工湖畔的总统宫。光光的宫墙把总统的祖村和仲裁树围了起来，不让普通人看见；宫墙外，每天都有人用生肉饲喂总统那带有图腾意味的鳄鱼。人们可以到这里来观看。然而通往亚穆苏克罗的路途相当漫长，沿途那片植被斑驳、地广人稀的旷野也令人望而生畏，只有驾车的人才能轻轻松松地来到这里，而这部分人往往都是外来的访客和游客。

喂鳄鱼的仪式每天下午在明媚的阳光下举行。湖边围着轿车和衣着鲜艳、端着相机的游客。这些鳄鱼是圣物，一定要为它们献上活的贡品：一只鸡，这是仪式的一部分。这种献祭的元素，这种对权力与残酷的徐徐展示，令观者不安，但这正是它想要达到的效果，它仿佛把黑夜与森林再度带到亚穆苏克罗之梦。

对于一个外来者来说，无论他持有怎样的政治信念或宗教信仰，非洲在他眼中经常呈现为嬗变中的状态，她似乎总是处在马上就要变成另外一种东西的临界点上。因此，非洲总会勾起一个人的希望、雄心、沮丧和恼怒。就连科特迪瓦取得的成就也让人感到焦虑：这种成功会持久吗？非洲人有能力从法国人、以色列人和其他民族手中接过他们为非洲人建造的一切，并让它们高效运转下去吗？

当一个人来到亚穆苏克罗这样的地方，他的焦虑就会变得尤为强烈，他会觉得这一切都不太真实。在这里，你瞥见了一个非洲的非洲；

非洲在她自己眼中——无论历史上发生过多少事件，无论近年来呈现出多少世俗的辉煌——永远是完满的，充满成就，爆发着自己的力量。

这种"完美非洲观"本不应该令我惊讶。与之类似的宗教情感当年就像阵阵迅疾的风，鼓动着加勒比地区的很多奴隶起义。在加勒比地区各种教派的组织当中，完美非洲观长盛不衰，同时也感染了当地的政治。黑加勒比地区最近兴起的很多政治运动都带着非常纯粹的非洲的一面：对非洲千年复国梦充满狂喜的向往。

新大陆的种植园充斥着来自西非的奴隶。但是当我来到科特迪瓦时，我并没有特别想到这一点。我来这里的原因要简单得多。世界太繁复了，我们只能把各式各样的东西分装在大脑不同的小隔间中。我想来西非，是因为我从未来过这里，想看看曾经的法属殖民地，了解一个非洲国家如何能在黑非洲的混乱中脱颖而出，取得了举世公认的政治成就和经济成就。非洲人的胜利、非洲的法国，这些迷人的想法把我带到了这里。

"非洲的法国"是我个人的幻想，它来自我对法语的热爱，这是一个中学男生特别的爱，它是英属特立尼达女王皇家学院的教师们在我心中点燃的，这些教师很多是黑人或黑人混血，都深深地喜爱法语，而且在他们心目中（他们从来没有明说，但处处都在向我们暗示），法国是一个兼容并包的国家。非洲的法国：我想象着法语从优雅的非洲人嘴里讲出来，我想象着身材高挑、裹着头巾的女人，就像马里女人和刚果女人，我想象着红酒和热带的林荫大道。

然而，在科特迪瓦的溽热中，午餐时分的红酒让人昏昏欲睡，而且这里的红酒大多是玫瑰红酒，产自摩洛哥；西非的法国人跟西非的英国人一样破落，带着刺耳的口音；阿比让的商业中心小小的、干巴巴的，丝毫没有林荫大道的影子，只有黎巴嫩人开的商店，这里一片那里一片，躲在新建的高楼大厦投下的阴影中，诉说着不久之前那个更为乏味的殖民城镇的故事；这里没有林荫大道的幽静，只有"时髦的"非洲人街区传来的非洲话的嘈杂声。除了这些，这里也像很多前殖民地一样，矗立着崭新的国际酒店，散发着与周围的事物毫不相干的、现成的光辉。

在高尔夫论坛酒店的游泳池周围，法国商人和技术人员的小乳房妻子们赤裸着上身在晒日光浴，长着黑色和橙色花纹的蜥蜴在四周爬行。要等到夜幕降临之后，非洲才会以卡巴莱舞的形式到来：这不是非洲人居住区的夜总会里的非洲，而是官方赞许的"文化的"非洲：来自森林的、带有准宗教或法术意义的舞蹈，如今在风景宜人的花园里上演，女人哼唱着歌谣翩翩起舞，舞台的灯光抚弄着她们袒露的丰满乳房。

我并没有真的以为我能在非洲找到一个法国，那只是我的幻想。我没有料到的是，在科特迪瓦，法国和非洲仍然像是两种截然分离的东西。这让大都城阿比让呈现出来的成功景象更加令人费解：在城市的大马路上，方向指示牌处处显示着法国的痕迹；市中心矗立着摩天大楼；这里有大学校园和高尔夫球场；工人居住区四处蔓延，虽然凌乱，但并不贫穷；人种混居（非洲人和欧洲人）的中产阶级居住区为数不少；政府修建的公寓鳞次栉比；巨大的港口和工业区在运转；暮色中，已经被污染了的热带咸水湖湖面反射着高峰时间"滨海大道"上穿梭往来的车灯。

"这难道不是很美妙吗？"一天傍晚，一个美国使馆的人望着此番景象对我说，"他们仅仅凭着一点咖啡、一点可可就做到了这一切。"

他们用看似很少的东西创造了财富，而且分享、利用了这笔财富。但科特迪瓦的繁荣已经退潮了。咖啡价格下跌了三分之一，可可价格下跌了一半，前来开采石油的人正在离开科特迪瓦，去往非洲其他的法语国家。有些不满的声音出现了；有人开始对这个国家的法国人数量之多表示抗议。但这个国家毕竟取得了非凡的成就，在非洲的这个角落仍然保持着秩序，仅凭这一点，就让人觉得是个奇迹。

这个国家周围的地区要么一片混乱，要么一无所有。在文盲和贫困人口占绝大多数的利比亚，数位前任政府官员在海滩被枪决了，没举行任何仪式，从那之后，利比亚就一直被军队统治着。（新闻报道在读者的脑海中唤起了一幅怎样的画面啊：度假场景中，惊慌失措的人穿着西装或睡衣，身穿制服的人端着枪，远处传来大海的涛声。）几内亚，以前也和科特迪瓦一样是法国的殖民地，本来有可能比科特迪瓦还要富庶，但现在已经陷入了濒临崩溃的、杀人不眨眼的暴政统治，该国死囚牢中的"黑伙食"已经臭名昭著：他们既不给犯人吃的，也不给喝的，让犯人活活地衰竭而死。加纳，一九五七年独立的时候比科特迪瓦富裕得多，人们受教育的程度也高很多，机构也很健全；而如今，频繁的政变已经让加纳陷入了无政府状态，劳动力大量流出。

然而就部落而言，加纳人、几内亚人跟科特迪瓦的一部分人很相近。部落和民族不受国家界线的约束。虽然科特迪瓦自称自由之邦，但她也是一个非洲国家，一党执政，有着她自己的个人崇拜：独立时当上总统的人仍然在当总统，一直没有卸任。科特迪瓦的事业不是一日建成的，靠的是二十年来的经年累月之功。因此很显然，她能取得这种非洲式的成功，其中一定有适合当地人的组织原则（她远远超出了总统的个性），某种容易把握、容易复制的东西。

科特迪瓦人提供给外来访客的解释言简意赅，他们已经向其他访客解释过无数次了：加纳等国开展的国有化运动是白领和律师的运动，他们迷信意识形态，想用外国的观念一夜之间把非洲既高尚化又非洲化；而科特迪瓦的国有化运动要简单得多，他们是农场主、农夫和村民的运动。

我到科特迪瓦不久遇到了一位大使，他对这种解释做了补充。他刚刚收到一条消息：加纳又平息了一起政变。这两个国家在独立的时候就不一样，大使说，气候和植被是它们仅有的相似之处。加纳独立后，民族主义者致力于建设"行政结构"；科特迪瓦则致力于从农民的耕作中创造出财富。科特迪瓦不怎么关心非洲化，他们修筑公路，拉近了村庄与市场的距离。他们为农村提供服务和安保——安保非常重要。他们让村庄不再与世隔绝，从而让人们安心地留在自己的土地上，他们成功了。现在，公路和旅馆遍布整个科特迪瓦。即便是位于国家腹地的总统故里亚穆苏克罗，距离阿比让也只有三个小时的车程。

就这样，我第一次听说了亚穆苏克罗。那是总统的故里，也许只是关心农业的政府将其从封闭状态中解救出来的农耕村庄中的一个。

大使说话必须字斟句酌，他们的工作很特殊，必须过着符合特定仪式的生活。作为官员，他们对一个国家的看法不应该跟当地人相去太远，因为他们必须跟当地人打交道。因此跟大使在一起，就和跟黑非洲的其他外国侨民在一起时一样，一开始，他们都显得模棱两可。当他们说一些不得已要说的话时，听上去都像是在否认或无视某些他们心知肚明的东西。外国侨民对非洲的非洲也许了然于胸，但他们不会在跟访客第一次见面时就把这个非洲和盘托出。他们都是有工作、有技能的人；他们的工作是他们自尊的一部分，他们要呈现给访客的非洲跟他们的工作息息相关。因此这种模棱两可的态度是人之常情，并非没有诚意。在非洲做某些工作、按照另一种文明的原则和技巧行事，这些举动有时就像是在超然地践行美德。很多外国侨民——那些在解放后的黑非洲留下来的人——成了真正的好人，也有不少人变得异乎寻常地孤独。

菲利普是外国侨民，从他那里，我第二次听说了亚穆苏克罗。菲利普是英国人，三十七八岁，他的大部分职业生涯都是在非洲度过的。他现在供职于一个非洲国家间组织，妻子是圭亚那的黑人姑娘，非常美丽，来自一个在英格兰定居的黑人家庭。很奇怪吧，菲利普说，在他们的婚姻中，非洲一方竟然是他，而英国这边的珍妮特"来自哈德斯菲尔德"。

那个周末刚好是珍妮特的生日。他们准备星期天去海边的大巴萨姆庆祝一番，那里是侨民周末远足的地方。我跟他们一起去了：汽车驶出阿比让，驶过外来劳工简陋的聚居区，驶过椰树庄园——那里种着成排的椰树，椰树的轮廓沿着排与排之间的空地构成了一道道狭长的景深——驶过一排排出售非洲小玩意和手工艺品的茅草屋，来到了殖民地的旧都：已经沦为废墟的大巴萨姆——一八九九年，一场黄热病肆虐之后，它就被抛弃了。我们驶过混凝土墙和瓦楞铁皮，驶过积着厚厚的尘土的街道,终于到达海边,来到了茅草屋顶下的星期天餐厅。在科特迪瓦逗留了两周之后,我发现,到大巴萨姆远足是侨民生活的固定节目,已成他们那单调乏味、刻板拘束的生活的一部分。

靠近阿比让城边的地方,公路变得非常宽阔,而且没有中央隔离带。特意这样修的,菲利普说,这是为游行准备的。

"就像亚穆苏克罗,"菲利普说,"你应该设法去一趟,最好是晚上抵达,你会看到通明的双排路灯,惊讶于自己身在何处。而到了早晨,你会发现,你身在荒野。"

我们路过了一片低矮的兵营。这个兵营似乎已经驻扎了很久,隶属于法国外籍兵团。他们很低调,菲利普说。他们到科特迪瓦只是来受训的。

我对他说:"这些非洲国家各有各的个人崇拜,待在这样的国家,你觉得沮丧吗?"

以我们的交往程度来看,这个问题问得太尖锐了。

他说:"每个地方都有个人崇拜。如果用局外人的眼光去看福克兰群岛[①]危机,我可以说这里面也有严重的个人崇拜。撒切尔夫人让自己变得位高权重。"

我问,他是不是真的觉得这是同一回事。

他的回答却出乎意料地直截了当:"不。"很快,他又回到这个话题上来,像是在为自己和自己前面说过的话做解释:"你必须理解,非洲人比较偏爱个人崇拜。这是他们能够理解的东西,多党和多头只会让他们困惑,我见过那种局面。"

第二天的使馆午餐会上,大家谈起了非洲人对权威的态度。我听到有人说,总统已经觉察到国内正在滋生不满情绪。出于宽仁和践行正道的愿望,他试行过"民主化"。科特迪瓦只有一个政党,选举时

---

① 福克兰群岛,位于南美洲东南部海域,毗邻阿根廷,一九八二年,英国与阿根廷为争夺该地主权爆发战争,因阿根廷称该地为马尔维纳斯群岛,战争又被称为"马岛战争"。

一般也只有一份候选人名单；各选区的选民只需投票支持或反对党的候选人就可以了。最近一次的选举做了一些新的尝试，选举办法规定，党内任何人都可以出来竞选任何席位。代表大会共有一百四十多个席位，有六百多位候选人参加了竞选。百分之八十的老代表落选了，其中有些人已经当了二十多年党代表。

某种形式的民主的确实行了，但在政治上引起了轩然大波。老代表们有一群追随者，已经成了长老。在非洲，一旦是长老，就永远是长老，直到死去。被革除了权力的人不可能轻轻松松地回到村庄，再度成为普通的村民，因为他们已经颜面扫地。所以这次民主试验损害了乡村生活的凝聚力。选举以来，电视上有无数节目在强调"调和"的必要性。"民主"，人民做主，这是外来的理念；而"调和"是非洲的理念——事实上，在某些村庄和部落，每年都会举行专门的调和仪式，主持人是当地酋长。

就像很难免除长老或代表的职位一样，总统也很难不再担任总统（但在那天午餐会上，我们并没有把这两者联系起来），尽管他年事已高，有八十岁了，兴许还是八十好几（没有人知道他确切的年龄）。总统不能退位的另一个原因是亚穆苏克罗的浩大工程。工程离竣工还遥遥无期，总统在有生之年看不到那一天了。这就是为什么尽管总统是个民主派，也反对部落主义，但仍然坚持要在他统领的伯尔罗部落中选拔他的继任者。只有这样，他才能确保（或者说"试图确保"）亚穆苏克罗的工程会在他死后继续进行下去。

我听到人们说，亚穆苏克罗在飞速发展：从前的内地农村，现在已经道路四通八达，设施健全，极其宽阔的林荫路在雪亮的街灯照耀下通向荒野；它已经是一座纪念碑式的城市，意在让一位非洲的统治者永垂不朽。当我意识到整个工程的法老式的宏伟规模时，我开始担心起它的未来。我想起那些古埃及的纪念碑，环绕着法老名字的纹饰经常被法老的后继者毁坏得面目全非，而神圣法老纪念碑上经过雕琢和打磨的石头也会被砸碎，当成普通石块随便地用在另一块纪念碑上。而亚穆苏克罗的非洲梦正在由来自另一种文明的人创造着：法国人、以色列人和其他民族的人，他们的技艺也很容易在这片大陆上销声匿迹。

就这样，现代非洲取得的成功给我的第一印象打了折扣。在这里，成功，变成了统治者非意识形化的个人崇拜表达，统治者是掌权家族的族长；这种机制依赖于非洲人对权威的观念。而这一切的基石是法术。

我最后之所以得出了关于法术的看法，依靠的不是秘密的信息源，而是最公开的消息途径：报纸。

科特迪瓦有一家日报——我只看到这一家——叫《兄弟晨报》，每天都会在第一版的左上角刊登总统的一点"思想"。这些思想主要是关于发展和经济的，头版的主打文章也是这方面的内容。这份报纸也有体育版，但丝毫没有冲淡报纸的严厉风格。报纸上没有八卦，也几乎没有来自警方的任何报道。《兄弟晨报》呈现的是一个劳动中的国家、一个学习中的国家，甚至是一个在上夜校的国家。然而，在我来访的第一周结束时，报纸上终于出现了一条真正的新闻。它在周末报的内页上占了两版，内容显然是当地一起家喻户晓的耸人听闻事件。

距离阿比让十七公里的地方有一个村庄，通往亚穆苏克罗的宽阔的马路从那里经过，村里一位教师的房子不时进发出神秘的火光。一个读者写信给报纸，提出那栋房子周围很可能有逸散的天然气。但这封信不起眼地印在右侧页面的最底下，加上了一则标题："一种科学的解释"。而故事的主体——报道正文——说的却是："十七公里村"的燃烧之谜已被破解。

解密人是基督教天体派的一个布道者。天体派教徒早在受邀前来探秘之前——当时那位教师正在把大笔的钱支付给制作神物的人和穆斯林法师——就已经跟神灵沟通过了，他们"发现"恶灵是整件事情的根源。根据天体派教徒的说法，这类调查需要考虑两个层面：神秘层面与人类层面。在神秘层面上是邪灵在作祟；在人类层面上则是一个被邪灵附体的人，这个人变成了纵火者。

天体派教徒凭着他们特异的禀赋，已经找到了这个人。邪灵一旦被发现，便立即处在了下风。邪灵去找过天体派教徒，恳请他们不要干涉它，让它继续在科特迪瓦秘密地干这种邪恶的勾当。它想贿赂天体派教徒，但遭到了拒绝。然而天体派教徒还是跟邪灵展开了对话，他们问邪灵，为什么要在教师的房子里放火，邪灵没有直接回答，只是"通过一种神秘的方式"说，它是房子的主人。这显然是一种威胁，天体派教徒不打算再听下去，立即命令邪灵不仅要离开那座房子，还要彻底地从科特迪瓦消失。邪灵乖乖地走了。

现在，教师的家前门竖起了一个守护十字架，这个饱受折磨的人终于重获安宁。天体派基督徒充分利用了他们的胜利，唯一令他们遗憾的是那位教师把很多钱花在了神物和穆斯林的法术上面。而他们这些基督徒，仅仅凭着对耶稣的信仰和几根蜡烛就解决了问题。

就这样，十七公里村的故事有了一个大团圆结局。这是一个道德说教故事，就像《兄弟晨报》的很多内容一样，整个故事带着循循善诱、抚慰人心的味道。邪灵被一股更强大的力量击溃了。不仅仅是一个乡村教师的心灵重获了安宁，整个科特迪瓦也得到了一次净化。

《兄弟晨报》没有提到谁被附体了，也许是出于法律上的慎重，更有可能是出于对邪灵的忌讳。记者只给了一些暗示：那个被附体的人经常出入那座房子，跟教师的家人很熟，为教师做很多事情。《科特迪瓦星期日》杂志用了两页图文特稿来报道这件事情，登出了教师和他两位妻子的照片。被附体的人有没有可能是其中一位妻子呢？两位妻子看上去都无精打采的，跟那位无精打采的教师一样，不同的只是她们两个都形容消瘦，而教师有点胖。黑巫术和邪灵的出现似乎让这三人都见识了一下什么是地狱。黑巫术不是闹着玩的，事实上，《科特迪瓦星期日》的封面文章讲的就是真正的宗教与黑巫术、好法术与坏法术之间的斗争。

外国访客看到阿比让的高速公路和摩天大楼，便联想到非洲的发展与成功。但阿比让位于非洲，在非洲人的意识中，这个世界的安全也通过另外一种方式获得了保障。政府控制下的媒体传递着抚慰人心的消息：非洲隧道的两端都有光亮。

2

我出门旅行，是为了发现其他的意识状态。在这场认识的历险中，如果我所到的地方，人们都过着拘束的生活，这说明我的好奇心还部分地受制于我的特立尼达殖民地背景。我选择的地方，无论它们显得多么陌生，都跟我业已知道的东西有一定的联系。一旦我的好奇心得到了满足，此地再也没有出乎我意料的东西，这场认识的历险就结束了，我就会焦灼不安地想要离开。

我的好奇心是一个作家的好奇心，而非民族志学者或记者的好奇心。因此当我旅行时，虽然只能让我所发现的东西牵引着我，但同时又仿佛生活在自己创作的小说中，随着一个人与另一个人相交织、一起事件为另一起事件拉开帷幕，我也从一无所知走向豁然开朗。这场认识的历险也是人性的历险：我只能跟从意气相投的召唤。我不用勉为其难；没有哪个发言人是我必须要见的，也没有哪个人是我一定要采访的。通过我慢慢喜欢上的那些人，我最能找到我想要的、对一个地方的理解。在科特迪瓦，我主要在外侨中间走动，他们当中有白人也有黑人。我通过他们的眼睛，通过他们的各种各样的经历，打量着这个国家。

特里·施罗德是这些外侨中的一员，他是美国大使馆的公共事务官员。他年近五十，是个身材瘦削、相貌英俊的单身汉，有着让女人既着迷又觉得不可接近的忧郁气质。他准备早早地从外事职位上退休，科特迪瓦是他的倒数第二站，而且他在这里的任期马上就要结束了。就是他对我说了"一点咖啡、一点可可"，他赞叹科特迪瓦取得的经济成就，但他对它的非洲的一面也有自己的感受。

也正是特里在我们第一次见面的时候就告诉我，科特迪瓦住着一位著名的非洲圣人，他已经很老了，是总统的灵性顾问。这位圣人也乐得为其他事情担当顾问，特里希望我能见见他。但圣人不幸"住院"了，我在科特迪瓦逗留期间他一直没有出院。这位圣人名叫阿马多·汉培特·巴，以前担任过大使，还是联合国教科文组织一个重要机构的成员，但他在科特迪瓦的声誉都跟他的灵性造诣有关，因为他精通数字命理，对其他玄奥秘传的东西也颇有研究。特里跟他比较熟，可以去医院探望他，特里总是称他为"汉培特·巴先生"["汉培特"的发音跟"Humpty"（矮胖墩）相去不远］。汉培特·巴来自科特迪瓦北边的马里，他是穆斯林，但非洲宗教在他心中占据着举足轻重的位置。"伊斯兰教是我的父亲，非洲是我的母亲。"据特里说，这是汉培特·巴的名言之一。他的另一句名言是："在非洲，当一位老人死去时，一座图书馆也随之烧毁了。"

我们第一次见面时，特里还跟我说起一个人，他在研究当地的乡村巫医（或者说是药剂师）。巫医里面有些人确实掌握了某种知识，能够用非洲的方法治疗非洲人的神经症，他们也了解草药和毒药。他们对毒药讳莫如深，掌握的毒药知识让人害怕，这构成了他们的一个力量来源。

谈起毒药，我想起了大洋彼岸的加勒比群岛。在旧时代，奴隶种植园不断有"新黑鬼"（这是他们的称呼）补充进来，这些黑人就来自科特迪瓦这类地方，毒药是奴隶和奴隶主面临的特殊恐怖事件之一。奴隶中总有会使毒的人；在种植园的奴隶中间，隐藏着一个地下的非洲世界，里面通常能找到一个储存了好些毒药的人；而一个复仇心切的奴隶会做出很恐怖的事情。一七九四年，特立尼达西班牙港的科布伦茨庄园有一百名奴隶中了毒，庄园主被迫放弃了这份产业。一八〇一年，流亡的德·蒙塔龙贝男爵买下了这座庄园，投毒的人又开始活动了，在男爵拥有这份产业的第一个月，他投入庄园的一百四十个"熟练"奴隶损失掉了一百二十个。

加勒比地区的种植园主对非洲法术的恐惧不亚于毒药。奴隶制依赖于奴隶的服从，依赖于奴隶接受自己该受奴役的逻辑。然而一位擅长说服别人的法师能够唤起非洲人的本能，让其追随者觉得白天工作的世界不真实，使平常比较顺服，甚至是忠诚的奴隶起身反抗。因此法师一旦被指认出来，就会被施以酷刑。在特立尼达和马提尼克①，他们会被活活地烧死。

法术与毒药，在群岛旧文献的描述中，显得像是绝望中的武器，在那个时候也许的确如此。然而在科特迪瓦，它们是一个依然完整的世界的一部分。科特迪瓦官方弘扬的非洲文化虽然有时显得只是吸引游客的题材，但其实也是非洲宗教的一种表达。即便是旅游纪念品商店出售的面具，高尔夫论坛酒店游泳池旁边上演的舞蹈，其中仍然包含着某种敬畏感，散发着广为施行的法术的光晕。这里的人知道另一种现实，他们轻松自如地生活在一个充满了灵性与神灵的世界里。

特里·施罗德介绍我认识了阿尔蕾特。阿尔蕾特是个黑种女人，来自马提尼克。她的法语优美而清晰，让我心中那个中学男生对法语的爱一下子完全复活了。她四十岁左右，身材高大，待人极其友善，毫不吝惜自己的时间和知识，她将让我弄懂这个国家的很多事情。她在巴黎遇到了一个科特迪瓦人，跟他结了婚，在科特迪瓦一住就是二十年。但她现在已经离婚了，前夫去了加蓬，那是法国在非洲的最新领地，盛产石油，遍地黄金。阿尔蕾特在阿比让大学的艺术系工作。她一个人住，在外国人社区中有很多朋友，我觉得她害怕孤独。她是一位外侨——在科特迪瓦，外侨有白人也有黑人。

马提尼克，法国，说法语的非洲：一条清晰可见的环环相扣的生活轨迹。若是在以前，当我身处地域逼仄的特立尼达，从黑人老师那里学习法语、倾听他们对法国文化之开放与自由的赞叹时，我会觉得阿尔蕾特的生活之旅非常浪漫。但是当我酝酿我的科特迪瓦之行时，我并没想到，法属西印度群岛人正在沿着迂回的路径返回非洲。就这样，除了我自己能联系上的人，别人也开始帮我介绍其他人。科特迪瓦变得不再像我想象中的那个国家。

我们是在歌德学院赞助的一次钢琴演奏会上遇到阿尔蕾特的，歌德学院是西德大使馆的文化机构。特里之所以去参加那场音乐会，部

---

① 马提尼克岛，位于中美洲的加勒比海，法国的一个海外省。

分原因是为了支持一个外交同行：外国使馆举办的文化晚会往往吸引不到很多来宾。特里说，科特迪瓦人富有、成功，享受着外国劳工的服务——总的来说他们已经厌倦了外国人，很难调动他们的胃口。特里自己举办文化晚会的时候会先安排一顿晚餐，希望人们用过餐后会留下来，但这一招并不总能奏效。外国文化太外国了。美国人在科特迪瓦举办过的最隆重的活动是美国海军波特兰号的来访：就在不久之前，美国人用无与伦比的登陆艇演习了一场对离岸岛屿的袭击。

特里带着一丝伤感的骄傲说："那场演习让科特迪瓦军方开了眼界。"

阿尔蕾特住在一座院子里，里面是一排排的政府公寓。我们开车去接她，没接到，就去了歌德学院。她已经在那边的花园里等我们了，她身材高大，棕黑色皮肤，穿着一袭亮闪闪的白色长裙，在灯光和树影中显得有一丝凄凉。她在嚼着什么；她总是在紧张地嚼着、吮着糖果，或者在吃着什么东西。他们已经把她公寓里的水给停了，她说。她对账单有异议，拒绝付钱，他们就停水了。现在她轮流到几个朋友的家里用浴室。（她为水的事情搏斗了几天，但最后还是付了账单。）

钢琴独奏会的听众是白人。歌德学院为说法语的非洲献上的钢琴家是个阿尔萨斯人，他有一个法国名字。他以前为歌德学院做过非洲法语地区的巡演，在当地获得了知名度。他高挑细瘦，半带微笑，脚穿笨重的黑皮鞋，有着一双白皙而有力的大手。每当掌声响起，他便起立鞠躬，从演奏台上小心翼翼地走下两级摇摇晃晃的活动台阶，然后轻快地走到大厅尽头，仿佛再也不回来了，但他只是在阴影里面等上一会儿，便再次向演奏台走来，走上摇摇晃晃的台阶，再鞠一躬。结束的时候，他走回来了两次，演奏了两首加演曲目。

阿尔蕾特用法语说："我跟特里打赌，这里只会出现十张黑人面孔。但我错了，只来了三个。"非洲人不喜欢文质彬彬的音乐，阿尔蕾特说。他们只喜欢非洲夜总会的音乐。非洲学生即便到了巴黎，也只想找那种音乐来听。但不管怎么样，她说——她随着她讲的法语节奏摇着头，承认她自己在今晚的独奏会上也有些坐不住——钢琴家今天选了一些难懂的曲子。

钢琴家和德国文化参赞站在门口向宾客道别。钢琴家整洁、缄默，身穿黑色西装。参赞有着艺术家式的随意风格，戴着一副大大的圆框眼镜，圆脑袋上留着一头长长的红发。他为晚会的成功感到高兴。这次晚会开销不菲，他对特里说，毕竟是一场高水准的音乐会。阿比让的歌德学院一年只能举办一次这样的活动。这位钢琴家本来要去加纳的阿克拉，但是——参赞做了一个外交官的耸肩动作，尽管我们都知道加纳的事情，但他不好评论。

音乐会之后，阿尔蕾特和我去了特里的房子。那是一座单身汉的房子，客厅很大，而且装饰得很正式，特里的很多文化晚会都是在这里举办的。客厅里摆着来自东方的纪念品——特里曾经在东方供职——还有一些非洲的面具和其他器物。特里为我们拿来了红酒，然后下厨给我们炒鸡蛋。

阿尔蕾特向我谈起了法国人。她喜欢法国文化，她说。但她讨厌法国人的礼节。她指的是法国人在社交礼节上刻板拘泥，最喜欢在"正确的杯子、正确的餐具、恰当的红酒"这些问题上小题大做。对于那些小家子气的法国人来说，尤其是在阿比让这样的地方，这套繁文缛节就像是道德原则一样不容违背。法国人对食物也过分痴迷。法国食物是法国神话的一部分，但阿尔蕾特对此并不欣赏。当你从国外回来，他们只知道问你："Mange-t-on bien là?"（那里的东西好吃吗？）对这样的人你怎么欣赏得起来。

阿尔蕾特说，在科特迪瓦，法属西印度群岛人（加勒比人）的行为方式一如法国人。他们瞧不起非洲人，因为他们觉得自己是文明人、是法国人，他们期望非洲人仰视他们。"但他们失望了。"西印度群岛人弄错了；非洲人不会仰视任何人；对于居住在科特迪瓦的一部分西印度群岛人来说，这里的生活让他们心里充满了压力。

因此，尽管阿尔蕾特对非洲人和夜总会音乐有些微词，但她还是把自己跟法国人和某一类法属西印度群岛人区别了开来。而且很显然：尽管她的非洲婚姻以失败告终，尽管她现在形单影只，但她心中仍然对非洲一往情深。

我们的晚餐是鸡蛋、黑面包和红酒,谈话转向了阿马多·汉培特·巴,那位圣人,总统的灵性顾问。

阿尔蕾特的眼睛闪闪发亮,她说:"他是个伟人,非洲的伟人之一。"

特里手里多出一本阿马多·汉培特·巴的小册子《一个穆斯林眼中的基督》。十九个月前,圣人曾经送给《纽约时报》的弗洛拉·刘易斯一本这样的小册子,并用颤抖的手给她签了名。

那天晚些时候,我在这本小册子上读到了汉培特·巴的数字命理计算,他运用了乞灵术和其他宗教法则证明了伊斯兰教和基督教在本质上的同一性。

汉培特·巴将自己描述为"一个进行对话的人"。小册子最后一章讲的是科特迪瓦总统,他说,总统在处理国务之余,经常跟他就灵性问题进行长谈。一天,他请总统讲个故事——比方说,他从非洲长老那里听来的传奇——故事的寓意在于兄弟般的爱。总统便对他讲了一个故事。

"亚穆苏克罗宫廷中有个俘虏,他负责孩子们的教育。他很喜欢我,给过我很多建议,对于我这样一个要被培养为酋长的人来说,那些建议必不可少。但首先我应该声明,在伯尔罗部落中,'俘虏'像是一个标签,而不是现实情况。那人虽然是奴隶,但他作为人的价值并不因此而被剥夺。"

总统小时候正是从这个奴隶(或俘虏)那里听到了一个令他终生难忘的故事。故事是这样的:从前有个农民,有一年,他获得了好收成,于是带着他的稻谷去赶集。稻谷销路很好,卖完后,他就在市场上闲逛。一个商人的摊子上摆着一把漂亮的刀,农民看到就喜欢上了,把刀买了下来。农民很珍惜这把刀,为它做了个鞘,还在鞘上镶嵌了珍珠和贝壳。一天,当他修剪树木的时候,被这把刀割伤了手指。在疼痛中,他把刀扔在地上,厉声诅咒它。但紧接着,他又把刀捡了起来,擦干上面的血迹,放回挂在身旁的刀鞘里。这就是故事的全部。那个农民为什么没有把那把不知感恩的可恶的刀扔掉?这是因为爱,农民爱他的刀,故事的道德含义就在于此。

这就是亚穆苏克罗宫廷的俘虏对将要成为酋长的男孩讲的故事，总统把它告诉了汉培特·巴，汉培特·巴又把它印在了自己的书里。

奴隶制，"俘虏"，这是非洲的习俗，仍然延续至今，就像毒药和巫术。但这个没头没尾的小故事想说明什么呢？怎样把对一把刀的爱诠释成兄弟之爱呢？这其实是一个关于权力与调解的寓言，它来自一位老总统、一位老酋长。权力是酋长的独断权，但一位遵循传统做法的好酋长也会诉诸调解的做法。坏人被赶到了一边；但他们曾经是好子民，发挥过作用，也博得过酋长的喜爱；酋长会记起这些，于是会原谅他们。

一位仁慈的统治者，一位希望与被统治者情义相通的统治者，这是汉培特·巴想呈现给读者的酋长，作为符合非洲理想的领袖，酋长在人们的心目中变得非常有魅力，非常打动人心。我略微进入了阿尔蕾特眼中的非洲世界。

3

特里的助理将为我安排亚穆苏克罗之旅，阿尔蕾特则会安排我认识一位老师。他是科特迪瓦人，在大学的民族社会学研究所工作，开设了一门有争议的课程"鼓学"：讯息鼓的科学。与此同时，我一直在找一个能带我去十七公里村的向导，最近有邪灵在那里作祟，一位中学老师的家里不时地爆发出神秘的火光。

渐渐地，这几件事情都安排得有了眉目，我的日程排得满满的，而且丰富多彩。在经历了最初几天的半官方会见和礼遇、收获了零星的印象后，我开始探索这里的主题和人，如同活在我自己小说的微型世界中。

菲利普——就是那位英国外侨，他的妻子是圭亚那人，他们带我去过大巴萨姆的海边，那是外侨周末远足的路线——有一天在我住的宾馆留了一张字条。他找到了一个科特迪瓦小伙子，后者愿意带我去十七公里村，还愿意向我大概介绍一下非洲的法术。这个小伙子担任过这种向导，他曾经帮菲利普的同事接触过隐修士中间的法师。他现在失业了，目前科特迪瓦的就业情况不好，哪怕你是科特迪瓦人。

第二天早晨，我们三个人——菲利普从办公室出来，当我们的介绍人——在阿比让市中心的一间邋里邋遢的小咖啡馆见了面。

小伙子样子不错，体格健壮，腰身细长而结实。他有一张非常精致的非洲面孔，五官轮廓十分鲜明，皮肤非常黑，颜色匀整，没有一点斑痕或深浅的变化。他很注意着装，衬衫是熨过的，非常整洁。我只能看到这些外表的特点，从他那热烈的眼神中，我看不出那是聪慧、迟钝、巴结，还是潜伏的恶毒。他叫德杰吉，来自比提部落，是科特迪瓦的第二大部落，仅次于总统的部落伯罗尔。

我们大部分时间都花在讨论开销上，对这次旅行可能会发生的每一笔费用进行估算。我们要雇一辆出租车，德杰吉会去安排，他认识一个人，他的车比宾馆的出租车便宜。村长那里要用一点钱，还要花几笔小费，再就是德杰吉的服务费——他说他要提前到村子里去一趟，让村民做好准备。

德杰吉的身子向前探着，越过了塑料桌面上的咖啡杯，一副鬼鬼祟祟的表情。对于每一项开销，都很难让他说出一个确切数字，就连他自己的服务费，也不肯说个准数。每提到一笔开销，德杰吉的脸上就会掠过一丝心不在焉的、烦躁的倦意。菲利普彬彬有礼地追问他，从来不让他沉默得太久。现在必须设定一个上限了，菲利普用英语对我说。不然到了付钱的时候，德杰吉有可能会"漫天要价"。最后，所有的费用算下来大概是两到三万当地法郎，也就是三十五至五十英镑。德杰吉说，等他跟村长和出租车司机谈好之后，第二天会打电话告诉我最后的数字。

德杰吉说自己是个信徒。他指的是他相信神灵和法术的力量。他说，之所以肯做我的向导，是因为他想让我也成为信徒。

我问他，我是外国人，这会不会给我们这次访问带来麻烦。他先说不会，然后又说会。我是印度教徒，是不是？印度教徒也以擅长法术著称，物神术士会把我当成竞争对手，向我隐瞒一些东西。如果是欧洲人就容易多了，就像菲利普这样的人，尽管菲利普的肤色和我的是一样的。

他最后这句话很出人意料，因为菲利普和我的肤色根本不同，但对德杰吉来说是一样的。他仍然在用部落人的眼睛看世界：只要不是非洲人，就同属于另一种肤色。

我请他把他的全名写给我，他先写了自己的姓，最后写的是他的法语教名。当我说起他的法文名字时，他皱了皱眉，用写字的手轻轻做了个掸拂的手势。这个名字无关紧要，他说，只用于各种证件。

第二天，他打电话到宾馆前台留言：十七公里村会面的事情已安排好。他来到宾馆之后告诉我，司机的费用定在一万八千法郎。我还听明白了，他说——他的话非常含混难懂——还需要两千法郎作为小费。出租车司机是村长的弟弟，他说。要为村长准备一瓶威士忌：酒在非洲人心目中具有"特殊的价值"。

看起来他提出的价格没有超出我们说好的上限，于是我请他进酒吧，敲定我们的交易。

在宾馆光线幽暗、气氛"私密"的酒吧里——酒吧里布置着金属镶边的蔷薇木家具，黑色的PVC座套装饰着铆钉——他就像在城里的咖啡厅一样从容自若，或者他只是对周围的环境不敏感。他呷着啤酒，就像在咖啡厅里喝咖啡一样悠闲地喝喝停停。然后，他又现出鬼鬼祟祟的神情，前倾着身子，说话声音变得轻柔，热切地望着我。

这个国家的发展已经走上了歧路，他说，错误是自上而下发生的。这话是什么意思？他没有回答，只是继续着自己的担忧：大学已经"饱和"，这里只有一所大学，录取条件非常苛刻。现在还有很多人失业。人们来到阿比让，染上了西方的生活方式，这是他们的不幸。好吧，又一个新观点，可是，为什么说是他们的不幸？他压低了声音，弯腰靠近我说——仿佛希望我能领会他话里的全部重要性——他已经忘记了怎样跳舞，属于他的部落和民族的舞。他在他们村子里跳过，但到了阿比让，他就跳不出来了。

我问起他的家庭情况。他说他有九个姐妹，八个兄弟。他父亲是农场主，有两三个妻子，他们这些农场主为科特迪瓦创造了不少财富。现在他们家所有的孩子都在阿比让，德杰吉住在一位叔叔家里，那是他父亲的兄弟。这位叔叔是机械师，有两个妻子和十三个孩子。

我很想听德杰吉讲讲他的家庭生活，但他想谈的是法术。在阿比让有一些科特迪瓦人，他说，他们的衣着打扮都是现代的，用法国口音说着语法正确的法语，他们跟自己的民族失去了联系，声称自己不再相信非洲的神灵。但这些人不愿意回村子，因为他们害怕巫术。在内心深处，这些说法语的非洲人仍然是信徒。

德杰吉的话我不能完全听懂，不光是语言的原因。也许是我忘记了他的单纯，被他的开场白（"这个国家走上了歧路"）误导了，我一直试图在他的谈话中寻找的东西——一种态度，一种深思熟虑之后的立场——也许并不存在。也许，这个没有受过多少教育、流落在阿比让街头的失业村民只是对这个国家"自上而下"的发展感到由衷的困惑。也许，作为我的探访法术之旅的向导，他只是想激起我对法术更大的兴趣。

4

我来科特迪瓦之前，有人告诉了我一些名字，其中一个是乔治·尼安高兰－博夫。关于这个人，我的笔记上写着："人类学家，可以在大学的民族社会学研究所联系到他。这位'鼓学'世界级专家大约五十五岁，研究部落里击鼓交流的形式。深谙非洲艺术，收集的阿善堤秤砣堪称一绝。"

他听起来很是个人物。当人们把当地一些重要人物的名字给到我时，作为过客的我经常不好意思去登门拜访，我对尼安高兰－博夫先生就是这样。但我向一些人问起了他，我很快发现，博夫先生的学术地位颇受争议，如果说他称得上世界级的鼓学专家，是因为这门学科正是他开创的，连"鼓学"这个词也是他发明的。作为大学课程，鼓学和非洲哲学一样备受争议。有人觉得，鼓学和非洲哲学是否存在都是个问题。

在大学工作的阿尔蕾特认识尼安高兰－博夫和他的秘书。他的秘书是个说法语的西印度群岛人，我的加勒比同胞。一天上午，这位女士打电话给我，声音清脆悦耳，但她的法语跟阿尔蕾特不一样，我不太能跟得上，尤其是在电话里。她叫安德蕾，在电话里我听明白了：她的上司尼安高兰－博夫先生还在美国讲学，但我不妨到大学里去取一下尼安高兰－博夫先生的鼓学著作，新印的书那天早晨刚刚送到了办公室。

校园很大。一些工人坐在一棵树底下——小树周围的杂草都已经给磨光了——他们把民族社会学研究所的楼指给我看。出乎我的意料，那是一座毫不起眼的砖房，已经有些风化了。进去之后，挂着一串名牌的走廊上，小小的"博夫"名牌赫然映入眼帘，让我觉得精神一振。走进那间小小的办公室，先看到一幅宣传鼓学课程的大海报，又看到一幅印着阿善堤金秤砣照片的海报，这一切让我感到兴奋。

那个来自西印度群岛的秘书安德蕾是一个四十多岁的棕色皮肤女性，是阿尔蕾特的朋友。她很友善，但跟阿尔蕾特不一样，她没有阿尔蕾特的活力、高大和温柔。她身材瘦削，两个镜片遮盖着一双劳损的大眼睛，小卷发紧紧地拢在脑后，挽成一个小小的发髻。她穿着一件浅蓝色的毛线开衫和一条厚厚的彩格呢半身裙。办公室里开着空调。她的着装风格——受人尊重的法国风格和西印度群岛风格——宣告她不是非洲人。她包里的毛线活也在宣告这一点。身上那件蓝色开衫也许就是她自己织的。她说——那天上午，她在办公室里显然无事可做——她不喜欢让手闲着。

现在，她的法语比电话里更难懂了。因为是面对面，她加快了语速，提高了嗓门，发出涓涓细流般的声音。她的话我有一半没听懂，我本来就不好的法语在对方毫不加以照顾的情况下变得更糟了。

她的办公桌就在窗边，上面放着毛线活。她把不在场的上司的大办公桌指给我看，它紧挨着走廊的墙，桌子后面是一把宽大的塑料靠背转椅。她让我感觉到了这个小房间的空旷。

但这里有上司的书。她拆开褐色的包装纸，给了我一本大开本的平装书《鼓学导论》。封面上印着尼安高兰－博夫先生的照片，他坐在一个露天的鼓乐仪式上（台上有麦克风）。他身材魁梧，有酋长风范，身披非洲棉布衫，正半闭着眼睛倾听鼓声。此刻，他对我来说变得真实了，不再只是一个人名加一门名称古怪的学科，他的办公桌在我眼中也变得更有个人色彩。摆在他桌子上的小小铜器确实很美，就像墙上那幅海报里的金秤砣一样。

有一个图案在这些秤砣上反复出现，它可能是一个表意符号，也可能是度量单位，这个图案是"卐"，或者说接近于"卐"。我问安德蕾，这些秤砣有没有可能源自印度。我没有把话说清楚，她只回答说，秤砣非常非常古老。海报上也是这样说的：这些物品非常古老，它属于非洲，是非洲文明的证明。为非洲文明提供证据——我开始感觉到，这就是安德蕾的上司的事业。

安德蕾上午的工作已经做完了，她把毛线活放进手袋，锁上了办公室。她说会陪我走到有出租车的地方。当我们走在学生中间时，她说，我应该每天吃一片奎宁，有备无患。这是预防疟疾最好的办法。我有过这样的打算，但一直没有做。她说她可以跟我一起坐出租车去一家她认识的药店。我们来到校园边上的一家药店，那位药剂师可能是欧洲人，也可能是黎巴嫩人，介绍奎宁的用法时，他一味地对着安德蕾说话，而不是我。

现在接近中午了，正好是午餐时间。我把安德蕾从她的办公室带出很远了，但她不介意。她喜欢有人做伴，而且我是阿尔蕾特的朋友。她说她知道市中心的一家餐厅。

当我们乘出租车驶出公寓街区，来到滨海大道时，安德蕾大致指着一个地方说："我母亲住在那里，她会用纸牌算命。"

我假装没有听到。

"我母亲是个寡妇，"安德蕾说，"她用纸牌算命。你应该懂这个，你是印度教徒。"

"印度教徒都是看星相的。"

她又开口了，发音第一次这么一清二楚，就像是在上语言教学课：

"Ma… mère… lit… les…cartes."（我母亲看纸牌算命。）

我一边任由出租车渐渐驶离她母亲看纸牌算命的地方，一边说道："真是一种不错的天赋，一份好职业。"

安德蕾尖声说道："我母亲是受过正规培训的护士。"

我思忖着：安德蕾和她母亲，这两位西印度群岛的女士是怎样千里迢迢地从瓜德罗普①来到科特迪瓦的呢？我问："你跟你母亲住在一起吗？"她的嗓门提高了，充满了抑扬顿挫，她说没有。一家子住在一起，那是非洲人的生活方式。而法国人，她指的是像她这样的法国人，都是分开住的。我问她为什么会来科特迪瓦。她说她在巴黎遇到了一个科特迪瓦人，他们结了婚。他们来到科特迪瓦生活后，婚姻就破裂了。

她指引着出租车来到市中心那家餐厅，那是一栋大房子，像个谷仓。餐厅的门敞开着，门外立着漆绘的菜单牌。"这里挺干净的。"安德蕾说。我们进去之后——餐厅里的人还不多——她又说："这里不是挺干净的吗？"这里还不错，而且居然有个打着领带的黎巴嫩人在一张餐桌前飞快地吃着东西。他埋着头，外套放在椅背上，像是去赶赴一个商务约会。但餐厅里炖肉和其他菜的味道太浓了，即便大门敞开着，里面仍然烟熏火燎。我不想待在那里，安德蕾失望了。

我们乘出租车来到一家宾馆，这是我唯一知道的地方。这里是市区较为湿润的区域。宾馆坐落在一条商业街上，街道两侧种着热带杏树，树上长着圆圆的叶子。街上有黎巴嫩人开的布料店，有擦鞋的小男孩，还有衣衫褴褛的非洲人，这些人很可能来自其他国家，懒洋洋地在开裂的人行道上坐着、躺着，散发着汗味。一个非洲人头戴白帽，身穿穆斯林长袍，正在进行正午的祈祷。他跪在地上，向前弯着身子，沉浸在恍惚的状态中。

这家宾馆属于一个二流的连锁品牌，在经营者的努力下实现了浮华与伪劣的混合。安德蕾见到后却感到兴奋。她说："价格不菲。"她的举止也立刻提升到跟她对宾馆的看法相一致的高度。她出

---

① 法国的海外省，位于加勒比海小安的列斯群岛中部。

钱付了出租车司机小费：一张五十法郎的钞票。我们在餐厅刚刚坐下——我们的位子靠着玻璃墙，俯瞰着高速公路，远处是黝黑的溪流和往来的船只——她就对着穿制服的服务生摆出一副苛刻的法国做派，慢条斯理、细致入微地问起跟菜单有关的问题。

服务生不买账。他习惯了跟欧洲夫妇、商人（这里有几个日本人）和单身汉打交道，在这种不能指望有优质服务的地方，只要稍微善待他们一点，他们就会感激不尽。服务生夸张地皱起了眉头，安德蕾对此视而不见。她精挑细选了一番之后，点了她要的东西。我点了一份煎蛋饼。安德蕾脸红了，她说她点的东西太贵了，坚持要换，服务生在旁边一直等着。最后她定下来要猪腿肉配薯条。

她现在有些不安，服务生一离开，她就开始说话了，语速非常快。她说她过得不容易。她陷在了科特迪瓦，再也回不了故乡——她指的是法国，指的是西印度群岛的瓜德罗普，很多年前，她把它留在了身后，如今从各种意义上说，它都太遥远了。她在大学里每个月挣九万法郎，相当于一百五十英镑。六年前，她幸运地得到了现在这份工作。在那之前，她在托儿所当老师。"不太好。"她说。

她嫁给了她在巴黎遇到的一个科特迪瓦人，来到科特迪瓦四年后，他们的婚姻结束了。丈夫的家人拆散了他们，她说。法国女人，像她这样的法国女人，如果跟科特迪瓦人结了婚，就应该一直待在法国，她说。在科特迪瓦，科特迪瓦人的家人能够破坏两个人的婚姻。

服务生来上菜了。他有些自鸣得意，因为他用两只胳膊端着六个盘子，像是特意在向安德蕾展示他的法式餐厅服务风格，既然安德蕾对他摆出了那样一副法国做派。安德蕾没有回应他的微笑。她板着面孔，怀疑地打量着他的一举一动。结果——就像是在安德蕾目光的判决下，他注定要证实小家子气的法国人的看法：非洲人就是笨手笨脚——他把一只盘子弄掉了。那只盘子不是我们的。当他垂头丧气地回来清理地毯上的浊物时，安德蕾已经在优雅地吃她的猪腿肉配薯条了。她先把一片猪腿肉放在盘子的一边，然后开始吃其余的部分，仿佛她不会去碰那片搁在一边的猪腿肉。但是到了最后，盘子里的东西全都不见了，包括薯条、猪腿肉和果冻。

她又谈起了她在科特迪瓦的生活。她不经常坐出租车，她说，太贵了。因此总的来说，我今天算是在款待她，于是我决定尽这个餐厅所能好好地款待她。

我问她喜不喜欢奶酪。卡芒贝尔软酪和瑞士干酪？她问。我说是的。她说她特别喜欢卡芒贝尔软酪。她不喜欢山羊奶酪吗？喜欢，但是卡芒贝尔软酪更精美，而且也价格不菲。

她以不容置疑的态度把服务生召唤过来——她对他刚才的事故没有流露出一点同情，这种漠然一下子消灭了他那略带粗鲁的对抗气焰——她问，有没有各式奶酪，有没有备选的花样，有没有奶酪托盘。服务生说有。他开始介绍，安德蕾打断了他，命令他把奶酪托盘拿过来。现在他承认了她的权威，当他把托盘拿来时，她变得非常娴静，仿佛在奖励他的顺从。她只取了两小块卡芒贝尔软酪，尽管就她的盘子来说，她可以取四倍的量。

她说这里的卡芒贝尔软酪不错。事实上却不怎么好。我热情地让她再来点甜品，她顺从了。她召唤服务生，让他把甜品托盘也拿过来。她没去过国外，她说，边说边慢条斯理地吃着她点的那块颜色苍白的苹果馅饼。她没有去过周边国家，加纳、利比亚、几内亚，都没去过。她没钱去旅行。

账单拿过来时，她优雅地做了一个要付账的表示，拿出钱包，打开，仿佛里面装着什么秘密。我让她把钱包收起来。然后——在宾馆吃完这顿拙劣造作的法式布尔乔亚午餐之后，法国的优雅和西印度群岛混血儿的优雅回到了她身上——她说，她希望有一天去我的国家拜访我。

我们坐出租车回去。安德蕾说她想在教堂下车。而教堂对她来说，至少在当时的情境下，只是一个地标。安德蕾那位会用纸牌算命的寡母住在教堂附近，而且是一个人住——就像法国女人应该做的那样。

在非洲明亮的阳光中，这里显得如此幽静。这阳光一如加勒比的午后日光，但是对于离开了瓜德鲁普和巴黎、只剩下科特迪瓦的安德蕾来说，故乡是多么遥远！

公路沿着咸水湖蜿蜒，穿过半外交性质的开发区，来到高尔夫论坛酒店，酒店对面是开发了一半的高尔夫球场，球场里面保留了几棵树干粗壮的猴面包树，提醒人们这里曾经是热带森林。酒店花园里，孩子们在泳池周围嬉戏，供他们玩的有假山、肚子空空的塑料大象和水滑梯，胸部扁平的女人在池水边光着上身晒日光浴。身穿褐色制服的非洲保安在几个守护点上坐着。湖边，在一个像是湖滩的地方，白沙被人为地堆起到混凝土的地基上，地基露出水面的部分有两三英尺高，这就是污浊的咸水湖轻轻拍打的堤坝。变质的水面上长着一种绿色卷心菜一样的微小植物，有着胡子般稀疏的根。这些水生植物向着有遮挡的地方汇集，在船舶的背风处，混凝土的墙根边，织成一片片鲜活的绿色小地毯，在水面上摇晃着。

我发现，尼安高兰－博夫先生在《鼓学导论》中特别提到了安德蕾：面对一位苛刻而固执的上司，她是一位尽职尽责的合作者。这种叙述让他显得很有魅力。翻过致谢部分往后看，我发现"鼓学"（drummologie）这个词其实是尼安高兰－博夫先生自己造出来的。他试过其他词：tamtamologie, tamtalogie, tambourinologie, tambourologie, tambologie, attangbanologie。但全都放弃了，因为这些词听上去都像是在强调击鼓的艺术，而不是把"讯息鼓"当成对部落历史与传统的记录，从而进行研究。讯息鼓模仿并保留了古代歌咏中实际用到的词：那些歌咏就是昔日的非洲文献。关于讯息鼓的真知就像阿善堤秤砣中的艺术和算术元素一样，为非洲赋予了古老的文明，而欧洲人和殖民者认为这种文明并不存在。证明它的存在就是尼安高兰－博夫先生的事业，也是从瓜德鲁普和法国远道而来的安德蕾所服务的事业。

当我再次见到阿尔蕾特时，我告诉她，安德蕾的法语我很难听懂。阿尔蕾特说这正是她所担心的，安德蕾的话比较难懂。安德蕾有点紧张，但她有一双非常灵巧的手，会织毛衣，还会编挂毯。她母亲是个很好的通灵师，会用纸牌算命，总能说出一些有意思的东西。

阿尔蕾特说，安德蕾第一次婚姻失败后，在科特迪瓦又结了一次婚。

她的第二任丈夫精神失常了，这件事情影响了她的健康，其实，她母亲就是为了照顾她才来到科特迪瓦的，她母亲以前是护士。她们不住在一起，但在一起吃饭，安德蕾每天跟她母亲一起吃中饭和晚饭。

才过了一个多小时——我们聊了安德蕾的情况之后又聊了别的——阿尔蕾特又告诉我，安德蕾第二个丈夫是在被当作政治犯的时候发疯的，他遭到了毒打。

我们聊天的地方是象牙酒店，特里·施罗德跟我们在一起。象牙大厦并不只是一座酒店，这里面有酒吧、餐厅、商店、弹球机游戏区、保龄球道和溜冰场（溜冰场的冰暂时除走了，场地被重整成一个足球场），这是阿比让的一个开了空调的奢华游乐场，人们喜欢在晚上进来，沿着长长的走廊看看逛逛。这里的冷气开得特别足，很多人的穿着都是有备而来。

外面，在温暖的空气中沿着酒店门前的车道追赶刚到的汽车的是妓女。这是阿尔蕾特告诉我的。（我没看见她们，没有人追我们的车。）这些妓女是农村来的姑娘。更有意思的是那些学生妓女，她们把这份职业当成娱乐，而不是出于真正的需要。女大学生不跟男大学生睡觉，而是跟政府里的人睡觉，后者身居要职，送得起配得上女大学生的礼物。穷学生都留给了阿比让的女中学生，因为男生只有助学金，所以一个女中学生往往同时给两三个男生服务，每周跟每个男生睡一两次，月底结账。

这种行为是可以接受的，因为非洲人相信，在男女关系中，每个人都是自由的，阿尔蕾特说。他们既不寻求、也不指望忠诚的性关系。因为不忠而离婚，会被认为是小题大做。在婚姻中，最重要的关系是家人之间的关系。这就是为什么当嫁给科特迪瓦人的西印度群岛女人——就像安德蕾，就像阿尔蕾特自己——来到科特迪瓦后，会发现自己深陷泥淖。她们的男人说了声"再见"就走了。

加勒比女人在巴黎会被蒙蔽。当一个男人说他来自酋长家庭，家中拥有众多奴隶和仆佣时，这些女人会为他倾倒。西印度群岛的女人有着她们自己关于爱情的想法，当非洲男人向她们表白，甚至求婚时，她们以为的含义，那个男人从来没有想过。流落到科特迪瓦的西印度群岛女人既没有部落，也没有家；她的非洲丈夫会毫无愧疚地对她们说"再见"。如果一个科特迪瓦男人把外国妻子带回家，他的家人就会为他选一个非洲妻子，把她送到他家里。他如果不接受非洲妻子，家人就会给他施加诅咒。男人非常害怕诅咒（也很害怕毒药），一般都会屈服。

这就是阿尔蕾特的故事。生活在非洲，她说，会让一个人所有的理念和价值观都遭到质疑。这是好事，她又说。于是我再一次注意到，阿尔蕾特说的有些话像是在批评非洲，但最后你会发现，那些根本不是批评。在阿尔蕾特心目中，非洲重新教育了她、塑造了她。虽然同为外侨，但她的孤独有别于安德蕾的孤独。

5

吉尔·舍曼是特里·施罗德的助理，他在帮我安排去亚穆苏克罗的旅程，他有天写信来，说他找到了带我去那里的最佳人选。那人就是易卜拉欣·基塔，他是总统在殖民时期的政治盟友的儿子，他和总统的关系很密切。总统希望看到人们在科特迪瓦打高尔夫，易卜拉欣·基塔便全身心地投入了这项事业。他很喜欢打高尔夫，是高尔夫联盟的主席，也是亚穆苏克罗那座著名高尔夫球场的负责人。据说，总统把亚穆苏克罗的开发工作全面托付给了他。他会定期坐着他那辆极其宽敞、车速很快的梅赛德斯去亚穆苏克罗，他是带我去那里转转的最佳人选。

可是，当我在吉尔·舍曼那里遇到易卜拉欣·基塔时，他好像不知道要带我去亚穆苏克罗这回事儿，一句也没提，其实，他整个晚上都没怎么说话。他的国际语言是法语，不是英语。他身材魁梧，相貌英俊，四十岁左右，因为长期打高尔夫而练就了一副运动员的体格（他那天晚上因为打球已经很累了），他的肤色和相貌有点像西德尼·波蒂埃[1]。他妻子艾琳那天晚上跟他一样寡言少语。易卜拉欣·基塔是穆斯林，艾琳的沉静可能是非洲穆斯林的一种谦卑。她不是严格意义上的非洲人。她在加纳出生，父辈来自西印度群岛，娘家的姓氏是巴斯比：他们是来自巴巴多斯岛的黑白混血，说英语，属于中产阶级。

那天晚上她弟弟跟她在一起。他也是在加纳出生的，现在住在伦敦。他对记者工作和非洲出版业感兴趣，目前正在科特迪瓦出短差。他是个有魅力的男人，蓄着络腮胡，三十多岁，皮肤是棕色的。他的举止结合了伦敦和西印度群岛中产阶级的风格。他聪明活泼，性格开朗。那天晚上我大多数时间都是在跟他聊天。

他的家庭故事非常感人。一九二九年，他的巴巴多斯籍父亲在英国取得医生执业资格后，决定到非洲来工作。他属于最早一批从英属西印度群岛来到非洲的黑人职业人士。二十年代，黑人在个人领域每取得一点进步，都只会让他更强烈地感觉到种族剥削。英帝国早在一八三四年就废除了奴隶制；但是在西印度群岛的英国殖民地——这些殖民地已经被英国弃之不顾，因为已经毫无价值——黑人和白人的种族态度从那以后并没有多大的改变。二十年代，黑人职业人士感到非常孤立，哪怕是在自己的社群当中。

巴斯比医生干了很多像他这样的黑人想干但很少付诸行动的事：他决定回到非洲，为非洲服务，尽管非洲本身也是殖民地。他去了黄金海岸。那是英国统治的地区，就在法国统治的科特迪瓦旁边。他在那里一直工作到去世。

一九五七年，黄金海岸独立了，成了加纳。恩克鲁玛掌权，然后倒台。在加纳独立二十五年后的今天，整个国家成了一片废墟。巴斯比医生的孩子现在都已经移居国外。

我问这位年轻人，医生的儿子，他对加纳的事情怎么看？他给了一个不是回答的回答。他说，那是加纳必须要经历的。但在一九五七年——当科特迪瓦还很贫困的时候——加纳很富裕，国民受过教育，

---

[1] Sidney Poitier，美国演员，第一位获得奥斯卡最佳男演员奖的黑人演员。

社会体系也很健全。这些为什么都被挥霍殆尽了？是不是因为恩克鲁玛——因为他的种族主义－社会主义意识形态，因为他的狂妄自大、铺张浪费？

他不合逻辑的回答令我惊讶。恩克鲁玛领先于他的时代，年轻的巴斯比说。领先？巴斯比说："你读过恩克鲁玛的书吗？你应该读读他的书。"就是说，他的伟大之处存在于他的文字里，而不是他的事业里？恩克鲁玛，巴斯比说，有着关于非洲大陆的宏图远略。他无限地超越了部落领袖的视野。他向读者展现出一幅非洲宏图，他的构想到今天仍然具有革命性；这就是在独立后，他那么夸张地搞建设，让整个国家都破产了的原因。恩克鲁玛为黑人的尊严做出了无与伦比的贡献。"你可以去问任何一个美国黑人。"巴斯比说。

吉尔·舍曼就是美国黑人，但他也许出于外交技巧，没听到这句话（他正在跟易卜拉欣·基塔说话），我也没去问他。

黑人的尊严——我想跟巴斯比继续探讨这个话题——这种理念是不是已经过时了？非洲独立了，加勒比的黑人岛屿也独立了。黑人是不是可以去为其他事情奋斗了？

巴斯比说："旧的理念也许最终会证明是最好的理念。"

他是一个有信仰的人，他的信仰只是始终如一的种族激情。他忠于父亲的事业，五十年过去了，世界已经改变，这项事业已经变得像一种宗教。无论现在面临着怎样的灾难，黑非洲一定能够取得胜利。世界，他说，仍将转向非洲。文盲很快会成为英国和其他西印度群岛国家的问题，世界将会发现非洲之道中蕴含的价值。他给我讲了一个非洲故事，类似于一个寓言。故事讲的是一个农耕社群和一个航船社群，他们彼此轻蔑，但通过某种仪轨的安排，双方都保全了自己的骄傲，相安无事地生活在一起。非洲能为世界提供的就是这类解药。

他住在英格兰。作为记者和出版商，他需要以英格兰为基地。但这个重要的事实丝毫没有影响到他对事物的看法。我问他，他希望非洲怎样。他说，他希望非洲发展。但不是科特迪瓦这种类型的发展：他寻求的是能让非洲人保持自己灵魂的发展。他讲得再清楚不过了。

也许是针对资本主义的一些政治反对意见阻挡了他的视线，他没有看到，法国理念和非洲理念在科特迪瓦仍然是多么泾渭分明；他也许没有意识到，非洲世界仍然是多么完整。再也许，他家族的事业在他身上已经变成了一套没有可能实现的关于"纯粹非洲之道"的宗教理念。

他去跟易卜拉欣·基塔说话，跟他商量我的亚穆苏克罗之旅。我已经在跟其他人的聊天中得知，基塔（因为打球的疲劳，他此时已经精神恍惚了）说，当你习惯于驾驶波音707之后，你就没办法用塞斯纳载客了。这是我获得的基塔知道我们要去亚穆苏克罗的第一个信号。而这个信号传递的消息是：基塔不能带我去。梅赛德斯的轮胎出了问题，显然不能让他开着一辆对他来说只相当于赛斯纳的汽车送我去亚穆苏克罗。

真可惜，轮胎坏了，巴斯比说，间接向我道出了坏消息。易卜拉欣是个很棒的司机，他开着那辆梅赛德斯，两小时可以跑一百五十英里。但易卜拉欣从尼日利亚弄来的备胎质量不好。这个级别的梅赛德斯需要一种专用的轮胎，易卜拉欣只好让人去德国订了。

易卜拉欣·基塔、艾琳和她弟弟一行离开了。吉尔·舍曼说，他准备自己开车送我去亚穆苏克罗。那天晚上剩下的时间里，我又听到一些跟梅赛德斯有关的谈话，还听到人们说基塔夫妇是多么好的人。

安德蕾、阿尔蕾特和年轻的巴斯比——非洲向他们每个人都发出了召唤，他们每个人都有着自己的非洲。巴斯比继承的事业是种族救赎，他对非洲的神秘信仰是他所需要的。但那是一项个人事业，它来自另一片大陆、另一个过去，来自另一种观看方式和感知方式。而德杰吉这样的人，那个要带我去十七公里村看神秘火光的向导，仍然只知道神灵和部落。在种族意识上，德杰吉还很单纯。

6

十七公里村就在通往亚穆苏克罗的公路边，位于土质柔软、地面崎岖的乡村，远离"时髦的"阿贾美①非洲人居住区和工业区。根据德杰吉的说法，出租车司机是我们要拜见的村长的弟弟。出租车驶离了主城区，我们在城乡结合带的一家酒铺门口停下买威士忌，按照德杰吉的说法，这是我们必须送给村长的。

酒铺是个简陋的单间房，只有最基本的陈设，甚至透着质朴的气息：几个货架，每个货架上都摆着几瓶特定牌子的酒（像是样品），钉着一个价格标签。店员是个年轻小伙子，神情泰然地坐在一张桌子旁边，桌上光溜溜的，只有一小叠摆放得整整齐齐的过期《兄弟晨报》。我们没买威士忌，德杰吉挑了一瓶售价三千一百法郎的杜松子酒，合五六英镑。店员用一张《兄弟晨报》把酒瓶裹了起来，德杰吉小心翼翼地接过了瓶子。

这里土质松软，地上像是没有石头。树长得比较高，树冠稀疏，枝干裸露——都是椰树、棕榈和树干粗壮而枝条很短的猴面包树。它们并没有挨在一起，在地平线上形成一道低矮的植被线，我的视野里只有东一块、西一块的枝干裸露的垂直景观。

我们离开汽车道，驶上了一条没铺沥青的红土小路，路两旁都是绿色的灌木。看来，我们终于来到了真正的农村，但路上总能看到橙色的阿比让出租车颠簸而过。过了一会儿，我们经过了一片金属板搭起来的棚子，那是存放香蕉的地方。十七公里村不是严格意义上的村庄，它只是阿比让边上的一个定居点。这里没有茅草屋，只有混凝土房子。我们现在走的这条路显然是沿着以前的村路修的，垃圾堆让路变得更窄了，而且弯弯曲曲的。我们一路上都能看到出租车来来往往。

我们开车穿过一个香蕉种植园，香蕉树种成一排一排，黑色地块之间挖了深深的排水沟，长出来的每串香蕉都裹着起保护作用的蓝色塑料袋，蓝色并不自然，非常触目。另外一些地块上，采完香蕉的树被砍倒了，只剩下褐色的树桩，新的吸根正从松软的香蕉废料中长出

---

① 阿比让的一个行政区。

来。我们看到的是让科特迪瓦变得富有的深耕农业的一角。

我们最后来到一个村子，村子里有一条宽敞的、没铺沥青的主干道。这里的平房都是用混凝土建的，墙体是漂浅了的地中海色，灰扑扑的。很多小孩在街上跑来跑去，扬起阵阵尘土。我们在主干道上停下，下了车，走进两栋混凝土房子夹着的过道——驶过这段半丛林状态的道路，我突然觉得像是来到了一个镇子的贫民窟——从后门走进一个房间。我们已经在村长家里了，这个房间是他的接待室。

房间里，临街的窗户旁边摆着一套笨重的塑料软包扶手椅。豌豆绿色的墙面，因为人们的倚靠和磨蹭，有些地方颜色晦暗，有些地方在反光。墙上挂着几张帕茨纸镶边的照片，像是很随意地挂上去的。房间里有个高高的开架书柜，摆的全是基督教方面的书。村长是个有信仰的人，但他不是牧师，而是福音传教士。

他从另一个房间走进来，一个高挑的中年人，戴着金边眼镜，腕上有一块大大的数字金表，脚上穿着橡胶凉鞋，他的脚踝受伤了，裹着一大截白色绷带。他身穿一件巧克力色的印花衣服，这让他的肤色显得很难看，他的肤色也给衣服带来了同样的效果：衣服显得死气沉沉，而且不太干净。这是非洲人对织物的审美趣味。

德杰吉神色凝重，板着面孔，手里拿着用报纸裹起来的杜松子酒。村长的目光在那上面停留了片刻，就不再看它。我们在窗边的椅子上坐下，德杰吉把酒瓶放在椅子上，放在自己的身后。

街上有人通过敞开的窗户冲着屋子里面叫喊。窗户的转轴装在窗框上方，好多张小孩的面孔挤在向上推开的窗户和窗台之间，好奇地叽叽喳喳，村长一边跟我们说话，一边不时地停下来，冲着那些孩子喊，让他们走开。

很多成年男人从后门进来，站在房间里，他们离一张桌子比较近，桌面上随意地放着报纸和其他东西。进来的人里面有些上来给村长钱，村长像是心不在焉地把钞票垂直地攥在左手里，一边说话，一边用拿钱的手打着手势。当他打开双腿，把两腿间的衣服拍平时，深蓝色的短裤时不时地会露出来。

冒火光的房子让这个村子有了名气，他显然为此感到高兴。但他说，他不是信徒。他的意思是，作为一名基督徒和福音传教士，他不相信黑巫术的力量。（他椅子上方的墙上挂着一张照片，他穿着西装，正在接过一张文凭或证书，那是他被任命为福音传教士的场景。）村子里以前没出过任何问题，他说，既没有神灵显灵和奇幻的事情，也没有邪灵的踪迹。然后,学校院子里就发生了这种事情。一位老师——阿里克先生——的房子开始冒火了。毫无疑问，这是一起灵异事件。

这件事情当然引起了他的注意。作为村长，他展开了调查。他发现，阿里克先生有两个妻子。不久前，他给了每个妻子四万法郎，约合七十英镑。但第二个妻子认为自己得到的钱比第一个妻子少。这就是村长发现的情况，到这时，案情似乎已经真相大白了："激发"火光的就是第二个妻子，或者是她体内的邪灵。这种事情太简单了，解决的办法有好几种。

班热维尔住着一位先知，那里是以前的法国殖民者定居点，离阿比让不远。那位先知非常有名，还有一个自己的小教派。村长去征求他的意见。他制作了一种白色的粉末送给村长，让村长把粉末抹在那位心怀不满的第二个妻子的脚上，保证能摧毁邪灵下在她身上的任何法力。

村长照做了，第二个妻子现在是正常人了。但是阿里克先生的房子仍然在冒火光。这时问题变得非同小可，引起了每个人的关注。穆斯林修士和其他法师都被请来一试身手，备受折磨的阿里克先生花了大把的钱。他献了祭品，但什么效果也没有。然后，基督教天体派的一个福音传教士来了。基督教天体派是一个新的教派，他们来自加纳，到科特迪瓦只有三年时间，正急于确立自己的地位。村长决定让这个天体派传教士试一下。

这位传教士对这件事有着很敏锐的看法，他观察着那座屋子。他发现，到了晚上，有个隐形的小女孩在那座房子里自由进出。捣鬼的就是这个小女孩，没有别人。早上，天体派传教士把学校院子里的所有小女孩叫到一起，他直接走到那个在夜间隐形的小女孩身边，她是那个心怀不满的第二个妻子的女儿。她坦白了，她的故事简直难以相信：她妈妈在自己的法力被先知的白色粉末摧毁之前，把它转到她身上。

盘踞在十七公里村的邪灵不是一般的狡诈，黑巫师的法力居然可以传递，正是这一点把大家都给难倒了，这也是为什么这起事件引起了公众的各种猜想。

小女孩的脚上也涂了粉末，她和她妈妈被打发回她姥姥的村子了。慎重起见，另一个妻子也被送回了娘家的村子。从那以后，村长说，就再也没有出过事。

村长手里攥着钞票，一边思考一边说："我告诉你，在这件事之前，村里没有过任何麻烦。但我觉得我也应该告诉你，我们这一带确实出没着一些众所周知的基尼。"基尼就是妖怪，就是精灵。"你们过来的时候，注意到路上的一个急转弯了吗？在靠近香蕉种植园的地方。有些基尼就在那个拐弯的地方，是一些很小的母鸡。"他用两只手大概比画了一下。"不是小鸡，而是很小的母鸡。如果司机见到它们，就一定会发生车祸。"

我想知道那对被送回村子的母女怎么样了，她们还是黑巫师吗？有可能还是，村长说。神情一直比村长还要凝重的德杰吉说，回到村子里——远离了好先知和天体派基督徒——那些白粉的威力可能就没有了。一个人是怎样变成黑巫师的？那种可怕的才能会在一个人很小的时候传到他身上。它有可能传到任何人身上，跟这个人是否邪恶没关系。

德杰吉说："离开了文明，每个人都会成为黑巫师。"

这是德杰吉对一个失去了理性和规则的混乱世界的想象，我认为我理解他的意思。但我随后又觉得，当德杰吉说到"文明"时，我不确定他指的是什么。我们上次见面时，他反对"自上而下的发展"。他思念他的乡村生活，思念他的民族舞蹈，他相信物神崇拜。他说的"文明"就是那些古老而真实的事物的总和吗：有组织的社会；正确的膜拜；能够通过法术让社会免遭恶灵的肆意侵蚀？或者，德杰吉的意思要简单得多？难道，当着村长这位政府官员的面，他只是在复述政府的"发展"大计？

是村长拿他的杜松子酒的时候了。他拿起报纸裹着的酒瓶，随意地打开一半查看了一下标签。他那张疲倦的、操劳过度的脸上闪过一丝满足的表情。然后，他跟我们聊起了一般的闲话，仿佛是为了答谢我们的礼物，跟我们额外聊一会儿。他发了点牢骚，说他地里的活儿现在很难雇到劳动力。大家更愿意给白人和大公司的外国人干活儿，那些人当然给得起更高的工资。

房间另一头的桌子上摆着的正是那份报道冒火房子事件的《兄弟晨报》。德杰吉想要那张报纸，村长很和蔼地给了他。我们坐上出租车，准备亲眼去看看那座房子，村长已经允许我们前去，早些时候走进村长接待室的一个小伙子陪着我们。德杰吉在车上读着那份报，不停地用手指摸着纸面，仿佛报纸上的字是凸起来的。

德杰吉摇了摇头，发出短促的、心领神会的笑声。他说："这些天体派基督徒绝对是在利用他们的成功大做宣传。"

那位教师的房子是一群低矮的混凝土平房中的一座，房子的外墙都涂成了赭石色。这个如此平淡无奇、又如此名声在外的定居点仍然是个过日子的地方。然而就在这正午的生活中，有着一种神秘的气息。校长的房门敞开着，前屋好像没人。敞开的房门外面，一个木制十字架牢牢地竖在地上，大约三英尺高，上面嵌着金属做的基督教天体派的耶稣受难像。

这个定居点的每座房子后面都有一个敞开的用来做饭的棚屋。棚屋和房子之间，松软的红土上留着扫帚扫过的痕迹。铝锅下面，木柴在石头中间燃烧。一个小女孩在扫那些湿漉漉、脏兮兮的垃圾，扫帚是用长长的椰树枝做的。几英尺开外，一个女人把一只小碗放在地上，正在用捣槌碾里面的茄子；不远的地方，有一坨小孩拉的整整齐齐的大便。

到处都能看到小孩。有几个小孩在一张印着紫色图案的草垫上滚着玩，德杰吉把我们官方向导的话翻译给我听，说他们就是那个教师的孩子。但向导说得不对，或者是德杰吉误解了。教师的孩子是个忧郁的小家伙，他孤零零、一动不动地坐在灶火旁边，像个小老头。眼泪把他沾了灰尘的脸给弄花了，眼里还噙着刚刚涌出来的泪水。黑巫术不是闹着玩的，它让整个家庭陷入了一场灾难。这个小男孩现在由教师的妹妹照看，教师的两个妻子都被送回娘家的村子了。教师的妹妹蹲在灶火旁边，她身穿绿色的非洲衣裙。等她站起来，我才发现原来她也只是个小姑娘。

做饭的棚屋后面，地势突然隆起了一截，上面种着香蕉和其他的树。有一些垃圾一样的东西零零散散地扔在那里，那是教师家里被火烤坏了的东西：烤坏的衣服，烤坏的家具。我感到失望，我本来以为能够看到更强的火势留下的证据。但总归还有这些烤坏了的小物件摆在这里展览，尽管它们都是遭人嫌弃的邪恶之物。在这里，神秘事件依然新鲜，它那已经成为传奇的残骸还近在眼前。

这排房子的尽头，几个女人和女孩子凑在一个做饭的棚屋里，她们为了稍微吸引一下我们这些访客的注意，正在鼓励一个小孩跳舞。她们哼着歌，拍手笑着，看看小孩，又看看我们。有几个片刻，那个蹒跚学步的小孩突然踏着脚，迈起了柔缓的舞步：他的腿脚是那么灵巧，孩童的脸庞却带着忧伤和空洞。女人和女孩笑了起来，小孩又跳了一小下舞。这都是为了我们，然而当我们挥手作别时，那些女人并没有抬手回应我们。

我们开车在这一带转了一下。这片丛林，或者说这片像是丛林的地方，有些让我感到惊奇的东西。教师家所在的定居点四周（包括十字路口周围）有一些建筑，看上去像是研究所，而且有很多欧洲人在这一带活动。我表达了我的惊讶。我们的官方向导（他是前任村长的儿子）嫌我少见多怪，尖刻地对我说了几句话，就像是在对一个外国人兼蠢材讲话，然后他一直没有恢复和颜悦色的状态。我们在主干道上把他放下，那是开往亚穆苏克罗的汽车道。他那身黑色的非洲服装让他在我们视野中很快变成了一团黑影，他昂首阔步地向公路对面的镇子走去，立刻消失在人群中。

7

　　跟德杰吉的交易到最后变得很糟,这要怪我给了他太多钱。他说过,他需要两千法郎作为小费。我没弄明白,这笔钱,不到四英镑,是他自己收的低廉的服务费。我把钱给了他,又给了他六千法郎(也就是十英镑)作为他的服务费。他的眼睛鼓了一下。我第一次见他做出了一个激烈的或者说不够文雅的姿势:他把我递给他的钞票一把抓了过去。然后,他的背稍微拱了一下,仿佛在抓钱的一刹那被逮住了似的,他兴奋地颤抖了一两秒钟。

　　第二天一大早,他就给我打电话,说他下午过来,他要带我去班热维尔见一个著名的物神术士。

　　他来了。当我下楼去宾馆大堂见他时,他说他早晨忘了告诉我,每体验一次,术士要收一万五千法郎。我说我不想体验,只想跟术士说说话。德杰吉说,那可是一种了不起的体验。术士可以用刀子把自己的手划伤,然后让伤口愈合。

　　德杰吉说:"花一万五千法郎,术士会给你三次体验。"

　　"一次多少钱?"

　　"大概五千就够了。"

　　我们走到宾馆前院。这次他没事先找好出租车,我还以为他已经找好了。他让我坐宾馆的出租车。他跟一个司机站在外面,两个人开始商量,他们商量了好一会儿。德杰吉的情态变了,不再神色凝重,身体放松了下来,变换着姿势倚在出租车上,他笑啊,聊啊,就像街头游手好闲的人。我从窗口望出去,催他快一点。德杰吉很随意地笑着,仿佛跟我很熟,他让我等着。

　　最后,他和司机终于上了出租车,我们出发了。司机没有打表,我以为这表示去班热维尔的价钱已经谈好了。其实并没有,因为开出一两英里后,司机提起了这个话题。他对我说:"你们从班热维尔回来,叫出租车没问题。"我问德杰吉,费用方面是怎么定的?德杰吉说,司机要一万法郎,而他跟司机说一千。我认为他的意思是,最后的价格应该差不多在中间。

我说:"我们能找到回来的车吗?"

德杰吉说:"在班热维尔很难叫到出租车。"

他开始谈物神术士的法力。还有一个术士比我们要去见的这个更有名气,但他的要价是天文数字。那个术士能让自己隐身,还可以穿门而过,对我来说应该是一次很好的体验,但不值那么多钱。

出租车司机打断了我们,说了一阵子非洲话。

我问:"他在说什么?"

德杰吉说:"他想要一万五千法郎。"

"但这太荒唐了。"

"我也是这么对他说的。我说五千去,五千回。"

"就是说,你接受了他一开始的报价,一万法郎?"

"对。"

这个价格实在太高了,但现在不可能从车上下来了。现在是下午三点多钟,天气非常热,而且自从开出了阿比让,路上还一直没见到其他出租车。我说:"告诉他,这笔费用里面包含了一个小时的等候时间。"

最后好像终于谈妥了。

前往班热维尔的路上沿途都是长满灌木土质松软的小山包:前方的视野非常开阔,低处的天空在暑气中变得朦胧。

德杰吉讲起了物神。它们非常贵,他说。欧洲人往往都想弄到物神。我记起来了,在德杰吉眼中,我就跟欧洲人一样。我说,我不想要物神,我只想跟术士说说话。

"是的,是的,"德杰吉说,但他根本不相信我的话。"有些欧洲人,还有一些美国人,会为一件物神出价十万法郎。"

出租车司机说:"听着,关于我的费用……"

我说:"这事儿已经定了。"

德杰吉张开手掌,对司机做了一个"别出声"的手势。

班热维尔出现在我们面前,低矮的山坡上零零散散地分布着一些赭石色的混凝土建筑。这里像大巴萨姆一样，是法国人在科特迪瓦的早期定居点：这些退化的殖民地建筑，这些混凝土墙和瓦楞铁皮，标记着当年的帝国的尽头。

德杰吉前面说，他已经跟术士说好了。但现在看来，他根本不知道术士住在哪儿。

我们转弯开进一条土路，没多远，土路就变成了一条小径。我们看到一个身材微胖的年轻人，他穿着一件橙色T恤，上面印着"班热维尔"，我们向他问路。他心地很好，百分之百地乐意指引陌生人找到那位术士。

我们回到公路上。德杰吉为了掩饰自己的错误，谈起了这位术士做过的一个特别强大的物神，那是在上次选举时为国民大会的一个代表做的。这个物神把支持对手的选票变成了支持那位代表的选票。那位代表以相当大的差额当选了，他的对手怎么也想不明白，答应要投给他的选票到哪里去了。

我们又迷路了，只得停下来，这次停在一群穿制服的学生旁边。我们只好问路，或者说，德杰吉只好问路。他从车窗里面向外喊，问术士的家在哪里。同样，没有谁对我们的问题感到迷惑和惊讶。一个正在匆忙赶路的男人停了下来，他不仅告诉我们那座房子在哪儿，还要给我们当导，仿佛他真的哪儿也不打算去。他坐上了司机旁边的座位，马上变得很开心，为哪怕能搭乘这么短的一段路而兴高采烈。

我们要拐进去的那个路口没有标记。这是一条穿行在荒地中间的小路，沿着它，经过一道树木和灌木结成的参差不齐的屏障，我们来到一个村庄：生活场景出其不意地出现在眼前，刚才从公路上经过时，你会以为这里只有一片丛林。村子里面好像根本没有路，我们直接向房子驶去，汽车在房子中间拐来拐去。一座土院子通往另一座有垃圾的土院子，一家的后院就是另一家的前院：灶火，柴堆，夯结实的黑土台上放着灶具，穿着各种服装的小孩、男人和女人，这是农村闲散的下午生活。

一两分钟以前，我们还在壮观的公路上，沿着设计合理的直路和轻松的弯道行驶。而一转眼,我们已经置身于一个古老而纷乱的世界,这个村庄是森林深处的定居点的一种变体。我们继续在房子之间行驶,有好几次,我觉得转不过这个拐角了,一定得停车,但车子一直也没有停。

随着我们向村子里越走越深,德杰吉变得越来越紧张,他突然说:"你换过钱了吗?给我几张一千法郎的钞票。这样会好些,一千法郎的钞票。"

我的钱放在裤子的侧兜里。我坐着,不能把钞票一张一张地抽出来。于是我把宾馆里的银行给我的钱直接拿了出来:一沓一千法郎的钞票,一共十张。

德杰吉说:"那是一万法郎,是不是?给我一万法郎。"

但是他前面跟我说过,给术士五千法郎就可以有一次体验。

继续往村子深处走让我感到不自在,这个村子好像永远也走不到头。此时,德杰吉和出租车司机让我觉得特别没有把握,他们在每一件说好的事情上都变卦了,于是我决定放弃这次旅行。

我对司机说:"回阿比让,回宾馆。"

在房子之间开车让他觉得很刺激,很享受。听到我的话,他在一户人家的院子里调转车头,非常帅气地扬起很多尘土。然后,我们弯弯拐拐地向着来时的那片荒地和柏油路往回走,一路颠簸着回到了那条路上。

就在这个时候,德杰吉喊道:"停车!"

司机踩了刹车。德杰吉的身子向前冲了一下,然后又冲了一下。他说:"我感到内疚。"他开始在座位上前后摇晃。他又说:"我感到内疚。"

司机看看德杰吉,又看看我。去村子里找术士,还是回阿比让的宾馆?

我说:"宾馆。"

我们把搭车的人放下——他高高兴兴地下了车——继续向公路驶去。我们开出了一英里多,视野中只有丛林、公路的黑色路面和下午炎热的光芒。

德杰吉激动地说:"术士那里的一切开销由我来付,由我来付。"

没有人跟司机说话,但他把车子开到路边停下了。

德杰吉说:"你让我感觉很差。你让我感觉很差。"他的眼睛红了,汗水从前额涌了出来。他又开始摇晃,我以为他要抽风了。

他说:"你看到我现在出汗出得多厉害,你以为我在骗你。你让我觉得很糟。我做的每一件事情,都是为了你。我向你要钱,只是为了保护你。那个术士如果看到一个欧洲人把那么多钱一下子拿出来,就会要很多钱。这就是我向你要那笔分成十张千元钞票的一万法郎的原因。"

出租车司机用他一贯的冷静态度对德杰吉说:"不管怎样,我收费不变,你明白。他都得付我的账。"

我说:"宾馆。"

我们一言不发地往回开,后来,德杰吉开口说:"明天,明天到镇上去。我带你去找镇上的一个术士。他不会专门为你做什么,但他会表演,你可以免费看。"

他跟着我走进宾馆大堂的时候,把前面的话又说了一遍。

我觉得自己很傻,我已经精疲力尽,而且感到悲哀:那条造价高昂的公路,那些整齐的直路和弯道;那个有着古老丛林的肮脏和它的术士的村庄;德杰吉的信仰,他那些夸张的情感,他变化多端的人格……集这些事物于一体的非洲,让我感到深深的忧伤。

没有文明,德杰吉前一天说过,每个人都会成为黑巫师。

8

是黑人并不等于就是非洲人,也不等于你可以在非洲人当中找到你的归属——很多嫁给非洲人的西印度群岛女人发现了这一点。这是珍妮特告诉我的。西印度群岛的女人,无论她来自哪个黑人支系,都喜欢把家里收拾得井井有条，可她们发现非洲人很脏。还有就是跟非洲人的家人相处的问题。阿尔蕾特告诉我的故事：非洲家庭为男人找个非洲妻子，送她到男人家里去，如果他不接受她，就威胁着要给他下咒。珍妮特听说过几个大同小异的版本。

如果是白种女人嫁给了非洲人，事情就会容易一些，这是珍妮特的想法。因为白种女人知道她的婚姻里包含着异域的元素，这本来就是吸引她们的一个原因。西印度群岛女人却带着她们自己的种族认同观，以为在非洲能够找到双重保障。

珍妮特自己是黑人。她的家庭从圭亚那移居到了英国，她在英国长大。她很幸运地拥有美貌（高挑，苗条，修长的脖子），也拥有美貌带给她的保障。她没有关于"归属感"的焦虑。她幸运地摆脱了圭亚那独立后的政治泥潭，谈到自己时，她俨然是一个"来自英格兰"的人。她是跟着她的英国丈夫菲利普来到科特迪瓦的。菲利普的大部分职业生涯在非洲度过，他的名言是：在他们的跨种族婚姻中，珍妮特是英国一方，而他是非洲一方。

一天，我们先在一家简陋但很有名气的海滨餐厅吃晚餐（菲利普和珍妮特很喜欢在餐厅吃饭），然后又来到他们位于阿比让市中心的公寓喝咖啡，他们宽敞的客厅里摆着从伦敦栖息地家具店买来的黑漆家具。就在我们吃晚饭、喝咖啡的时候，菲利普向我讲起了他是怎样来到非洲的。

在苏格兰，他从学校一毕业就"发现"了汽车。他对汽车着了迷，想成为一名赛车手。但他很快就发现，靠驾车一分钱也挣不到。于是他报名参加了一个教师培训项目，那是英国政府一个致力海外发展的部门组织的。培训生被送到了东非，东非对菲利普的吸引力不仅仅在于那里的阳光和悠闲的生活，还在于那里有著名的汽车拉力赛：东非游猎赛。

菲利普这届培训生有四十人，可以分成四种类型。第一种类型的人大约有十到十二个，他们来非洲是想让非洲人皈依基督教。第二种类型只有几个人，他们的家庭非常富有，被慈善理念召唤来。还有一些人来非洲是为了摆脱个人烦恼或感情纠结。第四种类型，也是人数最多的一种，是为了阳光和悠闲的生活而来。菲利普属于第四种，在非洲坚持下来的正是他们这群人；其他人大多数在第一年就垮了，放弃了非洲。

菲利普去了乌干达，但那里很快就面目全非。前陆军中士伊迪·阿明夺取了政权。一天，菲利普正在坎帕拉[①]一家英国人开的小餐厅吃午饭，阿明径直走了进来，没有任何仪式。他的到场引起了一阵骚动，当他说他要为在场的每个人买单时，更是把大家的兴奋推向了高潮。菲利普说："所以我可以说，阿明请我吃过午饭。"阿明另一次突如其来的出场是在一次英式橄榄球比赛上，乌干达代表队正在参赛。他站在路虎后座上观看比赛，高喊："加油，乌干达！"后来，他请全体球员喝了啤酒。这就是他早期的风格，军人风范，气度恢弘，深受外侨的喜爱，跟他取代的部落政客截然不同。然后，他变得比部落政客还部落政客，血洗了乌干达。

一九六六年，我在乌干达待过几个月，乌干达当时正在经历一次更早的政变。我向菲利普问起一些事情，菲利普说："你当年认识的很多年轻人应该已经被杀了。"

这就是菲利普工作过的非洲。各种事件推着他向前，一项合同接着另一项合同，从一个国家来到另一个国家。他说起乌干达的时候很平静，这种平静是他通过自我训练获得的。他仍在努力，以便让自己达到一种更加包容的姿态。这时候，我觉得，珍妮特对非洲的漠然态度也对他产生了一些影响。

这些非洲国家，无论他们的政治有多么恐怖，他们都发自内心重视教育，菲利普说。这让他做的一切有了意义。在英国，他说，人们不再重视教育。有一次，他在合同的空档期去到伦敦一所综合学校教书。学生那种无知而且无所谓的态度让他大吃一惊。一个男生被足球俱乐部的合同冲昏了头，没有接受任何教育就离开了学校。菲利普仍

[①] 乌干达首都。

然喜欢英格兰。如果不在那里工作，英格兰仍然是个好地方，那就不在那里工作吧。他和珍妮特想在伦敦买栋房子，正在跟人谈价钱：他有那栋房子的照片。

他成了一名外侨，一个离开了自己的祖国、往来于大洲之间的人：想到还有另一边可去，每一边都变得可以忍受了。

德杰吉的表现——正是菲利普把德杰吉介绍给我的——并没有让菲利普感到惊讶。他从一开始就担心德杰吉会"漫天要价"。菲利普当时的工作正是在他服务的跨国组织中对付那些"漫天要价"的非洲政府高官，只不过他对付的都是天文数字。那些非洲官员火速赶到阿比让，一开口就是几百万。有个办法可以对付他们这种漫天要价，同时又不伤和气，菲利普说。你问他们问题，不断问，问得越来越实际，那些官员最后无言以对，就会冷静下来。

我们所在的公寓位于一个地势较高的住宅区的高处。科特迪瓦的热带雨水在混凝土墙和客厅的金属窗框之间找到了一个缝隙，污染了墙面。这让珍妮特很心烦。她说："这里缺少维护。"我觉得，在被污染的墙面上，我看到了菲利普第一次开车带我观赏阿比让的盛景时说的某句话的注脚。他说："非洲无孔不入。"当时我还不了解他，以为他是一个为非洲事业而奋斗的人，他的话是一种赞许：非洲减弱了工业文明的残酷，让它变得富有人性。但他的意思其实就是珍妮特说的：这里缺乏维护。

事情有其另外一面。在非洲，菲利普说，感到沮丧的人都是比非洲人更关心非洲的人，或者说，这些人关心的角度跟非洲人不一样。在科特迪瓦，维护好殖民时期留给这个国家的东西真的是件好事吗？模式的好坏真的有定论吗？

他本来是为了阳光和舒适的生活来到非洲的，但如今非洲成了他思辨的起点。他变得越来越能体察事物，如果他一直待在英格兰就不会如此；他变得更有见识，更加宽容。仅仅因为待在非洲，他变得对工作格外认真，和我遇到的其他外侨一样。他成了一个好人。

然而，人必须知道自己做事情的目的，在非洲尤其需要。然而在非洲——就像我跟巴斯比谈话之后感觉到的——这个问题仍然悬而未决。

9

早晨，我接到一个名叫艾博尼的人从宾馆大堂打来的电话，他从巴斯比那里听说阿比让来了个作家，便跑来见见这位作家。艾博尼自己是一位诗人。

我下楼去见他。他是个性格开朗的年轻人，有着王室那般的外表。他的脸就像一尊贝宁铜像[1]，衣着也带有王室风度：一顶图案鲜艳的无檐帽，一件昂贵的非洲短褂。他说，他的帽子和短褂都是从沃尔特[2]买来的。他家里雇的是沃尔特的劳工，他从小就喜欢他们的服装。

他说他当过记者，但后来放弃了，因为在科特迪瓦，新闻工作就像吸烟：有害健康。他喜欢这个玩笑，讲了两遍。但他对自己那段记者经历有些含糊其辞。他说他现在是政府公务员，在环保部门任职。他写过一篇报告，论及科特迪瓦在环境方面可以做的事情。但报告递上去之后就石沉大海，十二个月了，毫无消息。所以他现在只是每天去办公室，时不时地写点诗。

他说："关于非洲的行政系统，我形成了一套理论，但它比较复杂，太长了，来不及讲给你听。"

他大老远跑来看我——我住的宾馆离市区比较远——是因为他喜欢交际，想练习英语，也因为他作为一名诗人和知识分子，希望试试他的观点。

我请他喝咖啡，他给了我一颗柯拉果，这是非洲人友谊的象征。我小口咬着那颗脏兮兮的紫皮坚果，苦苦的。他有滋有味地嚼着果子，把嚼干了的皮屑吐到左右两边，嚼到最后，他用手指把嘴里剩的渣子

---

[1] 指的是在贝宁帝国皇宫（今尼日利亚境内）发现的逾千件铜像，由伊多人在十三世纪制造，其中大部分被英国人夺走。
[2] 指加纳的沃尔特省。

取出来，放进烟灰缸。

他问我为什么会来科特迪瓦。我说因为这里的成功和法国化。

他说："查理曼不是我的祖先。"

我觉得在哪里听到过这句话，并不只有艾博尼这么说。他又开始讲其他的观点。"法国人治理国家就像管理猪圈一样。他们以为，人活着只是为了吃喝拉撒睡。"所以法国殖民者培养出来的人都是布尔乔亚。布尔乔亚？"布尔乔亚想要的是安宁和秩序。布尔乔亚可以适应任何一种政治体制，只要他们能过上安宁的日子。与之相反，英国殖民者培养出来的是企业家。"企业家？"企业家想要改变事物。"企业家是革命者。

对立，平衡：他重视思想的美感而不是确实性。我觉得我捕捉到了他受过的法国训练的痕迹。我开始跟他讨论他关于布尔乔亚和企业家的观点，但他并不热衷于此。他开玩笑说，那只是一种想法。

他又拿起了一颗柯拉果，他的短裈口袋里面有一把，他说："非洲人跟自然和平相处，而欧洲人想征服自然、统治自然。"

我熟悉这种观点。我从马来西亚一个年轻的穆斯林激进主义者嘴里听到过类似的话：西方浪漫的生态理念就像加强的收音机信号，到达了一个遥远的、沉睡的世界，又反弹了回来。但这个观点也是艾博尼不愿意深入讨论的。

艾博尼说："我十三四岁去上学的时候，第一次见到白人。那时候，我第一次发现了种族优越的概念。非洲孩子从小就被训练不能直视长辈的眼睛，那是不敬的举动。而在学校里，法国老师认为这标志着非洲文化的伪善。"

这个故事的要点是什么？

艾博尼说："因为这个，我认为我的法国老师是劣等的。"

我感觉到，这个包含着出其不意的胜利的种族故事，曾经博得过一个外国听众的同情。结果我发现，那个外国听众是个来自斯堪的那维亚的女记者，她让艾博尼大为倾倒。现在她在西班牙，艾博尼热切地请求我——他说了两三次——去找她，向她转达他的问候。

艾博尼说:"我父亲送我去上学的时候,你知道他对我说了什么吗?他说:'记住:我送你去学校不是为了让你变成白人或法国人,而是送你进入一个新世界。'就这些。"

我觉得,在艾博尼眼中,他已经做到了。他比德杰吉更轻松地穿梭在不同的世界之间。艾博尼说他没有钱,也没有汽车。他从政府那里领的工资还不够他付房租。他是骑自行车来宾馆的。但我觉得他很放松,人格很完整。他知道自己的位置,知道自己是怎么到达这个位置,他喜欢他所看到的各种新奇景象。在他散乱的观点背后并没有真正的焦虑。至少可以说,他不像那些关心非洲的浪漫局外人所希望的那么焦虑。对非洲的看法、语言、诗歌、跟外国人见面——这些全是他尽情享受的生活的一部分,是他在法国文化激发下生成的知识分子角色的一部分,也是他欣然迈入的新世界的一部分。

他骑着自行车离开了。过了一会儿,我乘出租车去一家坐落在城市尽头的海滨餐厅。这家餐厅不在工业区和港口区,这里的午餐和法国风范通常物有所值,也值得让人冒着正午的酷暑穿过拥塞的交通和人群赶到这里。然而今天却并非如此。

整个午餐的状况用"倒霉"都不足以形容。前一天还无可挑剔的侍者今天摆出了一副游手好闲、心不在焉的样子。上菜很慢,而且错漏百出,有些菜的分量少得让人无话可说,等账单拿来的时候,账单也算错了。今天一定是有什么人没来,也许是那个法国或欧洲经理。不光是良好的服务随着他一起消失了,整个餐厅的概念也消失了。所有精心组织起来的东西都垮了。侍者们——都是科特迪瓦人,这里的工作报酬很高——好像才一天工夫就忘记了他们为什么在这里做着这些事情。他们的脸似乎也变了。尽管他们仍然穿着印花背心,但他们已经不再是侍者了。他们的面孔和姿态散发出不同程度的部落权威的风度。我看到的是一些在村子里有分量的人物:巫医、草药师,还有一些也许是戴着面具跳神圣舞蹈的人。真正的生活在那里,在村庄的神秘里。而餐厅这套虚假而莫名其妙的规矩,都只是装腔作势——我多少开始这样打量起这里。

艾博尼的父亲告诉过他："我送你去学校不是为了让你变成白人，而是送你进入一个新世界。"

而新世界存在于别人的头脑里。把这些人挪走，他们带来的那些并非颠扑不破的理念也会随之消失。技能是可以教的，但非洲人对新世界的信仰非常脆弱，对他们来说，完整、真实的生活存在于另一个神灵出没的世界。

就这样，在纷扰的思绪中，在纪念科特迪瓦独立的公众假期里，我终于和吉尔·舍曼一起出发，前往总统的故里亚穆苏克罗。

10

公路先是穿过一片土质松软的绿野，然后是一片片不可再生林，这些森林里砍下的硬木推动了科特迪瓦初期的经济发展。（重型卡车载着原木在路上奔跑，原木非常粗，每辆卡车只能载两三根，最多四根，都用锁链捆着，固定在车上。它们的下一站是阿比让一个泛着油污的小水湾，巨大的原木堆在转运码头上，码头周围是熙熙攘攘的工人的住处；码头上，原木会再一次被捆起来，在空中摇摆一两下，荡入轮船的货舱，或者来到光秃秃的甲板上。那些轮船的船身上写着陌生而遥远的名字。）整个国家井然有序，运转正常，货币一路蔓延，来到丛林居民手中，村民也盖起了混凝土房子。在我们中途逗留的小镇上，居然有一家蹩脚的现代宾馆。

我们行驶了一百五十英里（路边很规则地用公里标注着里程），来到了亚穆苏克罗。汽车开始爬坡，来到坡顶上，一条机场跑道般的道路赫然出现在干干净净的荒野，路灯整整齐齐地排列在大道两侧。远处矗立着十二层高的总统酒店大厦，两块八角形的石板立在楼顶一侧，石板之间夹着屋顶餐厅，就像一块切了角的巨大的三明治。我们向酒店驶去，经过一片片园林景观，驶过一座座花园，穿过白色大理石修筑的入口，来到了酒店大堂。大堂里装饰着红色和巧克力色的大理石，大理石柱的斜切角上镶嵌着镜子。大堂里的椅子裹着蓝绿相间的软装，散发着剧毒的意味，让人心神不宁。

他们分配给我的房间富丽堂皇，但洗手间的五金件都有些松动。房间里很冷，冷气开得太厉害了。我关掉了中央空调，但在我逗留期间，房间里的寒意一直没有散去。大窗户是密封的，玻璃非常厚。透过窗户可以看到一个巨大无比的游泳池，休闲椅沿着环绕泳池的宽敞步道摆成了一个大大的圆圈。

游泳池过去，在修建得较早的总统酒店之外（亚穆苏克罗从来没停止过发展），是一片在非洲丛林中开辟出来的公园绿地。这就是著名的高尔夫球场，种植着各式植物，景观十分优美：一双外国人的眼睛从非洲人熟视无睹的丛林中看出了潜在的优美景色，并且把它呈现了出来。在我眼中，远处的雾霭一如刚果河畔热气蒸腾的雾霭。但亚穆苏克罗比沿海地区凉爽，远处的薄雾其实是干燥又带着凉意的沙尘风，它在这个季节从撒哈拉沙漠一路吹过来。

高尔夫球场是一项了不起的成就，在某种意义上堪称完美。它意味着惊人的工作量，但它毕竟只是一道风景：放眼望去便尽收眼底，很快就让人觉得不满足。经过一百五十英里的旅途之后，在亚穆苏克罗的布景中，这种规模的华丽景象只会激起你更大的胃口：来访者开始进入这座城市缔造者的雄心和狂想。这里有一条非常宽阔的主干道，一个市场和几个工人定居点，这些就像一个真正的小镇，附着在总统的造物上。但来访者总是很快就把已经建好的一切视为理所当然，开始不断注意到墙上的裂缝，地面上修补的痕迹和尘土飞扬的空地。而且，如果不打高尔夫，你在这里就无事可做。

这里还有总统的鳄鱼，喂食时间是五点钟。总统宫有点远，位于一条大道的尽头，必须要开吉尔·舍曼的车过去。在铲平的土地上，在下午耀眼的光芒和空旷中，一切都像被放大了。宫殿的围墙延绵不绝，墙外有一片湖水。湖水中间有一条堤坝，堤坝上修着铁栏杆，两侧种着新长成的椰子树，一直通向宫殿的大门，身穿酱紫色短褂的总统卫兵守卫在那里。来访者的车都停在堤坝上，大多数车是白色的。

堤坝两侧的湖水里都养着鳄鱼。我们一下车就看见了一条：一开始只在浑浊的湖水中露出两只鼓鼓的眼睛，不仔细看很难注意到，接着，它那长满尖刺的脊背清清楚楚地露出了水面。我们一阵惊呼，一个非洲人（从他那从容闲适的姿态来看，有可能是个官员）说："Il est petit."只是个小不点。然后，我们发现水面上到处都是眼睛和长满尖刺的背，那些尖刺很像猴面包树上的凸起。

堤坝一侧是石砌的坝体，形成了一个延伸到水中的斜坡。坝体上有很多鳄鱼，都是小鳄鱼，它们一动不动，眼睛亮亮的，但好像什么也没看见。它们一律张着嘴巴。从每只鳄鱼的下颌看进去，只看到一个大大的空洞，里面是浅浅的黄色和粉色，形状出人意料地简单，里面出人意料地干净、干燥。苍蝇从张开的嘴巴飞进去，又飞出来。堤坝另一侧没有石砌的坝体，只是布满沙子的堤岸，沙上留着一道道鳄鱼尾巴留下的痕迹。一些白色的羽毛散落在沙子里，好像是鸡的羽毛。岸上也有一些鳄鱼，它们的颜色和沙子很接近，从远处很难注意到它们。

喂食员已经到场了，他开着一辆灰色的路虎，路虎停在堤坝上。他让人一眼望去就觉得很特别。他非常高，非常瘦，头戴一顶无檐帽，身穿一件印花长袍。有个官员跟他在一起，这人的身材要平常一些，身上穿着灰色的短袖游猎装。喂食员一只手拿着一把又薄又长的刀，另一只手提着一个锡罐或者说是锡桶，里面放着一些肉。那是心和肺，吉尔·舍曼告诉我。那些肉都是浅粉色的，还带着一点动物的血管。

喂食员在铁栏杆上弄出叮叮当当的响声，然后把肉扔了出去。趴在石砌坝体上的鳄鱼动作笨拙而缓慢。它们必须侧着长长的嘴巴，抵住平坦的筑坝石，才能把肉叼起来，侧翻的身子露出浅黄色的腹部。扔到背上的肉，它们就够不到了，掉进石缝里面的肉它们也吃不到。有时候，它们好像搞不清肉落到了哪里。

喂食员向外扔肉时，身边那位穿灰色衣服的官员咂着嘴，轻声唤着鳄鱼，仿佛在对小孩子说话："Avalez, avalez."（吞下去吧，吞下去吧。）

过了一会儿，堤坝另一侧的仪式开始了。养在这边的鳄鱼，年龄和体形都要大一些，它们的皮肤黄黄的，长长的嘴巴凹凸不平，拖着笨重的肚子，牙齿合拢时，就像一条长长的缝得歪歪扭扭的伤口。

这时候，高个子喂食员拎起了一只黑羽鸡的两个翅膀，在空中慢慢地上下摇晃着。鸡发出的惊恐叫声渐渐衰弱，脖子变得不听使唤，软软地耷拉下来。两只老鳄鱼像是早已习惯了这个仪式，在沙滩上凑到了一起，等待着。又有一些肉扔了下来，鳄鱼们狼吞虎咽地吃掉了，只剩下掉在背上的那些。乌龟也从水中浮上来，涌到岸边来吃肉。一只小鳄鱼衔着它的肉，飞快地游到湖中的小沙洲上，不受打扰地吃着、咽着。然后，喂食员把那只鸡朝两只老鳄鱼扔了出去。两只鳄鱼张开的嘴巴"啪"地合上了，众人倒吸一口凉气。但喂食员没掷中，两只鳄鱼也没挪窝。那只晕头转向的鸡扑腾着翅膀，在恍惚中恢复了几分知觉，飞奔到沙堤的尽头，快到堤坝上了。

身穿印花长袍的高个子喂食员没有让那只鸡逃掉。他纵身跃过栏杆来到沙堤上——他唯一的防身之物就是身边那把细长的刀——他不慌不忙地走过鳄鱼，来到鸡旁边。鸡没跑，喂食员把它抓住，翻过栏杆回到了路边。穿灰衣服的官员又敲打起栏杆，召唤着那两只等待中的鳄鱼，击打声中，拎着鸡翅膀摇晃的一幕又上演了。鸡又被抛了出去，鳄鱼嘴巴又合上了，鸡又逃跑了。但这一次，敲打铁栏杆的声音把一只更大更老的鳄鱼由水中引到了沙地上。老鳄鱼的长嘴巴尖已经残缺不全，牙齿沾满污渍，而且显得老朽。喂食员把鸡软塌塌的脖子放到铁栏杆上，开始放下手中的刀。我没有看下去。

人群发出的喊声告诉我，鸡又被扔出去了。等我转过身去，鸡就只剩一只鳄鱼（不是最老那只）嘴边的带毛碎渣了，鳄鱼那张无底洞一般的嘴仿佛在微笑，几根黑色的羽毛从下颌两边龇了出来，空洞的圆眼睛似乎泛起了一丝喜悦的光。一会儿工夫，整只鸡就被吞下去了，只有下颌里还残存着一摊肉浆。仪式结束了，头戴无檐帽、身穿漂亮长袍的喂食员提着锡桶向路虎走去，脸上没有一丝笑容。

一场公开展示王权的仪式就这样在总统宫那高大而单调的围墙外面上演。围墙后面是树林，就在那片树林中间的某个地方，坐落着总统的祖村和古老的仲裁树。那个地方已经成了人们心目中的圣地，也许会有一些更私密的仪式在那里举行,不对公众开放。易卜拉欣·基塔,那位高尔夫球手,总统的宠儿,据说被总统委以亚穆苏克罗发展重任的人,他见过宫墙内的景象,但他那位来自西印度群岛的妻子却没有。

易卜拉欣本来要带着我在亚穆苏克罗转一转,但未能成行。然而他做出了一项慷慨且出人意料的安排:他让他的哥哥代替他,带着吉尔·舍曼和我四处转转。他哥哥一早就来到了总统酒店。他是个医生,比易卜拉欣略矮,线条更为柔和,一头灰发,戴着眼镜,举止中透着自信,那是来自有声望的西印度家庭的职业黑人特有的自信。

基塔家族来自邻国几内亚,他们在科特迪瓦多少算是避难者。那天早晨,医生在总统酒店那大理石雕砌的大堂里向我们讲述了他在一九六四年从几内亚逃出来的故事。有人给了他一个暗示,他用一条假消息骗过了一位官员,大清早驾车穿过了边境。回想当时的出逃,基塔医生仍然唏嘘不已,几内亚当年的恐怖仍然让他噤若寒蝉。在一九六四年的几内亚,像他这样的人——受过教育的专业人士,社会精英——居然会被随手抓去,要么像宰牛一样杀掉,要么被关在牢房里,没吃没喝地等死。这就是几内亚著名的"黑伙食"。

就在国界这一边,在这样的天气里,在你所目睹的人群当中,存在着这种非洲的王权。基塔的故事让亚穆苏克罗、让鳄鱼象征的酋长权威或王权显得愈发不可思议。那天早晨跟基塔医生一起驾车出行,我发现我很难不被总统的雄心打动:他渴望按照他所知道的最高标准来建设、来创造。

他那富丽堂皇的风格具有宗教意义。就像在有些社会里,农民把最好的东西留给自己的神,亚穆苏克罗不遗余力地追求物质辉煌正是为了凸显王权的神性,而神性是王权的保障。亚穆苏克罗就像金字塔和吴哥窟,但后两者都是对统治者来生的关照,除开自身,没有其他目的。而亚穆苏克罗却要成为一座生气勃勃的大都市,它将成为统治者对人民——西非丛林的人民——的一项浩荡恩泽,就像喂鳄鱼的仪式一样,既证明着他统治的权力,又证明着他统治的公正。

沿着一条空荡荡的宽阔大道开出很远,我们来到一所大学,或者说是高等教育中心。教育中心环绕着一座纯装饰性的拱廊，拱廊跟主建筑是分开的，跟主建筑一样高，贴着棕色的马赛克。宽敞的人行道连接着主建筑的四个部分。这里有一个奥林匹克水准的游泳池（已经透露出无人照管的迹象），有学生宿舍，还有教职员工的房子。沿着大路再向前走一小会儿，矗立着一栋跟刚才的建筑配套的教学综合楼。

大学里现在有多少学生？有人说六百，有人说六十。

大都会亚穆苏克罗在等待着充分利用。但它由外国人建造起来，是花钱进口来的东西，一所大学的现代建筑并不单单是物质材料做的长久纪念碑，更像是容易生锈的机器零件。新世界存在于别人的头脑中，技能是可以习得的，但非洲人对新世界的信仰很脆弱。等总统不在了，外国人也纷纷离开（有些人巴不得他们离开），非洲人对新世界的信仰还会存在下去吗？或者，非洲人又会受到另一种现实观的入侵？

在加勒比的奴隶种植园，非洲人生活在两个世界里。白天的世界是白人的世界，夜晚的世界是非洲人的世界，是精灵、法术和真正的神灵的世界。在夜晚的世界里，白天受尽屈辱的衣衫褴褛的人，在他们自己和周围伙伴的眼中变身为国王、黑巫师、草药师，变成了连通着大地真正的力量、拥有无所不能的权力的人。一个白天的奴隶到了夜里就成了国王，他原本不被允许在晚上活动，可随从们会用担架抬着他在垃圾堆里四处巡游。（一八〇五年，在一次对奴隶"造反"的审讯中，奴隶国王享受的具体待遇为局外人知晓。）在局外人和奴隶主看来，非洲人的夜晚世界就像是一个模拟的、小孩子的世界，就像一场狂欢。但对非洲人来说，无论他们自己在白天怎样取笑它，那都是一个真实的世界：它把白人统统变成了魅影，把种植园的生活变成了一种幻象。

这种双重现实的某些元素也存在于亚穆苏克罗。现代大都会和总统的恩泽属于白天的世界，属于建设和发展的世界。而喂鳄鱼的仪式则诉说着大地直接贯注给总统的权力，是夜晚世界的一部分，它在不断地消解着白天的现实。一种理念对抗着另一种理念。因此，尽管有着高额的开销、大量的劳动和了不起的雄心，在这场现代的法老梦之中，仍然包含着深深的矛盾。

那些鳄鱼，我到科特迪瓦之前从未听人说起过。然而自从我见到了它们，就不断地听人说起。我听到的每件事情都为它们增添了宗教的神秘感。我听说，一名宫殿警卫在堤坝旁边的沙滩上被鳄鱼咬死了。一条鳄鱼在沙滩上下了蛋，不知情的警卫从那里路过，鳄鱼冲上去咬住他，把他拖进了水里。还有一个故事，讲的是一个村民从铁栏杆边上跌进了湖里，被一只鳄鱼咬得血肉模糊，就像那只血肉模糊的黑羽鸡一样。这是意外吗？还是说，那人是被推下去的，被迫当了祭品？有些人确实是这么认为的。还有一种看法认为，那人是自愿献祭的，他相信（也许是受到了胁迫）只有这样，才能将自己的村子从邪恶手中拯救出来。

因此，这些鳄鱼——一群端着相机的人在光天化日之下看到的鳄鱼——并不只是供游客观赏的风景。它们身上带着法术与权力的气息，而这正是整个场面想要达到的效果，尽管这里的一切都像是刻意摆出来的：宽阔的大道，整齐的灯柱，人工湖（毫无疑问是用现代的挖掘机挖出来的），铁栏杆，配枪的总统卫士。还有穿着长袍的喂食员和跟他在一起的穿灰色套装的官员——当我回想起他们，我感到这两个人特别令人不安。那位官员朝鳄鱼微笑着，向它们哑着嘴，仿佛他跟它们很熟，仿佛它们站在他一边。

但这一切的象征意义仍然扑朔迷离，让人心慌意乱。喂鳄鱼的仪式难道是古埃及大地崇拜的残余？难道是古埃及的大地崇拜经由苏丹传到了黑非洲？古埃及传下来的一份著名的莎草纸卷中，一个女人身穿没有任何装饰的白袍，披散着头发，向鳄鱼鞠躬，女人和鳄鱼都在一条代表着大地的水平线上，水平线下方画着波浪花纹，在埃及艺术里，波浪代表着水。或者，这些鳄鱼的象征意义其实很简单：鳄鱼是水中最强悍的生物，所有的人都怕它，它很长寿，睡觉时睁着眼睛。而母鸡又代表什么呢？是敌人吗？或者代表了轮回？就像有些人说的，鳄鱼作为权力的化身，每天都被赋予了新生？也许，其中蕴含的概念都是无法言传的。

在市区外，我们遇到了另一种秩序、另一种权力：总统农庄。总统农庄绵延数英里，幽暗而杂乱的热带森林已经被平坦的、阳光长驱直入的田野取代，田野上种着一排排的芒果、鳄梨和菠萝。所有这些土地，总统是怎样得到的？他把那些未经利用、无人认领的森林变成了自己的土地吗？还是说，作为酋长，整个部落的土地都归他所有？那天上午，没有人听得懂我问的这几个问题，但答案已经不重要了。两年前，总统把他的庄园赠给了国家。农庄就像亚穆苏克罗一样，是一种恩泽，是未来的一个样板，同时也是统治者宗教祭品的一部分。

亚穆苏克罗的大清真寺加倍地呈现出宗教的庄严肃穆，立刻彰显了统治者对治下穆斯林的姿态，这也是他对神性的另一侧面的供奉。这座清真寺是一座方塔，在细部上够精致，有人告诉我，这是北非的风格。在非洲的这个地区，关于"伊斯兰教是什么"的主张都来自北非。北非，法国。这位追求物质辉煌的非洲统治者不得不把目光投向黑非洲之外。它构成了亚穆苏克罗凄楚动人的一面。清真寺远离宽阔、空旷的大道，坐落在一座光秃秃的大院子里，暴露在阳光和沙尘风中。和亚穆苏克罗的其他建筑一样，它似乎——也许是一种错觉——也在等待着充分利用。你会觉得它像一具空壳，在那草木不生、缺乏热情的院子里，你很有可能把它当作一处废墟。然而它的规模相当宏大，而且是观光景点之一。

我们在高尔夫俱乐部吃了一顿过点的午餐，款待我们的是易卜拉欣·基塔和科特迪瓦的一位银行家。易卜拉欣在球场忙了一天，有些疲倦，说话不多。俱乐部的建筑风格很奢华，带着欢快的国际格调。菜单是用法语写的，这种过了头的雄心反而弄巧成拙；侍者们都穿着制服。亚穆苏克罗也许只是一个游乐场、一个旅游景点。然而，我们这些到这里来的人正在实现着总统对他的祖村的宏大愿望。不管我们是否喜欢，我们都处在他的宗教的怀抱中。在这座都市另一角，一个多小时之后，喂鳄鱼的一幕又要上演了。

回阿比让的路上有很多车：人们纷纷从村庄返回另一个世界，那些村庄对于他们，就像亚穆苏克罗对于总统一样神圣。公共假期就要结束了，那天是科特迪瓦独立二十二周年纪念日，到处插着喜庆的彩旗，白色、绿色、藏红色，还有那位身材非常矮小的慈祥老人的彩色肖像——那位一直以来的统治者。

11

我在阿比让遇到了一个中年人，他是欧洲人，一辈子都在非洲工作，已经在科特迪瓦住了好多年。他工作的地方在内地，干的是粗活，没多少技术含量。他的社交生活很少。他说起非洲时直截了当，不像我遇到的其他侨民那样含糊其辞。他说："你在阿比让看到的一切都是假象，欧洲人一走，一切都会烟消云散。"

非洲，他说，仍然被法术统治着。在内地，如果酋长或当地的重要人物死了，他的仆人和妻子们都要为他陪葬。如果仆人在殉葬的时候逃跑了，就会悬赏要他的脑袋。这可以解释为什么经常有小孩失踪，失踪名单登在报纸的讣告版上。那个版面有一套隐晦的用语，暗指特定类型的死亡。中毒而死会被说成是"得急病死了"，如果说一个小孩失踪了，人们可以推断他是被用来献祭了。在内地，如果要举行葬礼或者其他献祭仪式，花十万法郎就可以买一个人头，还不到二十英镑。不久前，在这个欧洲人工作的地方，一个重要人物死了，需要好几个人头，因为死者的地位很显赫。所有人都惶惶不可终日，足足有三个星期，那个欧洲人管理的工厂没有人敢去上晚班。在欢迎酋长或重要人物的特定仪式上，人们一定要用鲜血来给酋长或重要人物洗脚，一般会用鸡血或牲畜的血。但如果要向酋长表示最高的敬意，就一定要用人血来给他洗脚，一个充当祭品的人的血——一个小孩的血。然后人们会把那个小孩吃掉。

我相信这人的话。他喜欢住在非洲，从来没在其他地方工作过，也不知道怎样在其他地方工作。他直截了当地谈论非洲，是因为他接受了非洲的方式。他不想贬低非洲，以便让自己显得很有见地。但他在接受非洲的同时，也让自己跟这片大陆和它的人民保持着恰当的距离。对他来说，这也许恰恰是侨民生活的魅力所在：非洲让他强烈地感受到了自己。

没过多久，我又从一位年轻的美国律师口中听到了这类侨民故事。这位律师为一家国际律师事务所工作，被派驻到科特迪瓦。他有时候会去扎伊尔出差，扎伊尔也就是以前的比属刚果。扎伊尔在一九七一至一九七二年间的繁荣早已远去，律师说；但那里的侨民比以往任何时候都要多：印度人、希腊人、黎巴嫩人。他们已经离不开那种生活方式了。他们喜欢生活在非洲的边缘，就仿佛生活在他们自己文明的尽头。他们知道怎样在那个国家过活，也喜欢那种"知道怎样过活"的感觉。有些人过得很好，有些人结局很差，而大多数人就只是那么过着。

前不久，这位律师到扎伊尔去为一个死去的美国老人整理遗产清单。那个美国人三十年代来到比属刚果，在那里经历了所有的事情：殖民统治、第二次世界大战、刚果独立、内战。他最后几年是在金沙萨一套一居室的公寓里度过的。他的身家大约有一百万美元，但他身后留下来的个人用品非常少：两套西装、四条长裤、两三双鞋。他没做过大事，也没经历过任何冒险。他做的都是简单的小生意，主要是房产交易。他从来没花自己挣到的钱，钱就这样无人问津地躺在银行户头和股票账户上。他一直待在刚果，因为他已经离不开那里的生活。

这位年轻的美国律师没打算向我描述外侨生活的魅力。但我想它差不多是这样的：置身非洲，做非洲人中间的非非洲人。不适和危险都会让人更鲜明地感觉到自己，每天都处在个人的戏剧中，这也许是安稳生活在家乡的人永远也体会不到的。非洲以不同的理由召唤着人们，每个来到这里并且留下的人都有着自己的非洲。

然后，在见到了亚穆苏克罗和鳄鱼、听到（并且相信）了人头的事情之后，我度过了一个糟糕的夜晚。我梦见自己站在屋顶上，也许是在一座桥上。脚下的材料——好像是玻璃，或者是透明塑料——开始消融，似乎是从边缘开始熔化的。我问，这座桥会有人来修吗？回答是没有。建好就完事了；我站的屋顶或桥是容易崩塌的。那么，到底安不安全呢？我能过去吗？回答是能。桥是安全的，我可以过去。在我的梦里，这一点是最关键的，因为我不会再从那里走第二次了。

咸水湖的晨雾中，阿比让的建筑散发着阴险的气息：它们是统治者权力的证明，是法术的造物，因为所有这些坚固的钢筋混凝土都像我梦中那座桥一样，危险而且易朽。

12

安德蕾——阿尔蕾特的朋友，也来自西印度群岛——从大学里给我打来电话。她留言说，她的上司乔治·尼安高兰-博夫，那位鼓学专家，已经从美国回来了。美国有些大学开设了"黑人研究"课程，尼安高兰-博夫先生时常去那些大学访问。

当我走进民族社会学研究所那间小办公室时，看到了一个身材魁梧、肤色黝黑的人，他坐在大写字桌后面的转椅里，把椅子塞得满满的。如果他不在，只有安德蕾一个人坐着织毛衣，这间办公室就显得像个寡妇。他有着酋长的体魄，胸脯非常厚实，肚子上的脂肪堆起了褶皱，浅灰色的短袖运动衫遮掩不住他的大块头。他的法语虽然有口音，但清晰而准确。他的姿态是授课的姿态，法国学院风格的授课姿态。二十年来，他一直在发表社会学论文。我记的笔记上说他五十五岁了，但他看上去要年轻十岁。

他的时间很紧张，因为他现在该去上课了。但他还是向我概括了一下鼓学研究背后的理念。最早来到西非的欧洲人不懂非洲人的语言，所以他们虽然看到了很多，也错过了很多。他们对讯息鼓的理解就是错的。讯息鼓的鼓声并不是在邀请人们参加宴席，也不是在向丛林传递"白人来了"的消息。在西非，鼓的作用要重要得多。非洲人认为，最早出现的并不是语言，而是鼓。非洲人说："元初有鼓。"击鼓以及随着鼓声吟唱是一门代代相传的特殊技艺。鼓模仿人的语言，一个训练有素的歌手能够在一段鼓声中重新发现一首诗、一段咒语、一篇部落史、一个凯旋或战败的故事。

鼓是神圣之物，象征着国王、部落和国家。为了证明他的观点，尼安高兰－博夫先生打开他的书，给我看一些著名的部落鼓的照片。一面鼓上挂着很多下颌骨，一面鼓上挂着人脑，那是敌人的脑子，都用皮裹着。鼓对部落的重要性由此可见一斑。另一张照片上是伯罗尔人的王室大鼓——Kwakla鼓，上面糊着众多牺牲的血。有些鼓太神圣了，不允许摆在地上。书上有一张最近的照片，那是民族社会学研究所的人拍的：在一个击鼓唱歌的典礼上，一张大鼓放在一个人的头上。尼安高兰－博夫先生说那个人是奴隶。

那个据说是奴隶的人肌肉发达，显得有些滑头。之所以显得滑头，也许是照相机的缘故，他正在用眼角余光看照相机；也有可能是因为鼓的重量和他头顶上喧闹的鼓声（一个目光炯炯的小老头站在顶鼓人的后面，正在用鼓槌尽情地敲击）；也可能是因为其他人——长者和表演者——都可以把他们非洲衣服的左边卸下来，露出左肩，而他这个顶鼓的人却必须袒露胸膛，一边用左手扶着鼓，一边用右手把衣服提到腰上。

尼安高兰－博夫先生觉得这张照片非常有意思。他显然很享受这类典礼，它们来自非洲久远的过去。虽然在赶时间，他还是向我仔细讲解了那张照片，并且告诉我："如果那个奴隶让鼓掉下来，他就会被杀掉。"

我说："杀掉？"

"是的，不过，"他对刚才的话进行了限制，"那是在以前。现在他们可能会杀掉一头牛或其他牲畜。"

"村里还有奴隶吗？"

尼安高兰－博夫先生以授课的姿态对我说："有两种奴隶制。在母系社会，奴隶被吸收进部落，他们为部落繁衍后代。在父系社会里，奴隶就是……奴隶。现在当然没有奴隶了。但是……"尼安高兰－博夫先生微笑着，重新挺起胸膛，酋长和蔼大度的风度降临到他身上——"村民没有办法隐瞒祖上的出身，村里每个人都知道，这个人或那个人是某个奴隶的儿子或孙子。"

有人走进办公室,可能是尼安高兰－博夫先生的同事,也可能是他的学生。那人告诉他学生们正在等他,已经等了半个小时。尼安高兰－博夫先生站起来,跟我约好了几天后会面的时间——他想放鼓乐的录音给我听——然后就去上课了,他今天要讲的是非洲文化的某个方面。

我在阿比让餐厅①用的晚餐。餐厅的法国女主人性情温柔,身材高大,衣服上饰满花边,她的眼神如梦似幻,又带着威严。她让我觉得我必须小心翼翼。身穿制服的侍者对她和她的意见都毕恭毕敬,一丝不苟地执行着这栋房子里的仪轨。大的球形玻璃杯是用来喝葡萄酒的,葡萄酒只能用这样的杯子喝:我终归还是不够小心。后来,我又在高尔夫论坛酒店观赏了"非洲之夜":在游泳池边上的小瀑布花园餐厅里,七个袒露着丰满胸部的姑娘随着鼓声翩翩起舞。阿比让总是存在着两个歌舞升平的非洲:法国的非洲和非洲的非洲。而后者比人们以为的要真实得多,根深蒂固得多。

安德蕾坐在靠窗的书桌前织毛衣,尼安高兰－博夫先生坐在他的转椅里,整个场景散发着近乎家居的氛围。(文学的影响力、法语的影响力有多深啊!我把安德蕾视为法国人,有那么一瞬间,我觉得她就是巴尔扎克笔下的人物,尽管我知道这种想法在这幕场景中有多可笑。)

尼安高兰－博夫先生仍然穿着那件灰色运动衫。他的办公桌上放着一个很大的录音机,已经做好了放音准备。但关于鼓的情况我已经听得够多了,我希望他谈谈葬丧习俗。我以为这个话题会有些敏感,结果尼安高兰－博夫先生再乐意不过了。非洲传统生活的各个方面都让他着迷,而且他对它们的态度完全只着眼于精确地描绘。他似乎不

---

① "阿比让餐厅"原文为法文。

认为要对非洲的这些事情进行判断或者辩护。

当地一个大种植园园主死了,他的外国劳工吓得纷纷逃走了。尼安高兰－博夫先生就像讲滑稽故事一样讲起这件事情。"他们惊慌逃窜。"尼安高兰－博夫先生用一只手在另一只手上擦了一下,形容那些人跑得多快。

非洲的葬丧习俗,他说,和古埃及一样。他们相信,人死后会继续过着他们的尘世生活。所以一个男人死了,就需要他的妻子和仆人跟他一起去。有些妻子和仆人懂得这一点,接受这种命运。对于那些不想跟自己的主人一起埋掉的妻子和仆人,有庇护村来收容他们。尼安高兰－博夫先生在一个信封背面画了一张草图:每个村子周围都建有四个庇护村,分别位于罗盘的四个角上,离村子都不远。但是,想去庇护村的妻子和仆人必须特别机警,得在丈夫或主人死前离开。他们一旦成功到达庇护村,并宣布受那里的酋长保护,他们就安全了。但仍然不能说绝对安全,现在不是每个人都值得信任,总会有意外。这就是政府规定酋长和其他要人的葬礼一定要公开举行的原因,也是电视和报纸上有那么多关于葬礼的报道的原因。

幽灵世界的生活很可怜,尼安高兰－博夫先生说。他说这话时充满了感情,让我感到惊讶。一时间,他忘记了他的翩翩风度,忘记了他的授课姿态。死人要有钱才能生活,死人没有衣服,没有钱去买衣服,他们在受冻……尼安高兰－博夫先生扯了一下自己的灰色运动衫。死人没有吃的,在挨饿,这个大块头男人做了一个用手指往嘴里送饭的动作。幽灵世界的生活太悲惨了,所以非洲人没有办法真心相信基督教描述的死后生活。在非洲人看来,好生活就在此时此地,就在尘世间。此生的终点就是一切美好事物的终点。

"所以非洲的基督教是一种非洲化的宗教?"

尼安高兰－博夫先生说:"我是基督徒,我是我们家族的第一个基督徒。但我信奉——深深地信奉——非洲的万物有灵论。"

德杰吉,那个总的来说更简单的人,几乎说过同样的话。

阿尔蕾特走进了办公室。她嘴里嚼着带香味的口香糖,坐在安德蕾旁边，跟她轻声交谈。安德蕾沉默着，她的"紧张"已经有所缓解，一件色彩迷人的外套正在从她忙碌的毛线针下面浮现出来。

我一边听尼安高兰－博夫先生讲话，头脑的一个角落一边在琢磨——在我去过了亚穆苏克罗、见过了鳄鱼、听说了献祭的人头、做过了坍塌的桥梁和一切都在解体的梦之后，我又被尼安高兰－博夫先生带到了他的幽灵世界里——我在琢磨，阿尔蕾特为什么会在此时此刻走进这间办公室，就像是在一本小说或一部戏剧里那样，就像是发生在另外一层现实空间里一样。后来我记起来了，阿尔蕾特和安德蕾不仅来自同一个国家，还是朋友；而且，是阿尔蕾特帮我安排了跟安德蕾和尼安高兰－博夫先生的会面；阿尔蕾特在这所大学工作。

如果此时此地就是非洲人关心的一切，就像尼安高兰－博夫先生说的那样，那么法术、神灵、幽灵为什么会在非洲人的生活中占据一席之地呢？我认为非洲人生活在两个世界里，这难道只是我自己的幻想？或者，那种双重现实只跟大西洋彼岸那群丧失了家园的奴隶有关系？

我尝试着组织起一个恰当的问题。

我说："对非洲人来说，欧洲人的世界真实吗？他们在阿比让建造的这座城市，非洲人觉得它真实吗？"

尼安高兰－博夫先生的回答深深地攫住了我，我决定把他的话逐字逐句地记下来，我请他们给我一张纸。安德蕾就像履行好客的家庭主妇的职责一样，轻轻放下手里的编织活儿，给我拿来三张崭新的厚纸。

我写下："白人的世界是真实的。然而，然而，我们这些黑非洲人，我们拥有他们拥有的一切。"尼安高兰－博夫先生指的是飞机、汽车、火箭、激光、卫星。"我们在夜晚的世界拥有这一切，在黑暗的世界拥有这一切。"

就是说，今天的非洲人，和两百年前大西洋彼岸的奴隶一样，夜晚生活在另外一个世界里。

阿尔蕾特还在嚼口香糖，但她现在被我们的谈话吸引住了，因为安德蕾停了下来，帮我拿纸。阿尔蕾特的眼睛闪闪发亮，她说："这些事情他们都是在晚上做的。"

非洲人在某些方面已经超过了欧洲人,尼安高兰－博夫先生说。欧洲人即便有了火箭,他们能达到的速度也是有限的。而有些非洲人能够把自己转变成纯粹的能量。这样的人会跟你说:"让我自己待一会儿。"他聚精会神地待上一两秒钟,等他回过神来,他也许就会告诉你巴黎发生了什么事情。因为就那么一小会儿,他已经去了巴黎,又回来了,他还跟巴黎的人说过话了。就这样,一个人可以不用离开非洲就能见到远在巴黎的儿子,而且可以跟他说话。但他们见面时不能发生身体接触。身在非洲的人触摸不到在巴黎的儿子,因为人的肉身立足点只能保持在一个地方。

"他们有分身,"阿尔蕾特说,"他们把自己的分身派出去了。这就是他们不能触摸的原因。"

"现在村子里就有这样的人,"尼安高兰－博夫先生说,"他们每天晚上都会告诉你巴黎和俄国的新闻,而且那些新闻绝对不是他们从收音机里听来的。"

阿尔蕾特向我解释非洲人的这种天赋,她谈到了北方的多贡人,他们掌握了很多天文知识,尤其是关于天狼星的知识,据说他们可以接触到地球以外的精灵。

就是说,世界到了晚上就会完全为非洲人而改变?

我明白,尼安高兰－博夫先生的意思是说"是"。"我们说,女人到了晚上比男人强大。""你白天看到的趴在人行道上乞讨的恶心的乞丐,在夜晚的世界里却是一个真正的权贵。"

办公室的电灯灭了。

尼安高兰－博夫先生快活地喊了句法语:"灾难!"

停电让安德蕾想起她有个电话要打。但现在,她说,打不成了,因为停电了。尼安高兰－博夫先生说,电话靠另外的线路工作。于是安德蕾放下手里的编织活儿,开始拨号。那部电话虽然是靠另外的线路工作,但也出了问题。

图雷先生手里拿着几张钞票走了进来,他是民族社会学研究所所长，个头不高，一身接近卡其色的猎装看上去让他有点军人味道。他把钞票递给尼安高兰-博夫先生的时候，没有任何礼节，而尼安高兰-博夫先生也像十七公里村的那位村长一样，说话的时候一直把钞票拿在手里。

我问："夜晚的世界从什么时候开始？"

尼安高兰-博夫先生迟缓而庄重地说："太阳一落山就开始了。"

阿尔蕾特说，在阿比让的某些区域，电灯改变了夜晚的时辰，对夜晚的力量形成了干扰。关于这一点，阿尔蕾特和尼安高兰-博夫先生展开了友好的争论。我获得的印象是，尼安高兰-博夫先生在说，电对夜晚的世界毫无影响。

他接着讲了一个故事，关于一个能把自己完全变成能量的人。殖民统治最黑暗的时期，他说，是二战期间。仿佛他本人的创伤还在隐隐作痛，他把这句话又重复了一遍，加重了语气：那是最黑暗的时期。阿尔蕾特赞成他的说法。那是强迫劳役的时期，非洲人被抓到法国人的种植园里工作，就像猎捕奴隶的时代。

一个老人被抓了，他迷惑不解，不知道抓他的人想要什么。抓他的人用皮鞭抽他。他说："你们为什么抽我？"他们说："我们想让你把这堆东西搬到内地的那个地方。"老人说："你们想要的就是这个？就为了这个，你们要抽我？把这堆东西搬到那个地方去？好吧，如果你们想要的就是这个，那你们走吧。"他们说："你这是什么意思？"他说："我的意思就是我说的意思。你们把我留在这里，你们会得到那堆东西。"最后，他们撇下那个老人走了，觉得他是个疯子，等他们到了目的地……

"他们发现那个老头已经先到了。"阿尔蕾特说，她替尼安高兰-博夫先生讲完了下面的故事。她用她那双明亮的眼睛看着我，随着她自己说话的韵律轻轻地点着头。

那个老人把自己的分身跟那堆东西一起送了过去，他把自己转化成了纯粹的能量。

这个故事也许是从两百年前的加勒比奴隶种植园中传出来的。白人是白天的造物，他们只是一些魅影，抱着荒谬可笑、虚幻不实的目标。而力量，大地的法术，它们属于非洲人，而且历久不衰；胜利属于非洲人。但只有非洲人自己知道。

我向尼安高兰－博夫先生问起亚穆苏克罗的鳄鱼和那些献祭的活鸡。

他在我眼中一直很有学者风度，他兴致勃勃，性格温和，富有激情，而且总是很坦率。但现在，我第一次看到他流露出短暂的迷茫神色。他不太愿意谈论喂鳄鱼的仪式，他说："鳄鱼属于总统。"他又加了一句："他喂它们。"然后又说："阿比西尼亚的皇帝也喂养过一些动物。"

阿尔蕾特的眼睛闪闪发亮，她说阿比西尼亚的皇帝总把一个小动物带在身边，那是他的物神。

尼安高兰－博夫先生对此不置可否。他恢复了他的学者风范，说："在非洲，王权有三种象征。在平原上是黑豹，在森林中是大象，在水中是鳄鱼。鳄鱼是水中最强悍的生物，尾巴一扫就可以把人杀死，也可以，"尼安高兰－博夫先生抬起手掌斜着挥向桌子，"把这张桌子劈开。"

鳄鱼很狡猾。它们特别讨厌狗，如果你带着一条狗坐独木舟穿过有鳄鱼的湖面或河面，就等于是自杀，鳄鱼一定会袭击你的独木舟，把它掀翻。猎捕鳄鱼的人会用死狗做诱饵。鳄鱼不能在咸水中生活，阿比让的潟湖里曾经有鳄鱼，但后来潟湖挖了通往大海的沟渠，咸水进来了，鳄鱼就绝迹了。现在阿比让没有鳄鱼了，但最近有报道说，有人看到了鳄鱼。

科特迪瓦的鳄鱼：你听到的越多，越是对它们充满想象。看着尼安高兰－博夫先生的那些照片，你越来越容易相信，阿善堤金秤砣上的卐字饰也许是从简化的鳄鱼图像慢慢演变过来的：一种四肢齐全的动物，长着长嘴和尾巴，凶残的尖嘴扭曲着、蜷曲着跟凶残的尾巴绞在一起。

非洲的艺术，非洲的文明，非洲凝重的回应：在经历了殖民时期的创伤之后，找寻非洲文明成为尼安高兰－博夫先生的事业。在阿善堤的秤砣上，有着书写与算术的发端。在鼓乐仪轨的唱词中，有着历史与哲学的起源。

尼安高兰－博夫先生的办公桌上摆着一台体积庞大的录音机。最后，他放了几段他特别珍爱的录音：开始是一首部落歌曲或民歌，然后是模仿语言节奏的鼓乐。这些鼓乐让人赞叹。我开始明白，他致力研究的主题内容是何等丰富。我开始理解他的激情：想要把这些内容充分地呈现给非洲人、呈现给全世界的激情。

周末他要带三十名学生去一个村子。酋长邀请他们去参加甘薯节，这是一个重要的节日，有些村子甚至会把圣鼓搬出来演奏。他周末要去的那个村子准备用牛来献祭，也许会用五六头牛。周末的乡村之行让他很兴奋。这些古老的非洲仪式对他来说就像肉和酒。它们是他的过去、他的宗教和他的灵魂的一部分。他也是一个作家和学者，那些神秘的东西和非洲许许多多的事物，都在等待着他的笔、他的相机和他的录音机。

可是，三十个学生一起到村子里去？他们住在哪里？怎么安顿他们？

尼安高兰－博夫先生说："噢，那里有一家旅馆。"

我开玩笑说："这么说，你们很多时候都在做田野调查喽？"

他发出了酋长式的笑声："每时每刻，每时每刻。"

我跟阿尔蕾特一起离开了。她很钦佩尼安高兰－博夫先生，她看到通过她的介绍，我们交往地这样融洽，她感到很高兴。

我向她问起那些鳄鱼："它们到底是什么意思，阿尔蕾特？"

她说："没有人知道，只有总统自己知道。"

我从其他人——有非洲人，也有欧洲人——那里又听到了一些关于鳄鱼的说法。我听说，在总统挖宫殿旁边的人工湖、把鳄鱼放进湖里之前，亚穆苏克罗根本没有鳄鱼。我听说，负责照管总统的鳄鱼的人是总统的妹妹，她没结过婚。我听说，鳄鱼在陆地上比在水里更危险；后来，我又听到相反的说法。我还听说，当国家有危险的时候，亚穆苏克罗的鳄鱼会用一种特殊的头部动作来向总统示警。最后我觉得，阿尔蕾特是对的：这些令人恐惧的鳄鱼就是要让人觉得神秘，就是要让人觉得它们是个谜，它们以及喂它们的仪式究竟代表着什么，只有总统自己知道。

13

　　星期六,当尼安高兰－博夫先生享受着甘薯节的时候,阿尔蕾特去了大巴萨姆。大巴萨姆是被抛弃的殖民地旧都,当年的一些残垣断壁还保留在那里。有一个画展在大巴萨姆开幕,参展的有当地的白人画家和黑人画家,还有一些海地画家。画展在一栋翻修过的殖民时期的房子里举行,那栋房子属于一个法国人。阿比让所有的文化人都去了,基本上都是外侨,有黑人也有白人。在外侨文化人的圈子里,阿尔蕾特是个人物。星期天,阿尔蕾特又去了巴萨姆,参加另一个派对:外侨在周日举办的滨海游泳节目,其中包括在一家滨海餐厅吃海鲜午餐。

　　她容光焕发地从巴萨姆赶回来,因为她傍晚要带我去乔基姆·伯尼家里喝开胃酒,乔基姆·伯尼曾经在政府里供职,担任过部长。

　　伯尼担任教育部长的时候,有一段时间是阿尔蕾特的上司,她对他仍然保持着敬畏之情。在伯尼先生面前,阿尔蕾特一反常态地脸红起来,她一直注意让会面保持郑重的气氛。两天后,我才从阿尔蕾特口中得知,伯尼先生曾经因为涉嫌阴谋反对总统而被判为政治犯,足足坐了五年牢才被总统赦免。

　　伯尼先生住在阿比让的富裕街区:绿树成荫的街道,一栋栋高大的房子,一片片宽敞的街区。我们穿过一座大门,驶过一段车道,一栋现代风格的混凝土房子出现在眼前,房子前面停着很多辆汽车。伯尼先生走出门来迎接我们。站在我们面前的是一个温文尔雅的人,棕色皮肤,看上去有五十七八岁。他走起路来有点瘸,一条腿伸不直。他带我们走上几级台阶,从花园直接来到了会客厅。这里全是现代风格的家具,玻璃和钢铁,每一样东西都很协调。他关上铝合金框的玻璃门,打开了静音空调。

　　另外两位客人是一位科特迪瓦医生和他的法国妻子,他们都五十多岁。伯尼先生和他的科特迪瓦朋友——那位医生——是同一年去法国的:一九四六年。那位朋友在法国住了二十一年,住在图卢兹,他的妻子就是图卢兹人。相比于伯尼先生的棕色皮肤,他的皮肤应该算是黑色，他的块头比伯尼大一些。他妻子说，当他从图卢兹回到科特迪瓦时，他在法国度过的时间已经超过了他在非洲度过的时间。但他现在已经"重新融入了"他的家庭，每个周末都会回自己的老家。

他在那里怎样打发时间？他说，他照看家里的田地。一到周末，他说，他就变成了种地的。他又用英语开玩笑说："绅－士，农－夫。"但他不觉得跟非洲乡村的生活方式有点疏远吗？还有伴随着那种生活方式的宗教？他说，他不是信徒（他的意思是说，他不信奉非洲宗教），然而在危急关头——他带着一点诙谐的语气说——他发现自己还是会转身向旧日的信仰求助。

我向伯尼先生问起总统的鳄鱼。（当时我还不知道伯尼先生的政治遭遇。）他说，他的语气不带一丝敬畏，也没有一丝犹豫，鳄鱼是总统家族的图腾。他自己家族的图腾是黑豹。他解释说：黑豹行为谨慎——伯尼先生用右手的手指比画了一个姿势——跃起时，它总是胸有成竹。

母鸡也有可能是图腾吗？是的，医生说。一个家族可以改变自己的图腾吗？不能，医生说。不能，伯尼先生说，图腾是继承下来的，它来自遥远的过去。

这就是伯尼先生的风格：直接、温和、实事求是、不带敬畏。在我遇到的人当中，他是第一个对鳄鱼的事情做出直截了当的解释的人，同样，他也是第一个理解了我对总统在亚穆苏克罗的产业发出的疑问的人。有些土地本来可以属于国家，伯尼先生说，有些本来可以属于家族。总统他们家族的地位远远高于一般的村落酋长。他们是一个庞大的非洲王国的代理酋长，可以理解成当地总督。殖民地时期，他们的权力被削弱了。但现在他们在人民眼中恢复了往日的权威。

医生和他妻子走后，我们的话题转移到宗教上。在非洲，宗教是最根本的，伯尼先生说。存在着两个世界，一个是普通的现实世界；一个是神灵的世界。这两个世界在不断找寻对方。伯尼先生没有说白天的世界和夜晚的世界。但过了一会儿，在他的谈话中，神灵的世界变成了超自然的世界。超自然的力量无法被忽略，他说。他父母去世前，他就做过有预兆的梦。

欧洲人是善于发明创造的民族，必须得允许他们这样。但因为他们只强调和发展人类属性的一个侧面，所以在非洲人看来，他们就像小孩子；有时候因为他们的天才，他们看上去就像是问题儿童。这一点曾经让他特别沮丧，当时他在东欧的共产主义国家旅行，他看到人们被缩减成一个个单位，被当成纯粹的经济动物对待。这就是非洲人虽然在很多东西上依赖欧洲，但他们仍然认为自己比欧洲人"年长"的原因。

开胃酒的时间其实已经结束；伯尼先生像阿尔蕾特期待的那样慷慨，派了辆车送我们，我们驶出了门卫把守的大门，离开了那里。

两天后，我听说了他的政治命运。这为他增添了一份庄严的色彩。这份庄严使得他对超自然世界的兴趣让我更加感到好奇。

伯尼先生谈到的超自然的世界并不局限于非洲。但是在非洲，你可以飞速地、轻易地进入其他世界。《兄弟晨报》上，政府对抗邪恶法术的战争仍在继续，但这份报纸同时又在含糊其辞地宣传：黑巫术只存在于科特迪瓦的过去。有篇文章报道了比提人的做法。非洲的任何人——根据《兄弟晨报》的说法——都不可能是自然死亡，死亡总归是因为某个黑巫师在作祟，遭到怀疑的人要经受可怕的审判，才能证明自己的清白。他们要穿上死人的衣服，吃"死人的羊肉"——用腐尸化的汁液浸泡过的羊肉。比提人认为，一般而言，往嫌疑人眼睛里面滴神判树的树汁就可以真相大白：他们相信，无辜者的眼睛不会被神判树弄坏。

有个故事传到了我耳朵里，我不知道该怎样看待它。阿比让的码头上，一批从科特迪瓦运往尼日利亚的货物里面有一个冷藏箱坏了，发出刺鼻的气味。人们打开冷藏箱，发现里面是几个割下来的人头。献祭用的人头可以出口了，新技术在为古老的祭祀服务。这个故事是真的吗？还是一个"外侨－非洲人"的玩笑？（在这样一个故事里，非洲人和外侨的幽默感可以相安无事。）我无法弄清楚事情的真相，我只清楚这一点：大多数外侨都知道这类故事，包括所有那些关于投毒、殉葬、小孩失踪的故事。他们知道非洲人的非洲，他们让自己的生活跟这种认识相适应。但他们保存在心中的非洲，他们呈现给访客的非洲，是他们用各自的技巧处理过的非洲。

14

外侨一批一批地涌来。最近一批是来自纽约哈莱姆的女人，她们并不全是在美国土生土长的，从一些人的口音可以听出来，她们先是从加勒比的一些比较小的英语岛国移民去了美国，然后才来到了这里，这是另一条返回非洲的迂回路径。她们到非洲来，是为了传播自己那套基督信仰。她们也把来非洲当成回归故乡。她们令人不快，很多人胖得出奇，她们粗劣的装扮就像是一种自虐，有些人带着可怕的假发，有些人长着又粗又短的腿，却穿着下摆宽大的印花短裙。她们像是一群因为对长相的共同绝望而聚集到一起的女人。

她们也许下意识地以为她们是黑人，所以在非洲总算可以过关了。但非洲很残酷：哈莱姆女士来到了一群目光敏锐的人群中间，他们会精确地判断你的部落和社会地位，敏锐地评判你的体形仪态。也许，在一种方向相反的冲动的驱使下，她们又把自己视为美国人，认为自己比留在黑暗大陆上的人更先进。但在这一点上她们也被误导了：科特迪瓦人在他们自己的世界深处，对种族的看法有一种令人惊讶的单纯，他们现在只是被太多外侨弄得麻木了，对外侨不太理会。无论哈莱姆女士怀着怎样的动机，她们来到科特迪瓦之后，都变得羞于见人。她们似乎从来不离开旅馆。有时候，她们会逮住一个落单的侍者布道；但一般情况下，她们都是一起坐在大堂，把她们的小册子放在大堂的桌子上。

阿尔蕾特来跟我喝送别酒时，那些女士正坐在大堂，她们已经因为久坐而筋疲力尽，因为无所事事而沉默不语，但她们那令人窒息的亮相还没有结束。我们没有待在大堂，径直去了酒吧。

阿尔蕾特的非洲同哈莱姆女士来到的非洲有天壤之别。我和阿尔蕾特刚认识不久时，她向我谈起科特迪瓦男人跟她这种类型的外国女人失败的婚姻，她当时告诉我，生活在非洲、理解非洲的方式，就是让你所有的既有观点都变得不确定。她当时又说，这是好事。在我们最后一次会面中，她准备向我讲讲她学到的非洲方式。我们先是在酒吧，当黄昏笼罩着咸水湖的时候，我们去了酒吧的阳台。

她谈到两个世界，白天的世界和夜晚的世界，这两种现实观让非洲人显得特别不关心物质环境。她在科特迪瓦看到了这一点，她说。周末，有钱有势的人会毫不吃力地回到自己的村子，轻松地重拾他们的棚屋生活，他们是发自内心地喜欢棚屋生活。她问过从加纳来的人（那个国家正处在混乱中）："你以前很富有，现在在变穷了，你的国家也一团糟。你不焦虑吗？"他们说："昨天我们过得不错，今天我们过得不好。事情就是如此。明天我们也许又变好了，也有可能没变好。事情就是如此。"这是表面的世界的规律；而里面的世界，另一个世界，仍然保持着完整。那才是要紧的事情。

我说："就是说，如果发生了意外，阿比让变成了废墟，对你来说也不要紧？"

阿尔蕾特说："是的，不要紧。人可以继续以自己的方式活着。"

一些法国人从酒吧里来到阳台上，外面已经不热了，光线变成了灰蒙蒙的赭石色。他们是一些商人，在旁边的桌子坐下，从公文包里拿出一些纸和文件夹，开始讨论。其中一个人对阿尔蕾特产生了兴趣，神情夸张地打量着她的腿和高大丰满的体态。她背对着那个人，没注意到这一切。她在说话，一边说一边吃着坚果和薯片。

在宾馆的会议室里，有人在开商务会议，很多白人坐在桌子后面，听一个站在白板前面的人讲话。白板上的一切只是幻影，他们正在为注定要消亡的东西制订计划。太阳在尘埃凝结的薄雾中下沉：沙尘风终于抵达了沿海。咸水湖上一片雾霭，远处的湖岸在雾霭中变得模糊，仿佛一片温带的景象。宾馆一侧的工地上，工程正在继续，人们正在这片迅速崛起的区域建造新的房屋。

我说："阿尔蕾特，你让我觉得这个世界很不牢靠。你让我觉得，我们赖以为生的一切都建造在沙上。"

她说:"世界就是沙子,生活就是沙子。"

我觉得她说的正是印度教的关键教义,印度教徒在危急关头会感觉到那是真理:生命即幻象。但我的感觉是错的:观念都有其文化归属。阿尔蕾特的这种认识,她对两个世界的感受,都是通过她对"奥理研究"和非洲法术的兴趣而获得的。这种认识来自她所崇敬的非洲部落生活:酋长拥有的赦免能力、一年一度的和解仪式、圣林中举办的成年礼:年满七岁的男孩要接受三个月的考验,通过这些考验,他们将对世界以及自己在世界中的位置获得新的领会。印度教"一切皆幻"的概念来自对"空无"的冥思。阿尔蕾特将世界视为流沙的看法,则来自她对一个优美地组织起来的社会的理解和崇敬。

她讲得富有激情,饱含诗意。她一直在吃东西,隔壁桌上那个法国男人一直在看她的腿。

她非常敬重被奉为圣人的非洲智者,阿比让当时就有这样一位圣人,他住在非洲区特雷什维尔。他名气很大,总统都想把他请过去。但这位圣人更愿意住在现在的地方:特雷什维尔区一座简朴的乡村院子里。他说,如果他住到了中产阶级的科科迪区,需要他帮助的人就没办法去找他了。他们没钱坐出租车,只好步行,而科科迪的看门狗会咬他们。

阿尔蕾特说:"前段时间,我回马提尼克探望父母。感觉太糟糕了,安的列斯人真的有些病态。他们的生活就是一场梦。我告诉你发生的事情。我回非洲的航班——那是一个特别航班——延误了两天,我心急如焚。结果我妈妈很受伤害,她觉得我居然这么迫不及待地要离开她。我爱我的父母,但我要离开马提尼克的迫切愿望超过了我对他们的爱。那里的人头脑狭隘,被自己的历史给压垮了。生活如此广阔,世界如此广阔,而那里的人只要在政府部门里有一份微不足道的工作,就觉得此生足矣。他们自以为比非洲人优越。但他们的生活就是一场梦。"

我问起她对亚穆苏克罗的看法。如果世界只是流沙,为什么要建造那座巨大的城市?

她说："总统想让非洲融入现代世界。"

我认为她的意思是说，建造亚穆苏克罗这样一座城市，并不是要将它所代表的世界作为唯一的现实接受下来。艾博尼——那个诗人兼公务员——表达过类似意思。艾博尼的父亲对他说过："我送你去上学不是为了让你变成白人或法国人，而是送你进入一个新世界，就这些。"

我们向宾馆外面走去，在大堂里从那些哈莱姆女士身边经过。

阿尔蕾特说："我们这里有很多她们这种从美国来的人。黑人跑到这里来让非洲人皈依。她们就跟其他想干这件事情的人一样，把自己的灵魂疾病带到了非洲。她们其实应该皈依非洲，她们都是些疯子。"

（翟鹏霄 译）

美洲记事

哥伦布与鲁滨孙
1967

哥伦布的冒险就像《鲁滨孙漂流记》。单凭想象，可无法拥有完整的故事，除去传奇的情节以外，所有细节都是冗长沉闷、纷繁复杂的。比约恩·兰斯特龙写的《哥伦布传》已经让那次艰难的历险尽可能地接近读者了，但仍然不可能穷尽它的全部。这部传记的文字部分是对常见史料的复述，地图和插画才更重要。那些地图让中世纪的地理概念一目了然；插画则是苦心孤诣之作，它们不仅篇幅众多，而且描绘得极其精确：舰船、岛屿、人物、天气、植物，甚至还有佛兰德人用的鹰铃——土著一开始非常喜欢这些鹰铃，但是后来，当新大陆的发现者要求土著收集金砂时，鹰铃变成了金砂的量具。

在传奇故事中，哥伦布遭到很多敌人的迫害，他返回西班牙时已经白发苍苍，而且披枷戴锁，最后在贫困和屈辱中死去。这是哥伦布自己的描绘，他喜欢戏剧化。哥伦布比他的君主更在乎黄金：按照约定，他发现的黄金十分之一将归他所有。他其实根本用不着披枷戴锁，人们求他把枷锁取下来，但他为了他想要的效果，坚持要戴着，就像此前的事例：他经历了一场灾难后，穿着圣方济各会的修士袍回到了西班牙。而那次灾难也给他带来了丰厚的利润。他把奴隶运回西班牙，这一直是他想做的事情。他宣称（或者是他的儿子替他宣称），他在两年内消灭了伊斯帕尼奥拉岛上三分之二的土著，剩下的土著现在都在为他收集金砂。（他太夸张了：他只消灭了岛上三分之一的人。）即便在被免职之后，他还是特别看重自己的盾徽：恰如其分的大红底色衬托着卡斯提尔城堡图案，就像皇家盾徽一样。他一直到死都在抱怨自己是多么穷困潦倒，然而从海上运给他个人的黄金有一次达到了四百零五磅，那还是在他被免职之后。他父亲是纺织工，姐姐嫁给了干酪店的老板，他的儿子娶了一位拥有王室血统的女士。他死的时候，西班牙还没有挣到多少利润。墨西哥要等到十三年后才会发现，而西印度群岛——他的黄金之源，也是他以为的伊甸园——已经变成了旧世界，而这在很大程度上是在他的带领下发生的。

这个故事是一场旷日持久的恐怖。但让他变得麻木不仁的并不仅仅是恐怖，新大陆的发现者也不是在发现了新大陆之后才逐渐变得恶劣的。让他麻木不仁的是他的庸常。他想找的是黄金，而不是美洲或亚洲，这种庸常的心愿跟他那一贯庸常的感知力是相匹配的。在这个航海者的内心世界，除了坚硬、贪婪、怨恨和残酷，只有这些东西：

> 九月十六日。这一天，舰长说，今天和接下来的几天都会有非常柔和的微风，早晨将会非常甜美，只是没有夜莺的歌声。他又说："气候就像安达卢西亚[①]的四月。"
>
> 九月二十九日。空气非常甜美清新，唯一缺少的就是夜莺的歌声。大海宁静得像一条河流。

这段话摘自《第一次航行笔记》，那是他感知力最为警醒的时期。具体的细节描写对读者有欺骗性。哥伦布在密切观察着大海和海上的生活，但他观察的目的是为了寻找接近陆地的迹象；同样，当他发现新大陆时，他对土著的研究也只是出于一个淘金者的"机警"（他自己的话）。"他们的头发不卷……根本不是黑人。"他对人类学毫无兴趣，对种种奇观也没有反应，他只感觉失望，因为他相信，有黑人的地方就有黄金。离开了淘金者的机警，他的语言和感知力都失灵了。夜莺、安达卢西

[①] 位于今天的西班牙南部。

亚的四月：他反复地使用着这些平庸诗歌中的措辞，直到这些字眼不再有任何意义。它们比最近那个宇航员发出的"哇！"还要低一个等级——在哥伦布身上，你根本听不到这种纯粹的快乐呼喊。完成了地理发现之后，那个寻找黄金的航海者的庸常一再显现，破坏了所有的浪漫，让这次伟大的历险变得平庸琐碎、不足挂齿。一部关于哥伦布的书不得不依赖插图，因此兰斯特龙先生的书弥足珍贵。

难道，这就是中世纪人类的心智状态吗？但是在哥伦布的第二次航行中，伊莎贝拉女王给舰队写信，想知道海上的气候如何。她不满足于安达卢西亚的四月，她想要栩栩如生的画面，想要浪漫。马可·波罗——哥伦布读过他的书——传递给读者的是浪漫；亚美利哥·韦斯普奇[①]也是如此，美洲以他的名字来命名不是没有理由的。韦斯普奇觉得这些趣闻轶事都值得记下来：岛上和大陆上的土著在跟别人说话的时候，会随随便便地往热沙地上撒尿，而不是走到一边去；女人非常淫乱，会用一种从动物身上提取的毒药来增大男人阳具的尺寸，这种毒药有时会让男人永远丧失性能力。这些事情也许都是他杜撰的，但无论如何——尽管他也很机警，航行也给他带来了利润丰厚的贩奴生意——他遵循了旅行的浪漫传统，唤起了人们对新世界的惊奇感受。

跟哥伦布有关的事实一直都摆在世人面前。无论是在他自己的文字中，还是在他的各种行为中，他的自我中心主义都像是一种赤裸裸的畸形；他的很多行为都是自作孽。但经过粉饰的英雄形象——那甚至不是哥伦布自己粉饰的——却历经几个世纪，流传至今。第一次航行，当哥伦布的旗舰搁浅在海地时，印第安人不仅向哥伦布伸出了援助之手，还一洒同情之泪。哥伦布却保持机警，他随即记下：征服这个"怯懦的"、没有武装的种族是轻而易举的。他立即把这种想法付诸行动。兰斯特龙先生暗示说，这种行为让人遗憾，但哥伦布不是诚心这样做的：这就是典型的文过饰非。第三次航行时，哥伦布以为自己发现了伊甸园。

[①] Amerigo Vespucci，意大利航海家和制图家，最先指出巴西和西印度群岛不是亚洲大陆的外延，而是新大陆。新大陆以他的拉丁名字 Amerigo 命名。

兰斯特龙先生再次服从了文过饰非的惯例,他说哥伦布当时状态不佳,影响了判断。但其实正是基于对地理状况的误解,哥伦布才敢于向大西洋进发的。

这次冒险,就像今天的太空冒险,浪漫的成分必须由我们自己来补充。地理发现需要一位英雄;于是,此事的传奇版本最后就成了是国家背叛了这位英雄,而国家成了人们唾弃的对象。这次地理发现——没有哥伦布也能够实现——注定充满了恐怖。在西印度群岛、大洋洲、美国和南美,原始民族一旦暴露在发现者面前,一定会被征服、利用和镇压;甚至在印度也有土著问题。应该怎样对待原始民族,西班牙皇帝为此专门召集了一场大辩论;四百年后的今天,罗得西亚①同样变成了一个帝国的难题。这两件事之间存在着平行关系;区别只在于,当代的辩论——一边是大众选民,另一边是被剥夺了一切但又无动于衷的原始人——必然是更劣质的。

澳洲或美国不存在黑人的传奇故事,充其量只有白人浪漫的、自我陶醉的负疚感。但西班牙的黑人传奇会一直流传下去,就像哥伦布的英雄传奇一样。梦想着一个未经触碰的、只保留给我们的世界,梦想着香格里拉,这是人类经久不衰的幻想。这种独一无二的经历落在了西班牙人身上。于是慷慨与浪漫被赋予了发现者;但西班牙人永远不会被原谅。新世界已经被践踏,西班牙人仍然没有从这样的幻想中摆脱出来。寻找传说中的黄金国变得像是在全面复制发现新大陆的探险过程,希望这样的事情再来一次;西班牙人在这二十次探险中投入的人力和财力,比征服墨西哥、秘鲁和新格拉纳达的投入还要多。

《鲁滨孙漂流记》的中间部分——制造神话的最核心部分——是同一种幻想的另一种表现形式。它是一段独白,完全是内心的叙述。它是一种梦想,梦想成为世界上的第一个人,亲眼看着第一棵谷物在世界上生长。他不仅梦想着天真未凿的状态,更梦想着自己转眼间成为

---

① 即今天的津巴布韦,曾经是英国的殖民地,一九六五年单方面宣布独立,随后陷入长时间的争取独立运动。

物理世界不容分说的主宰，梦想着自己手里握着"创世以来人类在这里开过火的第一杆枪"，这种梦想人皆有之。这是对无所不及的权力的梦想。"首先，我让他知道，他的名字应该叫星期五，那是我救他性命的日子。我这样叫他是为了纪念那个时刻。我用同样的办法教给他说'主人'，然后让他知道那是我的名字。"星期五在宗教方面比较迟钝，鲁滨孙不明白为什么。权力带来了问题。鲁滨孙看到一些食人生番正准备把一个人杀来吃了，他跑过去解救，但又停住了脚步。他有权进行干涉吗？有枪就有权利吗？他救了几个西班牙人之后，他的自由和权力将何以为继？怎样让他们服从？在一无所有的世界里，刑罚从何谈起？他们必须签一份协议，但这里没有笔也没有纸：这种困难就像出现在噩梦里的困难一样典型而且没有道理。鲁滨孙最后获救了，他逃离的并不仅仅是一个荒岛。这些问题是永远不可能解决的。

后来，鲁滨孙取得了成功，就在哥伦布发现的那个新世界，但这个新世界的反叛已被镇压，成了秩序已建立的巴西奴隶制社会。地理发现的恐怖、成为世界上第一个权力无边的人的恐怖，已经是很久以前的事情了。

（翟鹏霄 译）

雅克·苏斯戴尔与西方的衰落
1967

远远望去，雅克·苏斯戴尔像是两个人。一个是流亡政治家，他的事业——法属阿尔及利亚——已经被摧毁了；另一个是民族学家、学者，他以丰富的想象力阐释了古阿兹特克人的生活，二十三岁就出版了第一本学术专著《墨西哥，地上的印第安》，这本书的书名你也可以理解成"墨西哥即印第安"。他在这两条职业道路上都取得了瞩目的成就，而且似乎会沿着这两条道路继续走下去。在过去两三年宁静的流亡生活中，苏斯戴尔再度变成了一位多产的学者。几个月前，《古墨西哥艺术》在英国出版，被学界视为一部重要著作。而他才刚刚五十五岁，不会当一辈子政治流亡者的。

"宁静"是苏斯戴尔的原话，这是自他流亡以来发生的不曾料想的事情之一。他的流亡生活始于一九六二年，那段日子"阴郁而险恶"，他东躲西藏，是报纸上的戏剧人物，涉嫌在意大利、葡萄牙、维也纳策划政治阴谋。

在他流亡早期，一个新闻记者在布雷西亚[①]的一家旅馆里发现了他的踪迹，向意大利警察局举报了他。当时他化名让·阿尔伯特·塞内卡。给自己取这个名字让他觉得"很有趣"。（斯多葛学派哲学家塞内卡在老迈之年，遭到"阴谋反叛尼禄皇帝"的指控，被皇帝赐死，自尽身

[①] 意大利北部城市。

亡。)但流亡生活很快就变得没那么"有趣"了。苏斯戴尔被意大利驱逐出境。有一段时间,瑞士和西德拒绝他入境。一九六二年,有人企图行刺戴高乐之后,法国政府的特工在整个欧洲活跃起来。一九六三年二月,前上校阿尔古在慕尼黑一家宾馆的狂欢舞会上被绑架,他也是一个流亡者。第二天上午,他出现在巴黎,待在靠近巴黎圣母院的一辆货车上,已经被打得不成样子。从那之后,苏斯戴尔从新闻报道中消失了。一年后,他在洛桑的一家宾馆里被捕,然后被瑞士驱逐出境,当时他用了一个更普通的化名:雅克·勒梅尔。

"针对我有过两起暗杀或绑架未遂。第一次我不知道,第二次我知道。有人笨手笨脚地想要用十万美金贿赂某个人,我们玩了几天捉迷藏,然后,我把他甩掉了。"

现在压力减轻了。虽然法国仍然向他紧闭大门,但他可以在国外自由行动了。据说,戴高乐将军最近问候过苏斯戴尔先生和太太,还通过一个双方都认识的人向苏斯戴尔夫人①转达了美好祝愿。苏斯戴尔夫人现在仍然在巴黎生活和工作,她也是研究阿兹特克文明的学者。一九三二年,她和当时十九岁的雅克·苏斯戴尔结婚,两人没有孩子。他们现在保持着联系;苏斯戴尔承认了巴黎的传言:阿兹特克语是他们的秘密语言,他们在电话里(或者说他们以前在电话里)用阿兹特克语交谈。

去年三月的法国选举中,苏斯戴尔是他原来所属的里昂选区的候选人。选举会让他获得豁免。但如果他回法国从事竞选宣传,就会被逮捕。那个月份,一个旅客看到他的名字赫然出现在奥利机场的禁入人员名单上。苏斯戴尔把一盒演讲录音带寄回了法国。他获得了八千张选票,排第二。有些人认为,苏斯戴尔应该回法国参加竞选,坐牢不过是一晚上的事情。但苏斯戴尔非常谨慎。尽管他现在已经开始接受采访,也不再觉得必须要面朝宾馆的大门坐着,但他仍然要求所有的采访都必须通过他的律师来安排,而且会谈时律师都必须在场。这是他遭受的威胁的残余,自从一九五八年五月他从巴黎飞往阿尔及尔

---

① "苏斯戴尔先生和太太"指雅克·苏斯戴尔的父母,"苏斯戴尔夫人"则指他的妻子。

的那一刻起，这种威胁就一直跟随着他，他当时的目标是利用"法属阿尔及利亚"让戴高乐重新掌权。当时的报道称，他躲在汽车后备厢里逃出了巴黎——他在巴黎一直受到监视。

他说那不是真的；此时此刻，在这个慵懒的季节，在富丽堂皇的酒店中，在鲜花和地毯的烘托下，当苏斯戴尔中断谈话，去查看葡萄酒单，或者向殷勤的服务生要一包普莱尔牌中醇香烟时，所有那些惊心动魄的历险都显得不那么真切了。为了让服务生听得懂，他调整了自己的发音。他可以讲一口轻松流利的英语，他可以把英语说得既复杂又口语化，偶尔夹带几个法语单词——éveilleur（觉醒者）、acharné（残酷的）——那是因为在英语中没有现成的对应词。

照片总是会突出苏斯戴尔的凝重，突出他的双下巴、坚毅而宽阔的嘴和无框眼镜，还有那双审视一切的眼睛下方的黑眼袋。我眼前的这张面孔却非常生动，眼睛和嘴唇经常流露出幽默的神情。他精通葡萄酒，而且津津乐道，他会很确切地告诉你："我知道那个葡萄园。""我认识那个庄园主。"他让我们注意他抽的香烟，那是普莱尔牌香烟，这背后有一段小故事。一九二七年，苏斯戴尔在里昂的一次英语作文竞赛中得了奖，奖励是去伦敦游玩两周。他住在克拉彭公园附近。他坐地铁到处游玩，在地铁站的售货机里买了他的第一包香烟，普莱尔牌的，从那以后他就一直抽这个牌子。

他的姿态就像一位大学讲师，他知道自己的声誉，不会让谈话偏离自己的领域。"如果你对他无话可说，"他的律师说，"他对你也没话可说。"苏斯戴尔对空头理念不感兴趣，他谈话时总显得像是有备而来，这种特点绝不仅仅是因为流亡而产生的。他让人觉得，他在很早以前就完全接受了自己——也许发生在他早熟的青春期——他感兴趣的领域是由他的经历决定的：他的学者身份、墨西哥时期、二战、阿尔及利亚。到了今天，他似乎仍然能够怀着好奇心去探究他过去的经验，他在不断地处理着、提炼着自己的经验，让它们在既有的界限之内不断扩展。这种方法既不是学者的，也不是政治家的，而是两者的结合；它接近于小说家的方法：把自我中心主义变成一种艺术，从远远望去毫无关联的碎片当中，创造出一个只属于他自己的、外人无法参透的整体。

比方说普莱尔香烟。苏斯戴尔意识到它们联系着自己的青春期，早年优异的学习成绩，到伦敦的第一次旅行，还有埃尔金大理石雕[①]。在那两个星期里面，他把很多时间花在大英博物馆，在那些石雕中间徜徉。它们令他向往雅典，然而直到去年春天，在流亡的宁静岁月中，他才得以成行。他被征服了，希腊遗迹的规模比他想象得要宏伟得多。它们还带给了他另外一种惊喜。他一直喜欢罗马遗址，但现在他发现自己更喜欢雅典遗址：罗马建筑太粗鲁。那次旅行帮助他进一步澄清了关于美国以及欧洲的"外省化"的几个观点。这些观点直接来自他作为学者和政治家的经验。

欧洲已经"外省化"了，因为她撤出了非洲的"广阔空间"。文明不仅有空间上的边界，也有时间上的边界；这次撤出就像罗马撤出达契亚和不列颠，是"老年的第一个征兆，老年的第一条皱纹"。罗马同化了高卢；法国本来也应该同化非洲。然而法国却屈服于去殖民化的"偶像"，屈服于资本主义的重商压力，任凭黑非洲的低等文化演变为可鄙的独裁力量治下的乱象。

"他们会用尽法国人留下的最后一台拖拉机，最后一颗螺丝钉，最后一把小茶匙。然后，就像在的黎波里塔尼亚[②]发生的事情一样，他们会让山羊在以前种麦子的地方吃草。"

真正的去殖民化应该是同化的完成：所有的人都享受同等的权利，同等的发展水平。但这种可能性被拒绝了，它太难以实现了。

法国失败了，她从地中海的彼岸退回来，退回自己"六边形"的领土上。但法国的退却不是因为战败——军事上，法国在阿尔及利亚打赢了——而是因为衰落，因为布尔乔亚的自私，因为周末，因为夏日和冬日的假期，因为种族主义：法国人不愿意接受这样的愿景——

[①] 十九世纪初，英国大使埃尔金勋爵凭着一份有争议的奥斯曼土耳其皇帝特许，将古希腊帕特农神庙和雅典卫城中的部分大理石雕运到了英国，后放置在大英博物馆。
[②] 北非的一个历史地区，位于今天的利比亚西北部，曾经是意大利的殖民地。

生活在阿尔及利亚的非洲人、阿拉伯人、柏柏尔人、马尔他人、西班牙殖民者和希腊殖民者有一天也可以变成法国人。

所有的文明都消亡了，有一天，它们的遗迹也会消失得无影无踪；这一切没有模式，也没有目的。但黑格尔的那套鬼话却告诉我们：世界的历史就是世界的正义，坚韧不拔的人必须不停地斗争。不诉诸行动的理念都是幻梦一场，而没有"意识形态导向"的行动只是虚无主义者的投机行为。

所以，在进入流亡的宁静阶段、压迫有所缓解之前，"学者－政治家"苏斯戴尔一直被禁锢在他的双重身份的牢狱中。政治家只是苏斯戴尔的一部分，如果把他的政治观点跟他的经历拆分开来，他的观点就会被那些想从中寻求安慰的人简化和利用。就像一九五八年的戴高乐，苏斯戴尔也可以在任何人的心目中意味着任何东西。

所有姓苏斯戴尔的人应该都可以追溯到苏斯戴尔一带，那是塞文山区①的一个小村庄，现在大约住着一百个人，很多人姓苏斯戴尔。雅克·苏斯戴尔出生在蒙彼利埃②，在里昂的郊区长大，那里近乎农村。他从未见过自己的生父，他十岁时，母亲改嫁了，继父当汽车修理工，是个"大好人"，前不久才退休。这是个新教家庭。雅克·苏斯戴尔是家里唯一的孩子，这个家庭一度有一位祖父和三位姑妈，其中一位姑妈负责持家。一战期间，他母亲在邮局工作，后来有了一份坐办公室的工作。"我们不是流氓无产者，但我们是无产者。"

当年是他的班主任——"一个大好人"——告诉苏斯戴尔太太，她儿子不应该满足于初中文凭，而应该去上高中。从此，在他和后来几位老师（苏斯戴尔记得每一位老师，他们都是大好人）的一路帮助、指引和安排下，苏斯戴尔在十七岁那年参加了奖学金考试，踏上了通往巴黎和巴黎高等师范的道路，三年后，他通过了高级教师资格考试，

---

① 位于法国中南部。
② 法国南部城市。

并且获得了民族学文凭。"当我二十岁的时候,我已经参加过十二次竞赛。我不擅长数学,但其他科目我都是第一名。"在巴黎期间,奖学金无法满足他的全部开销,他便充当影子写手,代人编辑了一部傅里叶选集,代写了一些侦探小说,还给人上课。

他一直博览群书,阅读兴趣很早就确定了。他喜欢读自然史和历史;当他还是个孩子的时候,就喜欢读罗马帝国在第三世纪的衰亡史,被"那辉煌而可怕的奇观"吸引;一旦读过儒勒·凡尔纳的故事,他就喜欢上了关于旅行和异域风土人情的书。他在巴黎遇到了三位杰出的民族学家,思想很自然地转向了民族学。保罗·里韦特是三位民族学家中的一位,原先是人类学博物馆馆长,后来去了民族志博物馆当馆长。苏斯戴尔就在人类学博物馆上半天班,浸泡在他所研究的民族工艺品中间。在他眼中,它们全都是艺术作品,而不是稀奇古怪的古董;通过它们,他觉得自己跟制作者联系了起来。他产生了一种近乎宗教的感受:最博大精深的研究莫过于对人的研究。大约就在这个时候,新喀里多尼亚①的几个舞者来到了巴黎,苏斯戴尔跟他们共度了一个晚上;在他的记忆中,这次相遇是一项殊荣,是他的好运的一部分。

那时候,他对大洋洲的各民族特别感兴趣——大洋洲人第一次访问法国是在一九四五年,当时苏斯戴尔是戴高乐的殖民地部长。但保罗·里韦特在一九三〇年去过墨西哥后,对奥托米部落产生了极大的热情,当时对这个部落的研究在还非常少。里韦特说,有个法国文化传播团体在墨西哥活动,只要苏斯戴尔获得了高级教师资格,就可以派他去墨西哥。于是苏斯戴尔把兴趣转向了墨西哥。里韦特说到做到,一九三二年八月,教师资格考试的结果出来了,十月,苏斯戴尔和他的新婚妻子一起登上了开往墨西哥的轮船。

苏斯戴尔夫妇在墨西哥中部的奥托米人中间工作,他们还去了东南部一个叫拉坎都内斯的小部落。到了雨季,他们就去墨西哥城,他们在那里被墨西哥的知识分子包围,跟画家里维拉成了朋友。"那里

---

① 南太平洋上的岛屿,位于南回归线附近,法国的海外属地。

还带着革命后的余热，人们普遍具有墨西哥历史意识。我记得有人还组织过一次守夜，供奉阿兹特克古老的羽蛇神。而有些人认为印第安人的过去是血腥的、野蛮的，应该被遗忘，这些人里面不乏印第安人的后裔。我当然站在印第安人这边。但你既不能说墨西哥是印第安的，也不能说她是西班牙的。她就是她：印第安与西班牙的结合。"

按照苏斯戴尔的描述，阿兹特克人的宇宙是脆弱的、不稳定的。世界毁灭过不止一次，因此还会再次毁灭。只有不断地供奉人血，才能将破坏的力量抑制住。"用人献祭从来没有成为我理解阿兹特克人的障碍。我很早就被灌输了人类道德的相对性。"在苏斯戴尔的著作里，对于决意让自己的世界存续下去的人们来说，用人献祭是一种悲壮而顽强的举动。然而破坏还是降临了。一五一九年到一五二一年，西班牙人击碎了正在成长中的文明的头脑和心脏。苏斯戴尔认为，如果没有外来干预，阿兹特克人会将墨西哥带入一个与日本明治时期相当的时代。然而奇怪的是，苏斯戴尔在著作中很少表现出对这种破坏的愤怒，也很少流露出对夭折的发展历程的遗憾。"西班牙人不得不那样做。我们一定不要忘记，有些西班牙人为记录和保护这一切做出了努力，而且他们建立起的社会为印第安生活的复苏提供了可能性。"

正是这种墨西哥经验——如此庞大，又如此完整：辉煌、破坏、衰败、同化、新生——成了二十年后苏斯戴尔面对阿尔及利亚问题时的思想来源，他设法将墨西哥经验运用于阿尔及利亚：在墨西哥的印第安人方程式里面，印第安人只拥有墨西哥；而现在加上了阿拉伯游击队，情况就大为不同，阿拉伯游击队可以依靠庞大的伊斯兰世界，后者曾经差一点掀翻整个欧洲。

二战爆发时，苏斯戴尔正在墨西哥参加一个美洲研究者的研讨会，他是研讨会副主席。他先乘一艘丹麦轮船抵达阿姆斯特丹，从那里设法回到法国，加入了他一九三六年服过兵役的军团。有几个月，他无事可做。后来达拉第政府组建情报部门时，将他招募了进去。他被派回墨西哥，法国沦陷时，他正在墨西哥。他当时做好了当一辈子流亡者的准备。他想前往加拿大参加法国人组织的加拿大军团，但英国领事馆的一个朋友告诉他，有一个法国将军正在伦敦筹建一个组织。苏斯戴尔往伦敦发了电报，三天后，他收到了戴高乐副官的回电。

他们请他在墨西哥逗留一段时间，组织当地的法国人支持自由法国运动。后来，他登上了一艘满载新西兰人、澳大利亚人和未来的飞行员的轮船，来到英格兰。"我们在利物浦靠岸时，接受了严格的盘问，好不容易才证明自己不是可疑的人。但在卡尔顿花园①却没有遇到任何问题。巧得很，戴高乐的副官是我在里昂读书时的校友。我当天就见到了戴高乐，两三天后，我接到了共进晚餐的邀请。"然后，就像所有人后来发现的那样，戴高乐的举止总是带着冷冰冰的正规礼节。戴高乐当时五十岁，苏斯戴尔二十八岁，长达十八年的联盟从此开始了。"今天，你仍然可以在他身上看到当年吸引我的那些了不起的品质，只是它们现在都被漫画化了。"

苏斯戴尔被安插在"国外事务"部门，再次被派往拉美地区。后来他去了伦敦，在解放委员会担任国家情报委员。盟军在北非登陆时，他当上了法国行动处的秘书长。他的职责是将自由法国的情报资源与维希总参二局的资源汇集到一起，后者在德国占领了法国南部后逃到了北非；他的另一项职责是为法国地下抵抗组织提供物资。"我们的法国钞票不够用，最后，我们只好往外给孟戴斯－弗朗斯②签名的小纸条，承诺解放后偿还。一九四三年至一九四四年间的冬天极其恐怖。很多你认识的人消失了，被杀或者自杀。那么多生命白白地浪费掉了。我觉得法国地下抵抗组织熬不过下一个年头了。"

解放到来了，随之而来的是幻灭。"所有的事情一下子恢复了原状。我们过高地估计了抵抗运动的重要性，你知道，只有百分之零点几的人参加了抵抗运动。我认为，第一次世界大战是法国衰落的开始。二战中死去的法国人没有一战多，但法国在二战中被占领了，而且我们

---

① 卡尔顿花园是戴高乐领导的自由法国在伦敦的驻地。
② Pierre Mendès-France，当时的法兰西民族解放委员会财政专员，一九五四年至一九五五年间任法国总理。

无法挽回地分裂了。我们在叙利亚和达喀尔自相残杀。解放后,我们没有表现出足够的克制。那是很难做到的,我明白。"

戴高乐将军很快就退出了政治舞台,苏斯戴尔却留下了,他的学者生涯也仍在继续。一九五五年,也就是他的名著《阿兹特克人的日常生活》出版那一年,他当上了阿尔及利亚的总督,此举获得了戴高乐的赞许。在那之前——一九五四年十一月一日——阿尔及利亚一天内发生了七十起互不关联的反抗事件,叛乱爆发了。

为了平息阿尔及利亚的叛乱,法国投入了五十万兵力。当这场战争在一九六二年结束时,法国方面损失了一万四千人,对方损失了十四万人;被杀的欧洲平民有三千人,阿拉伯平民三万人。

根据流传至今的说法,苏斯戴尔在阿尔及利亚经历了一次转变:一场他亲眼看见的大屠杀让他崩溃了,这位提倡变革的亲阿拉伯自由主义者一夜之间变成了"法属阿尔及利亚"的支持者。传言还说,当他两年任期届满时,有十万人聚集起来欢庆他离任,里面那些阿谀逢迎的殖民者让他终于完全转变了立场。大屠杀这个说法对苏斯戴尔有利,但所有的传言中,他反对得最激烈的就是这种说法。他在阿尔及利亚的目标自始至终都是一体化,按照墨西哥的模式进行一体化。把这个国家拱手交给一群恐怖分子是不负责任的,既狭隘,又愚蠢。一体化绝非易事,需要投入时间和金钱,但他已经有所打算:用撒哈拉新发现的资源来创造一个新的阿尔及利亚。在一九五八年,一体化不仅仅是一种可能性,但戴高乐不以为然。在苏斯戴尔看来,接下来发生的一切都是背叛和破坏。"破坏是没有风度的举动,它是风度的反面。"几百万殖民者离开了,独裁者在阿尔及利亚轮番登场。阿拉伯的阿尔及利亚没落下去;长期以来形成的法国意识被毁坏殆尽。

迄今为止,苏斯戴尔的政治生涯存在于两次流亡之间。这位学者的民族热情在二战之前就因为德国的威胁而迸发,但他的政治生涯除了失败还是失败。他的失败甚至随着他的政治地位的上升而愈发惨重。先是法国的陷落,随之而来的是法兰西帝国的衰亡。"巴黎-阿尔及尔-

布拉柴维尔①"轴线的愿景，萎缩成一张从敦刻尔克延伸到撒哈拉的图阿雷格人小镇塔曼拉塞特的法国版图。现在这张版图上只剩下了法兰西。然而，如果阿尔及利亚昨天走掉了，那么科西嘉和布列塔尼明天也可以走：这就是布尔乔亚的无动于衷的逻辑，这就是衰败。法国现在想要领导的第三世界是一头可怕的怪兽，而戴高乐个人的统治又让法国远离了她的朋友。苏斯戴尔觉得，法国在政治上被阉割了。新的灾难正在酝酿之中。

面对失败，这位在自己的学科中一贯讲究精确的学者也转向了一般化的情绪。他认为，技术进步伴随着道德与审美的败坏。"我们的文明已经整整一个世纪没有风度可言了。""一个被消耗殆尽的文明已经无胜可观。"他那隐约的恐惧感不仅仅是因为看到了法国理念的损毁，他也在担心西方文明本身。现在，西方世界没有强有力的敌手，外部也没有出现强悍的无产者。但这什么也不能证明。

这些观点都是可以争论的。但这里被他忽略的，也许是他如何定义这种受到威胁的文明：这个定义也许会告诉我们，在他的绝望深处是一种爱国主义，被失败滋养、也被失败伤害的爱国主义，失败之于它，就像是毒品。现在苏斯戴尔关心的主要问题是回国。不从事政治活动并不意味着就要过没有尊严的生活。"我可以戒掉政治生活。但我无法接受我在为我的国家服务了二十年后，竟然遭到了放逐。"这种态度是宁静的流亡生活的一部分，也许等到流亡结束了，他的态度也会起变化。确信自己已经彻底失败，确信这场失败之后再也无仗可打，这本身就是一种危险的安慰剂。它会让一个人献身于不可能完成的责任，投身于堂吉诃德式的行动，而且可以彻底地摆脱对失败的恐惧。

对"失败"这一理念的玩味似乎也出自那个从自己的经验中提炼艺术品的苏斯戴尔，出自那个发现了这种经验的全部和声的流亡者。政治家洞悉了自己的失败，民族学家研究了一个失败的民族（他从最

---

① 现在的刚果共和国首都。一八八〇年，现刚果共和国所在的地区为法国所占领，成为法属刚果。一九六〇年，该地区脱离法国完全独立，成为刚果共和国。

近收到的一封信中获悉,拉坎都内斯人濒临着绝迹的危险);而民族学本身恰恰发源于一个目前处于守势的文明。这个模式太整洁了,它应该属于艺术。它就是艺术,然而艺术离自我沉醉只有一步之遥。即便是他的坚忍也像是一种爱情:苏斯戴尔最喜欢的历史画面之一,是二世纪的哲学家皇帝马可·奥勒留在多瑙河上抗击日耳曼人。

这种爱情——让人充满了对突如其来的陌生毁灭者的恐惧——让他发现了一个紧张地等待着科尔特斯[①]到来的阿兹特克世界。这种爱情远远发生在他发现阿兹特克世界之前。当里昂的维勒班市的苏斯戴尔还是个孩子时,他就喜欢读阿米阿努斯·马尔切利努斯[②]的罗马史。在他最晚近的著作《四个太阳》的脚注里,苏斯戴尔重述了这位历史学家讲的一个故事。公元二百四十一年的某一天,苏斯戴尔写道,安条克[③]的市民正在戏院看戏。突然,一个演员跳出来说:"我在做梦吗,还是波斯人来了?"观众纷纷转身,只见沙普尔国王的弓箭手们站在戏院最高的台阶上,拉满了弓。

(翟鹏霄 译)

[①] Hernán Cortés,西班牙殖民者,十六世纪带领一支远征军摧毁了阿兹特克帝国。
[②] Ammianus Marcellinus,罗马军人、历史学家。
[③] 历史古城,其遗址位于现在的土耳其城市安塔基亚附近。

诺曼·梅勒登台的纽约
1969

诺曼·梅勒竞选时总是穿一身标准的深蓝色西装。竞选接近尾声时，他把头发剪短了。离选举日还有一个多星期的时候，梅勒助选团的人都剪掉了一些须发。年仅三十岁、体格健壮的竞选执行官剃光了小络腮胡，其他人的连鬓胡也剪短了。愤怒的年轻脖子[①]光鲜而整洁，朴素的黑领带收拢了敞开的衬衣领口。让执行官剃掉络腮胡子的第一道指示来自梅勒本人。这道指示自上而下地贯彻完毕，在竞选的最后一周，有三四天的时间，候选人和他的团队的关系变得有些疏远。

"这里一直存在一定程度的角色混淆。"一个剃了胡子的年轻人说。

他们仍然忠于指挥部，但他们说，他们效忠的对象是这次竞选运动，是他们的事业和理念。他们不像以前那样总是说"诺曼"，而是改说"候选人"，他们说起"投票日"就像说起"自我牺牲日"。以前钉着标语"准备迎接诺曼征服！"的地方，有人用红粉笔写了一句辱骂梅勒的脏话，不过写得有些羞羞答答，没有直接用梅勒的名字，只用了缩写。

竞选指挥部（去年这里是参议员尤金·麦卡锡的竞选指挥部）在一间积满了灰尘的大屋子里，这间屋子在哥伦布广场一座破旧建筑的三楼，楼下有两三家咖啡厅和一个桑拿浴房。电梯时好时坏，还是绕过墙角走楼梯比较安全，楼层的过道上有时候扔着一袋袋的垃圾；纽

[①] 暗指二十世纪五十年代的文化潮流"愤怒的年轻人"。

约有些地方就像加尔各答，只是比加尔各答有钱。指挥部的大屋子用又薄又矮的隔板分成一间间办公室，随着竞选的进行，出于各种各样的原因，隔板一个接一个地塌掉了。这里的家具很少，只有木板桌、旧折叠椅和复印机；墙上、地上、桌子上，到处都是打印过的纸张。

来助选的人都是三五成群地活动。有时候你会看到一些年轻姑娘，她们背着铝合金架撑起来的婴儿背兜，里面放着自己的孩子。这种时候，你会觉得这里就像个嬉皮士营地，带着嬉皮士大家庭的私密感和自我满足的献身感。在梅勒与大家疏远的那几天里，这种私密感消失了；助选人员就像一群业余演员在一部低成本的电影里面刻意表演沮丧情绪一样，聚集在仅剩的一道隔板后面，挤在一张桌子周围，在几个啤酒罐的帮助下，努力让记者觉得他们在酗酒。他们以前对记者不屑一顾，但现在开始欢迎他们了。

这次竞选始终让人觉得模糊不清，在专业与业余、政治化与反政治之间摇摆不定。"其余的家伙都是笑话。"梅勒的一枚竞选徽章上印着这句话。但现在你会觉得，这种疏远也许只是为了掩饰心中的疑惑，抑或是恐慌。两周前，纽约的一位作家（绝对算不上梅勒的朋友）告诉我，梅勒的竞选会像戈德华特[①]一九六四年的竞选一样自取失败。梅勒像戈德华特一样，有自己的特殊身份，媒体会为他们喝彩，但那只是冲着他们的特殊身份。用不了多久，梅勒就会痛苦地发现，没有谁真的拿他的竞选当回事儿。随着竞选的进行，情况会越来越糟；最后，无论梅勒的理念有多好，都不会令人信服，梅勒自己只能落荒而逃。

事情的发展并不像这位作家预言的那样。但梅勒此举的确是在他声誉正隆时进行的一场赌博。梅勒总是抱怨媒体对他的报道很不充分，但其实关于他的报道很多，而且也越来越严肃。选举那天，四万一千名在册民主党人把选票投给了他。四万一千，对任何一位作家而言都是很好的销量；对于只当了七个星期政客的梅勒来说，则称得上一次

[①] Barry Goldwater，美国政治家。一九六四年美国总统大选的共和党候选人，被称为"保守主义先生"。

凯旋。蓝西装、巡游、握手，梅勒的直觉是对的：展现旺盛的精力、遵循竞选的正统做法——政客小小的自嘲——有助于梅勒树立起严肃的竞选形象。

同时，梅勒的竞选始终都带给人智识上的愉悦。穿过所有的重复与简化，梅勒的话总是透着真实。他从未丧失妙语连珠的天赋，很多评论听起来都像警句。"匿名令人生厌。""只要犯罪仍然是最有趣的行为，犯罪率就会持续上升。""为了让越来越多的坏政府待在台上，你们需要越来越多的警察。"结果，他在直接采访中表现极佳。他回答问题时，总像是先用舌头碰一下上牙，仿佛那里藏着一块口香糖，然后出人意表地抛出回答，他总是思维敏捷，一语中的。这位作家的想象力、不停地处理和组织经验的能力（"你始终都在撰写那部关于自己的小说"，他事后告诉我），每时每刻都经得起检验。

"如果你能获得民主党的提名，你希望你的共和党对手是谁？"

"马奇。他说他是保守主义者，我称自己为'左翼保守主义者'。我们会就'保守主义的原则是什么'进行一场精彩的讨论。很多人自称是'保守主义者'，而实际上是右翼反动派，跟保守主义者完全不是一回事。"下一个问题。这是梅勒在最后一次新闻发布会上的应答，那时他已经厌倦了辞令。

在后来的非辩论形式的电视竞选联播中，梅勒的表现最为乏力，竞选联播中，每个候选人轮流演讲一分钟。在这个环节，政客们大获全胜。虽然他们也在运用语言，但他们似乎并不在乎语言，甚至不在乎自己的语言；他们毫不掩饰地让观众知道，他们确实想得到权力，而且他们知道权力是什么。而梅勒的语言是梅勒的一部分。作家与政客的双重身份让他背上了双重负担，他这场赌博极具个人性，又极具公众性，但其荒谬之处在于，对任何一个角色不负责任都会给他带来灾难，而很多人已经在预言他的灾难即将到来。

他的理念很宏大——纽约市奄奄一息，主要问题是异化，彻底的政治重组是唯一的希望：纽约市应该成为美国的第五十一个州，更直接地控制自己的财政，具有不同程度自治权的行政区可以发展出自己的生活方式。他的构想中有一些迷人的幻想元素：曼哈顿不再有汽车（轻轨环绕着整个城市州），提供免费的公共自行车，每月有一次安息日假期——甜蜜的星期日，所有交通工具都停止运行，"除了鸟儿，天空中没有任何东西在飞"。

梅勒的竞选纲领就像一份痛苦的知识分子宣言，他一开始采用的宣传手段也是作家式的：《纽约时报》发表了一段冗长沉闷、双关语连篇的编者按以示支持；罗列了《迈阿密与芝加哥之围》《夜幕下的大军》①获得的奖项；宣布了一项百万美元的著书合同——一本关于阿波罗登月的新书。

第一次竞选会议在格林尼治村举行，知识分子与社会人士混杂在一起，整个活动乱成一团。媒体获得的印象是，梅勒似乎想要重写《夜幕下的大军》。一个错误的开局——梅勒后来承认了这一点——但这是一个作家的错误开局：一本新书的开头往往像是上一本书的重复。紧接着，竞选的风格变了。它找到了它所缺少的东西：一个政治议题。从那一刻起，梅勒的竞选成了真正的政治活动，获得了实质性的内容。

一直遭受种族问题困扰的CCNY（纽约市立学院）制定了一项二元录取政策：将一半的录取名额留给来自弱势社群的学生。政策一出，引来了轩然大波。弱势社群意味着黑人和波多黎各人；犹太学生会因此而受损；录取标准会降低。所有的市长候选人，无论是民主党还是共和党，都站出来反对，只有梅勒和他的"竞选伙伴"支持这项计划。一开始带有娱乐色彩的竞选，现在让有些人觉得危险了。"这里的犹太人认为梅勒是罪人"，这是梅勒在布朗克斯区的助选人带给我们的消息。民意测验表明，二元录取政策的反对与支持比是八比一；在接下来的几天里，梅勒每天都要花很大力气向人们解释五六次，为什么看似不负责任的事情其实是合乎逻辑的，并且有其社会必要性。一周后，CCNY做出了让步：只为弱势社群保留四百个名额，而不是一千五百个。这起事件慢慢平息了。只剩梅勒的竞选证明了自己的严肃性。

---

① 均为诺曼·梅勒创作的非虚构名作。

早些时候，梅勒会这样评价他的竞争对手："如果我不曾发誓决不使用脏话的话，我就会说，瓦格纳整个就是一口袋卖不出去的东西。"这是来自格林尼治村的梅勒。后来，他这样说瓦格纳："他是树林里的领头竹马。"这样讲更有趣，也更有政治内涵。竞选之夜，梅勒虽败犹荣，欢呼的人群簇拥着他从竞选指挥部出来，穿过第八大道，上了车。他们也向梅勒的妻子和母亲欢呼，她们两个都参与了助选。一位重视家庭的政治家：到了这一步，这场竞选已经变得非常正统。

三周前，梅勒对一位电视记者说，参加竞选就像写一部小说。两者需要同样的信心，也面临着类似的创作难题。"你的大脑每时每刻都在运转。作家处理着一个世界，他要让它达成最后的解决；而那个世界也在改变他。当作家写完一部小说时，他也不再是原来的那个人了。"

如果说梅勒有什么政治基础的话，那就是他的作家魅力。但他的魅力也构成了他的障碍。

在格林尼治村独立民主党俱乐部的年度宴会上，两位发言人曾经跟参议员尤金·麦卡锡和已故参议员罗伯特·肯尼迪共事过。麦卡锡、肯尼迪，这两个名字不仅对左派、抗议者和自由派具有魔力，对于那些认定自己在智识上卓尔不群、因而能接受失败的人，也具有同样的效果。"我认识一个人，他支持过十四个必败的候选人。"一位来自莱克星顿大街民主党俱乐部的访客这样告诉我。梅勒会落选，但这位莱克星顿的客人还没打算承认梅勒有资格成为他的落选人。梅勒倡导的理念不错，但他的美国魅力属于另一个领域。

梅勒的身材线条柔和，仍然很结实，还没有到"身不由己地发福"的程度（梅勒的话）。他为一篇竞选文章忙了一整天，略微有些疲劳，表情生动的脸上流露出一丝厌烦，一双蓝眼睛闪闪发亮。格林尼治村民主党俱乐部的餐前鸡尾酒会上，梅勒无疑是众人瞩目的焦点。

"我跟梅勒先生谈过了，"一个四十岁的女人说，（她的领口沿着紧绷的开衩紧身衣一路低开。）"他说我可以乘宣传车跟着他，他所到之处我都想去。"陪她前来的人挽着她的胳膊，不置可否地微笑着。

梅勒的竞选执行官班宁给出了当晚各项活动的节目单，所有的活动要到午夜才结束。

那个女人犹豫了一下，选择了晚宴。

十九岁的学生、梅勒的助选队员舒瓦茨曼对我说："她刚才也许告诉梅勒，她是一个自由作家，正在写一篇专题报道。我们经常碰到这类人。看那边那个通讯社姑娘，她更像我心目中的作家。她个子高了点，但仍然是我的类型。"

那位通讯社姑娘一头金发，皮肤晒成了棕色，一身火红的毛衣显得很酷，她刚刚参与选举报道，也在写一篇专题报道。后来在车上，她拿出了笔记本。

"你为什么没有去越南，梅勒先生？"

"我不想被杀掉。"

"我在越南待了两年，我没有被杀掉。"

"那是一场恐怖的、令人发指的战争。我也许应该为它做点什么，我也许应该让自己被杀掉。"

坐在前座上的班宁转过身来，谈起他的竞选计划，梅勒向前探着身子，两个人开始讨论走访选民的计划以及在东区酒吧里拉票的策略。梅勒不想去酒吧拉票，因为那意味着要么你会在一个地方喝很多酒，要么你会妨碍一个想喝酒的选民喝酒。

那位通讯社姑娘说："你认为你有充足的政治履历吗，梅勒先生？"

梅勒向她转过身来，微笑着说："作为一个结了四次婚的男人——把这个记下来——我敬告政客们，永远不要凭你的履历竞选。"

在她奋笔疾书之际，班宁谈到《生活》刊登的一篇有关梅勒竞选的文章："星期三登了四页，星期四变成了三页，到星期五只有一页半了。"

梅勒说，那位作者一定很难受。"这就是《生活》快破产了的原因。"

"人们说，"班宁说，"《生活》快破产了是因为他们为你那篇登月的文章付了太多钱。"

梅勒笑着对通讯社姑娘说："也许他们现在想用这个办法惩罚我。"

"也许，"姑娘说，"我应该激怒你。梅勒先生，你为什么总滔滔不绝？"

梅勒阵营吸引的就是这种类型的专题报道。

我们到了下东区。梅勒亲切地称之为"幸存区"：破败的红砖房，逼仄的小商店，脏兮兮的橱窗，偶尔会看到一两间空屋。

"如果你是立陶宛人，"东城改革民主党俱乐部里，一个坐在台阶上的人问道，"你为什么会姓梅勒？"

"我是立陶宛的犹太人，"梅勒语气坚定地说，"父母都是。"

这是一间不大的会议厅，一侧镶着壁板，上面装饰着荷兰皇家航空的海报，挂着彩旗和星条旗。大约有四十名听众坐在金属折叠椅上。

"从你们的神情来看，"梅勒说，"你们不是一个温和的民主党俱乐部。让我们提问题吧，我看得出，第一个提问的人将要遇到的麻烦不会比我小。"

有人问起第五十一个州的问题。"你认为纽约州州长会允许你和其他人分裂出去吗？"

"我们都知道是什么让一段不和睦的婚姻破裂——一位聪明的犹太律师。而我承认我是纽约市最聪明的犹太律师。"

这种氛围没有持续下去。一个女人问及 CCNY 的事情，她身边坐着一个身穿粗呢外套的男人，可能是她的丈夫，他们两个看上去都像教师。"你干吗不把他们全送进哈佛，让他们接受真正优等的教育？"这是犹太人的反击，她说的"他们"指的是黑人和波多黎各人。

"你知道，你表达的只是你的偏见。哈佛是我的母校——"

"所以我才那么说。"

"我们就当哈佛一文不值——"

"你在歪曲她的话！"那个男人喊道。

"大学对于教育的作用，就像《纽约客》对于文学。一个小器官，却起着大作用。"听众的笑声消除了紧张的气氛。"请原谅我离题了，任何人都不应该信任一个喜欢跑题的演讲者。"他对那个男人说："你意识到你说话时带着不满？"这个询问来得很直接，语气非常柔和。

"是的。"那个男人说。他的回答像是条件反射，语气像是在认错。

片刻的寂静：定睛望去，这对男女比他们一开始给人的印象要老一些,是他们的激情和得体利落的"朴素"衣着,让他们乍看上去显得年轻。

这不是一个完美的解决方案,梅勒说(他在充分利用这个时刻)。但大学做出一些调整总好过大学被彻底地毁掉。如果黑人以前不曾遭遇那么多背弃,能获得更多的机会,那么"现在的黑人就会像其他人一样卑鄙而丑陋",他的恶作剧就像是愤怒的另一种表达;他在故意破坏会场的氛围。

"你让孩子们为此付出代价!"那个女人喊了起来。

"让他讲完!"

"孩子们将会,"梅勒说,他的声音压过了维持秩序的声音,"拥有一段跟黑人一起上学的令人振奋的生存体验。"

发言到此为止。观众席上出人意料地爆发出一阵掌声,梅勒风度翩翩地走下讲台,张开双臂,摊开双手,像一个准备冲锋的摔跤手。

下一站是筹款活动,地点在格林尼治村的一个叫"电子马戏团"的地方,名字不错。蓝色、红色、紫色,霓虹灯的彩带反射在像是贴了铝箔的楼梯和走廊的墙壁上,穿过这霓虹的魔幻世界,我们来到一个宽敞的白色大厅,里面挤满了年轻人。这群人都是梅勒的忠实拥趸。然而独自一人站在麦克风前的梅勒却显得有些恼怒。"你们到这里来是看我工作的,像现在这样就行了吗?"观众提的问题都太体贴了。"当我们胜利时,我们非常关心……"但这里没有多少人关心这个问题。在这里,似乎是出于安全感,梅勒任由自己皱眉、沉默、等待着挑衅。"好了,听着,我比在座大多数人都保守,我会为你们的社群工作、支持你们,但并不意味着我赞同你们。"

下一项活动是向女性选民联盟发表十分钟的演讲,地点在现代艺术博物馆对面的公共图书馆。有些艺术系的学生正在博物馆门口举行反对洛克菲勒的示威活动:大家迅速交换了手里的文本,宣传单换宣传单。紧接着,两项事业合流了:梅勒的竞争对手之一巴迪洛和自己的团队一起从图书馆走了出来,而梅勒正在自己团队的陪同下走进图书馆,每个人手里都拿着别人的宣传单。

"我所到之处总看到巴迪洛的徽章,我觉得巴迪洛把你们都给钉牢了。"

"诺曼,诺曼,"巴迪洛的支持者说,"这样讲可不厚道。"

日程表的下一项是跟东区的民主党人开会。回到俱乐部,只有助选团摄影师的妻子等在那里,她穿着一件粉色的雨衣,扎着一条腰带。她已经在人行道上等了很久,俱乐部的房门上着锁。忙忙碌碌的助选团竟然走散了,现在又重新聚了起来。班宁让我们赶快去参加东区民主党大会,我们已经迟到了很长时间。

"这次巡游效果不错。"坐在第二辆车上的一个人说。

"我经常跟出租车司机聊天,"一个外国记者说(他在电子马戏团加入了我们的队伍),"他们听说过《裸者》[1],但并不是每个人都知道作者是谁。"

"我昨天在布鲁克林跟一个犹太老头聊天。我跟他说起梅勒,他说,'不就是用刀捅自己老婆的那个家伙'吗?[2] 九年了,他的语气就好像他刚刚在晨报上看到那则消息。"

"可能他的报纸到得比较迟。"

他们又谈起了那位通讯社姑娘。

"你觉得她是来真的吗,当作家?"

"长得那么漂亮,当什么都行。不过她是追星族,只对大人物感兴趣。"

我们赶到了东区民主党俱乐部,还不算晚。肮脏而阴暗的大厅位于二楼,俯瞰着百老汇,墙上挂着罗伯特·肯尼迪的照片、年迈的尤金·麦卡锡的招贴画和星条旗。听众大约有五十多人,来自不同种族,里面有一些波多黎各人,还有两三个黑人。梅勒的一个竞争对手还在讲话。

"……我告诉你们,有一项立竿见影的措施可以更有效地降低犯罪

---

[1] 指梅勒的小说《裸者与死者》。
[2] 一九六〇年,梅勒在派对上醉酒后用刀刺伤了自己当时的妻子阿黛尔·莫拉莱斯。

率……"讲话的是众议员席欧尔,他花了五十万美元,最后在候选人提名选举中垫底,排在梅勒后面。

梅勒走进大厅,他的头发现在都卷了起来。电视台的镁光灯聚焦在他身上,众人转头,纷纷与他握手。

"……让警察都从警察局里走出来,摆脱日常工作……所有跟控制犯罪无关的职能……"

听众席上响起了掌声,但不是为众议员鼓掌,而是为梅勒。人们发现梅勒并没有立刻走上讲台,掌声便渐渐平息了。很快,众议员在一片混乱中走出了会场,脸上带着微笑,他是个有点内向的人。

听众是一群沉闷的人。因为他们很沉闷,梅勒只好使出浑身解数。他一上来用的是反讽。纽约市立学院被篡权了,他说,瓦格纳市长几年前提到的共产党人的阴谋得逞了。听众毫无反应。"我在开玩笑。"然后,他用爱尔兰口音讲了个爱尔兰笑话。沉默。"好吧,我在这个俱乐部输掉了。"听众笑了起来,气氛放松了。梅勒讲了二十分钟,是整个晚上最好的演讲。

早晨,《纽约时报》有一篇报道。

梅勒的"竞选"刷新了"格林尼治村"的放映节

……首先,不管怎样,在东村的摇滚大厅出席多媒体系列节目《电声耳》最后一期的观众目睹了一场别出心裁的心理剧:《竞选》,由诺曼·梅勒主演……电视台的摄像机记录着怪诞的一幕,梅勒先生号召把纽约市变成一个州……

海外媒体俱乐部里,大家神情沮丧。那天上午,梅勒和他的竞选搭档吉米·布雷斯林准备推出一篇关于住房问题的报告,而《纽约时报》《华盛顿邮报》《每日新闻报》一个记者也没派来。布雷斯林是一位很受欢迎的专栏作家,他是爱尔兰人,一头黑发,身材魁梧,看上去脾气暴躁,而且很凶。班宁带来了一整箱报告复印件,但派发对象只有十五六个人：广播电台和电视台的记者（他们对梅勒竞选的报道一直很卖力）、几个外国记者和那位通讯社姑娘——她今天穿了一身绿衣服，电视台的摄像机和灯光在她身上晃了几下，她仍然很酷。梅勒让一丝微笑浮现在恼怒的脸上。

一位记者请候选人评述一下纽约报纸的"操守"。

"一言以蔽之，"布雷斯林说，"他们一个也没来。只有等到公园大道响起枪声，他们才会张开耳朵。"

"电子马戏团，"后来，当班宁把《纽约时报》折起来，给梅勒看那篇报道时，梅勒说，"我不喜欢这个名字，也不喜欢那栋楼。"

"那栋楼很糟糕。"班宁说。

"我们在那里筹了多少钱？"

"两三百块。"

"不值得。"

"我跟美联社的人聊过了，"班宁向梅勒解释出席会议的记者为什么那么少，"他们办公室里有一张清单，'这些是我们今天上午要去采访的事件'；还有另一张清单，'这些是我们今天上午不去采访的'。我们在明天的同一时间召开另一次记者会，那样就可以检验他们了。"

我开始注意到班宁的戏剧化风格，也许来自他接受的外交官训练——他在美国外交部工作过一段时间——也有可能是他在后来的广播工作中养成的。（"到今天我也说不清楚，"竞选之后，他告诉我，"政治和作秀，哪个是我的最爱。"）

第二天，大约有三十名记者出席了会议。那位通讯社姑娘穿了件奶油色的衣服。《时报》派了一名男记者，《邮报》也派了一名。头天晚上，电视上有很多关于梅勒竞选的报道——当这些访谈安插在新闻节目当中，出现在电视机的小小屏幕上时，它们显得如此轻松自然，获得了一种额外的、与众不同的现实性——但梅勒仍然在抱怨。

"我们不得不通过威逼利诱，才能在报纸上赢得一小块版面。他们竭力想让我们的竞选显得滑稽可笑，而在某种程度上，他们做到了。我们一路上犯了一些错误，掉进了他们的手掌心。"

梅勒的脾气更坏了，玩笑也开得少了。他看上去有些疲倦，而且有攻击性，失败写在他的脸上。但那也许都是他的表演：他的面部表情非常多变，情绪也转换得飞快。

两小时后，在他的华尔街集会上，当他站在老财政部大楼台阶上的华盛顿雕像脚下时，他又完全变了一个人。现在他系好了外套的扣子，双手一会儿插在裤兜里，一会儿放在外套口袋里，他显得趾高气扬，就像一个刚刚穿上比赛服的踌躇满志的拳击手，对台下的观众充满了信心。观众在宽阔的台阶上一排排地散开，台阶下面那条著名的狭窄街道也挤满了人。音响效果很糟，什么也听不清，布雷斯林发出的威胁——"公园大街的枪声"——也没有人听到。但集会的气氛很好，戏剧效果极佳。

如果一个外国人刚好在那一刻来到华尔街，如果他脑子里装满了从电影上获得的美国印象，他会觉得眼前这一幕充满了他所熟悉的魅力。他会觉得台上那个人集各种美国传奇人物于一身：拳击手、警长、坏人、暴徒，甚至还是个政客。这是因为当时的布景：这座著名城市中的著名街道、周围的建筑、飘扬的旗帜、华丽的演说，还有华盛顿雕像所代表的历史。这种魅力也来自梅勒本人，来自他对这座城市的感受，或许，来自他对这个特殊瞬间的感受。

然而竞选结束一周后，当我跟梅勒谈起这次华尔街集会时，他的记忆反而很模糊，竞选的细节、具体的场景和言辞都变得不再清晰。

"你不是在以作家的方式运转，你不会去注意人们穿什么衣服；你只感觉到他们的眼睛，他们的反应。那种感觉更像是一名演员。"

华尔街集会的第二天，在参加了更多会议、发表了更多演讲、出席了更多仪式、面对了更多提问、做出了更多回答与陈述之后，梅勒说："我变得越来越无趣：中正平和、严肃持重、索然无味，我变成了一个政客。"

梅勒在竞选指挥部里，穿着一件长袖衬衫。沾满灰尘的窗户向外推开，那天下午是雷雨天气。他刚刚接受了一次二十分钟的"深度"电视采访，这也属于竞选活动中的一种浪费：这次精彩的访谈和本周的各类活动加在一起，在周六的电视新闻中只能占据大约五分钟的时间。

他说，他发现政治是个苦差。睡眠成了他梦寐以求的东西，现在他明白了，为什么睡眠就是政客们的性爱。"应该对'当政客'这件事情做一番弗洛伊德派的精神分析。这完全是动嘴的事情，只有完全处在口欲期的人才能适应。我觉得我的舌头就像是河马的舌头。这完全是舌头和嘴唇的功夫，对我来说太陌生了，跟我作为作家做的事情完全不一样。我以前觉得，我一旦把一样东西说出来，就没办法去写了。我会走出门去，构思一篇文章。等我回到家，当我妻子问起我的想法时，我是不会说的。这就是我觉得没办法把这次经历写成一本书的原因。"

"你觉得他怎么样？"舒瓦茨曼后来问我。

有时候，梅勒会在集会结束后向他的团队提这个问题，他的队员也经常这样问他们认识的记者。这就是魅力的包袱：梅勒的队员要求他永不失败，哪怕是跟记者的片刻交谈。

"星期五会很好玩，"班宁说，"他要去雅佳特赛马会。"

"好玩？"我说，"你是说那天没有竞选活动？"

"那里会有七万人。"

特快列车把人流从曼哈顿和布鲁克林送到了雅佳特。火车站台跟车厢的地板齐平，游客畅行无阻地从车厢涌进站台，又如潮水般淹没了搭着遮阳棚的通往看台的坡道，直到他们走出遮阳棚，来到阳光下，对称分布的人流才变得散乱起来，他们穿过海洋般开阔的闪闪发亮的大停车场，奔向门票两美元的入口。梅勒和他的团队先是站在搭着遮阳棚的坡道上（通往门票五美元的入口），后来站在太阳底下，对着汹涌的人流：专栏作家布雷斯林在这里比梅勒更有号召力；梅勒穿着一条方格裤子和一件运动上衣，腼腆地微笑着；梅勒的妻子，一位身材娇小的演员，身穿一身素净的橄榄色外套，已俨然成为竞选团队的一分子。

人群打着转儿绕过他们。但就像平缓溪流中的鹅卵石一样，竞选团队给人流带来了扰动，围绕着他们泛起了水波：短暂的握手，简短的交谈，一小群人聚集起来，这些足够上镜了，还能录下一点画外音。"我一直在琢磨这个人呢，我想见见他，他支持二元录取制。""你想赢，没门儿，你这个无赖！"然后，梅勒的人马穿过五美元的入口，乘扶梯去中央广场，很快就消失得无影无踪。

我撞见了一个年轻人，他和我一样掉队了，他在解放新闻社工作。他须发浓密，一副嬉皮士的打扮，满腹委屈的样子。那天早晨，他好不容易挤上了竞选车，可到现在跟梅勒一个访谈也没做成。他把他跟班宁的谈话笔记拿给我看。

"班宁：听着，我们需要你们这些新左疯子的报道，就像我们需要在脑袋上挨个枪子儿……要想在这座城市里获胜，你必须从各种稀奇古怪的地方拉选票……他需要左派的支持就像需要来一次狗屁大出血一样。"

我们一起穿过人群，寻找竞选队伍。"梅勒提出的理念跟现在的美国政治没有什么不同，"解放新闻社的年轻人说，"他提出的只是陈规旧例的扭曲版本。"

浅绿色的跑道中心摆满花卉，拼成了各种图案；远处，喷气式飞机在永远笼罩着煤油烟雾的肯尼迪机场一架接一架地起飞。

"问题在于，梅勒视自己为存在主义英雄。在美国，当知识分子对某种行为皱起眉头时，存在主义英雄就会说：'这个世界上最糟糕的事情就是乏味。我们必须用自己的行动来制造戏剧。'梅勒制造了这起令人兴奋的事件，却没有分析这个世界为什么枯燥乏味。他说：'世界枯燥乏味，但如果我把自己投入进去，它就变得有趣了。'"

存在主义，这是一个我开始慢慢理解的梅勒词语，它能够解释我对梅勒竞选的很多感觉，能够解释它的魅力与含混。这个解放新闻社的记者只有十九岁，但美国年轻人的表达能力已经不再让我感到惊讶。

"最严重的问题是，如果梅勒失败了，人们不会说是纽约运转失灵的腐败政治体系击败了他；人们会说那是他个人的失败。作为一个有分量的人物，他将失去一个暴露美国政治的不民主本质的绝好机会。"

不难看出班宁为什么不愿意让他跟在身边。可现在，这位解放新闻社的记者特别想见到班宁，他把一个冲好的胶卷忘在竞选车上了。

我们遇到了一个电视台的摄影记者。我问他，对今天的竞选活动作何评价。

"噢，我们会把它放大。"

"这是你们的官方政策吗？"解放新闻社的记者问。

"我们放大每一样东西。"

在一家餐厅外面——梅勒正在里面慢条斯理地吃午餐——我们看见了班宁，他显得轻快而干练。他对我们视而不见，小胡子几乎都没翘一下。

"他讨厌我。"解放新闻社的记者说道，低下头去看自己的磨砂皮软靴。

我希望有人陪我一起回曼哈顿。于是我把我的一些笔记给了他，而且成功地说服他别再想那个冲好的胶卷。回去的火车上挤满了小伙子和姑娘，他们的皮肤在海滩上晒得红红的。梅勒团队里的每个人都在谈论社会弊病。然而在外来游客眼中，再也没有哪座城市比纽约更充满欢乐，更井井有条。《纽约时报》用三栏文字报道了梅勒的跑马场之旅，还配了一张照片：这就是我们那天下午巡游的实况。

"这场竞选的特别之处，"指挥部里的一位姑娘说，"在于它具有极其迷人的诱惑力。"她二十四岁，身材瘦削，尖尖的鼻子小巧玲珑。"来助选的小伙子全都跟诺曼一样。他们都有着庞大的自我，跟他们在一起的时光很精彩，他们每时每刻都是那么不可思议地充满活力。换了别人根本做不到。"她来自新泽西。"我必须离开那儿，因为我在那里就像个怪胎。我就像是……"她叹了口气，茶色的金边眼镜后面，眼睛睁大了一些，"嗯，一个社会主义者。"竞选结束后，她准备为美军抗议组织做一些暑期工作。"如果说我这么做是因为我有一个兄弟在越南，那就未免太理想主义了。我这样做其实更像是，嗯，上瘾了。"

"我不知道'做自己的事情'这个概念怎么变得那么神圣起来。"

竞选结束后,班宁对我说,"我不知道这是美国做派,还是仅仅因为年轻。我知道当权派多么卑劣。我欠了两万美元的债——好吧,就算是一万五。但也许我不像其他人那样感到幻灭,也许每个人都太一本正经了。注意一下麦卡锡类型的年轻人跟我们这里的肯尼迪类型的年轻人的区别。肯尼迪类型的人想要的是胜利。而具有麦卡锡倾向的人不仅痴迷于失败的事业,还痴迷于'失败的事业'这个概念。他们只想发表一通声明,然后以正确者的姿态袖手旁观。'我知道什么是错的,我是高贵的人。'我才不买他们的账。"

麦卡锡类型、肯尼迪类型、新左派、上瘾的、被梅勒迷住的、被竞选迷住的(高音喇叭、带麦克风的汽车、不干胶贴纸),形形色色的人,即便有梅勒这个典型的英雄人物在统领,眼前这一切仍然不免令人惊奇:整个竞选队伍居然能够团结一致,而且看起来很专业,丝毫不显得紧张吃力。

记者们来来去去,媒体的报道越来越好。负责安排巡游的达斯汀告诉我,那位通讯社姑娘的文章发表了。"他们肯定删了很多东西。"他说。偶尔有些报道语气温和地提到竞选团队内部的问题:一些海报贴得太草率,大家当众吵了起来;一个业余的艺术展没有如期开幕,梅勒的妻子代替他去了,说了一些梅勒不会说的温言善语。然后,班宁的络腮胡不见了。

投票日之前的最后一个星期五,指挥部迎来了最为阴郁的一天。那天的原计划是在哈莱姆举办一场集会。但那天早上,当地颇有声望的黑人穆斯林克拉伦斯·27x·史密斯在电梯里被枪杀了(纽约既是为欢乐组织起来的,也总是为戏剧组织起来的),梅勒取消了集会。指挥部里,大家觉得梅勒太令人失望了,集会本应该如期进行。有人告诉我,他们已经雇了"头发"乐队的全班人马,那是集会的看点;而且只要花一百美金就可以请到一批黑人保镖。

"别去惹班宁,别问太多问题,"有人告诫我,"他会像诺曼人①一样揍你。"

班宁没系领带,也没穿外套,拿着一个啤酒罐,心情沮丧地扮着硬汉。他说,"一股政治死亡的氛围"笼罩着竞选。我问起接下来的日程安排。他模仿我的发音说:"待在这儿吧,你会知道的。"他的声音让我吃了一惊,我第一次发现他有一副适合在麦克风上讲话的好嗓子。

"并不全是因为诺曼。"那个新泽西姑娘说,"大家有目前的情绪,一半是因为所有这一切到下周二就全部结束了,每个人都不得不回到原来的状态,没有权力。其他一切都将照旧。在这段亲密无间的时光里,这些人成为你生命的全部,而这一切都将在六月十七日停止。这些小伙子在跟梅勒闹别扭,但他们还是会去参加会议。等梅勒去到会场,坦诚地说话,一切不满都会烟消云散,到时候你可以从他们的眼睛里看出来。这就是他们第二天还会来的原因。"

第二天,班宁不在办公室。但达斯汀和他妻子在,还有另外一些人。吃完午饭,我们开车穿过雨雾,来到梅西百货商店,据说梅勒在这里向逛商店的人拉票,但没有人知道确切的消息。从车上望出去,只看到一些非常年轻的志愿者在散发打湿了的宣传单,他们不知道梅勒在哪儿。

结果是,梅勒和他妻子一开始在商店里面,但后来保安让他们到外面去拉票。

我们沿着大楼走了一圈,找到了他们。志愿者姑娘们逢人便问:"您见过梅勒先生吗?"梅勒夫妇在忙着跟大伙握手。梅勒看上去筋疲力尽、心事重重,只有一双眼睛还在工作,他的头发剪短后,显得更加灰白了。梅勒夫人一如既往地气定神闲。"我是个演员,"她后来告诉我,"那次是我观众最多的一次演出。"一个盲人站在梅勒身边,摇着一只装硬币的绿色茶杯,敲着手里的拐棍;他的眼睑盖住了凹陷的眼窝,那张毫无表情的脸活像一个木乃伊。

---

① 此处,说话的人在玩文字游戏,把候选人诺曼与历史上好战的诺曼人联系在一起。

这是一个异乎寻常的场景，洋溢着笑容。梅勒夫妇在微笑；握过手的人也在微笑，他们等在一旁，绽开笑容，看着其他人依次上去握手。志愿者姑娘们在微笑，我们都在微笑。

"真不错，"达斯汀说，他的沮丧神气一扫而空，"我们会赢的。"达斯汀一直是个肯尼迪类型的人。

梅勒上车时，把达斯汀叫了过去。一个志愿者姑娘睁大了眼睛扭头对我说："我疯了！"一分钟以前，她还有些腼腆。"我爱他！他的书我全都读过。这是我第一次见到他！我爱他！"她在堆放竞选徽章的桌子上重重地坐下。"我疯了！"

达斯汀欢欣鼓舞地回来了："他想开车队去拉票。"达斯汀喜欢车队巡游。

过了一会儿，在沙利文街市上——这条街道两旁是带逃生楼梯的旧砖房，街道上满是泥浆和垃圾，远处有些小吃摊和玩具摊，旁边坐着打着绑腿的意大利女人，正在炭火架上烤香肠——达斯汀和梅勒两个人又凑在一起交谈起来。

"瞧他们两个，"达斯汀的妻子说，"头发剪成那样，你不觉得他们俩看上去有点像吗？"

星期一，在头天出席了一次紧张而劳累的电视节目后，梅勒又精神抖擞地出现在投票前的最后一次新闻发布会上。班宁也在，他的态度重新变得友善，他身穿西装，又担任起了排兵布阵的角色。车队的四辆车已经等在外面。一位德国制片人说："在德国拍的电影已经完成了，上周六晚上放映过了。"有人告诉一个操外国口音的姑娘，媒体座位都是保留给纽约媒体的。梅勒、梅勒夫人和布雷斯林坐在第三辆车上，班宁坐在装了麦克风的第一辆车上，他负责演讲。

> 梅勒、布雷斯林、第五十一州，你们拥有一切，只差最好。

这是车队的口号。据说这句话是一个黑人向梅勒建议的，班宁不喜欢，但他喊口号时喊得斩钉截铁。车队经过百老汇时，人们向车队挥手、喝彩。而哈莱姆却是一片寂静，迎接车队的只有它那阴郁的孤僻，以及融为一体的俗艳与凋敝。在南布朗克斯，街上的广告都是用西班牙语写的，班宁展现出他的又一项才能，说起了西班牙语："……后面的第二辆车，那辆敞篷车里……"他的口音很纯正，但行人没有反应。车队缓缓驶入车流，融入了穿行的车辆中。

梅勒在敞篷车上招呼了一下，班宁下车跑了过去，然后回来对我们说："好了，我们到第五十大街、第六大道汇合，在时代生活大厦门口。我们光跟人握手就可以了，不搞车队巡游这种鬼玩意了。"班宁本来就不喜欢车队巡游。车队打散了，几辆车关掉了喇叭，静悄悄地分头奔回曼哈顿。

他们在时代生活大厦外面的宣传活动效果很好。梅勒向人们描述他眼中的两个纽约，满怀激情地为弱势群体代言。但最欣赏他的听众始终都是中产阶级、受过教育的人和放浪不羁的文化人，他们对他钦佩得五体投地。

指挥部里准备了好多啤酒，电视台的摄像机和监控屏已经安装就绪。最后一道隔板也倒下了，房间尽头搭起了一个讲台，后面的墙上贴着竞选海报（它们已经是纪念品了，爱好收集的人已经揭走了一部分）。指挥部里气氛融洽，这是胜利的气氛，对他们来说，不是倒数第一就算赢了。

"这件事情对我来说很重要，"班宁向我总结他的竞选感受，"显然，梅勒会在美国历史上占据一席之地。他要么成为一股摧枯拉朽的力量，要么成为一位了不起的建设者。他能做的，显然不只是写一本《夜幕下的大军》。"

傍晚，大厅里的人多了起来：有媒体人士（电视台的记者们板着脸，觉察到了自己对年轻人的妒意），有从各行政区赶来的志愿者，还有些无意间闯进来的人。有个姑娘穿着一身半墨西哥、半印度的嬉皮行头，坐在地板上，身前点着一根红蜡烛。她弄错了场合，也低估了人群的力量。那位新泽西姑娘跟一个黑人一起来了。班宁则出人意表地风度翩翩地围着一条淡蓝色的丝绸围巾,他站在讲台上,仿佛聚光灯下的演员。他不停地喊话,让大家安静。竞选结果传来,一如大家所料。梅勒领先于众议员席欧尔,得票率为百分之五到六。参选议长的布雷斯林成绩更好:得票率高达百分之十。大厅里一片欢腾。

班宁说,整座楼都要塌了。"如果你们想死,不要让别人跟你们一起死啊。"

他们是一群反叛者,在那一刻群情激昂。但他们也是美国人,把自己照顾得很周全,从来不会不计后果。人群开始渐渐散去。

将近子夜时分,梅勒、梅勒夫人和布雷斯林来了,摄像机和聚光灯为他们一路开道。他们一边握手,一边走向讲台。

"很难说我们胜利了。"梅勒说。这是大家心领神会的玩笑,此时大家庆祝的正是这场胜利。"看吧,你们太棒了。我们以少胜多。我们的花费是瓦格纳的十分之一,而我得到了百分之五的选票,瓦格纳得到了百分之三十。所以我们的效率是他的两倍。"他擅长恶作剧,重又变成了追随者心目中的英雄。班宁站在我身边,所有心结都在消散,正如新泽西姑娘说的那样。

电视荧光让颜色变得更加鲜亮,梅勒夫人显得更美了,梅勒的眼睛现出最清澈的蓝色,墙上的海报也熠熠生辉。这是一间狭长的大厅,讲台放在正中间,在摄像机的监控屏上,整个场景就像是一部拍摄得井然有序的电影里的镜头。于是,最后这一刻的光辉与另一个时刻连接了起来:华尔街老财政部大楼台阶上那迷人的场景。

大厅里的一个布告牌没有被人遗忘:"如果你对今年暑假的美军抗议活动感兴趣,请在这里签名……"下午的时候还只有四个签名,而现在整块板子都满了。

一周后,我跟梅勒共进午餐。他去科德角住了几天,头天晚上刚刚看了弗雷泽对凯里的拳击比赛,我们见面那天,他正在编辑一个电影剧本,再过几天,他就要写那些关于登月的文章了。"这个差事肯定会怪怪的，那些宇航员不想跟我谈话，他们在写自己的登月书。"写作又重新占据了梅勒的整个生活。

政治显得很遥远。但他对一种指责很敏感：有人认为他分化了自由派的选票，让局面适得其反。他认为，投票支持他的人里面，有很多人就算不投他的票，也不会去投其他人的票。他觉得他做得不够好，最后一周，他丢了一些选票；他也没有接触到足够多的选民。有些人跟他握过手，对他很友善，最后却没有投他的票，这让他很吃惊。

他又一次对我说，当政客的过程让他变得乏味了。但现在他明白了，政客讲到"服务"时，他们是严肃的。一个政客必须服务，必须时时刻刻把自己给出去，把自己给予支持者，给予公众。这是他的弱项，比方说，当有人问他会不会清理掉他们街区的垃圾时，他没办法回答。他仍然忠于自己的观点：纽约应该成为第五十一个州，权力应当归于社区。但他觉得，换一个候选人，哪怕是一个非常乏味的人，也许会让这些观点在政治上走得更远。

乏味，他频频说到这个词。在竞选过程中，梅勒似乎以否定的方式再次界定了他的作家角色。他无法评估这次竞选的价值。"如果你没当选，你能改变的东西只能说微乎其微。"也许你的一些观点会留存下来，但只有时间能告诉我们。"或者整个事件只是一时的新奇。也许四年后，下一届选举开始时，有人会说：'还记得当年有个作家竞选市长吗？'"

（翟鹏霄 译）

斯坦贝克在蒙特雷
1970

一个作家归根结底并不是他写下的书，而是他创造的神话，而神话存在于保存者的心目中。

在蒙特雷，约翰·斯坦贝克描写过的罐头厂街有一英里长，破坏了加利福尼亚漂亮的海岸线。那些罐头厂以前生产沙丁鱼罐头，但就在一九四五年斯坦贝克的书[①]出版后不久，沙丁鱼便慢慢从蒙特雷湾消失了，现在所有的罐头厂都关门了，只剩下了一家。罐头厂的那些建筑，没有被火烧毁的部分还保留着：白色的瓦楞铁皮建筑像仓库一样低矮而普通，沿着低低的悬崖退入海中；建筑群的尽头用木桩和成吨的混凝土加固着，现在只有用炸药才能拆除。有些厂房已经废弃，可以看见破损的窗户，有些成了仓库，还有些改造成了餐馆、时装店和礼品店。

旧日的厂街已经湮灭：鱼和鱼肥的腥味；一批新捕的鱼送到时，可以一天工作十六个小时的切鱼工和装罐工；酒鬼；在空地上的管道里睡觉的流浪汉；还有妓女——斯坦贝克曾经描写、并使之变形的一切。如今，这里剩下的似乎只是一种民间传说：关乎那个时代的社区、葡萄酒、性，还有谈话。观光客就是为了这传说而来。"罐头厂街"在一九五八年被确认为这条街的正式名称，那时候沙丁鱼早就消失了；

[①] 指斯坦贝克的小说《罐头厂街》。

之前这条街叫"海景大道"。今天,厂街新来的店主和商人正聚在指环咖啡馆里,一起讨论怎样在一九七〇年招徕观光客。咖啡馆隔壁就是斯坦贝克剧院,剧院在斯坦贝克环岛边上,是由一家旧罐头厂的厂房整体改建的。

一九七〇年是西班牙人建造蒙特雷的两百周年。在指环咖啡馆里,有人还记得一九四七年的庆典,那是纪念美国攻占蒙特雷一百周年。当时,蒙特雷的主干道涂成了金色(今天那里成了一片荒地,等待着重建),大街小巷里有人在跳舞庆祝。蒙特雷半岛的历史就是这么有趣。斯坦贝克满腔怒火地描写印第安人遭受的奴役和美国人对土地的攫取;但这里也流传着一个令人困惑的神话,讲述着墨西哥时代的欢乐与雍容、西班牙传教士的英雄事迹,还有无数皈依了基督教的印第安奴隶,他们经常因为宗教方面的小过失而愉快地挨鞭子。在蒙特雷的残垣断壁中间,墨西哥时期留下来的每一块土坯都受到保护,并且做了标记;甚至有人发起了一场运动,呼吁把第一个西班牙传教士、"第一个加利福尼亚人"封为圣人。这里每年七月四日①都举行化装庆典,纪念美国攻占蒙特雷,庆典仪式是海军联盟和蒙特雷历史与艺术协会设计的:旧时代的西班牙小姐太太和扬基佬济济一堂,倾听领土吞并公告。

指环咖啡馆在蒙特雷开业已经有年头了,但开到厂街才一年多。和厂街的许多新去处一样,指环咖啡馆也在窗户上挂起了渔网,渔网里放着木鱼,以此来向过去的渔业致敬。店主是一位老广告人;他在自己的咖啡馆里出版《蒙特雷雾角》报,一份四页纸的讽刺幽默刊物,主题是罐头厂街、欢乐与青春。指环咖啡馆提供"啤酒、九柱游戏和食物",这里"没有人管理",有着"世界上最美味的美味"。咖啡馆里陈列着画作;半岛上艺术家比比皆是。内墙最高处有一幅错视画,让厂房的木质结构天花板显得像是延伸到了墙面上。吧台墙上的招贴里面,有一幅"医生生日宴会"的广告。

---

① 美国独立日。

那是指环咖啡馆去年策划的一个活动,他们要把书中的东西搬到真实生活中来,也许可以让它永远地存在下去。"医生"是《罐头厂街》里的海洋生物学家,这位受过教育的人身边围着一群游手好闲的人。麦克和男孩们为医生举办了一个生日派对,结果不出所料,出了乱子。医生是厂街里的真实人物——里基茨医生;《罐头厂街》就是题献给他的。斯坦贝克曾经借钱给他,让他买下了挤在两栋厂街建筑之间的一座低矮、未经粉刷的木质结构实验室。那里现在成了一家男性俱乐部,将会一直保存下去。一九四八年的一个傍晚,就在厂街上面的平交道上,一个南太平洋铁路的火车头撞上了医生的汽车,医生伤重身亡。指环咖啡馆吧台的玻璃板下面,有一张事故现场的大幅照片:医生躺在草丛里的担架上,旁边是撞毁的福特车、火车头和围观的人群。

事实、虚构、民间传说、死亡、欢乐、敬意:这一切让人不知所措。但神话就是这样创造出来的。医生作为厂街里最高大的"人物",现在就像欢乐的神话一样不容置疑。指环咖啡馆里没有人能够解释医生为什么是这样一个角色。他们说,他对每一个人都很友好;他爱喝酒;他喜欢姑娘。当然这些都是斯坦贝克在书里写的。但是书本身却淡出了人们的视野。

咖啡馆里大约有三十个人:头发掉光了的男人;戴墨镜的年轻男人;身着套装的中年女人;一个身着小方格套装的热情的年轻女人,头戴一顶与衣服相配的猎鹿帽;一个母亲带着两个小孩,小孩在打哈欠;一个中国女人。一个神情庄重的年轻人,戴着金属框眼镜,蓄着八字胡,身穿皮马甲和打着补丁的牛仔裤,他是半岛的艺术家之一。他和妻子雄心勃勃地开了一家时装店,叫 Pin Jabs。以前,他常常从蒙特雷骑车来厂街。但现在这里大部分都是新面孔。在场的很多人读过《罐头厂街》,都说自己喜欢这本书;但有些人再没有读过斯坦贝克的其他作品。

六十四岁的主席是一位温文尔雅、说话慢条斯理的雕塑家,他是厂街现在为数不多的认识斯坦贝克的人中间的一个。他很久以前就来到了加利福尼亚,在三十年代认识了斯坦贝克;那是潦倒和穷困的日子,"如果你不知道他的背景,你不会知道他是一个作家"。斯坦贝克从不谈论他的作品；从外表上看，他和他交往的人、描写的人没有什么两样。但是雕塑家还记得斯坦贝克写下《愤怒的葡萄》最后一页时的情景。小说的结尾是一个洪水泛滥的黑夜，世界茫茫一片，罗撒香的孩子生下来就夭折了，她的家庭四分五裂，对着一个迷路的饥肠辘辘的老人，她袒露出自己的乳房。

"那天晚上我碰巧在他家里，那时候他在洛斯盖多斯有一所小房子。夜里三点钟，我已经上床睡觉了，我听到他大喊：'我完成了！我完成了！'我起床去看怎么回事，所有人都起来了，他给我们朗读了最后的篇章。这是我唯一听他朗读过的部分。"

雕塑家乐于忘记斯坦贝克后来写的书，对他早期的加利福尼亚作品却有着深厚的感情，"那时候他还像在自己家里一样"。他对斯坦贝克的态度近乎虔敬。

他站起来，让与会者保持秩序。他让大家为罐头厂街的盛会出出主意，提一些有望得到蒙特雷两百周年纪念委员会的财政拨款的"好项目"，吸引游客明年前来观光。

"迄今为止，我们唯一想到的项目，是找一个当年的蓄水槽，做成小房子，放上说明材料，介绍一下曾经生活在那里的家庭。"在《罐头厂街》里面，马洛伊家在一个旧火车头的锅炉里搭了一座房子，人要从炉门爬进去；他们还把附属的管道租给了房客；但后来马洛伊太太吵着要窗帘，把她丈夫烦得走掉了。"我们到现在只有这一个想法。我们需要各种各样的项目，我确实需要大家的帮助。"

"我刚刚读完了《罐头厂街》。"一个年轻女人说。这样一段宣告之后，大家都洗耳恭听。她建议"设计一个小小的步行观光项目。提供一份地图，标上几个目的地。比如医生的住所，当年是做什么的，现在又是做什么的……"

"我觉得应该给那些建筑取名字。"

"我们不希望有太多的历史色彩。"

戴猎鹿帽的姑娘说，可以去参观残留的罐头厂。

"你是说那排机器。鱼从哪里进来，又从哪里出去……"

"我们需要制作小册子，就像赫斯特城堡那样。"

"我们的情况和赫斯特城堡不一样，这里比较分散。"

"同时还要展示历史的维度。"

大家语速缓慢，余音缭绕。各种想法慢慢浮现，略作停留，又渐渐消失。一个斯坦贝克电影节。斯坦贝克戏剧。雇人扮演一个"特色人物"在厂街漫步。每家店铺重点推介斯坦贝克的一本书。

"如果能办一次展销会就好了。"从时装店来的姑娘说。

"我们有很多空地。书里的许多故事都是在空地上发生的，而且……"

"在空地上举办很多活动，其他地方就没有活动了。我们需要一个全体参与的活动，包含一切可能的活动。"

"应该更类似于'医生生日宴会'那种活动。让罐头厂街归罐头厂街，市中心归市中心。"

"我们讨论的是能够持续三四个月的活动。"

"在街上跳舞。"

"跳上三四个月？"

"在空地上跳。每隔两个小时换一个乐队。"

"麻烦在于，我们跟人说，这里是阳光灿烂的加利福尼亚。但这里到了晚上会很冷。"

"他们可以买一张游览罐头厂街的通票。票价可以是五美元，凭票可以在各个地方喝东西。通票：通往罐头厂街的金钥匙。"

"我们不想把老人吓走。"

那个母亲和两个小孩站了起来，小孩已经昏昏欲睡。她说她得走了，但还想再说一件事情。她是两个小孩的母亲，丰满、漂亮、非常严肃；大家出于尊敬转而听她说话。她说，他们得想办法为广告费筹款；她提了几个建议。"举办一个类似狂欢节的活动。办一整天。"听众变得心不在焉。她建议举行拍卖会。"开餐馆的人可以拍卖餐饮。"开餐馆的人都没有反应。"其他人可以拍卖……"

她和两个小孩离开后，大家有礼貌地暂停了一会儿。

"我们谈到了拍卖和其他事情。我们在谈的都是一些小钱。"

他们不是大亨，都是冲着罐头厂街的名气来做生意的，有点像那些被他们竭力要营造的气氛感染的人。他们称自己为"小人物"。大人物都在后台：厂房的业主，房地产投资商，"小人物"付的租金和一部分利润都要流到大人物的手里。那些跟旅游业无关的更为传统的生意可能会继续做下去。比如自然科学厂，十几年来一直在出售猫标本，还有其他东西。"随时发货，数量不限。猫标本一律用防水塑料袋封装。"但在过去的六七年里，小人物连同他们的时装店和印花布一起，走马灯似的来来去去。昨天的"慕古斋"在哪里？"头垫工厂与魔幻茶杯套"靠着好玩的创意就能生存下去吗？在厂街，不是所有生意都能维持下去，有一个雕塑家就上吊自杀了。

十五年后，租约将陆续到期，高耸的酒店将会来到加利福尼亚这片失而复得的漂亮海岸线上。但在那之前，罐头厂街的神话，这些忙忙碌碌的小人物所创造的神话，应该会艰难地生长。

神话在这里总是会迅速地壮大。加利福尼亚阳光明媚，盛产水果，朝向太平洋的海岸气候凉爽，每当美国让美国人感到身心疲惫，他们就会到这里来。二十五至三十平方英里的蒙特雷半岛是一片特别的地方。"看起来，"韦斯里·道奇（厂街新崛起的"大人物"之一，投资罐头厂街的厂房和设备，获得了八十倍的回报）说："这里总有那么一群人，他们专门'反'大众感兴趣的事情。"一直有垮掉派和嬉皮士来此光顾。（"嬉皮士有钱。"从时装店来的姑娘带着尊敬和期盼的神情说。）以前到这里来的是流浪汉，他们带着"铺盖卷"，坐货车从全国各地赶到半岛。

这里不光有流浪汉和垮掉派。许多年前，一位来访的印度瑜伽修行者报告说，位于蒙特雷西面的帕西菲克格罗夫镇——罐头厂街结束的地方，就是这座城镇开始的地方——有着一种震颤，只有喜马拉雅山脉的震颤能与之媲美。蒙特雷最大的书店坐落在渔人码头的餐馆和礼品店之间，里面卖的很多书都有神秘主义倾向。在著名的会议中心阿西洛马，在整洁的松林和木屋中间，也萦绕着一种神秘的欣快；甚至在这个七月四日的周末,一群人的哲学圆桌聚会也照开不误。

砰!轰!伴随着如同七月四日的焰火一般闪耀、灿烂、绚丽的灵氛,我们来一同庆祝系列聚会的最后一次活动。到场的每一位嘉宾,欢迎你们!这是一次欢乐而完满的活动,请再一次写下你们的梦想、展望和印象,穿上你的前世服,到今晚的大赦庆典上来跟我们一起分享吧。

圆桌聚会的主题是轮回。但那个来自圣地亚哥的瘦削年轻女孩却说——她姐姐先入的会——会议目标是"把人们重新带到神面前"。她的眼睑染成了绿色,画过的眉毛向上挑着,形成了一条波浪线。周末聚会的票价是四十五美元。

帕西菲克格罗夫镇还有一个著名的"君主斑蝴蝶节"。人们炮制出一个神话,讲的是一位失踪的公主和她忧心如焚的印第安臣民的故事。震颤场和蝴蝶区的南面,是一些高尔夫球场和乡村俱乐部,它们的主题是《金银岛》。斯蒂文森年轻时来过蒙特雷,把半岛的一部分地形、地貌写进了他的书里;现在,这里的每样东西都准确无误地采用了书里的名字。再往南边,就是海边的卡梅尔。

如果说蒙特雷是墨西哥,那么距蒙特雷两英里远的卡梅尔就是英格兰。卡梅尔的每一样东西都小小的。小房子、小路标、小商店和摆在橱窗里的小物件。放眼望去,只看到没有尽头的小,由小而精微,由精微而壮丽;微小在这里以美国的尺度蔓延着。主干道上出现了一组乡土风味的玩具房子,小小的窗户外面摆着天竺葵,这组玩具房子居然是一家昂贵的汽车旅馆。在这里总能看到歪歪扭扭的小房顶和小门。我还看到一家叫"汉赛尔与格莱特"[①]的商店,一栋叫"木鞋"[②]的房子。

---

① 格林童话《糖果屋》中的人物。
② 取自丹麦民间童话《木鞋》。

斯坦贝克称这里的人为"卡梅尔的精灵族"。二十年代，这里兴起了一股为真人造玩具房子的时尚。卡梅尔没有路灯，没有邮差，房子没有门牌号，当地市政厅奉行严格的地方保护政策。这套精灵古堡风格的英式装扮跟一种理想混淆了，这种理想与其说是关于文学与艺术的理想，毋宁说是对文雅的、有艺术品位的生活的想象：想象一种文化在特定"氛围"里繁荣昌盛，宣称自己独立于商业化的美国之外。但这里取得了无法阻挡的商业成功。每年有四百万游客前来观光，来过的人会一次次地再来。这里有一百五十家商店和时装店。每一片乡土风格的购物中心都有连廊纵横交错，有时不止一层，每个片区都立着一根铸铁的柱子，几块连缀在一起的木板垂下来，为游客指示方向。

卡梅尔经营的主要是艺术品。这里的画廊看上去就跟邦德街[①]的画廊一样，工作室装着沿街的落地窗，里面就像电影的布景，件件作品都呼应着人们对"有艺术品位的生活"的光辉想象：海浪在日出时分、日落时分、在阳光下、在月光下拍打着礁石；蒙特雷的柏树按照二十世纪的风格在风中弯折。"万德特画廊为您献上荷兰大师的油画，策展人：威廉·万德特。""公众立刻接受了她的作品，她于是决定成为职业画家，她在绘画领域的专长便是不断地迎接变幻莫测的大海的挑战。""加西亚读高中时……为艾德·里基茨工作，里基茨是著名的海洋生物学家，而且是约翰·斯坦贝克的小说《罐头厂街》中那位'医生'的原型……加西亚的主要风格是印象派，但他的画风甚广，从现实主义到抽象画派都有所涉及。"

在这幕场景中，让来访者感到不安的是这里的艺术品数量之多，以及它们那无可置辩的信心，可归根结底仍然是数量的冲击。仿佛一种文化在它的地理极限之内不断地仿造自己：这里是富裕的中美洲；在任何方面都很中庸；大家把节日的礼金奉献给艺术；这里充斥着关于艺术家与自由的理念；大家在花钱买漂亮。

[①] 伦敦西区的主要购物街。曾经（包括奈保尔写作此文的时期）是顶级艺术品交易商、古董店云集的地方。今天，那些画廊和古董店多为时装店取代。

在海边，有些黑人正在抵制着什么。而两三英里之外的福特奥德①，穿着绿色工装的士兵正在接受训练，准备开赴越南战场。再远处，就是萨利纳斯②一望无际的平坦的莴苣地，弯腰驼背的劳力在旷野里辛苦地劳作。然而，美国止于蒙特雷半岛开始的地方，在蒙特雷半岛，处处都是仙境。

斯坦贝克，一位为社会良心代言的小说家、三十年代满腔怒火的男人、工会的宣传者、对半岛制造神话的能力永远嗤之以鼻的人，居然被仙境所吸纳，这真是一种奇特的命运。如果向当地的店主打探一番，你会发现，医生死后，斯坦贝克并不在意医生实验室的去向。翻翻《蒙特雷先驱报》的档案，你会发现，一九五七年，当人们开始讨论罐头厂街的遗址保护问题时，已经搬到曼哈顿的斯坦贝克写信来表示，他觉得应该把整条街都推掉。

或者，他写道，也许应该"把这些罐头厂保留下来，纪念美国人的精明能干。正是这种远见卓识杀死了所有的鱼，砍掉了所有的林木，让热带雨林纷纷倒下。这种精神并没有死去。美国人正在以同样的精明能干让深井的水位降低，于是我们在有生之年都有望看到加利福尼亚变成一片沙漠"。

这种愤怒是蒙特雷可以原谅、也可以忘记的。没错，战争期间，沙丁鱼的年捕获量突然翻番，接近每年二十五万吨。但为了更有传奇色彩，最好还是告诉大家，蒙特雷湾的鱼就像太平洋丛林市的蝴蝶③一样神秘，最好就像卡梅尔那位夫人那样告诉人们，那些"沙丁鱼突然尾巴一摇，游到别的地方去了"。

斯坦贝克本人对此也负有一定责任。在愤怒与良心的激荡下，他的多愁善感构成了他的写作力量的一部分。然而没有了愤怒，没有了点燃怒火的诱因，他就只能写童话。他有他的半岛赋予他的局限。他

---

① 位于蒙特雷湾的美军驻地，一九九四年关闭。
② 蒙特雷县的行政中心，也是该县最大的镇。
③ 加州太平洋丛林市拥有著名的帝王蝶繁殖林区，该地的帝王蝶每年会迁徙到超过三千公里外，次年飞回。二十世纪七十年代，蝴蝶爱好者热衷于探寻它们的迁徙轨迹和栖息地。

屈服于《罐头厂街》的成功，写了续篇《甜蜜的星期四》。他拙劣地模仿着自己的光环，把罐头厂街变成了仙境。

唐·韦斯特莱克的母亲曾经在一家罐头厂工作，从一九三六年一直工作到一九五〇年。韦斯特莱克十二岁时，开始在那家罐头厂的食堂打零工。他一九五二年从当地的高中毕业，现在三十岁出头。韦斯特莱克的母亲和继父都是五代相传的加利福尼亚人，但他们去年搬走了，去了俄勒冈州。韦斯特莱克自己现在住在旧金山，负责一家日化企业的公关工作。

他身材修长，举止从容，很符合健康而有教养的加利福尼亚人形象。他的罐头厂街出身让我有些意外。但正是罐头厂街给了他动力，他说，它迫使许许多多在厂街工作的"俄克佬"①的儿子们发奋图强。

"他们不全是意大利人和波兰人，很多人都搞不清楚这一点。俄克佬，这是世界上最侮辱人的称谓，差不多等于畜牲。但现在你得小心点，这些人的儿子们现在成了加利福尼亚的头面人物。如果你在有身份的人中间提到这个词，你会发现有些人的表情很古怪。"但并非所有人都出人头地了。"我当年认识的一些男孩后来过上了跟他们父母一样的日子。有些人进了监狱。照我看，他们恨不能一把火把罐头厂街烧掉。游客觉得一切都好，但游客和斯坦贝克把罐头厂街浪漫化了，有些东西根本不存在。住在管道和锅炉里面可不是什么好玩的事情。那些人孤苦无依，实在找不到地方住。"

说起这些，韦斯特莱克的情绪更多的是抑郁，而非愤怒，就像一个人背负着一道永远无法抚平的创伤。

"那里以前臭气熏天，不光有鱼腥味，还有割下来的鱼头和鱼尾做成的肥料的臭味。每个罐头厂都有自己的肥料厂。每天早晨，鱼运进来。那时候还没有声纳探测仪，你只能通过夜色中的磷光判断沙丁鱼在哪里。每家罐头厂都有一个特制的哨子，鱼一运进厂里，就有人吹哨，

---

① 一九三〇年，上百万俄克拉何马的穷人涌入加州做苦工，"俄克佬"即加州人对他们的蔑称。

召集切鱼工,迟一些再吹另一种哨子,召集装罐工。你听到召唤自己的哨子就得赶紧起床,开车奔向厂街。我们住在海边,海边住的永远都是底层人,那里也是作业区。

"姑娘们站在长长的水槽边上,跟前是一种拖拉机履带一样的东西,她们在每条缝里面放一条沙丁鱼。她们从凌晨三点开始干活儿,一直干十二、十四,甚至十六个小时,直到全部装完。三十年代,姑娘们领的是计件工资,有时候一个星期还挣不到二十五美元。战争期间建立了工会,她们才开始拿小时工资。

"现在人们很少听到鱼中毒。沙丁鱼身上有一种毒液,有些人会起过敏反应,手会变红,变粗糙,坑坑洼洼得像鱼鳞一样。血液中毒会让你从手上一直红到胳膊。有些人因为坏疽,手指都没了。那时候,治疗鱼毒的唯一办法,是把手浸在潟盐里面。我妈妈一直没怎么过敏。但你会看到那些过敏的人提心吊胆地把手浸到潟盐里面。他们害怕是因为万一手上的过敏变严重了,整个季节都别想再有活干了。而等季节一过,什么活都没有了。当罐头厂被迫关门,受剥削的人被迫离开时,对蒙特雷来说不啻为一种恩泽,尽管从蒙特雷流散出来的很多人现在仍然在做装罐工作,不过现在他们装的是水果,在山谷里面。"

韦斯特莱克唯一带着感情回忆起来的地方,是斯坦贝克写过的熊旗妓院。战争年代,厂街在鼎盛时期有六家这样的妓院。

"我五岁的时候,那是我最喜欢待的地方。有些夜晚,我继父会带上我,开车去跟我妈妈会合,我们不得不在那里等待装罐工作结束。那些姑娘会把我从车上抱下来,带我到里面去。我不记得她们的样子了,只记得她们都属于体态丰满的慈母类型。在那里,我总是觉得又温暖、又舒适。"

"温情?"韦斯里·道奇说,"我们会对那些妓女充满温情?他们讲的那些事情跟我没什么关系。我跟妓女没什么关系。"韦斯里·道奇是厂街的后罐头厂时代的百万富翁。

道奇身材肥胖,皮肤粉红,戴着眼镜。他今年六十四岁,他说自己太老了，快乐不起来了；但他其实是个笑口常开的人。他的办公室在一家改建过的罐头厂里面，办公室的位置以前是女厕所。"这边二十个厕位，那边二十个。"道奇凭心计做成了几单生意，这座罐头厂就是他的战利品之一。"福劳斯开价二十四万美元。我说：'福劳斯先生，我不想还价，因为我们差得太远了。福劳斯先生，我能接受的最高价是七万美元。'然后我每天都去拜访他，持续了两年。我再也没提价钱的事。我跟着他在厂房里转来转去，检查设备。他把发动机开起来，只是为了维护设备。一天，他把脚放在一只泵上，那只泵一下子倒了。他说：'道奇，你刚刚买下了一座罐头厂。'我付了定金，等我把设备卖掉之后，付了全款。"

如果所有的罐头厂主同时决定把闲置的罐头厂卖掉，道奇和他的合伙人能够买下的罐头厂也许达不到他们现在买下的百分之七十。但厂主们都想坚守，希望沙丁鱼会回来。有一段时间，有些罐头厂生产凤尾鱼罐头，罐头盒上印着"类沙丁鱼"。"罐头厂一家一家倒掉了，用了九年时间。"

韦斯里·道奇是以二手设备倒卖商的身份来到奄奄一息的厂街的。他是弗雷斯诺[①]人，有八分之一的切罗基[②]血统，他的知识都是自学来的，从年轻时就开始"不遗余力地"奋斗。当他来到罐头厂街时，已经经历了事业上的两次起落，第一次是在三十年代，做水果生意的时候，第二次是在四十年代，他开了一家私人航空公司。他对二手设备交易的了解来自他本人对机器的爱好，以及"观察其他民族的做法"，主要是观察犹太人。"在二手设备市场里面，我是少有的非犹太人。"成功的秘诀是会买。"每个美国人都是销售员，而我要学会当一个买手。如果你买对了，销售根本不是问题。"他把厂街的设备销往世界各地。"苹果罐头加工，鱼分解处理，回收鸡杂碎的油脂加工厂……这些机器不一定非得卖回给鱼类加工业。"有时候，他们光卖设备得来的钱就已

[①] 加利福尼亚中部城市。
[②] 北美的一个印第安民族。

经超过了他们买下整个罐头厂的钱。

道奇对海洋财产感兴趣。"我一辈子都想拥有一片海洋财产。内布拉斯加州没有大海。你不觉得这很有意思吗？俄克拉何马州没有大海。我们有大西洋，有太平洋，在这中间就没有海了。在我的商业生涯中，我遇到的每一个拥有海洋财产的人，那份财产都是他们自己挣来的。"

我们要去看一个拆得七零八落的罐头厂，那是厂街残存下来的最后一个罐头厂。我们坐进了他的凯迪拉克。

"开空调了。"当我笨手笨脚地想要放下车窗时，他说。

厂房里面几乎没什么光亮，从里面看,瓦楞铁皮屋顶显得要高一些。一个个小型发动机摆在水泥地板上，占了厂房的一半，发动机的外壳新涂了一层灰色的漆。厂房另一端，聚乙烯薄膜下面盖着一些没有按照顺序摆放的构造复杂的大机器。道奇步履轻快地在厂房里游走，揭开这个，碰碰那个，触摸着，讲解着。这里，这个闲置了二十年却完好如新的东西就是"拖拉机履带"，姑娘们——现在已经各奔东西，而且都已经是女人了——把沙丁鱼一条一条地放进去，一干就是几个小时；这个是沙丁鱼内脏吸取机；这些是金属臂，设计得非常精确，只有装满的罐头才能被推进轨道，往加盖机器上输送。

"这一屋子东西大约值八万美元。"道奇说，"这些设备就是我的生活。如果你把设备当成生活，它们就没那么难了。"

喝东西的时间到了。道奇喝了很多年的威士忌，每天都要喝十八到二十杯，但现在他只喝橙汁和七喜了。我们去了外舷酒吧。酒吧在一个改建过的罐头厂的靠海一侧，走过墙上坠满了九重葛的礼品商店就是。门口，高高的金属立柱上有三把煤气喷枪，在喷吐着闪亮的火光。聚光灯的光束照亮了海里的礁石。我们走进了一个铺了地毯的绿色石洞，里面装饰着瀑布，弥漫着波利尼西亚[①]的气息，我们走出去，走到露天的地方：这里是旧罐头厂的码头，现在已经铺上了地毯，更

[①] 位于南太平洋，由一千多个岛屿组成，地理上属于大洋洲。

换了木桩，用玻璃围了起来。我们在水上了，这里是海湾中央，在我们右边，海岸的灯光和蒙特雷沿着弯曲的海岸线伸向远方。刚刚目睹了厂街的荒凉，海水与礁石的美景来得有些突然。这是蒙特雷的未来。

"将来，这里每平方英尺的地价会比斯坦贝克在的时候翻好几倍。"道奇说。他指着海面上一个篮子样的金属框说："那是以前的漏斗槽，罐头厂卸鱼的地方。通过底下的管子，鱼被直接抽到罐头厂里面去。"

罐头厂街将会成为日益兴旺的度假胜地，而道奇已经从厂街的未来退出了。他和他的合伙人把所有资产以两百万美元的价格卖给了旧金山的一位百万富翁，收到的全是现金。"他七十五岁了，但他对生活的看法跟我不一样。"道奇觉得自己度过了充实的商业生涯，当他还在厂街做买卖时，又重新干起了水果生意，他三十年前在水果生意上失过手，而这次他"赚了很多钱，很多钱"。道奇自己没有孩子，现在他有兴趣教育他的亲戚和朋友的孩子。他打算捐钱给一家医院，或者支持某项研究；他很在意让自己的钱发挥实效。"基金会不会让你的美元发挥真正的价值，你的钱全都给高管发工资了。"

晚些时候，我们沿着厂街驶回蒙特雷市中心，当我们驶过一片栏杆围起来的空地时，他放慢了车速。"这是弗兰克·雷特的地方，他是罐头厂街真正的人物。八十多岁了，身家几百万。两年前，他的罐头厂烧掉了。但他每天早晨都到这里来，坐在他的车里——不是凯迪拉克，是仅次于凯迪拉克的车，具体是什么我忘记了——读上两三个小时的《华尔街日报》。"

厂街变成弯道，然后又变直了。一九四八年，里基茨医生就是在这里死的——就是指环咖啡馆玻璃板下面的那一幕。道奇谈起了斯坦贝克，他从未见过他，但是跟他说过一次话，在穿越大西洋的电话里面，他请斯坦贝克允许斯坦贝克剧院使用他的名字。

"他严重伤害了加利福尼亚。我喜欢《煎饼坪》，我喜欢《罐头厂街》。我了解那些乡下人，虽然我不认识他们，你知道我的意思。但他写了《愤怒的葡萄》，我没有相应的背景，没法说哪本书比哪本书好，但《愤怒的葡萄》让我觉得深受伤害。那本书不太符合事实。你知道俄克佬是什么样子吗？他们成群成群地涌过来，成千上万，每天来几千人。我以前装水果，每小时挣五到六美元。而他们来了，每小时十五美分、二十美分就肯干，然后是每天五十美分，最后只要给钱就干。我失业了。一九三二年，我们有不少问题。而他们来了，让我们的问题变得更严重了。但斯坦贝克写了《愤怒的葡萄》，于是人们就按照他写的看待我们，看待我们加利福尼亚人。而且他卖掉了很多书，造成的损害无法估量。"

（翟鹏霄 译）

阿根廷与伊娃·庇隆的幽灵
1972—1991

1　铁门的尸体
布宜诺斯艾利斯，一九七二年四月至六月

像博尔赫斯那样勾勒一个故事：

独裁者被推翻了，过半人民欢欣鼓舞。他让监狱拥塞，国库空虚。和许多独裁者一样，他起初做得不坏。他想让他的国家变得伟大。但他自己并非一个伟大的人；而这个国家大概也无法变得伟大。十七年过去了，这个国家依然缺少伟大的人；国库依然空虚；人民处在绝望的边缘。他们开始回想起，独裁者曾经梦想让这个国家变得伟大，他曾是一个多么强有力的人，也回想起他曾经慷慨馈赠穷人。此时，独裁者已经成了流亡者。人民开始呼唤他的回归，而他已入暮年。人民又回想起独裁者的夫人。她热爱穷人、憎恶富人，她年轻且美丽。她仍然活在人民心中，因为她死于独裁中期，死时仍然年轻，遗体一直奇迹般地没有腐烂。

博尔赫斯说："我可永远也写不出这样一个故事。"

被剥夺公民权利并流亡十七年后，在被称为铁门的马德里郊区，七十六岁的胡安·庇隆向阿根廷军人政权宣布了媾和条件。一九四三年，陆军上校庇隆积极鼓吹激进民族主义，发展成为阿根廷的一股势力；一九四六到一九五五年，他在两次选举中获胜，成为掌控阿根廷

的独裁者。他的夫人伊娃没有正式职务，却和他一道执掌政权，直到一九五二年。她在那一年死去。庇隆为她花费重金做了防腐处理，现在，她的尸体停放在铁门，和庇隆在一起。

一九五六年，在被军队推翻仅一年之后，庇隆在巴拿马写道："我担心某些奸猾的人将控制阿根廷。"现在，阿根廷在历经八任总统之后（其中六任是军人），正处于一场没有哪个阿根廷人能够完全解释清楚的危机之中。国土像印度一样广阔，拥有两千三百万人口，盛产牲畜、谷物和巴塔哥尼亚石油，并且在安第斯山脉拥有富饶的矿藏，这个强大的国家却无解地迷失了方向。人人都心怀不满，突然间人人又几乎都成了庇隆主义者。其中不仅有庇隆早期慷慨施舍过的工人阶级，有马克思主义者，甚至还有年轻的中产阶级。在这些年轻人父母的记忆中，庇隆是暴君、施虐狂和窃贼。

比索已经跌入地狱：一九四七年一美元可以兑换五比索，一九四九年十六比索，一九六六年二百五十比索，一九七〇年四百比索，去年六月四百二十比索，今年四月九百六十比索，五月一千一百比索。自庇隆时期以来，通胀率一直稳定在百分之二十五，而现在已跃升至百分之六十。银行的储蓄利息是百分之二十四。当通胀到达这样一种爆发阶段，只有做火灾保险才能赚钱。保费上涨，索赔减少。当物价一周周飞涨，不知为何很少发生火灾。

对其他所有人而言，这就是一场梦魇。筹措资金几乎不可能；就算筹到了，如果你要买房子，拖延一周就可能让你多支付两三百美元（许多商人更愿意用美元进行交易）。工资、物价和汇率：人人都在谈钱，有经济能力的人都在黑市上购买美元。很快，甚至连游客也感染了这种歇斯底里。两个月内，一间酒店客房的价格从七千比索涨至九千比索，一包烟从六百三十比索涨至八百二十比索。货币只能小额兑换；必须时刻关注市场行情。比索对美元有一天跌至一千二百五十比一。这是公众过度恐慌，还是新的衰退的肇始？在那一天犹豫不决就会损失金钱：比索又反弹到了一千一百。博尔赫斯的翻译诺曼·托马斯·迪·乔瓦尼在布宜诺斯艾利斯的三年工作行将结束，"你会觉得"，他说，"你把生命中最好的时光消耗在了兑换所里。有些下午，我会像别人逛商店一样去逛兑换所，只是为了看一看汇率。"

政府不时地提高全民的薪酬——五月上涨了百分之十五，很快又要提高百分之十五——却跟不上物价的上涨。大使夫人说："这段时期，我们已经能够计算出涨薪的间隔和涨价的间隔。"大家都在兼职，有时还会做三份工作。每个人都沉迷于赚更多的钱，同时又会赶快把钱花出去。大家都在赌博。即使是在安第斯山地区的保守城镇门多萨，赌场也是顾客盈门；赌客多是来自工人阶级，月薪一般只相当于五十美元。周四的布宜诺斯艾利斯，到处都有人排队等着兑现足球彩票。足彩每周开一次奖，是全国瞩目的大事。

四月中旬，一名巴拉圭的劳工赢得三亿三千万比索的巨奖，消解了一次政治危机。在门多萨曾经发生多起骚乱，军队被迫逃离。而在接下来的一周里，布宜诺斯艾利斯的一支游击队杀死了他们在十天之前绑架的菲亚特公司经理。就在同一天，游击队在附近的工业城市罗萨里奥设下埋伏，杀死了第二军军长桑切斯将军——这位将军有着好施酷刑的恶名。血债血偿：军队中有一伙人因此想要撕毁与庇隆的协定，并阻止定于来年举行的选举。但是巴拉圭人的幸运让所有会谈的氛围都变得明朗起来，乐观的态度重又出现，人们的神经也松弛了。小小的危机过去了。

游击队仍在实施袭击、抢劫和爆炸；他们偶尔仍会进行绑架，偶尔也会杀人。游击队员是一些来自中产阶级的年轻人，有些是庇隆主义者，有些是共产主义者。抢劫了那么多银行之后，各个组织变得富有起来。根据我所掌握的信息，去年在科尔多瓦，一个学生加入庇隆主义游击队，每个月可以获得相当于七十美元的报酬；律师则可获得三百五十美元。"你可以通过他们的摩托车、他们的嚣张和炫耀来认出那些年轻的庇隆主义游击队队员。就像詹姆斯·迪恩那种类型。非常潇洒。"另一个独立见证人这样描述他在布宜诺斯艾利斯遇见的游击队员，"他们反对美国。但其中一个在一家美国公司任高层。他们人格分裂；有些人其实不知道自己是谁。他们把自己看作是某种漫画书上的英雄。白天是办公室里的克拉克·肯特①,晚上是带枪的超人。"

　　一旦做出决定(引自一位三十一岁的女士),你的感觉就会好起来。我的大多数朋友都支持革命,他们现在感觉好多了。但有时他们就像小孩,看不见太多未来。有一天我和一个朋友去看电影。他差不多三十三岁。我们看的是《萨科和万泽提》。结束时他说:"我为自己没有成为游击队员而感到羞耻。以这样的方式生活,我觉得自己是政府的同谋。"我说:"但你没有暴力倾向。游击队员必须是暴徒——他的想象力或感知力不能太丰富。你必须唯命是从。如果不这样,就不会有什么好下场。那就像是宗教或教条。"而他又说:"你不觉得羞耻吗?"

电影制片人说:

　　我认为在马克思之后,人民对历史充满了自觉。殖民主义的衰退、第三世界的崛起,他们认为自己在这一进程中担当了某种角色。这和完全没有历史观同样危险。人民因此而变得非常虚荣。他们生活在一种智识的蚕茧中。从他们那里拿掉行话和革命理念,大多数人的头脑将变得空空如也。

　　游击队向着北方去寻求灵感。自一九六八年巴黎运动以来,有人一直梦想把学生和工人联合起来,击败"人民"的敌人。游击队简化了阿根廷的种种问题。和北方的校园与沙龙里的革命者一样,他们找到了自己的敌人:警察。于是在智识水平不那么稳定的南方,北方的社会-智识游戏变成了可怕的现实。数十名警察被杀害。警察则以恐怖来回应恐怖。他们和游击队一样实施绑架和杀戮;他们采用酷刑,主要针对生殖器官。一个被警察关押的囚犯从窗口跳了出来,媒体只

---

① 即漫画角色"超人"在地球作为普通人的名字。

用了豆腐块大小的版面报道这件事情。一些人被捕,随后又被正式"释放";他们有时会再度出现,有时则不会。一天早晨,街上发现了一辆被烧毁的厢式货车,里面有两具炭化的尸体,他们是两天前从家里被强行抓走的。"我们到底生活在什么样的国家?"其中一个人的遗孀问道。但是第二天她变平静了,撤回了对警察的指控。有人"拜访"过她。

"朋友的朋友告诉我这些暴行,"诺曼·迪·乔瓦尼说,"这让人恶心。但这里似乎没有人对此感到惊讶。""我妻子的表兄是游击队,"一位外省商人在午餐时说,"他在罗萨里奥杀了一个警察。八个月前,他失踪了。他死了。"关于这件事,他再没有什么可说的,我们谈起了别的事。

傍晚时分,在商业步行街上,有时会有穿着长筒靴和黑色皮夹克的士兵牵着阿尔萨斯犬巡逻:狗的尾巴贴近腿部,肩部隆起,耳朵后掠。雪佛兰警车在霓虹闪耀的街上不停游弋。到处都有带着机枪的警察。还有身着瓦灰色制服的骑警,戴着蓝色头盔的反游击队摩托车队,以及那些穿着裁剪精良的西装、突然出现的年轻人——他们从没有牌照的车里跳出来,他们是便衣警察。再加上军队的 AMX 坦克和云雀直升机,真是让人印象深刻的武装力量,也真的发挥了威慑作用。

就好像政权的力量现在只被用于维系政权的存在,法律与秩序自身变成了目的:这是阿根廷贫瘠与荒芜的一部分。人民非常勇敢;他们实施酷刑,也被酷刑折磨;人民也在死去。但这些都是分散的、不为人知的事件,媒体的报道让它们变得更加模糊不清——这些媒体虽然自由,却并不能胜任其职责,似乎无法从它们所报道的事件中找到规律。也许媒体是对的,在阿根廷几乎没有什么事情真的是新闻,因为国家并没有发展,也没有什么事情得到了解决。这个国家似乎在和自己玩游戏;阿根廷的政治生活和蚁群或非洲原始部落的生活一样:充满了种种事件,充满了危机和死亡,但生活只是在原地打转,一年的结束总是和开头一模一样。即使是桑切斯将军的死也没有引发危机。他徒劳地实施酷刑,徒劳地死去。他只活了五十三年,地位如此之高,却没有在身后留下痕迹。事件总是比人更重要。现在似乎只有一个人有能力改变历史,就像他过去那样。而他正在铁门等待着。

冲动让我们的敌人盲目（庇隆在一九五六年写道），并且摧毁他们……（推翻我的）革命没有目标可言，因为它只是一种反应……军人掌握了政权，但没有人真正服从他们。政治乱局正在逼近。经济被交给一些小职员治理，一天天变得更糟……社会秩序受到无政府状态的威胁……这些独裁者所知不多，甚至不知道自己要去向何方，他们从一场危机走向另一场危机，最终将迷失在一条没有前途的道路上。

庇隆的回归，或者说庇隆主义的胜利，已经为人们所预见。据估计，阿根廷人已经将六十亿到八十亿美元转移出国。"人民并没有卷入，"大使夫人说，"你要记住，谁要是有钱，谁就不是阿根廷人。只有没有钱的才是阿根廷人。"

即便拥有如此多的财富与安全感，出逃计划也已经拟定，置身于在布宜诺斯艾利斯北区举行的雅致晚宴，人还是会突然情绪冲动。"我要死了，"大使夫人突然攥紧拳头说，"我要死了，我要死了，我要死了。我再也没有生活了。每个人都在用指尖紧紧抠住生活不放。这个地方死了。有时我吃完午饭就上床去，一直躺着。"年老的管家戴着白手套；房间里所有的护墙板都是在世纪之交从法国进口的。（这些阿根廷贵族是多么轻快，他们的安稳生活又是多么短暂。）"街道被挖开，灯光黯淡，电话无人应答。"大麻（最近的价格是半公斤四十五美元）的作用过去了，情绪没有改变。"这里从前是一座伟大的城市，一个伟大的港口。那是二十年前了。现在它被搞砸了，宝贝。"

而知识分子和艺术家们，那些更好的人，并不害怕外面的世界，却处在极其严重的焦虑之中，唯恐会陷在阿根廷出不去，生命中最具创造性的岁月被荒废掉，或是因为一场对他们并无好处可言的革命，一段血腥的独裁统治，又或者只是因为混乱。通胀和比索的暴跌已经让许多人处境困窘。这个国家最杰出的漫画家门基·萨巴说："我们看着电视上月球都更容易。但我们不了解玻利维亚、智利甚至乌拉圭。原因？钱。我们现在看到的是一种集体性的疯狂。因为从前在这里总是很容易赚钱。现在我们被孤立了。外面的人不容易明白这意味着什么。"

冬季仍会在五月到来，随之而来的，是在科朗剧院上演的歌剧。交响乐门票标价二十一美元，很快就会售罄。但这片土地最为珍贵的神话，财富的神话，已经被夺走：财富曾经十分巨大，以至于阿根廷人会告诉你，有时杀掉一头牛，只是为了吃舌头，而南美大草原上的游客可以随便杀牛吃牛，只要他把牛皮留给地主就好。湿润的南美大草原的表层土壤是不是有八英尺厚？或者是十二英尺？如此富饶的阿根廷，如此幸运的土地。

一八五〇年，阿根廷总人口不到一百万，布宜诺斯艾利斯西面和南面一百英里以外就是印第安人的地盘。随后，在不到一百年前，经过六年的大屠杀，印第安人被追击并灭绝；大草原开始奉献它的宝藏。偷窃而来的、血腥土地上的广袤牧场，突然出现了一群充满嫉妒之心的殖民贵族。加上充当劳工的移民，一九一四年阿根廷总人口达到了八百万。移民主要来自西班牙北部和意大利南部，他们不是来做小业主或拓荒者，而是来为大牧场和布宜诺斯艾利斯服务的。而布宜诺斯艾利斯这个港口城市也是为大牧场服务的。庞大而繁荣的殖民经济以牲畜和小麦为基础，同时又与大英帝国联系在一起；城市无产阶级像大牧场贵族一样突然出现；一个完整的、突然出现的人造社会被强加给这片平坦的、荒无人烟的土地。

一九二九年，博尔赫斯在一首题为《布宜诺斯艾利斯的奠基神话》的诗中这样回忆无产阶级在城中的蔓延：

>Una cigarreria sahumó como una rosa
>el desierto. La tarde se había ahondado en ayeres,
>los hombres compartieron un pasado ilusorio.
>Sólo faltó una cosa: la vereda de enfrente.

阿拉斯泰尔·里德是这样翻译的：

> 香烟铺如同玫瑰，让沙漠散发着芳香。
> 这个下午确立起许多的昨日，
> 而人们在一同与虚幻的往昔较量。
> 只有一样事物是缺失的——这条街道没有另一侧。

A mi se me hace cuento que empezó Buenos Aires:
La juzgo tan eterna como el agua y el aire.

难以相信布宜诺斯艾利斯也有开端。
我感到它是永恒的，就如同空气与水。

那座建造了一半的城市还留在博尔赫斯的记忆里。现在，城市开始衰败。大英帝国已经有序地撤离；殖民地的农业经济以无计划的方式进行着工业化，想要达致平衡和自治，结果一败涂地。社会的人工性显现了出来：人与人之间、移民与移民之间、贵族与工匠之间、城市居民与内地来的"黑头"之间缺少关联；人与没有意义的平原之间也缺少关联。而那些穷人——他们都是阿根廷人——新移民的子孙，现在必须留在这里。

　　他们总还拥有术士和女巫，知道如何保护自己免遭鬼魂和骚灵的侵扰，这是他们在这片陌异土地上的邻居。但现在他们需要找到更大的信仰，为他们提供庇护的神灵。如果没有信仰，这些被遗弃的西班牙人和意大利人会发疯的。

　　五月结束时，布宜诺斯艾利斯的一家教堂宣布，他们将举行一场针对邪恶之眼的弥撒。"如果你受到了损害，或是认为自己正在遭受损害，你就一定要来。"有五千名城市居民到场，许多人是骑摩托车去的。有六个摊位在出售圣物或吉祥物；有人在一些小隔间提供宗教－医疗咨询，一次要价三十美分到一美元。这有点像周六的早市。主持弥撒的神父说："每一个个体都是独立的力量源，受制于无法感知的、能带来疾病或不幸的脑电波。这是邪灵的显兆。"

"我真的无法相信这是一九七二年。"书商说，"在我看来，我们似乎还在公元零年。"他不是在抱怨；他自己就在从事巫蛊和秘术的行当，生意还越来越兴隆。这也许是阿根廷中产阶级对欧洲和美国的模仿。但在阶层更低的人群中，一种狂热的新灵性教派正在横扫这个国家：纯粹本土特色的灵媒、集体催眠和神药；他们还自称受到了耶稣基督和圣雄甘地的庇护。灵修者不谈论脑电波；他们的灵媒通过传递不可感知的"吉祥液"进行治疗。灵修者说他们放弃了政治，尊重甘地的非暴力原则。他们相信转世和灵的完美。他们说，炼狱和地狱现在都存在于地球上，人仅有的希望在于出生到一个更为高级的星球上。他们的目标就是去那个星球生活，那是一个没有形体的世界，只有更高的灵才会在那里相聚。

处处充满绝望：这片土地产生了排异反应，梦想变得空无。但有一个人保持住了希望，冀图让这片土地重新变得神圣起来。在铁门，和庇隆在一起的是何塞·洛佩兹·雷加，在那些流亡的岁月里，雷加一直都是庇隆的陪伴者和私人秘书。大家知道他掌握了神秘的知识，对天文学和灵修感兴趣；据说他现在是一个有巨大力量的人。庇隆主义者新办的双周刊《基本》在最新一期上刊登了一篇他的访谈，占据十页的版面。阿根廷有很多种族，雷加说，但他们都有原住民血统。阿根廷的种族融合"因为印第安血统而变得更加丰富"，"大地母亲净化了一切……我为自由而战，"雷加继续说，"因为那就是我的血脉，因为我感觉到印第安人的血在我体内激荡——这片土地属于他们。"尽管这些陈述暧昧不清，并且含有无意识的反讽，但仍然令人震惊。因为直到最近为止，阿根廷人为之骄傲的，是他们的国家没有像巴西那样"黑鬼化"，也没有像玻利维亚那样混血化，而更像是一个欧洲国家。担心外人会将自己视为印第安人，是阿根廷人特有的焦虑。现在印第安的魂灵被召唤出来，一种神秘的、具有净化作用的断言被施加在了这片衰败的土地之上。

其他人提供的是政治和经济计划——他们总是如此——庇隆和庇隆主义提供的则是信仰。

他们还拥有一位圣人：伊娃·庇隆。"我记得我有很长一段时间非常悲伤，"一九五二年她在《我生活的意义》中写道，"因为我发现世上有穷人和富人；奇怪的是，更让我痛苦的不是穷人的存在，而是知道与此同时存在着富有的人。"这就是她的政治行动的基础。她宣扬简单的恨和简单的爱。仇恨富人："我们要不要烧掉北区？"她会对公众说，"我要不要把火给你？"热爱"普通人"，人民：她一次又一次地使用这个词，使之成了庇隆主义词典的一部分。她逼迫每个人为她的"伊娃·庇隆基金会"捐款；她坐在劳动部，把基金会的钱派发给求助者，就像是在分配一种个人的公正，直到凌晨三四点或凌晨五点。这就是她的"工作"：一个孩子关于权力、公正和复仇的想象。

她死于一九五二年，时年三十三岁。现在，在阿根廷，在被禁止的年月过去之后，在抹除她名字的企图失败之后，她的形象重又开始浮现出来。她的相片无处不在，经过了修饰，几乎都不清晰，看上去常有一种刻意为之的浮华，就像是为穷人而照的宗教像：一位美貌非凡的年轻女性，有着金色的头发、白皙的肌肤，还有属于四十年代的大红嘴唇。

她属于这里的人民，属于这片土地。一九一九年她出生于洛斯托多斯，那是大草原的小镇中最为沉闷的一个，位于布宜诺斯艾利斯以西一百五十英里，建在一个印第安人营地的遗址上。小镇给人以平坦的感觉，完全暴露在高天之下。低矮的砖房布满尘埃，有红色的，有白色的，正面和屋顶都是平的，偶尔装有栏杆；天堂树的树干被粉刷成白色，树枝经过大量修剪；一些宽阔的街道远离镇中心，同样满是尘土。

她是私生女，家里很穷，生命中的头十年生活在只有一间屋子的房子里；直到今天，这所房子还立在那里。十五岁时，她去了布宜诺斯艾利斯，想要成为一名演员。她的语言表达很糟，有着乡下丫头的穿衣趣味；她的乳房很小，小腿很粗，踝关节也很大。但是三个月内她就找到了第一份工作，从此开始扶摇直上。二十五岁时，她遇见了庇隆，第二年他们就结婚了。

她的平凡、她的美貌、她的成功：这些品质为她的圣洁增光添彩。还有她的性感。"全都来骚扰我，"她有一次恼怒地说，那时她还在当演员，"每个人都来和我搭讪。"她是大男子主义者心目中理想的女性牺牲品——那些照片上的红唇难道不是仍然在告诉阿根廷的大男子主义者，她有着出了名的口淫技巧？但她很快就超越了性，再次变得纯洁起来。二十九岁时，她得了子宫癌，阴道大出血，处在死亡的边缘，原本略显丰腴的身体日渐消瘦。到最后她的体重只有八十磅。有一天，她看着官方为她拍摄的一些老照片，哭了起来。又有一天，她看着高高的镜子中的自己说："想想我为了让自己的腿变得苗条，费过多大的劲！现在我看到这些火柴棍就觉得害怕。"

但在政治上，她从未被削弱。庇隆主义者的革命形势不妙。阿根廷在战时积累起来的财富已经所剩无几；殖民经济不思进取、饱受掠夺、管理不善，已经开始崩溃；比索在贬值；工人们获得了很多，却并非总是保持忠诚。但她仍然珍视自己特有的痛苦："还有富人存在。"临近死亡，她告诉聚集在她身边的省长们："我们不能太在意那些要我们保持谨慎的人。我们必须狂热。"军队越来越难以驾驭。她有意和他们较量。她想把工会武装起来；她也的确通过荷兰的伯恩哈德王子购买了五千支自动手枪和一千五百把机关枪，然而等这些枪支运到时，比她更谨慎的庇隆把它们交给了警察。

在整个过程中，她个人的悲剧一直都在被转化成独裁政权公开的激情表演。是她把庇隆主义变成了宗教，她早已获得了圣人的称号；有传说称，在她死前十五天里，准备为她的遗体做防腐处理的人一直和她在一起，以确保不会发生可能损害她身体的事情。她刚刚死去，防腐协议就签订了。价格是十万还是三十万美元？新闻报道莫衷一是。来自西班牙的防腐专家阿拉博士——庇隆称他是"一位大师"——首先要对遗体进行处理，使其适于原样躺卧十五天，而实际的防腐工作则用了六个月。整个过程是秘密进行的。按照布宜诺斯艾利斯一家报纸的说法，阿拉博士在其回忆录里——只有在他去世后才会出版——用了两章的篇幅专门记述伊娃·庇隆遗体的防腐处理过程；据说书中还将公布尸体的彩照。有报道称，阿拉博士先是用酒精替换掉血液，然后又用加热过的甘油（庇隆自己说是"石蜡和其他特殊物质"）替换掉酒精——注射的位置是脚踵和一侧的耳朵。

"我去看了伊维塔三次。"庇隆在一九五六年写道，那时他已被推翻，做过防腐处理的遗体失去了踪影。"那些房门……就像是永恒之门。"他产生了一种印象，她仿佛只是睡着了。第一次去的时候，他想要触摸她，但又害怕自己温热的手会让她的遗体化为尘埃。阿拉博士说："不要担心。她现在就像她生前一样完整。"

二十年过去了，现在她那做过防腐处理的尸体失而复得，有人说，看起来不比十二岁女孩的身子大多少。只有那金色的头发如同健康时一样鲜亮，在铁门和庇隆一起等待着。

棚户区的出现让人感到意外，它就位于穿过巴勒莫区一条褐色河流的河畔，离大公园不远——这座公园就像是布宜诺斯艾利斯的布洛涅森林公园①，是人们骑马玩乐的地方。一片棚户区，街道上没有铺砖石，有几条发黑的、污秽的小河沟，但房子是砖砌的，有时还建有二层：一片安居乐业之地，有超过十五年的历史，还有商店和各种标牌。这里居住着七万人，几乎全是印第安人，他们来自北方以及玻利维亚和巴拉圭，神情茫然，显得有点愚笨；于是你会突然间意识到，你并非身处巴黎或欧洲，而是在南美洲。在这里负责的神父是"第三世界教士团"的成员。他身着黑色皮夹克，他的小教堂由混凝土建造，风格过于简单，正在随着扩音器里传来的阿根廷歌曲震动。先前有人悄悄告诉我，神父的家世非常好；也许是身边朋友的改换让他变得虚荣了

---

① 巴黎西部的森林公园。

起来。他当然是庇隆主义者,他说他的所有印第安信众都是庇隆主义者。"只有阿根廷人才能理解庇隆主义。我可以和你谈庇隆主义谈上五年,但你永远不会听明白。"

但我们能不能试一试?他说庇隆主义不关心经济增长;他们拒斥消费社会。但他不是刚刚还在抱怨政府的蠢行在内地令许多人失业,而他的棚户区每走一个印第安人,政府就会再送来两个?他说他不打算浪费时间和一个美国人说话,有些人只关心国民生产总值。他离开我们,笑容满面地朝着一些走近的印第安人冲了过去。河上吹来的风很潮湿,混凝土房子的温度降了下来,我想走了。但和我一起来的人很不安。他说我们应该再等等,告诉神父我不是美国人。我们就在那儿等神父回来。神父窘迫不已,解释说:"庇隆主义真正关心的是人的精神成长。这样的发展已经在古巴和中国发生过,这些国家都朝工业社会背转身去。"①

有人这样向我介绍他们:这是一群"民权"律师。他们很年轻,衣着时尚,那天早上开会是为了起草一份反对酷刑的呼吁书。顶楼的公寓邋邋遢遢、空荡荡的;来访的客人都会从猫眼里被审视一番;每个人都在窃窃私语;屋里弥漫着香烟的烟雾。密谋,危险。但是有一个律师被我的午餐邀请所吸引,午餐时——他喜爱昂贵的美食——他明确地表示,他们所抗议的酷刑不能等同于庇隆时期的酷刑。

他说:"如果正义是人民的正义,有时一些人会做出过度的事情。但最终来看,重要的是正义应该以人民的名义来行使。"谁是人民的敌人?他的回应既公式化又迅捷:"美帝国主义及其在国内的同盟。统治寡头、资产阶级寄生虫、犹太复国主义,还有左翼那些替欧洲列强卖命的'伪军'——我们用'伪军'泛指激进主义和社会主义。"这似乎是一份完备的名单。谁是庇隆主义者?"庇隆主义是一场革命的民族运动。一场运动与一个党派有着巨大的差异。我们不是斯大林主义者,

---

① 这位神父两年后被无名枪手杀害,有一阵子被当作庇隆主义烈士大肆宣传。——原注

庇隆主义者就是任何称自己为庇隆主义者并且像庇隆主义者一样行事的人。"

这位具有强烈反犹倾向的律师本身就是犹太人，来自一个反庇隆的中产阶级家庭。一九七〇年，他在马德里遇见庇隆，感到眩晕不已；引用庇隆的话时，他的声音都在发抖。他当时对庇隆说："将军，你为什么不对这个政权宣战，让自己成为所有真正的庇隆主义者的领袖？"庇隆回答道："我是一场民族运动的指挥。我必须指挥整个运动，以最全面的方式。"

"并不存在内部敌人。"工会领袖笑着说。但他同时又认为，酷刑会在阿根廷继续存在下去，"没有酷刑的世界是理想的世界。"但是酷刑仍然存在，而酷刑是不是酷刑，"取决于被酷刑折磨的人是谁。若是一个作恶者，没问题。但若是一个想要救国的人，那就是另外一回事了。你知道，酷刑不只是电击。贫穷是酷刑，挫折也是酷刑。"他是一个温文尔雅的人，有人告诉我，他是庇隆主义工会领袖里智识最高的一个。他非常守时，办公室整洁有序，办公桌的玻璃板下面，有一张庇隆青年时代的大照片。

第一次庇隆主义革命是以财富的神话、一片等待劫掠的土地的神话为基础进行的。现在财富已经消失，庇隆主义就像是贫穷的一部分，是抗议、绝望、信仰、男子气概、魔法、灵性和复仇。什么都是，又什么都不是。没有了庇隆，歇斯底里将会变得无法控制。没有了军队，法律与秩序的徒劳守卫者，还有洋洋得意的庇隆主义，将会分崩离析，陷入上百起争斗之中，每个人都会找到自己的敌人。

"暴力掌握在人民手中就不是暴力，而是正义。"庇隆的这句宣言印在最近一期《信仰》报的头版，这是一份拥护庇隆主义的报纸。于是，通过一种阴险的模仿，南方歪曲了北方的革命口号。在口号把活的问题变成抽象问题的地方（"要在阿根廷消除酷刑，"托派分子说，"必须打倒布尔乔亚，建立工人政府。"），在口号要与口号斗争到底的地方，人民没有理想，只有敌人；只有敌人才是真实的。自从西班牙帝国分裂以来，这一直就是南美洲的噩梦。

伊娃·庇隆是金发还是黑发？她生于一九一九年还是一九二二年？她的出生地是洛斯托多斯的小镇，还是四十公里之外的胡宁？好吧，她把自己的黑发染成了金发；她生于一九一九年，却说是一九二二年（并且还在一九四五年销毁了自己的出生记录）；她生命的最初十年是在洛斯托多斯度过的，但自那以后一直在否弃这个小镇。没有人知道为什么。不用到她的自传《我生活的意义》中去找原因。这本书以前是阿根廷学校的规定读物，里面没有一点事实或真实的日期；作者是一个西班牙人，他后来抱怨说，庇隆的官方机构对他的书做了太多篡改。

于是真相开始消失，而传奇与真相并无关系。在纪念伊娃·庇隆的弥撒上，有许多学生到场；但她的一生不是人们探讨的主题。洛斯托多斯的那所用褐砖砌成的、只有一间屋子的房子渐渐衰朽，没有标志，也几乎无人造访（尽管有个女人记得曾有一些拍电视的人去过）。这所房子现在属于隔壁车库的老主人（车库里有两辆车，其中一辆是没有引擎的福特 T 型车），被用作储物室。平坦的屋顶长出了青草，在屋后的天井上，起皱的铁皮屋顶已经坍塌。

在阿根廷，只出版过一部伊娃·庇隆的传记。本来计划出两卷，但出版商破产了，第二卷没能出版。如果伊娃·庇隆现在还活着，也只有五十三岁。在活着的人当中，成百上千人认识她。但我只用了两个月就发现，关于她，除了已经广为人知的事情，很难再找到其他什么线索。人们篡改记忆，要么称颂她，要么仇恨她，而恨她的人拒绝谈论她。洛斯托多斯早年的那些苦痛的日子已经被成功掩埋。伊娃·庇隆的故事已经佚失，只剩下了传奇。

一天傍晚，警笛在外面呼啸，在天主教大学授完课之后，博尔赫斯对我说："我们当时觉得整件事都应该被忘掉。如果报纸保持沉默，今天就不会有庇隆主义了——庇隆主义者一开始对他们自己感到羞愧。我在公众面前绝对不会提到他的名字。我会说'逃犯''独裁者'，就像诗歌会避用某些词一样——如果我在诗里提到他的名字，整首诗都会散架。"

这就是阿根廷的态度：压制和忽略。庇隆时期的许多记录已被销毁。如果今天的中产阶级年轻人是庇隆主义者，而学生们唱起独裁时期的老歌——

　　庇隆，庇隆，你是多么伟大！
　　多么善良又强大，我的将军！

——如果连无度的独裁也重新受到尊敬，那不是因为过去已被探究，记录已被篡改，而仅仅是因为许多人改变了他们对那个公认传奇的态度。他们改变了自己的想法。

阿根廷没有历史。这里没有历史文档，只有涂鸦、争辩和学校的教程。在布宜诺斯艾利斯，身着白色罩衫的学童被定期带到五月广场上，绕着卡维尔多大厦参观独立战争的遗址。这是一场光荣的战争，其遗址孤单地静立在那里；无论是在教科书上，还是在公众的头脑中，这场战争和接下来发生的事情全无关系：法律的沦丧，搜捕敌人，无休无止的内战以及黑帮的横行。

另一天傍晚，博尔赫斯说："阿根廷的历史就是脱离西班牙独立的历史。"在这样一种历史观里，庇隆的位置在哪里？"庇隆代表的是对土地的争夺。"但是他肯定也代表了阿根廷的某种东西？"很遗憾，我必须承认他是阿根廷人，一个属于今天的阿根廷人。"博尔赫斯是西班牙裔拉美人，他的祖先在大移民潮之前就来到了阿根廷，那时这个国家还不是现在这个样子；博尔赫斯用他对祖先的崇拜取代了对祖国历史的思考。和许多阿根廷人一样，他抱有一个关于阿根廷的观念，凡是不符合这个观念的东西都会被否弃。而博尔赫斯是阿根廷最伟大的人物。

这是一种对待历史的态度，一种对待这片土地的态度。魔法在阿根廷事关紧要，这个国家到处都有女巫、魔法师、术士和灵媒。但是我作为访客必须忽略阿根廷生活的这一面，因为我被告知，这些都不是真实的。这个国家到处都是大牧场，但是我这个访客不能去具体某一家大牧场，因为它不够阿根廷。但魔法总存在吧，并且还在发挥作用。是的，但它也不是真实的。那个也不是真实的，那个也不是，那个还不是。于是整个国家都在谈话中被消解了；来访者发现自己被引向了类似牛仔古玩店那样的地方。这个阿根廷里一个阿根廷人也没有，更不用说我的那些导游了；但这才是真实的，这就是阿根廷。"我们基本上都热爱这个国家，"一个英裔阿根廷人说，"但我们以想象的方式看待它。我们中有许多人现在因为幻想而饱受折磨。"大家一起拒绝睁眼去看，拒绝去和这片土地和解：一个人工的、四分五裂的殖民社会，因为种种神话而充满缺陷和赝品。

做阿根廷人不是去做南美人，而是去做欧洲人；许多阿根廷人变成了欧洲人，他们属于欧洲。这片土地原本是他们财富的来源，现在却变成了他们的度假基地。对这些阿根廷-欧洲人来说，布宜诺斯艾利斯和马德普拉塔成了他们度假的城市，只有某些季节他们才会在此生活。在两次大战的间歇，巴黎有一个阿根廷人社区，人数稳定在十万。那时比索还是比索。

"许多人认为，"博尔赫斯说，"在这里本可能发生的最好的事情是英国人取得胜利（一八〇六年至一八〇七年，英国人曾两次袭击布宜诺斯艾利斯）。同时我会想，成为殖民地真的有好处吗——如此僻远而沉闷。"

但在阿根廷做一个欧洲人，就是在以最为有害的方式做一个殖民者。这是寄生虫的生活方式，是在把欧洲的成就与权威据为己有——加勒比各殖民地的白人社群也是这么做的——是降低对自己的要求（我小时候在特立尼达，以为白人和富人不需要接受教育），也是出于一种虚假的安全感、接受自己社会的二流地位。

还有阿根廷的财富：英国人的铁路把小麦和肉类从大草原的各个角落运到布宜诺斯艾利斯的港口，再从那里运往英格兰。这里没有拓荒者，没有艰苦卓绝的建国神话。这片空旷的土地极其平坦和富饶，资源无穷无尽，也是一片无限宽容的土地。Dios arregla de noche la macana que los Argentinos hacen de día：阿根廷人在白天制造的麻烦，神会在夜里加以解决。

做阿根廷人就是去继承一个魔法的、虚弱的世界。这里的财富和欧洲性掩盖了一个农业社会的种种殖民地事实，这个社会不需要多少才能，也没有创造出什么，不需要伟大人物，也没有创造出伟大人物。"这里什么也没有发生过。"有一天诺曼·迪·乔瓦尼气恼地说。自博尔赫斯往下的每一个人都说："布宜诺斯艾利斯是一个小镇。"八百万人口。骇人的小市民杂居区肆意向外扩展，卑贱、单调、没有意义；但这只是一个小镇，被殖民地的疑虑和恶意所吞噬。如果人们觉得外面的世界才是真实的，那么留在这里的每一个人就都有所欠缺，满怀欺诈之心。门多萨的一位服务生说："阿根廷人不工作。我们做不了任何大事。我们所做的每一件事都琐碎无益。"一位艺术家说："这里几乎没有职业人士，我是说知道自己人生目标的人。没有谁知道自己为什么要从事某一项职业。正因为如此，如果你和我是同行，你就是我的敌人。"

Camelero，chanta：这些是阿根廷人每天都在用的词。Camelero的意思是"大话王"，一个其实什么也不能兑现的人。有个人说要带我去一个大牧场，而且要坐他的私人飞机去，他就是一个camelero。Chanta则是指什么都可以出卖的人，没有原则的空心人。自总统往下，几乎每一个人都会被某个人斥为chanta。

另一个被反复使用的词是mediocre，平庸。阿根廷人痛恨平庸，害怕被人视为平庸。这是伊娃·庇隆用来骂人的字眼之一。在她看来，阿根廷的贵族总是很平庸。她是对的。数年之间她就粉碎了阿根廷是一片有贵族气派的殖民地的神话，再没有人为这片土地找到其他神话、其他观念来取而代之。

2　博尔赫斯与虚假的往昔

谈到作家的名声，博尔赫斯曾说："重要的是你在别人心目中创造出的关于你自己的形象。许多人认为彭斯[①]是一个平庸的诗人。但他代表了许多东西，人们喜欢他。那样的形象，就像拜伦的形象，最终也许比作品更重要。"

博尔赫斯是一位伟大的作家，一位甜蜜而忧郁的诗人；精通西班牙语的读者尊敬他，认为他是一位表达直率、文风质朴的作家。但在英美读者看来，他是一位年老的阿根廷盲人作家，写过寥寥几篇极短、极神秘的故事——这样的名声既夸张又虚假，以致遮蔽了他的伟大成就。他或许也因此而未能获得诺贝尔奖；等他虚假的名声消散时——这样的名声一定会消散——他的杰作很可能也会随之消失。

具有讽刺意味的是，博尔赫斯最好的作品既不神秘，也不晦涩。他的诗作容易读懂，有很多甚至是浪漫风格的。过去五十年间，他的主题一直保持不变：他的军人祖先、他们阵亡的故事、死亡本身、时间，还有老布宜诺斯艾利斯。他写过大约十几个成功的故事。其中有两三篇是直截了当，甚至有点老派的侦探故事（有一篇发表在《埃勒里·奎因神秘杂志》[②]上）。有些故事以一种相当电影化的手法处理布宜诺斯艾利斯在世纪之交的下层生活。匪徒被赋予史诗般的地位；他们崛起，受到其他匪徒的挑战，有时他们也会逃跑。

其他故事，那些让批评家疯狂的故事，本质上只是智力玩笑。博尔赫斯选取一个词，比如"不朽"，用以玩弄文字游戏。他说，假如人真的能不朽，不仅仅是老而不死，而是不可摧毁、充满活力，永远活下去，那么结果会如何？他的答案是——这也就是他的故事——每一种可以设想的经验都会在某个时刻降临在每个人身上，每个人都会在某个时刻呈现出每一种可以设想的性格，而荷马（隐藏在这个故事里

[①] 指罗伯特·彭斯（Robert Burns），苏格兰农民诗人，在英国文学史上占有重要地位。
[②] *Ellery Queen's Mystery Magazine*，一本专业、具有巨大影响力的推理文学杂志。

的英雄）在十八世纪甚至可能会忘了他写过《奥德赛》。也可以选取"难以忘怀"这个词。假定一样东西真的难以忘怀，连一秒钟也无法忘掉；假定这件东西来到你手中，就像一枚硬币。拓展这个想法。假定有一个男人——噢，不，他只能是一个男孩——什么也不能忘掉，他的记忆将因而不断膨胀，他生命里每一分钟的那些无法忘怀的细节将会不断地进入他的记忆。

这就是博尔赫斯的一些智力游戏。他最为成功的非韵文作品，同时也是他最短小的那部作品，也许只是一个纯粹的玩笑。故事题为《关于科学的精确性》，本来只是十七世纪一部游记的摘要：

> 在那个帝国里，绘图技术如此完美，以至于一个省的地图覆盖了一整个城市的空间，而帝国的地图又覆盖了一整个省。时间流逝，人们发现这些巨幅地图在某些方面有所欠缺，于是绘图师学院研究出一幅和帝国一样大小的地图，每一点都能够相互对应。后来的世代对地图研究没有那么在意，认为这么大的地图笨重累赘，不无轻视地任其经受日晒雨淋。在西部荒漠，至今还能发现一些地图的残片，在为偶尔出现的野兽或乞丐遮风蔽雨；在全国其他地方，再也没有留下其他的地图学遗迹。

这既荒谬又完美：准确的戏仿，古怪的想法。博尔赫斯的谜题和玩笑会让人上瘾。但它们是什么就是什么；它们并非总能支撑对它们所做的种种形而上学的解释。但这对学院批评家很有吸引力。博尔赫斯的有些恶作剧需要他炫耀一些古怪的学问——有时这些恶作剧也会消失在这些炫耀之下。他早期的一些故事偶尔也会使用巴洛克风格的语言。

《环形废墟》——这是一篇精巧的、近乎科幻的故事，讲述一个做梦的人发现自己只存在于别人的梦里——是这样起头的：Nadie lo vió desembarcar en la unánime noche. 直译就是："没有人看见他踏入那一致的夜晚。"诺曼·托马斯·迪·乔瓦尼四年来一直在全天翻译博尔赫斯的作品，他是讲英语的国家里宣传博尔赫斯最卖力的人。他说：

> 你可以想象人们围绕"一致的"（unanimous）这个词写下了多少文字。我带着两种译法去见博尔赫斯："周围的"（surrounding）和"围绕的"（encompassing），对他说："博尔赫斯，'一致的夜晚'到底是什么意思？这个词组没有任何意义。如果可以说'一致的夜晚'，那为什么不说'喝茶的夜晚'，或者是'打牌的夜晚'？"他的回答让我震惊。他说："迪·乔瓦尼，这只是我不负责任的写作手法的一个例子。"最后我们的译本用了"围绕的"，但有许多教授不喜欢失去他们的"一致的夜晚"……
>
> 有一个女人写了一篇关于博尔赫斯的论文，收录在一本书里。她一点也不懂西班牙语，用了两种相当平庸的译本作为论文根据。她的论文很长，大概有四十页，文中的要点之一是，博尔赫斯的文笔非常拉丁化。我不得不向她指出，博尔赫斯只能写拉丁化的文字，因为他用的是西班牙语，而西班牙语是拉丁语的一种方言。她立论的时候没有询问任何人。最后她只能大喊"救命"，而你渐渐上升，看着这座宏伟的摩天大楼在流沙中沉没。

一九六九年，迪·乔瓦尼和博尔赫斯一起到美国去做巡回演讲：

> 博尔赫斯是一位绅士。当人们走上前来告诉他，他的故事的内涵到底是什么——毕竟，他只不过是这些故事的作者——你就会听到他最美妙的回答："哦，谢谢你！你丰富了我的故事。你给了我一件很棒的礼物。我从布宜诺斯艾利斯来到 X 地——比如说得州的拉伯克——走了那么多路，就是为了找到这样的、关于我以及我的故事的真理。"

多年来，在讲西班牙语的地方，博尔赫斯一直享有极高的名望。

但在一九七〇年，他在《纽约客》上发表了一篇"人物剪影"文章，题为《自叙随笔》，说在一九六一年获得福明托奖[1]之前——他那一年六十二岁——他"实际上一直默默无闻——不仅在国外是这样，在家乡布宜诺斯艾利斯也是如此"。这样的夸张让他在阿根廷的一些早期支持者感到沮丧；有些人会说，随着他声名渐增，他也越来越"不负责任"。但博尔赫斯一直都是一个不负责任的人。布宜诺斯艾利斯是一个小镇，在博尔赫斯只属于这个小镇时，他的有些话并不让人讨厌，但是如果外国人在排队等着和他见面，事情就变得不一样了。博尔赫斯的军人祖先以及他们的死亡无疑一度让整个社会感到荣幸，让它拥有了一种历史感和完整感。但博尔赫斯宣称那是一种私人的光荣，似乎是在排斥其他人；在很多人看来，这是一种自我中心的、专横的态度。在小镇上做名人并不容易。

博尔赫斯做了很多次访谈，每一次都很雷同。他让提问显得无关紧要；有一位阿根廷女士说，他像是在播放录音；他在表演。他说西班牙语是他的"厄运"。他批评西班牙和西班牙人：他仍然在打那场殖民战争，但是他把旧有的种种问题与阿根廷一种更简单的偏见混淆在了一起，这种偏见针对的是来自西班牙北部贫穷落后的移民。他针对大草原印第安人讲的一些笑话既有失风度，又陈腐。之所以说有失风度，是因为就在他出生之前二十年，这些印第安人已经被系统地灭绝了；但博尔赫斯的态度又在意料之中，只有让受害者变得荒唐可笑，这样大规模的屠杀才变得可以接受。他谈到切斯特顿、斯蒂文森和吉卜林。他谈到古英语，因为选择了自己感兴趣的学术话题而满怀热情。他还谈到他的英国祖先。

这是一场奇特的殖民表演。他的阿根廷历史是他身份的组成部分；他自己也是这样向大家展现的；他归根结底是一个爱国者。他尊重国旗，在国家图书馆，他的办公室（他是馆长）阳台上，飘扬着一面这样的旗帜。国歌让他感动，但与此同时他似乎又急于宣称自己有脱离

---

[1] 二十世纪七十年代由多家出版社合办的文学奖项，首届得主为塞缪尔·贝克特和博尔赫斯。

阿根廷的倾向。博尔赫斯的表演针对的似乎是他在英美校园里的新听众，并从多个方面奉承他们，但他的态度是旧式的。

在布宜诺斯艾利斯，人们仍然记得一九五五那一年，就在庇隆被推翻前几天、九年的独裁统治行将结束之际，博尔赫斯给英国文化协会的女士们做了一次演讲——在无数的主题中他选择了柯勒律治这个主题。博尔赫斯说，柯勒律治写下过一些英语诗歌中——"es decir la poesía"（也就是说所有诗歌中）——最好的诗句。这四个词在举国欢庆之际，就像是对阿根廷灵魂的一次无端攻击。

诺曼·迪·乔瓦尼讲述了一个能起到平衡作用的故事。

一九六九年十二月，我们在华盛顿特区的乔治城大学。负责介绍我们的是一位来自图库曼的阿根廷人，他借用这个场合向听众指出，军队实施镇压，关闭了图库曼大学。博尔赫斯完全没有注意介绍人的发言，直到在去往机场的路上才醒转过来。有人说起介绍人之前的发言，博尔赫斯突然间大发雷霆："你有没有听到那人说了什么？他说他们关闭了图库曼大学。"我问他为什么这么生气，他说："那人在攻击我的国家。他们不能那样谈论我的国家。"我说："博尔赫斯，你说'那人'是什么意思？那人是阿根廷人，是从图库曼来的。而且他说的是真的，军队关掉了大学。"

博尔赫斯中等身材，近乎失明的眼睛和手杖让他的外表显得愈加独特。他穿着讲究。他说自己是中产阶级作家，而中产阶级作家既不应该是花花公子，也不应该过于随意。他谦恭有礼；和托马斯·布朗爵士一样，他也认为绅士就是努力少给人添麻烦的人。"但你应该去托马斯·布朗爵士的《医生的宗教》里找答案。"他平易近人，愿意在冗长的访谈里重复他在其他访谈里已经说过的话，他这样的态度，似乎是把"中产阶级关于谦逊的理想以及绅士的风度"与"作家的孤僻以及他专注于写作的需要"融合在了一起。

从他让别人称呼他的方式，可以看出（平易近人背后）这种孤僻的一些迹象。有特权用"豪尔赫"（Jorge）称呼他的人（他们读成"乔吉"），也许不超过六个。他让其他人都称呼他"博尔赫斯"，不加"Señor（先生）"。他认为"Señor"太西班牙，太自命不凡。而只称呼"博尔赫斯"显然让人有距离感。

甚至那篇五十页的《自叙随笔》也没有暴露他的孤僻。那就像是另一篇访谈，没有说出多少新的东西。他一八九九年生于布宜诺斯艾利斯，是一位律师的儿子，祖先是军人。从一九一四年到一九二一年（那时比索还很值钱，欧洲的物价水平低于布宜诺斯艾利斯），他们全家在欧洲逗留：这些故事全都被再次勾勒出来，就像是在一次访谈里一样。文章很快就变成了一位作家讲述自己的写作生涯：他读过和写过的书，参加过的文学团体，创办过的杂志。他的生活却不见踪影。他四十岁左右一定经历过一场危机，但在文章里却几乎没有提及：那时他的家庭亏空严重，他在从事各种新闻报道工作；他的父亲死了，他感觉自己得了重病，而且"担心（自己的）心理是否还健全"；他在市图书馆当助理，作家身份在馆外广为人知，在馆内却无人知晓。"我记得有一个同事在一本百科全书上看到'豪尔赫·路易斯·博尔赫斯'这个名字，让他惊讶的是这个人碰巧和我同名，而且同年同月同日生。"

"漫长而极其不快乐的九年"，他说；但他只用了四页纸讲述这个时期。博尔赫斯的孤僻开始显得像是一种禁忌。

    Un dios me ha concedido
    Lo que es dado saber a los mortales.
    Por todo el continente anda mi nombre;
    No he vivido. Quisiera ser otro hombre.

下面是马克·斯特兰德的译本：

    我被允许获知

>一个凡人所能知晓的事情。
>整个大陆都知道我的名字；
>我没有生活过。我想成为另一个人。

这是博尔赫斯论爱默生；但也可以是博尔赫斯论博尔赫斯。在《自叙随笔》中，生活的确不见踪影。于是最重要的一切必须到他的作品中去寻找，在博尔赫斯这里，也就是他的诗歌。如他自己所说，他漫长的一生中探索过的所有主题都已经包含在了他最初的诗集里。这本诗集于一九二三年出版，在五天之内印就，印了三百本，免费赠送。

在这些诗里，他的军人祖先在战斗中濒临死亡。在这些诗里，只有二十四岁的他已经把对光荣的沉思转变成了对死亡、时间以及个人生活的"珍宝"的沉思：

>...cuando tú mismo eres la continuación realizada
>de quienes no alcanzaron tu tiempo
>y otros serán (y son) tu inmortalidad en la tierra.

下面是 W. S. 默温的译本：

>……当你的生命成为
>前人的化身
>后人便是（现在也是）你在尘世间的不朽。

大约就在那个时候，博尔赫斯的生活停止了；接下来将只有文学与他为伴：对词语的关心，无止境地尝试留住、而不是背叛种种情感，对一种如此独特的往昔的情感。

>今天，我是我自己，我也是他，

> 那个死去的人，他的鲜血与名字
> 属于我。

这是诺曼·迪·乔瓦尼翻译的一首诗，写于第一本诗集出版之后四十三年：

> Soy, pero soy también el otro, el muerto,
> El otro de mi sangre y de mi nombre.

在写下第一本诗集之后，除了对古英语诗歌的发现，再也没有什么主题能让博尔赫斯进行如此强烈的沉思。即使是苦涩的庇隆统治时期也同样如此，那时他被"请"出了图书馆、去集市上检查家禽和兔子，于是他就辞了职。还有他晚年那段短暂而不幸的婚姻也是如此，无法激起他强烈的沉思。好些杂志都曾关注此事，这现在也仍然是布宜诺斯艾利斯的闲聊话题。还有他与母亲长期共同生活的经历，同样没有令他产生强烈的沉思。现在他的母亲已是九十六岁高龄。

"在一九一〇年阿根廷共和国成立一百周年的时候，我们把阿根廷视为一个高尚的国家，坚信其他国家会成群结队而来，与我们交好。现在，这个国家走在糟糕的道路上。我们正在受到威胁：那个可怕的人要回来了。"这就是博尔赫斯谈论庇隆的方式，他不想提到他的名字。

我受到无数次的人身威胁。甚至我的母亲也遭到了威胁。他们在午夜过后，凌晨两三点，按门铃把她吵起来，用异常粗鲁的声音——你会把这样的声音与庇隆主义者联系起来——对她说："我要杀了你和你儿子。"我母亲问："为什么？""因为我是庇隆主义者。"我母亲说："说到我儿子，他七十岁了，眼睛其实都瞎了。但是说到我，那你可得抓紧。我都九十五岁了，你还没有杀我，我就有可能死在你手上。"第二天早上，我对母亲说，夜里好像有电话铃响。"是做梦吗？"她说："只是一个蠢货。"她不仅机智，而且勇敢……我不知道我能做什么——在这样的政治时局下。但我的祖上是军人，我想我应该做自己能做的事情。

博尔赫斯的第一本诗集叫《布宜诺斯艾利斯激情》。他在自序中说，他想要以一种特殊的方式颂扬这座日益扩大的新城市。"就像那些罗马人，他们会在穿过树林的时候低语'numen inest'，'这是神的居所'，我的诗行这样宣称，陈述着街道的奇迹……每一天，这些地方都在一点一点变得神圣。"

但博尔赫斯并未让布宜诺斯艾利斯神圣起来。我这个访客看到的城市不是诗中的城市，而西姆拉（一个像布宜诺斯艾利斯一样的人工新城）在那么多年之后，仍然是吉卜林笔下的那座城市。吉卜林努力观察一个真实的城镇，而博尔赫斯的布宜诺斯艾利斯是属于他私人的，是一座想象中的城市。现在这座城市日渐衰败。在博尔赫斯居住的南面，一些老建筑幸存下来，一并存留的还有它们威严的前门和衰颓的院落，每间院子都铺有不同的地砖。但更常见的是，内院被锁了起来；许多老建筑被拆掉了。在这座市民气的移民城市，如果在侨民建筑师的想象之外，优雅真的存在过，那么它也已经消失了；现在剩下的只有杂乱的景象。

在国家图书馆，博尔赫斯办公室的阳台上，插着一面白蓝相间的阿根廷国旗，斜伸在墨西哥街的上方，因为尘土和烟熏而显得肮脏黯淡。想一想，这也许已经是这一带最漂亮的建筑了，一百二十年前，也就是匪徒－独裁者罗萨斯统治时期，这里曾被当作医院和监狱。带尖顶的围墙，高高的铁门，硕大的木门，这一切仍然有着美的踪影。但在内部，墙壁剥落；中院的窗户已经破损；再往里去，一个庭院接着一个庭院，走廊里晾晒着衣物，台阶碎裂，金属的旋转楼梯上堵塞着垃圾。这是一间政府办公室，属于劳动部的一个部门：这样的情形讲述的是一个停止运转的政府，一座正在死去的城市，一个未曾真正成功的国家。

四处的墙上涂写着暴力标语；游击队在街上活动；比索贬值；城市充满仇恨。嗜血的标语不断重复着：罗萨斯正在归来。这个国家在等待新的恐怖。

Numen inest，这是神的居所：诗人的符咒没有奏效。军人祖先在战斗中死去，但那些微不足道的战斗和徒劳无益的死亡没有带来任何东西。只有在博尔赫斯的诗里那些英雄才居住在"史诗般的宇宙里，高高地坐在马鞍上"（alto...en su épico universo.）。这是他的伟大创造：阿根廷作为一片神奇的土地，一个完整的史诗世界，属于"共和国、骑兵队和清晨"（las repúblicas, los caballos y las mañanas），属于过去的战斗、被缔造的祖国、被创建的伟大城市和"一条条街道，它们往昔的名字不断出现在我的血液中"。

这是艺术的想象。然而博尔赫斯从他创造的这个神奇的阿根廷出发，经由他的英国祖母，走向了他的英国祖先，并经由他们走向了他们"黎明时分"的语言。"人们告诉我，我现在看起来像英国人。年轻时我不像英国人，那时我更黑一点，自己感觉也不像英国人，一点也不。也许是阅读让我感觉像英国人。"尽管博尔赫斯自己不承认，在他后期的故事里，北欧人的主题反复地出现，他们在荒凉的阿根廷土地上日渐堕落。苏格兰的古斯里家族变成了混血的古特雷家族，他甚至连圣经也不记得了；一个英国女孩变成了印第安野蛮人；一个叫尼尔森的族群忘记了自己的来处，像动物一样生活，遵循着嫖客似的兽性的性准则。

博尔赫斯在我们第一次会面时说："我不写堕落的人。"但另外一次他又说："那些从本质上去思考欧洲和美国的人丰富了这个国家。只有文明的人才会如此。高乔人的头脑非常简单。一群野蛮人。"我们谈起阿根廷的历史，他说："有一个模式，一个不太明显的模式。我自己见树不见林。"后来他又补充道："那些内战现在已经没有意义了。"

那么，不管博尔赫斯承认与否，他也许还发展出了一种与艺术想象相平行的、对现实的附带想象。而现在，现实无论如何也无法再被否认。

五月中旬，博尔赫斯到乌拉圭的蒙得维的亚去住了几天。蒙得维的亚是他儿时住过的城市之一，是一座适于度过"漫长而慵懒的假日"的城市。但是现在乌拉圭这个南美受教育程度最高的国家，和阿根廷一样已经破产——用一个阿根廷人的话说，成了"一个形同讽刺画的国家"——并且在战时的财富耗尽之后，让自己陷入了四分五裂。蒙得维的亚是一座正在打仗的城市；游击队和士兵在街头作战。有一天，博尔赫斯还在那里时，有四个士兵被枪杀了。

博尔赫斯回来时我见到了他。他在一个漂亮女孩的帮助下走下天主教大学的台阶，看起来更脆弱了，双手更加容易发抖。他蜕去了那种活泼的访谈风度。他充分地意识到蒙得维的亚的灾难；他感到痛苦。蒙得维的亚是他失去的又一样东西。在一首诗中，他因为"蒙得维的亚的清晨"以及其他一些事物而感激"因与果的神圣迷宫"。现在蒙得维的亚和布宜诺斯艾利斯以及阿根廷一样，只在他的记忆里，在他的艺术中，还保留着可亲的形象。

3 蒙得维的亚的神风敢死队
一九七三年十月至十一月

乌拉圭今年的利息降了。去年在图帕马罗危机达到顶峰之际，你可能需要付百分之六十的利息才能借到钱。利息需要提前支付，并且立刻从贷款中扣除。于是你借了一百万比索，离开银行时就只剩下四十万比索。这样的交易还算是不错的，因为在一年之间，比索对美元的比价跌了一半，而通胀率高达百分之九十二。

现在局势没有那么疯狂了。图帕马罗城市游击队已经被消灭，他们有约五千人，大多是城里人，来自经济状况恶化的中产阶级家庭。军队——他们实际上是农村人，来自中产阶级下层——掌控了局势并实施军管。利息降到百分之四十二，税也降了；今年的通胀率被控制在百分之六十。"这里的物价不只是每天在涨，"一位商人说，"它们每晚都在涨。"

但直到前几天他们还在告诉你，在乌拉圭你可以看到修路工在露天烧烤牛排午餐；乌拉圭的比索被称作金比索。一九五三年三比索能换一美元；现在则需要九百比索。

"我父亲一九五三年买了一座房子，从抵押银行贷的款，利息是百分之六。最后到了一九六八年，他每个月仍然在还三十比索的房贷。"三十比索：十二美分，十便士。"你也许觉得这很滑稽，但对我们来说，这是一个悲剧。我们的议会拒绝对按揭还款重新估价——政客们不想失去选票。于是每个人都拥有了免费赠予的房产，但他们毁掉的是子孙后代。"

法律现在已经做了修改。利息和薪水一样，与生活费用指数关联在了一起；抵押银行近来向存款人支付百分之五十六的利息：百分之七是真正的利息，百分之四十九是通胀"补贴"。

帕拉特尼克先生是一位广告人，负责抵押银行的宣传事务，军政府也找到他，让他协助平息全国的事态。让左翼和极右翼厌恶和警惕的是，帕拉特尼克先生看上去似乎没有失败的迹象。他迄今为止并没有让自己或是政府成为笑柄。一次又一次，在电视上，在阿根廷肥皂剧中间插播的广告里，在关于政府规划的谈话之后，希望以挑战的方式到来：Tenga confianza en el país, y póngale el hombro al Uruguay，字面意思是：要对国家有信心，用你的肩膀托起乌拉圭。

但近来在乌拉圭，要想不冒犯人是件很难做到的事情。《新黎明报》是一份新右翼青年团体（"家庭、传统、财产"）办的周报，他们发表了一篇文章，猛烈地抨击帕拉特尼克先生；人到中年的帕拉特尼克先生要求编辑和他决斗。他让自己的教父母去《新黎明报》办公室下战书，但是编辑没有接受挑战。《新黎明报》团体无关紧要，但现在，和蒙得维的亚的许多商人一样，帕拉特尼克先生也开始随身带枪了。

这样的防备并无必要。军队目前掌控着局面，并正在发起攻势；逮捕和审问仍在继续；游击队在蒙得维的亚大肆绑架的日子结束了。去年的蒙得维的亚是一个十分危险的地方，现在它比布宜诺斯艾利斯更为安全；有些更容易成为勒索目标的美国经理跨过普雷特河，从阿根廷搬到蒙得维的亚，住进了位于主广场的维多利亚广场酒店的红砖塔楼。在广场中央，有一座乌拉圭国缔造者阿蒂加斯的骑马铜像。

政府大楼位于广场一侧。有哨兵穿着十九世纪的制服，但也有荷枪实弹的真士兵。在广场另一侧，司法宫矗立在硕大的环形地基上，修了六年还没有修好。野草在混凝土横梁上生长，葱郁而平整，就像是种上去的一样；混凝土立柱上沾染了从铁支撑杆上落下的铁锈。

蒙得维的亚是安全的。但这个国家的财富已经耗尽，而在富裕的日子里，政府大楼是用大理石、花岗岩和青铜建造的。立法宫奢华的木制品，图书馆从地板通往天花板的镶嵌饰物，全都是在意大利制作的，据说还是装在红木箱里运过来的。而那只不过是五十年前。现在这座宫殿已经毫无用处，持枪的士兵做出小小的手势，示意过路的人保持距离。

五十年前，人们还没有在海上进行建设，最时尚的地方是普拉多公园：那里有宏伟的房子，一些哥特式的装饰性建筑和宽大的花园。现在那里只有部分区域有人照管，一度闻名遐迩的玫瑰园已经成了野园。在桥上，美好年代的狮身人面像已经黯淡，桥外有一条长长的车道，被桉树、梧桐和冷杉所遮蔽，一直通向普拉多酒店。酒店看上去仍然完整，带有绿色的步道、有栏杆的露台以及一座仍在喷水的喷泉。但是铺有沥青的前院已经开裂；灯柱和花盆是空的；宏伟的黄色建筑——楼中央刻着"朱尔斯·纳布建于1911"——已经废弃。

就某些区域而言，蒙得维的亚是一座鬼城，它的新富人的显赫派头仍然是新的。这是一座到处都是雕像的城市，那些大卫像、威尼斯的科列欧尼雕像的复制品，用青铜精心阐述着历史场景。但上面铭刻的字母已经掉落，无人更换；每一处街角的公共时钟都已经停摆。中间的梧桐树并不古老；高高的雕刻门仍然敞开着，通往拥有精致天花板的大理石通道，这些天花板看起来仍然是新的。但商店里没有多少东西；人行道已经碎裂；街上也到处都是叫卖巧克力、甜点和其他小东西的小贩。幸存下来的三四家不错的餐馆——在一座超过百万人口的城市里——并非总有肉类食材；面包的部分原料是高粱。

即使没有墙上的标语：停止迫害萨萨诺，军队在迫害塞雷尼，打倒独裁，图帕马罗游击队叛徒小偷下流坯，婊子图帕马罗游击队——我这个访客也知道，我置身的这座城市发生了看不见的灾难，就像在童话里一样。一座在瞬间建成的美妙城市，几乎刚刚才建成，就又被摧毁了。

"这个国家越来越悲哀。"艺术家说。他的幸存之道是孤僻地生活、工作，并假装乌拉圭在别处。他不听广播、不看电视，也不读报纸。如果不看那天早上的《国家报》，除了足球，他还会错过什么？一架飞机被劫持到玻利维亚；五百名中学生被勒令停课；军事法庭指控五名"极端分子"——其中有三人是大学生——犯有"阴谋反对宪法罪"。

以前，乌拉圭还很富有的时候，政治是各色人物的事情，军队几乎还不存在。现在财富已经耗尽，这个小国，它的面积几乎和英国一样大，但只有不到三百万人口，它把自己撕成了碎片。

"军队凌晨四点来抓我。在监狱里，他们在刑讯室里放流行音乐，我被强迫并脚站立十小时。然后我又被上了'潜水艇'刑。我的腹部被重重打了一拳，头被按在水里。他们现在成专家了。但他们也有出事故的时候。然后我又被要求站起来。我瘫倒的时候，他们用刺刀戳我的档部。""潜水艇"只是"软"刑。被电棍击打的人不会谈论他们的经历。

阿根廷的每一个人，无论左右，现在都知道——六十年了，太晚了——问题始于何处；问题始于那位名叫巴特列（发音是 Bajhay）的总统。第一次世界大战爆发前夕，巴特列访问过瑞士之后，开始在乌拉圭强行实施福利国家的构想。

那时的乌拉圭有钱。出口肉类和羊毛让她变得富有；比索与美元不分轩轾。"那时候，"银行家说，"我们在国外每赚一美元，就有八十美分的盈余。这片土地提供的盈余——雨水、气候和大地。"这片土地可以说是印第安人的土地，但印第安人在十九世纪被灭绝了。普拉多公园里有一座纪念碑，纪念的是乌拉圭最后四个沙鲁阿印第安人；他们被送到巴黎的人类博物馆展览，最后死在那里。

退休金、工人的各种福利、妇女权利：巴特列月复一月地向农村人口颁布各种开明的法律。乌拉圭突然间就成了南美受教育程度最高的现代国家，有着最为开明的法律；蒙得维的亚变成了一座大都市，到处都是雕像。

萨伯特是一位漫画家，他在八年前离开乌拉圭，现在在布宜诺斯艾利斯工作。他说："乌拉圭是一座大牧场。只有像巴特列那样的夸大狂才会认为那是一个国家。现在的乌拉圭还是一座大牧场，牧场上有一座城市，也就是在三十年代成形的蒙得维的亚。创造性在那时就消失了。在那之前，这个国家的智识一直在发展。在巴特列之后，一切都成形了。"

一位信奉社会主义的教师态度更为浪漫，他为昔日的高乔人感到悲伤。他说："巴特列不应该出生在一个牧人的国家。他去了欧洲，了解了各种各样有趣的观念，于是就四处寻找可以运用这些观念的国家。因为这样的国家并不存在，他就将其发明了出来。他发明了产业工人这个概念，把人们从乡村带到城市。人们过去常常坐在商陆树下喝喝南美茶、看看绵羊，这并不坏，这很美妙。可二十世纪不希望我们这样生活。他发明了产业工人的概念，接着又发明了社会法则，然后是官僚体制——非常糟糕的东西。我不确定这些发明为何会导向腐败和不公，但事实就是如此。"

商人说："乌托邦是一个人所能经历的最坏的事情，他三十岁就会变老。那就是在我们身上发生的事情。"

银行家说："所有生产设施都是在一八五〇年至一九三〇年间、利用已有的英国投资建造的。此后所做的事情非常少。有一家电厂是在一九四五年修建完工的，是新增的最重要的建设成就。没有新公路，也没有新桥梁。这个国家就像一个靠退休金生活的人。"

随着新政权的建立，这里有了新的荣耀。英国铁路工人引入的足球运动成了乌拉圭人的狂热喜好。萨伯特说："我们的僻远被我们的足球运动所证明，这是一项与现实无关的伟大成就。一九二四年在巴黎、一九二八年在阿姆斯特丹，我们两次夺得奥林匹克冠军。一九三〇年在蒙得维的亚、一九五〇年在里约热内卢，我们又两次夺得世界杯冠军。于是我们就想：如果我们是世界足球冠军，那么我们一定是所有事情的世界冠军。"

大足球运动场建于一九三〇年（立法院建于同一年）乌拉圭独立百年纪念之际，坐落在以巴特列命名的公园里，至今仍吸引着众多的人群。报纸仍旧会将一半的新闻版面用于报道足球，但足球运动已经随经济下滑而衰落了；现在，水平更高的足球运动员一旦成熟，就会被卖到更富有的国家去，就像牲口一样。

在乌拉圭有很多关于官僚体制的笑话，它们都是真实的。全国的劳动力只有一百万多一点，其中有二十五万是政府职员。PLUNA 是乌拉圭的航空公司，过去有一千名雇员和一架能飞的飞机。国有石油公司 ANCAP 的人会在开门之前就赶往办公室，因为雇员的数量比座椅更多。

一九五八年，公共卫生部聘用了一万五千名新职员。一九五九年，公共设施部每六个公务员中就有一个信差。电信部的公务员分为四十五个等级。没有什么事情能通过邮件完成，必须亲自造访。服务拖沓，但散布在信差和在休息室打盹的警犬之间的公众并无怨言：他们中有许多人是其他部门的职员，有的是时间。

这是一种理想的状况：政府办公室就像是公众和职员的俱乐部，整个国家就是一个大社区，工作与闲暇交织在一起，每一个人，无论是积极的还是消极的，都依靠政府的津贴生活。但是乌拉圭的经济仍然依赖肉类与羊毛；蒙得维的亚容纳了全国三分之一的人口，却只是一座虚假的大都市。政府部门的臃肿始于十三年前国家还很富有的时期，掩盖了失业问题和都市生活的无意义。每个人都知道这一点，但有太多的人从中受益：整个国家已经被引向这场针对其自身的阴谋。"每个人都只想着养老金。"商人说。即使是左翼针对军政府的抗议口号有时也谨慎而务实：Paz Salario Libertad（和平、薪水、自由）。

电信部门那个穿着蓝色尼龙外套的女孩每个月大约挣一百二十美元。十一月到三月是夏季，他们从早上七点工作到下午一点。然后会赶赴第二份工作，或是到海滩上去。蒙得维的亚是沿着海滩建造的，所有向南的道路都结束于白沙与海湾。

这里就是乌拉圭人定期失去所有危机意识的地方，是行动的意志被削弱的地方：海滩近在咫尺，只要几分钟就可以从蒙得维的亚到达度假区，在那里的松树与沙丘间，坐落着许多普通人的度假屋；还有埃斯特角城——虚假大都市的卫星度假城，乌拉圭的经济灾难之一，其主体是在五十年代利用抵押银行的贷款修建的。

每一个人都反对巴特列运动，但六十年过去了，乌拉圭的每一个人都是它造就的。他们只知道度假这种生活方式，其崩溃让他们困惑不已。"从精神上讲，"记者说，"我们觉得自己退步了。"精神上？"我不喜欢持续地处在压力之下。"他拥有两座房子，但必须做两份工作，一份是在政府部门任职；他的妻子也在做两份工作。汽车很贵，因为要征百分之三百的税。一辆全新的大众汽车价值八千美金，连一辆一九五五年产的罗孚汽车都卖三千五百美元。"我们不会有进步。但谁又在进步，美国？要跟上美国佬的步伐，太消耗人，压力太大。请原谅我的表达，我们这里没有那种狗屁玩意儿。"

但是汽车价格高昂。

"我可以用一句话给你讲讲乌拉圭，"我到达蒙得维的亚的第一晚，建筑师对我说，"最后一辆捷豹汽车是在一九五五年进口的。"

这些都是退步的症状，它们合力造成了乌拉圭人精神上的痛苦：蒙得维的亚沿着海滩延伸，需要使用汽车。没有汽车，这座城市的大片土地就只能被废弃，就像普拉多公园一样。他们的全部度假生活，不久前还为之十分自豪的现代化成就，都依赖于乌拉圭从那些"压力"更大的国家进口的消费品——他们把两代人的才华都浪费在了臃肿的政府机构中——而他们从未学会怎样生产这些消费品。

蒙得维的亚的老爷车：一九五五年之前出产，雪铁龙、莫里斯和奥斯汀迷你车、三十年代出产的福特和雪佛兰，还有其他现在已经被弃用或取代的品牌：霍普莫比尔、威利斯－奥弗兰公司的惠比特车、道奇兄弟、哈德逊，这些车并不像乍看上去那么好笑，它们是度假生活的一部分。这个国家处在围困之中。最日常的东西是用卡车从阿根廷走私进来的；现代文明的供给即将耗尽。

乌拉圭人说，他们是一个欧洲民族，他们总是背朝着南美的其他国家。这是他们的弥天大错，是他们失败的一部分。习惯于富有的生活，使得他们在深刻的意义上成了殖民者，虽受过教育，智识却一片空白；他们成了寄生在他人文化和技术之上的消费者。

图帕马罗游击队是一些破坏者。他们没有计划，就像那些为了炫耀自己而故意对潜在的敌人发起挑衅的人。最后他们招惹了军队，很快就被消灭了。"图帕马罗游击队不是一场革命的开端，"萨伯特说，"他们是巴特列运动最后的低语。他们是弑父者，在以一种神风特攻队的方式作战。在今天的乌拉圭，每一个人，无论他喊的口号是什么，都是弑父者或反动分子。"

没有中间道路可言。政治态度越来越简单粗暴；不站边是不可能的。十月的最后一个周六，一个工程系的大学生在制作炸弹的时候把自己炸死了。军队关闭了大学——在那之前大学一直是独立的——并且逮捕了所有人。弑父者或反动分子，左翼或右翼，每一边现在都能在另一边找到他需要的敌人。每一边都为另一边指派了一个毁灭性的角色，而且和智利的情况一样，人们会渐渐变成他们的角色。

能走的人都走了。在有着粉色围墙的外交部后门那里，他们排着队申领护照，那里以前是桑托斯宫（建于一八八〇年，大厅的喷泉池是用一块卡拉拉大理石雕刻而成）。据说十月的时候，人们在那里通宵排队。有一天在卡拉斯科机场，有人在墙上用粉笔写道："El último que salga que apague la luz."（最后离开的人把灯关掉。）

4 墓地后面的妓院
一九七四年五月至七月

按照阿根廷一些古老的先知书上的预言——我常常听人说起这些书，但从未见过——庇隆将在位于布宜诺斯艾利斯市中心的五月广场被他的追随者绞死。但庇隆去世时，他的传奇依然完好无缺。"MURIO"（他死了），这条标题占据了《编年史》的半幅头版，这家报纸在布宜诺斯艾利斯很受欢迎；报道根本无须说出死者的名字。

他终年七十九岁，在他的第三个总统任期上已有九个月；他的传奇已经持续了近三十年。是这位军人打破等级制度、动摇了阿根廷旧有的农业殖民社会；是他明确了谁是穷人的敌人；也是他建立了工会。他把一张残暴的脸赋予这片野蛮之地，这个到处都是大牧场、马球场、妓院和廉价仆人的地方。无论是他早期统治时的无能和掠夺，一九五五年他被推翻之后长达十七年的流亡，还是他去年胜利回归之际暴徒所进行的杀戮，他在任最后几个月的失败：这些全都未能摧毁他是唯一革命者的这个传奇。

失败是显而易见的。庇隆无法控制他在二十年前缔造的这个阿根廷。他指明社会的种种不人道，却又让这个必须完成的任务显得像是不负责任：他无法把被他破坏了的社会重新组织起来。也许，重新组织社会的任务超出了任何领袖的能力，无论他多么富有创造性。政治反映的是一个社会和一片土地的境况。阿根廷是一片掠夺来的土地、一片新的土地，到二十世纪才真正有人居住。这里仍然是一片会被掠夺的土地；这里的政治也只能是掠夺的政治。

阿根廷的每一个人都理解并接受这一点，到最后，庇隆只能亲自为政府的规划提供担保，他所能提供的只是言辞而已。到最后，他只剩下了名字，他的存在处于一切之上，在以他的名义行动的人民之上，在比索的升值与贬值以及未来的暴跌之上，在派系斗争、每天都在发生的绑架以及游击队的枪战之上，在关于高官的掠夺传闻之上：他处在阿根廷之上，那个他曾经让其残暴与狂热变得神圣并加以利用的阿根廷，那个他回来拯救的阿根廷，那个现在被他抛在身后的阿根廷。

他已入暮年，他可能并未意识到，他回国、恢复个人名誉的理由更多是为了他自己。他与军队达成了和解，正是这些军队曾经剥夺了他的军衔。他与教会达成了和解，在第二次担任总统期间，他曾经与之进行过战斗：他死的时候，手中将会握着教皇保罗给他的念珠。流亡归来的他变得更为温和，甚至爱进行哲学思考，对拉美的生态学、环境和联合问题有了很多想法。（"到二〇〇〇年，我们要么统一，要么就被统治。"）但这些想法与他的追随者的焦虑以及国家的权力斗争相去甚远。后来他似乎终于认识到，这个国家已经不再受他控制。

两年前，阿根廷仍由军方统治，每个人都是庇隆主义者，连毛派的教士和托派的游击队员也是。庇隆，或者说他的名字，把所有想要终结军政府的人联合在了一起。但不可避免的是，一旦庇隆开始执政，就必须把真正的庇隆主义者和"渗透者"甄别开来。而这个作为民族领袖归来的人，负责调停庇隆运动各冲突派别的"指挥"，和昔日的庇隆一样，又一次开始搜寻敌人。有些敌人在左翼，就在那些帮助他重掌权力的游击队中间。有些敌人在右翼。几个月过去了，有很多人被认为是"正在破坏当前的政治进程"。半官方的《领导者》每周都在确定新的敌人。如此多的敌人：到了最后，在庇隆的言辞中，人们探测到一种无助的、愤愤不平的语调，他在一九五五年被推翻之后所写的著作中也流露过。

六月十日，庇隆夫人，也就是副总统，发表了一篇讲话（第二天这篇讲话将以整版广告的形式刊登在各家报纸上），谈到投机者、囤积居奇者以及其他"扼杀这个国家的人"，称他们要为物品的短缺和物价的高企负责。她说，庇隆不可能面面俱到；她想知道这个国家是不是辜负了庇隆。六月十一日，洛佩兹·雷加，庇隆的前秘书、同伴和占卜师，现任社会福利部部长，发出了更为明确的声音。他告诉一群省长："如果庇隆将军在使命完成之前去国，他不会独自离去。他的妻子，还有你们卑微的仆人，会陪同他一起离开。"

雷加说，庇隆不可能面面俱到，人们也不应该有这样的期望。"公平政治的哲学不只是喊一喊'庇隆万岁',而是要用心体会这种哲学的含义,也就是说,我们全都应该毫不迟疑地向着伟大而辉煌的目标前进,只有这样,我们才会拥有一个幸福的国家。"没有意义的言辞——我已经尽我所能译好这段话;但在明确了谁是敌人之后,这也许成了定义庇隆主义的唯一方式。

夫人讲话了,秘书讲话了。第二天庇隆自己也讲话了。在一个会议上,他本来要谈其他事情,却突然宣布说,他已经受够了,心情沮丧,如果得不到更多支持,他愿意把政府交给自认能做得更好的人。

工会立刻做出了反应。他们要求成员举行罢工。在我所在的科尔多瓦山,公交司机甚至不知道罢工原因,也不知道罢工范围;他们只知道,作为经受过罢工洗礼的工会成员,公交在中午之后必须停运。结果大家发现,罢工仅限于布宜诺斯艾利斯,在五月广场上,迅速涌入了大量工会成员。庇隆向与会群众致辞,并赢得了欢呼;他宣称自己感到满意,人们认为他根本无意自作自受、离开这个国家。那天傍晚内阁集体辞职,有一两个部长在访谈时心情沉重。看起来,至少有些人的背叛行为将会曝光,有些人头将会落地。但没有人头落地,庇隆重新任命了整个内阁。

这是一桩奇特的事件:精心策划、效果惊人,却又完全没有了下文。各家报纸头一天全是关于危机的报道,称整个共和国都处于紧急状态,第二天却又佯装什么也没有发生。阿根廷的报纸就是这样。这是庇隆最后一次蛊惑民心,也是他最后的政治繁荣。没有人知道——如果幕后的确有阴谋——疾病和死亡是否终结了某种新动向,这种动向本来将会澄清新政府的目标与计划。这是人民所期待的。没有人知道阿根廷正在发生什么;有人开始觉得,也许什么也没有发生。

这样的神秘并非只属于庇隆,它同样也属于阿根廷,这里的政治现实充斥着掠夺和掠夺造成的仇恨,长期以来一直被花言巧语所笼罩。这些花言巧语谁也骗不了。但在一个政府从来就不开放、智识资源又很稀缺的国家,通常只有政权的花言巧语能存留下来,对国家的状况加以解释。阿根廷拥有一个有教养的开放社会所需的基础设施。这里有报纸、杂志、大学和出版社，甚至还有电影业。但这个国家仍然不了解自身。大街小巷以总统和将军的名字命名，这里却没有历史分析和写作传记的艺术。这里有传奇和古老的浪漫故事，却没有真正的历史。这里只有年鉴、统治者名录和编年史。

马里亚诺·格隆多纳是阿根廷最敏锐的政治评论员。他常上电视做节目，据说家世良好。五月末，一份畅销的插画周刊《人民》访问了格隆多纳，让他分析过去一年的种种事件：一年之间，作为民族运动的庇隆主义解体了，一年之间，敌人被搜捕和驱逐。《人民》认为格隆多纳的观点非常重要，用了整整五页版面加以报道。

格隆多纳说，要理解阿根廷的历史，必须将其分解为不同的时期。一八一〇年独立以来共有七个时期。大致上就是七个共和国：必须认为阿根廷有着法国式的历史，一部拉丁史。拉丁心理以原则的方式发挥作用；它耗尽一组原则之后，就通过突变转向一组新的原则。盎格鲁－撒克逊人更加务实，没有对自己的原则做出定义。他们因此而免于陷入混乱；但同时他们也无法享受到"一切都被重建的壮丽时刻"。

阿根廷历史上的第五个时期从一九四五年延续至一九五五年，也就是庇隆时期。第六个时期从一九五五年延续至一九七三年，是军政府时期，也是排斥庇隆主义的时期。第七个时期始于一九七三年，是各种机制复兴的时期，也是庇隆主义回归的时期。这最后一个时期尽管只有一年，却让人十分困惑；但如果把它划分成etapas（阶段），事情就会更为清楚一些。庇隆和许多独裁者一样，生活在"阶段"之中。庇隆主义首先必须寻找权力，这是"微笑"阶段；然后为权力而战，这是战斗阶段；然后很明显，在夺取了权力之后，进入执政阶段。许多庇隆主义者停滞在第二阶段，也就是战斗阶段；这就是他们为什么必须被清除的原因。

格隆多纳的分析并没有追问人民到底是在以糟糕的方式行动，还是在被以糟糕的方式对待。在庇隆主义者执政的一年间感到挫败的人，只是不理解阿根廷的这种时期与阶段的划分。其中有些人把不同的阶段完全弄混,就像那位被庇隆提名从而成为总统的牙医,随即被视为叛徒并解了职。

一旦人们理解了,一个阶段自身由伟大的日子组成,那么在这一年发生的其他费解的事情也就变得清楚起来;也有一些显然很混乱的日子,可以被划分为时段(fases)。"我们习惯了这种时期与阶段的模式……未来还会有其他的时期和其他伟大的日子。我深信这一点。我们对这个时期所能提出的要求只是,它应该完成它的历史使命。"

这就是格隆多纳结束访谈的方式:用一句阿根廷式的花言巧语总结了这一年残酷的权力斗争。在一个局外人看来,机敏而热情的格隆多纳身上有一种奇特的超然:他就像是在谈论一个遥远的国家。很难根据他的叙述去想象,在街上仍然有人被杀害和绑架,就在六月份军队仍然在图库曼与游击队作战,而报纸会在"游击战"的总标题下报道头一天的游击队战事。格隆多纳罗列事件时,流露出一种超然的态度,一种无意识的玩世不恭。在他看来,这个国家的政治生活比权力斗争好不了多少。在这里似乎并不存在更高的善。而更让人警醒,能揭示阿根廷实情的,是这样的罗列被提供给《人民》的读者,就好像他们对更高的善一无所知。

于是庇隆和他的传奇逐渐变成了年鉴里的故事。这个传奇现在受到景仰;随着时间流逝,它肯定会为人所痛恨。但传奇本身不会改变:它是人们无法绕开的东西。在阿根廷,历史就是这样写成的。也许一个民族只有学会了以另外的方式阅读自己的历史,不再接受掠夺政治,才能够让自身免于庇隆末年的徒劳无益。

但书面史就是带着政治印记的历史。而政治反映的是人与土地。有些阿根廷人觉得他们的国家应该拥有比庇隆更好的领导人。他们认为这个国家遭到了庇隆末年宫廷政治的羞辱和贬损:庇隆是衰老的大男子主义者,伊莎贝尔是他的配偶和副总统,洛佩兹·雷加是有权势的秘书-占卜师——苏丹、苏丹娜和大维齐尔。

庇隆之所以是庇隆,是因为他如此切近地触动了阿根廷。他直觉地把握到他的追随者的种种需求:他进行破坏的地方,常常也是他取得胜利的地方。第二次担任总统期间，他发动对教会的战争，走得太远了；但那是他作为人民领袖所犯的唯一一个错误。他揭示出一个国家无产阶级移民的生存现实，使其成了一个尖锐的问题，而这个国家的妇女杂志仍然被神话所主宰，讲述着大牧场上的"古老"家族、马球以及浪漫故事。他向这个国家展示出其被遮掩的半张印第安面孔。他运用自己的权威让这个国家接受自己的女人，先是伊娃，后是伊莎贝尔，一个是演员，另一个是卡巴莱舞女，两人都来自外省；女人被视为大男子主义者的玩物，他却让她们变成了这些男性的统治者——这个社会一直被堕落的大男子主义所主宰，女人被认定应该待在妓院里，他却通过自己的这些行为施行了一种最为粗略的正义。

但庇隆仍然是一个奇怪的人：他频频谈论这个国家的伟大，但在他自己那里，在他的运动当中，他又频频指出祖国的弱点，并且揭示出这些弱点是难以补救的。

飞机掠过乌拉圭青翠的大地——这片土地一度十分富饶，现在却与阿根廷一样，变成了混乱与悲伤之地——又掠过宽阔的、巧克力色的拉普拉塔河口，降落在布宜诺斯艾利斯郊外的埃塞萨机场。在河口南面黄褐色的平地上，布宜诺斯艾利斯的白、灰色建筑近乎突兀地耸立着：这座城市有着无法形容的规模，近乎随意地坐落在一个空旷大陆的最边缘，旁边就是宽广而泥泞的河面。在飞机上能够看到一切：盛大的河口，兀立着的八百万人的城市，广阔、平坦、空旷内陆的边缘——这片偏远的南方之地有着简单的地理环境和简单的历史：欧洲人灭绝了印第安人，占领了这片土地。他们不是移居：如果是移居，建造的城市会更小，并且可能会在印第安人的内陆繁衍生息。

阿根廷迄今为止还没有关于高贵的印第安人的神话。种族灭绝的记忆距今太近了，仍然是一件在年鉴上用一两句话就打发掉的事情。在阿根廷，人们对大草原印第安人的嫌恶成了一种完全的本能：阿根廷人害怕其他国家的人把阿根廷视为印第安国家。年老的博尔赫斯经常告诉外国访问者，阿根廷的印第安人不会数数。在我认识的一位四十岁的艺术家看来，大草原印第安人"就像草一样"。

以这座大城镇为起点，许多条高速公路向着四面八方延伸，穿过曾经属于印第安人的内陆。城镇顽强地存在着；矮箱子一样的低砖房沿着高速公路的道旁蔓延数英里。土地终于清爽起来；很快就看得到平坦的大草原，高天、辽远和空旷让人反应迟钝。这里过去不生长树木。但在无人耕种的富饶土壤上，现在树长得很快，偶尔有高高的桉树掩映着公园和大房子。这片土地上到处都在使用军人的名字做地名，是这些将军从印第安人那里夺走了土地，并且以一种难以想象的贪婪把像郡那么大的土地、庄园以及大牧场变成了战利品。

那时候，帝国主义者在几个大陆上大肆侵略。在罗卡总统系统地灭绝印第安人的同时，比利时人正在开启美丽新刚果的大门。约瑟夫·康拉德见识过比利时人的作为，在《黑暗的心》中捕捉住他们的狂热。"他们的谈话是卑鄙海盗间的谈话；不计后果却缺乏刚毅，贪婪却不够大胆，残忍却没有勇气；整个这一群人没有一点远见，也没有丝毫严肃的意图，他们似乎也没有意识到，要让这个世界运转起来，需要具备这些品质。"这些话也适用于描述阿根廷的狂热；它们蕴含了阿根廷的那项伟业的气氛和道德虚无，伟业世代相传，一直通向今日的失败。

庞大的私有行业已经分割开来，但是大牧场仍然非常大，规模超乎想象。大牧场以机械化方式运作，无需多少劳动力；牧场的景致仍然空旷，杳无人烟。一些小镇坐落在大草原上，看上去有些脆弱，只能满足最基本的需求：令人昏昏欲睡的夜总会，作用是让已经把话说尽了的人一起再待几个小时，什么也不说；妓院，进一步简化了世界；还有车库。远离高速公路的地方令人生出一种荒凉感。土路宽阔而笔直；树木稀少；平坦的土地一望无垠。在这里，人对距离的感知变得不正常起来：几英里之外的事物仿佛十分切近——一个马背上的大牧场工人，一片树丛，一个土路的交汇处。如果没有了鸟，荒凉就会变得十分彻底；这些鸟数量众多，体形通常很大，色彩俗丽，凸显出这片土地的陌异以及人烟的稀少。在大草原的高速公路上，每天早晨都能看到死去的棕色猫头鹰。

这是一片需要耕耘的土地，并无美景；无论是电影、文学、艺术，还是定居于此的社群，都还没有将其神圣化。我听一个从南美其他国家来的银行家说，阿根廷的土地仍然只是商品，是一种投资，是预防通胀的手段。疏远它不会让人心痛。阿根廷的财富就在土地之中，它解释了河口处何以建起庞大城市。但这片土地没有成为谁的故乡。故乡在别处：布宜诺斯艾利斯、英格兰、意大利或西班牙。许多阿根廷人说，只有在可以离开的前提下，你才能住在阿根廷。

阿根廷靠着铁路和罗卡总统的雷明顿步枪缔造而成，至今仍然保存着殖民地的结构和目标。奇怪的是，从这个国家创立的方式以及隐含的人际关系来看，这里就像是西班牙帝国在十六世纪的殖民地，两者有着同样的贪婪和内在弱点，同样的纷争倾向，同样的猜忌与贫瘠。Obedezco pero no cumplo，我遵命，但我不服从：这是十六世纪征服者或官员的态度，和他们签订契约的只有西班牙国王，而非国王的其他臣属。在阿根廷，人们不与其他阿根廷人签订契约，而是与富饶的土地、宝贵的商品签订契约。起初就是这样，后来也不可避免一直如此。

这里没有国王（尽管庇隆就像是国王，所有事情都以他的名义进行），但这里有旗帜（国旗采用白蓝两色是为了纪念一位圣人，但阿根廷人被教导说，那是这里天空的颜色）。那些感到被土地辜负的人挥舞着国旗：他们是城市工人，身着崭新西装的年轻人，成长为医生和律师的移民后代。但这样的爱国主义并没有看起来那么热忱。这是未能取得成就的阿根廷，其最初的构想就有缺陷，没有历史，只有年鉴，因此这里也不会有对过去、对传统、对共同的理想、对阿根廷共同体的感情。每个阿根廷人都想要达成自己与这片神赐之地的契约，印第安人已被奇迹般地清洗干净，此地杳无人烟。

这里有许多阿根廷人都活在"这是一片富饶之地"的观念当中。西北部有一个更古老的阿根廷，在那里定居的西班牙人是从秘鲁南迁而来。拉里奥哈城位于安第斯山脉的脚下，约四百年前由一个来此淘金的西班牙人建造而成。这是一座独特的城市，人民植根于土地，有一半是印第安人。这座城市有一种完整性，在更新的阿根廷城市里是找不到的，而在两者之间，横亘着大草原干旱的平坦荒野；笔直的公路是黑色的，路沿因为滚滚沙尘而变得模糊不清，在巴士里的旅客看来，荒野似乎被公路一分为二，直到天际。

但是在那条路的尽头，在科尔多瓦山丘之间——进口的柏树和柳树在贫瘠的山坡上装点出不规则的地中海式小块树丛——有一座最近修建的英格兰风格的寄宿学校。这是一所成功的学校，设施精良；我看见校长时，他刚刚把一套精装的世界最佳书籍放进了图书馆。

校长说，学校看起来也许不合时宜，但其宗旨并非培养英式绅士，而是为阿根廷培养绅士。周日早上有一场英式橄榄球比赛。科尔多瓦一所学校的人士正在造访，学校的仆役在一个硕大的烧烤坑上烧制粗大的红肉条。"就像盎格鲁-撒克逊人发明出橄榄球那样的运动一样。"一位年轻老师说。他摆脱了伦敦的种种约束，在自由和梦幻的氛围里容光焕发，阿根廷的空旷能够以非常怡人的方式让刚刚到达的人陷入这样的感觉。

那天早晨，年长的英国居民和退休人士在本地教堂里为庇隆和女王祈祷。头一天傍晚，他们聚在一家酒店里，观看了一场关于安妮公主婚礼的电影。

坐半个小时的巴士，就可以到达一座意大利-西班牙人聚居的农业镇：低矮的房屋、碎裂的灰泥、裸露的红砖、修剪过的树木、灰尘、地中海式的色彩、黑衣女人、门廊里的女孩和儿童。水是稀缺资源。这里有一座大坝，但是两年前开裂了。这里的人种植棉花和橄榄，他们认为自己的镇子很富庶。

从工业城市科尔多瓦——那里出产汽车——到拉里奥哈城的十小时车程，就仿佛是一段穿越许多国家、许多时期、许多衰落的古代文化的旅途。古代文化衰落了，阿根廷却没有提供可替代的文化。它所提供的只有土地、廉价食品和廉价葡萄酒。它还为从科尔多瓦前往拉里奥哈的那些在路上的人提供食宿，还有一度看似"光荣的自由"的东西。它没有为任何人提供祖国。以一种匪夷所思的反讽方式，他们成了帝国主义最后的牺牲品之一，这还不仅是庇隆所说的那种意思。

阿根廷是一个简单的物质主义社会，一个简单的殖民社会，是在帝国主义最为贪婪和堕落的时期创立的。它允诺安逸，以此来吸引人，它不提供其他的理想，也不提供新的人伦理念；它贬损和败坏了被它吸引来的这些人。新西兰同样也是殖民地，同样有着从土著手中夺取土地的历史，但其创立于帝国主义更早期，所遵循的原则也有所不同，于是也就有了不同于阿根廷的历史。新西兰为世界做出了一些贡献；它只有三百万人口，而阿根廷有两千三百万人口，但新西兰有才能的男人和女人更多。

两年前，我对阿根廷还不了解，一位学者在布宜诺斯艾利斯的交通高峰时间告诉我："你会以为自己是在一个发达国家。"那时要理解他的反讽和苦涩并不容易。布宜诺斯艾利斯是这样一座令人不知所措的大都市，要理解它是一座几乎完全舶来的新城市，要理解它的大都市生活只是幻觉、是殖民地的模仿，要理解它寄生于其他国家、自身非常贫乏，都需要花一点时间。这座庞大城市兴建时的意图是为内陆服务，整个地被置放于大陆的边缘。其规模不是由其自身的需求决定的，也没有反映其自身的卓越。布宜诺斯艾利斯出于其兴建时的本质，从来都无须成为一个卓越的城市：而这从来都是它的魅力之一。在舶来的大都市里，存在着一个发达社会的结构。但人们的角色常常显得像是模仿来的。在阿根廷，有那么多的词语越来越没有意义：将军、艺术家、记者、历史学家、教授、大学、导演、经理人、工业家、贵族、图书馆、博物馆、动物园；有那么多词语需要加上引号。要想真实地写出这个社会，存在着一些特殊的困难；要想用小说的形式准确地描绘它，也许是不可能的。

被贬损到如此程度的人只剩下了对大男子主义的讲求。有球场或赛道上的大男子主义，也有简单打扮上的大男子主义：比如骑摩托车的警察，戴着墨镜和手套，在风驰电掣间和警笛声中挥着手，为官员的车辆开道。但大男子主义的实质其实是对女性的征服和羞辱，在这个贫瘠的社会里，这意味着简单的人让更简单的人成为牺牲品。阿根廷女性没有受过教育，也几乎没有什么权利；她们被抚养长大，要么早婚，要么做家务。绝大多数女性没有钱，也没有挣钱的途径。她们注定要成为牺牲品；她们也接受自己牺牲品的角色。

大男子主义无法造就出色的男人，因为每一个男人都被认定应该成为大男子主义者。性征服是他们的责任，与激情甚或吸引几乎没有关系；征服也并非是通过阳刚之气或任何特殊的才能实现的。在一个被掠夺的理念彻底主宰的社会里，从最富的人到最穷的人，大男子主义者的吸引力在本质上都是经济性的。服饰反映的是大男子主义者的财富或"阶级"，是一种重要的性信号。钱包也同样如此。大男子主义者的钥匙是财产的象征，必须展示出来。这样的象征很粗鄙，但这个社会本身就不精致。一个巴士司机，不足道的大男子主义者，会把两把钥匙挂在右臀的皮带上；一个"经理人"的钥匙用很重的金属环挂在皮带上，右臀几乎被金属包了起来。金钱成就大男子主义者。大男子主义要求并且强制广大女性进行非职业的卖淫；这是一个自己朝着自己呕吐的社会。

大男子主义已经被制度化；有一个庞大的性产业在为这个制度服务。到处都有妓院，日夜不息。在泛美公路①沿线排列着硕大的新建筑，霓虹灯以及艳丽的观感已经道出了它们的用途。在市中心雷科莱塔国家公墓——埋葬杰出人物的地方——后面，有一条大街上到处是高级妓院。这些妓院按小时计费。在这样的地方，昏暗的门厅里也许会有一盏红色的聚光灯，照射在一座粗糙的青铜色妇女半身雕塑上：阿根廷的低劣艺术。每个女学生都知道妓院；她从小就明白，也许有一天她必须到那里去找寻爱情，在彩灯和镜子中间。

常规的性行为很容易用钱买到，对大男子主义者而言并没有什么了不起。只有鸡奸一个女人，他的征服才算完成。女人可以对此加以

---

① 贯穿整个美洲大陆的公路系统。北起阿拉斯加，南至火地岛，全长约四万八千公里。

拒绝；这也正是妓院游戏的目的所在，那种毫无热情的拉丁冒险始于对"amor"（爱）的谈论。La tuve en el culo, 我搞了她的屁眼：这是大男子主义者向他的圈子宣告胜利或否认被抛弃的方式。当代性学家通常认为鸡奸并非反常。但在阿根廷以及其他拉美国家，鸡奸女性具有一种特殊的意义。教会认为这是一种严重的罪孽，妓女则视其为一种恐怖。把妓女拒绝的东西强加给她，同时又知道这是一种黑暗的性方式，阿根廷的大男子主义者——主要是那些西班牙或意大利的农夫后代——是在有意识地让他的牺牲品名誉扫地。于是这些被贬损的人转向大男子主义，进一步贬损自己，甚至用拙劣的模仿取代了性。

漫画家萨伯特在一些类似格罗希的画作中，提示了大男子主义这种病态的、半阉割的本质。前几天在布宜诺斯艾利斯，上演了一部新电影，大获成功。《心碎的探戈》，以阿根廷作家曼努埃尔·普伊格[①]的小说为蓝本，由阿根廷最著名的导演拍摄。这部电影笨拙、表演过度，也未经打磨，讲述了小镇上一个身患结核病的大男子主义者的生与死。这似乎是一部漫无目的的片子，只是真实生活的编年记录，导演没有赋予其以结构。但阿根廷的观众却为之潸然泪下：在他们看来，这个故事的悲剧在于一个大男子主义者注定到来的死亡，可怜的男孩来自卑微的家庭，只能通过艰难的方式、用自己的英俊相貌征服女性。

而在我这个外来者看来，悲剧在别处，在显然无目的的轻举妄动之中。作家或导演没有暗示主角与他人有情感关系，也没有对此加以评论：就好像在大男子主义者的社会里，人们已经忘记了人与人可以有更深一层的关系。那位大男子主义者去世后，他的一个女人做了一个梦：在褪色的色调中，大男子主义者身着漂亮的男子汉服饰，慢慢从坟墓里升起，用他的双臂托起她，和她一起飞过一间卧室的窗户，把她放在床上。在这样一幕恋尸癖幻想中影片结束了，观众泪流满面。

走出电影院，经过排队等候看电影的长长队伍，看到拥挤的咖啡厅和酒吧的灯光，还有穿着喇叭裤的年轻人，我强烈地感觉到这是一

[①] Manuel Puig，拉美文学"后爆炸"新一代代表人物，著有《蜘蛛女之吻》。

座亦步亦趋的、陌异的大都市。我感觉到了这些看上去如此健全的移民身上的欠缺和堕落，并且开始领悟和恐惧他们的暴力、农夫式的残忍、对魔法的信仰，还有对于死亡的迷恋——报纸每天都在用被谋杀者的照片赞扬这种迷恋，这些死者躺在棺材里，通常是游击队的受害者。

发生了种族灭绝之后，我们的地球有相当一部分被变成了荒原。阿根廷如此富饶，人烟如此稀少，一百万平方英里的土地上只居住了两千三百万人口，其失败是我们时代的一个谜。像马里亚诺·格隆多纳这样的评论家把混乱的状态分解开，把他们自己与"阶段"关联起来；通过谈论阿根廷的法国式历史，他们将会设法在种种不理性的行为和无足轻重的事件中寻找意义。但政治关涉的是人与人的关系，人与人的契约。一个国家的政治只能是其人伦理念的延伸。

作为民众领袖，庇隆自己身上展现出了这个国家的许多弱点。我们必须看一看他——这个所有大男子主义者中最伟大的一个（他没有后代，据说没有性能力）——所指示的方向：他指向布宜诺斯艾利斯市中心，指向那些高级妓院。它们的百叶窗淫秽地闭合着，适切地矗立在墓地背后。

5　恐怖
一九七七年三月

在阿根廷，杀人汽车——官方枪手用来干活儿的车——的牌子是福特猎鹰。猎鹰在阿根廷生产，是一款结实的小车，外形普通，有数千辆在路上行驶。但杀人猎鹰很容易识别，它们没有车牌。这些车，还有坐在车里、身着便装的人，招摇过市；人们有时会站在那里旁观。

几周之前，在图库曼北部城市的主广场上，他们就站在那儿旁观：猎鹰停在政府总部半环形的车道上，总部大厦是一座华丽的石头建筑，像十九世纪的欧洲别墅，但是在阳台上和整洁的亚热带花园里，有架着机枪的印第安士兵；最后我终于瞥见了制服、握手和敬礼，直到身着便装的人——他们就像演员，在扮演去打猎的贵族，只是在他们的名牌（或冒牌）大衣下藏着机枪——走下宽阔的阶梯，走进小汽车，不开警报器，慢慢地驶离了那里。

官方终于明白了沉默的戏剧效应。沉默是恐怖的组成部分，那种要让人感到恐怖的恐怖。

在阿根廷，风格是一件要紧的事情；漫长的游击战，尽管有真实的血和真实的酷刑，总有大男子主义和公共剧场的元素。从前，警察会带着上膛的机枪在繁忙的交叉路口附近值守；夜里，士兵穿着长筒军靴、头戴钢盔，带着阿尔萨斯犬在布宜诺斯艾利斯市中心的购物街上巡逻；偶尔会有反游击队的摩托旅出现，这是一种戏剧化的夸耀。那些日子里，战争在很大程度上是一场私密的战争，一方是游击队，另一方是军队和警察。而现在，战争已经波及每一个人；公共剧场变成了公共恐怖。

除了坐在猎鹰里的人，所有人的风格都被夺走了。游击队仍在作战，但报纸被禁止刊登与他们有关的任何报道。报纸只能刊登重复乏味的官方公报，死了多少人，而且通常只能是内页的小豆腐块，就好像这些与其他新闻无关似的：某地，某时，何种情形，多少颠覆分子被杀死，多少男人，多少女人。这些公报被认为只披露了部分真相：有太多人失踪了。

一开始，在庇隆复辟带来了混乱与近乎无政府的局面之后，杀戮被认为是有利于经济的。据说战争就是战争；游击队——他们现在就像私人军队，已经没有了明确的目标——必须被连根拔除；经历庇隆统治时期的放纵和腐败之后，工会及其领袖必须受到训诫。（工会成员再也不能免费乘坐阿根廷航空公司的飞机到欧洲旅游。这些招摇的外省大男子主义者要求机组成员对他们特殊关照：每个人都在晚餐后拿上一摞漫画书和摄影小说，充当漫长夜航的消遣读物，用戴戒指的手指在舌头上沾上口水翻书。）另一个更为得体的阿根廷将会被创造出来；这个国家（就好像"国家"是一种经济的抽象体，是某种能够与这里的全体居民分割开来的东西）将会再次出发。

就在薪酬像罪恶一样被抑制的同时，阿根廷的银行家－圣人们也在创造自己的通胀神话。他们为比索储蓄提供百分之八的月息或百分之一百四十四的年息，立刻让许多阿根廷好公民又恢复了信心。多年来，这些阿根廷人一直在祈求比索的水能变成美元的酒。恐怖发生的最初几个月里，股票市场非常繁荣；有人一夜暴富；阿根廷似乎又恢复了本来的模样。但现在，即使年息是百分之一百四十四，恐怖也离得太近了。

在恐怖之中再也辨识不出什么模式。受到威胁的不只是游击队员、工会成员或是这个国家寥寥无几的知识分子。任何人都可能被选中。酷刑成了家常便饭。甚至工人如果太不走运，在公寓里撞见搜捕，也有可能被带走，关上几个小时，和其他人一起被折磨——整个过程已经完全自动化了：紧绷的眼罩，眼窝里深陷的双眼，头罩，拷打，而电击留下的灼痕要十八天才会消失；然后被扔在猎鹰的座位底下，不知被运往何处，释放时还要经受变态的折磨："我们要把你送去坟场……现在，数到一百再取下眼罩。"

现在的阿根廷，几乎每个人身边都有人失踪、被捕，或是被酷刑折磨。甚至连军人也会被叫去取回他们孩子的尸体，这还是他们战友给的人情，否则尸体就会被销毁或扔掉；有时这些尸体会在拉普拉塔河另一边的蒙得维的亚被河水冲上岸，已经残缺不全，腐烂不堪。有个女人收到一个鞋盒，里面装着她女儿的双手。

对一些名人的逮捕仍然会根据特定的指控、按照法律程序进行。但除此之外就没有法律了。人们被带走，没有人对此负责。军队让前来探询的人去问警察，警察又让他们去问军队。一种特殊的语言被发明出来：一位焦急的父亲会被告知，他儿子的案子已经"结案"了。没有人确切地知道谁在做什么，又是为了什么；据说现在只要出够价钱，就可以让任何一个人消失。

布宜诺斯艾利斯到处都是受到惊吓和损害的人，他们发现自己再也无法站到哪一边，现在只想逃跑；他们再也找不到继续留在阿根廷的理由，并且终于认清了长期以来围绕在他们周围的野蛮，那种他们之前视而不见的野蛮，因为他们知道自己很安全，而阿根廷古老的诱惑也仍然存在：广袤而富饶的土地、一夜暴富的可能、丰足的肉类产品，这诱惑体现在阿根廷人结束谈话时频繁使用的一句话之中："Todavía aquí se vive mejor."（还是在这里过得好。）

野蛮，就在一座认为自己属于欧洲的城市里，在一片因为这座城市而为其文明感到自豪的土地上。之所以如此野蛮，就是因为这样的看法：文明被当作一种遥远的东西，由其他人魔法般地推动向前。将欧洲文明视为与任何一种智识生活都无关的东西，将欧洲文明等同于欧洲的商品和时尚。文明被当作可以购买的东西，那些有足够多钱的男人或女人可以跨越大洋、随时随地获取。这种态度与一个新建国家的政客相去不远，这样的政客一边糟蹋自己的窝，一边又在国外、在有法治的地方搭建着一个金窝。

阿根廷的官方史是光荣的历史：英雄们进行的独立战争，欧洲的扩张、财富、文明。这也是博尔赫斯歌唱的往昔；但在他后期的故事里，文化的衰落成了反复出现的主题。

酷刑在阿根廷并非新事物。尽管国外的阿根廷人在反对某个政权的运动中，总是把酷刑当成该政权的首创来谈论，阿根廷国内的所有组织都把酷刑当作阿根廷的一种制度，并且也接受这样的状况。

一九七二年，在一家风格优雅的外省酒店里，一位西班牙血统的上流社会女士（仍然迷恋种族的纯粹，还在进行西班牙旧日的战争）告诉我，阿根廷的酷刑始于一八一〇年，也就是这个国家脱离西班牙独立的年代；这位中年女士在餐桌上颇有风度，喝着阿根廷的黄色香槟，讲的英语带有淑女学堂的口音，她说酷刑仍是必要的举措，因为刑法太温和了。"只有用最可怕的方式杀了人，你才会进监狱。'我的客户太冲动。'律师说。'哦？'法官说，'他太冲动？'那就不用坐牢了。"

一位年轻的托派律师看待法律的方式与此不同。他认为"大多数政府"都在使用酷刑，而且酷刑已经成了"阿根廷生活相当重要的特征"。一开始废除酷刑似乎并不在他的社会主义规划的考虑之内，但接着他注意到了我的忧虑，用非常快的语速向我保证，就像在哄一个可以向其允诺任何事情的小孩："随着布尔乔亚的垮台"，酷刑会消失的。

但是我后来见到庇隆工会的一位高级成员——那是一九七二年年中，他与权力关系密切，正等待着庇隆回归——他无法允诺任何事情。他说酷刑总会存在，就像是在谈论雨水。正是这个人，嗓音柔和、理智，其时仍是被压迫者的代表，他告诉我——在他桌上的玻璃板下面有一张巴黎地铁交通图和一张庇隆青年时代的照片——有好的酷刑和坏的酷刑。用酷刑折磨一个"作恶者""没问题"；折磨一个想要救国的人，那就是另外一回事了。

这也正是海军上将顾塞提四年后的观点，他是现政权的领导人之一，这番话是他一九七六年八月在联合国为阿根廷的恐怖辩护时所说。海军上将（他后来在游击队的一次袭击中受了伤）说："我所以为的颠覆来自左翼恐怖组织。右翼的颠覆或恐怖不是同一回事。如果国家的社会机体感染了一种疾病，内部遭到侵蚀，它就会产生抗体。这些抗体不能等同于细菌。"

昨日的抗体，今日的细菌；昨日的国家公仆，今日的作恶者；昨日的刑讯者，今日的被刑讯者。不管打的是左翼还是右翼的旗号，阿根廷的意识形态其实相当简单：侵害别人的行为就是对的，侵害我的行为就是错。庇隆身上最能体现出阿根廷人本色的时刻——在他的抱怨和道德义愤当中——是一九五六年他被军队推翻之后，出版了一本眼泪汪汪的书讲述这次事件。这本书的书名为 *La Fuerza Es el Derecho de las Bestias*，直译就是《力量是动物的权利》，也可以换成英语的习惯表达《丛林法则》。

庇隆在书中写道："这次革命并没有理想可言，因为它只是一种反应，只是为了取消已经发生的事情，为了消灭庇隆主义，为了从工人那里拿走他们赢得的权益。"如果庇隆今天还活着，他也许会用同样的话指斥现政权。在过去二十年间的政治跷跷板游戏中，阿根廷的变化如此之少；所有的花招和谋杀都如此没有意义。

杀人汽车不是什么新鲜事物。庇隆时期它们已经存在，那时庇隆与支持他重掌权力的游击队反目成仇。这些汽车在庇隆的遗孀和继任者伊莎贝尔掌权时期变得更加嗜杀；那段时期，敌人之为敌人，越来越出于私人恩怨，而无法从政治上加以定义。直到有一天，伊莎贝尔不再掌权，庇隆主义的循环结束了。

事情经过很简单。一天晚上，隐忍了很久的军方劫持了总统专用的直升机；伊莎贝尔在奢华地从布宜诺斯艾利斯市中心的政府大厦往回飞的途中被告知，奥利沃斯郊区的总统府，她原本正在前往的地方，已经不再是她的家。按照官方的说法，这位前卡巴莱舞女和阿根廷首位女总统大哭了起来。她先是被带到城里的一座机场，然后又被押送到总统府收拾她的衣服。她试着说服那里的家政人员站在她这边，她以为他们隶属于她，忠诚于她。但他们已经习惯了阿根廷总统的到来和突然离开，只是帮着她打了包。

这就是她的结局，这位出生在贫穷的北方省份拉里奥哈的贫穷女孩的结局。一九五六年遇见流亡的庇隆时，她正在遥远的巴拿马的一家卡巴莱舞厅工作。那时距庇隆被推翻已经一年，距伊娃·庇隆去世也已经四年。伊莎贝尔从未晋升为伊娃·庇隆的替代者，庇隆也从未因为和她的关系而遭到追随者的指责。大男子主义的阿根廷无限地理解一个男人的各种需求，对于阿根廷人来说，伊莎贝尔不过是领袖身边的新欢。一九七三年与庇隆一同回到阿根廷时，她的身份只是"和平大使"，"一位修正者"，用她的爱把阿根廷人团结在一起的女人；庇隆则是处理仇恨的人。

"Perón conduce, Isabel verticaliza."（庇隆指挥，伊莎贝尔修正。）这些词在西班牙语和英语里一样令人费解；但这是一九七四年庇隆统治末期的口号之一，其时庇隆主义已经显示出它只是空洞的言辞而已，而庇隆的统治以及他的宫廷就像是把他们迎接回来的那种歇斯底里的延续；官方印制的公告被人用喷雾剂涂抹掉了，布宜诺斯艾利斯四处的墙壁就像是破旧的广告牌。那么多的公告，很快就会过时：总有新的烈士需要哀悼，（并且在一周内就会被遗忘：在庇隆时期的阿根廷，没有什么像上一周的政治公告那样毫无生命。)那么多的杀戮需要复仇：领袖总是试图让自己悬浮在集体的愤怒、怨尤和仇恨之上。

现在一切都沉默了。伊莎贝尔被扣留在南方某地，关于她的闲话越来越少；官方公布了她的一张私人快照，看得出她在执政期间发胖了。她的统治集团成员大多已各奔东西。占星师洛佩兹·雷加——他是伊莎贝尔在巴拿马做卡巴莱舞女时的经理，后来成了庇隆的秘书——出国了；现政府指控他在担任财政部长期间大肆贪污。

与庇隆重新掌权联系在一起的政治丑闻，还有在他的统治以及伊莎贝尔的统治下的经济丑闻，仍在被不断提起。是游击队让庇隆的回归成为可能；他们是庇隆运动在一九七二年和一九七三年的强硬臂膀。但他们真的全是游击队吗？绑架和抢劫银行——这都是为了他们的理想？还是有些游击队员与阿根廷的大企业搅在了一起？这一次，不要从土地和比索贬值的角度去想，而是要从理想主义和激情、真实的鲜血与酷刑的角度去思考问题。

军方喜欢干净的墙面；布宜诺斯艾利斯的墙面现在都刷得白白净净的。但四处的墙面上仍然看得到旧日的政治涂鸦，透过石灰幽魅般地显现出来：一九七二年的"Evita Vive"（伊娃万岁）；庇隆青年运动的徽章；庇隆在一九七三年的选举口号："Cámpora a la Presidencia, Perón al Poder."（总统归于坎波拉[①]，权力归于庇隆。）还有一条晚近的标语高喊"Cámpora traidor"（坎波拉是叛徒），从庇隆主义的角度出发，这是不可避免的事情。朋友神秘地变成敌人，现在成了阿根廷被遗忘的历史中无足轻重的一页，一个幽灵的幽灵：在军方粉刷的石灰之下所有被遗忘的历史。

庇隆现在已经不太被谈起。他死了；他最终辜负了每一个人；他，以及被他浪费的那些岁月，都可以忽略不计。在阿根廷，历史与其说

[①] 指埃克托尔·何塞·坎波拉，庇隆的铁杆心腹。一九七三年，因庇隆被禁止参选，坎波拉被庇隆指定为替换他的总统候选人，并最终成功当选。

是记录与理解的努力，不如说是对让人不快的种种事实的习惯性篡改；历史是一个遗忘的进程。为庇隆回归而鼓吹和运动的中产阶级政客和知识分子，在一九七二年和一九七三年出人意料地转向庇隆主义、从而让庇隆主义甚嚣尘上的人，现在纷纷回避这个话题，或是矢口否认。

他们说，他们是想从内部改变这场运动；他们还说，他们真正想要的，是没有庇隆的庇隆主义，这听上去更像空想。但他们却把流亡中的庇隆邀请回来统治他们；他们把他邀请回来，甚至连同他的占星师一道，因为他们想要他所能提供的东西。

在请人代笔的自传《我生活的意义》中，伊娃·庇隆说她十一岁时就认识了贫穷。"奇怪的是，更让我痛苦的不是穷人的存在，而是知道与此同时存在着富有的人。"这种关于富人的痛苦——也是关于他人的痛苦——一直是庇隆主义对大众的吸引力所在。正是这种简单的冲动，而不是"民族主义"或庇隆的"第三位置[①]"，点燃了阿根廷。

伊娃·庇隆在短暂的政治生涯中致力于嘲笑富人——掌握着阿根廷这片百万英里土地上的绝大多数财富的四百个家庭。她嘲笑和伤害他们，就像他们伤害她那样；她后来在民间的圣人地位让她的破坏性事业有了一抹宗教色彩。

即使金钱已经耗尽，庇隆主义仍然有能力把仇恨当作希望提供给人民。到最后，这也是阿根廷人为什么会在无形中团结起来、召唤庇隆归来的原因，尽管他的第一个统治时期结束于压迫与灾难，尽管他已经衰老，死亡将至。在他十八年的流亡岁月里，阿根廷从一个政府折腾到又一个政府，而他却以奇特的方式始终如一。他变成了典型的阿根廷人：和之前的伊娃一样，和所有阿根廷人一样，他是一个受害者，一个有敌人的人，一个怀有关于他人的痛苦的人。随着岁月流逝，他的敌人成倍增长；他从前对阿根廷人的抱怨开始变得像预言一样（"革命没有理想可言"，"军方在统治，但是没有人服从"）；到最后他似乎终于变成了每一个人的敌人的敌人。

[①] 庇隆界定庇隆主义是介于资本主义和社会主义之间作为第三位置的第三立场。

庇隆主义从来不是一种规划，而是一种反叛。阿根廷三十多年来一直在反叛。阿根廷作家有时会说，在欧洲找不到任何一个类似的国家。与之类似的国家是海地，在万圣节奴隶起义之后发生了同样的事情：一个以类似的方式建造起来的、野蛮的殖民社会，同样寄生于一种遥远的文明，没有能力自我更新，因为人唯一的行为模式是由奴隶制提供的，而要成为人，就只能抑制关于他人的痛苦，变得像主人一样。

伊娃·庇隆点着了火。但她完全没有改良的概念。她受过的伤太多，受的教育太少；过于从属于她的社会；始终是一个置身于大男子主义者当中的女人。海地的皇帝克里斯托弗以无数的生命和金钱为代价，以硫黄山的英国要塞为蓝本建造了拉费里埃尔堡；硫黄山位于圣基茨的小岛上，克里斯托弗就是在那里生而为奴，继而又被培养成裁缝的。同样，伊娃·庇隆走进权力中心，销毁了自己幼年时的档案，却从未走出童年的种种观念，她所寻求的只是与富人比残忍，比财富和风格，比谁的进口用品更多。她给予人民的——她正是在以人民的名义行事——是她自己以及她的凯旋。

是她的敌人促进了她的圣人化。一九五五年庇隆被推翻后，他们公开展示她的衣服，甚至包括内衣。她离世已经三年；但那场展览（尤其是展出内衣）是阿根廷大男子主义者侵犯女性的一种形式；而人民，应该为他们第一夫人的奢华生活和平凡出身感到震惊。这是一种虚伪的做法：这些侵犯者自己没有更高的理想。他们展示伊娃童话般的财富，就一个出身贫穷的人而言超乎想象的财富，反倒为伊娃的传奇增添了光彩。

去世二十年之后，她找到了自己的正当性。她那做过防腐处理的娇小尸体——她身高五英尺二英寸，死时已羸弱不堪——现在安息在雷科莱塔国家公墓的杜阿尔特家族墓穴里，那是布宜诺斯艾利斯上流社会的大墓地。仿真城镇的大道用石头和大理石建成，到处可见阿根廷伟人的名字，或者说，如果这个国家建设得更好，那些本可以变得伟大的名字。而现在，只能说那些名字属于矫饰的、失败的过去。这样的正当性、这样的尊严，是那个从洛斯托多斯来的女孩想要的一切；经过一场叛乱和政权的崩溃，她才实现了这样的目标。

庇隆掌权的早期，她被视为圣人，现在的她已经超越了庇隆主义和政治。她是自己的教派，为信奉她的人提供庇护。在没有可靠的制度、规则和法律，没有世俗保障的地方，人们需要信仰和魔法。阿根廷的大自然会令人不知所措：在这片拥有高山和广袤空间的土地上，人会有被遗弃的感觉。（沙漠、丛林、群山把北方省份拉里奥哈与大草原那更柔软却依然无边无际的土地分隔开来：拉里奥哈城，古老之地，失落的希望，十六世纪在次安第斯的荒原上建造的城镇，是继墨西哥和秘鲁之后，西班牙人为寻找黄金国而建立的又一个基地。）在广袤的阿根廷，荒原似乎总是近在咫尺：人们是怎么来到这里，又是怎么熬过来的？

在那片荒原上，生长着各种教派，它们给人一种古代世界的感觉。比如，有一个教派信奉一位叫 La Difunta Correa（已逝的科雷亚）的女人。不知何年何月，她曾经徒步穿越沙漠。她又饥又渴，沙漠里没有水：她死了。但她的小孩（也许是她在死前生下的小孩）被人发现时还活着，正在吮吸这个已逝女人的乳房。路边现在有一些小小的纪念神龛，人们会在里面留下水瓶。水将会蒸发：被已逝的科雷亚喝掉了——La Difunta Correa tomó el agua：简单的奇迹在无休无止地更新。

伊娃·庇隆现在也成了那样一个人物，不再与时间或政治相关联。人们在雷科莱塔的杜阿尔特墓穴前献上祭品。石棺是看不见的，但大家知道它在那儿。我去的那天早晨，在黑色的围栏上，有人用白色围巾把洁白的百合系在上面；围栏上还有一朵凋谢了的玫瑰，无以言喻地动人。在没有保护层的地上，有一条装在塑料包装里的白色披巾。一位妇女带了花来。她是人民当中的一员，身材矮胖，是那种饮食里淀粉含量过高的人。她从遥远的门多萨来，那是大草原的另一端。

（门多萨是安第斯山脚盛产葡萄酒的地区，那里有许多欧洲进口的树木，柳树和悬铃木，在南方明亮的光线和清朗的空气中长得异常茂盛；一侧的风景总是被蓝灰色群山的山壁所阻挡。但这里不是真正的白雪覆盖的安第斯：有一天雪顶会在非常遥远的地方出现，似乎没有支撑，像一抹淡淡的白色叠映在半空中，让人对尺度产生新的理解；这样的景象不仅会让十六世纪时来到这里的征服者叹为奇观，也会令印加人产生同样的感觉；这些没有马车的印加人，把他们的统治疆域拓展到了如此遥远的南方，直到今天门多萨的开垦者仍在使用他们的水渠。）

这位门多萨女士的女儿生病了，患上痉挛性麻痹症或说小儿麻痹症：具体什么情况并不清楚。"Hace quince años hice la promesa."（十五年前我发了一个誓。）那是一九六二年，伊娃·庇隆已经去世十年，而庇隆仍在流亡，没有回归的希望；那一年人们以为伊娃做了防腐处理的尸体失踪了。现在奇迹发生了。尸体就在那儿；女孩的病也好到了能让这位母亲履行誓言的程度。

她把花放在地上，静立了一会儿，对着围栏和空荡的墓穴沉思；然后她回过神来，神情轻快，准备离开。她说："Ya cumplí."（我履行了誓言。）

6 阿根廷与血的理念

那是一九七七年三月的阿根廷，军政府正在与游击队进行"肮脏战争"，有一天我被警察带下长途巴士，当作游击队嫌疑人拘押了几个小时。

这是在这个国家的最北部——一个更为古老、更有热带气息的阿根廷，位于大陆深处，仍然有着西班牙帝国的氛围：安第斯山脉旁的宽阔山谷，连绵数英里的甘蔗林，居民都是印第安人。在布宜诺斯艾利斯我显然是一个异乡人，在这样的北方我却可以融入人群。（有时还不仅仅是融入人群。之前有一次旅行途中，在科尔多瓦山的一座小城里，一个看起来像是西班牙裔的中年人在咖啡厅里对着我非常严肃地大喊："你！你就像一个 pistolero。"一个黑社会成员。）

这一次，我当时在殖民地古镇萨尔塔逗留。一天早晨，我坐上巴士去胡胡伊，这个镇子属于北面的省，与玻利维亚接壤。刚出萨尔塔，车就停了，也许是到了省界上。身穿深蓝色制服的印第安警察上来查验身份证件。阿根廷人从小就受到训练，会随身携带证件。我什么证件也没有带；护照放在萨尔塔的酒店里了。于是，我的黑社会脸短暂地吸引了其他乘客（大多是印第安人）的目光，我被带下了车，汽车开走了。

我和两个警察一起走进路边的白色混凝土简易房（或者叫它小屋）。简易房内外都很普通。里面还有一个警察，站在齐胸高的柜台后面；在柜台靠他那一侧的一张桌子上、他的手边上，平放着一支黑灰色金属壳枪。桌上再没有别的东西。

和我在一起的这些人很严肃。他们听我解释，但对我所说的没多少兴趣。他们彼此交谈，然后又通过电话或无线电装置询问了另一个人的意见。过了一会儿，我被带到——我不记得坐的是什么交通工具，又是怎么去的了：那天我没有在笔记里记下这个事件——另外一个地方，一座矮小的建筑，独立在洒满阳光的丛林中。尽管看上去并不像，但那是一个警所或警哨。

把我带到这里的人离开了，就像开往胡胡伊的早班车一样。萨尔塔开始显得遥远起来。我对时间的概念发生了变化；我学会了等待。我又一次详细地解释了自己的情况。警察做了笔录，然后又开始打电话。这并不是轻松的事情，阿根廷的电话服务非常糟糕。布宜诺斯艾利斯市中心的街道和美好时代的建筑上方，架设着巨型蜘蛛网一样的电话线，有些是合法的，有些是非法的；印第安警察试图从一千英里外的丛林连通那座蛛网密布的城市。他不停地拨电话，有时说话，有时沉默。他同伴的视线一直没有从我身上移开：现在他的眼睛在笑，他变得文明起来，等待着事态发展。

我坐在一条靠在光滑灰泥墙边的长凳上，看着外面的丛林和光亮，用随身带着的烟斗抽烟。过了一会儿，我想去洗手间。他们告诉我，小建筑里没有盥洗设施。眼睛在笑的警察指了指丛林里稍远的一处地方：我应该去那里。他说："如果你想逃跑，我会开枪打死你。"带着那样的笑意，他看上去像是在开玩笑；但我知道其实不是。

后来，出人意料的事情发生了，电话接通了：他们对我的描述没有一样出现在任何一份游击队名单上。我可以走了。带着某种类似善意的口吻，年长的警察说："是你的烟斗救了你，知道吗，那只烟斗让我觉得你真的是外国人。"

这是一只非洲烟斗，十一年前在乌干达买的，坦噶尼喀产的黑海泡石小烟斗：我没有注意到他们对它起了兴趣。但在整个过程中，我一直相信我的外表、糟糕的西班牙语和口音能够证明自己。现在我才明白，对这些置身遥远北方的印第安警察而言，阿根廷可能到处都是外国人。所以直到被释放的一刻，摆脱了轻微的震惊以及失常的时间感后，我才开始意识到刚刚的情况有多严重。就在几天前，我还在图库曼城和一小群居民站在一起，围观那些雨衣下带着机枪的警察登上没有车牌的汽车。就像是乡间别墅的打猎游戏；但在图库曼，肮脏战争尤其肮脏，图库曼就在萨尔塔的南面。

我自由了，但我不知道自己在哪儿，隐约觉得警察应该把我带回他们拘捕我的地方，但我没有跟他们提。他们告诉我路在哪边。我朝着那个方向走，突然意识到自己还是没有"证件"，可能会再度被捕。我回到小建筑，想让年长的警察给我开个证明什么的。他立刻就明白了，我的请求似乎令他感到很愉快。他在桌前坐下，把一小摞印有抬头的纸放进笨重的老式打字机，以令我惊讶的速度打出constancia policial，警察"证明"。语言非常正式：兹证明携带者曾被拘留，但是"已恢复自由"，因为拘留他"没有意义"，por no interesar su detención。我带着这份证明走到路边等候。一个开着白色皮卡的意大利移民把我捎回了萨尔塔。

我放弃了在北方继续旅行的想法。第二天，我启程返回布宜诺斯艾利斯，几天后就离开了这个国家。在接下来的两到三周里，我写了一篇文章，我去阿根廷就是为了写这篇文章。但我对文章的结构不满意，于是又用了三到四周的时间进行修改，最后却发现自己多少在以同样的方式一次又一次地写着同样的文章。我感到困惑,把文章放到了一边。

两年后,我又看了自己当时写的东西,发觉写得还不错,于是就想弄明白自己当初为什么困惑。就好像在当时,是作家的某种直觉让我把那天的感受保留给自己,不要在文章里暴露出来,哪怕只是以间接的方式。后来,还是在那一年,我开始写一部长篇虚构作品,故事被设定发生在中非的一个国家。写到一定时候,我把自己在阿根廷的感受,甚至包括胡胡伊丛林里孤绝的警哨,都转移到了我的中非故事里。写完的时候,胡胡伊带来的不快从我的意识里消失了;我把它忘掉了;尽管这个事件标志着我在阿根廷五年间歇旅行的结束,尽管此后十五年间我再也没有去过阿根廷,在我对阿根廷的记忆里并没有在胡胡伊度过的那一天。

但是,就像局部麻醉的效果消失后,下巴的感觉会恢复一样,过了十年,那部非洲小说自动脱离了我的记忆,我再也不能确切地记起书中所记述的细节——以前我可以背诵出来——在胡胡伊度过的那一天重又回到我的记忆里。没有了那一天所带来的震惊,还有那种让我一直保持镇定的失常的时间感,再想起当时我竟然如此接近那场如此肮脏的战争时,我感到很不舒服。数千男女在那个时期被处决。酷刑就是家常便饭,它就在那个年轻警察散发笑意的眼睛里。幸好我的非洲小烟斗在年长的警察脑子里唤起了一丝怀疑。那一年年底,在我深深地沉浸在我的中非小说之际,我戒了烟,把那只烟斗和所有其他的烟斗都收了起来。

我从不认为阿根廷游击队有足够正当的动机。有些游击队员是左翼,有些是庇隆主义者,鼓吹迎回腐败而衰老的庇隆;有些想要庇隆主义——民族主义、社会主义与反美主义的混合体,但是不要庇隆。有些我认为完全没有理想;有些则纯粹是黑帮。一九七二年我第一次去阿根廷时,他们对我而言是一种神秘。他们是受过教育、有社会地位的中产阶级,也许是世纪初欧洲移民大潮,以及三十年代大萧条之后第一代完整地受过教育并有社会地位的阿根廷人。然而他们刚刚开始获得特权，就——在我看来——试图颠覆自己的世界。是什么在驱动他们走向他们的事业？其中应该有模仿的因素，还有不想在六十年代的政治潮流中落伍的愿望。"他们想在这里把美国学生的口号变成现实"——一个女人在一九七二年这样对我说，她的侄子参加游击队，被警察杀死了：与他想要追上的美国学生相比，这个年轻人对待革命的态度更加严肃。另一个年轻一些的女人告诉我，她的一个朋友是这样下定决心的："没有成为游击队员，我感到羞愧。"

另一个因素是阿根廷人看待革命的旧观念，他们认为革命远不只是动荡与混乱，而总是意味着可以终结一个政治烂摊子，从头再来。布宜诺斯艾利斯的漫画家萨伯特是这样说的："每当一个总统被废黜，他们都会升国旗，唱国歌。"英文报纸《布宜诺斯艾利斯先驱报》的编辑罗伯特·考克斯说："一有政变，每个人都会很兴奋，第二天早晨走路的时候，脚下如有春风。"

在一位意大利血统的电影制片人看来，这种对革命的看法可以追溯到十九世纪初以及血腥的独立战争时。他并不认为这很可笑：他认为其中蕴含了"阿根廷关于血的神秘理念"。我当时认为这是一些大词，但在这个国家待了一段时间后，我觉得这种说法多少可以解释阿根廷人对于酷刑的迷恋。

动身前往阿根廷之前，我收到过关于酷刑的一些令人毛骨悚然的资料。但我在阿根廷见到的一些人并不像他们自己宣扬的那样狂热；有些人似乎对我如此严肃地看待这个问题感到非常惊讶。一位年轻的托派律师用一种"事情不过如此"的态度说："在这里酷刑相当重要。"他留意到我认为他的口吻太随便时，有一点恼怒，像大人厌烦地鼓励不听话的小孩那样对我说："只有工人成立政府，布尔乔亚倒台，酷刑才会消失。"一位庇隆主义工会领袖坐在一间设施完备的办公室里，用他闻名遐迩的柔和而理性的口吻说："没有酷刑的世界是理想的世界。"酷刑将会继续，但是分为好的酷刑和坏的酷刑。坏的酷刑是人民的敌人实施的；好的酷刑则是当惩罚的时刻来临时，他们将从人民的保护者那里得到的东西。

这是一九七二年，几乎每个人都是庇隆主义者，而人民在怒斥军方的坏的酷刑，并对他们所期待的、庇隆回归后的好的酷刑保持着沉默。

罗伯特·考克斯说："你可能会被愚弄。你可以为某个人发起一场运动，据说这个人是警察制造的无辜受害者。然后在他的墓旁，这个犯下种种暴力罪行的人将会得到极大的赞颂。"

即使存在着模仿的因素，阿根廷关于游击队的观念与巴黎和美国的学生戏剧也少有共同之处。如果说，阿根廷的革命也许并没有绝对地容纳神秘的血的理念，其中也蕴含了这样一个理念：对站错队的人应该进行身体上的惩罚。高尚的政治原则遭遇到这种更为简单的理念，后者表达的是个人的义愤，个人的不和，血的世仇：首先要否定他人的理想，然后再否定他人的人性。

在一八八〇年的布宜诺斯艾利斯，市中心或许还有暴露的阴沟和未经铺砌的街道。当时的人口是三十万。到了一九一五年，也就是"沙漠征服"之后，其时大草原印第安人已被灭绝，他们广阔的领土被抢夺，欧洲的移民大潮也已结束，这座城市的人口达到了一百五十万；美好时代的巴黎风格城市已经建成，建筑师和工程师的名字被镌刻在石头上，或是被铸成金属字镶嵌在高大门廊的一侧。那时的优雅街景几乎都没有留存下来。仅仅过了三十年，也就是在一九四五年，庇隆的革命开始了；又过了二十五年，游击队出现了。

到了一九七七年，游击队几乎全部被消灭了。现在，十四年过去了，在这座有着多年疏于管理迹象的城市里，我去找里卡多讨论那场运动。里卡多曾是游击队的同情者。

他住在市中心的一座公寓里，那片破败的街区建于一九一四年之前。公寓的风格属于那个年代，仆人有专用的门道，住在狭小的蜗居里。前面的房间是浅色的，后面的房间颜色非常深。里卡多没有仆人。他像一个在老公寓里宿营的人。一层层的涂料让天花板、框缘和壁脚板的细部变得很粗糙。

他四十出头，通过上学这个途径跻身中产阶级。他似乎仍为这个国家近来的历史所困扰，并且至今没有稳定的职业。他和游击队员是同一代人，事实上，他的母校曾经出过一些更重要的游击队员。他知道他们，并不熟识：那时他十五岁，他们十七岁。

那所学校叫布宜诺斯艾利斯国家学院，非常有名；里卡多说，那是这个国家最好的学校。学校是耶稣会会士在十八世纪创办的，在会士被逐出西班牙帝国之前，一直由他们在管理。"现代阿根廷创立的时候，一个法国人根据当时法国百科全书派的教育理念重组了学校。"一九六六年，里卡多在学校里游完泳，听到一些高年级男生在更衣室里唱"法西斯的赞歌，墨索里尼的赞歌"。"他们对待这件事情相当认真。"其时正值军方又一次接管政权：在庇隆革命带来了民粹主义和经济乱局之后，阿根廷内在的、反复发生的冲突仍在继续。

里卡多开始明白，他将在阿根廷进行一场战斗。另外一件事情也对他进行了政治教育。"在五十年代后期和六十年代，阿根廷有一场叫'天主教行动'的运动。那是教会内的一个军事组织。有两个'天主教行动'的神父是我们学校的顾问。他们住在距学校仅两个街区的地方。庇隆主义左翼城市游击队就是受了这两个神父的影响才发起的。其中一个被称为穆希卡神父。几年后，在一九七四年，他被泛军事力量杀死了。"

我说："我在一九七二年遇见过穆希卡。我不知道他那么重要，还以为他是非常虚荣的人。"

里卡多说："虚荣在这个故事里扮演了重要角色。西班牙语里有一个词 soberbia，确切的意思不是'自豪'，更接近'傲慢'的意思。穆希卡就有这样的 soberbia。他来自一个旧式阿根廷家庭。谁都知道这个，而且他确实住在好地段。但有时傲慢与羞耻是两兄弟，或者说傲慢与负疚。许多参加了我们正在谈论的这场运动的人都有一种负疚感：他们对之感到负疚的，是他们的家族在某种版本的阿根廷历史中所扮演的角色，在那个时候，这种历史观非常流行。"

二十岁时，里卡多设法离开阿根廷去国外旅行了几个月。

"我离开了这个国家，在一艘货船上工作，找冒险，找麻烦，想要形成自己的个性。"一九七〇年五月，他到了巴黎。刚到那天傍晚，他出去散步，撞见了一场骚乱。"那些人在庆祝一九六八年五月的运动，一边是骚乱者，另一边是警察。那样的情形让我非常惊讶。"这让他对自己在阿根廷的愤怒、挫败感以及被动性有了更多的意识。不久后他在报纸上读到庇隆主义左翼城市游击队绑架（随后又谋杀）前总统阿兰布鲁的消息。阿兰布鲁就是废黜庇隆的那位阿根廷将军，在一九五五年到一九五八年间担任总统。

回到阿根廷的他发生了很大改变。军方仍在掌权，而他准备好了站到游击队一边。

游击队想要什么？

我的问题似乎让他很惊讶，他说："消灭军队。像我们这样的边缘国家非常清晰地接收到了北半球发出的思想信号。那个词就是'解放'。古巴是眼前的例子。智利的解放正在进行中，阿连德领导下的智利。越南也在进行中。"

但既然他们想要消灭军队，又为什么要在国外大肆抱怨军队想要消灭他们？

已经过了那么多年，他所有的仍然是复仇的冲动，在这样的冲动下，对立的一方完全没有道理可言。

他说："他们用的枪是用纳税人的钱买的。他们还在非法实施酷刑。他们实际上是流氓，受到政权保护的流氓。"

"流氓"，军方也用这个词描述游击队。

但是不管里卡多对阿根廷军队的感觉如何，他随后对庇隆主义左翼游击队起了疑虑。他们想让四十年代的革命者庇隆回归，但庇隆现在已入暮年，身边围绕着一群骗子。

"他们对庇隆的看法并不准确。还有一点我也难以接受：他们说自己代表工人阶级的利益，但他们和工人阶级几乎没有接触。"但他并没有立刻放弃游击队，"他们不是想要愚弄你。我认为他们是一些诚实的人。我信任他们，因为我了解他们。与此同时，他们还取得了成功。他们从无到有地创建了一个组织，他们藐视警察和军队，而且他们还在那儿。所以他们一定有正确之处：他们没有失败。面对那样的成功，我所有的只是我在智识上的疑虑，那似乎并不是特别要紧的事情。"

而且当时还有种种的兴奋：行动本身带来的兴奋，秘密会议带来的兴奋，警察出现时四散逃跑、按照预先制订的计划在另外的地方再度集合的兴奋。但是他对城市游击队的疑虑仍在增加。

"当我们走在人群中，他们有时——事实上每次都会——为自己的罪行感到自豪。"绑架与谋杀，抢劫银行。意识形态并非总是一清二楚。城市游击队说他们自己是庇隆主义者。那他们又为什么要谋杀庇隆主义工会领袖鲁奇？"那是一件让他们不自在的罪行。他们很难告诉人们是他们做的。"

一九七〇年的巴黎给了消极而沮丧的里卡多一种理念，关于行动的可能性的理念。但是阿根廷的各种冲突并不像巴黎的庆祝骚乱那么有序，并且受到严格的管制——警察在一边，学生在另一边，事后各自回家去。阿根廷充满了含混的仇恨，这些仇恨不总是能简化成一些原则。阿根廷要血腥得多，到处都在发生真实的谋杀。里卡多感到自己正在陷入道德和政治的泥潭。他还没有参与什么大任务；在这方面他没有妥协；他还有可能脱离游击队。

他说："阿根廷让人有太多梦想。等到梦想破碎的时候，人们的反应就是愤怒和寻找负责的人。许多游击队员都是移民的孙辈。军人也是。双方的很多人有亲戚关系，因为这基本上是一个特定社会阶层的内战。他们并非大地主；也不是工人阶级。他们所期望的是一种特定的、基于教育的社会发展模式，而他们开始感觉到，因为种种原因，大门正在关闭。"

现在很难想象，在世纪初曾经有一段时期，阿根廷以其富饶而空旷的土地、被其征服的"沙漠"和大草原的全部财富，认为自己可以和美国并驾齐驱；而且阿根廷吸引的是同样的欧洲移民。但阿根廷是个骗子；它从来都不是一片属于拓荒者的土地；它是一个规模宏大的殖民地农业经济体，围绕一些大牧场建设而成。阿根廷不需要拓荒者，只需要劳动力。二十世纪六十年代末的美国，移民的孙辈玩儿革命，其实只是要在一个开放、富裕和多面的国家里走出自己的道路来。在阿根廷，同样也是那一代人，有着多少相同的祖先，他们的反抗更加不计后果。

反抗有其宗教性的一面。关于这一点，我想要了解更多。有天一大早，里卡多带我去见一个七十年代的幸存者。我们在那个人位于布宜诺斯艾利斯市中心的办公室见了面，上班时间还没到。电梯坏了；那些于世纪之交装设的护墙板黯淡无光。和里卡多的公寓一样，这个建于奢华时代的商业套房像是正有人使用的宿营地。

我们去见的人是一个块头很大、四十多岁的胖子。他身着褐色西装，如果说里卡多散发着忧郁的气息，那他给人的则是笨重和沉闷的感觉。他在光线黯淡的办公室里做着一份沉闷的工作；他有一张白皙的、无表情的脸。很难想象他拿枪的样子。

他的谈话从一开始就很抽象。

他说："围绕一个人对他人的关切去建立一种生活方式，并为之做出见证，这种观念并非天主教独有，左翼的传统中也有。"

他的天主教教义来自他的出身背景。在他上学的公立学校里，流传着民族主义、法西斯主义和左翼的种种理念，他发现自己的天主教本能与左翼理念十分契合。具体来说，是哪些理念？"新人的理念，革命作为一种身份的理念，以革命对抗不公的观念。既然在犹太教－基督教文化中，爱你的邻居是一条诫命——这意味着神在他人之中——那么我就不能对这个人的悲惨境地无动于衷，而且我还不仅仅是指他在物质上的悲惨，还包括他在文化和精神上的悲惨。这是福音书的教导。它在那样的时刻与左翼意识形态——切·格瓦拉，新人，古巴的革命传统，马克思主义革命传统——相吻合。新人是一种文化态度。它指认、反对并谴责主流的文化。"——这些词语就这样涌出：西班牙语的音乐效果能够诱使人使用冗余的词语，以及更多带有音乐感的词语——"而那种主流文化被视为一种统治的手段。"

他的天主教和新人信仰如此庞大而抽象，我想知道他把它们缩减成游击队的行动，都经历了哪些阶段。这些行动非常明确；有时候，它们显得——甚至在像里卡多这样的人看来——像是出自一种神秘的敌意。

他并没有给出我想要的答案。他说："那就像是一个改宗的过程，以一种政治的方式进行的改宗。而且发生得非常快。你获得了一种视野，看到你可以改变历史，而历史并不会沿着固定的道路发展。我决定献身。我放弃了我的工作、家庭和社会生活，开始做我必须做的事。你还会发展出一种清晰的集体归属感，这是一个全新的集体，不同于父母所给予的那个集体，尽管我的家庭很宽容，也很支持我。"

"献身的理念包含了人身危险的理念。很简单。如果你在做正确的事情，你就会认为你是正确的，并会因为你所做的事情而受到尊重。在特定的行动层面上，你试图应对的，是你自己的苦闷和孤独。但在我这里，最重要的不是行动本身，而是通过行动获得的自尊。我获得自尊，是因为我做的是正确的事情。"

我说："这是一种宗教态度。几乎和教士一样。"

身穿褐色西装的男人说："是的。"

里卡多对我说："你觉得这很奇怪吗？这是因为你不是基督徒。他的心理状况与这种文化传统有关。"

坚实的大理石台阶上响起了脚步声，一个女人走进外面的办公室：一个秘书，正准备开始一天的工作。

身穿褐色西装的男人说："我们的天主教教养把我们培养成了斗士。那就是事情的发端，就在奉献与纪律的理念里。"随后，又有人走进办公室，里卡多和我准备走了，他站起来说："事情的结果有时候变得歪曲。"到最后，他好像终于承认了降临在他那理想之上的混乱与不幸。

我和里卡多走到街上，他说："这个人，"里卡多是在中立地使用这个词，"把他自己当作一个失败的人、当作失败一代中的一员呈现给了你。"

然而我希望自己能让他讲得更具体一些。也许是因为理想失败得太彻底，他不想谈论真实的人和真实的事件。但也有可能他的抽象代表的是他的思考方式。他努力遵循的生活原则属于他自己，他必须坚守这些原则。这些原则让他起而行动（protagonism，支持行动，这是他用的词），而行动的方式是其他人设想出来的，他信赖这些人；对他更高的理想而言，这些行动只是次要的。

里卡多和我在一家学生咖啡厅里喝咖啡。

里卡多说："当我有机会接近他们的时候，那些严密的观念吸引了我。我们却因为缺乏严密性而付出过惨重代价。"

我们走出咖啡厅，外面的大道非常宽阔：这座建于世纪之交的城市曾经有过宏大的目标。阿根廷生产的巴士狭小而吵闹，在交通信号灯之间发出刺耳的声音，吐着黑色的烟雾渐渐远去。在美好时代的建筑上方，无数电话线像蜘蛛网一样盘踞着——这些黑色电话线所从属的电信系统在一九四五年被庇隆以昂贵的价格收归国有，那时他的革命才刚刚开始，自那以后，与其说这个电信系统是公共设施，不如说它是电话维修工人勒索的工具：黑色的大网仿佛自城市的肺腑旋出，悬挂在城市上方，象征着近半个世纪以来革命的掠夺与浪费。

七十年代的游击队，是受过教育的男性与女性，是移民的孙辈，他们在延续着庇隆的革命。二十年来，他们（通过他们挑起的镇压，以及继镇压而起的一切）可以被视作这个国家愈加贫瘠和停滞的原因。

那条大街上的几乎每一个人都可能会沉迷于金钱：不仅仅是为了谋生，而是要维持金钱的价值。一个星期不照管你的钱，你就会失去它们。近二十年来，始于庇隆时期的通胀在一路高涨。一九七二年，银行打广告说年息百分之二十四，我为之感到兴奋；自那以后，通胀有时达到了每月百分之百；现在，官方采取了新的银根紧缩政策，称通胀为每月百分之四。

谈到七十年代的游击队，里卡多说："只有部分知识分子牵涉其中，但他们全都遭到了攻击。在当时，做知识分子是一件危险的事情。镇压的规模在日益扩大。"就如同在阿根廷有好的酷刑和坏的酷刑一样，在里卡多看来，取决于你站在哪一边，在阿根廷也有好的战争——游击队的战争，以及坏的战争——军队的"镇压"。"相当一部分知识分子只能逃走，这个国家直到现在还在为此付出代价。"

他开始把自己的忧郁投射到他对未来的想象之上。他说，有一天会有更多的游击队。他们不会再像七十年代的游击队那么"优雅"，会更像秘鲁的"光辉道路"游击队①，因为鲜血与愤怒而充满活力。

"七十年代的游击队试图找到某种道德立场，某种高于敌人的道德优势。光辉道路则放弃了这种努力。他们不再扮演好人。这里也可能会发生同样的事情。你现在坐火车到郊区去，在那里接触一些人，你都不知道怎么让他们融入未来的社会。你无法把他们设想成人类。他们是印欧混血。"来自古老的印第安北部的人。"他们像蘑菇一样在那些郊区里冒出来。"

里卡多说的是真的：在那些郊区，这座巴黎风格的城市似乎正在变回当初的南美大地。

"他们自己的封建体制，他们父母所从属的那个体制，不再要他们了。那个体制不再容纳他们，或是让他们感到满意。在这个城市的资本主义体制里也没有他们的位置。所以他们生来就是不法之徒。光辉道路式的游击队对这种人具有某种吸引力。有些宗教群体也同样如此。顺便说一句，这是一种重要的新现象：电视上那些美国传道者开始到这里来了。"

一九七二年遇到穆希卡神父时，我不知道他是游击队的资助人之一。我现在能肯定，带我去见他的丹尼尔知道这件事。丹尼尔很希望我与穆希卡见面；但他只告诉我穆希卡是"第三世界教士运动"的成员之一，而且来自阿根廷的上层阶级。丹尼尔是一位值得尊敬的中产阶级商人；即使在那时，他对穆希卡的理想所投入的关注也令我感到奇怪，这揭示了游击队在一九七二年对社会的渗透程度，那时庇隆还

---

① 秘鲁激进左翼游击队组织。

没有回归，事情还没有变得那么肮脏，而游击队在社会的内部运作，并且——尽管街上有警犬，街角有带枪的警察——确实是在保护人民。

穆希卡在位于巴勒莫区的 villa miseria（印第安棚户区）主持一座教堂。巴勒莫相对于布宜诺斯艾利斯而言，就像是伦敦的肯辛顿公园，或者巴黎的布伦园林。巴勒莫有一座很棒的公园。（还有相当数量的公共爱国雕像：就这里的历史而言，和巴黎太像了。公园就坐落在牧场主–军阀罗萨斯在布宜诺斯艾利斯的领地上，他在独立之后几年开始掌权，以非常粗暴的方式统治了阿根廷近四分之一世纪，直到一八五二年才结束。）

巴勒莫棚户区大约已存在十五年之久，隐藏在不易发现的地方。你可以开车穿过宽阔、喧闹的大道而不见其踪影。它就在河边，出人意料地庞大而实在，并且富有生活气息。一旦你走进它，就会感觉自己离开了巴勒莫和布宜诺斯艾利斯。这里的居民来自遥远的北方，来自萨尔塔和胡胡伊；丹尼尔说，有些人甚至有可能是从玻利维亚来的。车道没有铺过柏油，泥泞不堪；小小的建筑低矮拥挤，但它们是用砖筑成的，不时还能看到两层的小楼。傍晚刚至，这里一片繁忙景象，柔和的灯光像城里其他地方一样昏朦，看上去并不太坏；要是在印度，这样的阿根廷棚户区也许可以算作是一座小城里繁荣的商业区。

穆希卡的教堂是一座没有供暖的大简易房，混凝土结构的。上面没有明显的宗教标志，至少我不记得有；教堂内部各处也没有基督教的东西。教堂在播放音乐：一首用扩音设备播放的阿根廷歌曲，歌里也没有提到上帝或宗教。

穆希卡就在他的简易房里，看上去像是这里的一分子。他块头很大，忙碌、严肃、皱着眉头；身着黑色皮夹克，胳膊和胸膛被凸显出来；头发浓密，有一双愤怒的眼睛。丹尼尔以前就见过他，立刻现出敬重的神情，一声不响，凝视着这位了不起的人物。穆希卡很高兴有人寻访他；但我觉得他有点像个演员，而且——为了在丹尼尔面前证明自己——将会找我的麻烦。

我很快就给了他找我麻烦的理由。我问到"第三世界教士运动"。

他带着一点嘲讽的口吻说,他"碰巧"也是一个庇隆主义者;随后他又补充到——他几乎无法控制自己的嘲讽,最后又带上了一点愤怒——作为一个庇隆主义者,他并不像有些人那样关心经济发展。

我问他棚户区有多少人。他拐弯抹角地回答说,走掉一个,就会再来两个。我追问他具体数字。他说几年前只有四万人;现在则有七万人(丹尼尔告诉我的是三万人)。穆希卡说,因为政府部门的蠢行,印第安人在内地没有工作可做,所以才会不断地从北方南下。

我想知道他是怎样让这个观点与他作为庇隆主义者对经济发展的拒斥相调和的。我不是在争论什么。一九七二年的阿根廷令一个外来者感到困惑;我当时也不知道什么是庇隆主义。

穆希卡被激怒了。他说自己有更重要的事情要做,不想浪费时间和一个norteamericano(美国人)交谈。他转身离开丹尼尔和我时,表情从愤怒变成了上层阶级的和蔼可亲(就好像要向我们展示我们到底错过了什么);他走向一个戴着黑帽、神情惊惶的玻利维亚家庭。那家人没有一个高过五英尺,刚刚走进混凝土简易房。身着皮夹克的他张开双臂,就好像要把他们全部压向他的胸膛。

如果当时我知道——丹尼尔已经知道这件事——穆希卡与游击队有关联,我也许会用不同的方式和他交谈。于是我以为自己与这位"第三世界教士"的会面结束了。而且,简易房里又冷又潮湿。那是五月末,正是阿根廷的冬季;在昏朦的灯光下,从普拉特河来的晚雾正越来越浓。穆希卡的音响设备播放的阿根廷歌曲声音也真的很大。我告诉丹尼尔,我们应该走了。他看起来不大高兴。他更像是站在穆希卡那边,而不是我这边。他说我至少应该再待一会儿,告诉神父我不是美国人。我觉得要是不照丹尼尔说的做,就会破坏他在穆希卡那里的信誉。于是就等在那里。穆希卡和玻利维亚人说完了话,他们走到一张长凳前温顺地坐下,低头望着水泥地板,在稀薄的雾气中祈祷。

丹尼尔身着大衣,站着不动,凝视着穆希卡的背影,对我说:"去告诉他。"

我走过去对穿着皮夹克的后背说:"神父,我不是美国人。"

他转过身来，很是窘迫。他的目光变柔和了，但后来，随着我们重新开始交谈，我问了一些关于庇隆的问题，他愤怒的态度又回来了。

他说："只有阿根廷人才能理解庇隆主义。"庇隆主义者不仅仅是我遇见过的中产阶级：巴勒莫棚户区所有的印第安人都是庇隆主义者。"我可以跟你谈上五年，你仍然不会理解庇隆主义。"

他解释说："庇隆主义同时有卡斯特罗主义和毛主义的成分。在中国，他们拒绝工业社会，更关心'人的精神成长'。卡斯特罗主义也是如此，而阿根廷的庇隆主义也含有类似的目标。"但敌人还在那里。他一一列举出他们（那些身着黑衣的玻利维亚人此时仍在他的圣所里祈祷）：寡头统治集团、军方，还有通过经济手段操控阿根廷的美帝国主义。这些敌人正在吸干这个国家。

从把"人的精神成长"这种抽象概念当作目标出发（于是无论做了什么都可以被原谅），穆希卡毫不费劲就跳到了敌人的概念，某个就在那儿的人，还有非常具体的肉刑的概念。在这个问题上，穆希卡就像我遇到过的一位信奉庇隆主义的犹太律师，他几乎可以按照亚里士多德的方式来归类阿根廷人民的敌人。"从根本上讲，"律师说，"这些敌人是美帝国主义及其在我们国内的同盟。这些同盟包括：寡头统治集团、布尔乔亚附庸、国际犹太复国主义和左翼伪军。所谓伪军我是泛指激进主义和社会主义。"

许多人都有这样的敌人小名单，如果你把几份名单放在一起，那么差不多阿根廷的每一个人都是某个人的敌人。

丹尼尔妻子的一位女性朋友有一份种族主义名单。有天晚饭时她对我说："如果我们有更多的北欧血统、更多来自欧洲的人——我不是说波兰人——就好了，如果我们有更多的德国人、英国人和荷兰人就好了，他们可以更新和改善我们的种族。在布宜诺斯艾利斯和罗萨里奥我们有长得好看的种族。但北方人是纯种印第安人，他们不好看。他们很矮小。真可怕。"

这个女人自己的群体也在一个男人的种族主义名单上，这个男人的祖先来自爱尔兰的偏僻之地——在十九世纪，他的祖先没准是牧羊人或者挖掘工，一大早就要出门。他现在只说西班牙语，在一所省立大学工作。他对阿根廷的祸患在何处丝毫没有疑问。有一天在图书馆，他低声给我讲述了沙漠的征服者、前总统罗卡的故事。罗卡在十九世纪末的时候访问布宜诺斯艾利斯，看到一整船的意大利移民。"我可怜的国家，"罗卡说，"等到你被这些人的后代统治的那一天，那将是一个悲哀的日子。"现在，这个不像爱尔兰人的爱尔兰人用富有穿透力的西班牙语低声说，那个日子已经到来了。

"在阿根廷，"萨伯特一九七二年说，"有一种正式的、针对每一个人的种族偏见（un perjuicio racial integral contra todos）。今天我们在这里所看到的，是一种集体的狂躁。因为这里以前总是很容易赚到钱。这里有一种说法：等你再也吃不到牛排（所谓的 bife de chorizo），最终的革命就会到来。"

这个移民社会正在被原子化，而阿根廷正在变得没有脊梁，就像西班牙的奥尔特加·加塞特在二十年代初所写的那样。完全不同的民族，奥尔特加写道，汇聚到一起来，不仅仅是为了愉快地生活在一起，更是为了明天能够一起做些什么。这样的希望是建立一个移民国家所必需的，在阿根廷却已经消失了，取而代之的是一种日益加深的玩世不恭和道德沦丧。

我见过的那个年轻电影制片人给这种玩世不恭下了清晰的定义。"我自己是意大利人，但在这里发生的我不喜欢的事情，很多我都认为和意大利人有关——对各种事情袖手旁观，最后又从中渔利。这是一种中产阶级的态度，但是我想，当你利用自己的怀疑倾向，在各种事情当中谋利之时，你就成了一个玩世不恭的人。"

没有玩世不恭的态度，就会失去某种庇护，就会感到痛苦。诗人豪尔赫·路易斯·博尔赫斯感受到了这种痛苦。他的祖先可以追溯到西班牙殖民时期。其中一些人在独立战争中与西班牙作战，又在随后的历次内战中参与作战。博尔赫斯生于一八九九年，他还记得童年时，布宜诺斯艾利斯这座伟大的新城是如何建成的。他的早期诗歌讲述的是他的祖先、死亡，还有国家的缔造。他在一九七二年说，他年轻时是一个阿根廷爱国者，比他的父亲还要爱国。"我们被教导要崇拜阿根廷的一切事物。"

但在他刚四十出头的时候，发生了庇隆主义剧变；这个几乎还未建成的国家又开始走向崩溃。博尔赫斯在庇隆时期受到了羞辱；他被迫放弃了自己在市图书馆的普通职位。现在，二十年过去了，庇隆主义游击队在城里活动，武装警察在街上巡逻，而庇隆即将归来。博尔赫斯处理阿根廷历史上这个新转折的唯一方式只能是忽略它。他说，仅仅是庇隆这个名字都太下流，不能在公众当中提到，"就像一个人在诗歌里避开某一些词语一样。"他的作品是他的安慰，"我们可以期待特洛伊式的结局。"

一九七二年，他在献给作家曼努埃尔·穆希卡·莱内斯——这是穆希卡神父的一位远亲——的一首短诗里，流露出一些悲哀的意味。穆希卡·莱内斯住在科尔多瓦山区的一个小镇上，在那里过着英国乡间别墅式的生活。他的大房子阴郁、陈设精美，坐落在一个潮湿的小山谷中，有着史蒂芬·坦南特[①]在威尔特郡的威尔斯福德庄园的某种氛围。征服沙漠行动，还有阿根廷在十九世纪末的惊人扩张，为许多古老的殖民家族带来了财富和教育，甚至还有某种古老的欧洲风格，他们同时还产生了这样一种观念：阿根廷已经建成，布宜诺斯艾利斯的公共雕像就是在以正确的方式庆祝这一成就。

在一首一九三四年用英语写成的诗里，博尔赫斯这样写到他的祖先的公共雕像："我把我的祖先献给你们，我的已逝者，那些活着的人用青铜所表彰的亡灵。"如今，在一九七二年，博尔赫斯写给穆希卡·莱内斯的诗是这样结束的："曼努埃尔·穆希卡·莱内斯，我们都曾拥有一个祖国——你还记得吗？——我们又都失去了它。"

> Manuel Mujica Lainez, alguna vez tuvimos
> Una patria—recuerdas? —y los dos la perdimos.

[①] Stephen Tennant，英国贵族，以"颓废的生活做派"闻名。

两年后，也就是一九七四年，另一位穆希卡，巴勒莫棚户区的"第三世界教士"，这个为阿根廷历史的负疚和（里卡多所说的）旧观念赎罪的人，被枪杀身亡。他也在某个人的名单上。此时庇隆已经归来；他已入暮年，死亡将至。他转而反对帮助他回归的游击队；于是到了最后，他和他那些糟糕的廷臣带回来的庇隆主义和二十年前一样嗜好掠夺和谋杀。有那么一两天，也许是一周，不会再长了，一些海报登出了被杀的穆希卡的名字。这很难说是一种荣誉。布宜诺斯艾利斯的墙上涂满了各种不同的名字和口号。这些墙面是一种持续的公共喧闹声在视觉上的对等物。阿根廷有太多的烈士，太多的敌人；革命的种种起因已经变得无法破译。

两年后，军队会再次夺取政权。他们会撕掉所有的海报，粉刷所有的墙面，他们将开始杀死游击队员。一年之内他们就消灭了各种各样的运动；这座城市的白墙——昔日的涂画仍然隐约可见——将会讲述被根除的一代，这些受过良好教育的人像他们的庇护人穆希卡一样，把高尚的宗教和政治理想转换成了阿根廷－西班牙式的简单理念：关于敌人、肉刑和鲜血的理念。

十四年后，我又去了萨尔塔。我从布宜诺斯艾利斯飞往拉里奥哈，在那里坐上巴士，两天里翻山越岭，穿越宽阔的甘蔗谷。

一九七二年，博尔赫斯，这个布宜诺斯艾利斯人告诉我，他和萨尔塔人在一起，感觉就像是和外国人在一起。在布宜诺斯艾利斯省，博尔赫斯说，一个高乔人是来自平坦大草原的骑手，而在萨尔塔，一个高乔人则是山中的骑手。不同的地形，不同的历史：布宜诺斯艾利斯靠它的大西洋港口生存，而萨尔塔和阿根廷所有的北部地区则是来自秘鲁和太平洋的移民的殖民地。

这是怎样的路途啊，从西班牙到加勒比，通往太平洋的水陆运输线，再从那里到秘鲁，再往南走！萨尔塔处在一条帝国之路的末端，两个多世纪以来，西班牙一直保护着这条路线，确保它的安全畅通。

西班牙让人感觉难以想象的遥远。然而站在萨尔塔的主广场上——按照西班牙的习俗，这个广场在一五八二年的一天之内就修建完毕——会有一种关于西班牙、西班牙帝国以及西班牙征服的强烈感觉袭来。一座政府建筑有着布宜诺斯艾利斯的巴黎风格；一九四一萨尔塔酒店的住客主要是假日游客，酒店有一种精心营造的"殖民地"氛围，讲述着庇隆上台之前旧阿根廷最后的时光。但广场上几乎每一样事物：大教堂，钟楼拱廊人行道，高大而富丽的绿色花园，全都在讲述着西班牙。用于纪念建城四百周年的并非歌颂阿根廷的纪念碑——在布宜诺斯艾利斯更为自信的时期也许有可能如此——而是莱尔马公爵的半身雕像。是他，置身于遥远的西班牙，下令在这里为一座城市奠基。无论历史在别处如何发展，西班牙当前的状况如何，在这里，西班牙仍然至高无上。

那是复活节，中央花园的柱子上绑着的扩音器传来教堂里的歌声，但声音并不是非常大，一个女人的声音，孤单，纯粹，似乎在为这青翠的花园增添着福祉。这片绿色如此丰富而深邃，仿佛在向周遭放射凉爽的绿光。人们坐在长凳上，沐浴在这绿光中，又或是行走着，又或是买卖着东西。有人站在教堂的台阶上；有人走进去站在里面。教堂外观普通，圣坛上闪耀着光华。你得向前走上好远，穿过站立的人群，才能看到有着纯粹声音的女人。她是一位年轻的印第安修女，身材矮小，头上包着头巾，现代式样的修女袍下摆垂落在她那双弓形腿的膝盖下。你在这里感受到的一切都在讲述西班牙的奇迹，还有萨尔塔的服务生和其他人身上的西班牙礼仪，只要看到那位年轻的、以自己的方式与世界和谐相处的印第安修女，就会令人对西班牙征服的长久残忍产生一种相反的判断。

北方总有一种东西在提示人们，那种十六世纪的残忍在二十世纪末仍然存在：在甘蔗地里，在印第安人的面孔上，在印第安人的房子里。黄金与奴隶，封赐制度，西班牙国王把印第安人"封赐"给臣民，这就是西班牙人最初从秘鲁南下的驱动力。

在阿根廷后来的历史中也存在着残忍。高乔人的民间史诗《马丁·菲耶罗》(第一部分，1872)的主题其实就是残忍，这部史诗是阿根廷最接近民族诗歌的一部作品。在布宜诺斯艾利斯，这部书的有些版本用羊皮做封面，被当成纪念品出售。在阿根廷人的想象中，这首诗——作者是何塞·埃尔南德斯（1834—1886），此外我们对它一无所知——是对一个更美好、更纯洁的时期的回忆，那时的高乔人还是自由人，驰骋在没有围栏、无边无际的大草原上，而这片土地有着光明的前途。但是诗中的阿根廷尽管显得很狂野，真实的阿根廷却已经是一个腐败而不公正的地方。高乔人英雄其实只是一个逃亡中的人，处在印第安和阿根廷的野蛮行径的夹缝中。他时刻都处在被抓丁的危险之中——他的报酬被抢夺，又会因为小过犯而被鞭挞——被强征去前线与印第安人作战，去为他人赢取土地。

《马丁·菲耶罗》与几个月后出版的一部俄罗斯冒险小说有一个相似之处，这部由尼古拉·列斯科夫创作的小说叫《心醉的流浪者》（1873）。列斯科夫（1831—1894）与何塞·埃尔南德斯几乎是同时代的人；他的传奇故事创作于俄罗斯的扩张时期，讲述的是一个单纯的俄罗斯人，处在俄罗斯和鞑靼人的野蛮行径的夹缝中。列斯科夫在讲述有力量的故事时写作水平最高；他最好的故事也是他最为痛苦的故事；他对宗教的执迷表明他的深层主题是俄罗斯的残忍。列斯科夫的心醉的流浪者成了鞑靼人的俘虏，就像高乔人马丁·菲耶罗成了大草原印第安人的俘虏：他们都是置身地狱的人，不再有多少可以回忆的东西。《马丁·菲耶罗》的第二部于一八七九年出版后，真正的"沙漠征服"立刻就来了。在这场征服中没有英雄壮举；在铁路和雷明顿步枪的帮助下，罗卡总统只用了六次战役就消灭了大草原印第安人。一片广阔的新领地，平坦、肥沃、不长树木，从未被用于耕作，被几个人所瓜分。这些世代贫穷的人从不知道人的需求是可以削减的，他们就像第一次西班牙征服时的人一样，在发财的良机到来时，在自己心里发现的仿佛只有无尽的贪婪。移民从欧洲被运来，在这片被征服的"沙漠"上劳作，却不能定居：布宜诺斯艾利斯这座新巴黎城被建造起来。"巴黎"不属于所有人：新公寓楼里那些黑暗、窄小、让人蒙羞的

"女佣房"仍然在昭示阿根廷新财富的一个重要理念：其他人活该贫穷，什么也不要分给他们。那些人为了自己和他们的牛羊，连天空和被征服的"沙漠"地平线都要收入囊中，给予其他人的东西却非常之少，什么也没有给予。

一九七二年，人们因此而滋生的愤怒仍在流淌。一个在草原小镇长大的记者说："我看到他们欺诈那些按小时计酬的工人——他们把钟往回调。"真让人难以置信，但人们经常讲这种故事。我听说在庇隆上台前，住在那些小屋子里的女佣从来没有一天能休息；有些人的报酬只是食宿。还有传言说，工人阶级和印第安人被禁止在上层阶级居住的布宜诺斯艾利斯北区走动。

这些事情听起来像是天方夜谭，是为了让愤怒不致减退的传说。但有时我会想，它们到底是不是只是传说；举一个例子，在一个重要的外省城镇里有一间油腻的厂房，地上都是泥土，我在那里看到这样一个标语——那是一九七二年，伊娃·庇隆去世已经二十年，游击队正在鼓吹庇隆的回归——"为人效命，忠于职守。在任何合适的场合都要恭敬地谈到他。记住：一盎司忠诚等于一磅智力。"据说此语出自圣马丁，他在阿根廷被尊为"解放者"——带领这个国家脱离西班牙统治的胜利者。

这样的态度，这种对简单服从的要求（所提供的回报又非常少），仿佛把一个人带回到遥远的过去，越过《马丁·菲耶罗》描绘的开拓地暴行，一直追溯到像罗萨斯那样的军阀所施行的暴政（博尔赫斯说他常常把被处决者的头颅支起来展示，"以儆效尤"）；甚至还可以追溯到西班牙征服时期。在追溯阿根廷的种种态度——愤怒和反愤怒，行动和反行动——之际，你总是会追溯至西班牙征服时期，就如同追溯原罪一样。

对这样的愤怒加以利用，是庇隆所具有的禀赋或天才。愤怒不仅来自欧洲移民和他们的孩子——他们大多数是工人，有些受过教育，少数人是企业家——那不仅仅是这些欧洲人的愤怒，也是北方那些无依无靠的印第安人的愤怒，是无依无靠的 cabecitas negras（黑头）的愤怒：这些黑头所在的地区根本得不到新富人的资助。庇隆把"黑头"带到布宜诺斯艾利斯去参加游行示威。他刺激民众的愤怒，使其变成了民族的伤口；这个伤口仍在化脓，然而庇隆及其廷臣（他们拥有阿根廷前所未见的财富和风度）和旧时的任何寡头一样掠夺成性，同时又通过国有化以及行贿受贿，让金钱和奋斗失去了价值。

我今年和一个来自英裔阿根廷社群的人谈了一次，一九七二年我曾经和他交谈过。当时庇隆回归运动正在进行，他说："我开始感到彻底的迷茫。不管庇隆代表的是什么，他把我对他的情感全都摧毁了。一切都可能随时改变。在这里谁来掌权你根本没有发言权。于是到最后你就成了绵羊。你失去了对政治的信任，对军方的信任，什么也没有剩下。"现在——那些人已经不再构成威胁——这个人带着一种类似同情的情感谈到游击队。他说："这个国家的大多数正常人都想枪毙上层那伙人。你看，那些人谁也没受到惩罚；你一旦到达权力顶峰就安全了。游击队很容易利用这种挫折感。"

这就是情势所造成的陷阱，博尔赫斯在肮脏战争开始前四年所预言的特洛伊式结局：受过良好教育的游击队一代，移民的孙辈，只有通过汲取阿根廷-西班牙旧有的鲜血与敌人的观念，才能坚持教育告诉他们的那些善良的抽象观念——人的精神成长，新人与不公的对抗。

在《马丁·菲耶罗》的一些诗节中，高乔人偷听到地方法官与另一个人的谈话，他们谋划通过侵吞印第安人的土地来发财。实际的战斗要由被强征的士兵来进行；当高乔人听到关于"定居计划、公路，扫射掉几千人"（proyetos /de colonias y carriles / y tirar plata a miles）的谈话时，他的心都"骤然缩小"了。高乔人认为，如果事情这样继续下去，大草原也许很快就会变成"一片沙漠，除了死人的白骨之外一无所有"。

约瑟夫·康拉德的小说《黑暗的心》里也有类似的情节。这部小说讲述的是比利时在大西洋另一边的刚果进行的帝国扩张，其中提到的事件就发生在《马丁·菲耶罗》当中的事件发生二十年后。康拉德的叙事者深入内陆去掌管一条内河汽船，他去到刚果河上的一个破败的贸易站，和十六或二十个黄金国探险队的比利时人待在一起。周围到处都有骇人听闻的事情发生；人们变得衰弱，渐渐死去。但比利时人没有注意到这些。

"唯一真实的感觉是被派往一个贸易站的欲望，在那里弄到象牙，然后从中抽佣。他们只为这一件事情而密谋，彼此中伤和仇恨——但是如果真要他们抬起一根小指头——噢，算了吧……他们交谈……不计后果却缺乏刚毅，贪婪却不够大胆，残忍却没有勇气；整个这一群人没有一点远见，也没有丝毫严肃的意图，他们似乎也没有意识到，要让这个世界运转起来，需要有这些品质。"

叙事者被引向对工作理念的反思。问题在于道德观念的缺席。"不，我不喜欢工作。我宁愿懒散度日，思考所有那些可以做的美事。我不喜欢工作，没有人会喜欢，但我喜欢蕴含其中的东西，在工作中可以找到你自己。你自己的现实——你自己的，而不是别人的——其他人永远无从知晓的东西。"

这几乎是一种宗教理念，就像是黑暗殖民地的对立面。只有在有着合理的自由和合理的创造性的社会里，才会产生这种关于人的可能性的高贵理念。它与第一次西班牙征服背后的理念相对立，与"沙漠征服"背后的理念相对立。这样的理念也许曾驱使一些移民前往阿根廷，就像驱使一些移民前往美国一样；但阿根廷是会让被它吸引来的人失望的。

在阿根廷，道德理念的缺席还有其他后果。"沙漠征服"所带来的巨大财富并没有全部遗留下来。阿根廷人会告诉你，阿根廷的上层阶级总是处在变化之中。一个来自旧家族的男人在一九七二年说："在秘鲁有真正的贵族。他们的传统已有两到三百年的历史。如果你提起一八五〇年到一九〇〇年间的阿根廷贵族的名字，今天在阿根廷已经没有人知道他们。他们的后代都是很孱弱的，整个局面都在崩溃。"一位在旧家族的后代中罕见的工业家这样说："你必须记住，在布宜诺斯艾利斯美好时代的外表之下，我们拥有的是跳探戈舞的男人。今天跳探戈舞的男人已经接管了阿根廷。"

这一年我去了位于布宜诺斯艾利斯省南部的一个大牧场。在桉树和路边的其他树木以及水坑的外面，平坦的褐绿色草地向后一直延伸到地平线，似乎要吞没牲畜的头和脚，把它们缩减成它们背部那些黑色或黑褐色的条纹。这一大片"被征服的沙漠"老早以前就不再属于最初拥有它们的家族；而自那以后它曾两度荒废，一次是在大萧条时，后来经历了战时的繁荣，在庇隆时期又再一次荒废。一九六〇年，继承了这片土地的人发现自己甚至没有足够的钱维持自己的住宅。他是一个受过教育的人，决心致力于产业的建设，终于让这片土地起死回生。不是每个人都像他那样。

"我们隔壁有一个西班牙旧家族，是我们的朋友。他们是这一区最大的地主，可能老早就从罗卡那里获得了土地。现在他们没有钱频繁去欧洲玩。他们没有能够适应环境。也没有改变生意的结构。他们仍然拥有房子，在布宜诺斯艾利斯城里仍有社交生活，而他们也试图在那里经营各种事务。他们通过抛售一点资产才生存下来。我知道有一所大房子，四十个房间，现在只有一百三十公顷的土地作为其经济支撑。这是不可能做到的。但是老夫人不肯卖房，尽管她连热水都没有。大房子里有漂亮的浴室，装有可爱的水龙头，是二十年代由一位英国建筑师按照装饰派的风格设计的。大多数房间都布满了蜘蛛网，屋顶到处都在漏水。"

苏珊娜就来自那样的家庭，一个失去了很多财富的家庭。她嫁给一位中产阶级职业人士，到现在仍然认为自己做了一件大胆的事情。她的举止仍然显示出她的出身：安全感、自豪感以及奇特的天真。她不清楚她的家庭到底是如何失去土地的。她不认为庇隆和这件事有任何关系；她的丈夫后来告诉我，苏珊娜的家庭在庇隆上台时惊慌失措，听取了糟糕的建议，把土地变卖了。

苏珊娜说："发生在我家的事并不是源自庇隆。事情还要往回推。父亲十八岁的时候——那应该是一九三〇年左右——想去上学。他想做建筑师。父亲很有魅力，非常害羞，又极其有礼貌。一种非常脆弱的性格。他去找他的继父谈这件事，继父建议他不要上学，说：'为什么要上学？'在他继父看来，如果你有优雅的举止，那就够了。过了不久我父亲又想去上学。这一次他想学法律，他的继父又对他说：'为什么要上学？'于是我的父亲就没有上成学。"

"你知道，我父亲也是这么看的：如果你有优雅的举止，那就够了。钱很重要——那是不言而喻的事情。但是你还必须有优雅的举止。如果你到我父亲家里，用得体的方式打招呼，适时起身，适时坐下，恰当地说话，并且欣赏我父亲的家具和银器，对他来说那就够了。我必须告诉你，优雅的举止有时仍会令我目眩。我们的举止非常庄重。小时候，我们有时会被叫去客厅，于是我们就进去打招呼。但是如果不是直接问我们话，我们就不说话。如果在我们坐着的时候有人进来，我们必须站起来。有时我们去饭厅和父亲、母亲以及其他宾客一起用晚餐，我还记得在这样的时候我会想：'多么美好的人，多么优雅的举止。'但是我们没有那么美好。没有哪个女儿学会了做什么事。你知道，即使是现在，她们还在谈论从前的时光——不用做事的时光。那些日子她们可以去欧洲旅游，带回可爱的纪念品。但是她们不谈做事的日子。"

这并不是在这片新土地上扎根的阿根廷贵族的唯一缺陷。他们说西班牙语；他们的种种态度和更深层的文化都是西班牙式的。那种不工作、不谈钱的理想也是西班牙式的。（就像一九七四年我在拉里奥哈咖啡厅遇到的一位中年绅士，他的小指头指甲有一英寸长，那也是西班牙式的。我们都很空闲，他开车载着我在乡间转了半天。他的指甲表明他是一个悠闲的人：指甲是半圆筒形的，像坚硬的角，上面有纹路，呈黄色，非常脏的牙齿的颜色，看上去让人莫名地厌恶。）但是西班牙以落后著称，从那里来的贫穷移民在阿根廷被统称为"gallegos"（加利西亚人）。

苏珊娜说："我父亲的优雅举止让人向往'绅士'的理想。这些举止被认为是英国式的。父亲所受的全部教育都以英格兰为理想。我父母去欧洲的时候，从来不去西班牙。西班牙是——"苏珊娜做了一个轻蔑的姿势。对西班牙的轻蔑蕴含了对讲西班牙语的阿根廷的轻蔑。

"他们不为自己是阿根廷人而感到自豪。他们认为自己是英国人。他们说 este país，'这个国家'，而不是'我的国家'。他们会说：'这里的人很糟糕。'而不是：'我们很糟糕。'我丈夫说，这里的很多问题都和那种'这个国家'的态度有关系。"

也许，阿根廷的上层阶级如果以不同的方式看待他们的贵族，他们会寻求与庇隆这个出自这个国家的人和解；这个国家也许就不会因革命而开始四分五裂。

我问苏珊娜，她父母的庄重举止有没有禁欲主义或保护性仪式的成分，那种使得他们能够忍受艰难时世的东西。我表达得不太清楚，苏珊娜以为我在问她的家人对待他人困苦的态度。她说："不。十一月，我们的夏天来到的时候，我们感到非常热，母亲会指着我们公寓后面的廉租房说：'想一想他们。'但我从不觉得她真的在意那些人。"

弄明白禁欲主义的意思后，苏珊娜说："母亲非常讲究章法（estructurada）。他们把她造就成了那样。我年轻的时候，以为妈妈对什么事情都有办法。但有一次她家里出事，她一下子就垮了。她没有真正的内涵。"

印第安人的土地，被浪费的土地，这里仿佛没有过去，也没有未来，实则已经废墟遍布，建筑和人的废墟。和新世界的众多土地一样，和圭亚那以及加勒比群岛一样，阿根廷大草原似乎已经吞噬了自身的历史；这是一处湮没之地。大草原印第安人已经湮没无闻，高乔人也是如此。那些非洲人，西班牙时期奴隶的后代，也已经湮没无闻。在十九世纪六十年代的阿根廷，在《马丁·菲耶罗》中，他们还十分活跃：黑人和黑白混血儿，男人和女人，衣着时髦，不容忽视，讲着高乔人的西班牙语。在世纪初的第一个十年，那时博尔赫斯还是一个小孩子，在布宜诺斯艾利斯还能见到黑人。

博尔赫斯在一九七二年说："小时候如果看到黑人，我不会回家讲。我不知道我们的黑人出了什么事情。我们家并不富有。我们只有六个奴隶。"他在一首诗里提到，他们家在城里的房子有奴隶宿舍。"他们几乎没有意识到，他们的祖先来自非洲。他们讲的是一种抑扬顿挫的西班牙语，发不了 R 的音，会读成 L。但他们不会被人另眼相看。事实上，黑人和别人一样，是'克里奥尔人'（Criollo）——大移民潮之前的阿根廷旧殖民地人。他们在这里做厨师或女佣。你会把黑人当成城里人。许多精锐的步兵团都是由黑人组成的。我的一个了不起的叔叔带领手下在蒙得维的亚和西班牙人拼刺刀，那应该是在一八一五年或一八一六年，所有的士兵都是纯种黑人，来自城南这边靠近国家图书馆的地方。"那也是我们谈话的地方。一九七二年的博尔赫斯正在担任馆长，工资因为通胀而缩水，月薪只相当于七十美元。

故而，非洲人曾经为了阿根廷的独立而战。如果不是博尔赫斯告诉我，我不会想到，一百年后他们的后代魔法般地消失在新一批来自欧洲的人群中，现在没有谁还记得他们。

在民族与民族的融合当中，北部旧殖民地的西班牙人也曾遭受磨难。他们在经济上一度依赖秘鲁——那是在独立之后，在毁灭性的内战之后，博尔赫斯的一首诗所说的"利剑、危险与严厉的禁令"（la espada y el peligro, las duras proscripciones）——他们必须转向南方。他们一度处在一条始于西班牙的漫漫帝国路的尽头；后来，至少是在铁路修建之前，他们处在一条始于布宜诺斯艾利斯的漫漫坎坷路的尽头。他们出产的东西很少。这个地区再也不是经济要地；人民终于从世界的边缘跌入一片蛮荒之中。

他们依靠南方政府的救助生活。于是他们留了下来。据说拉里奥哈全省（其首府建于一五九一年）都依靠政府过活。钱并非只是作为救济金发放给大家：他们必须替政府工作。期望得到公众支持的政客总是热衷于增加公务员岗位。卢里亚先生是一位律师和地方志专家，他告诉我，在一九八三年——也就是军政府下台那一年——和一九八七年间，拉里奥哈政府雇员的数量增长了三倍以上，达到四万四千人。对于这个总人口只有约二十五万人的省而言，这个数字相当地大，而且自那以后又增加到了五万五千人。

这些政府职位并非真正的工作。公务员们无所事事，定期不劳而获，就好像旧时的西班牙之梦成了真——职位和印第安人一度渴盼的赏赐几乎一样美妙。但与赏赐同时到来的是一种西班牙-阿根廷式的残忍。无事可做，但大家必须上班；整个工作日必须待在政府办公室里，这些办公室和他们在理论上是有关系的。部门老板或头头随时可能下令查岗，或是进行 planilla volante（突击点名），然后在薪水册上的每一个男人和女人都必须立刻答到。

卢里亚先生说："这是一件非常严重的事情。它在拉里奥哈造就了我称之为'无聊文化'的东西。"他对他的用词感到满意：la cultura del tedio。"因为这些人每天有七个小时被迫处在绝望之中，假装在做事实上并不存在的工作。"每天下班的时候，卢里亚先生说，这些公务员"疲惫、灰心、厌倦又愤怒"；然后他们的家人也会感觉到他们每天累积的无聊情绪。"我不知道你是怎么看的，但这是一座悲哀的城市，没有灵魂，没有主动性。"

卢里亚先生是怀着感情说这番话的。他自始至终都属于拉里奥哈，祖上有部分印第安血统。在他看来，拉里奥哈这片土地属于十九世纪的军阀，还有那些强悍而勇敢的人。政府职位和无聊文化败坏了人们的精神；他们现在甚至都不了解自己的历史。卢里亚先生说，政府进行了三次努力，想把公务员安排到工业园里去从事富有成效的工作；但是到那里去工作的人总是会流回政府机构，尽管政府的薪酬更低。卢里亚先生说："他们宁愿选择病态的工作。"

除了必须去上班这个严酷无情的事实，以及突击点名所带来的持续恐怖，还存在着一些更为微妙的折磨和控制人的方式：提供工作岗位的人总是希望他们的权威被人感觉到。公务员分为二十四级。大多数人都是从六级开始；只有在邮局工作的人因为某种原因，一开始的级别更低。之后你就一路升迁。但因为大家无事可做，所以也没有办法评估工作质量。一切都取决于那些政客。他们必须感到志得意满。你可以在墙上，或是远远地出城，在石头或树干上涂上他们的名字，以此来让他们感到志得意满；选举的时候，你得为他们助选，假装精神抖擞，其他时候则总是要假装充满感激之情。如果你不这么做，认为自己无非是得了一份公务员的工作,那么你就会面临种种麻烦。

有一个女人在政府部门工作了十七年。其间她只从六级升到了九级,而她之所以能够晋级,只是因为有个政客在上任时让所有的公务员都升了三级,像君主大赦囚犯那样。这位九级女士在拉里奥哈非常有名。有一天早上我甚至被人带去她的办公室见她:矮小而丰满,未婚,但是有着满头秀发,时刻准备着把她的故事再讲一遍。作为九级公务员,她的月薪是一百二十美元。六级和十八级的薪水只差三十美元。她说,到二十级薪水才会大幅提高。但不管怎样她总归是晋级了。

九级女士抱怨的时候,有一位二十四级女士也在场。她很瘦小,尽管看起来营养不良,却一点也不为自己的级别辩护。她有学位,她说,她的第二职业(可能是下午去做)是教授。作为二十四级公务员,她的月薪是四百美元;但是她要照料十六个弟弟和妹妹。

我们谈话的时候,有一个面带笑容、身着条纹衬衫的男孩在轻快地进进出出。我问及他的情况。他是一个特殊案例,一来就是十二级。他是怎么做到的?没有人知道;但是男孩就那么笑着,走出房间,又再度进来,而其他人在谈论钱、政客、通胀以及物价,九级女士则说她从未进过餐馆。他们不能离开办公室;他们是被看不见的篱笆圈起来的人:被禁闭,牢骚满腹,但是又很胆怯,像是一群幽灵,在维吉尔所描绘的阴间等待着他们的宗教葬仪。

黄昏的时候,炎热退散,白日的无聊爆发了:年轻男子们和女友骑在吵闹的摩托车上,在主广场周围的街上拖着蓝褐色的烟雾、一次次地兜圈,就像那些现在已经习惯了无所事事的人。

阿根廷吞噬了那些被它吸引而来的人;过去二十年格外地艰难。

豪尔赫是一位英裔阿根廷人,在一家大公司当经济顾问。他在一九七二年说:"我们可能正处在一场真正的危机边缘。"自从四十年代的庇隆时期以来,通胀率一般维持在百分之二十五左右,但在那一年飙升至百分之六十;而这个国家的殖民地农业经济从未真正变革过。这里有工业,但工业依赖进口,而进口又是靠农业出口支撑的。

豪尔赫说:"庇隆预见到了这个可怕的循环。他没有启动各种基础工业的建设。他必须取得民众的信任,所以他所做的都是虚浮的事情,进一步扭曲了经济。当时的工业化是一种情绪化的反应;并没有制订出工业政策。"阿根廷的工业产品受到了保护;它们的价格相当于海外同类产品的两倍;而一九七二年的平均月薪是五十美元。庇隆为工人做了很多事,但他们的工资跟不上庇隆的政策以及类似的种种政策所造成的通胀。

一年前,豪尔赫买了一套房子。价格上涨太快了,一个星期的犹豫不决就让他多花了两百美元——他那时的月薪是四百美元。但他的房子不到一年就增值百分之八十。到了一九九一年,也就是十九年后,这笔买卖更是显得格外合算。

"我买房时在银行做了十二年的按揭。房价是固定的,唯一会发生变化的是余款的利息。从一九七三年开始,也就是约翰·桑迪(John Sunday)回来那一年。"——约翰·桑迪是英裔阿根廷人对庇隆的教名胡安·多明戈(Juan Domingo)的翻译——"通胀更厉害了,抵销了债务。那么买单的是谁?社会里的其他人,那些没有借债的人。糟糕的是,过去的四十五年以来,通胀一直在稳定地上升,月复一月,没有波动。几乎没有哪个国家在如此长的时间里面对这样的通胀,还能够支撑得住。这就像是用慢镜头播放德国在二十年代的经历。"

"一九七四年约翰·桑迪死后,他的遗孀和她的占星师-巫医上台,事情变得完全不可收拾。一个前下士成了警察头头。通胀突然爆发。我还记得一件事:我付钱买了一件西装——比方说花了相当于两百美元的比索——裁缝为我量了尺寸。当时的通胀太厉害了,比索一个月之内就贬了一半的值。我觉得自己不能以这个价格从裁缝那里拿回西装,他也希望能够忘掉这件事情。我们见面的时候从不谈论这件西装——按照今天的行情计算,它应该值十美分。

"阿根廷的衰落有一个奇怪之处,她没有到达顶峰就已经开始衰退——衰退很大程度上发生在民主时期。一九八三年马岛战争之后,民主政体回归,衰退的加速刚好与之吻合。讽刺的是庇隆主义者和激进分子这两大党派都想以分产主义压倒对方，但再也没有约翰牛或山姆大叔来注入英镑或美元。

"如果把当年的我们看作是大英帝国的非正式成员，在英国人的治理下事情是在运转的。一九一七年我们的国民生产总值相当于美国当年国民生产总值的四分之三。我们有市场，有效率。我们有办法：各种体制和技术。今天我们再也没有这些东西了。

"你一定得记住，在阿根廷你见到的都是幸存者。其他所有人都在墓地或精神病院里。通胀会让你全力以赴。

"我们公司所处的行业，只能让你赊四到五天的账。要不然以我们的通胀水平，营运资金会损失殆尽。在我们公司，我们随时有约一千两百万美元用于给批发商赊账。你得让这笔钱迅速回笼。如果你能把赊账期缩短半天，那就是一件了不起的事。回笼速度慢的公司，比如销售耐用消费品的公司，很可能需要提供六天的赊账期。如果你在造船，你必须赊出很多的账，而你一年也许只能卖出一艘船。于是就像美国人说的，你其实是在一条粪溪上逆流而上。

"通胀的另一个消极影响是，你不再关心效率，甚至技术。今天的世界，效率是一切进步的秘密。但在世界上任何地方，一年间，你其实都最多能把效率提高百分之三到四。以我们那样的通胀水平，如果你看准投资时机和方向，你可以在一天之内就赚到百分之十的利润。我们的行当平均十五天要向政府交一次税。于是在这十五天里我们必须尽量明智地投资。与考虑技术和效率这些长远的事情相比，保护你的营运资金要重要得多——当然你会尽量两者兼顾。

"所以阿根廷的资本投资甚至不够冲抵资本损耗。一句话，当现在这座工厂陈旧到无法再继续运转，公司无法积累起足够的资金购买新的厂房设备。这是通胀的必然结果，而通胀是货币的疾病。你的钱在分崩离析，就像癌症一样。你过一天算一天。当每天的通胀超过百分之一，你就只能这样。你不再做出计划。能撑到周末你就很高兴了。而我就待在位于贝尔格拉诺的公寓里，读一读关于古代板球比赛的书。

"我们现在人均要比一九七五年穷百分之二十五。真正在受苦的是那些你看不到的人——穷人、老人和年轻人。这些人在大火车终点站那里被冲上岸。这个火车站与维多利亚和帕丁顿站出奇地相像，它们都是英国人建造的。阿根廷生活的漂流物——就像海的泡沫，就是这些人。我从未在布宜诺斯艾利斯见过这样贫穷的景象。"

豪尔赫就工商业所说的这番话也适用于农业：你一定得记住，在阿根廷你见到的都是幸存者。在阿根廷，他们要么很强大，要么就特别羸弱。

印第安人的土地让四百家族产生了巨大的贪婪，他们继而占有了这片土地。然后在"沙漠征服"仅仅六十年之后，庇隆就出现了，他也认为这片土地拥有无尽的财富，并被自己对这些财富的欲念所驱使，大肆掠夺和惩罚。那时候，大地主都是牧民。佃农短租土地，轮作庄稼；在间歇期，地里又种回首蓿，用于放牧牲畜。庇隆来了，冻结了农户的租约。也就是在那个时候，苏珊娜家发现他们的税比收的租还要高，于是在恐慌中抛售了产业。坚持下来的人过了几年困苦的日子。对外贸易被国有化；国有垄断企业把持了日用品的定价。政权在寻求利润，需要与国外进行贸易往来。于是人们只能以低于世界平均水平的价格出售产品，有时甚至低于生产成本。农业生产在衰退。阿根廷在一九一一年的出口总额——主要是农产品——比一九〇一年还要低。阿根廷的外汇储备已经在对铁路及其他设施进行国有化时挥霍一空，为了支撑这些已经启动的工业化建设，进口现在又在增长。这些进口只能由农业来支付，而人们已经不再对农业进行投入。于是通胀开始了，这片土地因此再也无法由小农户进行耕种。

胡里奥种了三千英亩地。他不是来自那些拥有土地的旧家族。他较晚才转向农业，是一个专注的人。六十年代，他接手了一处在庇隆时期已成废墟的产业——在战争期间这里曾繁荣而富有进取精神，是阿根廷最早使用拖拉机的地方。胡里奥从一家国有银行贷了一笔钱。经理当然先是让他等着，来来回回了好几次，又要他提供各种计划和声明；办事员喝着咖啡和饮料，对他视而不见，然后总是让他去找别人。

"我们很幸运。我们这一切都是贷款来启动的。要不然我们也没法成功。贷款下来的时候我们已经危在旦夕：利息比通胀率还要低。银行经理非常清楚他是在帮我们一个忙。"

起初为胡里奥带来好处的通胀后来变成了让他骑虎难下的"老虎"。

"严格地讲，为了生存你必须去做不道德的事情。你必须拖后支付账单。但现在所有的账单都要用美元支付，拖延没有任何好处。你必须进行多种经营，灵活处事。在高通胀下你开始大量进行易货交易。你会远离现金交易。比如说，我用小麦做了一笔交易，换回的是汽油和化肥。你计算出你得用四公斤小麦换一公斤化肥。我们现在把很多时间花在这样的事情上。这是一种棘手的生意。你不想输掉。重要的是要加入一个群体，让懂行的人教你进行这样的易货交易。

"如果通胀维持在合理的水平上，我们就能按时拿到工资，就不会有什么问题。我们的主要产品是牛奶，这对我们颇有助益。生产牛奶让我们受到了一定的保护，其付款方式是这样的：按周付百分之六十，百分之四十在下个月月末支付。但一旦遇到恶性通胀，你就真的会有麻烦。一九八九年，在阿方辛政府下台前，我们连续四个月的月通胀率为百分之百，而我们的牛奶货款是按月付给我们的，也就是说，我们实际上一分钱也拿不到。当然同样的原则也适用于我们要支付的账单，但我们仍然损失惨重。这样的事情是你无法应对的。牛奶必须天天卖。如果你生产的是肉类或农作物，你可以存放在仓库里，用现金来交易。

"阿方辛没有对恶性通胀采取任何措施。他只是在等新总统梅内姆接任。而梅内姆是以民粹纲领当选的，也就是说，每个人都会涨工资。

"这时候，买我们牛奶的一家公司进入了破产管理阶段，这意味着我们六个星期以来供应的牛奶全都收不到货款了。从那时起，我们开始要求买方按周结款。即使扣除损失的钱，我们也比那些总能收回货款、却是按月收取的同行情况更好一些。因为在恶性通胀中，要紧的是什么时候收到钱。

"我那时真的很担心。也就只有那一次。当时每隔十天就有一家银行倒闭。每一个人都想把钱取出来花掉。"

通胀如此厉害，人人都变成了赌徒，人人都神经紧张地生活着。即使是那些以某种方式赢了的人也感觉到了衰竭和伤害。就像现在六十岁的圭，他一开始没有资本，一步一步地挣脱贫困，把五千美元的退休金变成了价值十四万美元的公寓。

六十年代，租金上涨，圭和他的家人搬了五次家，越搬条件越差。他决定买房子。在郊区他发现一套总价一万五千美元的房子，感觉自己买得起。但他的公司不这么想。他们拒绝为他提供购房按揭，而是提出在他离开公司的前提下给他一笔退休金。圭已经下定决心买房子，于是他拿了退休金——五千美元——离开了公司；他从哥哥那里借了一点钱——两千五百美元，然后又在哥哥的帮助下，从一家银行贷了七千五百美元，四年还清。

"那时候，像这样的贷款通常必须在两年内分期还清——根本算不上信用贷款。不管怎样，事情就这样了。我们有房子了。那是一所小得可怕的房子，我们都感到很羞愧。在布宜诺斯艾利斯，我们的房子处在这样的区域：你只要走上几百码，就会从漂亮的区域走到穷人区，晚上有些人会穿着睡衣坐在人行道上。我们住在更穷的那一边。

"然后我们走了一点小运气。借钱给我们的银行倒闭了。在某种程度上，这样的事情很典型：一种阿根廷式的意外之财。于是我们不用再还从银行借的那七千五百美元——但我哥哥相当于白捡十五万美元。

"我们决定搬离那所可怕的小房子。我们在较好的区域租了一间公寓，又把自己的房子以很低的价格租了出去，结果租客是一个很穷的人，不能按时交纳跟生活指数挂钩的房租。我还应该告诉你，那所房子所在的区以管理糟糕而著称。他们会故意把你的所有税单晚寄给你，让你不得不交滞纳金。这在阿根廷也很常见。你去交钱的时候，还得在一个街区长的队伍里排上一天。

"这就是我们决定卖掉房子的原因。然后更大的运气又来了。从一九七八年到一九七九年，我们在阿根廷有过一段"蜜钱"（plata dulce，很容易赚的钱）时期，那时阿根廷货币的回报率达到了百分之三十，而美元变得无关紧要。工厂的停车场满是工人的车，大家到迈阿密去旅游，用手推车一车车地装着电子产品回来。土地的价值在飙升，我们的小房子卖了六万五千美元，比买的时候翻了四倍多——而且别忘了，因为银行倒闭，原价有一半我们根本没有付。

"然后我们以为自己落入了僵局。在布宜诺斯艾利斯十万美元什么房子也买不到——这样的价钱会让他们当面嘲笑你，你只能看一看两居室的公寓，冰箱挂在卧室的墙上，因为厨房没有地方了。我妻子家的房子以一百八十万美元的价格待售。

"我们只能把钱用于投资。为了百分之三十的回报率，我们把钱存成阿根廷货币。你在全世界任何地方也找不到更高的回报率了，大量外资从国外如洪水般涌来。关键是要在崩盘之前拿到分红，把钱变成硬通货。我告诉你，你每天都会神经紧张地度过。每一分钟你都会想，你做得到底对不对，因为只要一有风吹草动，那些外资就会撤离。几天之间泡沫就可能会破灭，而你无时无刻不在忙着兑换货币。

"我们的时机抓得很准，在崩盘之前把钱换成了美元。崩盘发生在一九八一年一月或二月，阿根廷货币贬值了百分之十，接下来一个月又贬了百分之二十。整个泡沫就这样破灭了。那些借钱为自己的工厂增添设备的人损失惨重。

"我们把美元用于投资，又赚了一点，然后我们把赚来的一些钱又亏掉了：我们的银行经理用我们三分之一的钱买了黄金。买入价是八百美元每盎司，卖出价是六百八十美元每盎司。但到最后，我们的钱仍然足以在城里最好的片区买下我们心仪的房子。我们的房子是在一九八二年八月买下的，有三个星期——因为马岛战争——物价跌到了二十年来的最低点。那三个星期结束时，物价又涨了百分之六十多。如果我们犹豫不决，我们的钱就不够买房子了。

"在阿根廷这样的地方，你只能靠运气赚钱。无论往哪个方向走都会有危机。于是你感觉不到未来。你不会为将来做任何打算。欧洲人那种把握未来的想法在这里完全不存在。我常常在想，我是如何适应这些事的。另外如果你是给别人打工，你就无时无刻不觉得自己在被抢劫。如果你不用经历这些事情，自顾自去过自己的幸福生活，我们也许可以说，这是一个让人愉快的居住地。我猜想，这就是让每一个人产生虚假安全感的东西。"

博尔赫斯在一九七二年说，他从来不看报纸。"那些事情让我觉得悲哀。而且它们还特别琐碎。"博尔赫斯可以那么说——游击队每日的行动，警察滥用暴力，政客的花招，昙花一现的、与情势相比微不足道的人物——因为对他而言，阿根廷是他已经失去的祖国。"

博尔赫斯当时说的话现在也有人在说，只是说的方式不同。我认识的一位女性说："我们变得更蠢了。"她在一九七二年是庇隆主义者，对未来充满了期待。好像就在那个时候，或者稍晚一点，她也是"马克思主义者"，因为种种简单的思想而充满生气，并且时刻准备宣讲这些思想。现在，她已经忘记了自己曾经是两种"主义者"，忘记了——在普遍的虚弱之中——自己其实一无所是；再也没有什么政治体制可供尝试了。像她这样的女性现在又转向了"灵修"——报纸上每天都有讲座和办班的广告。

读书时就认识游击队领袖、并对他们的事业抱有同情的里卡多，他为那些受过良好教育、然后又被毁掉的一代人感到悲哀。那几万"新人"是移民的孙辈，宗教和革命在他们身上相遇；他们现在应该有四十多岁了。在我们与前游击队员（他称自己为被打败了的人）见完面往回走的路上，里卡多语带悲哀对我说："也许我们只能接受这样一个看法：这不是一个有前途的国家（country）。我遇到的一些年轻人认为，阿根廷肯定能在不久的将来成为一个民族国家（nation），这样的想法可能会诱使他们去寻求新的冒险并达成错误的结论。"

和博尔赫斯一样，里卡多之所以说这些，是出于他自己的悲痛，出于他对哲学体系的需要，出于他对革命和正义行为的过时观念。这些观念已经随博尔赫斯所预言的特洛伊式结局飘散；取而代之的，是种种新的、更为简单的思维方式，而孕育它们的，正是那个结局的虚弱和疲惫。

我遇到的一位商人列举了这些新的思维方式。阿根廷不再相信国外的敌人；不再相信自己是一个欧洲国家；也不再认为这片土地拥有无尽的财富。

这三个观念是相互联系的：它们共同组成了一场智识的革命。那种财富观念是这个国家民间智慧的一部分。我一九七二年的笔记本上充斥着这样的论调。"这个国家永不会沉没。""还是在这里过得更好。""阿根廷人在白天制造的麻烦，神会在夜里加以解决。"那种财富观念从西班牙时期开始流传，在"沙漠征服"时期又一次重生，助长了牧场主的无度贪婪。这些牧场主以西班牙的方式看待这个国家的财富，将其视为不可分割的，必须让尽可能少的人分享。这继而又助长了庇隆及其继任者的贪婪和掠夺，助长了他们的支持者的索取倾向。它摧毁了拓荒者的理想，通过劳动自我实现的理想，反过来将狡猾视为高贵。它助长了鲜血与革命的观念，无休无止：只要再重来一次，再找出并杀死一个敌人，这个国家的财富将会像瀑布一样倾泻下来。

现在这一切都消失了。为了继续走下去，人们必须与这片土地订立一份新契约。这也意味着必须与其他人订立新契约，意味着一种新的政治生活。里卡多曾经说，阿根廷让人有太多梦想；现在这个国家前途渺茫。但是和穆希卡神父的革命愿望一样——他希望消灭人民的敌人，发展人类的精神——这样的绝望也是一种抽象。在阿根廷，人们需要一些更简单的立场，一种更简单的道德。

有新闻称政府正致力于稳定货币，有人对新总统的家庭生活说长道短，还有人在猜想庇隆做过防腐处理的遗体的双手为什么被切了下来，伴随着这一切的，是关于北部城市卡塔马卡的"沉默游行"（la marcha del silencio）的报道。卡塔马卡，十九世纪初的军阀之国，现在极度贫穷，被一个强势的家族所控制。一个年轻女子在卡塔马卡被谋杀了。事情被掩盖起来的方式让当地人愤怒不已；那个城镇自西班牙时期以来一直有威权统治的传统，而现在大多数人（分为二十四级的政府雇员）的生活都有赖于当地统治者的庇护，但在一个修女的带领下，人们发起了每周一次的"沉默游行"抗议活动。参加游行的人数在增长；其效应不可阻挡；联邦政府不得不做出干预。强势的总督辞职了；有人进了监狱。随后游行停止了；修女回到了修道院。在穆希卡神父和那些游击队员看来，他们自己是与不公对抗的新人，但他们从未有过如此勇敢的举动，也没有彰显过更为深远的政治和道德主张。也许自从西班牙征服以来，这里的人民从未这样表达过自己的立场。

卡塔马卡在十七世纪末奠基，位于一个更古老的安第斯定居点的遗址上。这个定居点是西班牙人在十六世纪五十年代初的努力结果，当时距离秘鲁被征服只过了二十年。最初的城镇或定居点很快就被处境还没有那么悲惨的当地人摧毁了。它的西班牙名称——因纪念西班牙的菲利普二世与玛丽·斯图亚特[①]的婚姻（1554—1558）而得名——是 Londres de la Nueva Inglaterra（新英格兰的伦敦）。

（马维达 译）

[①] 原文如此，历史上与菲利普二世成婚的英国女王应为玛丽·都铎。

空调气泡：达拉斯的共和党人
1984

共和党大会的每一项议程都以祷告起头（在升国旗唱国歌之后），以祝福告终。每个场合邀请的都是不同的牧师。最后的祝福是在里根先生发表了接受提名的演讲之后，由 W. A. 克里斯韦尔博士主持。

克里斯韦尔博士是达拉斯第一浸礼教会的牧师，在达拉斯非常有名。之所以这么说，不只因为他是一位强有力的布道者，也因为他的教会以及教会的建筑群位于达拉斯市中心，随着经济的繁荣，那些建筑现在的价值已经达到了两亿美元。金钱在哪里都受到尊重，但在达拉斯则被视为是神圣的；人们把在房地产业取得的成就与某种类似神恩的东西——在神的土地上信神所得到的回报——联系在一起。在达拉斯（记者是一些乐于服从的人，对其他记者也亦步亦趋），我每天都会读到一篇关于特拉梅尔·克罗的文章或专访。他是当地的房地产大亨，修建了许多有着玻璃幕墙的摩天大楼和酒店。我一次次读到，特拉梅尔·克罗的身家有十亿美元。克里斯韦尔博士还达不到那个级别，但是他让自己获得了双重荣耀：在共和党大会上主持祝福仪式，而特拉梅尔·克罗只能致开幕词并提供资金。

大会结束后的那个星期天，大多数代表和媒体已经离开，教堂里又回到了几乎全是达拉斯人的景象，克里斯韦尔博士在宣讲"白色宝座前的审判"。他的布道词以动态的方式——就像电影或戏剧的台词——显示在他的红砖会堂外面。会堂很大，是正方形的，除了彩色玻璃以外，看起来很普通，里面坐满了人。

像我这样迟到的或是没有预订位子的人，都站在后面。到了必须跪下的时候，我和大家跪在一起，四周全都是在低头祈祷的人。在这样的情况下，我很难继续在我的喜来登－达拉斯酒店便笺本上记笔记。

唱诗班身穿殷红色的长袍。和里根夫人第一次出现在会议大厅时一样，克里斯韦尔博士穿了一件白色的（也可能是米色的或另一种颜色非常浅的）衣服。颜色的反差对电视拍摄会有帮助。在教堂长椅之间的过道上，有一台摄像机。这次礼拜仪式会通过电视直播，在节目单上（上面还附有"决心卡"）有提示说，礼拜的录像带可以在教堂的"联络部"获得。

克里斯韦尔博士在为他的审判主题作铺垫，他谈到同性恋问题。他的语言很率直。不委婉，无反讽，也并不幽默。自始至终，他都非常诚挚。他在讲台上走来走去，有时还会短暂地（身着白色西装）把脸转向身穿红色长袍的唱诗班。

"我们一生都在嘲笑神的话……并且让社会和文化向女同性恋、鸡奸者和同性恋敞开大门……现在我们要面对这可怕的审判……艾滋这种疾病和罪恶……"

艾滋病，在共和党大会结束后的第一个星期天，以那样一种雷霆般的声音被说了出来！但如果你思考一下，这个话题并没有那么不合适。艾滋病有一种圣经式的怪诞元素（尽管克里斯韦尔博士并没有强调这一点），它侵袭鸡奸者和特定的黑人，宽恕其他所有的人。

"神就像他的法则一样！"克里斯韦尔博士怒吼道，"到处都有法则。火的法则，重力的法则。"

在讨论了关于审判和法则（对"法则"的两种不同认识并行不悖）的观念之后，克里斯韦尔博士又谈起了卡尔·马克思。在这场布道仪式上，卡尔·马克思的位置是十九世纪的无神论者。克里斯韦尔博士提到了马克思生平的一些年份，但很少说到他的学说：在这个会堂里，卡尔·马克思只是一个名字，而那就足够了。卡尔·马克思没有死，克里斯韦尔博士说（至少这是我对他的话的理解：其中的神学对我来说有点难以理解）。卡尔·马克思仍然活着；只有到了特定时日，卡尔·马克思才会死去。

"那个特定时日将会在时间、历史、文明……终结之时到来。整个宇宙将会化为大火……当主来清理这人世，净化这人世时，这个人世间下面的大洞穴，所有的东西，都会化为可怕的火焰和愤怒……神将在世界终结之际到来。"

一种美妙的宇宙观，神将在世界终结之际到来：这几乎不可想象。更难想象的是，会堂里的许多人将被以某种方式从宇宙的虚无当中拯救出来；任何人都有得救的机会。你可以从填写节目单上的决心卡开始；就像在酒店的早餐卡上，在你选定的早餐服务时间旁边打钩一样，在决心卡上列有仪式的各时段，你要在让你觉醒的时段后面打钩。关于宗教拯救和决心的理念就是如此平凡而普通。

很多人和我一样，来这里是为了听克里斯韦尔的布道，我们没有打算留下看唱诗班的演出以及新教友的入会仪式。

离开有空调的会场到外面去，你会再次感受到这个教会的资产规模，其中有很多都是以克里斯韦尔博士的名字命名的。尽管高楼的阴影让街道看起来很凉爽，你也会再次感受到达拉斯一百华氏度的高温。

大多数时候，你受空调的保护，不会暴露在高温下，仅仅因为阳光或天空的色彩才觉察到温度。但高温会不时找到你，稍纵即逝，并不会引起不快，它与四处的空调环境形成鲜明对比，提醒着你，你生活在气泡当中。

达拉斯的酒店、商店、住所和汽车里到处都有空调。大会中心更是如此，室内极其凉爽，比室外温度要低三十华氏度。到处都是空调的达拉斯在我看来像是一项惊人的成就，是一个大愿景的产物，也是美国人最擅长和最具人性的处世之道：金钱和应用科学创造出了一个优雅的城市，而这里的生活曾经非常粗野。

然而在这个由高科技创造的城市里，克里斯韦尔博士在宣讲地狱的火，他还能在这里当个显赫人士。而持续超过一周的大会传递的讯息是，在旧美国的信仰和虔诚之中容纳美国的奋斗和成就，这并没有什么矛盾之处。在他们的虔诚对面，是无神论和同性恋，两者可以被归总在一起。

共和党人所信奉的原教旨主义已经超出了宗教范畴。它对整个世界进行简化，把许多不同类型的焦虑混合在一起：学校、毒品、种族、鸡奸、俄罗斯，这还只是举几个例子；而它给出的，最简单也最含混的解决方案是：美国主义，对美国主体性的强调。在党纲文件里拟定了关于实务的条文，然后就再也没有下文。除了珍妮·柯克帕特里克关于外交事务的演讲，纯粹的政治讨论非常少。美国主义是大会主题，时而目中无人，时而多愁善感，就如同里根先生接受提名的演讲一样。按照共和党的政治解释，原教旨主义不只是一种消极的东西，而是和里根先生一样富有格调。共和党人"pro-life"。这本是反对堕胎的意思，但在这一周里，这个词组开始被赋予另外一种隐喻的含义。"Pro-life"就是要充满活力、欢快并且乐观，远离另外一边的阴郁和悲惨，那边的人只会谈论问题和税收。

并非所有与会共和党人都是基督徒。亚洲人有一个专门的群体。据说在达拉斯－沃思堡地区有两万印度人；按照亚裔美国人派别宣传册上的说法，印度教对美国主义和共和主义的阐释，对移民和东道主都具有启发意义。

印度人为了追逐"梦想"而移民美国：在这片"机会"的土地上彻底实现他们的潜能。他们来追逐梦想、愿景和幸福，来追求卓越……最近几年间，他们中的大多数人都从"绿卡持有者"变成了"公民"，从而能够全面地参与到社会经济和政治的进程当中。他们按照自己的自由意志，选择美国作为他们的 karmabhumi——业（karma）或行动之地。

把得克萨斯视为因果的剧场——特拉梅尔·克罗会怎么看待这种说法？但这其实不过是克里斯韦尔博士原教旨主义的印度教版本，而透过这个印度教的版本，可以从新鲜的角度看待某些事物。抓住经济良机和好运不只是一种政治行为，也是一种宗教行为，是领受一个人的"业"。在这样的背景下，宗教作为一种政治态度也可以说是一种利己主义，并且还能够赢得掌声。

到会的记者有数千人之多，其中一位对我说："开大会就像吃自助餐。在会议大厅外面有无数活动。新闻办公室（媒体运作中心）每天都会发布一份四页纸的日程表，列出大约五十个活动：新闻发布会、代表会议、早餐、午餐、派对、著名人物、时尚人物、古怪的组织和特殊利益集团，全都在争夺大家的注意力。例如，第一天早晨最好去做什么？不是有人说，有一家杂志赞助了一场去参观达拉斯漂亮住宅的活动？或者可以到大会中心，经过安检，去听得克萨斯小姐唱国歌，然后听特拉梅尔·克罗的老套致辞？或者——这个活动就在我下榻的喜来登－达拉斯酒店举行：

上午十一点，新闻发布会，理查德·维格里和霍华德·菲尔普斯。主题："自由主义者对共产主义是否太软弱？"嘉宾：前黑豹成员，埃尔德里奇·克利弗

埃尔德里奇·克利弗！他是六十年代末的著名人物：他曾经承认自己强奸过多位白人女性，在监狱里待过好几年；他是黑人穆斯林；也是《冰上的灵魂》（1968）的作者，这并非真正意义上的书，更像是札记汇编，其中充满了非同寻常的暴力情绪，回应着那个时代的氛围。一九六九年我在美国待了几周，听到有人说，克利弗有一天会死在与FBI的枪战中。这样的事情并没有发生。克利弗先后去了阿尔及利亚和法国寻求政治避难；在国外，他开始思乡，于是又回到了美国，此时的他已是重生的基督徒。

今年早些时候，我在巴黎遇到一个人，他在六十年代末的革命时期拍过一部关于克利弗的重要电影。这位电影人认为，那个一度有过荣光的时期，现在看来充满谬误。而克利弗自己现在也成了共和党大会穿插的娱乐节目的一部分——至少我是这么认为的。

这似乎是一场大型的落魄。更让人感到悲哀的是，到会议室后，我发现那里没有听众；克利弗也不是那里最重要的人，他坐在第二排的最右边，有些人似乎不知道他是谁；提问的记者没有几个，他们对其他来自平民保守税团的人更感兴趣。

这个黑人现在如此平凡，如此安全，而有人曾预言他将作为革命者在铤而走险中死去。此前我只在他更早期的一张照片上见过他。他现在四十九岁，几乎已经秃顶，所剩无几的头发是灰色的。在他的眼睛里和颧骨上，有一种类似中国人的平和；他看上去非常有耐心。他的眉毛很细，像是用铅笔画的弧；半睁半闭的眼睛一片祥和。

讲台上的演讲者正准备结束自己关于自由主义者的演讲。"他们不是对共产主义软弱……他们是被共产主义软化了。"演讲者是一个身着深蓝色西装的大块头，他腰下松弛的肉令他显得不那么结实。讲台上标有"喜来登－达拉斯酒店＆塔楼"，以备有人拍照用：归根结底，每个人都有要推销的东西。在演讲者的右边有一面美国国旗，从一根杆上垂落下来；国旗旁边有一台便携式银幕。

演讲者随后让他的一位同事讲几句话——他是 CIA 的前雇员，小个子，他的话多少只是在重复前面的人已经讲过的话——"埃尔德里奇"的话。克利弗终于站了起来。站在 CIA 雇员旁边，他显得很高大。现在的他大腹便便，甚至有一点松软。他那蓝色衬衫的衣领是白色的，长长的暗红色领带垂落在胸前。那种有格调的感觉让人感到放心。

有人问到他的政治野心。他说自己想进入伯克利市议会。然后有人不免又问到他对福利制度的态度。他的答复显得疲惫，给人一种同样的话已经重复过许多次的印象："我之所以强烈反对福利制度，是因为它让人民成为依赖联邦制度的寄生虫……我想看到黑人被纳入经济体系之中……福利制度是通往社会主义的踏脚石，因为它告诉人民，政府会解决我们的问题。"

这多少就是他演讲的全部内容。关于社会主义和福利制度的陈述，似乎这就是人们对"埃尔德里奇"的全部期待。很快就有人宣布这次会议结束了。工作人员准备着再重来一遍。和在展销会上一样，表演一次又一次重复，其间夹杂着推销商品的吆喝。

　　国旗旁边的银幕上又开始放映《你站在谁一边》这部电影。这是一部关于美国战后的衰落和困惑的影片。现代的声音在讲解一九四五年拍摄的老新闻片片段：麦克阿瑟，重光葵，日本投降。克利弗离开了黑暗的角落，头发灰白，平静地靠在一面墙上。两三个记者上前去和他说话。但这个人展示出的那种全然的单纯使得记者只问了一些已经被问过的、了无新意的问题。

　　克利弗的性格有很多层面，但此刻，在一个正式的公共聚会上，他人却无法用几个简单的问题解拆那种性格。要找到那个人，必须去读他的书，写于一九六八年的《冰上的灵魂》。这本书比我记忆中的印象更为动人和丰富，那个有很多层面的人就在书里：他对宗教持续不变的感情，他对拯救的关注（作为罗马天主教徒，作为黑人穆斯林，然后作为革命者）；他想要找到自己的共同体，这种需要不断把他引向种种简单的解决方案；他对自身变化的觉知；他的政治精明。

　　　　我非常熟悉那个进监狱的埃尔德里奇，但那个埃尔德里奇已经不存在了。现在的我在某些方面对我自己来说是一个陌生人。你也许会觉得这难以理解，但是监狱里的人非常容易失去自我意识。而如果他经历过种种极端、复杂和不受约束的变化，到最后他就会不知道自己是谁了……

　　　　在这片充满了对立和纷争的土地上，那些真正关心美国黑人复兴问题的人，一直在无休无止地应对那些走到了自己对立面的黑人知识分子……

　　　　在某种意义上，新左翼和新右翼都是黑人革命的产物。在民权运动的斗争过程中，发展出了一种广泛的全民共识，这种共识拥有足够的智慧和道德去拒斥右翼。这种共识矗立在一个充满暴力的国家和混乱局面之间，是美国最宝贵的财富。但是有些人鄙视这种共识。

新右翼狂热追求的，就是要侵蚀并破坏这一共识，这是完全有可能的，因为让这种共识得以诞生的那些问题和情境已经不存在了。

一九六八年的"新右翼"变成了一九八四年的新右翼运动，克利弗就是后者的一员。来达拉斯之前，我对这个新右翼运动一无所知；而我所了解到的东西让我感到困惑。新右翼运动就像到处都是空调的达拉斯一样，是现代技术的产物，而其创立者理查德·维格里和特拉梅尔·克罗一样，是一个不同寻常、视野宽广的得克萨斯人。

维格里从事的行当是直邮募款。他为一些保守派的客户服务——基督教领袖保守读书会、反赦免逃兵协会和美国步枪协会（这份客户名单是弗朗西丝·菲茨杰拉德在一九八一年十一月十九日出版的《纽约评论》上列举的）。后来他意识到，对于那些为小众的或古怪的保守派事业捐助的人，可以鼓励他们去捐助其他的保守派事业，并最终参与到更大、更有成就感的保守主义活动中去。他把邮件列表、计算机和天分都用上了；他找到了这个国家的保守主义核心，而他的计算机可以列出其中的人物。就如同岩石，甚或得州的墨绿色大理石的小孔洞里可以喷涌出石油一样，在维格里的恳请下，金钱也会从保守的美国基层喷涌而出。他成了抢手人物，政治家们必须对他大献殷勤。

维格里是在喜来登－达拉斯的会议室举行新闻发布会（"自由主义者对共产主义是否太软弱？"）的明星。记者们想要看到和听到的，不是克利弗，而是维格里。但我不了解维格里过去的荣耀。我离开的时候，带走的是克利弗给我留下的印象，还有一份一九八四年六月出版的《保守主义文摘》。这是维格里的杂志，在里面我没有发现实质性的内容。它就像一份传道杂志，不断重复着同一个理念，因此显得冗长乏味（并且在智识上让人尴尬）。而且在这份杂志上，维格里的名字似乎和保守主义的信息同等重要。

事实上，很难避开维格里这个名字。印着出版者的地方用的是这个名字；这份杂志是"维格里传媒的刊物，该传媒是维格里公司旗下机构，公司总裁是理查德·A.维格里"。封面的内页印有配图广告："每日广播评论，由理查德·A.维格里主持。"有七个地方提到维格里的名字。在杂志刊载的内容里，有一篇两页长的文章是理查德·A.维格里写的，还有一封两页长的信，作者是出版者理查德·维格里；封底在为一本书打广告，书的作者理查德·维格里预测将会爆发一场反对"精英统治"的革命，并预言将会出现一个新的"民粹"党。广告中列出了这本书（《建制与人民的斗争》）的一个主题："怎样运用自由主义的修辞，将其与保守主义的理念融会贯通。"

我猜想，这就是埃尔德里奇重新进入大众视野的地方。

大会期间，你几乎可以就任何话题拿到"宣传资料袋"，里面有一篇或几篇已经写好的文稿：关于西南贝尔移动公司的电话系统；关于美国电话与电报公司（AT&T）的运营（"在大会中心两百万平方英尺的范围内，布设了六十多英里的电话线和五千多门电话，可以满足四千四百七十位代表和候补代表、一万至一万五千位嘉宾以及一万三千名记者在通话和数据传输方面的需求"）；甚至还有关于莫罗坚果屋（"源自一八六六年"）的文稿，他们负责为代表们提供由坚果和干果组成的"穿梭什锦"，之所以用"穿梭"这个词，是因为这种食品以前供应给航天飞机上的宇航员。

大会开幕之前的那个星期六，在新闻发布厅的入口附近，莫罗坚果屋（"在全国有二百六十多家专营店"）的副总裁卡罗尔·莫罗亲自推着一辆装有穿梭什锦（以及宣传资料袋）的手推车。这是一个非同寻常的场景：如此随意的邂逅，如此体面的女士，感觉就像是撞见唐恩都乐的老板（如果的确存在这么一个人）在派发甜甜圈样品袋一样。

给我通行卡的人在回答我的咨询时说（通行卡要挂在脖子上：会

议大厅和媒体区里的每一个人脖子上都挂着东西)："楼上还有资料，你拿都拿不完。"的确，在媒体运作中心狭长的桌子上，资料一定有好几吨重：不管有名无名，每一个人都有简历；每一件事情的报道；还有从星期一开始，还没有进行的大会演讲的副本。从电视监控器上，你可以看到会议大厅里正在发生的事情：无须亲身见证活动。精力充沛的记者，借着那些已经写好的资料和AT&T的设施，可以整天把各种报道传回报社。

但照片和电视屏幕都不能给人亲临会议大厅的感觉。大厅规模之大让人难以置信。屋顶上那些高高的、纵横交错的钢梁让我想起了伦敦、帕丁顿和滑铁卢的钢架结构火车站（在达拉斯的高速公路附近，有人在复制建于一八五一年的水晶宫）。但是这里太大了：我无法信任自己对尺度的感觉。

讲台上的演讲人看起来很小。但是在大厅后面，讲台上方有一个大屏幕，正在播放演讲人不完整的影像（也许是头和肩），比真人大了好多倍。在屋顶的钢梁上挂着一些较小的屏幕，同步播放着大屏幕上的影像；扩音器放大了声音。第一次走进大厅，一个人的现实感会被扰动；你走进了一个不断复制和放大自身、从而让其显得格外重要的场所：就好像在这里，时间——那正在消逝的一刻，被拉长了一样。

一位拉比正在主持祷告仪式，他的虔诚似乎恰如其分。这样的场合放大了人，让现场有一种宗教感。不是作为沉思的宗教或是对神圣的个体经验，而是作为一种文化本质的宗教；人与人的紧密联系与兄弟情谊超越了物质需求。人们之所以来达拉斯，不是为了政治辩论，而是为了这样的宗教。这里的规模和氛围，还有超现实的环境，让我想起五年前在巴基斯坦旁遮普省，我在一大片有天篷的居住区里见到的穆斯林传教集会。我觉得，在达拉斯看到忙碌、虔诚的助工四处派发糖果或某种象征性的圣礼食品，并不会让人感到惊讶。

电视本身并不能真实地传递这里的氛围。但是在大厅里却有必要看一看电视上播出的影片，因为有些事情的动态只有通过电视屏幕才能了解。在珍妮·柯克帕特里克演讲前,电视上先播放了一部关于她的短片。里根先生在这部片子里亲自把她介绍给我们,说这位女士有着与果尔达·梅厄①和撒切尔夫人相同的地位。这样一个女性主义的角度并不让人感到意外:媒体已经尽职地报道说,共和党人要在那天傍晚公布与"性别鸿沟"有关的一些东西。

影片结束后,乐队进行现场表演;代表们欢呼鼓掌。掌声富有节奏,热情洋溢,就如同在宗教复兴运动的聚会上一样。标语牌——上面写着"我们说的是珍妮,我们爱珍妮",是一些志愿者写好后,由其他志愿者放在代表座位下面的地板上的——在电视镜头前被举起和挥动:影片与现实,人们所经验的真实场景与放大的影像记录,令人困惑地持续交错着。

演讲稿可以取阅,不过柯克帕特里克的演讲本身要比稿子丰富得多。这位演讲人有着对语言的敏感;在大会期间,这是唯一一次能让人看到真正的智识在涌动的演讲,那是一种比政治智识更丰富的智识,尽管其中也有着种种对现实的简化。演讲的主题是"美国需要对俄国人及其盟友采取强硬立场"。这个主题被恶毒地编织进对信奉另一个党的美国人的嘲弄之中:"恰恰相反,他们会实行'优先谴责美国'②政策"——这种克制的修辞一再被重复,获得了与马克·安东尼的"但是布鲁图是一个可敬的人"相同的效力(还有节奏)。听众对这次演讲的反应非常热烈;第二天,《纽约时报》刊登了一张精彩的照片,照片上的柯克帕特里克夫人在成功的瞬间容光焕发,意气昂扬。

然后会议大厅里的演讲就开始走下坡路了。一位著名的黑人橄榄球运动员出来介绍了几位奥林匹克运动员。这并非官方的安排,而是后来增补的节目;在介绍这位运动员时,主持人提到他个子很高(六英尺五英寸),还提到了相应的体重(我没能记下来)。之后登场的是

---

① Golda Meir,女性政治家,曾任以色列总理。
② "优先谴责美国"(blame America first)是对美国传统政策"美国优先"(America first)的挪用。

一些政治家，都很有名。尽管现场有音乐、掌声和标语牌，但他们的演讲似乎全都很雷同，口吻雷同，连所用的僵死语汇也是雷同的。

霍华德·贝克：卡特－蒙代尔①的组合给了我们两位数的通胀；利率达到百分之二十一；外交政策就是任人发泄的沙包，经济指数也非常糟糕。

凯瑟琳·奥尔特加：想一想，自从卡特－蒙代尔时代的通胀突破两位数以来，已经过去了多久，百分之二十一的利率，糟糕的经济。

玛格丽特·赫克勒：我们现在走到了一个大十字路口上。我们可以在停滞与增长之间进行选择，在天花乱坠的承诺和创纪录的成就之间进行选择。

贝克：今年的美国不是要在罗纳德·里根和沃尔特·蒙代尔之间进行选择，而是要在一个证明了自己能够取得成功的团队和证明了自己无法取得成功的团队之间进行选择。

赫克勒：对我来说很容易选择。在罗纳德·里根身上，我看到的是一种特殊的、在神的指引之下的美国精神，正是这种精神把我父母从爱尔兰吸引到了美国的海岸边。

奥尔特加：我的美国同胞们，在合众国新铸造的一元硬币上铸有自由女神的侧脸像，到了一九八六年，也就是里根政府第二任期的中期，我们将会一起欢度这座伟大雕像的百年庆典。

---

① 指当时的上一届总统吉米·卡特和副总统沃尔特·蒙代尔，后者参与了一九八四年美国总统选举，代表民主党与寻求连任的里根竞选。

这样的场合或许就是这样，这是庆典，是部落的宗教仪式，大家说了什么并不重要（就像印度教的圣人，常常只要随施功德，供人瞻仰，那就足够了）。但这些演讲如此缺乏个人色彩，如此相似，并不能让演讲者表达什么。英语就像其他还有活力的文学语言一样，总是在通过内部的典故丰富自身。如果不引经据典，有意识或无意识地引用莎士比亚或钦定版《圣经》，引用众多诗人、戏剧演员、导演、历史学家或政治家中的一个，就难以运用这种语言。在一场战时演讲中，丘吉尔引用了诗人克拉夫的一句诗："但是往西看呵，那是一片光明的土地。"克拉夫很快就被丘吉尔的名声掩盖，现在这句话成了丘吉尔的名言，可以通过很多方式使用或曲解（现在也许主要用于反讽）。甚至撒切尔夫人也会化用（在她年轻时很有名的）克里斯托弗·弗赖伊的一部戏剧的剧名："这位女士绝不回头。"

在贝克、赫克勒或奥尔特加的语言里，没有什么与之类似的东西。雷同的演讲（或者非常近似）、雷同的口吻、雷同的性格（或者没有性格）和雷同的语言：缺少弦外之音、已经被过滤过、了无新意；虚弱而僵死；计算机式的语言，有时会按照程序表现出激情，却不比广告文案的油腔滑调更好。就好像在这个伟大的、把人放大的场合中心，有一种空洞，一种空虚。

关于这位在柯克帕特里克夫人后面登上讲台的黑人橄榄球运动员，我还听到了一些传闻。他名叫罗斯福·格里尔，是一位"电视人物"，一位"名人"。结束橄榄球生涯后，他在众多职业中选择了做裁缝。但在政治上，他的立场在另一边。有人告诉我，罗伯特·肯尼迪被杀时他在场。所以他出现在共和党的讲台上，被认为是一件轰动的事情；我认为，这解释了他为什么会在一开始显得很笨拙。

听完政治家的演讲后，我想再去读一读橄榄球运动员的演讲稿（我没有记笔记，各种信息设施让我变得懒惰起来）。我后来去了媒体运作中心，就好像到了一个一切都会被录下的天堂。

女孩笑着问："什么演讲？"

那里有别人一堆堆高低不一的演讲稿，但就是没有关于格里尔的或者他本人的。他是后来才增补的演讲人。

我说："我猜明天报纸上会有他的演讲稿。"

她说："未必。"

的确如此，我在一家达拉斯的报纸上看到了格里尔，但是没有找到他的演讲稿。记者们既忙碌又顺从，知道什么该忽略掉。

第二天，美国第三十八任总统杰拉尔德·福特来到了大会现场。报纸上充斥着半是钦羡、半是恶毒的报道，说他在七十一岁的高龄收入丰厚，甚至超过了他那十万美元的总统退休金。但是福特先生已经失去了右翼的欢心，（根据另一家报纸的报道）这也是 NCPAC（全国保守主义政治行动委员会）选择在那一天举办得克萨斯募捐宴会，作为他们的"全美支持里根英雄会"项目活动的原因。宴会的门票一千美元一张（媒体人士如果获准参加，则是免费的），将在纳尔逊·邦克·亨特的 T 环大牧场举行，那里距离达拉斯二十九英里。

邦克·亨特，一个人怎么可能抗拒这个名字？这是一个试图垄断白银市场的人；一个携天文数字的财富进入黄豆和赛马领域的人；一个从父亲那里继承了十亿石油资产、并将其增值为二十亿的人；一个如同其兄弟和姐姐，财富多到难以想象的人。

我和一个来自新泽西的年轻作家安德鲁成了朋友。安德鲁是开着一辆用六百五十美元买的旧车来达拉斯的；坐在这部没有空调的车里，我们向西驶出达拉斯，在温度高达一百多华氏度的高速公路上，以六到三十英里的时速冲进炽热的阳光之中。一路上有许多和我们一样去往达拉斯郊外乡下的车。其实那里算不上乡下。达拉斯－沃思堡机场是全世界最大的机场之一；一架接一架飞机拖着黑烟，仿佛排成两队，有规律地从炎热的赭色天空下降到我们的视野中，飞机上的灯光突然就开始闪烁起来。高速公路上的通勤车流发出嘶嘶的响声，四周的天空也在轰鸣。

安德鲁曾带着北方人的兴奋说，亨特的大牧场有自己的高速出口。

那的确是一件了不起的事，但实际上并不是那么回事；你只是左转下高速而已，有一个交通警察在对面的车道阻拦车流。草地青翠，在炎热中让人讶异；围栏被漆成了白色。第一批助工就在里面（还有最外围的安保人员）：身着黑裤子和白衬衫的年轻男子，有些还戴着黑色或白色的棒球帽。

　　远处有一座白色的大帐篷。我们的车驶向那里。按照一定间距排开的低矮树木让这里显得更像是个果园，而不是景观公园。我们把车停在离帐篷不远的地方，走下车来。这次宴会安排了专门的"代客泊车"服务——一千美元一张门票，当然要有这样的服务。身着黑裤子和白衬衫的年轻男子负责把车开到远处的停车场去，然后再跑着回来——跑着回来，就好像这也是礼节的一部分似的。

　　安保人员对我们进行了安全检查。我们把媒体通行卡挂在脖子上；年轻的 NCPAC 干事（他们自己的主办方铭牌固定在衬衫口袋上，是用一种粘贴纸做的）目不转睛地看着我们。这场宴会——该如何描述它呢？一个骑在白马上的牛仔在笑，但又不是朝任何一个人笑，他不停地转动着一个小套索，一会儿向上，一会儿向下。一个女牛仔跨骑在另一匹马上。在"西部"打扮的酒吧里，女孩和枪手在宾客间穿梭。人们骑在驯化的长角公牛身上拍照。从一个开放的帐篷里传出音乐和歌声，是西部乡村音乐。有一些排档提供得克萨斯和墨西哥风味的食品。在开阔的地方，有人在烤牛排，油滴落进放在青草地上的一个长长的黑盘里。有些人坐在一辆驿站马车里，驾着车绕着小圈；那不是真正的驿站马车，也不是古董，是重造的。在另外一处，有一辆篷车，没有套马，停在那里，显然是一辆真的古董车。有三四个印第安人身穿满是羽毛的传统服装，站在宾客中间，等着有人给他们拍照。

　　我们是在得克萨斯，这里的高温和景观曾让第一批定居者惊叹不已。一辆驿站马车的平均时速是多少？六英里还是八英里？铁路是在十九世纪七十年代建造的——当时火车时速能否达到十五英里？但是这场西部风格的宴会并不是对往昔的庆祝，它更像是一场"演出"；按照 NCPAC

四处散发的宣传册上的说法,其实这就是一场演出,由一位专家和一家极其成功的公司(另一本非常全面的宣传册专门介绍了这家公司)共同导演。影院和电视已经将往昔吞噬,这次宴会也许是为那些——像喜欢西部片一样——喜欢这样一个说法的人举办的:作为爱国者,他们喜欢西部片。而这种电影式的翻版西部正在被拍摄下来,准备在某个地方的电视上播放:演出嵌套着演出。一座装有电视摄像机的红色吊车不时在我们头上伸展上升,背后是壮丽的落日景象。天空中有几架轻型飞机:有人说也许是来赴宴的客人,正在降落。

另一边,在远离红色吊车、电视摄像机、宴会和白色帐篷的地方,坐落着牧场的大房子。这所房子位于一块略微隆起的土地上,四周树木环绕,看起来平淡无奇。纳尔逊·邦克·亨特和他的妻子正在从这座看起来平淡无奇的房子里走出来,电视节目组和一些旁观者走在他们前面,他们也许不只是宾客,也许是政治盟友,也许是被纳入私密社交圈的人。节目组——摄像师、音效师和记者倒退着走路,和螃蟹一样——让行进的队伍保持队形和庄重感。出席宴会的人看到这样的情形时,不由自主地倒吸了一口气,就像是见到了圣人或皇室成员。而他的家庭、财富和冒险经历的确让纳尔逊·邦克·亨特称得上是一个传奇人物;在这个世界上几乎没有谁能和他相提并论。而他就在这里,在他自己的牧场上,为了一个他认为美好而虔敬的事业,担当着半个东道主的角色。

很难听清楚他在对电视记者说什么。他说话的声音很柔和,似乎在斟酌用词;只有两三次我听到了"保守"这个词。他似乎在对保守主义事业的发展表示满意。

那天在《达拉斯新闻晨报》的"自画像"调查表上,他把"贪吃"列为自己最大的恶习(他显然爱吃冰激凌);但是与伦敦报纸上刊登的、他在"白银案"[①]时期的照片相比,现在的他瘦了很多。他说自己最喜

[①] 纳尔逊·邦克·亨特曾与兄弟累积大量白银,试图垄断全球白银市场,一度盈利超过二十亿美元,后因企图操纵白银价格而遭到诉讼及阻止。

欢蓝色；此刻他的确穿了一件浅蓝色的衬衫，领带是皮革的，并不比鞋带厚，但是在最上面的纽扣处，领带没有打结，而是支起了一枚银质硬币，也许他这是在以开玩笑的方式影射"白银案"。他说话时半带笑意。他妻子站在他身旁，显得非常矮小，一直在笑，似乎对这样的场合感到非常满意——无论是宴会、宾客还是事业都令她满意。她别着一枚马蹄形钻石胸针——就这一点奢华的痕迹，几乎像是一个小小的玩笑（和她丈夫的银质硬币相映衬）；这枚胸针和她的笑容一道，就像是送给我们这些宾客的礼物。

然后他们又和他们的媒体队伍一道向前走，经过了身披亮丽羽毛的俄克拉何马印第安战士（蓝雹酋长和他的部属），经过了复制的驿站马车和驯化的长角公牛：邦克·亨特夫妇在行进的过程中显得非常和善与热心公益，他们代表的是金钱、好运、石油、土地、工作、回报、上帝以及老派的做事方式，体现了一种把复杂的美国品德变得非常简单的能力——现场的烧烤和宴会的用意正是要颂扬和保卫这样的品德。

有人召集大家去晚宴现场。是敲钟还是抽响鞭，我不记得了：召集的方式是西部式的，不寻常的方式，是这场昂贵活动的民俗演出的组成部分。巨大的帐篷里坐了近两千人，里面安装了空调（五百吨的空调设备是由休斯敦移动空调公司专门运来的，这是一家为炼油厂提供制冷设备的公司），真是不可思议。出席晚宴的约一千七百名宾客受到了娴熟的款待（晚宴是由达拉斯的美食家多萝西·贝里设计的）。

祝福仪式由杰里·福尔韦尔主持。他是原教旨主义浸礼会传道者，右翼的宗教明星，第二天还将在大会引介里根夫人之后主持祝福仪式。那天傍晚早些时候，福尔韦尔跨骑在那头得克萨斯长角公牛身上，供周围的人拍照。此刻，他站在帐篷里的讲台上，灯光照射着他，一台台电视摄像机在运转；他走进宴会的美国精神之中，又让他自己的宗教精神笼罩住了整个现场。他径直向神吁请："这个傍晚奉献给您。"得克萨斯人的叫喊声在"阿门"之后响起。这些叫喊声并不是要亵渎神圣。这些人有着真正的谦卑之心（是有所成就者的大谦卑，而非失败者那种没有价值的谦卑），让自己站在神那一边，抨击一切不虔诚之人事，一切对这样的场合构成威胁之人事。

美德本身就是一种回报。有人伸手帮助邦克·亨特登上讲台，他随后宣布，宴会吸引到了一千六百五十位付费宾客，而不是他和NCPAC一开始所期望的四百多。扣除成本费用，帐篷里的宾客在这个傍晚为NCPAC的"全美支持里根英雄会"捐助了一百多万美元。

一个令人难以置信的数字。坐在我们媒体这一桌的一位中年摄影师变得异常兴奋。没有朋友或同事与他随行，他需要找人说话。他在暗黑色的桌子对面说："我拍了一张杰里·福尔韦尔骑在长角公牛身上的照片。我从来没有想过自己能拍到这样的照片。我还拍了一张邦克的照片。邦克走在路上，看到草地上有一个叉子。他弯下腰来。他弯下腰来，拾起叉子，放进口袋里，然后说：'这就是省钱之道。'"

伟大的一笔，这个故事已经变成了传奇。

正是在这样一种成功和集体自得的氛围中，现场放映了NCPAC的电影《罗纳德·里根的美国》。我们这些坐在媒体桌的人是反着看的。银幕就放在我们面前，把我们和那些百万富翁分隔开来。

电影一开头有约翰·韦恩的几个镜头。影片让他看上去像是一位伟大的美国人物，几乎可以说是历史人物，而不只是一位现代演员。影片要告诉观众，所有像韦恩这样积极向上、努力工作、为这片土地奉献生命的人，都是英雄。其中潜藏的意思是，在里根先生身上，韦恩精神复活了。在里根先生从政早期，他的演员生涯也许是一件令他尴尬的事情，但现在成了他的优势。美国精神已经成了保守主义者的理想；而最急于表现这一精神，最理想化、也最多愁善感的（右翼的任何理想都很需要这种多愁善感），是漫画书（《美国的社会公正》），是低级别影院里放映的电影。

如此惊人的财富和权力，如此惊人的科学和组织，被如此铺张地用在得克萨斯宴会的一夜演出上。在开车回达拉斯的路上,路旁的景象看起来如此闪亮。但是成就越大,允诺越多,想到这一切都有可能烟消云散,就更加令人痛苦。正是怀着这样一种对危机的预感——保守主义者的多愁善感的另一面——埃德·詹金斯第二天上午在喜来登-达拉斯酒店的 NCPAC 会议室发表了他的演讲。

安德鲁和我是一起去的。我们和埃德·詹金斯聊了起来,时间尚早,而他又是那里唯一一位成年人。他非常热情、开放而且迫切希望能帮助他人。他离开堆满文献的柜台,和我们一起围坐在一张圆桌边上。在我不安地提出要求之后,他甚至关掉了《罗纳德·里根的美国》的声音——前台附近似乎一直在播放这部电影,也许是为了吸引路过的人进来。

埃德·詹金斯,三十二岁,在保守主义联盟全职工作,这个联盟是 NCPAC 内部的组织之一。NCPAC 的主席也是保守主义联盟(CALL)的全国总裁。保守主义联盟有一个叫"全美生存联合会"(NCAS)的项目,正在运作"人权与国家生存计划"(HRNSP)。埃德·詹金斯谈话的焦点是 HRNSP;还有准备好的宣传资料袋,让我们对这个计划有了"基本的了解":"美国政府必须停止向苏联和其他共产主义政府提供技术、信贷、金钱和安全保证,以避免他们侵犯人权及犯下其他针对神和人类的罪行。"

谈及 CALL,埃德·詹金斯这样说:"我们的首要目标是阻止共产主义,并把它赶回去。我们认为共产主义不应该存在。我们认为全世界都应该像我们一样自由。"他们尤其对美国把高科技出口到俄国感到担心。

然而这场运动开始的时候更为简单,甚至只关注国内事务。"CALL 是七年前成立的,以前叫'保守主义者反自由立法联盟',去年改了名称。其宗旨是与肆意的自由化立法进行斗争。"埃德·詹金斯这句话主要针对的是种族融合校车计划①的问题。"美国人民不想要校车计划。"校车计划让许多家庭过得很糟糕;埃德·詹金斯有一个妹妹尽管搬到了离她丈夫工作的镇子一个半小时车程的地方,仍然在被校车计划折磨。

"这个国家有一群人在逃避他们自己的政府。他们在不自知的情况下发起了这个运动。我当时知道我会去私立学校上学,我还记得我父母那种不顾一切的劲头——他们是在努力逃离一种东西。"

我认为安德鲁不是保守主义者。但是当埃德·詹金斯说起校车问题——与HRNSP以及俄罗斯人的话题相去如此之远,我们又可以从中看到埃德·詹金斯的政治道路的逻辑,对他这样一位不愿擂响种族之鼓、甚至不愿承认种族冲动的理想主义者来说就更是如此——在埃德·詹金斯说话的过程中,我看到安德鲁尽管有着作家的冷静,甚至还有学院背景,却表露出同情的神色,并且在做出回应。安德鲁来自新泽西,完全理解埃德·詹金斯所谈论的问题。

埃德·詹金斯继续说道,正是因为校车问题,人们才开始把他们的小孩送到教会学校去上学。也正是因为校车问题,宗教原教旨主义才变得可敬起来。

于是,十六年后,这里的情势出人意料地证实了埃尔德里奇·克利弗在《冰上的灵魂》中写下的话:"在民权运动的斗争过程中,发展出了一种广泛的全民共识……新右翼狂热追求的,就是要侵蚀并破坏这一共识,这是完全有可能的,因为让这种共识得以诞生的那些问题和情境已经不存在了。"

埃德·詹金斯说:"应该说,此前,原教旨主义者对政治并无兴趣。人们对他们的看法是,在这个国家他们并非一种重要的力量。但你也一定得明白,新右翼运动不只是一种原教旨主义运动。它属于所有人。但原教旨主义运动是新右翼运动的重要组成部分。我不是原教旨主义

---

① 为平衡黑白学童比例,缓和校园种族隔离主义,美国政府于一九七一年推出将部分少数族裔学生送至白人学校,将部分白人学生送至少数族裔学校的计划。

者,但我非常尊重他们。

"我自己属于新教圣公会。这是美国的主流教会之一,但我后来离开了,原因是我在那里听不到宗教的声音。我听到的是我们的牧师在怒斥我们的政府、社会的不公,还有越南战争。他会告诉我们,美国是一个帝国主义国家,我们的士兵正在杀戮妇女儿童。当时我有三个姻亲兄弟在越南,有两个再也没有回来。

"这里的变化非常富有戏剧性,非常微妙。我认为美国在六十年代末和七十年代初信奉的自由主义为今天的右翼创造了权力基础。

"就像我刚才说的,我脱离了教会,因为我的牧师认定宗教必须成为社会运动。那些主流教会,比如新教圣公会,实际上变成了政府的一部分。在他们看来,如果一个原教旨主义教会牵涉进某种政治事务,那他们就是一群疯子。而如果是主流教会在——用我们的钱——把牧师派到亚拉巴马州的塞尔马镇、去卷入暴力事件,那就是出于社会公义,而非出于政治动机。"

安德鲁和我没有做任何提示,埃德·詹金斯开始说起他的家族史。这是他坦率性格的一部分,同时也是在回应我们对他的兴趣。

"我父亲非常保守。他在俄亥俄州的阿克伦城长大,家里非常贫穷,祖辈来自爱尔兰或威尔士。我母亲家有一些德国和荷兰血统。我父亲或许是最典型的美国人。他靠勤工俭学读完高中和大学,经常同时做三份工作。他之所以去读新闻专业,是因为上不起医学院。但他后来又回去就读,终于成了一位医生。那是在他二十七岁到二十九岁期间。起初他一无所有。他在五十七岁时因为过度劳累去世,但他完成了两件他立志要做的事情。不只是成为医生,而且要尽力成为最好的医生;另外一件事情是确保不让他的孩子再重复他的遭遇。他会给我们讲故事,他的母亲也在场,说起他在发育时一周也许只能吃一次肉——他那时还只是一个孩子。因为家里太穷,我父亲——我不想说营养不良——得不到足够的维生素和食物,也因此一生都非常瘦弱矮小。"

埃德·詹金斯并不瘦弱,但他多少遗传了他父亲的小个子。

安德鲁有部分俄国血统，他问："你的祖父呢？"

"只要能找到活做，他就在工厂做工。我祖父是美国第一支橄榄球队的球员。他去世的时候非常穷。那些最早加入球队的人赚不到钱——那时的一场冠军争夺赛，赢球的球队每个球员只能分到五美元。"

从某一角度来看，这是在一片富饶的土地上发生的贫困故事；在许多国家这也许会激起人们心中的愤怒。但从另外一个角度来看，这又是一个奋斗向上的故事：祖父是工人，父亲是医生。这也是埃德·詹金斯的看法。"美国人一出生就开始获得这样一种观念：任何人都可以为自己的理想去奋斗，只要他们拥有愿望和意志，没有什么可以阻止他们。这就是美国的美好之处。我还记得邻居家的小孩因为各种事情惹上麻烦，被家长打屁股。在我们家里无论是谁，最糟的事情就是不尽全力，不管是割草还是学习。"

安德鲁说："你会因为这个被打屁股？"

"是的。"

我问他："你父亲是哪一年去世的？"

"一九六七年，就在我快满十六周岁的时候。我父亲反对政府的做法。他觉得我们的政府正在创造一个福利国家，在他看来，这是'社会主义'的一种委婉说法。除此以外，他觉得我们的政府在向共产主义者让步。他相信共产主义者想要统治全世界。在去参加大会之前，他一直是一个戈德华特共和党人。他把我也带去了，那一年我十二岁。"

所以埃德·詹金斯不仅从小就接触到了正式的政治活动，在他的家庭取得成功之际，他还接触到了危机和动荡的概念（新的恐怖取代旧的恐怖），以及刚刚把握一个世界、旋即又被夺走的概念。

"我感到政府正在摧毁美国的机体，摧毁让美国得以伟大的一切。"

但那个美好时代、那个安全时期是什么时候？

"人们有时问我，谁是最后一位伟大的总统。有人说是肯尼迪。我不这么看。尽管我的看法可能会让我显得狭隘，但我还是要说，是泰迪·罗斯福①。他是一位战士,一个顽固的人。他几乎可以说是美国的销售员。美国是全世界最伟大的国家,而他愿意付出任何代价去证明这一点。他的一些品质也是我从小接受的教育所推崇的品质——无论如何,你一定要倾尽全力。关于泰迪,你可以这样说:当他承担起一项任务时,他总是带着热情、带着对生活的爱去完成它。他热爱生活。他热爱美国。"

埃德·詹金斯原本打算为保守主义联盟工作一年,结果一待就是四年。这在经济上是一种牺牲,但他认为这是一件好事,他必须这么做。"就像我父亲担心他的孩子们一样,我也担心我的孩子们。"

安德鲁被埃德·詹金斯打动了,比他自己预想的还要感动。"右翼的很多人都会这样讲述贫穷和奋斗的故事。"

安德鲁是对的。"早年的贫穷"是那天傍晚的两场大会的演讲主题。参议员多梅尼西讲述的是他贫困的父亲在新墨西哥开杂货店的故事。浸礼会牧师希尔先生是一个黑人,他讲述的是自己一九四七年睡在达拉斯的一个猪圈里的往事。新闻网络没有播出关于猪圈的演讲,让一些人难过不已。这样的演讲能在政治上产生强有力的效果。

组织者在大会期间向与会者分发了多份刊物,《总统圣经记分牌》是其中之一。据说(有多个来源相互印证)其目的是披露总统和副总统对于诸多问题的看法,包括堕胎、同性恋、女权、恋童癖、色情作品、核裁军和校园祈祷等问题。正如这些问题全都被视为"圣经"问题一样,它们似乎都成了"对与错"这个大问题的不同方面,需要的只是一种特定的信仰。

里根先生在《记分牌》里得分不太坏。在他当上总统之前,有一次一位记者问他:"州长,你生活里的榜样是谁?"里根先生说:"哦,这太容易回答了。那个来自……"看了《罗纳德·里根的美国》里约翰·韦恩的那些镜头,还有对里根先生演员生涯的着重刻画,你也许以为里

---

① 即西奥多·罗斯福,第二十六任美国总统。

根先生会说："那个来自拉莱米的人。"但他说的却是："那个来自加利利的人。"① 说来也怪,在大会这一周的时间里,这两个人似乎并无二致。弥漫整个大会的怀旧情绪——旧美国、旧信仰、西部(或西部片)、老电影和老明星——让两种信念走到了一起,而且几乎没有渎神的意味。里根先生把他的三种角色:演员、政治家、老派基督徒,融汇在一起,让自己变成了一个令人敬畏的政治人物。他是人们诸多需求的答案;在复杂多变的右翼,有许多人在他身上实现了自己的想象。他是一位演员:演员可以沉默寡言,但仍然寓意良多。

周三,在希尔先生(以盛气凌人的、浸礼会的风格)做完关于猪圈的演讲之后,会议中心放映了一部关于里根夫人的影片。片中的她在为一块纪念她父亲的牌匾揭幕;她父亲是外科医生;她似乎在啜泣。里面还提到了她的演艺生涯。弗兰克·西纳特拉唱了一首关于南希的歌。里根先生动情地说:"我不知道没有她我会怎样。"最后他们走下斜坡,走进了一片树林。

灯光亮了,掌声响了起来。我们惊讶地发现,放映这部影片并不意味着里根夫人就不出场了。影片放映过程中,里根夫人被接到了会场,此刻她正站在讲台上,身着白衣。更令人惊讶的是,后面的大屏幕上播放的不是里根夫人的大幅照片,而是里根先生在特拉梅尔·克罗的阿纳托尔酒店房间里的实时直播画面。里根夫人朝着大屏幕挥手。有一两秒钟,里根先生似乎有点困惑,但随后也挥手回应。这是天伦之乐的伟大时刻。这就够了,这就是代表们所需要的。现在里根先生只需要出场就可以了,那将是我们在最后一天的节目。

在他的演讲中,和政治有关的部分他只是在重复其他人说过的话。最后富有诗意的部分,也就是关于"希望的春日"那一部分,与其说是演讲、是诗与语言的事情,不如说是一部简短纪录片的梗概,描绘的是一个多种族的、地貌多变的美国。于是,在这场盛会达到高潮之际,

---

① "来自拉莱米的人"应指同名西部片 *The Man from Laramie* (1955),泛指西部片英雄;"来自加利利的人"应指耶稣,加利利为耶稣的出生地。

和那么多场演讲一样，其核心空空如也。总而言之，那种关于宗教和美国精神的怀旧情绪似乎只是暴露了一种智识的空缺，而大会所用的那种计算机语言只是揭示了这些政治人物想象力的贫乏。"仿佛"——尽管大会安排了祷告和祝福仪式（最后的祝福仪式将由克里斯韦尔博士主持）——"仿佛灵感已经枯竭，似乎不会再有巨大的希望、宗教、喜悦的歌曲、智慧以及比喻。"

这些话是爱默生说的，说的是英格兰。《英国人的性格》发表于一八五六年，是爱默生对自己在一八三三和一八四七年两次英国之行的记述。他感到当时的英国尽管拥有至高无上的霸权，却已经在走向衰落，而英国的智识生活正在被关于权力、金钱和正当性的过度意识所窒息。"他们在低下的水平上运用每一种才能。"爱默生写道，"也许可以说，他们在一种次意识中生活和行动。"在达拉斯华丽的外表下我也感觉到了类似的东西。这次大会的主题是"权力"，而这种权力似乎太轻巧了：国家权力、个人权力和新右翼运动的权力。和爱默生在英格兰时一样，我走在达拉斯的会议大厅里，如同"走在大理石地板上，没有什么能在这里生长出来"。

（马维达 译）

紧急状态下的格林纳达
1984

我去格林纳达是在美国入侵那里十七天之后，也就是机场对民航重新开放之后的三四天。真正的战斗早已平息。岛上的约七百名古巴人已被围捕并遣返，一并被送走的还有四十二具古巴人的尸体。由一千二百多名士兵组成的人民革命军（PRA），也就是格林纳达的革命军队，已经瓦解。革命军大部投降，其余的正在被追捕。

美国的心理战部队——这是特种作战中心的一个分支，后者又是特种行动司令部的一个部门——（按照他们上校两天后的说法）"已经转入了对平民事务的处理"。现在他们正在准备海报，其中一张采用黑白两色印制，用了五种不同的字体，质量粗劣，像西部片的广告。"前PRA的士兵，你们腐朽的领袖已经投降，他们知道抵抗是徒劳的……"

机场因为直升机群的起降而喧闹不堪，黑色的机身有种不祥的征兆。四周到处是身着笨重作战服的海军陆战队员；卡车和吉普车上涂有迷彩，有一些还架着机枪；各处还有帐篷和伪装网。航站楼的一扇门上有一个古巴航空的标志，有人幽默地在上面画了一道粗粗的黑线，在标志下面潦草地写下：八十二空降师第二营。

在办理格林纳达的通关手续后——从法律上说，当前的情势含混不清——美国海军陆战队还设了一道检查岗，他们手上已有一份打印的名单。几步之外，在海关的柜台处，又出现了非军方官员——一个高个子格林纳达黑人海关人员身着浅蓝色衬衫，上面隐约印有GUCCI字样。

距离机场几百码的地方，电视上的场景似乎正在重演：在雨后潮湿的路边，持枪的海军陆战队员在押送五六个分散的黑人，他们脱得只剩下内裤。其中一个留着拉斯塔法里运动①的"骇人长发绺"。乱发、裸体和狂野的外表是拉斯塔法里运动的风格特征；但这个被俘的男人此刻看上去格外丢丑。这些人是 PRA 嫌疑人。他们极有可能是被格林纳达人告发的：在几乎所有格林纳达人看来，革命和革命军已经变得很是可憎。这些俘虏正被押往机场，从法律上说，他们只是"被拘押"的人。那些黑色直升机中的一架将载着他们，越过森林覆盖的山岗，飞往位于西南沿海的美军大本营。那里设立了一个拘押中心，用于审讯和甄别嫌疑人。美国记者像雪貂一样，四处为每天一次或每天两次的报道搜索素材，他们刚刚才发现了这个中心，或者应该像新闻发布会上那样称它为"这个设施"。

山上的公路蜿蜒狭窄，一路上有许多盲弯。至少有两辆被美国人接管的古巴大卡车出了车祸。蕨类植物和野香蕉的叶子在火山岩的峭壁上烂漫地生长。一品红（在这一带叫圣诞花）盛开着，还有平凡的木槿；一种叫作龙吐珠的野草在树篱和电线杆跟前播下一丛丛粉色的花簇。

这里的房屋矮小，建在木桩或低矮的混凝土柱子上，倾斜的屋顶用瓦楞铁皮制成。更老的房子是木制的，有一些按照法属加勒比风格建造，有着经过雕饰的山墙、顶窗和百叶窗。房子周围有一些植物，看上去像灌木丛，其实是一块块的种植地：可可，紫色的豆荚径直生长在黑色的树干和小树的枝条上；西柚、鳄梨和芒果；大叶的面包果和热带栗子；车前草、香蕉和肉豆蔻。这里没有大片的地产。只是加勒比的农村而已。

在公路沿线散布的房屋、道旁土路上的吉普和卡车里，海军陆战队员显得很放松，但仍然保持着警觉。在一个交叉路口处设有路障。

---

① 二十世纪三十年代在牙买加兴起的黑人宗教运动，教徒信奉一神论，强调通过祈祷、天然饮食和吸食大麻等手段来获取生命力。奈保尔在《权力？》一文也有提及。

出租车司机伦诺克斯说:"我很好奇。我听说他们今天要拦车搜捕。"他平静地说;他已经习惯了大事件。

一个海军陆战队员并不是挥手叫我们停下。他半蹲下,紧握左手,伸向我们的车。富有戏剧效果。似乎小村子里的所有小孩都站在旁边看热闹。陆战队员里一个是黑人,一个是华人,一个看上去像是拉美人。他们问了一些问题,搜查了行李,还搜查了车。路边的晶体管收音机音量被调得非常大,后来有陆战队员叫一个男孩把它关掉。

等我们再次上路,我把刚才混乱的经过整理清楚,才弄明白收音机是那个男孩打开的,播出的音乐很快就变成了西班牙语节目,是给那个看起来像拉美人的陆战队员用的——他问了我一些琐碎且毫不相干的事情——用来评估我对西班牙语的反应。心理战,特种作战。所有这些搜查程序都事先演练过。美国人仍然在格林纳达搜捕古巴人。

汽车开始下坡,穿过潮湿的、长满蕨类植物的森林保护区,向着西海岸驶去。革命的象征——白色田野上的红色圆盘——出现在沿途的墙上和篱笆上。在首都圣乔治附近,革命标语牌越来越多,并且没有被涂掉。有些标语是关于"生产"的。在农村,这似乎是一个非常宏大的词,一个奇怪的词。它从来也无法拥有革命所赋予它的那种含义,而总是代表着那些统治者的权力。

在格林纳达这个拥有八十五平方英里国土和十一万人口的国家,革命就像它所引发的美军入侵一样,是一种强加给人民的东西,同样地富有戏剧效果,同样地不成比例。

一九七九年三月,"新宝石运动"通过一次政变上台时,绝大多数格林纳达人都为之感到高兴。埃里克·盖里统治这个岛太久了。盖里出身简单,一九五一年组织了一次大罢工。凭着这种方式起步,他很快就作为贫穷黑人的拯救者赢得了政治权力,并且紧抓不放。在掌权期间,他变得时髦起来。他富有,优雅,爱穿白色西装;据说甚至曾有白人女性为他倾倒。住在格林纳达那些小房子里的乡下穷人理解这一切。他们觉得盖里的胜利是黑人的胜利,因此也就是他们的胜利;

他们热爱他，一次又一次地投票让他执政。是盖里领导格林纳达走向了独立。

但这些年来，就像其他加勒比小岛上的同类型民众领袖一样——盖里渐渐变成一个令人恐惧、又有几分古怪的黑人酋长。在一些国际场合，他谈论 UFO；在国内，他用大黑帮对付反对者。在后殖民时代的加勒比地区，盖里越来越令人尴尬和憎恶——这样看待他的，正是曾经在盖里身上看到过希望的那些人的后代。

新宝石运动始于一九七二年，代表了格林纳达第一代受过教育的人。运动的领袖是一个英俊的年轻人，他在英格兰完成了学业。盖里的统治被这个由年轻人和受过教育的人组成的运动推翻了，这一事件受到了人民加倍的欢迎。新宝石运动借此受欢迎的时机，把革命——从来没有进行过选举——带给了格林纳达。这完全是一次社会主义革命。古巴成了格林纳达的盟友，帝国主义成了格林纳达的敌人。

党的宣传家称革命为 "revo" 或者 "de revo"。

Is only now I seeing how dis Revo good for de poor an ah dam sorry it ditn't come before. 直到现在我才看到，这是一场有利于穷人的革命。我很遗憾它没有早点发生。

人民的语言，音形一致的拼写——党通过这样的手段来让其教条中更晦涩的部分变得易于接受：让许多集会和"团结"游行显得更具民间风味；让舶来的社会主义统治和人事机构——党的组织部、政治局、中央委员会、大量"群众"组织、军队和民兵——让所有这一切显得像是嘉年华，属于格林纳达和黑人，属于 "de revo"。

党的机关很荒谬，但权力是真实的。四年半的统治期间，党把格林纳达置于 "heavy manners"（紧急状态）之下。这个词组是牙买加街头俚语，被革命采用，成了其一整套严肃的滑稽术语的组成部分。Manners，对革命及其领袖的尊敬，是每个人都必须具备的礼仪。格林纳达因而不能有选举，不能有反对派的报纸：人民的意志就是这么简单。"To manners"变成了一个革命的动词。To manners 一个"反动分子",就是给一个反革命一点教训的意思:骚扰他,让他丢掉工作,不经起诉或庭审就把他关进监狱。有数百人一度被关进监狱。庭审是一种"资产阶级法律形式","革命"需要的只是人民的法律,heavy manners;只要用这两个词,就可以把法律的失败变成卡里普索歌曲的主题。为了让人民遵守礼仪,党创建了一支军队,这意味着党以某种方式雇用了那些人。

古巴为军队提供了武器。在盐岬兴建两英里大型机场的也是古巴,这令美国和加勒比其他地区产生了警觉。

至少有两百名"国际主义"工作者、社会主义者被召来协助革命。其中半数来自欧洲和美国,半数来自西印度的其他地区。格林纳达的陌生人,在别人的革命盛宴上百般挑剔的客人,急于让格林纳达对社会主义的模仿尽可能地完整和纯粹。于是处于革命时期的格林纳达,有了对形式、组织、结构和委员会的执迷。格林纳达甚至还有作协。革命接近尾声时,一位来自美国的西印度访客发现了一个疏忽。他说,在格林纳达,他没有发现文化宫;社会主义国家都有文化宫。于是格林纳达又开始兴建文化宫。

随着模仿趋于完美,许多国家的忠实信徒也愈益兴奋;格林纳达革命在国外的宣传做得非常好。小小的格林纳达,一个落后的黑人国家,不仅爆发了革命,还涌现出了社会主义所有正确的形式。模仿似乎证明了理想的自然与正当。

随后革命开始变味。它在社会主义阵营里取得的成功太了不起,也太突然。在高层,中央委员会有一些分歧,有人要求分掌权力。有些人觉得领袖过分地迷失在他的国际名声和出访上;国内的革命开始迷失方向。

领袖闪烁其词。他承认自己在某些方面有小资做派,但他真的不想下台。毕竟是他造就了这场革命;人民忠诚于他。于是到最后,被用在数百名其他人身上的"manners"也被用在了领袖自己身上。中央委员会的一些同志把他软禁在了家里。

人民不喜欢这样的处置。一周后，一群人冲进领袖家，释放了他。情况混乱，内战迫在眉睫。领袖和他的支持者来到位于乔治堡（当时叫鲁珀特堡，以领袖父亲的名字命名）的军方哨所，向那里的士兵发表讲话。革命军事委员会——自危机爆发以来，是这个委员会在统治格林纳达——向乔治堡派出了装甲车。现场有人开枪，没有武器的人群惊惶逃跑，不知有多少人被杀死——从十七名到一百名都有可能；领袖和五名前部长被处决。岛上进入二十四小时戒严状态，大约一周的时间里，格林纳达人民生活在人民革命军的恐怖之中。随后美国人入侵，格林纳达前所未见的沉重"manners"被施加在每一个人身上。

美国人没有找到革命的踪迹。在之前的恐怖一周里，革命突然消失了。美国人出于自身需要，按照至少两年前就制订的一项计划入侵了格林纳达，发现自己被当成了解放者，还受到了欢迎。这座被入侵的岛屿，比卡利班①的岛屿还要喧嚣，到处都有告密者；盐岬的拘押设施很快就关满了人。

十八世纪时，西印度的蔗糖殖民地比美国殖民地更加富有。船只把奴隶炼的糖运往欧洲，有时会运来作为压舱物的砖块和泥瓦。这些泥瓦和砖块给老圣乔治街头带来了一种十八世纪的感觉；老圣乔治是一个小镇，建在一座环绕内港的马蹄形山丘的陡峭斜坡上。

这个玩具般的镇子上的大街和港口处在同一水平面：消防队、烟厂、航空售票处、餐馆和邮政中心。在山丘的最高处——山丘很容易看到，环顾四周就能发现——是卷入了最近的戏剧性事件的政府办公楼。在西南方的海岬上，有一座绿顶的城堡，领袖和其他人就是在那里被枪杀的。在海湾对面，有一座红顶的房子，那是领袖被软禁的地方。离那里不远是关押平民的监狱，革命军事委员会的成员和中央委员会其他的前委员现在就被关在那里。

---

① 莎士比亚戏剧《暴风雨》中半人半妖的角色，居住在偏远的岛屿上，但该岛沦为西方人米兰公爵普罗斯佩罗的殖民地。

山丘北端，也就是马蹄顶部，是总督的豪宅所在。这所房子有宽大的阳台，用石头围成，但没有铺设地砖；接待室有高大的门，高高的木制天花板制作精良，里面还有镀金的镜子和手工制作的家具。总督是一个黑人，当过校长，现在是格林纳达政权残余权威的化身；几天后，他在这里见证了他的新顾问委员会成员的就职仪式。这些委员宣誓效忠于伊丽莎白二世，并亲吻了《圣经》。

格林纳达的法律体系仍然是自大英帝国继承而来。但那天最重要的见证人——除了记者和电视团队——是八十二空降师的指挥官法里斯将军，他身材清瘦，头发花白，身着军服；还有一位身穿蓝色西装的是事实上的美国大使，也就是法里斯将军的军管当局的民事主管。

镇中心简陋的小博物馆里有一个玻璃柜，里面装有九年前不列颠在格林纳达独立之际赠送的礼物：一套银制的咖啡器具和二十四个韦奇伍德骨瓷咖啡杯，全都放置在天然色的粗制麻布上。

新宝石运动抵制过格林纳达的独立。他们害怕盖里会在独立后的格林纳达滥用权力。在一次抗议期间，运动的领袖和其他一些人曾被盖里的人暴打。在博物馆的另一个玻璃柜里放有那场冲突的纪念物：领袖血迹斑斑的运动衫，还有那块砸破领袖的头、令他的视觉出现重影的石头。

暴力的确来到了独立后的格林纳达。十年后，领袖被他自己创建的军队处决了。这一次没有纪念物。领袖的尸体至今没有找到。

这是东加勒比的雨季。拂晓时分，在圣乔治东面的山丘上，雨云像烟一样迅速升起。天空变暗了；雨倾泻而下，滋养着十八世纪建筑群之间碎石空地上的植物；天空又晴朗起来。傍晚时分，金色的光线失陷在起伏的山丘之间，被海湾折射出来，让所有的建筑都染上了玫瑰的颜色，与黑色的植物和东边乳蓝色的天空形成了强烈的反差。

黑色的直升机群掠过眼前的景观，一如它们整日所为。它们在民用监狱上空盘旋了数分钟之久。

"军队就是这样，"一个美国记者说，"你以前没和他们打过交道吗？他们喜欢行动。"

让人惊讶的是，有一个美国"国际主义"工作者还在岛上。她叫米歇尔·吉布斯，来自芝加哥。美国军方"邀请"她离开格林纳达；她自己也想走。她已经没有任何动机留在格林纳达。

她是一个迷人的女性，棕色人种，将近四十岁，有着苗条的身材和小小的胸部，腋毛没有剃掉。那两簇毛发异常浓密，让人很难不去注意。她说，她从一出生就获得了自己的政治理想：她的父母——母亲是俄罗斯犹太人，父亲是来自得克萨斯的黑人——都是共产主义者。

三年里，黑人革命政权统治下的格林纳达对米歇尔来说就是一处天堂。她感觉自己找到了归宿，希望能够永远生活在那里。她找到了一处公寓，位于风景怡人的悬崖边一所重修过的老房子底楼，就在总理办公室下面。九重葛掩映着面朝大海的客厅和环形的阳台，把午后的阳光挡在了外面。这样的环境对一个来自芝加哥的人而言，一定像是田园诗一般；米歇尔就在这里为格林纳达革命效劳，帮助提高教育水平，画革命画，写作并发表革命诗歌（用手写，然后照相排版）。

> 森林抖动
> 大地睁眼
> 人民开口
> 猫在喵喵
> 狗在汪汪
> 革命启程

现在，灾难已经过去三个多星期了，她仍然有一些头晕目眩。她说，大家"在精神上处在震惊之中"；他们感觉"被自己人背叛了"。说起美国的入侵，她说大家"因为不用再对情势负责而舒了一口气。"而她自己现在只想走得"远远的"。

被当作一种理想赋予她的共产主义，让她经历了一种近乎神秘的个人探求。在格林纳达，她找到了自己想要和需要找到的东西；尽管米歇尔的部分诗歌是在斥责某个似乎脱离了革命的人,并不让人感到惊讶的是,她那些关于格林纳达的诗歌是抽象的,比党的宣传口号好不了多少。她那些关于底特律黑人生活的诗歌更加个人化,更加具体,出奇地粗粝,许多锋芒转而刺向内部。在美国,抱有那样的理想是一种痛苦:在她的诗歌里到处都可以觉察到一种类似厌倦的东西,一种对在美国的斗争生活的厌倦。米歇尔有一首稍长的诗是自传性的:

> 警察如此愤怒地看着
> 我们三个:
> 特德,黑人
> 宝拉,白人
> 还有我
> 自由地在一起

米歇尔是听到她母亲出事之后、在格林纳达写下这首诗的。她母亲七十二岁了,在美国被街头的小偷枪杀。小偷也许是黑人,但诗里并没有提到这一点。

母亲之死,和米歇尔在格林纳达的理想破灭,有一样的反讽意味。她的生活之所以充满反讽,也许是因为她看待事物的方式以及"不看"的方式。她的格林纳达属于她个人;她在格林纳达的地位和她以为的并不一样。并非所有革命者都那么看重她。她有一种强烈的美国人看待自我的意识;她的诗,她的画作,还有她平常的举止,都让她显得太过自我拔高。她和其他国际主义者一样,被认为是到革命中来"度假"的人,有着美国式理想,更关心抗议而非权力运用。

离开格林纳达后,我遇到一位来自西印度另外一个地区的国际主义者,她认为米歇尔甚至有可能是CIA特工。这位西印度女性一度还认为,她自己丢了工作,可能是因为米歇尔在革命中的庇护人要弄阴谋诡计,把工作给了米歇尔。

革命生活——在米歇尔的画作中被描绘成了田园诗——听起来有

一点残酷无情。领袖及其助手们的想象是，一个经过净化的民族得到正确的领导，和谐地生活在一起。但高层以及高层下面的人，总是会有不和，会有各种人物的冲突，以及人的冲动带来的戏剧，这些都是社会主义乌托邦的管理者们不想向人民坦承的事情。

有一个完全格林纳达风格的故事：一个落后的岛上社群被受教育程度稍高的人绑架后，投入到一场浮夸革命的种种形式之中。还有一个凌驾其上的故事，属于美国风格的故事——入侵格林纳达的美军的故事。美国记者所关心的，是后面这个故事。

记者们并不喜欢在位于盐岬的拘押设施所看到的景象。回到酒店，他们说起固定在地面上的八平方英尺的监舍，用 PVC 覆盖着，还有四英尺高的门帘。让他们担心的是，军队的人对这个设施如此满意，急于炫耀。也许这个设施是事先设计好的？也许入侵格林纳达只是在为入侵尼加拉瓜做演习？

记者们的人道主义担忧是真诚的，但其中也混合了新闻人的职业本能。格林纳达是一个更大的美国故事中的一个小的组成部分；对军方的不信任是优秀记者的必备意识。在格林纳达，这种不信任非常普遍。美国记者感觉他们被排除在入侵之外，并将此视为对他们个人的冒犯。

"这是一种对立的关系。"一位摄影师说。而军方仍在以一种小而恼人的方式取得胜利。他们日复一日地从野外的帐篷里迁入，占据了记者的工作酒店。他们挖出海边的沙子，用以充填沙包；在草地上放置沙包和一种新型的带刺铁丝网；还在椰子树之间停放架有机枪的卡车。在早晨被酒店员工当作客人对待的记者到了晚上可能会发现，一个紧张的哨兵问他口令是什么。海军陆战队里也有女性。有时候只有当一个女性在夜里喊"不许动"时，这个事实才会被揭示出来。

格林纳达海滨酒店，也就是以前的假日酒店，现在是八十二空降师的总部。酒店一翼的部分房间在战斗时遭到了轰炸；但不论在哪里，美军的轰炸都异常精确，酒店仍处在正常运转当中。心理战新闻发布会在花园旁边的露天餐厅召开,在那里只能依稀看到远处的铁丝网,崭新铮亮,还没有被海风所锈蚀。服务生像士兵一样身着齐整的制服,在为午餐布置台面。

《迈阿密先驱报》的记者想了解心理战中一张海报的情况,海报上有人民革命军指挥官的照片。"照片上他裸露身体,只围着浴巾坐着,身后有一个海军陆战队员。你不认为这是在侮辱人格吗?"

上校每说一句话都在表达一个要点:"我们到达那里时,他能用的只有这张照片。或许他们正在检查他的衣物;或许他正在洗澡什么的。他不想把床单披在肩膀上。照片表明他没有受伤。士兵之所以出现在照片里,是要表明那名指挥官的俘虏身份。"

这是一个完整的回答。但美国记者的主要兴趣集中在特种作战中心上。这对他们来说显然是新事物。他们想知道中心的基地在哪里,任务是什么,组织结构又是什么样的。

"指挥官是谁?"

"卢茨候晋准将(Brigadier-General Promotable Lutz),L-u-t-z。"

如同想要记下每句话的大学一年级新生,记者们忠实而潦草地记着笔记。然后有人开始疑惑起来。

"候晋(Promotable),这是他的名字吗?"

"这个词的意思是再过几天他就会晋升为少将。"上校笑着说,"抱歉用了一个军事术语。"

那么如果适当地加上标点,指挥官也许是布里格迪尔[①]·卢茨(将军、候晋)。

早晨的重要新闻发布会是在圣乔治城一所老式的小住宅里召开的,房子在港口上面的山丘上,位于一个十字路口旁边。这里是老式的西印度城市街道,社会成分混杂。奴隶主和奴隶曾经并排生活在一起;贫民窟——一些挤在一起、没有阳台的棚屋——与贵族氛围可能只隔着一个院子或一所房子。为配合格林纳达拥有一所西印度大学的谦虚

---

① 暗指不熟悉军事术语的记者可能会把"准将"(Brigadier)当成人名。

要求，这所房子（在门口有一座本地现代雕塑，大厅里有一幅本地油画）已经进行过改造，现在又被改造成了新闻中心。门上钉着手写的提示纸片："电报"，"会议室"。在一个房间里的绿板上用粉笔画出了伤亡情况表。阵亡（KIA），负伤（WIA）：美国，18 和 113；古巴，42 和 57；格林纳达，21 和 280。

会议所在的演讲大厅正对着房子后面的墙。没有多少新情况。大多数提问关心的是拘押设施和伤亡人数。死亡人数有争议：核查本地太平间获得的数字更高一些。有些记者变得咄咄逼人起来。军方发言人，一位是黑人，一位是白人，保持着冷静。黑人发言人不时说："你想让我拿那个？"或者："好的，我会拿那个。""拿"显然成了术语，意思是核查一下。

大学图书馆馆员站在原来那座房子里，从窗口往这边看。窗户直接朝向演讲大厅的主席台；那些旁观者就像是伊丽莎白时代剧院包厢里的观众，又像是从体面的距离围观后院口角的西印度中产阶级。

对于死亡人数的争执实际上是关于军队发布假消息的争议，也是美国军方与美国媒体在格林纳达持续争执的一部分。双方都表现出职业的骄傲。死亡这一可怕事实就像是又一个故事，而格林纳达自身只是一个背景。

两天后，记者与军队之间的相互憎恶达到了高潮：在海军陆战队夜间设置的一处路障处，美国一家著名报社的记者表现出参加晨间新闻发布会的做派，结果被戴上手铐，强迫坐在地上。

重要嫌疑人被关在圣乔治的民用监狱里。不那么重要的——被怀疑是人民革命军成员的——则被关在盐岬的拘押设施里，那里位于西南方向，要在蜿蜒的路上走几英里，经过海湾和灌木林才能到达。

古巴人修建的大型机场就坐落在这里。机场已经成了美军大本营的中心，在计算机化的物资管理系统的帮助下，快速部队在这里建起了完整的军事驻扎区，包括装有空调的新型医疗帐篷，在十八个小时内就可以拆走。

经过格林纳达的森林、山岭和曲折的道路到达这里，就像是进入到了一片空旷、到了另一个国度：一片由混凝土和布满疤痕的土地组成的平坦荒地，两英里长的古巴跑道形成宽阔的水平条纹，一直通往地平线。附近有很多古巴的重型设备。跑道沿线架设着铁丝网。没有完工的飞机库是格林纳达最大的建筑物之一；尽管入侵已经过去三个星期，美国人和本地人仍在飞机库外边充填和堆砌沙包。垃圾车非常繁忙。直升机一如既往地在空中咔嗒作响。

关人的地方距跑道有一段距离，在一个垃圾焚烧场附近（就连垃圾看起来也是新的），四周环绕着一圈圈的铁丝网，并且有陆战队队员在守卫。用PVC覆盖的监舍每个有八平方英尺大小（我们是这样被告知的），像高高的箱子。它们一排排地矗立在地上，给人一种荒凉的感觉。但美国记者说这里像猫鼬笼，似乎又太夸张了。

有些被拘押者会在那天下午获释。我们就是来看释放现场的。我们必须等待。雨不时在落下。来了一辆军用卡车，把新垃圾倾倒在垃圾焚烧场里，跟车的都是本地人。大院里有一个陆战队员（可能是女性，另一种美国理想的胜利）在调校一挺机枪，她所在的位置也是即将获释的被拘押者集合的地方。

一辆民用旧车出现了。路障后面的陆战队员用枪瞄准了这辆车。车慢下来，小心翼翼地停好。一个黑人家庭走下车来：一个谦抑的男人，一个没有样子、闷闷不乐的女孩，穿的是裤子，还有一个更苗条、肤色更黑的女孩，身着亮丽的衣服，戴着红白色的塑料耳环，色彩和饰物与她的黑色肌肤形成了鲜明对比。

那个黑人女孩有着纯粹的怨毒，是贫民窟长出的"咬人蚁"中的一个。她对我们说话，却不正眼看我们："他们用铁丝网把我们围起来。把公路围起来。把海滩围起来。他们现在把所有东西都围了起来。"

她哥哥在里面。她被准许见过他一面；她不知道他是否会在这个下午获释。他会获释：她看见他站在那些在牢房外排着队的人群当中。她把我们给忘掉了。

远远看过去，牛仔裤、衬衫和草帽（其中一个被拘押者的手里还拿着一面小小的美国国旗）给了这些将要获释的人一种嘉年华的氛围。但靠近了看——巴士在营地外面短暂停留时，我们被准许上车看一看，并和这些人交谈——这是一些令人不安的脸庞，是革命军成员的脸庞，他们仍然是一个团体，还在互帮互助；他们不再只是街上常见的粗粝脸庞，而是成了一些意图明显的人：他们在小小的格林纳达，品尝过权力的味道。我不是美国人。可盯视着我的眼睛仍然在放射着力量和信念。

盖里借助于猫鼬帮和绿兽帮①来执掌政权。新宝石运动则借助其军队来执掌政权。就一个小岛而言，格林纳达的种族类型、口音、礼仪和教育水平都有着惊人的多样性。也许格林纳达这种凶残的、秘密会社式的政治应部分归因于这里的地理环境，归因于山岭、森林和小村庄的种种限制。在这里，人民不容易成长，而历史又近在咫尺。盖里不仅仅是一个工人领袖：他充分利用了自己的支持者那种源自非洲的宗教情感。也许宝石（Jewel；Joint Effort for Welfare, Education and Liberation②首字母的缩写）这个奇怪的名字是某种用于对抗绿兽的格林纳达反制魔法。在这个黑色的汉赛尔与格莱特的世界里，两个运动的共通之处是他们所允诺的——盖里向一个原始的种族允诺，而宝石运动向一个受教育程度略高的种族允诺——"突如其来的种族救赎"的愿景。

乔治·路易松是宝石运动的创始人之一，局势崩溃之前，他一直是人民革命政府的部长和中央委员会委员。在中央委员会内部，他常常被批有小布尔乔亚作风；在最后一刻，他想发动人民制造麻烦，被革命军事委员会关进了监狱。美国人入侵之后，他被美军拘押在盐岬，关了一天。出人意料的是，后来美国人又来找他。这一次——他认为纯粹是一种心理骚扰——他们只扣留了他八小时。我们的会面是在他这次获释之后。

---

① 分别为盖里统治时期掌控的私人军队和正规国防军。
② 意为"一同为安宁、教育和解放而努力"。

他三十二岁,来自农村,有着纯粹的黑人血统,块头不大。他是一个建筑商的儿子,职业是教师。他住在西海岸的一个村子里,去那里要经过一片看起来未经耕作的土地。他的房子位于一条石头很多的小道上,这条路不在海岸主干道上方,在一条山谷上方,旁边有一条奔腾的河流。山谷幽暗,避开了傍晚的阳光。尽管周围的环境很有气象,用混凝土修建的房子却很简朴,屋外有楼梯通往顶楼。

夜幕突然降临。停电了,我们傍着烛光,在楼下简朴的客厅里交谈。

路易松身上没有人时的东西。他保留了他的出身带给他的诚挚和单纯。在这附近,路易松家是出了名的:他父亲的叔叔在一九〇〇年上了中学,是格林纳达最早接受正规教育的黑人之一。路易松的父亲生于一九一八年。他从村里的木匠和泥瓦匠开始做起,上了相关的课程之后,成了一个受过培训的建筑商。带着这样一种自我完善的冲动,路易松的父亲对当时的黑人运动产生了兴趣。他喜欢上了马尔库斯·加维"回到非洲"的观点;屋里有一张加维的照片。

难道加维不是骗取了黑人捐给这个运动的钱?那没有打击到路易松的父亲吗?

路易松说:"村里的人认为那是反加维分子和美国政府的欺骗性宣传。加维代表的不只是种族问题的探求。他代表的是反殖民斗争。"

在加维之后,格林纳达又出现了一位名叫马利修的政治家,他宣扬西印度联盟的概念。"马利修最后成了一个贫民。"路易松说。另外值得一提的还有巴巴多斯工党的格伦雷·亚当斯。

"我父亲后来开了一家商店,就在这个房子所在的地方。店里成了大家讨论问题的地方。近六十岁时,他又尝试在村里开展成人教育。"当时是盖里统治时期。路易松的父亲一开始支持盖里,但在一九六〇年和他决裂了。"盖里的主要支持者是农民工,但他从没有为提高他们的生活水平做过什么。盖里从不会试着去理解社会发展的进程。"

"你父亲会这么想吗?"

路易松没有直接回答这个问题。他说:"在一九六九年至一九七〇年的时候,我可能就得出了这个结论。"

那时乔治·路易松十八岁，已经深深地卷入政治当中。他起步时很年轻，从事的是青年工作，"各种人道主义形式的政治"。然后一九七〇年的黑权运动赢得了他和他那一代人的认同。他没有出国留学，而是继续做着一名普通教师；他没有想过结婚。"直到今天我还是没有结婚。新宝石运动的许多成员都和我一样。对我们来说，那在七十年代初几乎成了一项使命。"黑权运动不只是一个名称。"关注种族问题的黑权运动在格林纳达持续了两年。一九七三年初发生了一件富有戏剧性的小事。我们要派人去参加第六届泛非洲大会。在大会召开前一个月，我们听说盖里要去。"盖里的看法是，他，盖里，是一个黑人，而且是他在格林纳达开创了黑权运动。在某种意义上，他的话没错。"这让我们意识到，黑权运动要面对的不是黑人问题，而是政治和全部观念的问题。"

在此期间，自我完善的过程仍在继续。路易松和他新宝石运动的同事们在学习之中。学习，还有"学习"这个概念，对这些诚挚的年轻人来说非常重要，他们的学习似乎主要是关于政治问题的。"直到两个月前，我们还会进行集体学习。最广泛的主题。我们的学习一开始相当广泛，但在过去的六七年间，我们读的主要是社会主义文献。"

在一九七三年和一九七四年，也就是独立前后，新宝石运动和盖里的人进行了艰苦的战斗。运动的领袖在一九七三年受了重伤——博物馆里还保留着他那件染血的衬衫；一九七四年初领袖的父亲被杀了。新宝石运动发生了变化。"一九七三年时，我们是一个平民运动。到一九七四年年末我们认定拥有一个明确的观念对我们来说是生死攸关的事情。"也就是在这个时候，他们摒弃了过去的"人道主义政治"。他们的学习把他们引向了社会主义，在那之后社会主义圈定了他们的学习范围。"我们想要绕过资本主义发展阶段那些可怕的邪恶。我们承认我们必须考察许多国家。古巴，理由显而易见——这个国家在那个进程中停留了二十年。我们还考察了也门和老挝。"

"这些地方与格林纳达不是有着显著的差异吗？"

"我们想考察一些地方，那些外在于资本主义的发展框架和帝国主义施舍的地方。我们还必须考察一些有过殖民地经验的国家。"

路易松无法充分解释他们是如何完成这宏大的最后一跃的——他将其作为事实说出来，是某种不言而喻的东西。但是他的政治道路相当清楚。在这个村庄里，整个世纪都有像路易松这样的人，以各种各样的方式受到黑色救赎这个概念的影响。头脑简单的人把这个救赎的概念变成了一个简单的概念；简单的概念创造了像盖里这样的人，他们为了让自己始终保持救世主的地位而压迫人民。社会主义吸收了这个种族的概念，将其净化，涤除了其中固有的腐败成分。在涤除了种族问题之后，它让人有了成为人的自由。而它所要求的只是学习和忠诚的实践，是把种种正确的形式给予格林纳达。

但和其他信仰一样，信徒中有力求纯洁的人，也有狂热分子。"正如有人所说，革命在我们面前破产了。是我们自己毁掉了革命。"中央委员会的一些人出于革命纯洁性的需要，要求实行集体领导，软禁了领袖，并派军队去镇压民众——这些人"疯了"。"他们追随的路线是空想主义的、唯意志论的，没有科学基础，也没有群众基础。"

"唯意志论？一意孤行？"

"我说的唯意志论是指自私自利。"

即使在灾难发生之后，路易松学过的社会主义仍在赋予他语汇去解释一切。他的房子被洗劫。人民转而反对革命，但他仍在为革命感到悲伤。"我处在一种深深的反思之中。"但在政治上，他只能停留在他的学习把他带去的地方。他无法再回到"人道主义政治"，也就是在没有社会主义指导的情况下，格林纳达的种种简单的种族观念。他无法忘掉他所获得的世界观，他无法再让自己缩小。

《大革命，小国家》——这是一部讲述格林纳达革命的古巴电影。但在人民革命政府统治的四年半期间，他们鲜有作为。

在古巴的帮助下，他们在盐岬建起了大型机场。他们建立了一支军队和一支民兵队伍。他们不断与反革命斗争，一度挖出了一个由二十六个人组成的反革命团伙。他们通过各种新型的、效率低下的政府组织，为他们的支持者提供庇护。他们召来两百名国际主义工作者。他们粉刷标语。这就是钱的去向——钱被用在了各种表格上，用在了党的官僚体制、安保、展览以及权力的展示上。

岛上的生活受到严重的影响；人们生活在对"manners"的恐惧之中。但在权力的最高层，在中央委员会里——美军入侵之后查获的会议记录披露了一切——存在着无能与困惑。

在这座农业岛上，农业获得的投入却非常少，尽管各处的标语牌上写着"生产"字样，尽管格林纳达的大片闲置土地被盖里政权没收，然后多少又被弃置不用。教条阻碍了行动：褒奖效率最高的农夫，就是在农村褒奖阶级观念，而政府的最终目标是创立合作社式的农庄。教条还在以其他的方式与人民的天性相冲突。例如，穷人家的年轻人其实并不想去田里干活儿，尽管他们乐于种植大麻。另外还有"不良少年、草根少年"的问题——这个问题是在中央委员会的一次会议上，用小心翼翼的、无阶级性的语言提出来的——政府对他们什么办法也没有。

新的大词被创造出来，用以表达旧有的态度：有人发现，格林纳达的工人被"经济主义"的子弹打得浑身是洞——他们只想要钱，在赚钱与工作之间看不到"概念上的联系"。中央委员会的会议有时弥漫着教室般的氛围：语言的技能，一种新的运用词语的方式，似乎成了其自身的目的。

"群众"集会的参与者在减少。中央委员会一次又一次地讨论同一个问题，几乎没有什么发生了改变。有一次甚至发生过这样的事情：某些重要的标语没有被粉刷出来；下面人的借口是没有涂料了。中央委员会的委员们在开会时常常疲惫不堪，也不为议题作准备；有一次在会上，几个委员竟然睡着了。会上有批评和自我批评的议程，这种社会主义的仪式似乎带来了很多愉悦。

他们创造出革命的机关，却不知该拿它怎么办。机关创立了，社会主义应该随之到来，但事情却没有发生。他们开始感到机关对此负有责任。于是，他们从俄国和古巴找来更多专家，进一步扭曲了这里的社会生活；到事情快结束的时候，他们又认为应当从先进的社会主义国家找来更多的教师，帮助他们进行党的组织工作。

他们互相指责对方是小资产阶级。他们还产生了另一种疑虑；这种疑虑——被抑制的疑虑，在不同时期以杂乱的措辞被表述出来——就像是旧日的种族焦虑重又萌生一样。或许，格林纳达人民和社会主义崇高理想究竟是不相容的。或许真正的社会主义者，那些来自外面伟大世界的人，会把他们视为"滑稽的角色"。

正是这种想要被人认真对待的愿望，这种把人装进理论框架的愿望，引领他们走上了非同寻常的道路。革命政府与拉斯塔法里教徒之间产生了矛盾。在盖里时期，拉斯塔法里教徒似乎是站在革命一边反对盖里，并且拒斥资本主义体制。但是革命到来时，拉斯塔法里教徒却继续固守他们的生活方式，拒绝去工作或把小孩送去学校；他们赤裸着肮脏的身体到处走动；他们吸食大麻，并且认为在有需要时去偷东西是合法的。

这样的现象让革命蒙羞。革命政府断定有些拉斯塔法里教徒是反革命分子，是"反动拉斯塔法里教徒"；有些人被抓了起来。有人建议把拉斯塔法里教徒关进劳改营，"实施严厉的管理并播放让心灵平静的音乐"。还有人建议在法庭上检控拉斯塔法里"流氓"，送他们去监狱农场。无法在法庭上定罪的拉斯塔法里罪犯会被关在黑监狱里，民兵将担任"武装守卫"，后者的"报酬优厚，并由党代表领导"。于是，革命的骄傲以一种古怪的方式与没有明说的种族骄傲相结合，让中央委员会的一些成员萌生了设立集中营的想法。

正是这样一种态度，这样一种对纯粹的、不带感情的、无阶级革命行动的期望，带来了最后突然爆发的疯狂：软禁领袖，派出军队镇压民众，处决领袖和其他部长（中央委员会的全部成员）。革命军事委员会认为他们做了正确的事情。菲德尔·卡斯特罗不友好的态度让他们感到震惊，他拒绝以任何方式帮助格林纳达对抗美国的进攻。根据后来发现的一份手写便条，革命军事委员会认为古巴人"针对在格林纳达发生的事件，采取了个人的而非阶级的立场"。

格林纳达革命，证明了自身，又摧毁了自身。

心理战部队派出一个海军陆战小组到农村的一个地方去执行攻心任务。

哥伦比亚广播公司（CBS）的一个电视节目组和他们一同前往，我搭上了CBS的小面包车。CBS的晚间新闻包含八九个录制的故事，每个长约一百秒。CBS节目组的制片人希望能录制一个这样的故事。他手下有一个摄像师、一个女录音师、一个记者（他有着深沉而富有权威的嗓音）、一个本地司机和一个本地向导。制片人会在那天晚上把一份脚本电传给纽约，如果纽约方面感到满意，制片人就会坐上直升机，把片子带到盐岬，再坐飞机飞到巴巴多斯，在那里做剪辑。

美国的军事行动有着众多侧面，又有众多的雄心壮志彼此依存。格林纳达又一次变成了背景。

这次的慈善行动半是演习。陆战队所携带的物资主要是古巴的遗留物品：炼乳，有些罐头已经坏掉了。尽管陆战队会去看望病人，他们带的药品并不是很多。

我们去了一个叫慕尼克的村子，在一家杂货店旁停了下来。周遭青翠湿润，丘陵起伏。杂货店门上的招牌写着店主的名字卡利斯塔，说他是圣乔治一家公司的代理，那家公司专营"防腐和货运"。店铺里能闻到腌鱼、油和香料的味道。柜台后面站着一位戴眼镜的中年女性，个头很大，神情平静，皮肤是棕色的。她是卡利斯塔夫人。

一个棕色皮肤的男子对她说："你看，如果你们全都乖乖的就没事。如果你们好好过活，警察就不会来找你们。你们表现不好，他们就会来帮你们维持秩序。"他随后匆忙上了他的厢式货车，开车走了，像是觉得自己说得太多了。

一个小个子年轻男人走过马路，他裸着胸膛，头上刚开始留起拉斯塔法里长发绺。他说到大麻，然后又以为我是陆战小组的一员，提议当我们的追踪者。他只是在装坏；他多少算一个体面人，在山里耕作一块自留地，和其他农民一样遭遇到各种困厄：肉豆蔻价格太低、交通糟糕，而且没有用于储藏易腐坏产品的设施。他说，卡利斯塔一家是这里最大的家族，他们有很多肉豆蔻树。路前面一座两层高的楼房里还住着一个有钱人；他在一楼经营一家舞厅，他还有一辆公共汽车。"他的现金更多。他们……"年轻人怀着敬意转动眼珠，把头偏向自信而平静地站在柜台后的卡利斯塔夫人，"他们的麦芽汁更多。"

卡利斯塔夫人去了后面的屋子。下雨了，店铺外面的鸡粪被冲走了一些。一个赤脚的黑人女性自雨中走了进来，她容光焕发，未经梳理的头发布满灰尘；她的门牙掉了，穿着一件蓝灰色的脏衣服。她对打杂的女孩说："问一下卡利斯塔夫人有没有做口袋用的布（clart）。"

"Clart？"一个老人说，"Clart？你现在得开始说扬基语了。你得说 cloth。"

"是啊，我们现在得说扬基语了。"

女孩回来了，"卡利斯塔夫人说没有做口袋用的布"。

"没有做外国口袋用的布？"外国口袋，外国小包，邮寄到海外的包裹。"她店里不是有一些布吗？"

但是货架上的布太过精美了。

"好吧，"赤脚女人放弃了骄傲，说，"给我一个面粉袋。"她指着玻璃柜说，"让我看看那盒饼干。我不想买，呃，我想看一看。"她把饼干盒拿在手上，"什么？这个要三十五块？"就好像她先前不知道一样。以她那种贫穷女性不负责任的劲头，她很乐意把钱挥霍在那可口的饼干上，但即使是五毛钱对她来说也太贵了。她能做的只是这样去表演，让店里避雨的人感到尴尬，村里的这些人应该很清楚她的贫穷。

卡利斯塔夫人又站在了柜台后面。一个黑人陆战队员突然出现，粗野地问她："这是你的店？"

他的口音很难懂，他也没介绍自己，或是说早上好。她不知道该如何反应。

"老板在哪里？"

"他不在家。"卡利斯塔夫人终于说话了。

"什么时候回来？"

"大概四点钟。"卡利斯塔夫人看上去很担心。

"我那时候已经走了。"

赤脚女人抢过话头,对陆战队员说:"你可以和她说。她是卡利斯塔夫人。"

但这个队员并没有特别的消息要传达。他想说的只是心理战演习安排他在这个阶段说的话。他说:"我们会播放音乐,发布一些公告。声音会很大,还会有一个集会。"说完他就走了。

但是后来并没有集会。那是在差不多一个小时之后,心理战小组在一个本地护士的引领下,已经探访了很多家庭,对他们的健康状况做了调查;CBS节目组一直跟着他们。

雨后,从杂货店往下走的脏石子路非常湿滑。

"眼神不好,"一个老人说,"哦,眼神不好。"他听说有健康调查,便穿上了他最好的衣服。他小心翼翼地从我身后的红路上走了过来,以为我也是小组的一员。但是陆战队没有谁能治好他的眼睛,也没有药可以治好一位老妇人的神经紧张。她也把自己和房间收拾好了,等着陆战队来探访。

"她有一次精神崩溃了,"她做建筑商的侄子说,"去了医院。今年到现在为止,她又复发了四次。她住在山上那所房子里,情况变糟时,呃,我就把她带下来和我一起住。她这里发痒,那里发痒,背也总是疼。"

这位老妇人因为疼痛已经有点半疯癫,她举起双臂说:"我神经紧张,我这里很疼。"

但是陆战队没有可以治疗她的药。心理战小组的医生很难过;他说明天会再来看她。

心理战小组受训的地方是北卡罗来纳州。来格林纳达是他们第一次在外国人民中间执行任务。这里的人民很友好,没有什么"攻心"的事情要做。心理战遭遇的是真正的需求和真正的无助;这些人所受的训练是让他们扮演更为勇武的角色,所以他们没有处置这些问题的手段。

吉普车上的扩音器播放了一种奇怪的(也许是"让心灵平静的")

瑞格舞曲，还有在热带嘈杂的雨声中夹杂的鼓声。事先录好的声明，半是威胁，半是施惠，反复播放着。探访的风声传到了其他村子。卡利斯塔夫人的店外面很快就聚集了很多人，有男有女，想要测量"血压"。

CBS 节目组的人录了很多场景，在雨里拖着沉重的步子四处忙碌。摄像师滑倒了，摔伤了肘部（但是保住了他的摄像机）。这部片子如果能在 CBS 晚间新闻播出，将是美国人在这一天里更大的成就。但如果没能在晚间新闻播出，它就比这次心理战演习更不重要。

在回圣乔治的路上，我们的车经过三个身穿白色衬衫和海军蓝裙子的女学生。其中一个喊道："白——人！"那不是问候，而是一种描述，等同于一声口哨，在友好的讽刺与挑衅之间回旋，是一种对种族差异的确认。

心理战部队认为没有必要涂抹或消除革命标语——除了上山通往乔治堡的那条小街上的标语。那里是人民革命军的杀戮之地。

那天发生的事情已经变成了传奇。详情众说纷纭——几乎每个人都声称自己是目击者或参与者；但基本事实是清楚的。当群众把领袖从软禁中解救出来时，他身体非常虚弱。他三天没有进食，可能是害怕下毒，也可能是古巴医生给他注射了让人脱水的药物。他被发现时全身赤裸，被绑在床上。他无法行走。大家用车把他送去乔治堡。那里的士兵站到了他一边；他母亲让人为他送来了三明治和橙汁。随后革命军事委员会派来了装甲车。这是一个不完整的故事，但现在已成为传奇，成了一个格林纳达人受难的故事。

从乔治堡可以俯瞰内港的入口。城垛上架设着十九世纪的加农炮。军队的驻扎地是一座牢固的殖民时期的旧建筑，有着与公共工程部类似的意大利风格，在人民革命军建军之前这里是警察总部。美军的轰炸精确而轻微：在绿色的波纹铁皮屋顶上，有四个相邻的洞。靠近院子的一侧是监狱区，生锈的铁丝在一个小院子的上方蔓延，有三个水泥小牢房通往这个小院子。

这个监狱就是对反革命分子实施"manners"的地方。有些囚犯是拉斯塔法里教徒；可能有多达二十名教徒被关在那片小小的空间里。官方用红色模版印出的标语——纪律第一严守纪律我们宁死不做美帝国主义的傀儡——仍然和拉斯塔法里教徒混乱的（或许是吸毒后写的）抗议标语混淆在一起：人若失去灵魂，就算得到全世界，他又能拥有什么。

城垛附近到处都是垃圾：平整的革命军制服被丢弃在地上，靴子，塞有填充物的箱子里面装的是俄制武器（箱顶上的清单是英文的），很多纸，很多文字。这支军队爱好学习。他们学习政治，学习防空武器的用法，还做了许多简单的书面作业。军营里有更多的纸：数不清的书面作业，还有许多共产主义杂志。

革命依赖于语言。它在一个层面上使用含混不清的大词；在另一个层面上又有意误用人民的语言。在这个地方，"学习"这样一个概念——一个好概念，在大多数格林纳达人的头脑中，这个词和自我完善是联系在一起的——被用来让单纯的人保持单纯和服从。

"我的上帝，他们把枪对准了人民！"这是革命领袖最后录下的讲话中的一句。一张在枪决现场拍摄的照片上有装甲车、军用卡车和奔逃的人，还有位于乔治堡山脚的标语牌——后来被刷上了油漆——上面写着：政治、纪律、战斗、有备就是胜利。

这场革命是一场言辞的革命。那些受过教育的新人，他们在社会中找不到任何参照系来评价自己，最终也几乎不看重自己社会里的什么东西，对他们来说，言辞显得像是一种启明，一条通往尊严的捷径；他们无法适应社会；他们拥有的只是言辞。革命随风而逝，在格林纳达留下了一个关于谋杀的故事。

（马维达 译）

一把尘土：切迪·贾根与圭亚那革命
1991

三十年代初，伊夫林·沃曾深入英属圭亚那内地旅行，此地位于曾经的西班牙内陆[①]。当时那里有三个圭亚那，楔在委内瑞拉和巴西之间，分属英国、法国和荷兰。英属圭亚那是其中最大的一个，面积为八万平方英里，约与大不列颠相当，但人口仅有五十万。其中大多数——主要是东印度人和非洲人——生活在大西洋沿岸，也就是大种植园所在的地方。只要从沿海殖民地向内陆走上几英里，就会看见南美的荒原，一直延伸回巴西：阔叶林、美洲印第安人的村庄、布满巨砾的河流和瀑布。然后是无树的红土大草原，巨大的红色蚁丘耸立其上，棕榈树标示着偶尔出现的浅溪的流向。

在沃的《一把尘土》一书中，遭到背叛的主角在英国经历了种种苦痛的挣扎，那片没有树的大草原正是他忘怀过去的地方；而他在那里遭遇的，是孤绝的一种恐怖形式：他被统治当地的一个盎格鲁－美洲印第安部落的头领囚禁在几乎无人的大草原上，被迫一遍又一遍地大声朗读狄更斯的作品。

圭亚那一直是一片充满幻想的土地。这里是黄金国的所在，也是琼斯镇公社的旧址。但沃的幻想作品最不同寻常的是，在这本书出版两年之后，一个来自圭亚那沿海种植园的年轻人开始了一段旅程，将

[①] 西班牙内陆（Spanish Main）是西班牙帝国在美洲内陆的殖民地的统称。

与沃笔下主角的命运形成一种呼应。

一九三六年，十八岁的切迪·贾根带着五百美元离开圭亚那，去美国留学；他的祖父母是从印度迁来的契约劳工，在沿海种植园工作。他在美国的华盛顿、纽约和芝加哥整整待了七年，一直到一九四三年。留学期间，他做过各种工作；最后他成了牙医。在他的美国时光接近尾声时，他娶了一位美丽的美国女人。同时，他获得了马克思主义的觉悟。

当切迪·贾根于一九四三年返回圭亚那时（他的美国新娘很快就追随而来，让他的家庭大为震惊），他已经是一个有着固定政治理想的人。无论他怎样看待自己的印度教、印度以及圭亚那出身，无论他在成长过程中感受到怎样的历史和社会困惑，这一切都已浸没在马克思主义关于剩余价值和普遍阶级斗争的观念中。那样一个愿景已经足够了。在五十年间，就像是沃笔下人物的一个化身——经历战争的结束、德国和日本的重新崛起、欧洲各帝国的萎缩、黑非洲的瓦解、冷战的出现与消失、欧洲共产主义的终结，经历圭亚那自身的独立（独立后 Guiana 被改拼成 Guyana，但这其实并没有历史和词源的依据）——切迪·贾根一直在坐等属于他的时刻来临。

几乎从一开始起，"被压迫的炼糖工人就是他的后盾"。这是他的自传《被审判的西方》一九六六年东德版封底的用语。再过将近五十年，这些工人（或他们的后代）多多少少还在那里。对这些人被冻结在旧有的角色中起到了推波助澜作用的，也许正是切迪·贾根的那种纯粹的马克思主义世界观。

他很早就已功成名就。一九四七年，他成为英属圭亚那殖民地立法委员会最年轻的立委。一九五○年，他和其他一些人共同组建了人民进步党。这是圭亚那的两个主要族群——非洲人（这是他们在圭亚那的称谓），奴隶的后代；东印度人，他们取代了非洲人在种植园的地位——之间非同寻常的联盟。一九五三年，该党以压倒性优势掌权。

看起来贾根将会成为新大陆第一个共产主义政权的第一任领导人（菲德尔·卡斯特罗在五六年后才会崛起）。贾根和他的妻子珍妮特开始名闻遐迩。英国的流行媒体一度把他们当作魔鬼的化身，用以填补伊朗的摩萨德（把伊朗的石油收归国有）和埃及的纳赛尔（把苏伊士运河收归国有）这两大新闻热点之间的间歇期。

但英属圭亚那不是伊朗，也不是埃及。一九五三年的英属圭亚那只是一块殖民地。在任仅三个月，贾根政府就被英国政府解散，殖民地宪法被悬置，英国军队被派驻进来。在这样的压力下，人民进步党的非洲派和印度派迅速分裂了。圭亚那的非洲人和印度人数量几乎相当。双方都保持着马克思主义的话语，但在这些话语之下，圭亚那的两大族群又回到了更为本能的种族主义道路上。

一九五七年和一九六一年，印度人的选票又把贾根送回权力中心。但在一九六四年，非洲人的党——在美国的帮助下，其间还经历了严重的种族骚乱——赢得了独立前的选举。自那以后，通过一系列被操纵的选举，切迪·贾根和他的印度追随者被排除在权力之外，直到一九八四年，圭亚那一直走在一种马克思主义－非洲式的道路上，并且变成了一个"合作共和国"。最近六年来，圭亚那开始偏离"合作式"原则，但现在这里已经变得和东欧的任何地方一样糟糕。

非洲人控制的政府接管了每一个重要行业：比如铝土矿和大米；政府只为它的支持者们提供工作或创造工作机会。于是这个政权同时也是一种种族暴政；大大小小的腐败进而有着种族主义的扭曲因素。在这个国度，每一样事物都在腐烂，每一样事物都在贬值。越来越多的钱被印制出来；在这个种族主义的国度，一度与特立尼达等地区的货币相当的圭亚那货币，已经变得近乎一文不值。进口受到管制，许多物品被禁。各种族的圭亚那人开始渴望他们从小就吃的一些简单又便宜的食物——新不伦瑞克①沙丁鱼、加拿大面粉、加拿大烟熏鲱鱼和咸鱼。在邻近的特立尼达人过着富足生活之际（这是七十年代的石

---

① 加拿大东部省份。

油繁荣带来的），圭亚那人过着匮乏的生活。圭亚那人开始以合法或非法的方式离开祖国，先是印度人，然后是其他种族的人；他们去往特立尼达、加拿大和美国。现在有超过三分之一的圭亚那人居住在国外。

首都乔治敦曾经是全世界木质结构的城市中最为美丽的一个（向内地走几英里就能看见大阔叶森林），现在已经斑驳褪色，衰败不堪。在破旧的城里、一条大道的尽头，竖起了一座气派而有讽刺意味的"合作共和国"纪念碑：一座类似非洲人的巨像，胳膊很长，显然正在跳舞，他的四肢上刻有似乎来自神秘主义的象征图案。据说这座以非洲人再度觉醒为寓意的雕像的纪念对象是卡夫——圭亚那一七六三年奴隶起义的领袖；但有些黑人相信，无论雕刻者的意图是什么，这座雕像也与圭亚那黑人领袖福布斯·伯纳姆施行的某种巫术有关。据说伯纳姆最后把他的马克思主义与巫术融为一体，还聘有一位巫术顾问。

在乔治敦的植物园里——在十八和十九世纪，出于实验和学术的目的，英国在帝国各处修建了许多这样的园林——还有另一处纪念建筑，旨在纪念伯纳姆先生的统治。这是人们在伯纳姆先生一九八四年去世后为他修建的陵墓。这座建筑形同蜘蛛，中亭低矮，通往外面的柱廊是用混凝土筑造的托架，看起来就像蜘蛛的脚。建造者本想对合作共和国缔造者的遗体进行防腐处理，永远地向后人展示，就像列宁那样；但是出了差错，遗体在处理之前就腐烂了。

这一切发生时——种族主义的暴政，经济的崩溃，还有巫术——切迪·贾根端坐在他的党的领袖位置上，始终在那里，以更为纯粹的道路坚守者的身份等待着被召唤。对他的支持始终来自印度人，但他从不认为自己只是一个种族领袖。在非洲人的压迫最为严酷的时期，他支持任何可以被视为社会主义或共产主义的立法动议。因此，在有些人看来，正是他理想的纯粹性，使得他既在反对他的支持者的利益，也在阻碍他自己的政治成就。

现在他七十二岁了。随着共产主义在欧洲的消失，以及在圭亚那发生的事情对美苏两国变得不再重要，即将到来的选举也许会是自由的：也许切迪·贾根终将赢得选举。但现在实在是非常艰难的时期，利率达到了百分之三十四，圭亚那的一块钱只相当于一美分，有实力的外资都在避开圭亚那。一个理性的政府能做的只是逆转在过去二十五年间进行的国有化。所以如果贾根掌握了权力，他最后很可能会失败，或是毁掉自己的传奇形象。

切迪·贾根的党总部所在的自由宫是一座白色的木质结构老建筑，坐落在一条类似集市的街道上。我去那里和他会面。他头发花白，戴着眼镜，但是很精干。他身着蓝灰色的短袖旅游装，显得腰有点臃肿，但就一个七十二岁的人来说，他的身材非常棒；我感觉到这对作为政治家的他来说非常重要。

他说自己没有什么病：自一九六六年以来，他每年都会去一个社会主义国家检查身体。他毫不迟疑地说着一些现在已经显得老派的用语，于是在自由宫楼上这个小小的房间里——这里有安乐椅、咖啡杯和各种文件，透过开着的门，可以看到里间的办公室挂着一张镶框的黑白印刷品，上面印有马克思、恩格斯和列宁的画像——无论外面正在发生什么，这里好像什么也不会改变。

我想知道，他在一九六四年之后是怎样熬过来的，他利用了哪些内部资源，又为什么没有像他的许多追随者那样放弃。他似乎不明白我的问题，而是谈起过去，他的运动的开端，还有从一九四八年到一九六四年的伟大岁月。他说话时带着旧日的活力，谈吐是学院式和公共会谈式的；他用长长的手指列举要点，努力说出完整的句子，里面全是事实、姓名和引用。

他把一九六四年之后的二十六年浓缩成简略的描述。随后，他回答了一个他提给自己的问题，他说人们经常问他为什么没有进行"武装斗争"。他叫外面办公室的人给他拿一些文件来。文件拿来后，他找出一份处理圭亚那赤字问题的文件。这是一张脏兮兮的纸，两面都印了字，是用古旧的"复制机"复印的，带着复制墨水刺鼻而油腻的气味。图表不易辨认，显示出圭亚那的赤字从一九六五年的四百二十万圭亚那元上涨到了一九八八年的十三亿零九百万元。他想说明的是——像是在讲述一个旧日政治战略的组成部分——和"你肯定会输掉的"武装斗争相比，让政府用自己的巨额赤字拖垮自己，是一种更好的做法。

他的妻子在门口探头张望。上一次见到她，是三十年前的事。我记忆中的她，是一位非常迷人的女性。三十年的时光仿佛让她一下子变了模样。我一开始看到的只是她灰白、浓密的头发。她衣服的颜色：黄褐色和黑色；底色是在圭亚那或加勒比不常见到的外来颜色。她的脸变瘦了，脸部以下变得丰满和松弛了，穿的是宽松裤；她的皮肤也变松了。但是她的眼睛、她轻快的嗓音（在圭亚那待了近五十年，仍然是美国口音），还有她紧张的笑容，开始与我记忆中那个年轻的女人重合在一起。

她说起两个孩子和五个孙子孙女。她的儿子现在四十岁，住在芝加哥，也就是他父亲曾经留学的地方。她的女儿住在加拿大。

一九六一年，珍妮特·贾根在圭亚那以"外国白人女性革命者，美国犹太激进分子"而著称。现在人们说她变得保守了。一个以前的政治对手说："她发福了，但是别告诉她是我说的。"

圭亚那是我以作家的身份旅行去到的第一个地方。那次旅行是一个研究项目的组成部分，是关于加勒比和南美的欧洲殖民地的研究。我当时二十八岁，是一个单纯的旅行者；我很快就发现，无论新鲜的景致以及人在旅途带给人多么强烈的兴奋感，一段旅程也并不会必然变成书页上的叙述文字。

作为一个政治观察者，我既缺少把握，也缺乏自信。我以为在这样一种写作类型里，必须去信任人。我把自己作为作家的种种怀疑搁到了一边，因为它们属于另一种文学形式。于是，与我对五十年代末的非洲或黑人种族运动的真实感觉相比，我在书里写得更为浪漫。我听任自己按照别人的说法去看待这个运动，并将其当作一种救赎。这场运动充斥着花言巧语和泛滥的情感，并且还有凶残的成分，但我压抑了自己对这些现象的恐惧。

在乔治敦和圭亚那的其他一些地方，我以正式或非正式的方式与贾根夫妇一起度过了一些时光，那时切迪·贾根是殖民地总理，珍妮特·贾根是卫生部长；但尽管如此，我却从未允许自己相信，他们的马克思主义比英国工党的那种社会主义有更多的内涵。

福布斯·伯纳姆一九六一年是反对党领袖。他机智、喜欢恶作剧，皮肤黝黑、光滑，步履虽已沉重，但仍然有着聪明的优等生风度。他的性格就写在脸上，写在他的体格之中：我感觉他是一个耽于声色的危险分子，一个既受过伤害、又被宠坏了的人，心里充满了复仇的渴望，但我从未允许自己依据这样的感觉写下任何文字。

我也从未想到——因为在一定程度上，我和伯纳姆以及贾根有着相同的出身——这两个马克思主义者之间的斗争真的会推翻整个社会。我当时看到的，是我以为我应当看到的，是我更乐意看到的。在这一点上，我和圭亚那人民是一样的。

马丁·卡特是圭亚那五十年代初的觉醒时期的诗人之一。在他看来，圭亚那的大多数困惑来自对语言的误用或误解。"社会主义"这样的词汇来到圭亚那，既没有历史，也没有罗伯特·欧文、萧伯纳和威廉·莫里斯那样的人赋予它们各种各样的含义。每个圭亚那人都会根据读过的书去对社会主义形成自己的看法；在这个问题上，人们并非总能够相互理解。不是每个人都把社会主义看作是经济体系。"一个社会主义者只需要成为一个好人，一个友善的人。这样一种理解在很长一段时期都是这里的人的普遍看法。今天，情况已经不一样了，因为与之相关的每一件事情都出了问题。"

马丁·卡特还讲了这样一个故事："梵学家米西尔是来自德梅拉拉河西岸的婆罗门，也是切迪·贾根党党员。那是在一个叫弗里登胡普的地方——巧的是，那里的主人是约翰·格莱斯顿，也就是英国首相威廉·尤尔特·格莱斯顿的父亲。在乔治敦和整个第三世界，贾根一直在把英国共产党给的小册子分发给党的同情者。在这些小册子里，有一本叫《资本主义世界》。那应该是在一九五三年的选举之前。

"贾根在西岸发起了一次公开集会，梵学家米西尔担任会议主席。与会人数众多。梵学家——他应该在三十五岁到四十五岁之间，但他看上去要老得多——容光焕发，因为众多的与会者，也因为切迪·贾根的到场。

"他告诉与会群众，在介绍贾根之前，他想先告诉他们一件事。他对他们宣称：'他们创造了一种叫作资本主义社会的东西。它就像桑寄生属植物一样，只要用手抓住你，你就再也无法甩开它。'鸟在吃了一种果实之后，在树上清理鸟喙，树上就会长出桑寄生属植物来；这种果实当然是桑寄生属植物的果实——沿海的人都熟知这种植物。

"那就是梵学家米西尔的全部发言。会场的群众骚动起来，因为他们明白，梵学家想要告诉他们的是，资本主义社会是一种压迫性的东西，也就是说，种植园的全部经验可以用两个词来总结：资本主义＋社会。梵学家米西尔自己也再找不到比这更好的表达。他瘦削高大，是一个热情的人；与贾根关于卡尔·马克思的剩余价值理论的专题演讲相比，他关于桑寄生属植物的说法传达了更多的东西。"

于是，在这样的分析里，在梵学家米西尔所用的混杂语与马克思主义哲学的晦涩习语之间的某个地方，圭亚那的种种现实被歪曲或失落了。合作共和国糟糕的闹剧一面开始蓄势待发。

切迪·贾根在四十年代有一个同事叫西德尼·金，是一个非洲人村庄的老师。他在五十年代中期脱离了贾根的党派。后来他作为非洲人起了一种转变。"印度人有着光荣的文明，而这里的非洲人只有自伤自怜的感觉。"作为他试图发起的"非洲命名运动"的一部分，西德尼·金把自己的名字改成了尤西·克瓦亚纳。

他这样评价切迪·贾根："我认为他在文化上有问题。如果他是一个虔诚的印度教徒，哪怕只是在年轻的时候，他就会拥有一个更可行的、更人性化的参照系。但在摒弃了帝国主义和与其文化相关联的所有成就之后，他与另一个大都会——苏联搅在了一起。他对这个大都会的理解，全都来自它自己的说法。于是在他的头脑里，他所做的每一件事情都必须放在那个大都会的文化之中加以解释。一旦那么做了,他就会感到自己是正确的。

"当伯纳姆在一九七一年开始引进社会主义时,两个种族的人都开始表达他们的沮丧,说他们一点也不想听到这种东西。对贾根来说,这并不重要。他当即发表了一个声明,称整个圭亚那都投票赞成社会主义。一些人投给了他,一些人投给了伯纳姆。而这里的政治从来都是按种族划分阵营的。"

在一九六四年的种族骚乱时期,尤西·克瓦亚纳与伯纳姆结成了同盟,但他和伯纳姆的关系随后也破裂了。

"事实上是伯纳姆引入了奴工。他在'希望种植园'引入了强迫劳动的做法,那是一个位于东海岸的椰子种植园。你仅有的权利是购买极少量的日用品。你甚至不能像奴隶时代那样用劳动来交换物品,而必须用钱购买。在休息日你作为奴隶什么也得不到。在'希望种植园'里,他凌驾于众人之上,骑马、喝酒,款待自己的朋友。一九七七年,为了瓦解炼糖工人的一次罢工,他把打字员、办公室职员和各种职业人士派到甘蔗地里去种地。他们没能成功,还把耕种弄得一团糟。他们根本不懂这个。"

我说:"然而黑人爱戴他。"

"爱戴他?七十年代中期就不是那么回事了。一九五〇年他从英格兰回来,圭亚那人非常钦佩他,因为据说他拥有渊博的学识,演讲也很华丽。我认为他的演讲其实很空洞。"我甚至认识一些喜欢听他讲话的印度裔圭亚那人。他在很大程度上是中产阶级非洲人的英雄。花了很长时间农村的非洲人才开始接受他——他们不喜欢律师。

"伯纳姆政府的腐败在一九七一年开始败露。每个人都知道,政府的社会主义是一场骗局。有些人认为伯纳姆证明了'社会主义的意思就是由领袖对人民进行统治,并把自己的腰包装满'。这样的现象一再在东欧出现。

"伯纳姆死时,他的资产据说有一百万圭亚那元。当时圭亚那元对美元的汇率是四比三十。这让圭亚那人大笑不止。他们说,那数百万元只是伯纳姆死时腰包里的钱。他的死是一种解脱，是街头巷尾的笑料。在布鲁克林，有人举办了几场庆祝宴会。这里则放了两天假，在此期间喝酒的场所不允许营业，因为那样欢庆就太明显了。

"葬礼后第二天，我走在乔治敦的街道上，每个人都知道士兵在头天夜里把尸体运走了。他们找来防腐师，在城里的一家殡仪馆对尸体做处理。我认为那些防腐师是从莫斯科来的——媒体是这么说的。全体圭亚那人都唾弃对伯纳姆的尸体进行防腐处理这个想法。一位非洲裔女士告诉我：'他死了。他必须下葬。'他们在媒体上宣称，他们要对他进行防腐处理，让他的尸体无限期地保留下去，并在陵墓里永久展示。于是尸体在别处停放了一年——那是充满流言蜚语的一年，关于尸体的流言蜚语。有些人发誓说，尸体根本没有进行防腐处理，腐烂得太严重了，没办法再做防腐，送回来的只是一具蜡像。制作蜡像的是英格兰的一家著名蜡像馆……叫什么来着？"

"杜莎夫人蜡像馆？"

"有人说那是杜莎夫人蜡像馆的作品，不是伯纳姆的尸体。他们说起他，就像是在说一个被埋葬了两次的人。"

从体形上看，尤西·克瓦亚纳并不符合我的想象，我是根据他的非洲名字和不安分的政治活动史来想象的。他成为素食主义者已经有四十多年，身体消瘦，敏感脆弱，看上去像禁欲者，他用长长的手指做出优雅的手势。看外表，他像是拜占庭艺术作品中的宗教人物：长脸，在两丛高高的灰褐色头发之间，是高高隆起的前额，尖尖的鼻子，深深的纹路从鼻子延伸到下巴，勾勒出下巴的形状。他的长脖子布满了皱纹，细小的折痕叠着细小的折痕。

我问他，现在是否已经把自己的非洲转向看成是理所当然的，或者说，他是否还在思考这个问题。他先是大笑，然后又嘿嘿地笑。"我还在思考这个问题。"他犹豫着举起一只手，给我看他"非洲"短袖上衣——他现在习惯于穿这种衣服——有其实用的一面：袖口有一圈整齐而透气的褶边。

切迪·贾根的父母都是年幼时从印度来到圭亚那的。那是一九〇一年，他们坐的是同一艘叫"易北号"的帆船。两人很小的时候就开始在种植园做工。切迪·贾根的父亲不到十岁就开始做工；十四岁时已经是全天工作的砍甘蔗工；三十岁时他成了"driver"（就是工头），一周能挣十先令，约合二点五美元。

切迪当时十一岁。三年后，他父亲把他送到首都乔治敦的皇后学院去读书；又过了三年，让他带着五百美元去美国留学。这些钱是赌博赢来的。作为工头，切迪的父亲和种植园的监工厮混在一起。他们大多是苏格兰人，喜欢酗酒和赌博。

切迪是十一个孩子当中最大的。一九四三年回到圭亚那时，他在政治之外做的事情之一，就是担负起照顾兄弟姐妹的责任。他教育他们所有人。十一个孩子中，有三个成了职业人士，两个成了护士，还有一个成了美发师。

在马丁·卡特的记忆里，切迪·贾根的父亲是"一个有着黑色的浓密胡须的高个子男人。我还能清楚地记起那胡子，还有他的身高——不管按哪里的标准，他都是一个非常高的人。她的母亲性情柔和，几乎像是一个幽灵，异常消瘦。当我在四十年代末遇见她时，她给我的印象是她用尽了整个一生来养活孩子，只是养活而已。他们的房子坐落在科兰坦海岸，非常简陋，厨房在房子后面，做饭的地方全是土——我们称之为'牛嘴'。厨房和房子的主体是分开来的。"

关于切迪·贾根的出身，马丁·卡特说："他来自海边的种植园，那里从前叫'狂野海岸'。一个从种植园来的年轻人，要面对的东西太多了，他没有办法轻松应对，尤其是在那些日子里。与今天的情况相比，我们那时距离那些所谓的大都会中心更加遥远。你可以想象"——马丁·卡特在寻找一个恰当的词语——"在那样的日子里，一个年轻人的'迷失'，他来自一个没有文学传统的地方。这让他产生了种种僵化的态度，并且一直保持了下去。这样的僵化影响了他的个人生活，同时又以一种强有力的方式把他带回到他所出身的那种社会和社群。"

接下来与切迪·贾根的会面，我想要了解的是他的早年生活，尤其是他在美国的生活。一个周日的下午，他到酒店来找我，我们开车去他的住所。这所房子是一九六四年他离开总理职位后修建的，坐落在乔治敦城里，是一所普通的新式两层小楼，完全被篱笆包围着，有一条狗看门。

我们在楼上坐下。午后的微风穿过两边洞开的房门。在阳台的铸铁围栏外面，花园一片青翠，种着芒果树、椰子树和香蕉树。

一九三六年显得异常遥远。他的父母，带着他们的种植园出身及半已消逝的印度生活方式，是怎样看待世界的？远行到美国和华盛顿，在一个萧条和偏见充塞的时期去一所黑人大学（霍华德大学）读书，切迪自己又有着怎样的期许？他乘坐的船将在波士顿靠岸。这座著名城市的名字是否曾让他感到兴奋？

他无法回答这些问题。就如马丁·卡特所说：那时的切迪没有受过文学方面的教育，没有什么能帮助他去观察、去理解，并让事物各就其位。事情发生时，他只是简单地接受而已。

他在霍华德大学念书时必须勤工俭学；过了两年，他获得了去芝加哥附近的西北大学读书的奖学金。关于他的美国时期，他有很多故事；珍妮特——她在这个假日的午后身着黑色的宽松裤和宽松绣花上衣，浓密的头发近乎金色——鼓励他讲述这些故事。在华盛顿，他在一家为黑人服务的典当行里打工，做的是裁缝的工作（他在圭亚那时学了一招半式），把未被赎回的衣服补好，再拿去出售，每小时可以挣二十五美分。在芝加哥，他夜里做电梯操作员。

他说："西印度人总是比美国黑人更有成就，因为他们出身更好；其他人会带着一点憎恶看待他们。总之，我们都被当成黑人对待。印度人拥有更高的社会认知度。在华盛顿，有些电影院黑人不能去，但是我可以。不过我从来也不去，因为我觉得自己和黑人没有什么两样。我同样有被包围的感觉，同样觉得低人一等。我常常去条件较差的电影院，白人和黑人在里面泾渭分明地坐着。一边是黑人，另一边是白人。我常常去和黑人坐在一起。"

留学生涯快结束时，在西北大学进行的一次体检中，他的肺部查出一处阴影。他被送到了一家疗养院。"那时候还没有治疗肺结核的药。所谓治疗就是干坐在冷风里。疗养院由一些小屋组成，三分之二的墙是铁丝网。在那里你必须慢慢地走路，小心翼翼地做每一件事。我那时几乎一文不名，疗养院的女院长给我打了折。"六个月后，阴影消失了；关于那到底是不是感染都有一些疑问。也许，在美国度过了不堪承受的六年之后，他只是需要去休养，平静下来。

珍妮特出去泡茶，端了茶和一些饼干来，"曲奇饼"——在圭亚那很少用这个词，在这所房子里这个词就像是一种遥远文化的余韵。

喝茶的间歇，她谈起我在将近三十年前曾经写到过她。

"人们主要记住了两个细节。你不会相信的。第一个是我涂脚指甲。"

我已经忘了，忘了这个事实，也忘了我曾经写到过它。

"我不知道那为什么会让大家那么感兴趣，"她说，"那时候每一个人都涂脚指甲。"

"每一个人。"切迪说。

她说："我前几天刚看过这本书。你提到人们谈论的另一件事——这个我也查过了——是我当时在读的书。"

这件事我也忘了。

"是科莱特的《天涯沦落女》。"

那应该会给人留下深刻的印象：科莱特的浮夸和肤浅的感官虚荣，在一处如此遥远的场景之中：泥泞的圭亚那河流，老旧的内河汽船。于是，在我的头脑深处，两个细节一起带回了一个印象，而不是一个概念——那是我和珍妮特·贾根在内地进行的一次旅行，当时她是卫生部长。

她说："我前几天在自己的藏书里找过这本书。我还以为我手上再也没有这本书了。"

这所房子，还有里面的书籍和家庭照，给人一种安宁的感觉。想到这里，想到贾根夫妇在海外定居的孩子、那段始于一九三六年的旅程，我想知道，在最个人的层面，切迪·贾根是否不能被视为一个成功的人。

珍妮特发出了怀疑的声音。

但切迪说："在我们所取得的成就的意义上，在社会认可的意义上，我是一个成功的人。连我的敌人们也承认，我们在政治活动当中是正直的。"

珍妮特说："写作给他带来了很大的满足。他喜欢写作。他喜欢向别人宣讲。切迪是一个乐观主义者。"她讲了一个故事，是他们在特立尼达乘船游玩时的一段插曲。他们的尾挂马达熄火了，水流在把他们的船冲向礁石和峭壁。她看不到希望，但是切迪保持着冷静，抢修引擎，终于让它又启动了起来。

他说："也许是我血液里有一种病毒，政治的病毒。在我的政治活动中，珍妮特一直让我走在道德的道路上。"

她说："被人拍拍背加以鼓励，感觉很好。"

他说："她属于美国第一代反抗者当中的一员。"她发出探询的声音，他解释说："第二代出现在越南战争时期。"

她说，她还记得在底特律的韦恩州立大学的时候，她努力同黑人和中国人友好相处。"我心里有一种冲动，想要向那些群体伸出手去。"

她与切迪的关系在她的家里掀起了波澜。

她带着一种类似悲哀的神情说："切迪从来没有和我父亲见过面。"

我问她："你觉得自己勇敢或有原则吗？"

"我那时只是年轻而已。"

她母亲到圭亚那来过一次。她逐渐了解了切迪，有一天她告诉珍妮特她喜欢他。"当然了，"珍妮特说到她母亲后来对切迪的态度，"总理的头衔也是有帮助的。"她用美语的方式发"总理"（premier）这个词的音，把重音放在第二个音节上。她弟弟的事情总是更好办。"但我告诉你，我弟弟拿回去的我的照片是我和玛格丽特公主在一起时拍的。"她紧张地发出了似笑非笑的声音。

此前，我一直以为世俗的位置对她而言并不那么重要。现在我想，她也许没有切迪那么恬淡寡欲，在她心里有一种忧郁：漫长的奉献和斗争，对这个国家的灾难的忍受，最后并没有像老式道德寓言所声称的那样带来成功；事情最后变得很糟糕，理想全都烟消云散。但我觉得自己不能再去追问这个问题。

在切迪·贾根的自传里，他用了两章，共二十五页的篇幅讲述自己最初二十五年的人生，一直讲到他从美国回到圭亚那。各种细节非常生动，叙事迅捷：每一件事情都以适当的方式加以展示，没有虚张声势。但他的叙事也很繁复；读者无法将其全部装进脑中；他无法（并不比作为作者的他更好）把事情全部关联起来。书的前几章就像是甘地自传的前几章，尤其是像讲述甘地在伦敦留学时期的章节；两人之所以有这样的相似性，和一个事实有关：这两个同样有着印度和印度教背景的人（年龄相差只有五十岁），以不同的方式与一种他们当时远不能理解的经验达成了和解。两人如此透彻地写下他们的早年岁月，以至他们的字句可以一再被研究。

例如，在贾根的书里，有一个奇怪的段落，讲的是回到圭亚那之后，他在"认同"上存在种种困难。"这里没有政党……有一阵子我玩板球，很快又迷上了桥牌。我花了无数个小时在打桥牌和阅读相关读物上。但这些丝毫也不能让人满足……我想要让自己认同的，是我周围那个冷酷的现实世界。"

我和马丁·卡特谈到这个问题。他知道贾根的书，但没注意过玩桥牌这个主题——桥牌与对认同的寻求以一种奇怪的方式被并置在一起。他说，桥牌在那个时期对切迪·贾根来说是有用的，可以打发一个夜晚，给他一种社交生活的幻觉。

但是当我接下来在自由宫遇到切迪·贾根并向他提出这个问题时，他说自己当时所寻求的认同是政治上的；这对一九四三年的他来说是一件困难的事，因为他已经变得比当一个殖民地居民更为复杂。在种植园这一背景之上，他又增添了对甘地、尼赫鲁以及印度自由运动的了解；还有他在美国时的激进化，对于独立战争、罗斯福（他是印度独立的支持者）和新政的种种看法。他在圭亚那开始打桥牌只是为了"娱乐"；之所以全身心地投入其中，是因为那是他的风格。"无论做什么，我都会全力以赴。"（的确如此，后来翻阅他的自传时，我看到有一次在芝加哥他很认真地——就像他父亲在圭亚那一样——试图通过赌博赢钱，甚至还读了《怎样赌马》这样的书。）

他说："珍妮特和我之间总是有一种差异。在一天结束的时候，她可以抛开一切去读一本小说。我却会把工作带回家去做。"

尽管在美国期间他已经变得激进，但直至回到圭亚那，他才开始阅读马克思主义文献。"一九四三年，珍妮特来到这里，给我带来了《列宁小型文库》——几本小小的书，小册子。那是我第一次读到马克思主义文献。然后，我开始像当年读桥牌书那样疯了似的阅读马克思主义著作。读完《列宁小型文库》，我又读了《资本论》，这些阅读帮助我对社会发展有了全面的理解。在那之前，所有那些各式各样的斗争——印度人、黑人、美国人——都只是互不相干的经验。阅读了马克思主义文献之后，我发现它们完全可以通过社会经济体系来加以理解。例如，恩格斯在《家庭的起源》一书中对妇女问题进行了考察。马克思的剩余价值理论让我对工人阶级的斗争有了全新理解：不仅是他们遭受了剥削，还有他们是如何被剥削的。

"这让我感到兴奋，一种智识上的兴奋，因为一个全新的世界朝我打开了，一种对世界的全面理解，这让我之前在美国的种种经验变得统一起来。歧视——如果你不能把这个体系当作整体看待，你就只能看到歧视。"

他也把这种新的观察方式用于处理印度传统。"我在小时候习以为常的印度文化的种种习俗——在美国我完全地脱离了它们。于是就文化层面而言，我当时更像尼赫鲁。作为在美国的留学生，甘地和尼赫鲁是我生活的典范。甘地是一个战士，尼赫鲁也是。他们造就了我。"

他既不知道，或许也无法承认，但造就他的也许还有他的印度教种姓出身中的某种东西。它就在那里，在他的自传当中。他十五岁到乔治敦去读书时，在好几个印度家庭借宿过。他能支付的钱不多。第一个家庭把他当作仆人：他们让他去市场买东西、洗车，甚至——尽管他是皇后学院的学生——割草喂羊。他换了一个家庭，结果更糟糕。

他们属于刹帝利种姓，也就是武士阶层，只比婆罗门低一级。这家的一个女儿嫁给了婆罗门，整个家庭都急于表现得能配上对方的高贵门第。他们不让切迪睡在床上，而要他睡在地板上，因为贾根这个姓属于库尔米种姓，也就是耕作者的种姓。

切迪·贾根在自传里说，他只是从他母亲那里听过种姓制度的种种问题。但实际上，库尔米是一个有趣的种姓。英国人在上世纪为印度的各个地区编撰了地名词典，或者叫地名手册，其中不仅讲到了库尔米的农业技能和勤劳，还讲到了这个种姓好斗的本性。有些地区的库尔米坚称他们不是低级种姓，说自己的祖先是拉其普特人和刹帝利。现在，大家只要一提起切迪·贾根的父亲，就会提到他强健的体格；那天早上在自由宫，我在照片上看到的是一个留有神气的拉其普特胡须的男人——就是这样的胡须给马丁·卡特留下了深刻的印象。

在圭亚那做印度人和库尔米，意味着以双重的方式被"包围"，即使在遭遇美国带来的种种挑战之前就已经如此。马克思主义的光辉消除了这种"包围"，让他们变成了普遍而抽象的人。可以这样说，切迪·贾根作为他父亲的儿子，已经准备好了迎接这样的光辉。

切迪·贾根说："对阶级斗争的发现，对社会阶级划分的发现——全都来自我阅读的马克思主义文献。我的出身给了我一种阶级偏见。对我来说，阶级问题是最根本的问题。"

他是在一九四二年或一九四三年初遇见珍妮特的。"就在我从疗养院出院之后。我是在我们朋友的聚会上遇见她的。她的家庭在大萧条期间曾陷入穷困，很快又走出贫穷，变成了中产阶级。在韦恩大学，她把自己当成少数人当中的一员。吸引我的不仅是她异乎寻常的美貌，我们还有着共同的兴趣——对受压迫者的同情。我们很快就在一起了。她放弃了大学学业，开始接受护士培训，因为她想去战地服务。我们就是在那个时候遇到的——她是一个护理系学生。"

切迪离开办公室去参加一个会议，过了一会儿，珍妮特又接着讲他们的故事。我们在切迪办公室外面的小房间里，坐在低矮的安乐椅上。她用缓慢的语速说着，思考着。

"我最好的朋友——和我在芝加哥一起长大的女孩，名叫海伦——举办了一个告别聚会，切迪也在。他和海伦的一个妹妹在约会。他那时非常英俊，当然了。和政治没有任何关系，只是一个男孩和女孩的恋爱故事。"

我问她对圭亚那的第一印象如何。

"有一点文化冲击的感觉。那是在战争期间。我是坐水上飞机来的。我们在德梅拉拉河上着陆，然后直接去了穆兰特港。当时的情形让人震惊。他们不知道到底该怎样对待我。我应该和女人们待在一起，但他们让我坐在客厅的一张椅子上，和男人们待在一起。女人们坐在厨房的地板上。我想她们心里肯定讨厌我。她们本来希望切迪娶一个门第高贵的印度女孩。她们想念吵闹的婚礼，如此等等。

"我要告诉你一件好笑的事情。我们想让切迪年纪最大的姐姐因德拉妮接受良好的教育。于是我去了毕晓普学校——乔治敦最好的女校——'和女校长谈了谈'。她是英国白人，我告诉她，我想让我的大姑子从伯尼斯来上学。她说没问题，只要她有合适的资格。当我把因德拉妮带去时，女校长很是惊愕。她以为我大姑子是白人，她说不行。于是因德拉妮就没能进去。她进了中央高中，最后去了英格兰学护士专业。现在贾根家大概有六个牙医和三个验光师。对女人来说那是一个好职业，她们能够应付得了。"

我想到她从一九四三年就开始这样生活，问她："你喜欢那样的生活吗？"

"一点也不喜欢。"她发出了紧张的、听起来很年轻的笑声。"有时候过得非常痛苦。发生了那么多糟糕的事情，我发现遗忘是活下去的方式之一。六十年代，我的状况很可怕。有段时间我出不了门，去不了电影院和餐馆，不能在公共场所做任何事情。我是替罪羊。我的性格不像切迪。我有一点阴郁。

"但我觉得这样的生活让人兴奋，非常有趣。在一种迥异的文化中生活。他们编造了很多关于我的可笑故事：爱模仿印度人，穿纱丽，一大堆的蠢事。我从没有假装成另一种人。许多人会说，因为我是一个印度人，我才有政治生命。我想，在这片土地上，一个异乡人很容易被编织进各种神话，或是用漫画加以讽刺。

"我最享受在报业工作。从政总要抛头露面，我不喜欢。我一步一步成了记者。做一个从政的女人并没有那么容易。"

我想多了解一点她在美国的情况。

"最近我弟弟和我去了密苏里州旅行。上世纪大多数时候，我父亲家这边的人都在美国。我们去看了位于密苏里州莫伯利的那些坟墓。那里几乎已经没有犹太社群，在墓地里有极小的一块地方，用石头标出那里是犹太人的坟墓所在——大多数坟墓安葬的都是我的家人。在我母亲家这边，我的外祖父母在本世纪从匈牙利和罗马尼亚迁徙而来。所以世界是由那些背井离乡的人组成的。"

她似乎不仅在谈论她的祖先是怎样迁徙到美国的，也在谈论印度人是怎样迁徙到圭亚那的；谈论切迪的祖母和年幼的孩子在一九〇一年乘坐"易北号"帆船来到美国；谈论切迪一九三六年的美国之旅；谈论他在一九四三年和她一起踏上的归家之旅；他们的孩子在美国和加拿大定居——半是再度定居在那里；还有七十年代以来，圭亚那所有那些移民的人：切迪夫妇本来希望把革命带给人们，但现在，人们把命运掌握在了自己手里。

二〇〇二年附记：自一九六四年以来，美国一直在助长圭亚那的选举舞弊，到了一九九二年，美国才觉得自己可以发发慈悲了。切迪·贾根在一九九二年十月赢得未受操纵的大选，直到一九九七年三月去世前一直担任总统一职；终年七十八岁。新的大选之后，珍妮特·贾根接替他担任总统。一九九九年八月，也就是二十个月之后，她因为健康状况恶化而卸任。

（马维达 译）

后记：我们的普世文明
1992

本文是在纽约曼哈顿研究院做的演讲。

我的演讲题目为"我们的普世文明"。这是一个相当大的标题，我因此感到有一点不安。我觉得应该解释一下这个标题是怎么来的。关于世上的万事万物，我没有统一的理论。对我而言，处境和人物总是具体的，从属于其自身。这也是一个人会去旅行和写作的原因：去找寻真实。反其道而行之，就意味着一个人在理解问题之前就已经有了答案。我知道，那也是一种通行的认知方式，尤其是当一个人是政治、宗教或激进思想的宣道者时。但我觉得那是难以做到的事情。

于是，在收到演讲邀请时，我想，我最好先了解这个研究院的成员对什么样的问题感兴趣。研究院高级研究员迈伦·马格尼特当时在英国。我们在电话里谈了谈；几天后，他发给我一份手写的提问清单，列出了一些非常严肃重要的问题。

我们——或者说社群——的力量只取决于我们的信念的力量吗？我们怀着热忱去坚持种种信念或一种伦理观，是否就足够了？热忱是否能给予伦理以正当性？信念或伦理观是随心所欲的吗？还是说它们代表着孕育它们的文化中的某种本质性的东西？

在这些问题的背后很容易读到提问者的焦虑。有提问者显然担心"外面的"某些狂热思潮。与此同时，还有提问者在怎么表达那种焦虑的问题上缺少哲学上的自信，因为没有人想使用那些可能会适得其反的语汇和概念。你们知道有这样一种运用语汇的方式：我是文明而坚定的，你是野蛮而狂热的，他是落后而盲目的。当然会如此。我愿意站在提问者一边，去理解他的飘移不定。也许我有点置身事外，但在后来的几天里，我感到自己不能同意这些提问所隐含的悲观主义。我感到正是这些提问的悲观主义以及它们在哲学上的缺乏自信，说明了一个文明到底有多少力量，而那种悲观主义又是从这个文明当中散发出来的。由此我确定了这次演讲的主题：我们的普世文明。

我不打算去定义这种文明，只想以一种个人的方式谈论它。首先，是这种文明让我有了关于写作这种志业的概念。也只有在这种文明当中，我才能作为作家去写作。要成为作家，你需要以某种感知力为出发点，而创造这种感知力的，或者说给予其方向的，是一种智识的氛围。

有些时候，一种氛围可能会过于精致，一种文明可能会过于成熟，成为一种过度的仪式。十一年前，我在爪哇旅行，遇到了一个一心想要成为诗人、过一种心灵生活的年轻人。这样的野心是他所接受的现代教育给予他的，但他很难向他母亲解释清楚他到底想做什么。需要强调的是，他的母亲是一个有教养、举止优雅的人。她的仪表、穿着和谈吐都很优雅；她的举止沿袭自爪哇的宫廷，就像是一种艺术。

于是我问这个年轻人——不要忘了我们是在爪哇，那里的古代史诗还活在流行的木偶戏里——"但你母亲暗地里不会为你是一个诗人而骄傲吗？"他用英语回答说——我提到这一点，是想进一步说明，在那个遥远的爪哇小镇里，他所受的良好教育——"她一点也不懂诗人是什么。"

这位诗人的朋友和导师是当地大学的一位老师，他向我细说了事情的原委。诗人的这位朋友说："要让他母亲理解他想做什么，可能只有一个办法，就是向她表明他是一个古典意义上的诗人。而她会觉得这很荒谬，认为这是一件不可能的事情。"之所以不可能，是因为在诗人的母亲看来，她祖国的史诗——这些史诗对她而言就像是神圣的经文——已经存在，已经被写了出来。大家需要做的只是去学习或者参考它们。

在他母亲看来，所有诗歌都已经写尽了。也许可以说，那本特定的书已经合上了，已经成了她的完美文化的组成部分。她的儿子二十八岁，已经没有那么年轻；听到他说自己想成为一个诗人，就如同在另一种文化里，一位虔诚的母亲问自己的作家儿子接下来想写什么，结果听到这样的回答："我想为《圣经》再增添一部经书。"或者换一种比喻，这位年轻人就像博尔赫斯故事中的人物，让自己承担起重写《堂吉诃德》的重任。不仅仅是重述这个故事，或是誊写原作的内容，而是寻求通过一种清空头脑以及再创造的非凡过程，既非抄写，也不伪造，而是一种纯粹原创的思想，达到一种叙述文本，能够一字一句都与塞万提斯的书相呼应。

我理解爪哇中部这位年轻人的困境。归根结底，他的出身与我的特立尼达出身中的印度教因素相去并不甚远。我们来自印度，是一个从事农耕的移民社群。是我父亲给了我成为一个作家的野心，让我与写作以及关于写作的种种观念相遇。他生于一九〇六年，他的祖父还在襁褓之中就来到了特立尼达。尽管在那个小小的农业殖民地存在着种种阻碍，我父亲不知为何产生了想要成为一个作家的愿望；他让自己成了一个记者，尽管在那个殖民地，从事新闻工作的机会非常有限。

我们是一个崇尚仪式和经文的民族。我们也有自己的史诗——它们也正是爪哇的史诗；我们总会听到有人在歌唱或吟诵它们。但我们不能说自己是一个文学的民族。我们的文学，我们的经文，没有促使我们去探究我们的世界；它们不过是文化的坐标，让我们感觉到我们的世界的完整，感觉到外部世界的陌异。我相信在我父亲的家庭里，没有一个长辈会想去从事文学创作。我父亲在特立尼达是通过英语获得这个观念的；尽管在那个殖民地存在着种种阻碍，我父亲不知为何获得了一种观念，一种与英语相联系的高级文明的观念；他也获得了一些关于文学形式的知识。如果你想成为一个作家，光有感知力是不够的。你需要掌握能够容纳或承载感知力的形式；而文学形式，无论是诗歌、戏剧，还是小说，都是人为创造的，并且处在不断的变化之中。

这是在我很小的时候就传递给我的一部分东西。很小的时候——置身于特立尼达的全部贫穷与荒芜之中，那里那么遥远，居住着五十万人——我就有了写书的雄心。尤其是写长篇小说，父亲告诉我那是文学的最高形式。但是书并非只是在头脑中创造出来的。书是一种物品。要写出书来，你需要一种特定的感知力，一种语言，以及特定的语言天赋；你还需要掌握一种文学形式。要让你的名字印在书脊上，你需要一个巨大的、外在于你的机构。你需要出版社、编辑、设计师、印刷工、装订工；书商、批评家，能让批评家发表书评的报纸、杂志和电视；最后，当然还需要购买者和读者。

我想强调事情庸常的这一面，因为它容易被当成是理所当然的；人们容易只想到写作那个人化的、浪漫的一面。写作是一种私密的行为，但书的出版从一开始就关涉到某种特定的社会协作。这个社会拥有一定程度的商业组织。它还有特定的文化或想象的需求。它不相信所有的诗歌都已经被写出。它需要新的激励和新的写作；它也拥有对新创造的事物进行判断的准则。

这样的社会在特立尼达并不存在。于是，如果我要成为一个作家，并且靠写书生活，我就必须迁徙到那种可以靠写作生活的社会中去。对那时的我而言，就意味着到英国去。我是在从外围、从边缘，迁徙到一个对我来说是中心的地方；我当时所希望的，是我能在中心拥有一席之地。我是在提出很高的要求，事实上，对中心的要求比对我自己的社会的要求更高。这个中心毕竟有其自身的种种利益，自身的世界观，以及自身对小说的观念和要求。现在也仍然如此。我的主题非常僻远；但在二十世纪五十年代的英国，我获得了一点小小的空间。我有能力成为一个作家，并在这样一份职业中成长。那需要时间；等我的书真正在美国出版时，我已经四十岁了，在英国出书已经有十五年的时间。

但在五十年代的英格兰，我始终都知道，作为一个想要从事写作的人，我没有别的地方可去。而如果我必须对普世文明做出描述，我会说，普世文明既能促使人去以文学为志业，也能提供关于文学志业的理念；同时它还提供了去实现这种志业的途径；这样的文明促使我踏上从边缘到中心的旅程；这样的文明不仅把我与今天在座的各位联系在一起，也把我与爪哇的那位现在已不那么年轻的诗人联系在一起——他的背景和我的一样，已经变得仪式化，是外面的世界改变了他，也改变了我，并给予我们写作的野心。

今天，一个来自爪哇或特立尼达的人要想成为作家，已经变得更为容易；一度非常僻远的主题已经不再僻远。但我从来也不能把我的职业当作是理所当然的事情。我知道在世界上仍然有很多地方，没有我前面所说的文化和经济条件，一个像我这样的人可能无法成为作家。在伊斯兰教世界，在中国，在日本，我也许都无法成为作家——日本人只接受特定国家的文学：被他们认为与日本有竞争关系的国家。在东欧、苏联或黑非洲，我也许成不了我现在所成为的这个作家。我甚至不认为在印度我能实现自己的天赋。

那么你们就能理解，在年轻时知道自己能够从边缘走向中心，从特立尼达走向伦敦，这对我而言有多么重要。成为作家的野心需要确定这样一种可能性。于是，尽管我的祖辈与文学无关，尽管我来自特立尼达，事实上我认为自己身上当然还有一个同样重要的部分：我是一个更大文明的一部分。我猜想，同样的话也适用于我的父亲，尽管他更接近印度教或旧印度种种仪式化的生存方式。

直到不久以前，我从未形成关于普世文明的观念——那是十一年前，我有好几个月都在一些非阿拉伯的伊斯兰国家旅行，[①] 试图理解是什么在驱使他们走向愤怒。那种穆斯林的愤怒当时刚刚开始浮现。

一九七九年，在与伊斯兰世界相联系的意义上，"原教旨主义"并

[①] 一九七九年，作者探访了伊朗、巴基斯坦、马来西亚、印度尼西亚等国家，后将经历写成《信徒的国度》一书。

不是一个经常在报纸上用到的词,他们还没有想到这个概念。他们说得更多的是"伊斯兰教的复兴"。对于任何一个在远处思考的人来说,这句话实在令人费解。在上世纪和本世纪上半叶,伊斯兰教能向它的拥护者提供的东西显然非常少,那么在本世纪最近这些年,它又能向一个教育程度高太多、运转速度也快太多的世界提供什么?

我的家庭以及特立尼达的印度人社群适应特立尼达殖民地、进而适应二十世纪的过程并不容易。我们这个来自亚洲的族群过着一种本能的、仪式化的生活,对我们来说,觉悟到我们的历史,学会忍受我们在政治上的无助,是非常痛苦的事情。我们还必须在社会生活上做出非常困难的调整。比如,在我们的文化里,婚姻曾经总是包办的;改变这种习俗耗费了漫长的时间,许多人的生活也在这个过程中毁掉了。所有这一切都伴随着我描述过的那种个人的智识成长。

当我开始在伊斯兰世界旅行时,我以为我在旅行中遇到的人会和我自己社群的人很相似。

相当一部分印度人是穆斯林;在十九世纪,我们都经历过类似的帝国入侵史或殖民史。我当时以为宗教只是一种偶然发生的差异。我以为,就像人们所说的,信仰只是信仰,在特定历史时期生活的人会感觉到种种相同的欲望。

但事情并非如此。穆斯林说,他们的宗教对他们而言非常重要。事实是,宗教构成了一种重大的区别。我必须强调,我是在非阿拉伯的伊斯兰世界旅行。伊斯兰教一开始是阿拉伯人的宗教,随着阿拉伯帝国的扩张而传播。因此,在伊朗、巴基斯坦、马来西亚、印度尼西亚这些我途经的国家,我所遇到的人必须做出双重的调整,适应十九、二十世纪的欧洲帝国,并在更早的时期适应阿拉伯人的信仰。你几乎可以说,我遇到的人经历了双重的殖民化和双重的自我疏离。

因为我很快就会发现,没有哪种殖民化比与阿拉伯人的信仰一同到来的殖民化更彻底。被殖民化或被击败的民族会失去对自己的信任。在我谈到的几个伊斯兰国家里,这种不信任具有宗教的全部力量。阿拉伯人的信仰明文规定,在这种信仰之前发生的每一件事情都是错误的，都受到了误导，都是异端；在这些信徒的心里或头脑里，他们在伊斯兰教到来之前的历史中没有任何位置。于是，这里的历史观念与别处的历史观念相当不同；这里的人没有尽可能地回溯既往、学习既往的愿望。

波斯有着伟大的过去，它在古典时期是希腊和罗马的对手。但是在一九七〇年的伊朗，你不会相信这一点；对伊朗人来说，光荣与真理是伴随着伊斯兰教到来的。巴基斯坦是一个很新的伊斯兰国家，但那里的土地非常古老。在巴基斯坦还有摩亨佐－达罗和哈拉帕的古城废墟。美妙的废墟，在本世纪初对这些废墟的发现让我们对次大陆的历史有了新的看法。不仅有前伊斯兰教时期的废墟，也许还有前印度教时期的废墟。照管这些遗址的，是从英国统治时期继承而来的一个考古部门。但是有一股逆流在涌动，尤其是在原教旨主义兴起之后。我在那里的时候，一家报纸刊登了一封读者来信，表达的就是这样的涌动。这位读者说，在那些城市的废墟上，应该挂上《古兰经》的经文条幅：这就是不信者的下场。

信仰抹除了往昔。而当往昔被这样抹除时，受到损害的，不仅仅是历史的观念。人的行为，善行的理想，都有可能遭到损害。我在巴基斯坦的时候，各家报纸正在刊登文章，纪念阿拉伯征服信德若干周年。那里是印度次大陆最早被阿拉伯人征服的地方。征服发生在八世纪初。信德王国——一片广阔的区域：占据阿富汗南部和巴基斯坦南部的一半领土——当时是印度教－佛教的王国。婆罗门其实并不理解外面的世界；佛教徒反对杀生。你可以说，那是一个等待被征服的王国。但征服信德用了漫长的时间；它离阿拉伯的腹地非常遥远，需要横跨几个广袤的沙漠。阿拉伯人的六七次远征都失败了。

先知的第三位继承人哈里发三世曾经召来自己的一位副手，问他："噢，哈吉姆，你到印度，全面地了解了它？"哈吉姆说："是的，噢，众信徒的首领。"哈里发说："给我们描述一下。"哈吉姆的全部失意和苦涩都在他的答复中展现出来。"那里的水又黑又脏，"哈吉姆说，"那里的果实苦涩而有毒。那里的土地布满了石头，大地是咸的。一小支军队很快就会被消灭，一支大部队很快就会死于饥饿。"本来哈里发听到这些应该就够了，但他仍然想要找到一点鼓励，他问哈吉姆："那里的人民如何？是言而有信还是会背信弃义？"显然，守信用的人更容易被控制，他们的钱更容易被拿走。但哈吉姆的回答几乎是吐口而出："他们喜欢背叛和欺骗。"这一点着实让哈里发感到惊恐——信德的人民听起来堪称大敌——他下令不要再试图征服信德。

但是信德太有诱惑力了。阿拉伯人尝试了一次又一次。阿拉伯人的组织、意志和信念被他们的新信仰所加强，他们去一个仍然由部族组成的、散漫的世界，很容易就能征服那里，而他们的意志就和八百年后新世界的西班牙人一样——这并不奇怪，因为西班牙人自己曾被阿拉伯人征服、统治了几个世纪。事实上，西班牙与信德几乎同时陷落于阿拉伯人之手。

对信德最后的征服是从伊拉克发动的，伊拉克的总督哈贾杰在库法城负责督战。我保证，这个话题与时事的关联只是巧合。阿拉伯人征服信德的目的——伊斯兰信仰几乎刚刚确立，这次征服就被提上了日程——始终都是掳获奴隶与掠夺，而并非传播伊斯兰信仰。最后伊拉克总督哈贾杰接收了信德王的头颅，六万来自信德的奴隶，以及敕定的从信德所得战利品的五分之一——这个比例是由宗教法律规定的；他——

> 前额触地，向神两次行屈膝礼，做感恩祈祷，并对他说："现在我已拥有一切珍宝，无论是地上的还是地下的，还有其他财富，还有地上的王国。"

在库法城有一座著名的清真寺。哈贾杰把人民叫到那里，在讲坛上对他们说："我有好消息和幸运的事情要告诉叙利亚和阿拉伯的人民，我向你们表示祝贺，信德被征服了，你们拥有了无尽的财富……伟大而全能的神仁慈地把它们赐给了你们。"

我引用的是十三世纪的波斯文本《恰奇编年史》的译文。这个文本是信德征服故事的主要来源。让人吃惊的是它的写作方式非常现代，描述简捷，还有能抓得住人的细节和对话。它讲述的是一个关于抢掠和杀戮的可怕故事——信德的每一座城池陷落之后，阿拉伯军队会被准许连日杀戮；随后战利品的五分之一被留给哈里发，其余的在估价后分配给士兵。但在文本的波斯作者看来，这个故事——写于征服发生之后五百年——只是一个"让人愉悦的征服传奇"。这是阿拉伯或穆斯林的帝国文学类型。五百年后——尽管蒙古人即将入侵——他们的信仰仍然没有变化，也没有就信德王国的灭绝产生新的道德角度。

一九七九年我在巴基斯坦，报纸上正好有文章在纪念这一事件。有一篇军人写的文章在记述立下战功的阿拉伯将军。文章试图从军事角度公平地评价双方军队，结果遭到国家历史与文化研究委员会主席的斥责。

这位主席是这样说的："在描绘一位英雄的形象时，必须采用恰当的措辞。'入侵者'和'抵御者'，'印度军队英勇作战'，却未能迅速'歼灭撤退的敌军'，在这篇文章里充斥着大量类似的表达。一些失之偏颇的陈述让情况变得更加糟糕，比如：'如果达哈尔大公能够英勇地保卫印度河流域，阻止卡西姆越过它，这片次大陆的历史将会变得迥然不同。'我不能理解……"说这段话的是国家历史与文化研究委员会的主席，"作者是在欢呼英雄的失败，还是在哀叹他的敌人的失败"。一千两百年过去了，圣战仍在进行。英雄是阿拉伯入侵者，带来信仰的人。应该欢呼敌人的失败——我是在信德读到这些文字的——信德人就是敌人。拥有信仰就是拥有唯一的真理；拥有这一真理是许多事情的肇始。要以一种方式审判信仰到来之前的时间，以另一种方式审判信仰来到信德之后发生的事情。信仰改变了价值，改变了关于什么是善行的观念，以及人的判断方式。

于是，当巴基斯坦人告诉我，伊斯兰教是一种完整的生活方式、影响着每一件事情的时候，我不仅开始理解他们在说什么，还开始理解——尽管我们可以说拥有共同的次大陆起源——我所走过的是不同的旅程。我开始形成一种关于普世文明的观念——在特立尼达长大的我生活在其中，是其中的一分子，却并没有清醒的自觉。

我从印度教的那种本能的、仪式化的生活方式出发，在特立尼达殖民地的无望处境下成长；通过之前我尝试描述的那种过程，经历了"知识"和"自知"的诸多阶段。与我的祖父辈相比，我对印度的历史和艺术有了更好的理解。他们拥有的是仪式、史诗和神话；他们的身份全在那道光里；那道光之外就是黑暗，他们无法穿透的黑暗。仪式和神话不属于我，我只能远观。但作为交换，我被赋予了探求的观念和学术的工具。对我来说，身份是一件更加复杂的事情。为了成就这样一个我，许多的事物都消逝了。但我不觉得这有什么问题。我拥有完整的学术积累，也就是说，我知道通往它们的途径。我可以在头脑里携带四种、五种或六种不同的文化观念。我了解我的祖先以及他们的文化；我了解印度的历史及其政治状况；我知道我是在哪里出生的，也知道那里的历史；我对新世界也有所认识。我了解我所感兴趣的种种文学形式；我也知道，为了实现我所献身的志业，我需要踏上怎样的路途。

我在非阿拉伯的穆斯林中间旅行时，发现自己置身于一个已被殖民化的民族当中，他们的信仰从他们身上剥夺了所有能够不断扩展智识生活的东西，剥夺了心智和感官的多彩生活，还有对世界文化和历史的深刻了解，而我在世界另一端的成长所带给我的，正是这些东西。我所置身的这个民族，他们的身份多少已经蕴含在他们的信仰之中。这是一个希望自身能够变得纯净的民族。

在马来西亚，他们不顾一切地消除自己的过去，清除人民的部落习俗或万物有灵论的宗教活动；清除承载着过往的潜意识生活，正是这些事物把人们与他们行走的大地联系在一起；清除那些丰富的民间生活，正是这样的生活让别处的人民苏醒，去培育和采撷其中的诗意。在这些马来穆斯林中，那些更为热忱的人不想成为其他什么，只想献身于舶来的阿拉伯信仰；我有一个印象，在理想的情形下，他们想让自己的头脑和灵魂变成一片空白，一种空无，这样他们就可以变得除了信仰之外一无所有。如此这般的努力，如此这般针对自己的暴政。

这是一种通过信仰进行的殖民化，没有哪一种殖民化能够比这一种更彻底。

只要信仰还在，而且似乎没有受到什么挑战，世界或许就还能保持完整。但是当这个强大而又无所不包的文明自外部出现时，人们不知如何是好，只能尽自己所能，变得更专注于信仰，更多地伤害自己，更快地在他们自感无法掌握的事物面前掉转身去。

在马来西亚和印尼这样的地方，穆斯林原教旨主义似乎是一种新事物。但欧洲人很早以前就已来到东方，几乎一直就有对穆斯林的焦虑。早在一百年前，作家约瑟夫·康拉德就发现了这种焦虑，这种两个对立世界——外向的欧洲世界与封闭的信仰世界——的相遇。他的远祖是波兰人，他希望作为一个旅行者精确地描绘他所看见的事物，这使得他在帝国主义高涨的时期，在讲述东方民族和原住民的故事时，能远远地超越帝国主义式的、肤浅的写作方式。

对康拉德而言，他旅行时所经过的是一个新世界；他努力地去观察。康拉德出的第二本书里有一段话，我想在此读一下。这本书于一八九六年出版，距今已近一百年，在书里他捕捉到了穆斯林在那个时期的某种歇斯底里——一百年后，原住民接受了更好的教育，拥有了更多的财富，各大帝国也已经撤走，这种歇斯底里将会转变成我们今天听到的原教旨主义。

> 一个半裸的、嚼着槟榔的悲观主义者站在一条热带河流的岸边，那里是寂静而浩瀚的森林的边缘；一个愤怒的人，无权无势，两手空空，苦涩而不满的呼喊在他的唇边呼之欲出；从安乐椅的深处发出的哲学尖叫搅动了烟囱和屋顶那不洁的荒原，而那声呼喊如果被发出，将会响彻丛林中原始的寂静，如同任何哲学的尖叫一样真实、宏大和深远。

哲学上的歇斯底里，这就是我想要告诉大家的词汇，我认为它们现在仍然适用。它们把我带回到研究院高级研究员迈伦·马格尼特去年夏天从英国发给我的那份提问清单。他问,为什么有些社会或组织在满足于享受进步果实的同时,又倾向于蔑视推动进步的种种条件?他们用什么样的信念体系来对抗进步?然后,更具体的问题是:伊斯兰教为什么要反对西方价值?我相信,答案就是那种哲学上的歇斯底里。它不是一个容易定义或理解的东西,穆斯林的发言人也不能帮助我们回答这个问题。他们所说的都是陈词滥调,或许只是因为,他们无法表达自己的感受。有些人怀有压倒一切的政治动机;另一些人实际上不是学者,而是传教者。

但是在好几年前,伊朗国王仍然在位,一位年轻的伊朗女作家在美国出版了一部小长篇小说,以一种抑制的、非政治的方式预示了即将到来的歇斯底里。这部小说名为《外国人》,作者名叫纳希德·罗其林。也许是因为小说面世时伊朗国王仍然在位,所以必须避谈政治;如果它变成政治抗议,小说的微妙感就有可能变得琐碎庸常。

书中的主角是一位年轻的伊朗女性,在波士顿做生物科学研究工作。她的丈夫是美国人,她似乎过得不错,也适应了美国的环境。但有一次她到德黑兰去度假,失去了心理平衡。她在官僚体系面前遇到了麻烦,拿不到出国签证,她开始感到迷失。困扰她的,是她记忆中在伊朗度过的拥挤而压抑的童年,是她的旧家族生活的残余,还有这座过度发展的野蛮城市,到处都是"西式"建筑。用"西式"而不是"大"来形容那些建筑,很是有趣:就好像外部世界的陌异已经来到了德黑兰。

这位年轻女性感到如此困扰,她开始反思自己在美国度过的时光。那些时光并不像曾经看起来那样,似乎是明晰的。她现在视其为空虚的时光,她无法说出自己为什么要去美国生活。从性别和社会的角度说,尽管她看上去很成功,她从来都不能掌控自己的生活;她也无法说出自己为什么要从事那份研究工作。作者用非常微妙而有效的笔触讲述这一切;我们可以看到,这位年轻女性没有准备好在文明与文明之间迁徙,没有准备好走出封闭的伊朗世界——在那里信仰是完整的道路,充满了一切,没有遗漏头脑、意志或灵魂的任何角落——走向另一个世界,在那里她必须成为负责任的个体;那里的人们发展出了种种职业,被野心和成就所激励,相信人是可以自我完善的。一旦我们了解或体会到这一点,我们就会和小说的主角一同看到,她在波士顿模仿他人机械生活是怎样一种折磨和空虚。

现在,备受煎熬的她病了。她到医院去看病,那里的医生理解她的不幸。他也在美国待过一段时间;他说他回来后,为了抚慰自己,曾连着一个月到清真寺和圣地去。他告诉那位年轻女性,她的痛苦来自一个古老的溃疡。"你得的,"他以忧郁且迷人的方式说,"是一种西方病。"生物学家最终做了一个决定。她将放弃波士顿强迫她过的那种由智识和无意义的工作构成的生活,朝美国的空虚背转身去,留在伊朗,戴上面纱。她将去做医生做过的事情,到圣地和清真寺去。做了决定之后,她前所未有地快乐起来。

这样的弃绝令人无比满足,但在智识上却是有缺陷的:它假定其他的人会一直在外面那个紧张的世界里努力工作,生产药品和医疗设备,让伊朗医生的医院继续运转下去。

一九七九年的伊斯兰之旅中,我一次又一次在人们的态度中发现一种类似的、无意识的自相矛盾。我特别清楚地记得一位德黑兰报纸编辑。他的报纸曾处在革命的中心。一九七九年年中,这家报纸非常繁忙,处在辉煌之中。七个月过去了,我又回到德黑兰,这份报纸已经失去了灵魂;一度繁忙的中央办公室空空荡荡;除了两个职员,其他人全都不见了。美国大使馆已经被占领;继而又发生了经济危机;许多外企关闭;广告收入枯竭;那位报纸编辑很难看到前途;每一期报纸都在亏损;也许可以说,等待危机结束的编辑和外交官一样成了人质。我还了解到,他有两个上大学年纪的儿子,一个在美国读书,另一个正在申请签证,但随后人质危机①就爆发了。对伊斯兰革命的一个发言人的儿子来说,美国是如此重要——这对我来说是一件新鲜事。我

---

① 指一九七九年伊朗爆发伊斯兰革命后,美国驻伊朗大使馆被占领,六十六名美国外交官和平民被扣留为人质,美国和伊朗的关系破裂。

告诉编辑我很惊讶。他说:"那是他的未来。"他尤其是指那个正在等待签证的儿子。

一方面是情感的满足;另一方面又在为未来打算。这位编辑也快和所有人一样精神分裂了。十九世纪八十年代,约瑟夫·康拉德写下了他关于东印度群岛的最早几篇小说中的一篇,讲述的是一个当地的大公或族长,一个凶残的人,一个穆斯林(尽管故事中并未明说),他在一场危机中失去了自己的法术顾问,随后在夜里泅水游到停靠在港口的英国商船上,要求从世界另一端来的帝国代表,即水手们,给他一个护身符和一个魔法用品。水手们迷惑不解,但他们中有人给了大公一枚英国硬币,一枚纪念维多利亚女王即位五十周年的六便士;大公满心欢喜。康拉德并没有把这个故事当作笑话;他在其中寄托了双方行为所具有的哲学意蕴。现在,我觉得他真切地把握到了事情的真相。

在这篇小说发表后的一百年间,全世界的财富在增长,力量也在增长,接受教育的人群在不断扩大;那种困扰,那种哲学的尖叫被放大了。革命编辑的精神分裂,虚构的生物学家的弃绝,都包含了一种赞颂——不被承认,但却因此而愈加深刻——对普世文明的赞颂。我们无法从中获得简单的护身符;我们还必须面对与之伴随的其他难题:野心、奋斗和个体性。

普世文明长久以来一直在形成之中。它并非从来就是普世的,也并非从来就如同今天这样富有吸引力。欧洲的扩张让它至少在三个世纪都染有种族主义色彩,并且直到今天还在制造痛苦。我在特立尼达的成长时期,是那种种族主义的最后时光。这样的经验也许让我对一些事情有了更深刻的理解:大战结束以后发生的巨大变化,还有这种文明为容纳世界其他地方以及种种思潮所做出的非凡努力。

现在让我回到迈伦·马格尼特在年初向我提的第一批问题上来。我们的力量只取决于我们信念的力量吗?只要坚持一种世界观或伦理观,是否就足够了?你们会理解这些问题背后的焦虑。当然,这些问题表面上很悲观，实际上却意味深长；它们自身当中已经包含了答案。但是它们也的确是双刃的。故而它们也可以被视为是与另一种遥远的信念体系进行交流的努力，这种信念体系是固定不变的，有时还充满敌意；它们还可以被视为我们的文明在当下普世性的一个方面。哲学上的不自信与哲学上的歇斯底里的相遇；最终，不自信的那个人才是更能掌控局面的人。

因为我在这种文明中的迁徙是从边缘走向中心，与对一些事物司空见惯的人相比，我看待或感受这些事物的方式也许更为新鲜。比如说，我小时候对痛苦和残忍感到忧虑，后来发现了基督教的规诫：你们愿意人怎样待你们，你们也要怎样待人。在我从小接触的印度教里，没有这样的对人的安慰，而且——尽管我从未有过任何宗教信仰——这个简单的观念过去和现在都让我觉得光彩夺目，是人类行为的完美指南。

我后来才意识到——我猜想，在一生当中的大部分时间里我都能感觉到这一点，但只是在为这次演讲作准备时，我才在哲学上理解了它——追求幸福这个观念具有怎样一种美感。熟悉的用语，容易被视为理所当然，容易被误解。对于如此多外在于这种文明或处在其边缘的人来说，追求幸福这个观念正是这种文明的核心吸引力。在两个世纪过去之后，在本世纪上半叶的可怕历史过去之后，这个观念终于结出了果实：考虑到这一成就的广度，我发现这是一件不可思议的事情。这是一个富有弹性的观念，它适用于所有人。它隐含了特定的社会形态，特定的觉醒精神。我不能想象我父亲的父母能够理解这个观念。在其中蕴含了如此之多的东西：个体的概念，责任，选择，智识生活，志业，自我完善，以及成就的概念。这是一个广阔的人性概念，无法被缩减成固定的体系，也不会激发狂热。但人们知道它是存在的，而正因为如此，其他那些更为僵化的体系最终将会烟消云散。

（马维达 译）

图书在版编目（CIP）数据

我们的普世文明 /（英）V.S.奈保尔著 ; 马维达,
翟鹏霄译. -- 2版. -- 海口 : 南海出版公司, 2022.8
 ISBN 978-7-5735-0000-7

Ⅰ.①我… Ⅱ.①V… ②马… ③翟… Ⅲ.①杂文集
-英国-现代 Ⅳ.①I561.65

中国版本图书馆CIP数据核字(2022)第018825号

著作权合同登记号　图字：30-2011-037

THE WRITER AND THE WORLD: Essays
Copyright © 2002, V. S. Naipaul
All rights reserved.

我们的普世文明
〔英〕V.S.奈保尔 著
马维达　翟鹏霄 译

出　　版	南海出版公司　(0898)66568511
	海口市海秀中路51号星华大厦五楼　邮编 570206
发　　行	新经典发行有限公司
	电话(010)68423599　邮箱 editor@readinglife.com
经　　销	新华书店
出版统筹	杨静武
责任编辑	黄宁群
特邀编辑	郑科鹏
营销编辑	陈　文　朱雨清
装帧设计	尚燕平
内文制作	王春雪
印　　刷	山东韵杰文化科技有限公司
开　　本	640毫米×960毫米　1/16
印　　张	35.5
字　　数	528千
版　　次	2014年8月第1版　2022年8月第2版
印　　次	2022年8月第1次印刷
书　　号	ISBN 978-7-5735-0000-7
定　　价	88.00元

版权所有，侵权必究
如有印装质量问题，请发邮件至 zhiliang@readinglife.com